CHARLIE GALLAGHER

EIN FREUND

THRILLER

Aus dem Englischen von
Edigna Hackelsberger

HarperCollins

Die Originalausgabe erschien 2021 unter dem Titel
The Friend bei Avon Books, Glasgow.

1. Auflage 2022

Deutsche Erstausgabe

Published by arrangement with
Avon Books an Imprint of HarperCollins Publishers
Umschlaggestaltung von Hafen Werbeagentur gsk GmbH, Hamburg
Umschlagabbildung von Mohamad Itani / Trevillion Images,
Textures.com - SplatterLeaking0037_1, Ensuper / Shutterstock
Gesetzt aus der Stempel Garamond
von GGP Media GmbH, Pößneck
Druck und Bindung von CPI books GmbH, Leck
Printed in Germany
ISBN 978-3-365-00078-6
www.harpercollins.de

Für Lynn und Pete.
Mit denen die Geschichte begann.

PROLOG

Hier war immer ihr Lieblingsplatz gewesen. So wie jede Fünfzehnjährige einen hat. Ein Ort, an dem man sich frei fühlt, sich mit Freunden trifft. Ein sicherer Ort.

Aber heute war es anders. Heute gab es hier nur sie, eine Handvoll Pillen und eine Flasche Wasser, um sie herunterzuspülen.

Der Lärm spielender Kinder ließ sie aufblicken. In einiger Entfernung sah sie zwei Knirpse, beide in Blau gekleidet, die fröhlich kreischend auf einem bunten Karussell herumturnten. Direkt neben ihnen schaukelte ein kleines Mädchen mit wehendem rotem Haar. Sie feuerte ihren Vater an, sie fester anzustoßen, und ihr seliges Lächeln verriet, dass auf der Welt gerade nichts anderes zählte.

Noch vor gar nicht langer Zeit war sie selbst so ein kleines Mädchen gewesen – sorgenfrei und glücklich. Und unschuldig. Sie kannte das Böse nur aus ihren Märchenbüchern, von den ernsten Warnungen ihrer Eltern und von Halloween. Das Böse trug einen Zauberhut; es war ein Fremder, der sie in der Menge an der Hand nehmen und wegführen würde, oder ein Unhold mit Maske – sein Mund verschmiert mit falschem Blut. Man wusste sofort, wann man schreien oder davonlaufen musste.

Aber jetzt kannte sie die Wahrheit.

Das Böse trägt kein schwarzes Gewand und winkt auch nicht aus der Dunkelheit unter dem Bett. Es gibt sich nicht zu erkennen. Das Böse kommt langsam, spricht ruhig und geduldig. Es ist wie ein Schatten, es ist eine Person, die vorgibt, freundlich zu sein, damit sie dich für immer zum Schweigen bringen kann.

Jetzt kannte sie das Böse. Und wegen ihr kannten es nun auch all die anderen Mädchen.

Sie warf sich die Tabletten ganz weit in den Rachen und setzte gleichzeitig die Wasserflasche an die Lippen, um sie hinunterzuspülen. Tränen traten ihr in die Augen und trübten ihren Blick. Bald würde das alles vorbei sein, zumindest für sie. Aber das Böse war nicht aus der Welt, der Schatten breitete sich in aller Stille weiter aus.

Er würde immer weitermachen.

KAPITEL 1

Einen Monat später. Ein Hotel am Stadtrand von Dover.

Dienstag

Es war ein Dienstagabend und er saß auf demselben Barhocker wie so viele Abende zuvor. Wie hätte Danny Evans ahnen können, dass gerade heute sein Leben eine weitere dramatische Wendung nehmen würde? Das Pub hieß »The Duke Inn« – der Name nahm Bezug auf den Duke of Wellington, den berühmten britischen Heerführer in napoleonischer Zeit –, doch die Militärschule, die sich fast den Eingang mit dem Lokal teilte, hatte nichts mehr von dessen einstigem Glanz an sich. Obgleich ein separates Gebäude, versorgte das Pub auch ein benachbartes Hotel, in dem Danny ein Zimmer gebucht hatte. Das Duke Inn war nicht auf Gäste wie ihn ausgerichtet, da war er sich ziemlich sicher; es war eher ein Familienrestaurant, und er hätte sich auch als Schandfleck am Tresen empfinden können, wenn er nur einen Moment auf seine Umgebung geachtet hätte.

Aber jetzt war es spätabends. Die Familien waren bereits gegangen. Nur die Trinker saßen noch da. Ein weiteres Bier wurde vor Danny hingestellt, dazu ein Glas Schnaps, damit behauptete er seinen Platz unter den Trinkern.

Er kippte zunächst den Schnaps herunter – starken, dunklen Rum, der wie Feuer in seiner Kehle brannte. Als Nächstes nahm er einen tiefen Zug von seinem Bier und schmatzte mit den Lippen, während sich die Wärme des Rums in seiner Brust ausbreitete.

»Wer hat gewonnen?« Der Barhocker neben ihm scharrte über den Boden, dann ächzte er unter dem Gewicht eines Mannes, der darauf Platz nahm. Danny hielt seinen Blick weiter gesenkt und sah daher nur dicke Oberschenkel in grauer Anzughose und an den Füßen Schuhe aus hellbraunem Leder mit einem blauen Streifen in der Mitte, was an einen klassischen Bezug für Autositze erinnerte. Er hob den Blick zu dem Bildschirm über ihnen, denn er hatte sich aus alter Gewohnheit auf den Hocker vor dem Fernseher gesetzt. Das Fußballspiel hatte er aber nur als grünes Geflimmer und gelegentliche Satzfetzen von vertraut klingenden Kommentatoren wahrgenommen, so wie man ein Gespräch von alten Freunden im Wohnzimmer von der Küche oder vom Balkon aus mitbekommt.

»Keine Ahnung, Kumpel.« Für Danny waren das die ersten Worte nach langer Zeit, und beim Sprechen kitzelte die schwere Zunge seinen Gaumen.

»Ich kenne Sie!«, fuhr der Mann fort, plötzlich ganz lebhaft und erfreut. Danny hob ein Stück weit den Kopf, um mehr als die Oberschenkel seines Gegenübers zu sehen: eine graue Anzugjacke mit entsprechender Hose, darin ein Mann, etwa Ende vierzig. Das weiße Hemd war am Kragen offen und leicht zerknittert, als hätte er zuvor eine Krawatte getragen. Das Handgelenk schmückte eine teuer aussehende Uhr, und ihr Metallarmband und dazu passende Manschettenknöpfe glänzten im Licht, als der Mann sich mit den Fingern über seine wulstigen Lippen fuhr, die aus einem grau melierten Bart hervorstachen. Sein Gesicht war gebräunt, obgleich es Februar war.

»Kann ich mir nicht vorstellen, Kumpel«, erwiderte Danny.

»Evans, richtig? Danny Evans!«

Danny verzog das Gesicht. Inzwischen hasste er allein den Klang seines Namens, vor allem wenn es bedeutete, dass ihn jemand erkannt hatte. »Sie haben für Dover Athletics Fußball gespielt, sogar als Captain! Und dann waren Sie einige Spielzeiten lang auch beim FC Gillingham, stimmt's? Hier in der Gegend sind Sie eine Legende.«

»Legende!« Danny schnaubte verächtlich. Er hatte sich von diesem Wort noch nie geschmeichelt gefühlt.

»Aber das stimmt doch, oder nicht?«

»Ich hab mal ganz leidlich gespielt. Jetzt allerdings nicht mehr.«

»Das ist wirklich sehr schade. Früher bin ich oft zum Crabble-Stadion gepilgert, ich und meine kleine Tochter. Sie waren ihr Lieblingsspieler, ein Innenverteidiger, an dem keiner vorbeikam. ›Das Raubtier‹ – so nannte man Sie doch, oder? Nachdem Ihnen jemand ein Stück Ohr abgebissen hat und Sie trotzdem einfach weitergespielt haben. Ich erinnere mich an die Bilder, Sie waren blutüberströmt.«

»Das ist schon lange her, und es war nur ein Spitzname.«

»Ein Spitzname! Dem machen Sie aber immer noch alle Ehre, oder? Wie wär's, wenn ich Ihnen ein Bier ausgebe. Sozusagen als Dankeschön für damals.«

Danny winkte ab. »Nicht nötig. Ich bekam mein Gehalt, eine Menge Applaus, das war Dank genug …« Er streckte den Zeigefinger aus, legte ihn an sein Glas und betrachtete konzentriert, wie die Bläschen sprudelnd im Schaum aufstiegen. »Es waren die besten Tage meines Lebens«, murmelte er.

»Darauf möchte ich wetten. Könnte ich vielleicht schnell ein Foto von Ihnen machen? Ich möchte es meiner Tochter schicken. Sie wird mir nämlich kaum glauben, wenn ich ihr erzähle, wen ich getroffen habe.«

»Ich weiß nicht … Heute Abend sehe ich kaum aus wie ein Vorzeigeathlet. Aber ich schreibe gern für sie ein Autogramm auf irgendwas. Vielleicht habe ich auf meinem Zimmer auch noch ein Trikot.«

Diesmal winkte sein Gegenüber ab. »Nur keine Umstände. Ich nerve Sie, das sieht man deutlich. Ich dachte nicht, dass Sie noch hier in der Gegend sind. Ich meine, in Dover. Die meisten Spieler kommen heutzutage ja von überall her.«

»Ich habe selbst keine Ahnung, wo ich im Moment gerade bin, Kumpel.«

»Dann arbeiten Sie also immer noch für den Verein?«

»Ich mische wieder mit, ja. Mittlerweile vor allem als Trainer ... Sie wissen schon.« Danny erkannte sich selbst nicht mehr. Seine Leidenschaft für den Fußball und das Fachsimpeln darüber war fast ganz erloschen. Obwohl sich sein ganzes Leben darum gedreht hatte, ließ ihn das plötzlich alles fast kalt. Er wollte nicht darüber nachdenken, wie, und vor allem nicht, wie schnell es dazu gekommen war. Es machte ihm Angst.

»Hm, sicher passiert Ihnen das öfter, dass Leute wie ich Sie belästigen, wenn Sie in Ruhe Ihr Bierchen genießen wollen. Ich bin nicht mehr oft in der Gegend hier. Ein irrer Zufall, dass ich Sie hier getroffen habe.«

»Sicher. Eine gute Nacht noch.«

Der Barhocker ächzte wieder, und seine hölzernen Beine scharrten über den Boden, bis der Mann abgestiegen war. Und nur ein paar Augenblicke später sagten auch die Fußballkommentatoren im Fernsehen gute Nacht, und der Bildschirm wurde schwarz. Jetzt war nur das Personal hinter dem Tresen aktiv, das schon eifrig mit dem allabendlichen Aufräumritual beschäftigt war. Danny trank sein Bier in tiefen Zügen aus, bis ihm die Kehle brannte. Dabei schloss er die Augen, und augenblicklich spürte er, wie sich alles um ihn drehte. Es war höchste Zeit zu gehen.

Draußen im Nachthimmel fing sich selbst zu dieser späten Stunde noch der stetige Lärm des vorbeifahrenden Verkehrs. Die A20 führte direkt am Pub vorbei, die Fahrzeuge kamen von der Fährstation, die außer Sichtweite am Fuß des Hügels lag und hinter der sich die berühmten weißen Klippen von Dover erhoben. Zu seiner Linken befand sich eine

Tankstelle, und die hellen Lichter des Vorplatzes vertieften die Schatten auf dem Weg zum Haupteingang des Hotels. Er überlegte, ob er sich eine Zigarette anstecken sollte – nur um sich die Kehle zu wärmen. Das Rauchen war eine neue Angewohnheit, und er könnte sie auch wieder aufgeben, wenn er sich dran erinnern könnte, warum er damit angefangen hatte.

»Hey!«, tönte es aus der Dunkelheit.

Danny drehte sich um und sah den Mann im Anzug, der neben ihm gesessen hatte. Er ging hinter ihm und wedelte mit einem Blatt Papier. Danny schob seine Zigarette wieder in die Packung zurück. Er klappte den Kragen seiner Jacke hoch und zog den Kopf ein. Es war eiskalt, und er mochte keine Kälte. Sein neuer Freund sollte merken, wie ungemütlich er es hier draußen fand.

»Ach, Sie wollten ja noch dieses Autogramm.« Danny stellte sich wie schutzsuchend in den Schatten eines Hauses.

»Ihr Autogramm ist es nicht, was ich von Ihnen will. Ich weiß, wer Sie sind.«

»Das haben Sie mir schon gesagt.«

»Ich meine damit nicht Danny Evans, den abgehalfterten Fußballer. Ich meine den, der Sie wirklich sind.«

»Was soll das?« Danny blickte sich um, als erwarte er, dass jeden Moment ein weiterer Angreifer aus dem Schatten treten würde. Dieses Gespräch bekam für ihn plötzlich eine ganz unerwartete Wendung.

»Ich weiß, warum Sie zurzeit in einem Hotel wohnen und sich jeden Abend bis zur Besinnungslosigkeit zuschütten. Ich weiß, dass Sie von Ihrer Frau, von Ihrer Familie wegmussten. Ich weiß, was passiert ist, Danny. Ich weiß Bescheid über Callie.«

Danny zog die bereits zu Fäusten geballten Hände aus seinen Jackentaschen und trat einen Schritt auf den Mann im Anzug zu. Der reagierte nicht darauf – weder wich er zurück, noch hob er zur Verteidigung die Hände. Danny schaffte es, seine Fäuste bei sich zu behalten. Es war schon vorgekommen, dass Leute ihn zu einer Prügelei provozieren wollten.

»Was soll das jetzt? Wollen Sie mich reizen, damit ich Ihnen eine reinhaue und nachher Schmerzensgeld zahlen muss? Sie können mich auf die Palme bringen, und ich scheuer Ihnen eine, aber Geld wird's dafür nicht geben. Vielleicht ist danach Ihr Kiefer gebrochen, und wenn Sie Glück haben, kriegen Sie eine Schlagzeile im Lokalteil. Aber kaufen können Sie sich davon auch nichts.«

»Ich will Sie nicht provozieren, Mr. Evans. Ich will nur, dass Sie mir zuhören. Ich kann Ihnen helfen.«

»Wir haben doch geredet, dort drinnen, oder nicht? Sie hatten meine Aufmerksamkeit.«

»In solchen Lokalen rede ich nicht gerne, das ist nicht ratsam. Und ich wollte auch sichergehen, dass ich den richtigen Mann vor mir habe. Ich bin Privatermittler, ich wurde von jemandem wie Ihnen engagiert. Von jemandem, der dasselbe durchgemacht hat wie Sie und Ihre Familie. Ich habe Informationen, Danny, Antworten.«

»Antworten? Wovon reden Sie, Mann?«

»Ich weiß, was mit Callie passiert ist. Und ich weiß, warum Sie nicht darüber reden können, warum Sie jedem über den Mund fahren, der auch nur den Namen Ihrer Tochter erwähnt. Sie war nicht die Einzige, der das widerfahren ist. Es gab auch noch andere.«

Danny trat einen Schritt näher, sein Fuß scharrte über den Asphalt und kickte einen Stein weg. Diesmal zuckte der Mann im Anzug leicht zusammen, aber er wich noch immer nicht zurück.

»Ich kenne Sie nicht. Und ich traue zurzeit nicht einmal jemandem, den ich kenne. Ich schlage vor, Sie schleichen sich, bevor Sie diesen Kinnhaken abkriegen, den Sie offenbar erwarten.«

»Schon gut.« Der Mann hob beschwichtigend die Hände. »Sie haben ja recht, Sie kennen mich nicht.«

»Und Sie haben auch keine Ahnung, wer ich wirklich bin. Glauben Sie nicht, was Sie lesen oder hören. Das ist alles Mist.«

»Privatermittler wie ich glauben nur das, was sie selbst herausfinden. Und deswegen bin ich hier. Denken Sie darüber nach, Mr. Evans.«

Danny wollte über gar nichts nachdenken. Nicht jetzt. So schnell er konnte, ging er davon. Er trat aus dem Schatten heraus und steuerte jetzt ein neues Ziel an. Die Tankstelle war die ganze Nacht geöffnet und verkaufte Alkohol. Er warf einen Blick zurück, um sicherzugehen, dass sein neuer Freund ihm nicht folgte. Als er aus dem Laden wieder herauskam, war der Mann verschwunden.

KAPITEL 2

Mittwoch

Wenn Danny am Abend zuvor getrunken hatte, war der nächste Morgen immer eine Verlängerung der Nacht. Der benebelte Kopf erinnerte ihn schon beim Aufwachen daran, doch er wusste, das ging vorbei. Die Schwäche in seinen Muskeln würde allerdings anhalten und über den Tag eher noch schlimmer werden. Abends fühlte er sich dann ausgebrannt und wie erschlagen. An diesem Morgen strengten ihn schon die paar Schritte zum Badezimmer an. Beim plötzlichen Surren des Abluftventilators zuckte er nervös zusammen. Er ließ sich auf den Toilettensitz fallen und pinkelte im Sitzen, zu müde, es im Stehen zu tun. Als er fertig war und heraustrat, sah er einen weißen Umschlag auf dem Boden vor seiner Zimmertür liegen, anscheinend hatte ihn jemand durch den Spalt hindurchgeschoben.

Das DIN A4 große Kuvert war unbeschriftet. Es fühlte sich so leicht an, als sei es leer. Doch nach dem Öffnen zog er ein einzelnes Blatt Papier heraus. Die Schrift darauf war krakelig, kaum lesbar:

Vielleicht habe ich gestern Abend nicht die richtigen Worte gefunden. Ich wollte nur reden, helfen. Ich nehme mir die Freiheit, Ihnen den Termin für ein weiteres Treffen zu nennen.

Sie sollten wissen, dass ich normalerweise nicht ohne Honorar arbeite. Aber in diesem Fall ist das anders. Ich weiß, wie sehr Sie und Ihre Familie gelitten haben.

Die späte Uhrzeit für das Treffen tut mir leid, aber Sie werden den Grund dafür verstehen, wenn Sie dort sind. Die Antworten, die ich erwähnte, ich habe sie. Aber für mich haben sie keinen Nutzen.

Ort: The Old Mill Development, CT17 OAX. Heute Abend, 22 Uhr. Folgen Sie dem Licht.

»Folgen Sie dem Licht!« Danny schnaubte verächtlich. »Und Gott sprach, es werde Licht, was?« Er drehte den Brief um, aber die Rückseite war leer. Er öffnete die Zimmertür und trat hinaus in einen langen, gesichtslosen Korridor. Sein Blick folgte dem gemusterten Teppichboden bis zu einer Brandschutztür. Er wusste nicht, was er erwartet hatte, es war keiner da. Das Kuvert konnte jederzeit unter der Tür hindurchgeschoben worden sein. Gestern Nacht hatte er zuletzt auf dem Bett sitzend den Rum direkt aus der Flasche hinuntergestürzt, bevor er in einen besinnungslosen Schlaf gefallen war.

Der Vibrationsalarm seines Handys ließ ihn einmal mehr zusammenzucken. Auf dem Display leuchtete der Name MARTY JOHNSON auf, sein Agent. Marty rief immer vorher an, um ihn an ihre Verabredungen zum Frühstück zu erinnern. Danny ging nicht ran. Das würde Marty um diese Uhrzeit auch nicht von ihm erwarten. Stattdessen warf er das Handy mitten auf das zerwühlte Bett, dann ging er unter die Dusche.

»Mein Gott, Danny, deine Frau hat zwar versucht, mich vorzuwarnen, aber du bist ja noch schlimmer dran, als sie gesagt hat.«

»Du hast mit Sharon gesprochen?« Danny starrte Marty entgeistert an und ließ sein Messer klirrend auf den Teller fallen. Sein Toast war erst zur Hälfte mit Butter bestrichen, aber das war auch schon egal.

»Natürlich. Du gehst ja nicht mehr ans Telefon.«

»Was hat sie gesagt?«

»Dass du in einem Hotel wohnst. Dass du zu viel trinkst und es dort todsicher so eine elende Spelunke von einer Hotelbar gibt, die zu deinem neuen Lebensstil passt. Sie wollte auch von mir erfahren, wo du abgestiegen bist, aber ich habe ihr klar gesagt, ich weiß es nicht.«

Danny ließ den Blick durch den Raum schweifen. Das Duke Inn diente zugleich als Raum für ihr Frühstücksbuffet. Der Alkohol war jetzt zwar hinter Rollos verborgen, aber von ihrem Tisch aus blickte er direkt zu jenem Barhocker, auf den er sich allabendlich setzte. Bei Tageslicht wirkte das Lokal noch schäbiger. Die abgenutzten Teppichstellen auf dem Weg zu den Toiletten waren nicht zu übersehen, auch nicht die schludrig gemalerte Wand in verblassendem Orange sowie die Kamin-Attrappe mit den angestaubten Kiefernzapfen. Seine Frau hatte recht, wie immer.

»Ich musste irgendwo hingehen, wo sie mich nicht finden kann. Nur eine Zeit lang.«

»Du kannst nicht auf Dauer hierbleiben.«

»Nichts ist auf Dauer, Marty. Das hat mich das letzte Jahr definitiv gelehrt.«

Marty grinste. Er war erst seit Kurzem Dannys Fußball-Agent und höchstwahrscheinlich auch sein letzter. Danny hatte schon einige verschlissen, manche von ihnen hatten viel größere Spieler vertreten, als er je einer gewesen war. Dennoch war Marty vom selben Typ wie sie alle. Er hatte dieselbe sündteure Uhr am Handgelenk, das Lacoste-Motiv prangte auf einem strahlend weißen Polohemd und ebenso auf den Chinos, deren eng geschnittene Beine hinabführten zu Sneakers ohne Socken. Er trug einen unglaublich gepflegten Dreitagebart und war zugleich ein Vertreter der Herrendutt-Fraktion, was perfekt zu dem BMW-Coupé zu passen schien, das er draußen geparkt hatte. Die Uhr stotterte er in monatlichen Raten ab, den Wagen ebenso, und zusammen ergab das einen beängstigenden Betrag, sodass sich Marty andererseits in London keine Wohnung leisten konnte, wie er es gerne täte. Dafür müsste er Spieler aus größeren Clubs unter Vertrag haben. Diese Tatsache wurde zwischen ihnen beiden nie ausgesprochen, aber Danny glaubte nicht, dass Marty noch lange an ihm festhalten würde. Er begann, sich an diesen Gedanken zu gewöhnen.

Danny hatte das Fußballspielen immer bis zur Besessenheit betrieben und in seinem Sport nie etwas Negatives gesehen. Bis jetzt, wo er am Ende seiner Karriere stand, ohne einen echten Plan B zu haben.

»Sie macht sich Sorgen um dich.« Marty drückte sich ganz vorsichtig aus, als wolle er sich für eine scharfe Reaktion wappnen.

Danny lehnte sich zurück, schob seinen Teller mit dem Toast endgültig beiseite und widmete sich ganz seinem starken Kaffee. »Wie verquer ist das denn? Erst wirft man jemanden wie ein Stück Scheiße aus dem Haus und erzählt dann allen Leuten, dass man sich Sorgen um denjenigen macht!«

»Die Sache ist etwas komplizierter.«

»Du bist *mein* Agent, Marty, nicht ihrer.«

Marty hob entschuldigend seine Hände, in der einen hielt er ein Glas Orangensaft. »Ich ergreife für niemanden Partei, so gut solltest du mich inzwischen kennen. Ich will nur, dass du dich wieder um den Fußball kümmerst. Das ist ein wichtiges Jahr für dich. Dieser Trainer-Job bei Dover Athletics, er war dir ganz sicher, alles war unterschrieben, abgenickt, alle waren hocherfreut. Aber allmählich wird man im Vorstand etwas unruhig. Die machen sich auch Sorgen um dich.«

»Sorgen? Die wissen doch, dass ich diesen Job schaffe!«

»Sie wissen, dass du alles schaffst, wenn du dafür brennst. Und wenn du nüchtern bist.«

Danny unterdrückte eine bissige Bemerkung. »Den Trainer-Job ...«, überlegte er stattdessen laut.

»Ja, den Trainer-Job. Und das in einem Club, wo du einiges an Ansehen genießt, wo du geachtet bist, wo du Fehler machen kannst, und sie geben dir trotzdem Zeit ... Du trainierst die Junioren, und wenn du gute Ergebnisse aufweisen kannst, wer weiß, auf einmal bekommst du Angebote im Vereinsmanagement. Das predige ich dir seit Langem, darin könnte für dich eine echte Zukunft liegen. Außerdem kriegst du ein Gehalt und ...«

»Gehalt! Wenn man das so nennen kann!«

»Gut, es ist nicht so viel wie in der Premier League, aber wenn du dich auf der unteren Ebene beweisen kannst, dann geht es nur noch steil nach oben. Und als Cheftrainer oder Manager in der Football League würdest du sehr gut verdienen – vielen Dank für deine Bemühungen, Marty! Und wenn du sogar einen Vertrag in der Championship League ergatterst, dann bist du ein gemachter Mann, ob du den Posten perfekt ausfüllst oder nicht. Vertrau mir, und ich werde schon dafür sorgen.«

»Warum sollte man mir einen Job bei einem Championship Club anbieten?«

»Das wird man natürlich nicht – zumindest nicht gleich am Anfang. Aber aus diesem Grund sollst du ja auch jetzt erst mal dein Leben wieder in Ordnung bringen, deine Trainerscheine machen, dich in dieser Rolle etablieren und genau das tun, was du am besten kannst. Du bist doch clever, Danny. Du kennst den Fußball in- und auswendig, das Gemauschel hinter den Kulissen, um die Spieler zu kriegen, die du brauchst, und diese dann dazu zu bringen, das zu tun, was du willst. Die Spieler hören auf dich, du warst in jeder Mannschaft, in der du gespielt hast, der Kapitän. Das ist kein Zufall, und es passiert selten. Immerhin nennen dich hier immer noch alle *Das Raubtier*.«

»Danach fühle ich mich nicht gerade.«

»Das sehe ich. Ist ja nicht das erste Mal, dass es Spieler gegen Ende ihrer Karriere so heftig erwischt. Sie sehen auf einmal keine Zukunft mehr für sich und fühlen sich ziemlich verloren. Und auch, was dein Privatleben anbelangt ... Da geht es ein bisschen ... nun ja ... drunter und drüber. Aber ich glaube, es gibt eine Lösung für alle deine Probleme: Bring dein Leben wieder in Ordnung, hör auf zu trinken, und sei wieder der Danny Evans, der ein Match dirigieren konnte, ohne den Mittelkreis zu verlassen. Dann wird sich mit der Zeit schon alles wieder regeln.«

In Danny stieg plötzlich eine Wut auf, die er nicht unterdrücken konnte. »›Dann wird sich alles wieder regeln!‹ Wie soll sich denn das ›alles wieder regeln‹ ...? Ich hatte ein *Leben*, Marty, eine Familie, oder hast du das alles schon vergessen? Da wird sich nicht einfach alles wieder regeln, mitnichten. Es könnte eher alles noch schlimmer werden. Viel schlimmer.«

Marty setzte diese gönnerhafte Miene auf, wie immer, wenn er jemandem gut zureden wollte. Er konnte sein Mitgefühl nie richtig zum Ausdruck bringen, und man sah ihm stets an, wie viel Anstrengung es ihn kostete. »Du weißt ja nicht, was als Nächstes geschehen wird. Callie liegt zwar jetzt noch im Koma, aber vielleicht ist das morgen schon anders. Sagen die Ärzte nicht, es könnte jederzeit eine große Veränderung eintreten? Und dann kannst du genau ab da wieder mit deinem alten Leben weitermachen. Sieh dich doch nur mal unvoreingenommen an, Danny. Du bist etwas Besonderes, selbst wenn du eine solche Fahne hast, als hättest du gestern Nacht versucht, so viel zu trinken, bis dieses ganz Besondere an dir verschwunden ist. Aber ich sehe es immer noch!«

»Es gibt keine Garantie, dass Callie wieder ganz gesund wird, wenn sie aus dem Koma erwacht; das verspricht uns keiner. Vielleicht wird sie nie mehr ...« Danny konnte seinen Satz nicht vollenden, er hatte diese Angst noch nie laut aussprechen können. Und das brauchte er ja auch nicht.

»Aber es besteht doch Hoffnung, oder?«

»Also hast du mich deshalb heute unbedingt treffen wollen. Um mich ein bisschen aufzumuntern?«

»Nein. Ich wollte nur sicherstellen, dass ich mich mit dir tatsächlich den Leuten bei Dover Athletics gegenübersetzen kann und dass sie uns dann ernst nehmen. Dort wartet ein guter Job auf dich. Das Gespräch wird noch diese Woche stattfinden. Du wirst dort einen Trainervertrag unterschreiben. Der kann parallel zu einem weiteren Spielervertrag laufen, wenn sie dir noch ein Jahr Verlängerung anbieten. Aber du musst diese Gelegenheit ergreifen, Danny, okay? Das ist alles wie geschaffen für dich – sonst haben wir keine anderen Optionen mehr.«

»Das habe ich schon verstanden.« Danny seufzte. »Ich schätze es wirklich sehr, was du alles für mich tust. Ich weiß, du gibst dein Bestes.«

Marty lächelte. »Natürlich. Du bist mein liebster Kunde, und mich um dich zu kümmern ist mein Job.«

»So spricht ein wahrer Spieleragent.« Danny tat gerührt.

»Ich kann nicht anders.« Marty setzte wieder diese gönnerhafte Miene auf. »Machst du heute einen Besuch im Krankenhaus?«

»Ich gehe jeden Tag dorthin, Marty, das weißt du.«

»Sharon meinte, sie kommt auch.«

»Sie geht auch jeden Tag hin. Ja und?«

Marty schmatzte mit den Lippen. »Meinst du nicht, du solltest dich vorher noch duschen? Bevor du dort hingehst, meine ich.«

»Ich habe schon geduscht!«

Marty fuhr sich mit den Händen durchs Haar und zupfte an seinem Herrendutt. »Dann duschst du eben noch mal.«

KAPITEL 3

Jedes Mal, wenn Danny durch das William Harvey Hospital ging, fühlte er sich genau wie in dem Film *Und täglich grüßt das Murmeltier.* Callie lag jetzt seit einem Monat hier, und seither hatte Danny denselben Weg so gut wie jeden Tag zurückgelegt. Heute ging er – wie immer – mit gesenktem Kopf durch dieselben endlosen, blank gebohnerten Korridore, auf denen sich die verschiedenfarbigen Kittel des Personals widerspiegelten, das in alle Richtungen eilte und dabei den schweren Geruch von Waschpulver und Desinfektionsmittel verbreitete. Die Intensivstation befand sich im zweiten Stock. Er nahm lieber die Treppe als den Lift, denn so konnte er die Nähe zu anderen vermeiden, obwohl er Martys Rat befolgt und ein zweites Mal geduscht hatte.

Und dann stand er vor Callie.

Auch seine Tochter kam ihm jedes Mal völlig unverändert vor. Dasselbe Bett in demselben Raum. Die Intensivstation hatte fünf Bereiche: Callie lag im dritten, im ersten Bett links, am weitesten entfernt von einem Fenster, das immer verschlossen war. Folglich war die Luft hier drin stickig und die Atmosphäre beklemmend. Callie befand sich auch immer in der gleichen Position: Sie lag auf dem Rücken, mit geschlossenen Augen, ausdruckslosem Gesicht, und man hörte stets dasselbe mechanische Zischen und Surren des Sauerstoffgeräts, das ihre Atmung unterstützte und dessen Schlauch zwischen ihren Lippen tief in ihren Rachen führte. Ein weiterer Schlauch verlief parallel dazu. Als Danny zum ersten Mal mit dem erschreckenden Anblick seiner Tochter konfrontiert gewesen war, hatte er eine Menge Fragen gestellt und erfahren, dass sie viel mehr brauchte als nur Unterstützung beim Atmen. Sie erhielt auch ständig ein Sedativum, das sie im künstlichen Koma hielt, ein Schmerzmittel sowie Medikamente zur Verringerung des Risikos langfristiger Leberschäden. Und als wäre das alles nicht schon beängstigend genug, führte mittlerweile noch eine Ernährungssonde durch ihre Nase, um ihr Handgelenk war eine Manschette gelegt, die ihren Blutdruck überwachte, und darüber hinaus hatte man sie in der Leiste an ein Dialysegerät angeschlossen. Die letzte körperfremde Installation war ein Katheter, der unter dem Bettzeug hervorhing und zu einem Urinbeutel führte. Man hatte Danny erklärt, dass er sich an ihren Anblick gewöhnen würde, aber jetzt nach einem Monat traf es ihn immer noch ins Mark, sie so zu sehen.

Als er ihre Hand ergriff, spürte er dieselbe kalte, klamme Berührung ihrer Haut.

»Hey«, grüßte Sharon, und er sprang auf. Ihre Stimme klang zwar müde und tonlos, war für ihn aber, selbst über das Bett hinweg, unverkennbar – kein Wunder nach fünfzehn Jahren Ehe. *Leidgeprüft* war eine passende Beschreibung für seine Frau, die er kürzlich zufällig vernommen hatte. Er konnte das kaum bestreiten. Sie beide hatten schwere Zeiten miteinander erlebt: außereheliche Affären, Süchte, Depression – alles *seine*. Doch sie hatten diese Prüfungen allesamt gemeinsam durchgestanden. Er hätte vielleicht gerade noch akzeptieren können, dass seine Ehe einmal scheitern würde und er aus dem Familienheim ausziehen musste. Dabei war er jedoch immer davon ausgegangen, dass er die Schuld am Anlass tragen würde und er diese Sache dann auch irgendwie wieder selbst in Ordnung bringen könnte. Stattdessen hatte sie etwas anderes auseinandergerissen. *Jemand* anderes. Der Fremde, der, von ihnen unbemerkt, ihre Tochter manipuliert und missbraucht hatte, der Unbekannte, der sie in eine so tiefe Verzweiflung gestürzt hatte, dass sie versucht hatte, sich mit einer Handvoll Tabletten das Leben zu nehmen: *Schmerzstiller*, die man nur auf ärztliches Rezept bekam. Er hatte das Wort nicht einmal laut aussprechen können. Die Ärzte hatten in ihrem Blut zusätzlich noch eine toxische Menge Paracetamol nachgewiesen. Sie deuteten an, dass Callie vielleicht als Erstes zu einer Überdosis von diesem starken Schmerzmittel gegriffen habe, aber dessen Wirkung lasse oft eine Zeit lang auf sich warten, und da habe sie vielleicht die Geduld verloren. Er konnte sich kaum vorstellen, was ein solches Gefühl der Verzweiflung in ihr ausgelöst haben könnte. Es hatte eine polizeiliche Untersuchung gegeben; Callie war ein Opfer von Cyber-Grooming, sie war von einem Pädophilen in einem Internet-Chatroom dazu erpresst worden, anzügliche Fotos zu schicken. Das alles war schon einige Woche vor ihrem Selbsttötungsversuch herausgekommen: Callie war nicht das einzige Opfer – einige ihrer Freundinnen waren ebenfalls mit hineingezogen worden. Es war natürlich eine schwere Zeit gewesen, aber er hatte keine Ahnung gehabt, wie schwer sie das alles getroffen haben musste. Seine lebensfrohe, beliebte, pfiffige Tochter – und jetzt lag sie hier. Und wurde von einer Reihe von Schläuchen am Leben erhalten.

Er hatte angenommen, die polizeilichen Ermittlungen würden verstärkt, als Callie notfallmäßig eingeliefert wurde, aber die Beamten hatten keine neuen Erkenntnisse zu bieten – nur immer mehr offene Fragen als Antworten. Vieles war weiterhin ungeklärt, und vor allem die Fahndung nach der Identität ihres Peinigers ging ins Leere; der Wunsch nach Gerechtigkeit blieb unerfüllt.

Danny ließ die Hand seiner Tochter nicht los, während er seine Frau begrüßte. »Ich dachte nicht, dass du schon so früh herkommen würdest«, meinte er.

Sharon hatte Kaffee mitgebracht, und das Logo auf den Bechern ließ darauf schließen, dass er aus dem Automaten unten am Eingang stammte.

»Na ja, ich habe heute jemand anderen gefunden, der mir die Fahrt zur Schule abnimmt, also dachte ich …«

»Was dachtest du?« Sharon hatte zwei Becher mitgebracht, und Danny schloss daraus, dass sie mit der Absicht hergekommen war, mit ihm zu reden – nach seinem wochenlangen Bemühen, genau das zu vermeiden.

»Marty hat mir erzählt, du würdest nach eurem Treffen herkommen, daher dachte ich, vermutlich würde ich dich um diese Zeit hier antreffen.« Sie stellte einen der Becher auf dem Tisch am Bettende ab und schob ihn ein Stück näher zu Danny hin.

»Ihr beiden habt in letzter Zeit viel miteinander geredet«, sagte Danny, und seine Frau reagierte darauf mit einem warnenden Blick.

»Wir machen uns beide Sorgen um dich.«

»Verschwende deine Energie nicht mit Sorgen um mich. Du brauchst deine ganze Kraft für Callie.«

Sharon war auf der anderen Seite des Betts stehen geblieben und ergriff jetzt die andere Hand ihrer Tochter. Er beobachtete sie, wie sie Callies Finger sanft geradestrich, als wollte sie etwas Leben in sie hineinmassieren.

»Fragst du dich manchmal, ob sie in ihrem Zustand träumt? Manchmal sieht man das in Filmen, nicht? … Dass Leute im Koma träumen. Das geht mir immer im Kopf herum, denn wenn Callie träumen kann, dann kann sie auch schlimme Träume haben … Klingt lächerlich, nicht?«

»Diese ganze Sache ist ein Albtraum.« Danny strich Callie sachte eine Haarsträhne aus der Stirn, die ihr über die Augen gefallen war. Sie war so ein hübsches Mädchen mit ihren zarten Gesichtszügen – und sie hatte dieses Strahlen in ihren Augen. Wie ihre Mutter.

»Ich kann den Gedanken nicht ertragen, Danny, dass sie auch schlimme Träume hat. Ich möchte glauben, dass sie einfach nur schläft, sich ausruht, um dann gestärkt wieder aufzuwachen. Mir graut vor dem Gedanken, dass sie in ihrem Inneren schwere Kämpfe austragen muss.«

»Ich weiß.«

Sharons Lippen zuckten, als müsste sie gleich weinen, und Danny unterdrückte den Impuls, zu ihr hinüberzugehen und sie in den Arm zu nehmen. Doch dann wechselte sie schnell das Thema.

»Wie ist deine derzeitige Bleibe?«, fragte sie.

»Wie ein Hotelzimmer beim Zwischenstopp einer Fußballtour in Tschernobyl. Nur ohne die Kumpels.« Er lachte gezwungen, und auch Sharon brachte ein Lächeln zustande.

»Spielst du weiter in der Liga? Ist das dein Plan?«, fragte sie.

»Plan!«, fuhr Danny sie an und bereute es sofort. »Ich weiß noch nicht genau, was ich als Nächstes mache, noch nicht.«

»Marty sagte etwas von einem Job bei Dover Athletics. Klingt, als würdest du im Managementbereich unterkommen. Das wäre schön.«

»Ich habe da ein paar Optionen, ja. Muss aber ganz unten anfangen.«

»Wirst du das durchstehen?«

»Was meinst du damit?«, fuhr Danny sie an. Und wieder bereute er es. Sharon blieb ruhig, natürlich, es war immer er, der an die Decke ging.

»Du hast im Moment eine Menge am Hals«, erwiderte sie. »Wir beide. Ich kann mich auch nur mühsam auf irgendetwas konzentrieren, deshalb kann ich es dir nachfühlen.«

»Das schaff ich schon«, meinte Danny.

»Ich habe darüber nachgedacht, ob wir vielleicht zusammen einen Kredit aufnehmen könnten. So viel, dass du dir eine Anzahlung auf eine Wohnung leisten könntest. Dann würde dein Leben vielleicht ein bisschen beständiger werden, du könntest zur Ruhe kommen. Ich habe mich mal umgesehen, es gibt ein paar Orte, die dir vielleicht gefallen könnten. Ich kann dir die Links schicken ...« Sie verstummte und sah ihn aufmerksam an, als warte sie auf seine Reaktion.

»Wohnungen? Klar, schick mir die Links. Kann ja nicht schaden, mal zu schauen.« Danny hatte keinesfalls vor, sich die anzusehen. So schäbig das Hotel auch war, wenn er eine Mietwohnung suchte, wäre das eine dauerhafte Lösung für ein Problem, von dem er gehofft hatte, es würde vorübergehen. Sharon schien sich etwas zu entspannen, vielleicht weil sie beide die Phase hinter sich gelassen hatten, in der sie einen erbitterten Streit erwartet hätte.

»Hat sich jemand bei dir gemeldet? Zu … zu den Ermittlungen?«, fragte Danny.

»Bei mir gemeldet? Die Polizei, meinst du? Nein, schon seit einer Weile nicht mehr.«

»Nicht die Polizei. Da war so ein Typ, er sagte, er sei Privatermittler. Hat mich im Hotel abgepasst.«

»Ein Privatermittler? Woher hast du denn Geld für einen …«

»Ich habe niemanden engagiert. Das hat nichts mit mir zu tun, nicht mal mit uns. Er wurde von jemandem angeheuert, unabhängig von uns, aber er meinte, er hätte Antworten für uns. Dazu, wer das Callie angetan hat …« Dannys Stimme erstarb. Das Ganze klang noch lächerlicher, wenn man darüber sprach.

»Es stand in den Lokalzeitungen, Danny, und überall in den sozialen Medien wurde dazu gepostet. Jeder meint, alles über uns zu wissen, genau wie früher. Das ist sicher wieder irgendein Gestörter, der meint, er habe etwas mit der Geschichte zu tun. Du hast ihm doch nicht etwa Geld gegeben, oder?«

»Nein. Er wollte kein Geld. Er meinte, er hätte Antworten. Mehr hat er nicht gesagt.«

»Das wird er schon noch … Geld verlangen, meine ich. Klingt für mich wie ein Betrüger. Für dich gibt es im Moment auf der ganzen Welt nichts Wertvolleres, als herauszufinden, wer uns – unserer Tochter – das angetan hat. Das kann sich doch jeder denken. Sag ihm, er soll sich zum Teufel scheren.«

»Das habe ich getan.«

»Wie sah er aus?«

»Das lässt sich schwer beschreiben. Älter als ich. Guter Anzug ... Es war schon spät, ich ging gerade zurück in mein Hotel und war ein bisschen ...«

»Betrunken?«

»Ich wollte sagen müde.«

»Aber eigentlich meintest du betrunken.«

»Ich bin erwachsen, Sharon. Ich darf mir ein Glas zum Abschalten gönnen, wenn sonst nichts los ist.«

»Du darfst tun, was immer du willst. Das war schon immer dein größtes Problem.« Nach einer Pause fuhr sie freundlicher fort: »Hör zu, ich will nicht streiten. Ich wollte nur schauen, ob du okay bist.«

»Ich muss unbedingt meinen Jungen sehen«, sagte Danny.

»Darüber haben wir doch gesprochen.«

»*Du* hast *zu mir* darüber gesprochen.«

»Damals warst du auch betrunken. Meinst du, ich will ein Gespräch auf Augenhöhe mit einem Betrunkenen über so etwas Wichtiges wie unseren Sohn?«

»Es wird nicht wieder vorkommen.«

»Das Trinken schon. Es klingt so, als sei es gestern Nacht wieder vorgekommen, und deswegen hat wahrscheinlich dieser Typ im Anzug gedacht, er könnte sich an dich heranmachen. Er hat deine Schwäche gesehen und sie ausgenutzt.«

»Aber jetzt bin ich nicht betrunken. Nur keine Hemmungen, Sharon.«

»Du hast immer noch eine Mordsfahne.«

»Ich will nur meinen Sohn sehen. Vielleicht trinke ich ja deswegen, weil du mich vom Einzigen fernhältst, was mir noch geblieben ist. Hast du daran schon mal gedacht?«

»Ich muss an *ihn* denken. In diesem Gespräch darf es nur um Jamie gehen. Du hättest ihn sehen sollen, als du fortgegangen bist. Er hat dich seit frühester Kindheit vergöttert, ›Das Raubtier‹ vom Fußballplatz, der Lokalheld. Er hat fast jeden Augenblick seiner Kindheit mit einem Ball vor den Füßen und deinem Namen auf dem Rücken verbracht. Ich weiß wirklich nicht, was er inzwischen von dir hält. Aber er hat aufgehört, deine Fußballtrikots zu tragen, so viel weiß ich. Du hast ihn wirklich verletzt.«

»Er ist zwölf. Ich habe ihn im Stich gelassen, das weiß ich, aber ich bin immer noch sein Dad und kann es wiedergutmachen. Du kannst ihn nicht auf Dauer von mir fernhalten, das ist nicht fair. Lass mich nicht betteln, Sharon …«

»Ich will jetzt nicht darüber reden. Nicht vor Callie.«

»Vor Callie? Das ist das Beste, was du bisher gebracht hast. Und auch nicht das erste Mal, dass du sie benutzt, um mich mundtot zu machen, oder?« Dannys Kopf dröhnte, und seine Wut wuchs. Er hielt noch immer die Hand seiner Tochter in seiner, aber jetzt ließ er sie los. Er musste dringend raus an die frische Luft. Er hatte das Gefühl, hier drin zu ersticken.

»Jetzt willst du wieder weglaufen, nicht wahr, Danny?«

»Ich tue nur das, was mir meine Therapeutin gesagt hat. Meine *Therapeutin*. Die, zu der du mich geschickt hast.« Als er draußen auf dem Korridor war, taumelte er. In seinem Kopf hämmerte es, und es war noch ein weiter Weg bis nach draußen an die frische Luft. Er flüchtete in die Herrentoilette und spritzte sich kaltes Wasser ins Gesicht.

»Verdammt!« Wassertropfen rannen von seinem Spiegelbild herab, das ihm entgegenschrie. Er wurde immer so wütend, wenn er in ihrer Nähe war. Und er wusste, warum. Er war nicht wütend auf sie, er war wütend auf sich selbst, weil er so erbärmlich war, weil er ihr so viele Argumente bot, die sie ihm zurück ins Gesicht schleudern konnte. Und er war wütend, dass er sich nicht unter Kontrolle hatte, dass er nichts dagegen tun konnte, was sie beide immer weiter auseinanderriss.

Danny Evans war noch nie der Typ Mann gewesen, der die Dinge einfach tatenlos hinnahm.

KAPITEL 4

21 Uhr 20. Die letzten Familien verließen das Lokal, und das Duke Inn war einmal mehr fest in der Hand der Loser, der Verlorenen. Der Trinker.

»Noch eins?«, fragte die leutselige Stimme des Barmanns. Er trug ein ungebügeltes Hemd und hatte strähniges langes Haar, das im Licht fettig glänzte und von einem schwarzen Stirnband zurückgehalten wurde. Danny bemerkte unwillkürlich, dass der Mann hinter dem Tresen sich anders benahm, wenn er mit ihm redete, verglichen mit den Gästen, die als Familie zum Essen herkamen. Er behandelte ihn so, als wären sie beide Kumpels, verwandte Seelen, und nicht so wie jene *anständigen* anderen Leute mit gebügelten Hemden und Eigenheimen, in die sie zu vernünftiger Uhrzeit zurückkehrten. Zumindest hatte er offenbar endlich begriffen, dass er mit Small Talk nicht bei ihm landen konnte. Danny war nicht in einer Bar, um sich zu unterhalten, es ging ihm nicht einmal ums Trinken. Die Wahrheit war viel schlimmer: Er war dort, weil er sonst nirgends hingehen konnte.

Danny nickte.

»Einen Schnaps dazu?« Der Barmann tippte auf seine Uhr, um ihn darauf hinzuweisen, dass es Zeit für *Last Orders*, die letzte Bestellung, war – sie waren schließlich Kumpels, oder? Sie verstanden sich ohne Worte. Danny sollte ablehnen. Die Frage sollte eine Mahnung sein, sich mal umzusehen und zu erkennen, was aus ihm geworden war. Stattdessen nickte er nur. Der Barmann wandte sich um. Ein paar Minuten später stand ein frisches Pint vor ihm, daneben ein Glas dunkler

Rum. Danny legte die Hand um das Bierglas, in dem die Bläschen aufstiegen. Plötzlich hatte er ein Déjà-vu. Gestern Abend hatte er auch genau so hier an der Bar gesessen, als ihn der Fremde angesprochen hatte.

»22 Uhr.« Die Worte kamen Danny fast unwillkürlich über die Lippen. Er richtete sich auf und ließ den Blick durchs Lokal schweifen, als erwarte er, dass der Anzug-Typ wieder auftauchen und ihm Antworten versprechen würde wie gestern. Stattdessen kam der Barmann schnurstracks zu ihm zurück.

»Wollten Sie noch etwas?«

»Tschuldigung … nein«, erwiderte Danny. Er sah auf die Uhr. Nach der Rückkehr vom Krankenhaus hatte er noch einmal die Nachricht durchgelesen und dann sogar den Postcode in eine Karten-App auf seinem Handy eingegeben. Die Karte hatte einen Ort angezeigt, den er ganz gut kannte, denn er lag in Laufweite des Crabble-Stadions und des Vereinsgeländes von Dover Athletics, seinem Arbeitsplatz. Die letzte Zeile der Nachricht las sich noch immer wie der Werbeslogan eines B-Movies: *Folgen Sie dem Licht.* Danny hatte daraufhin das Blatt Papier, so fest er konnte, zusammengeknüllt und in den Abfalleimer geworfen. Sharon hatte recht. Sie hatte immer recht. Zum Teil erklärte das, warum sie ihn so wütend machen konnte. Dieser Anzug-Typ war vermutlich eine Art Betrüger, der über ihn in der Zeitung gelesen oder im Internet recherchiert hatte. Er wollte sicher Geld von Danny und hatte einfach seine Forderung noch nicht gestellt. Niemand tat etwas kostenlos.

Aber sein Handy lag auf dem Bartresen, und als er es entsperrte, war die Karten-App immer noch geöffnet und zeigte den Postcode. Laut Handy befand er sich nur zwölf Minuten von dem Ort entfernt. Er dachte wieder an Sharon und dass sie immer recht hatte. Sie hatte sofort alles infrage gestellt, als er ihr von diesem Typ erzählt hatte. Aber was, wenn der wirklich einige Antworten hätte? Vielleicht hatte er bei einer anderen Ermittlung etwas herausgefunden und war einfach nur ein anständiger Kerl, der ihm unbedingt mitteilen wollte, was er wusste. Das mit dem Geld konnte ihm dann eigentlich egal sein. Wenn jemand anderes ihn engagiert hatte, wie er behauptete, dann hatte er ja bereits ein Honorar bekommen. Er hatte auch gesagt, er sei nicht hier aus der Gegend, also wenn er tatsächlich Antworten hatte, dann könnten diese Informationen mit ihm davonfahren, vielleicht für immer. Wie gern würde Danny seiner Frau zurückmelden können, dass er, ihren Rat missachtend, seine eigene Entscheidung gefällt und sich mit diesem Mann noch einmal getroffen hatte – und dass er jetzt tatsächlich mehr wusste. Und wie falsch sie diesmal gelegen hatte.

Danny machte sich bereit zum Gehen. Der Ort war nur zwölf Minuten entfernt. Wenn der Typ dort Geld von ihm verlangen sollte, konnte er ihm einfach sagen, er solle sich verpissen. Seine Frau brauchte das nie zu erfahren. Er war nicht so dumm, wie sie dachte.

Als er aufstand, blieb sein Hocker am Teppich hängen und fiel um, aber keiner machte sich die Mühe, zu Danny herzusehen. Er stellte den Hocker wieder auf, und als er sich vorbeugte, wurde ihm kurz schwarz vor Augen. Auch schwankte er leicht, also sollte er auf keinen Fall mehr fahren. Er streckte die Hand nach dem Tresen aus und kippte das Glas Rum in einem Zug hinunter.

»One for the road«, murmelte er dabei und verließ das Pub. Die eisige frische Luft draußen schlug ihm entgegen und raubte ihm fast den Atem. Er schaffte es zu seinem Wagen und blieb dort noch ein paar Minuten im Dunkeln sitzen, um abzuwarten, ob ihn irgendjemand gesehen hatte. Das Letzte, was er jetzt brauchen konnte, war eine weitere Anzeige wegen Alkohol am Steuer, die Sharon seinem Sündenregister hinzufügen könnte. Sein vorheriges Fahrverbot war gerade aufgehoben worden, aber sie musste ständig darauf herumreiten und es ihm vorhalten. Schließlich waren es ja nur zwölf Minuten Fahrzeit. Er würde ganz vorsichtig fahren – sich dem Verkehr anpassen.

Er warf einen Blick auf das Armaturenbrett und versuchte, sich zu konzentrieren. Durch die Windschutzscheibe sah er den Verkehr fast pausenlos vorbeiströmen, meist waren es große Lkw, die Fahrt aufnahmen, wenn sie die Hafengegend hinter sich gelassen hatten. Danny startete seinen Mercedes und kroch langsam an den Fenstern des Duke Inn vorbei. Er hoffte, dass der Barmann nicht sonderlich darauf achtete, was die Gäste taten, nachdem sie aus dem Lokal getorkelt waren. An einer Kreuzung hielt er an und blickte nach rechts, wo in der Ferne das beleuchtete Dover Castle zu sehen war. Er war oft mit seiner Familie dort gewesen. Sharon, Jamie, Callie und er. Seiner intakten Familie. Eine lebhafte Erinnerung bahnte sich den Weg durch den Alkohol: Es war sonnig, sie saßen auf langen Holzbänken in der Burganlage und wohnten einem Ritterturnier bei. Zwischen den Runden war ein Hofnarr aufgetreten, um die mittelalterliche Atmosphäre noch zu unterstreichen, und hatte sich Danny zur Zielscheibe seiner Späße auserkoren. Sie hatten alle miteinander gelacht, und ihr Gelächter hatte im hellen Sonnenschein noch strahlender gewirkt. Es war eine seiner vielen Erinnerungen, in denen er Teil einer glücklichen Familie gewesen war. Das war erst letzten Sommer gewesen. Es erschien ihm eine Ewigkeit her.

Heftiges Hupen drang an sein Ohr.

Es riss ihn zurück in die kalte Februarnacht. In seinem Rückspiegel leuchteten viele Scheinwerfer auf. Er war in seine Gedankenwelt abgetaucht – so viel zur Anpassung an den Verkehr.

Er glitt auf dem Jubilee Way bergab, um der Lkw-Schlange zu entkommen. Der letzte Teil der Straße verlief auf Stelzen und bot einen guten Ausblick auf die berühmten weißen Klippen, und unter ihm erstreckte sich als chaotisches und quirliges Lichtermeer der Hafen von Dover. Das

Meer ruhte wie eine dunkle Fläche dahinter, und nur manchmal durchbrach ein blinkendes Licht diesen Eindruck. Die Straße wand sich bis hinunter auf Meereshöhe, gesäumt von einer Reihe verschlafen wirkender Bed and Breakfasts, während sich zur Linken die hell beleuchtete, weiß gepflasterte Promenade hinzog. Bald ließ Danny das Meer hinter sich und fuhr in Richtung eines neu erschlossenen Stadtteils mit vielen Geschäften und Restaurants. Dieses Bauprojekt war zweifellos einer der Gründe dafür, dass die restliche Strecke durch ein ziemlich trostloses Viertel verlief, sobald er dem Einbahnstraßensystem folgte, das ihn durchs Stadtzentrum führte. Hier kam er vorbei an mit Brettern zugenagelten Geschäften, viele versuchten mit Schildern »Zu vermieten« auf sich aufmerksam zu machen, so wie ein verzweifelter Anhalter den Daumen in den Wind hält.

Die Papierfabrik Crabble lag auf der anderen Seite der Stadt. Einst galt sie als ein weiterer wichtiger Wirtschaftsfaktor von Dover, und das edle Papier der Marke »Conquerer« war weltweit bekannt gewesen, aber das war inzwischen Geschichte. Danny hatte die Fabrik als Kind einmal mit seiner Schulklasse besucht. Damals herrschten in den Hallen große Hitze und geschäftiger Lärm, und der Zellstoffbrei hatte einen sonderbaren, intensiven Duft verströmt, wie er ihn noch nie gerochen hatte. Jetzt entstanden auf den früher mit Lastwagen vollgestellten Fabrikhöfen, die auf ihre Ware warteten, neue Wohnsiedlungen, an denen noch immer gebaut wurde. Das ganze Gelände umfasste ein Bauprojekt, in das die alte Fabrik eingebunden war.

Als er dort ankam, lag der Fabrikhof in Dunkelheit. Ein Tor im Maschendrahtzaun war halb aufgeschoben, und eine dicke Kette hing bis auf den Boden. Nur ein hell erleuchtetes Fenster stach von fern aus der Dunkelheit hervor.

»Folgen Sie dem Licht«, murmelte Danny, während er zu dem Fenster hinüberspähte. Aus lauter Nervosität lachte er unwillkürlich auf.

Seine Autoscheinwerfer hatten zumindest noch schwaches Licht gegeben, doch als er den Wagen abschloss, vertiefte sich die Finsternis um ihn herum. Der Maschendraht des Tors wirkte in der Dunkelheit wie eine graue Platte, und als er hindurchtrat, machten seine Füße ein scharrendes Geräusch auf dem unebenen Boden. Das Tor führte zu einer Estrichfläche mit Randstein und Ablaufrinnen wie bei einer Zufahrt. Linker Hand lag die verfallene Ruine des alten Fabrikgebäudes, und zu seiner Rechten erhob sich eine Reihe neu gebauter Wohnhäuser, die dem ursprünglichen Fabrikgebäude stilistisch nachempfunden waren, und dennoch wirkten sie hier auf dem Gelände wie Eindringlinge. Die Zufahrt zu ihnen machte eine Biegung nach links und verschwand hinter der alten Fabrik. Die meisten der Häuser wirkten wie Gerippe, ihre Tür- und Fensteröffnungen wie leere Augenhöhlen und offene Münder. Ein Minibagger zur Rechten machte den Eindruck, als ruhe er sich von seinem Tagwerk aus. Er stand unter großen Strahlern, die nicht sehr stabil auf einem wackligen dreibeinigen Gestell angebracht waren, doch das Licht war ausgeschaltet. Das alles ergab keinen Sinn, aber er hatte schon oft gehört, dass diese Baustellen immer wieder von Metall- und Baumaschinendieben heimgesucht wurden.

Danny war froh, dass es zumindest dunkel war. Er hatte keine Ahnung, was ihn erwartete, und war nicht unglücklich darüber, im Schutz der Dunkelheit zu dem beleuchteten Fenster zu schleichen. Er wollte wenigstens einen Blick hineinwerfen, ob dort drinnen jemand war. Dann blieb noch genug Zeit, um zu entscheiden, dass sein Auftauchen Unsinn gewesen war, und einfach wieder zu verschwinden. Er wählte einen Weg links am Gebäude entlang, wo es am dunkelsten war. Der Boden war hier sehr holprig, und er stolperte über lose Erdbrocken und tappte in Schlaglöcher, denn seine Augen hatten sich noch nicht an die Dunkelheit gewöhnt.

Als er sich dem Licht näherte, blieb er stehen. Er sah jetzt, dass es gar kein erleuchtetes Fenster war, sondern ein Eingang. Dieser Teil der Häuserreihe wirkte schon viel fertiger als der Rest. Die Innenwände schienen sogar gestrichen. Sie glänzten hell im Licht, sodass er blinzeln musste. Das Haus vor ihm hatte schon Fensterrahmen, und die Eingangstür stand weit offen.

»Hallo, Fremder im Anzug, der mir Antworten versprochen hat. Sind Sie da drin?« In Dannys Kopf pochte es, und der Kater setzte ein. Dennoch hatte er sich noch nie nüchterner gefühlt. Es war eine verrückte Situation, umso mehr, als er in die leere Diele hineinblickte und vor sich eine Holztreppe ohne Geländer sah. Auf dem Fußboden war frischer dunkelgrauer Estrich verlegt, und braune Stiefelabdrücke führten in alle Richtungen. Er entdeckte einen Pfeil, der mit gelber Kreide auf den Boden gemalt war. Daneben stand ein einzelnes Wort in Großbuchstaben:

DANNY.

Der Pfeil zeigte nach rechts. Er trat ins Haus.

»Hallo?« Er rief jetzt lauter, und seine Stimme hallte wider, als halte sie nichts oder niemand auf. »Das ist ganz und gar nicht komisch. Zeigen Sie sich endlich, oder ich gehe wieder.«

Keine Antwort. Die Eingangstür war mit leuchtend blauem Plastik geschützt, und ein abgerissenes Stück der Plane schlug im Wind gegen das Holz. Danny zuckte erschrocken zusammen und machte einen Satz zurück.

»Mach dich nicht lächerlich, Danny«, schalt er sich, aber sein Blick fiel wieder auf seinen Namen und den Pfeil am Boden. Er wies in Richtung einer weiß gestrichenen Tür ohne Griff. Er würde sie öffnen müssen, um zu wissen, was hier gespielt wurde. Er wusste, er konnte nicht von hier fortgehen, ohne herauszufinden, was dieser Witzbold hinter der

Tür für ihn versteckt hatte. Er machte einen Schritt darauf zu, legte die Hand aufs Holz und hielt den Atem an, um zu lauschen: nichts.

Die Tür ging nach innen auf, und dahinter war es noch viel dunkler. Das Licht aus der Diele reichte nicht aus, um den großen Raum zu erhellen. Er konnte so weit sehen, um eine Schicht halb durchsichtiger Plastikfolien zu erkennen, die quer durch den Raum aufgehängt war. Er konnte auch einen dunklen Schemen dahinter ausmachen sowie Werkzeug oder irgendwelche anderen Gerätschaften. Mitten auf den Plastikplanen war ein Stück Papier befestigt, auf dem in Druckbuchstaben stand:

DANNY. DU MUSST RUHE BEWAHREN UND DAS DURCHLESEN.

Unter dem Text war ein weiterer Pfeil, er deutete in die untere rechte Ecke des Blattes zu einem Metallstuhl, der direkt vor der Folie stand. Auf dem Sitzkissen lag ein schwarzer Schnellhefter, und neben der Tür sah er einen Lichtschalter. Er betätigte ihn und musste wieder blinzeln, denn es war plötzlich sehr hell im Raum. Er trat auf den Stuhl zu, hielt aber abrupt inne, als er ein schwaches Geräusch vernahm. Die Richtung, aus der es kam, war schwer zu bestimmen, es hätte auch von draußen kommen können. Es klang wie ein Scharren, vielleicht bewegte sich etwas im Wind.

Er nahm den Schnellhefter zur Hand. Als er ihn aufklappte, fiel sein Blick auf die erste Seite mit zwei Worten, die seinen Puls so stark in die Höhe trieben, dass er das Blut an seinen Schläfen pochen spürte: CALLIE EVANS.

Er blätterte um. Als Nächstes folgte ein gedrucktes Dokument, ein Textausschnitt im Stil eines Berichts. Er überflog ihn und las dabei so schnell, dass er keinen Sinn erfassen konnte. Er musste sich konzentrieren, langsamer lesen und seinen Blick an den Anfang zurückzwingen, damit er den Inhalt verstehen konnte:

Callie Evans war das fünfte entdeckte Opfer und wird im Folgenden O5 genannt.

O5 wurde zu Anfang auf derselben Plattform wie die anderen kontaktiert – über eine direkte Nachricht auf einer Social-Media-App zum Austausch von Fotos. Auf dem Mobiltelefon des Täters fanden sich eine Reihe von Chats mit O5, bei denen diese App genutzt wurde.

Danny schlug die Hand vor den Mund, und sein Blick fiel zurück auf das Blatt Papier mit den Druckbuchstaben:

DANNY. DU MUSST RUHE BEWAHREN UND DAS DURCHLESEN.

Dahinter registrierte er eine Bewegung. Dieser dunkle Schemen. Auch ein Geräusch war wieder zu hören, und diesmal bestand kein Zweifel, wo es herkam. Danny ließ den geöffneten Ordner auf den Stuhl sinken.

»Hallo?«, rief er. Seine Angst war verschwunden, und in seiner Stimme schwang Wut mit. »Was zum Teufel ist das?« Er fuhr mit der Hand über die Plastikplane vor ihm. Er bemerkte zwei Reißverschlüsse, die wohl die Bahnen zusammenhielten, um den Raum und was sich darin befand abzutrennen. Der dunkle Umriss bewegte sich erneut, aber so wenig, dass er daran zweifelte, was er sah. Dann hörte er wieder etwas – es klang wie ein ersticktes Stöhnen. Er zog einen der Reißverschlüsse ganz nach oben auf, bis er eine Kurve zur Seite beschrieb. Die Plastikfolie teilte sich und eröffnete ihm den Blick auf weit aufgerissene Augen, die ihn anstarrten. Wieder hörte er dieses erstickte Stöhnen. Es klang jetzt drängender, ein Mensch versuchte sich verständlich zu machen, konnte aber keine Wörter artikulieren. Ein abgeschnittener Flintenlauf, der ihm zwischen den Zähnen steckte, verhinderte das.

»Mein Gott! SCHEISSE!« Danny zuckte zurück und geriet ins Taumeln. Er blickte wild um sich, als erwartete er, dass sich weitere Türen öffnen, dass Leute hereinstürmen und ihm eine Erklärung zurufen oder gar, dass ein paar Kumpels laut lachend mit einer Kamera auf ihn losspringen würden. Sie hatten ihn an der Nase herumgeführt, so viel war sicher. Er würde dennoch wütend sein – stinkwütend. Aber zugleich auch erleichtert.

Aber niemand stürmte herein.

Er starrte auf die Szene vor ihm. Das Stück Plastikfolie, das er mit dem Reißverschluss geöffnet hatte, hing hinunter auf den Boden, und der Mann dahinter wirkte wie in einem Spinnennetz aufgehängt. Nur die Zehenspitzen berührten den Boden, während seine Hände stramm hinter seinem Rücken gefesselt waren. Um seinen Brustkorb und die Hüften waren Seile gewickelt, sie drückten sein Gewicht nach unten und hielten den Körper nach vorn geneigt. Ein weiteres Seil verlief unter seinem Kinn und zog seinen Kopf nach oben, sodass sie beide einander anstarrten. Je eine schwere Hantel hing ihm von den Schultern, um seinen Kopf in dieser Stellung zu halten. Die Flinte war auf einem dreibeinigen Gestell angebracht, ähnlich jenem, das er draußen als Ständer für den Scheinwerfer gesehen hatte. Beides sah ziemlich behelfsmäßig aus. Der abgeschnittene Flintenlauf steckte tief in seinem Mund, eingeklemmt zwischen der oberen Zahnreihe und dem Unterkiefer, der so weit offen stand, dass das Tattoo, das sich von seiner Brust bis hinauf zum Hals erstreckte, ganz verzerrt war und von pulsierenden Adern durchzogen wurde. Es zeigte einen Vogel mit weit ausgebreiteten Flügeln – vielleicht einen Adler. Weitere gurgelnde Laute entrangen sich der Kehle des Mannes – das Einzige, wozu er fähig war.

Danny suchte mit dem Blick nach etwas, um die Qualen des Mannes zu beenden. Ein Messer, eine Axt, irgendetwas, womit er ihn losschneiden könnte. Dabei fiel sein Blick wieder auf das Blatt mit den Druckbuchstaben, das auf den Boden gefallen war.

DANNY. DU MUSST RUHE BEWAHREN UND DAS DURCHLESEN.

Er nahm den Schnellhefter wieder zur Hand und las weiter.

T1 kontaktierte zunächst O5. Wie bei früheren Anfragen gab sich T1 als jüngerer Mann aus und behauptete, sich für Fußball zu interessieren. Von Informationen, die O5 in den sozialen Netzwerken gepostet hatte, wusste er, dass zu ihren Interessen Fußball zählte. Bald war ein enger Kontakt hergestellt, und wie bereits zuvor sprach T1 bald sexuelle Themen an.

O5 widersetzte sich zunächst. Anscheinend benötigte T1 ziemlich lange, um O5 zu überzeugen, überhaupt Fotos zu schicken, und solche mit eindeutigem sexuellem Bezug folgten erst, als ihr von T1 Beispiele geschickt wurden, die O1, O3 und O4 geliefert hatten. Dieses Vorgehen zeigte T1 auch in anderen Fällen. Er versuchte, das Senden solcher Fotos als »normal« darzustellen, indem er sie als »Kunst« ausgab und behauptete, das sei etwas, das unter »Freunden so üblich sei«.

O5 schickte ein Foto, auf dem sie unbekleidet war. Auch danach folgte T1 dem zuvor angewandten Muster, und seine Nachrichten wurden drängender, bis er ein Bild erhielt, das seinen Bedürfnissen entsprach. An diesem Punkt drohte T1 sofort, dieses Foto mit anderen zu teilen, falls O5 seine weiteren Forderungen nicht erfüllte.

Danny war unten auf der Seite angekommen, und er schüttelte den Kopf, wie um seine Gedanken klarzubekommen. Er hatte diesen Bericht noch nie zuvor gesehen, und er hatte auch nichts dergleichen je von der Polizei gehört. *Woher kam er?* Alles, was sie wirklich wussten, war, was Callie ihnen erzählt hatte – sie war übers Internet erpresst worden, Fotos zu schicken, aber sie wusste nicht, von wem. Das war alles. Die Polizei hatte gesagt, auf ihrem Handy sei nichts mehr erhalten, das weiterhelfe. Callie hatte es auf Werkseinstellung zurückgesetzt – und laut der Polizei konnte man keine Daten wiederherstellen. Callie hatte ausgesagt, sie sei, als Teil der Drohungen, dazu angewiesen worden, alles zu löschen. Doch ein Privatermittler hatte vielleicht mehr herausfinden und Antworten bekommen können.

Danny richtete den Blick auf den Mann vor ihm. Er war so angespannt, dass er seine Zähne fest zusammenbiss, so als wäre er selbst gefesselt und nicht der Typ vor ihm. Erst nach einer Weile schaffte er es, zu sprechen.

»Sie wissen, was das ist?« Dannys Worte klangen heiser. Der Mann war jetzt still, und seine aufgerissenen Augen glänzten vor Tränen. »Ich glaube, ich weiß, was es ist. Und wenn ich recht habe, dann weiß ich wohl auch, wer Sie sind, warum Sie hier sind.«

Danny machte eine Geste mit dem Schnellhefter. »Heulen Sie deswegen? Wissen Sie, wer ich bin?« Er blätterte die Seite um und las weiter:

Wie alle anderen Opfer vor ihr schickte O5 immer anzüglichere Fotos, um den Forderungen von T1 nachzukommen. Die Drohungen nahmen zu, zum Beispiel gab T1 vor, die E-Mail-Adressen der Lehrer und zahlreicher Familienmitglieder von O5, darunter auch die ihrer Eltern, zu kennen.

Die Eltern sind Danny und Sharon EVANS, wohnhaft in 54 Prospekt Close, Lydden, Dover. Danny EVANS ist anscheinend eine lokale Berühmtheit als Fußballer bei Dover Athletics. T1 war sich dessen bewusst und deutete im Zuge seiner Drohungen mögliche Konsequenzen für Danny EVANS an.

Weitere verwendete Messenger-Dienste zeigen, dass O5 sich von ihrer Familie und ihren Freunden immer stärker abkapselte und sich ihnen nicht anvertraute. Ihre Verzweiflung brachte sie dazu, über Twitter Kontakt mit SOPHIE CUMMINGS aufzunehmen. Dieser Twitter-Account enthielt Nachrichten von einer weiblichen Person, die anfänglich ein ähnliches Problem beschrieb – nämlich dass sie erpresst wurde, anzügliche Nachrichten und Videos zu schicken. O5 und »Sophie Cummings« chatteten intensiv, und »Sophie Cummings« riet O5 davon ab, andere Personen ins Vertrauen zu ziehen. O5 und »Sophie Cummings« kannten sich außerhalb der sozialen Medien nicht.

Von »Sophie Cummings« ist inzwischen bekannt, dass es sich dabei um T1 mittels eines Fake-Profils handelte. Er wandte dabei dieselbe Methode an wie bei allen anderen Opfern.

Der letzte Austausch zwischen T1 (unter dem Namen Sophie Cummings) und O5 lautete folgendermaßen:

O5: Ich kann nicht mehr! Das muss ein Ende haben. Er will jetzt ein Video von mir. Und dass ich darin etwas wirklich Ekliges mache. Bitte, sag mir, was ich tun kann? Du meintest, er würde das Interesse verlieren und andere kontaktieren. Warum lässt er mich nicht einfach in Ruhe?!

SC: Ich weiß. Es tut mir so leid, dass ich falschlag … Er lässt mich auch nicht in Ruhe. Es gibt nur einen Ausweg für mich … für uns. Darüber haben wir schon gesprochen. Es wird so sein, als ob wir uns schlafen legen. Bring dich um, Callie.

Der Schnellhefter glitt Danny aus der Hand, und die Plastikhülle klatschte auf den harten Boden, sodass es von den Wänden widerhallte wie ein Knallkörper. Danny zuckte heftig zusammen. Er blickte darauf hinunter wie in Schockstarre, hinter seinen Augen hämmerte es, und mit jedem pochenden Pulsschlag schien sich der Nebel in seinen Gedanken noch weiter zu verdichten.

»Sie hätte doch mit mir reden können! Mit jedem von uns … Ich hatte keine Ahnung … Wir konnten es nicht wissen!« Er sah zu dem Mann ihm gegenüber, der ihn immer noch intensiv beobachtete. Dann reagierte er, indem er wegschaute, den Blickkontakt zum ersten Mal abbrach. Danny brauchte einen Moment, um sich zu fassen und seinen Atem wieder unter Kontrolle zu bringen. Dann bückte er sich und hob den Schnellhefter auf, dabei ließ er den Mann vor ihm keinen Moment aus den Augen.

Auf der nächsten Seite standen nur zwei Wörter:

MARCUS OLSEN.

Er blätterte um und fand einen weiteren Bericht, im selben Stil geschrieben:

Marcus Olsen ist der Täter bei allen Opfern. Er wird ab jetzt als T1 bezeichnet.

Darunter befand sich ein Polizeifoto, unter dem »T1« stand. Es war ein Farbfoto und zeigte einen untersetzten Mann mit kurz geschorenem Haar und dünnen Lippen, umgeben von einem Stoppelbart. Er sah aus wie Mitte, Ende dreißig. Das Foto zeigte ihn mit nacktem Oberkörper, daher erkannte man das große Adler-Tattoo. Die Flügel breiteten sich über seine Brust aus, der Kopf des Vogels reichte bis zur Mitte seines Halses und endete direkt unterhalb seines Kinns. Die dünnen Lippen des Mannes waren zu einem anzüglichen Grinsen verzerrt, ein Arm war angewinkelt und ließ vermuten, dass er ihn in die Hüfte gestemmt hatte. Das Foto wirkte wie der Ausschnitt einer Webcam-Aufnahme, es war von dürftiger Qualität, aber dennoch gut genug, um ihn zu erkennen. Danny starrte in die grinsenden Augen auf dem Foto. Als er den Blick hob, sah er dieselben Augen vor sich. Doch diesmal lächelten sie nicht. Und diesmal wurden die dünnen Lippen auseinandergehalten durch den Lauf einer Flinte.

»Marcus Olsen.« Dannys Kehle war jetzt so trocken, dass es wehtat. Er beobachtete den Mann vor sich genau, als er dessen Namen sagte, und erkannte zweifellos eine Reaktion, soweit ihm das mit dem fixierten Kopf möglich war. Er zuckte, als versuchte er den Kopf zu schütteln, als sei das alles ein großer Irrtum.

Aber das glaubte Danny nicht. Keinen Augenblick lang.

Er blickte wieder in den Schnellhefter und las den weiteren Text jetzt laut vor, fast wie bei einem Vortrag.

»T1 ist ein zweifach verurteilter *Pädophiler.* Seine vormalige Straftat bestand im Besitz von pornografischen Abbildungen von Kindern, darunter solche des höchsten Schweregrades.« Danny hob den Blick, um den Augenkontakt wiederherzustellen. »Marcus Olsen, der Pädophile«, sagte er verächtlich. Dann las er weiter vor: »Die weiteren Ermittlungen ergaben, dass er sich eine Zielperson aussuchte, die ihm Zugang zu einer Reihe weiterer Opfer eröffnete, ein Vorgehen, das dem gleicht, wie wir es bei O1 bis O5 erkennen konnten.« Danny machte eine Pause und fuhr dann fort: »Es gibt einen Zeitraum von vier Jahren zwischen der Haftentlassung von T1 nach seiner zweiten Verurteilung und seinem ersten Kontakt mit O1. Mit hoher Wahrscheinlichkeit gab es weitere Straftaten in diesem Zeitraum. Marcus Olsens Vorgehen lässt auf einen Serien- und Intensivstraftäter schließen, dessen Auswirkung durch den sexuellen Missbrauch auf seine Opfer so gravierend ist, dass eine Reihe von ihnen sich das Leben nahm. Des Weiteren wird anhand seiner Manipulationen deutlich, besonders im Fall von O5, dass er dazu übergeht, sich seine Opfer aktiv für seine Taten gefügig zu machen, und anschließend versucht, sie zu zwingen, ihr eigenes Leben zu beenden, um damit die Spuren seiner Straftaten zu beseitigen.« Danny überflog den nächsten Satz und musste innehalten, um ihn ganz zu verstehen. Er schluckte ein paarmal, wollte ihn laut vorlesen, aber seine Kehle war wie zugeschnürt. Er fixierte den gefesselten Mann vor sich, dann wandte er sich ab und stieß zwischen zusammengebissenen Zähnen die Worte hervor: »Im Fall von O5 ist erwiesen, dass T1 die Tabletten bereitstellte, die O5 bei ihrem Selbsttötungsversuch einnahm.«

Danny legte den Schnellhefter mit langsamen und bewussten Bewegungen auf den Stuhl zurück. Er spähte wieder um sich, dann hielt er den Atem an, solange er konnte. Er wollte einen Moment innehalten, nachdenken, aber auch lauschen, um sicher zu sein, dass er allein war. Sie hatten nie herausfinden können, woher Callie ihren Tablettencocktail gehabt hatte. Es gab Gesetze, um den Verkauf von Paracetamol in toxischen Mengen zu verhindern – eine Fünfzehnjährige sollte keine einzige Tablette davon kaufen dürfen. Die Polizei hatte dennoch Nachforschungen darüber angestellt, wo sie sie hergehabt haben könnte. Die Ärzte hatten die Wirkung der starken Schmerzstiller mit Gegenmitteln aufheben können, aber das Paracetamol hatte eine akute Leberschädigung verursacht, weswegen sie im künstlichen Koma gehalten werden musste. Das Beatmungsgerät hatte dann eine Lungenentzündung hervorgerufen, und sie hatten sie fast verloren. Er hatte sie fast verloren. Und das konnte immer noch passieren.

Im Moment hörte er nur den Mann ihm gegenüber, sein schweres und unregelmäßiges Luftholen in flachen Atemzügen, als sei er in Panik. Sie verursachten weitere Geräusche in seiner Kehle, vielleicht war es ein Stöhnen, was auch immer er zustande brachte.

»Seien Sie still!«, schrie Danny und richtete sich zu voller Größe auf. Der wütende Aufschrei reizte seine Kehle, und er musste ausspucken. Dabei trat er weiter vor, näher an Marcus Olsen heran, und zwang damit den Mann, ihm in die Augen zu sehen.

Der andere hielt nur für einen Moment stand, bevor er die Augen niederschlug. Danny folgte seinem Blick, und das Gesicht des Mannes verzog sich zu einem breiten Grinsen. »Ich hab nicht einmal gewusst, dass ich das getan habe.« Marcus Olsen starrte auf die Flinte, insbesondere dorthin, wo Dannys rechter Zeigefinger nun auf dem Abzug ruhte, während die linke Hand den verstümmelten Lauf umfasste, als wollte er ihn ruhig halten, und dabei Olsens Lippen ganz nahe kam. Danny konzentrierte sich auf das Gefühl des Abzugs an seinem Finger. Er hatte etwas Spiel, und er zog daran, bis er den Widerstand spürte. Auf einmal fühlte er sich gut, machtvoll. Dieser Mann war ihm ausgeliefert. Genauso wie es sein sollte.

»Sollen wir nachsehen, ob da noch etwas drinsteht? Vielleicht gibt es eine weitere Seite, auf der erklärt wird, dass das alles nur ein schrecklicher Irrtum war!« Danny benutzte seine linke Hand, um den Schnellhefter aufzuheben. Die nächste Seite war anders gestaltet. Darauf waren Screenshots von Chats abgebildet, an denen seine Tochter teilgenommen hatte. Callies Sätzen war diesmal ihr Name vorangestellt, und jedes Mal, wenn Danny ihren Namen las, zuckte er innerlich zusammen. Er musste einen Schritt zurücktreten und sich aufrichten, um atmen zu können, und dabei musste er die Waffe loslassen.

Der Chatverlauf machte die Verzweiflung seiner Tochter deutlich. Sie bat – flehte – darum, in Ruhe gelassen zu werden. Sie bat ihren Peiniger inständig, dass er die Fotos und die Videos, die sie geschickt hatte, nicht weiterverbreitete. Sie flehte darum, dass er ihren Eltern nichts sagte. Der Chat mit »Sophie Cummings« war ebenfalls wiedergegeben. Callies Verzweiflung wurde darin noch deutlicher. Sie äußerte sich darin offener; es war klar, dass sie dieser Person vertraute. Und warum hätte sie das nicht tun sollen? Sie glaubte daran, dass es eine Verbindung zwischen ihnen beiden gab – zwei Mädchen, die dasselbe Trauma durchlebten.

Danny blätterte eine Seite weiter. Das nächste Blatt beinhaltete nur eine Chatsitzung: den letzten Austausch zwischen Callie und »Sophie Cummings«. Die letzte Antwort war mit gelbem Leuchtstift markiert:

Bring dich um, Callie.

Das Datum war der 3. Januar. Ein Tag, der auf immer in sein Gedächtnis eingebrannt sein würde. Der Tag, an dem seine fünfzehnjährige Tochter in aller Stille ein Taxi zu einem Park genommen hatte, den sie liebte und wo Danny sie als kleines Mädchen oft auf der Schaukel angeschubst hatte. Von diesem Tag an hatte sich ihrer aller Leben für immer verändert.

Danny hielt inne und richtete seinen Blick wieder auf den Mann, der dafür verantwortlich war. Nach all dieser Zeit – hier war er. Hilflos. Verletzlich. Danny musste eine Zeit lang alles ausgeblendet haben, denn er nahm plötzlich wahr, dass der Mann den Kopf schüttelte und stöhnte. Danny war sich sicher, dass er um Gnade bat, dass er darum flehte, verschont zu werden.

Genau so wie Callie es getan hatte.

Danny blätterte um zur letzten Seite des Schnellhefters. Dort stand eine Nachricht, die an ihn selbst gerichtet war. Er überflog sie, erfasste aber ihren Sinn nicht – nicht mehr. Den Schnellhefter schleuderte er von sich, und das Geräusch, als er auf dem Boden aufkam, war kaum hörbar, als hätte sich der Raum plötzlich mit Wasser gefüllt, um das Geräusch zu ersticken. Auch der Mann vor ihm war jetzt still und starrte Danny unverwandt an.

»Sie wissen, wer ich bin, nicht wahr?«, fragte Danny. »Callie … Sie ist meine Tochter. Ich sollte wütend sein.« Danny musste innehalten, er schluckte ein paarmal schwer, um seine Kehle zu befeuchten und weitersprechen zu können. »Einen Moment lang dachte ich, die Wut würde kommen, aber ich kann einfach nichts *fühlen*. Das geht mir schon seit einer ganzen Weile so. Es ist, als hätte Callie diese Fähigkeit mit sich genommen, in dem Moment, als sie auf dieser Bank zusammensank, war es verschwunden. Wenn sie nicht mehr aufwacht, werde ich es glaube ich auch nicht mehr tun. Ich spüre nur eines: Furcht. Ich fürchte mich *jeden einzelnen Tag*. Und dann fühle ich mich schuldig, das ist erdrückend, als wollte ich, dass sie nur für mich aufwacht, um meinetwillen. Und wissen Sie was, das ist wahr, denn ich will *uns* zurück, ich will wieder die Familie, die ich hatte … meine Familie.« Er schluckte wieder. »Sie war alles für mich. Aber jetzt ist es, als wäre eines der Glieder taub geworden, und wir warten einfach darauf, dass das Gefühl zurückkehrt und wir uns wieder bewegen können. Aber vielleicht kommt Callie nicht zurück. Nicht so, wie sie war, nie mehr. Daher müssen wir vielleicht einen Weg finden, um ohne sie weiterzugehen, und ich habe so große Angst, dass wir das nicht schaffen. Dass ich es nicht schaffe. Und vielleicht geht es hier genau darum.«

Danny trat einen Schritt vor, und durch seine Betäubung hindurch spürte er, wie der Schaft der Waffe gegen seine Brust stieß. Er bewegte seine rechte Hand und überwand das Spiel im Abzug – er nahm erneut bewusst wahr, wie es sich anfühlte, das Metall zurückzuziehen. »Vielleicht können wir so unseren Weg weitergehen.«

Der Mann gab wieder einen Laut von sich, den lautesten bisher, ein kehliges Stöhnen aus der Tiefe seines Rachens – flehend.

Danny betätigte den Abzug.

KAPITEL 5

Donnerstag

6 Uhr 30. Kalt, frisch. Ein stahlblauer Himmel, der mit dem Eisblau des Meeres verschmilzt. Sanft plätschernde Wellen auf klackernden Kieseln. Der Schrei einer Möwe und der Geruch ihrer Beute. Überwältigende Sinneseindrücke – doch Danny Evans nahm nichts davon wahr.

»Morgen!«, grüßte ein Mann im Vorbeilaufen. Die Strandpromenade von Dover war eine beliebte Strecke bei Joggern, die versuchten, ihr Sportpensum noch vor der Arbeit zu erledigen. Auch Danny ging hier in der Off-Season laufen; er fühlte sich immer besser, wenn sein Tag mit einer Runde Joggen begann. Doch heute war alles anders. Er hatte die ganze Nacht über kein Auge zugetan, hatte nicht einmal versucht zu schlafen. Ständig musste er daran denken, was auf der letzten Seite des Schnellhefters gestanden hatte. Es waren Anweisungen für ihn gewesen und ein paar Worte dazu, was als Nächstes passieren würde. Bei ihm angekommen war jedoch nur eines: dass er den Ort des Geschehens verlassen sollte und man sich um alles Weitere kümmern würde. *Kümmern?* Er hatte keine Ahnung, was das genau bedeuten sollte, aber doch genügend Polizeiserien angeschaut, um es zumindest erahnen zu können: sauber machen, aufwischen, wegräumen. Die Leiche so entsorgen, damit sie nie gefunden würde. *Die Leiche entsorgen!*

Er war ein Mörder.

Er hatte sich hastig davongemacht, noch immer wie benebelt von einer Bestürzung, die wuchs, als er merkte, dass die erwartete Erleichterung ausblieb. Er hatte keine Erregung verspürt, keine Befriedigung oder Befreiung. Er hatte geglaubt, alles über Rache zu wissen, lange genug darüber nachgegrübelt zu haben – doch Rache war kein Gefühl, sondern eine Handlung, und er hatte sich keine Gedanken darüber gemacht, was danach kam.

Er fühlte sich elend. Und er hatte immer noch schreckliche Angst, nur graute ihm jetzt bei der Vorstellung, dass niemand etwas getan haben könnte, seit er in der vergangenen Nacht vom Ort des Geschehens geflüchtet war. Dass dort alles noch so war, wie er es hinterlassen hatte. Marcus Olsen hatte sich kaum bewegt, als er den Abzug gedrückt hatte – die Fesseln waren zu stark und straff gespannt gewesen –, dafür aber der hintere Teil seines Kopfes. Er war fast vollständig weggerissen worden. Olsen hatte auch eine ganze Menge Blut verloren, das an der Wand hinter ihm gelandet und dann über die grauenhaften Spuren des Schusses herabgelaufen war.

Und jetzt saß Danny hier, an diesem strahlend schönen frühen Morgen, umgeben von vergnügten Joggern, die ihm einen guten Tag wünschten, als wäre er einer von ihnen, ein ganz normales Mitglied der Gesellschaft. Doch das war er nicht. Ab jetzt war alles anders.

Über dem Meer ging die Sonne auf, doch er drehte ihr den Rücken zu und machte sich auf den Weg zu seinem Auto. Er verspürte einen überwältigenden Drang, zu dem Baugelände zurückzukehren, auch wenn er sich lieber nicht vorstellte, wie es dort bei Tageslicht aussehen mochte. Das einzige Bild, das in diesem Moment vor seinem inneren Auge auftauchte, war das einer strahlend weißen Wand, über die sich Streifen in verschiedenen Rottönen zogen. Er hatte keine Ahnung, was er dort sollte, und er wusste, dass es klüger wäre, sich fernzuhalten, doch aus irgendeinem Grund musste er es einfach sehen.

Auf den Straßen war nicht viel los. Danny folgte demselben Einbahnstraßensystem wie in der Nacht zuvor. Bei Tageslicht wirkten die mit Brettern vernagelten Ladenfronten noch trostloser. Durch die London Road gelangte er zum Stadtrand, wo Buchmacher, Gebrauchtmöbelgeschäfte und Imbissläden sich mit schöner Regelmäßigkeit abzuwechseln schienen. Zu seiner Linken driftete der Snookerclub vorbei, in dem er einen großen Teil seiner Jugend verbracht hatte. Als die Straße eine Kurve machte und vor ihm der River Dour auftauchte, konnte er mehrere dicht nebeneinander geparkte Autos sehen, auf deren Windschutzscheiben in dicken Ziffern der Preis angeschrieben stand – hier hatte er sein erstes Auto gekauft. Die Stadt steckte für ihn voller Erinnerungen. Hier war er aufgewachsen und hatte sich schließlich einen Namen gemacht als einer von hier: als Kapitän der örtlichen Fußballmannschaft.

Doch jetzt würde er zu all diesen Erinnerungen eine weitere hinzufügen müssen.

Als er an der Papierfabrik vorbeifuhr, drosselte er sein Tempo. Zu seiner Linken erschien das Tor, durch das er das Gelände betreten hatte. Hier hatte er einen Mann getötet.

Obwohl es erst kurz vor sieben Uhr war, herrschte bereits eine gewisse Geschäftigkeit. Gleich hinter dem Tor parkte ein weißer Transporter, bei dem zwei Männer standen, jeder von ihnen hatte eine jener unverkennbaren Frühstückstüten in der Hand. Hinter ihnen konnte Danny drei weitere Personen in Signalwesten ausmachen. Sie befanden sich ein gutes Stück weiter entfernt, im hinteren Teil des Geländes, und damit in der Nähe jenes Hauses, in dem er in der Nacht zuvor gewesen war. Sonst konnte Danny in dem kurzen Augenblick, als er am Tor vorbeirollte, nichts erkennen. Es wirkte alles ziemlich normal.

Als Nächstes kam auf der linken Straßenseite eine Tankstelle, bei der Danny anhielt und ausstieg. Es war ein kalter Morgen. Mit gesenktem Kopf entfernte er sich von seinem

Auto und ging den Gehweg entlang zurück zum Baugelände. Der weiße Transporter stand nun an einer anderen Stelle: zwar nach wie vor in der Nähe der Einfahrt, doch so, dass Danny die Beschriftung an der Seite erkennen konnte, die die beiden Insassen als Elektriker auswies. Sie standen immer noch neben dem Wagen, und aus ihren Bechern stieg heißer Dampf auf. Danny war nahe genug, um einen Gesprächsfetzen aufzuschnappen: *»Schon wieder die Beleuchtung von dem Gelände. Die verdammten Ratten, wie beim letzten Mal. Sie kommen aus dem Fluss und nagen hier alles kaputt! Ich sag dir was, mein Junge: Hier darfst du dein Sandwich nicht eine verdammte Sekunde lang aus der Hand legen!«*

Der Mann, der eben gesprochen hatte, lachte übertrieben laut auf, als er seinem Kollegen auf die Schulter klopfte, und dann noch einmal lauter, weil er dessen Kaffee damit zum Überschwappen gebracht hatte. Dann hob der Maulheld seinen Arm und deutete theatralisch zu einem der Flutlichtstrahler hinauf. *»Dann schaut mal, Jungs, dass ihr euren Arsch hochkriegt und das Ganze wieder zum Laufen bringt!«*

Danny konnte seine Schritte nicht noch mehr verlangsamen, sodass er schon bald außer Hörweite war. Er wusste nicht mehr ganz sicher, welches der Häuser er in der Nacht zuvor betreten hatte, sondern nur noch, dass es eines im hinteren Teil des Geländes gewesen war und der Eingang zum Tor hin gezeigt hatte. Doch jetzt gab es keine einzige offene Tür. Irgendwer musste sie hinter ihm geschlossen haben. Er erinnerte sich, wie er das Haus in Panik verlassen hatte und quer über das Gelände zurückgerannt war. Er selbst war ganz sicher nicht stehen geblieben, um die Eingangstür zu schließen. Es musste also jemand anderes gewesen sein, denn sonst würden sie längst wissen, was geschehen war. Jeder würde es wissen. Eine offene Tür wäre jedem aufgefallen; sie wären hineingegangen und hätten gesehen, was er getan hatte, und es würde nicht lange dauern, bis es hier von Polizisten nur so wimmelte.

Danny ging zu seinem Auto zurück, und seine Schritte beschleunigten sich. Er wollte nur noch weg. Es war ein Fehler gewesen, hierherzukommen.

KAPITEL 6

Den ersten Schuss sah Joel Norris schon von Weitem kommen. Blitzschnell drehte er sich aus der Hüfte heraus und warf eine Schulter zurück, sodass er in einer steilen Aufwärtsbewegung durch sein Blickfeld zuckte. Er war vom Boden aus abgefeuert worden, genau von dort, wohin seine eigene Waffe nun zielte. Joel feuerte zweimal kurz hintereinander, traf beide Male und wandte sich dann dem lärmenden Ansturm der übrigen Angreifer zu. Es waren zu viele. Sie erwischten ihn an Brust und Beinen. Ein weiterer Treffer blitzte quer über sein Gesicht, dann wurde es rot vor seinen Augen.

Sein Brustpanzer erbebte heftig, während die Waffe in seiner Hand mit dem Gedudel eines Computerspiels aus den Achtzigern zu vibrieren begann. Sein Blick traf sich mit dem seiner sechsjährigen Tochter – sie kauerte am anderen Ende des Flurs, verborgen im Schatten eines eingestürzten Spielhäuschens. Nur mit Mühe konnte er erkennen, wie sie den Kopf schüttelte.

»Moment mal!«, protestierte er. »Du kannst dich doch nicht das ganze Spiel über hier verstecken!«

»Sprich nicht mit mir!«, zischte sie zurück. Während seine Laser-Sensor-Weste gerade einen Neustart machte, stürmte das blaue Team an ihm vorbei, dem Feind entgegen, mit dem er sich gerade unterhalten hatte. Seine Tochter setzte sich tapfer zur Wehr. Hinter dem Spielhäuschen blitzten wütende rote Lichtstrahlen hervor, und sie wich aus, so gut es ging, während sie mit der linken Hand den Sensor zuhielt, um ihre Chancen zu erhöhen. Sie setzte mindestens vier Angreifer außer Gefecht, doch schließlich drang doch ein Treffer durch ihre Weste und ließ diese vibrieren und aufleuchten. Vor Wut schnaubend stapfte das Mädchen durch den Flur davon. Joel folgte ihr ein paar Schritte und verdrehte enttäuscht die Augen, als eine Hupe ertönte. *Game over.*

»Du warst doch super!«, rief er. Die Beleuchtung in der Halle ging an und zeigte eine schmollende Sechsjährige, die sich gerade damit abmühte, die Riemen ihres Brustpanzers aufzuzerren. Die Laserpistole hatte sie bereits neben sich auf der Bank abgelegt.

»Du hast gesagt, dass du das kannst!«, fuhr sie ihn an. »Genauso hast du's gesagt. Aber du bist einfach zu groß und zu langsam!« Endlich hatte sich seine Tochter aus der Weste geschält. Sie warf sie neben ihre Waffe und marschierte auf den Ausgang der Spielarena zu.

»Magst du nicht wenigstens noch die Ergebnisse abwarten?«, rief Joel ihr hinterher, während sie die Tür öffnete. Dahinter sah er seine Frau stehen, mit einem breiten Lächeln, das jedoch schnell aus ihrem Gesicht wich. Fragend sah sie ihn an, über ihre Tochter hinweg, die wutentbrannt an ihr vorbeirauschte. Joel hatte gerade noch Zeit für ein Achselzucken, dann war die Tür wieder zugefallen. Er musste laut lachen. Dann kamen endlich die Spielergebnisse. Der pickelige Jugendliche, der sie verteilte, stutzte, als er den athletisch gebauten Neununddreißigjährigen mit den raspelkurzen Haaren sah, der gerade mit den Riemen der größten Weste kämpfte, die man in dieser Laser-Quest-Arena an die Spieler verteilen konnte. Als Joel sie sich endlich von seinem Bizeps gestreift hatte, ging er zu der Gruppe wartender Kinder hinüber, beugte sich über sie und streckte seine Hand nach dem Wertungsbogen aus. Ihm war es egal, was der junge Bursche über ihn denken mochte; als Vater zweier Töchter gewöhnte man sich so etwas schnell ab.

Der nebenan gelegene Indoor-Spielplatz war erfüllt von ohrenbetäubendem Lärm und schrillem Kreischen unzähliger Kinder. Es waren gerade Schulferien, und die Halle war mehr als voll. Joel steuerte auf einen Tisch im Cafébereich zu. Seine Frau hatte soeben wieder Platz genommen, und auch die sechsjährige Abigail Norris setzte sich gerade – und das war gut so, denn sonst hätte sie leicht über ihre eigene Unterlippe stolpern können. Sie schmollte immer noch und versuchte angestrengt, ihren Vater zu ignorieren.

»Wo steckt Daisy?«, erkundigte sich Joel nach der abwesenden Achtjährigen, die die Familie komplett machte.

»Sie hat ein paar Schulfreundinnen getroffen, und seitdem habe ich sie nicht mehr gesehen.« Michelle Norris setzte plötzlich eine ernste Miene auf. »Ich habe gehört, dass du da drin das ganze Team enttäuscht hast, Daddy?« Sie verkniff sich ein Lächeln, doch das Funkeln in ihren braunen Augen verriet sie.

»Könnte man meinen. Aber: Wir haben gewonnen!« Er wedelte mit dem Wertungsbogen in Richtung Abigail, die ihn jedoch immer noch keines Blickes würdigte.

»Bist du tatsächlich schuld daran, dass unser süßes kleines Mädchen abgeschossen wurde?«

»Vielleicht ein bisschen …«

Plötzlich stand Abigail auf, ging um den Tisch herum und setzte sich seitlich auf den Schoß ihrer Mutter. Dann streckte sie die Unterlippe noch weiter vor als bisher und wandte ihrem zu großen, zu langsamen Dad demonstrativ den Rücken zu. Joel prustete los.

Doch schon im nächsten Augenblick war ihm gar nicht mehr zum Lachen zumute.

Hinter dem breiten Grinsen seiner Frau, inmitten des aufgeregten Trubels, hatte er eine Polizistin entdeckt. Sie trug eine schneidige Uniform: eine weiße Bluse, die in einer Bundfaltenhose steckte, dazu frisch geputzte Schuhe und einen glänzenden Hut mit Krempe, in dem sich das blinkende Laser-Quest-Schild spiegelte, unter dem er gerade saß.

»Was ist los?« Michelles Stimme durchdrang den Lärm.

»Nichts, Schatz. Möchtest du noch einen Tee? Ich glaube, ich hole lieber mal etwas für das kleine Fräulein hier, als Friedensangebot.« Er war bereits aufgestanden, schaute aber noch einmal zu seiner Tochter hinüber und zwang sich zu einem Lächeln. Die Polizistin hatte ihre Arme leger vor der Brust verschränkt und wirkte auf den ersten Blick entspannt. Als Joel auf sie zuging, ließ sie sie seitlich am Körper herunterfallen.

»Erzählen Sie mir jetzt bitte nicht, dass Sie am Geburtstag meiner Tochter etwas von mir wollen«, grummelte er.

»Dann können Sie sich ja vorstellen, dass es um etwas Wichtiges geht, *Detective Inspector* Norris.«

Joel knirschte mit den Zähnen, als sie ihn mit seinem Dienstgrad ansprach. Heute war er nichts anderes als Vater und Ehemann. Inspektor würde er erst ab Montagfrüh wieder sein.

»Etwas Wichtigeres als meine Familie? Könnte sein, dass ich das anders sehe als Sie, *Superintendent*.«

»Wir haben einen Fall.« *Superintendent* Debbie Marsden wirkte immer angespannt, doch heute noch mehr als sonst.

Joel warf einen raschen Blick zu Michelle hinüber, die mit dem Rücken zu ihnen saß, die Schultern nach vorn gebeugt, während sie die kleine Abigail auf ihrem Schoß umarmte.

»Und es lohnt sich, dafür mein Eheglück aufs Spiel zu setzen, Madam? Immerhin haben Sie einen ziemlichen Aufwand betrieben, um mich zu finden. Wären Sie so nett?« Er winkte sie ein Stück weiter, um das Gespräch außer Sichtweite seiner Frau fortsetzen zu können. Marsden folgte ihm in einen Bereich der Cafeteria, der weniger einsehbar war.

»Woher wussten Sie überhaupt, dass ich hier bin?«

»Ich bin Polizistin. Und ich bin gut in solchen Sachen, Joel. Ich weiß immer noch, wie man Leute aufspürt.«

»Dann hat mich also jemand verpfiffen!«

»Ihr Nachbar. Einer, der draußen in der eisigen Kälte sein Auto gewaschen hat. Offenbar hat Ihre Tochter ihm erzählt, dass Sie sie zum ›Laserschießen‹ mitnehmen. Ist das denn wirklich eine geeignete Geburtstagsüberraschung für ein kleines Mädchen?«

Superintendent Marsden war eine ernste Frau, groß und kräftig gebaut. Sie war keinem bestimmten Dezernat oder Bereichsleiter zugeteilt; ihre Aufgabe bestand vielmehr darin, effiziente Verbesserungsmöglichkeiten innerhalb der gesamten Behörde zu finden. Es war kein leichter Job: Sie war im ganzen County unterwegs, musste alte Gewohnheiten aufbrechen und sich bei allen, denen diese vertraut waren, unbeliebt machen. Doch Debbie Marsden hatte zweifellos das Zeug dazu. Seit einer Weile stand Joel im Fokus ihres neuesten Projekts – wobei er immer noch bezweifelte, ob es das Richtige für ihn war.

»Geeignet? Sie macht das ganz hervorragend!« Joel wedelte mit dem Wertungsbogen, den er immer noch in der Hand hielt. »Die beste Schützin des gelben Teams! Und nur knapp hinter dem Gesamtsieger. Ehrlich gesagt macht mir das sogar fast ein bisschen Angst.«

»Nicht schlecht.«

»Allerdings. Und jetzt sollte ich lieber zu ihr zurückgehen.«

»Aber wir müssen mit dem Projekt vorankommen, Joel. Wie gesagt: Wir haben einen Fall.«

»Projekt!«, sagte Joel. Es war ein Reizwort für ihn – und es verschleierte, worum es dabei ging. Das Projekt, das Madam Marsden erwähnt hatte, stellte die bestehenden Strukturen des Dezernats für Schwerverbrechen in Kent letztendlich völlig auf den Kopf. Bislang hatte jeder Polizeibezirk seine eigene Einheit für Schwerverbrechen, die die Ermittlungen in ihrem Bereich übernahm. Marsdens neuester Optimierungsvorschlag sah dagegen ein zentral gesteuertes, mit Mitgliedern des Präsidiums besetztes Team vor, das immer dort zum Einsatz kam, wo man es gerade brauchte. Ihr Vorschlag hatte auch eine Beschreibung der Gegebenheiten in den existierenden Einheiten beinhaltet, in der es hieß, die Kriminalbeamten dort »sitzen untätig herum und warten auf den Tod«. Wer mit Schwerverbrechen zu tun hatte, war es gewohnt, auf Details zu achten; Joel konnte sich daher nur allzu gut vorstellen, wie das Wort »untätig« bei den Kollegen ankommen würde.

»Drüben in Dover ist eine Leiche an den Strand geschwemmt worden. Unter verdächtigen Umständen.«

»In welcher Hinsicht verdächtig?«, fragte Joel nach. »Selbstmordfälle sind dort unten ja nicht gerade die Ausnahme.«

»Das stimmt. Aber dass der Kopf fehlt, ist eher selten.«

Das überraschte Joel tatsächlich ein wenig. »Ist denn irgendwo ein Kopf aufgetaucht, den jemand vermisst? Fundsachen werden ja an anderer Stelle registriert, da wird leicht mal was übersehen ...«

»Ich dachte, Sie wollen so schnell wie möglich wieder zurück zu Ihrer Frau und Ihrer Tochter, Joel. Wir haben jetzt wirklich keine Zeit für solche Späßchen.«

»Sie haben ja recht. Aber irgendwie habe ich allmählich das dumpfe Gefühl, dass ich gleich an diesen Strand geschickt werde – und zwar nicht zu einem Familienausflug mit Besuch in der Eisdiele, sondern weil ich mit einem Stecken an etwas Totem herumstochern soll.«

»Die Leute vom CID sind bereits vor Ort; der zuständige Detective Sergeant hat mir direkt vom Fundort berichtet. Man hat die Sache als verdächtig eingestuft und versucht, sie loszuwerden. Eigentlich ist das Dezernat für Schwerverbrechen, Bereich Ost, dafür zuständig, aber die haben sich nicht gerade darum gerissen. Also habe ich mich der Sache angenommen und gesagt, dass sie sich nicht weiter darum zu kümmern brauchen.«

»Das Dezernat für Schwerverbrechen wollte den Fall nicht?«

»Es hätte keine Rolle gespielt, ob sie ihn wollten oder nicht. Er wäre so oder so bei Ihnen gelandet. Dieser Mord hier ist nicht besonders sexy, verstehen Sie?«

»Allerdings.« Joel war lang genug bei der Polizei, um genau zu wissen, was mit einem Mord gemeint war, der als »sexy« bezeichnet wurde.

»Wir haben hier nun mal keine hübsche Teenagerin mit abgehackten Trophäen und einem kreuzförmigen Brandmal auf der Brust, es geht kein Aufschrei durch die Presse, es gibt keine heulenden Eltern, und auf eine Dienstauszeichnung oder einen Buchvertrag wird es letztendlich auch nicht rauslaufen. Ich denke deshalb, es ist genau das Richtige für uns. Wie es aussieht, handelt es sich um irgendeinen bedauernswerten Versager, der keine echten Freunde, dafür aber eine Million potenzielle Feinde hatte. Der Detective Sergeant wird Ihnen das natürlich alles noch genauer erklären.«

»Sie meinen wohl, es ist das Richtige für *mich*.«

Zum ersten Mal schien es, als würde Marsden zögern. »Ja, das meine ich. Wenn Sie aber das Gefühl haben, der Sache nicht gewachsen zu sein …« Sie brach ab. Gespräche wie dieses lagen ihr nicht besonders. Joel war nun seit fast einem Monat nicht mehr im Dienst gewesen – aufgrund von *Überlastung*, auch wenn er sich das lange nicht hatte eingestehen wollen. Soweit er sich erinnern konnte, war es das erste Mal, dass er, ganz gleich weshalb, mehr als einen Tag freigenommen hatte, und entsprechend überrascht waren alle darüber gewesen – besonders er selbst.

»Es geht mir gut. Ich kann es kaum erwarten, dass es endlich weitergeht.«

»Das kann ich mir vorstellen. Und so können Sie sich gleich auch noch mit der Leitung einer Mordermittlung vertraut machen, ohne allzu sehr unter Beobachtung zu stehen.

Ehrlich gesagt habe ich nur auf so etwas gewartet, um das Ganze wieder anlaufen zu lassen.«

Joel fuhr sich übers Gesicht, was Marsden nicht verborgen blieb. »Was ist los?«, wollte sie wissen.

»Na ja, Sie haben schon recht, Madam, dass eine Sache wie diese ideal für mich und mein Team wäre ... Nur habe ich leider kein Team. Bei unserem letzten Gespräch meinten Sie doch noch, ich solle bei der nächsten Mordermittlung erst mal nur mitlaufen.«

»Ja, das stimmt. Aber wir mussten unsere Pläne ändern.«

»Bei allem Respekt, Madam, die alten Pläne waren aber doch nicht schlecht.«

»Es geht leider nicht anders. Mein Kollege vom obersten Führungsteam, der die Gesamtverantwortung für das Dezernat für Schwerverbrechen trägt, hält es für keine gute Idee, dass Sie die Ermittlungen nur begleiten. Entweder wir übernehmen die Sache ganz, oder wir lassen es bleiben. Ich hatte Ihnen ja gesagt, das würde ein Politikum werden.«

Joel schien es, als wäre alles ein Politikum, was mit dem obersten Führungsteam zu tun hatte. »Sie wissen doch, wie ressourcenintensiv eine solche Ermittlung sein kann. Wo bekomme ich denn dann mein Fußvolk her?«

»Der Detective Sergeant, der gerade vor Ort ist, hat eine Liste mit allem, was als Erstes zu tun ist. Und er hat ein Team von Kriminalbeamten an der Hand, das die Punkte abarbeitet. Ich habe bereits dafür gesorgt, dass Ihnen dieses Team bei den Ermittlungen zur Verfügung steht.«

»Hat denn die Kripo nicht auch so schon alle Hände voll zu tun?«

»Das stimmt, aber ich habe mit dem dortigen Detective Sergeant gesprochen, und eines kann ich Ihnen versichern: Sie sind ganz wild auf einen Fall wie diesen. Überlegen Sie doch mal, was Sie lieber machen würden: einem ekelhaften Fall von häuslicher Gewalt nachgehen, einen Einbruch zu Protokoll nehmen, der vermutlich nie aufgeklärt wird, oder sich in eine Mordermittlung stürzen, die noch dazu von einem überaus charismatischen, engagierten Kriminalinspektor, nämlich Detective Inspector Joel Norris, geführt wird?«

»Sie haben ›unerfahren‹ vergessen.«

»Ach ja? Kommt nicht wieder vor.« Sie lächelte.

Joel wollte jedoch kein Lächeln gelingen.

»Hören Sie, ich bin ja auch noch da, ganz egal, wann und wofür Sie mich brauchen. Ich habe schon bei der Einsatzabteilung Bescheid gegeben, dass wir dort möglicherweise ein paar Kriminalbeamte oder Polizisten abziehen müssen, damit sie das schon mal einplanen können. Ich kann auch ein Überstundenbudget organisieren, falls nötig. Sie müssten sich erst einmal nur anschauen, was wir bisher haben. Was meinen Sie, brauchen Sie im Moment sonst noch was?«

Superintendent Marsden lächelte immer noch.

»Sie wollen, dass ich jetzt gleich loslege? Am Geburtstag meiner Tochter?«

»Um Himmels willen, nein! Alles, was erforderlich ist, läuft bereits. Die Spurensicherung war ja auch noch nicht vor Ort; der Fundort wird derzeit von Beamten überwacht … Vor morgen früh tut sich da nichts.«

»Vor morgen früh?«

»Sicher nicht! Sie können auch noch das ganze Wochenende freinehmen und erst am Montag offiziell anfangen. Das Kripo-Team, das bisher in dem Fall für die Ermittlungen zuständig war, ist noch bis Dienstag im Einsatz. Ach ja …«

Superintendent Marsden zog ihr Handy hervor und tippte darauf herum. »Ich habe Ihnen gerade den Kontakt des Detective Sergeant vor Ort geschickt, damit Sie sich heute Abend schon mal mit ihm in Verbindung setzen können, wenn Sie wollen.«

»Heute Abend?« Joel merkte, dass auch er jetzt lächelte.

»Ich kenne Sie doch, Joel. Und deshalb dachte ich mir, dass ich Ihnen gerne zumindest die Möglichkeit dazu geben würde. Aber jetzt lasse ich Sie erst mal mit der Sache hier weitermachen.«

»Der Geburtstag meiner Tochter«, erinnerte Joel sie.

»Ganz genau. Brauchen Sie im Moment sonst noch was?«

»Joel?« Es war die Stimme seiner Frau. Die Hände in die Hüften gestemmt, stand sie im Gedränge und schien Superintendent Marsden von Kopf bis Fuß zu mustern, bevor sie sich wieder ihrem Mann zuwandte. »Kommst du wieder rüber? Wir wollen den Kuchen anschneiden. Jetzt.« Sie wartete die Antwort nicht ab. Joel seufzte in Richtung seiner Vorgesetzten.

»Vielleicht eine Eheberatung«, antwortete er seiner Chefin.

KAPITEL 7

»Hallo! Schön, dich zu sehen!«, sagte Danny. Seine Frau zu begrüßen kostete ihn viel Kraft. Es war zehn Uhr vormittags, und er war zurückgekehrt, um an Callies Bett zu sitzen und ihre Hand zu halten. Normalerweise war Sharon um diese Zeit im Krankenhaus; seine Besuchszeit war entweder am frühen Morgen oder etwas später am Tag – eine Aufteilung, die sich für beide als praktikabel erwiesen hatte. Doch heute hatte Danny sich unendlich danach gesehnt, in ein freundliches Gesicht zu blicken – genauer gesagt in das seiner Frau.

»Du siehst müde aus, Danny«, bemerkte Sharon, ohne zuvor die üblichen Begrüßungsfloskeln auszutauschen. Danny hatte immer noch nicht geschlafen. Er hatte gehofft, die kalte Dusche und der Kaffee hätten ihm die Erschöpfung aus dem Gesicht gewaschen. »Und du bist doch sonst nicht um diese Zeit hier.«

»Stimmt. Aber gerade das ist ja das Verrückte. Wir sind doch beide ihre Eltern, also sollten wir auch zusammen hier sein. Gestern hast du dafür gesorgt, heute ich.« Danny gab sich noch mehr Mühe, einigermaßen wach und munter zu klingen.

»Ich glaube nicht, dass sie im Moment allzu viel davon mitbekommt, wann jemand hier ist und wer es ist«, sagte Sharon.

»Das wissen wir nicht genau. Und ich finde auch, dass es für uns eine Rolle spielt. Das ist doch Unsinn, dass wir immer getrennt hierherkommen. Es ist für uns beide nicht leicht, deshalb sollten wenigstens wir einander haben.«

»Einander haben?«

Danny schnalzte genervt mit der Zunge. Wenn er Kaffee getrunken hatte, redete er oft zu schnell; außerdem konnte er immer noch nicht klar denken – eine ungute Kombination. »Ich meine nicht … Es ist einfach nur wichtig, dass wir immer noch füreinander da sind, wenigstens an einem Tag in der Woche. Ich brauche das jedenfalls manchmal, und du ja vielleicht auch, oder?« Er hielt inne und wartete auf eine Antwort. Ihm war bewusst, dass er allmählich verzweifelt klang und das, was er sagte, ziemlich untypisch für ihn war.

»Ist mit dir alles in Ordnung? Irgendwie wirkst du ein bisschen … überdreht. Du hast aber nichts genommen, oder?«

»NEIN! Nein … entschuldige bitte, nein. Nur Kaffee. Ich hab nur nicht geschlafen. Ich weiß, dass ich nicht besonders gut mit der ganzen Sache hier umgehen kann. Und ich weiß, dass es deshalb noch schwieriger für dich geworden ist – und auch für Jamie. Das ist mir alles bewusst. Aber wir sind trotzdem eine Familie, und Familien kommen mit so einem Scheiß nun mal besser klar, wenn sie die Sache gemeinsam durchstehen. Das ist alles, was ich damit sagen wollte.«

»Ja, da hast du sicher recht.« Sharon streifte sich den Riemen der Tasche, die sie bis zu diesem Moment fest an sich gepresst hatte, von der Schulter, als hätte sie schließlich doch beschlossen zu bleiben. Ihr Gesicht nahm einen überraschten Ausdruck an, als sie die Träne sah, die Danny aus dem Augenwinkel tropfte. Sein Versuch, sie mit einem schnellen Schniefen aufzuhalten, war missglückt.

»Mein Gott, Danny! Alles gut! Komm her …« Sie breitete die Arme aus und machte ein paar Schritte auf ihn zu. Danny zuckte mit einem unwillkürlichen Keuchen zusammen, als sie beim Umarmen die Prellung in seinem unteren Brustbereich berührte, dort, wo ihn nur wenige Stunden zuvor der Rückstoß eines Flintenkolbens getroffen hatte.

»Was ist los? Habe ich dir wehgetan?« Sharon stand immer noch mit ausgebreiteten Armen da, während ihr Blick an seinem Körper nach unten wanderte.

»Nein! Entschuldige, ich habe nur wieder mal einen eingewachsenen Zehennagel. Da bleibt manchmal der Schuh dran hängen.«

Sie ging erneut auf ihn zu, doch nun war er darauf gefasst und konnte sich ein wenig zur Seite drehen. Diesmal tat es nicht weh. Sein Kinn lag auf ihrer Schulter, und er sog den vertrauten Geruch ihrer Haare ein. »Ich vermisse dich«, sagte er mit brüchiger Stimme.

»Ich vermisse dich auch. Etwas wie das hier wäre für jeden eine unglaubliche Belastung. Aber entscheidend ist, was du diese Belastung mit dir machen lässt.« Sie schob ihn sanft von sich, ließ seine Arme dabei aber nicht los, so als würde sie ihn von Kopf bis Fuß mustern.

»Isst du denn auch genug? Ich habe das Gefühl, an dir ist weniger dran als sonst!«

Die Sorge, die ihr ins Gesicht geschrieben stand, wirkte echt, und mit einem Mal hatte Danny das dringende Bedürfnis, ihr alles zu erzählen: was in der letzten Nacht geschehen war, was er getan hatte, wie es ihn allmählich von innen her auffraß. Doch schon im nächsten Moment wies er die Gedanken von sich. Er konnte es ihr nicht erzählen. Ganz gleich, wer Marcus Olsen war und was er getan hatte: Danny kannte seine Frau. Er wusste, dass sie niemals akzeptieren würde, was er getan hatte. Er war sich inzwischen nicht einmal mehr sicher, ob er das selbst tat.

»Das ist der Hotelfraß … du weißt ja, wie fade das alles ist. Viel kriege ich davon nicht runter.«

»Hättest du Lust auf etwas Selbstgekochtes? Zu Hause, mit Jamie?«, fragte sie ihn.

Danny nickte und musste sich die Hand vor den Mund halten, um einen weiteren Schluchzer zu unterdrücken. In diesem Augenblick gab es nichts, was er lieber getan hätte. »Das wäre wunderbar.«

»Heute Abend?«

»In Ordnung«, presste er nur knapp hervor; er wollte die Gefühle, die ihn zu überwältigen drohten, auf keinen Fall herauslassen.

»Und kein Bier. Weder davor noch währenddessen«, fügte Sharon hinzu. In ihren Worten lag immer noch dieselbe Wärme, doch es schwang auch eine gewisse Härte mit.

»Und auch danach nicht. Das habe ich hinter mir, wirklich. Ich brauche das nicht mehr!«

»Eins nach dem anderen, Danny. Zeig dich heute Abend einfach von deiner besten Seite. Jamie wird sich freuen, dich wiederzusehen. Aber du darfst ihn nicht so enttäuschen wie beim letzten Mal.«

»Das weiß ich.« Diesmal hielt Danny den Atem an, um seine Emotionen zu unterdrücken. »Vielleicht schaffen wir es ja, wieder eine Familie zu werden, Sharon. Vielleicht schaffen wir es ja.«

»Wie gesagt, eins nach dem anderen. Noch hat sich nichts geändert. Ich sehe es nur nicht gerne, wenn du so traurig bist.«

Danny nickte. Plötzlich verlegen, fuhr er sich übers Gesicht. »Ich glaube schon, dass sich etwas geändert hat – zumindest für mich.«

Zum ersten Mal seit Monaten schenkte Sharon ihm ein echtes Lächeln. »Ich hoffe sehr, dass du recht hast.«

KAPITEL 8

Joel ging hinaus in den Garten. Er trug nur Pullover und Jeans und bereute schon im selben Moment, dass er sich nicht noch etwas Wärmeres übergezogen hatte. Rasch warf er einen Blick über die Schulter. Irgendwie konnte er das Gefühl, er würde sich nach draußen schleichen, um einen verbotenen Anruf zu tätigen, nicht loswerden. Dabei hatte seine Frau überhaupt nichts dagegen gehabt. Er hatte ihr erklärt, worüber er mit Superintendent Marsden gesprochen hatte, und sie hatte ihm zugestimmt, dass er in dieser Sache nicht untätig bleiben konnte.

Michelle stand voll und ganz hinter ihm, so wie immer, doch Joel wollte ihr Verständnis auf keinen Fall überstrapazieren. Sie kannte ihn besser als jeder andere Mensch und wusste, mit welcher Leidenschaft er sich in die Arbeit stürzen konnte, hatte aber auch mit eigenen Augen gesehen, was für verheerende Folgen das haben konnte. Seine Rückkehr in den Job bereitete ihr Sorgen, und dass er das eher als unbegründet abtat, machte die Sache nicht gerade einfacher.

Selbst jetzt, während er draußen in der Kälte stand, merkte er, wie er noch zögerte und das Telefonat hinausschob, das ihn zurück in die Welt der Polizeiarbeit katapultieren würde. Er hätte nie erwartet, dass sie ihn eines Tages überfordern könnte – zumindest nicht in dieser Heftigkeit –, dass sie ihn bis ins Mark erschüttern, ihm jedes Vertrauen rauben und seinen Geist so sehr verwirren würde. Seine Vorgesetzten und sein Team hatten sich hinter ihn gestellt, doch obwohl er sie seit langen Jahren kannte, war er ihnen mit Misstrauen begegnet. Er wusste, dass die Menschen derartige Dramen lieben, dass sie es lieben, wenn jemand anderes scheitert – ganz besonders jemand wie er, ein Sergeant der Taktischen Unterstützungsgruppe mit »zehn Jahren Erfahrung im Türaufbrechen und Kopfherunterdrücken«, wie sein Team auf der Karte geschrieben hatte, die es ihm zum zehnjährigen Jubiläum seiner Führungstätigkeit überreicht hatte.

Gleich am nächsten Tag hatte Joel seine Zulassung zum Detective Inspector beantragt. Madam Marsden war Teil des Prüfungskomitees gewesen, das seine Beförderung später billigen würde, und hatte einzuschätzen versucht, ob er sich für die so gänzlich andere Aufgabe eignete. Ihm war das in jenem Moment gar nicht bewusst gewesen. Ohne zu zögern, hatte er die Zulassung angenommen, ohne genauer darüber nachzudenken, was für ein großer Schritt der Wechsel vom Sergeant der Taktischen Unterstützungsgruppe zum ermittelnden Detective Inspector letztlich war. Wozu auch? Er war damals fest davon überzeugt gewesen, dass ihm alles gelingen konnte.

Doch schon wenige Tage später sollte alles, was er über sich selbst zu wissen glaubte, ins Wanken geraten. Auch jetzt, als er das Telefon ans Ohr hob, plagte ihn ein Gefühl, das ihm inzwischen längst vertraut war: Zweifel.

»Hallo?« Die Stimme am anderen Ende der Leitung meldete sich sofort.

»Detective Sergeant Andrews?«, fragte Joel.

»Ja. Und Sie sind vermutlich Inspector Norris? Madam Marsden hat mich schon vorgewarnt.«

»Das freut mich. Hat sie Ihnen auch gesagt, weshalb ich anrufen würde?«

»Um den aktuellen Stand der Dinge zu erfahren – oder zumindest das, was wir bisher haben.«

»Und das wäre?«

»Eine Leiche. Allerdings keine ganze. Offenbar hat jemand den Kopf mit irgendetwas entfernt.«

»Und womit?«

»Die Spurensicherung spricht von einem ›gezackten Instrument‹. Für mich klingt das eher nach einer Säge als nach der Kante eines Klaviers.«

»Da könnten Sie recht haben.«

»Und, Chef, es sieht nicht so aus, als wäre dafür irgendein Gerät verwendet worden, also so was wie eine Motorsäge oder Flex. Ist nämlich eine ganz schöne Sauerei ... Das hat jemand mit der Hand gemacht, und es muss eine ganze Weile gedauert haben. Das sagt doch schon mal einiges, oder?«

Joel dachte einen Augenblick nach. »Ich denke, schon.«

»Die Kollegen von der Spurensicherung haben mir in allen Einzelheiten erklärt, wie mühsam so etwas ist und wie entschlossen man sein muss, wenn man jemandem den Kopf absägen will ... Das sind schon krasse Typen bei der Spurensicherung, finden Sie nicht auch?« Das Lachen des Kriminalmeisters klang nervös.

»Zweifellos. Dann war also irgendjemand ziemlich wütend auf unser Opfer – zumindest so wütend, dass er eine Menge unnötigen Aufwand betrieben hat.«

»Unnötig?«

Joel fuhr sich mit der freien Hand übers Gesicht. Er drehte sich zu seinem Haus um. Durch die großen Glastüren konnte er direkt in die Küche sehen, wo soeben seine jüngste Tochter aufgetaucht war und um einen Luftballon herumtanzte, der an ihrem Handgelenk hing. Selbst aus dieser Entfernung konnte er die Freude in ihrem Gesicht erkennen. Mit den kräftigen Farben in dem hell erleuchteten Raum stach sie an diesem trüben Tag umso deutlicher hervor. Joel wurde bewusst, wie sehr ihn die Arbeit schon jetzt wieder im Griff hatte.

»Wenn jemand eine Leiche zersägt, macht er das in der Regel aus praktischen Gründen: um sie zu verstecken, sie zu transportieren oder sie leichter loszuwerden. Das hier scheint mir jedoch eher eine symbolische Bedeutung zu haben«, erklärte Joel.

»Mit dem Verstecken hat sich der Täter allerdings nicht so viel Mühe gegeben. Er muss die Leiche ins Meer geworfen haben, als die Flut hereinkam, und die hat sie vermutlich ein Stück weit die Küste hinuntergetrieben. Aber dass sie irgendwann wieder am Strand angeschwemmt wird, war klar. Besonders lange war sie jedenfalls nicht im Wasser.«

»Könnte ein Anfängerfehler sein. Oder aber jemand wollte, dass sie gefunden wird …« Der Detective Sergeant merkte offenbar, dass Joel lediglich laut nachdachte, denn er ging nicht weiter auf dessen Bemerkung ein.

»Die Spurensicherung hat seine Fingerabdrücke gescannt – mit Erfolg. Der Tote ist für uns kein Unbekannter.«

»Nämlich?«

»Marcus Olsen. Ein verurteilter Pädophiler.«

»Was ein mögliches Motiv sein könnte. Wie lautete damals das Urteil?«

»Es ging nur um den Besitz solcher Bilder, aber er wurde insgesamt zweimal verurteilt.«

»Irgendwelche Delikte mit Körperkontakt?«

»Nein.«

»Namentlich bekannte Opfer?«

»Ich habe keine gefunden, aber das ist im Zusammenhang mit pornografischen Bildern nichts Ungewöhnliches.«

»Das stimmt.«

»Dass er verurteilt wurde, war jedoch öffentlich bekannt. Wir haben im Archiv einer regionalen Zeitung eine Meldung darüber gefunden. Der Artikel wurde auch über die sozialen Medien weiterverbreitet, und es gibt haufenweise Kommentare, die fordern, man solle dem Mann doch besser diverse Körperteile abschneiden. Vielleicht hat irgendwer das ja wörtlich genommen.«

»Vielleicht. Aber wenn man sich einen Kinderschänder aussucht, den man zerstückeln will, sollte man leicht einen finden, der noch viel schlimmere Verbrechen begangen hat. Dass gerade Marcus Olsen dran glauben musste, hat vermutlich eher persönliche Gründe.«

»Und genau das ist die zentrale Frage«, erwiderte Detective Sergeant Andrews mit einem Seufzen. Joel glaubte aus seinen Worten eine gewisse Erschöpfung herauszuhören.

»Haben Sie heute noch viel zu tun?«

»Ja, eine ganze Menge. Ich bin immer noch am Tatort und muss warten, bis die Spurensicherung mit der Leiche fertig ist, bevor einer meiner Jungs sie in die Gerichtsmedizin bringen kann. Dann muss ich noch den ganzen Schreibkram erledigen. Ich habe meine Leute in der Dienststelle angewiesen, etwas über das Opfer herauszufinden, aber den bisherigen Recherchen zufolge gibt es keine näheren Angehörigen. Was wir über ihn haben, ist alles ziemlich typisch für einen Sexualstraftäter: Offenbar war er eher ein Einzelgänger, er verließ West Kent, nachdem er mehrere vage Drohungen erhalten hatte, sonst ist er nicht weiter polizeilich auffällig geworden. Ich warte noch auf die Rückmeldung der Kollegen vom Kinderschutz, aber an sich fällt er immer noch in den Zuständigkeitsbereich von West Kent. Ich werde da morgen mal nachhaken.«

»Was waren das für Drohungen?«

»Es gibt zwei interne Berichte, etwa aus der Zeit, als er in den sozialen Medien unterwegs war, also vor ungefähr drei Jahren, wegen Schmierereien an seiner Wohnungstür und Beleidigung auf offener Straße. Gefasst wurde niemand. Wir werden die Liste aller Personen durchgehen, mit denen er zu tun hatte. Ich möchte mit möglichst vielen von ihnen sprechen, um herauszufinden, wer in letzter Zeit Kontakt zu ihm hatte. Vielleicht hat er ja irgendeine andere, ernsthaftere Drohung erwähnt.«

»Könnte sein. Das klingt vernünftig.«

»Madam Marsden … Sie meinte, dass Sie erst am Montag wieder anfangen. Sie möchte, dass ich mich bis dahin um die Sache kümmere …«

»Ja, offiziell am Montag. Ich hoffe aber, dass ich am Wochenende schon mal vorbeischauen kann, und bin für Sie und Ihr Team auch telefonisch erreichbar. Mir ist klar, dass das nicht gerade ideal ist.«

»Schon in Ordnung. Die Chefin … sie hat mir erzählt, dass Sie gerade erst wieder angefangen haben, deshalb …«

Der Ton seiner Worte verriet Joel, dass sie ihm noch ein paar andere Dinge erzählt hatte. »Wie ich schon sagte, ich werde am Wochenende mal vorbeischauen. Es wäre ganz gut, wenn Sie mir schon jetzt ein paar Unterlagen schicken könnten.«

»Dann trage ich im Protokoll nach, was wir schon haben, sobald ich wieder im Büro bin. Alles, was noch reinkommt, wird dann auch mit da drinstehen. Ich werde veranlassen, dass Sie Zugriff darauf haben. Gibt es sonst noch irgendetwas, was ich für Sie tun kann?«

»Nein, alles bestens. Sieht ganz so aus, als hätten Sie alles unter Kontrolle.«

»Wirklich?« DS Andrews lachte nervös. »Gar nicht so schlecht also für meine erste Mordermittlung.«

Joel fand, dass jetzt nicht der richtige Moment war, um ihm zu erklären, dass es auch seine erste war. Er meinte deshalb nur: »Rufen Sie mich an, falls Sie irgendetwas brauchen.«

»Nur wenn es unbedingt sein muss.«

Joel beendete das Telefonat. Dann machte er sich auf den Weg zurück zum Haus und zu seiner Familie, die dort auf ihn wartete. Der erste Anruf war zwar erledigt, aber er verspürte immer noch diesen bohrenden Zweifel.

Vielleicht war er doch noch nicht so weit.

Detective Sergeant Andrews war froh, als das Gespräch zu Ende war; stürmische Böen bliesen vom Ärmelkanal her, und die Kälte hatte seinen bloßen Händen zugesetzt. Jetzt konnte er sie endlich in die warmen Taschen seines Mantels schieben.

»War das der leitende Ermittlungsbeamte?«, hörte er eine Frauenstimme fragen, die scharf genug war, um das Heulen des Windes zu durchdringen. Es war Sandra Allum, die ranghöchste Beamtin der Spurensicherung bei der Polizei von Kent, die in die meisten Ermittlungen zu Kapitalverbrechen involviert war.

»Ja, sieht so aus.«

»Und? Kommt er vorbei? Wir sind hier nämlich so gut wie fertig.« Bis eben hatte sie sich noch über den kopflosen Körper von Marcus Olsen gebeugt, doch jetzt richtete sie sich auf. Als DS Andrews' Telefon geklingelt hatte, war sie gerade damit beschäftigt gewesen, die Hände und Füße der Leiche für den Transport mit durchsichtiger Plastikfolie zu umwickeln. Andrews hatte sie dabei beobachtet und sogar ein Grinsen zustande gebracht, als sie flapsig anmerkte, dass das Opfer ihr freundlicherweise das Einwickeln des Kopfes erspart hatte. Dann hatte sie einen weißen Leichensack zurechtgelegt und dessen Ecken mit ein paar flachen Kieselsteinen beschwert, die es hier in der St. Margaret's Bay zuhauf gab. Hinter ihnen ragten die berühmten Kreidefelsen von Dover auf, deren spektakuläres Weiß umso eindrucksvoller erstrahlte, da erst vor Kurzem ein großes Stück der Klippen herausgebrochen war und sämtliche Verfärbungen und Moosspuren mit sich gerissen hatte. Nun ruhten die gewaltigen Kalkbrocken am Fuß der Klippen, wo sie unablässig von den neugierig heranrollenden Wellen betastet wurden. Ein Stück weiter gab es ein Pub mit dem passenden Namen »Coastguard«, dessen Wirt den Leuten von der Spurensicherung freundlicherweise angeboten hatte, sich hin und wieder bei einer Tasse Kaffee aufwärmen zu dürfen – im Austausch gegen ein paar Informationen darüber, was die Flut angespült hatte. Schon kurz nach der Sichtung der

Leiche hatte sich auf dem Parkplatz ein Grüppchen Schaulustiger zusammengefunden, von denen jedoch nur ein paar besonders hartgesottene übrig geblieben waren. Die Menge hatte sich deutlich gelichtet, als der Wirt ohne weitere Neuigkeiten zurückgekehrt war.

Eigentlich war dies hier ein wirklich malerisches Fleckchen, doch jetzt stand DS Andrews frierend da und wartete auf die unvermeidliche Aufforderung, mit anzupacken und die durchweichte, blutverschmierte Leiche in den mit einem Reißverschluss versehenen Plastiksack zu hieven.

»Nein, er kommt nicht hierher. Er fängt offiziell erst am Montag wieder an. Bis dahin bleibe also ich der Verantwortliche.«

»Dumm gelaufen, was?« Obwohl Sandra Allums Gesicht fast vollständig hinter der Maske und der Kapuze verborgen war, konnte er ihr Grinsen sehen.

DS Andrews zuckte mit den Achseln. »Wahrscheinlich besser, als immer nur Ermittlungsakten zu wälzen.«

»Aber warum setzen die einen Ermittlungsbeamten ein, der eigentlich beurlaubt ist?«, fragte sie.

»Er ist nicht beurlaubt. Überlastung, hieß es ... Er ist anscheinend mit einem Job nicht klargekommen, und dann ging nichts mehr.«

Sandra Allum kauerte sich wieder neben den Leichensack und fummelte daran herum. Der Wind toste immer noch in unberechenbaren Böen und mit einer solchen Wucht heran, dass es schien, als könnte er die großen Kieselsteine am Strand mühelos vor sich herschieben. Eine unbeholfene Jagd nach einem davongewehten Leichensack wäre ein Anblick für die Zaungäste auf dem Parkplatz, den es unbedingt zu vermeiden galt. Das Zelt hatte Sandra Allum bereits abgebaut, im Vertrauen darauf, dass der leicht abfallende Strand ihr und DS Andrews ausreichend Schutz für die letzten Handgriffe bot. Sie hielt inne und schaute von ihrer Arbeit auf.

»Und dann steigt er gleich mit so was wieder ein?«, wunderte sie sich.

»Ja. Er war früher wohl bei der Taktischen Unterstützungsgruppe. Soweit ich weiß, ist er kein ausgebildeter Ermittler. Nur befördert worden.«

»Und dann gleich so was!«, sagte Sandra Allum noch einmal. »Welches Genie hat sich denn das ausgedacht?«

DS Andrews zuckte erneut mit den Achseln. »Und wo Sie gerade von Genies sprechen: Ich habe bei Fahndungen schon einige kennengelernt, die zuvor bei der Taktischen Ermittlungsgruppe waren, aber sie waren alle keine großen Leuchten.«

»Ja, das sind schon ganz besondere Typen …«, murmelte DS Andrews.

»Wie heißt er denn?«, fragte Sandra Allum.

»Norris. Joel Norris.«

Sandra Allum schüttelte den Kopf. »Hab den Namen noch nie gehört. Bestimmt sind wir uns schon mal irgendwo über den Weg gelaufen, aber ich habe da so gar kein Bild vor Augen …«

»Dann bleibt er wohl erst mal der große Unbekannte. Was er am Telefon gesagt hat, klang allerdings ganz vernünftig.«

»Also doch kein Idiot?«

»Ich habe nie gesagt, dass er einer wäre. Könnte natürlich sein, aber wie es aussieht, hat er zumindest das *Handbuch für Mordermittlungen* gründlich gelesen. Anscheinend wird er auch nicht viel Unterstützung bekommen. Ich habe fast das Gefühl, dass die vom Dezernat für Schwerverbrechen ihn damit ziemlich ins offene Messer laufen lassen.«

Sandra Allum verlagerte ihr Gewicht. Es fiel ihr sichtlich schwer, auf den wackeligen Kieseln einen festen Stand zu finden. Sie griff nach den eingepackten Füßen der Leiche. »Meiner Erfahrung nach kann das ziemlich schnell gehen. Das hier ist echt eine große Nummer.« Sie deutete mit dem

Kopf auf den Oberkörper des Toten. »Können Sie mal am anderen Ende mit anpacken? Wir sollten schauen, dass wir hier fertig werden. Aber ziehen Sie sich davor noch Ihre Handschuhe und die Maske an. Dass ein Anfänger das hier übernehmen wird, heißt noch lange nicht, dass wir unseren Job nicht ordentlich machen.«

KAPITEL 9

Jamie war groß geworden. Es war nur ein paar Wochen her, seit Danny ihn das letzte Mal gesehen hatte, und doch war die Veränderung unübersehbar.

»Ich glaube, du könntest ein neues Shirt gebrauchen. Das hier ist ja schon ganz schön eng geworden.«

Sein Sohn hatte ein altes Fußballtrikot an – eines wie das, das auch Danny in der vorletzten Saison getragen hatte, als er noch für den FC Gillingham gespielt hatte, kurz bevor er als Held zu Dover Athletics zurückgekehrt war. Während die erste Saison für ihn ganz gut gelaufen war, hatte er in der vergangenen mehrere kleine, aber zermürbende Verletzungen einstecken und viel Zeit an der Seitenlinie verbringen müssen.

Danny hatte schon immer seine Schwierigkeiten damit gehabt, wenn er nicht spielen konnte. Er fühlte sich nutzlos, doch diesmal kam zu diesem Gefühl auch noch die Erkenntnis, dass er mit seinen fast siebenunddreißig Jahren seine Sportlerkarriere vielleicht schon bald würde beenden müssen. Er war launisch, unzugänglich und distanziert – sogar gegenüber seinen Kindern. Die letzten Monate vor Callies Selbstmordversuch hatte er sich hauptsächlich mit sich selbst beschäftigt, ohne auch nur auf den Gedanken zu kommen, dass möglicherweise auch andere Probleme haben könnten. Callie hätte dringend jemanden gebraucht, mit dem sie sprechen konnte, jemanden, der merkte, was in ihrem Leben gerade schieflief und was sie durchmachte. Jetzt war ihm das klar; die Informationen in dem Schnellhefter hatten es ihm deutlich gemacht.

»Kennst du jemanden, der mir eines besorgen könnte?«, fragte Jamie grinsend. Der Klang seiner Stimme holte Danny in die Gegenwart zurück, und er erwiderte das Grinsen, während er seinem Sohn durch die Haare strubbelte, wohl wissend, dass dieser das nicht ausstehen konnte.

Dann setzten sie sich an den Esstisch: Danny auf den Platz mit Blick in den Garten, Sharon links von ihm und Jamie direkt gegenüber. Der Familienhund Zinédine saß wie immer nur ein paar Schritte von Danny entfernt und starrte ihn unverwandt an. Es schien, als versuche er mit seinem Blick jedes einzelne Stückchen Essen dazu zu bewegen, auf den Boden zu fallen. Zinédine war eigentlich Jamies Hund – eine Französische Bulldogge, weshalb er das Tier nach dem großen französischen Fußballer benannt hatte. Er war ein gedrungenes kleines Kerlchen, dessen Ohren und Appetit im Verhältnis zum Rest übergroß wirkten, doch er besaß ein liebenswertes Temperament. Auch wenn Danny es sich nicht eingestehen wollte, vermisste er »Zee« fast ebenso wie seine Frau und die Kinder.

Danny versuchte den Hund, so gut es ging, zu ignorieren, während sie über die Schule und die Arbeit sprachen und über die Großeltern lachten. Es gab noch eine Nachspeise und anschließend Kaffee, als Danny merkte, dass er mit seinen Kräften allmählich am Ende war. Vielleicht war Sharon das Gähnen, das er so mühsam zu unterdrücken versuchte, nicht verborgen geblieben.

Jamie zeigte sich die ganze Zeit über hellwach und aufmerksam. Es war noch nicht lange her, da hätte er die erstbeste Gelegenheit genutzt, um sich wieder in sein Zimmer zu verziehen. Doch jetzt sprachen sie darüber, wie es in der Schule lief, Danny stellte ihm neugierige Fragen über Mädchen und zog ihn ein wenig damit auf, dass er ja nun der Mann im Haus sei, und schließlich kamen sie unweigerlich auf das Thema Fußball zu sprechen. Jamie war inzwischen Kapitän der U-14-Mannschaft geworden, und es war spürbar, dass er es kaum erwarten konnte, seinem Vater davon zu berichten.

Danny konnte seine Begeisterung kaum bremsen. Stürmisch umarmte er seinen Sohn, verstrubbelte ihm nochmals die Haare – *Na, werden wir vielleicht ein bisschen zu übermütig, weil wir jetzt Kapitän sind?* –, und am Ende landeten Vater und Sohn lachend und in einem wilden Knäuel am Boden, während Zee an jedem Stückchen nackter Haut schleckte, das er erreichen konnte. Sogar Sharon strahlte, als die beiden irgendwann wieder heftig keuchend auf ihren Stühlen saßen. Es war fast wieder so wie in guten Zeiten.

Nur dass ein Platz am Tisch leer war.

Sie sprachen nicht über Callie – weder darüber, wo sie sich gerade befand, noch darüber, was geschehen war. Es gab auch kein leeres Gerede darüber, was sie wohl als Erstes gemeinsam als Familie tun würden, wenn sie aufwachte. Nur einmal kam sie in ihrer Unterhaltung vor, als nämlich Jamie ihren Namen nannte: »Könnt ihr euch noch erinnern, als ich und Callie …« Doch das war alles. Vielleicht fühlte es sich ja genau so an, wenn man eine schwierige Situation wie ihre zu überwinden begann. Vielleicht konnten die gemeinsamen Mahlzeiten in Zukunft genau so aussehen. Vielleicht hatte Danny ja diese neue Normalität möglich gemacht – zumindest für sich selbst.

Und dennoch: Er hatte einen Menschen getötet.

Bei dieser Erkenntnis erstarb ihm das Lachen auf den Lippen. Der Abend ging bereits zu Ende, und er hatte gerade noch mit Jamie herumgealbert. Der Junge weigerte sich, ins Bett zu gehen, und er hatte ihn ins Schlafzimmer schleppen müssen, wobei ihm erneut bewusst wurde, wie groß Jamie geworden war. Nachdem er ihn auf seinem Bett abgeladen hatte, tauschten sie noch einen Handschlag aus – ein altes Bettgehritual, das für Danny zu einer liebgewonnenen Gewohnheit geworden war. Jetzt weckte es in ihm umso schmerzlicher das Verlangen, noch länger zu bleiben. Stattdessen aber wünschte er seinem Sohn eine gute Nacht und zog sich an der Haustür die Schuhe wieder an, während Sharon und Zee ihm schweigend dabei zusahen. Seine Frau stand mit verschränkten Armen da, lächelte aber wohlwollend, als Danny, mit nur einem Schuh am Fuß, auf einem Bein hüpfte, um das Gleichgewicht zu halten. Als er fertig war, ging sie auf ihn zu und gab ihm einen Kuss – eine flüchtige Lippenberührung auf die Wange. Sie versprach ihm, dass sie sich schon bald wiedersehen würden, und in ihr Lächeln schlich sich ein leichter Anflug von Freude.

»Vielleicht könnte ich ja noch bleiben?« Im selben Augenblick, als Danny die Worte ausgesprochen hatte, verschwand das Lächeln, und er wünschte sich, er hätte sie nie ausgesprochen oder könnte seine Bemerkung irgendwie ungeschehen machen.

»Ich weiß, aber ... wir müssen vorsichtig damit sein, was wir Jamie sagen.«

»Ich hätte ihm gar nichts gesagt. Dass sein Papa auf dem Sofa geschlafen hat, hätte er auch selbst gesehen. Ich dachte nur ... Ich dachte nur, wir könnten ja zusammen frühstücken.«

»Ich weiß, aber ... Das würde bestimmt anders bei ihm ankommen. Es ist einfach nicht der richtige Moment dafür, noch nicht.«

»Du hast recht. Ich hatte wirklich einen schönen Abend. Ich glaube, ich wollte nur nicht, dass er zu Ende ist.«

»Gute Nacht, Danny.« Sharon hielt ihm die Tür auf.

»Ich dachte natürlich, auf dem Sofa, das weißt du, oder?«

»Ja, das weiß ich, und es tut mir auch leid, okay?«

»Muss es nicht. Du hast ja recht.«

Dann ging Danny wieder hinaus in die Nacht, die inzwischen kalt geworden war. Als er seinem Haus den Rücken zuwandte, empfand er ein Gefühl der Fremdheit wie nie zuvor. Das gemeinsame Essen war ihm so normal vorgekommen, dass er die Wochen, die er anderswo verbracht hatte, beinahe vergessen hätte.

Er öffnete die Autotür, und plötzlich fiel helles Licht auf das gelbe Lenkradschloss, mit dem das Steuer abgesperrt war.

»Was zum Teufel …?« Das Schloss war ein Geschenk seines Vaters gewesen, der einen Zeitungsbericht darüber gelesen hatte, wie einfach es war, einen Neuwagen zu stehlen. So hatte er den eher unbeeindruckten Danny dazu gedrängt, den dazugehörigen Schlüssel an seinen Schlüsselbund zu hängen. Als Danny diesen nun hochhob, sah er, dass er immer noch daran hing. Das Lenkradschloss selbst hatte er damals in den Kofferraum geworfen, sobald sein Vater gegangen war. Er hatte nicht vorgehabt, es jemals zu verwenden. Doch jetzt hielt es das Steuer seines Autos fest umschlossen.

Danny sah sich um. Lydden war ein kleines Dörfchen zwischen Dover und Canterbury, und es war niemand zu sehen. Hier war nie jemand zu sehen. Er ging um das Auto herum zum Kofferraum, konnte dort aber keinerlei Beschädigung am Schloss erkennen. Der Kofferraum war leer. Er ging zurück, setzte sich auf den Fahrersitz und probierte den Schlüssel aus. Die Lenkradsperre ließ sich öffnen. Dabei kam ein Stück weißes Papier zum Vorschein, das in den Fußraum fiel. Danny faltete es auf.

LAST ORDERS?

Die Worte waren handgeschrieben, in derselben krakeligen Schrift wie die Nachricht, die ihn zur Papierfabrik gelockt hatte. Danny legte die Lenkradsperre in den Kofferraum, dann blieb er noch kurz stehen und warf einen letzten Blick auf sein Haus. Hier lag seine Zukunft. Von hier wegzufahren, das alles zurückzulassen, war das Letzte, was er in diesem Augenblick wollte.

»Ich möchte doch nur wieder hier sein …«, murmelte er. Er wollte nicht zurück in sein Hotel, er wollte keine »Last Orders« beim Barkeeper aufgeben, und ganz bestimmt wollte er auch keine »Letzten Anweisungen« von dem mysteriösen Fremden erhalten.

Aber sollte er nicht doch lieber nachsehen, ob nach der letzten Nacht dort alles wieder in Ordnung war, ob alles erledigt war? Damit wäre vielleicht auch Schluss mit der Angst, die ihn umtrieb.

Und dann würde er endlich alles daransetzen, seine Familie zurückzubekommen.

KAPITEL 10

Der Barkeeper mit den langen, strähnigen Haaren sah auf, als Danny sich durch die Tür schob. Er wischte gerade über die Theke, und der Fernsehbildschirm über ihm war bereits dunkel – also war seine abendliche Routine vor dem Schließen des Lokals schon in vollem Gange.

»Hey!« Er unterbrach seine Arbeit und grüßte ihn wie einen alten Freund. »Ich habe mich schon gefragt, was mit Ihnen passiert ist! Das Übliche?«

»Nur eine Cola. Mit viel Eis«, erwiderte Danny. Er blieb an der Tür stehen und ließ den Blick über die Trinker schweifen. Am anderen Ende der Theke saßen ein Mann und eine Frau, hinter ihnen befand sich eine Trennwand, die den Restaurantbereich von der Bar abtrennte. Zum allabendlichen Ritual gehörte auch, dass die Lampen über diesem Bereich gedimmt wurden, um kundzutun, dass die Küche jetzt geschlossen war. Man konnte aber immer noch an den Tischen sitzen bleiben, wie eine Gestalt bewies, die Danny den Rücken zukehrte. Der Mann hatte breite Schultern, die in einem maßgeschneiderten Sakko steckten. Danny wusste, dass er zu ihm hingehen und ihm gegenüber Platz nehmen sollte. Der Barmann sagte noch etwas, als er das Glas auf den Tresen stellte, aber Danny ignorierte ihn, nahm sein Getränk und ging hinüber.

»Last Orders?«, sagte er statt eines Grußes und blieb bei dem Stuhl gegenüber dem Mann stehen, statt ihn zu sich herzuziehen und sich zu setzen. »Passt gut zum Image, all das hier. Im Dunkeln zu sitzen und geheimnisvoll zu tun. Ganz der *Privatdetektiv*.«

»Ich habe nicht erwartet, dass Sie so was bestellen.« Der Mann deutete auf Dannys Cola. »Schätze, das heißt, dass ich allein trinken muss.«

»Sind Sie in mein Auto eingebrochen?«

»Ist etwas kaputt?«

»Sind Sie in mein Auto eingebrochen?«, wiederholte Danny.

»Tut mir leid, ja. Ich musste Sie ja schließlich auf mich aufmerksam machen.«

»Das wird allmählich langweilig. Sie hätten einfach hierherkommen und mit mir sprechen können. Sie wissen, wo ich trinke, Sie wissen, wo mein Zimmer ist.«

»Aber Sie hätten mich vielleicht gar nicht beachtet. Zumindest nicht heute Abend.«

»Ich hätte auch den Zettel in meinem Wagen unbeachtet lassen können.«

»Haben Sie aber nicht. Das meinte ich, als ich sagte, dass ich Ihre Aufmerksamkeit wollte. Über die Jahre habe ich herausgefunden, die beste Art, jemanden dazu zu bringen, sich zu mir zu setzen, ist, ihn wirklich zu verärgern. Das heißt nicht, dass mir meine Taktik nicht leidtut.«

»Wer sind Sie?« Danny stützte sich im Stehen auf die Lehne, und der Stuhl ächzte unter seinem Gewicht.

»Ich sagte, ›sich zu mir zu setzen‹. Wären Sie so nett? Sie sind es, der Aufmerksamkeit auf sich zieht.«

Danny schnaubte empört. Er zögerte noch einen Moment, dann stellte er seine Cola ab und zog den Stuhl heran. Der Mann schürzte die Lippen und wartete, bis Danny sich hingesetzt hatte.

»Danke. Sie wissen, wer ich bin – dass ich Privatermittler bin.«

»Das ist, *was* Sie sind, nicht, *wer* Sie sind.«

»Für einige Aufträge deckt sich das vollkommen. Es ist ein wenig so wie bei einem Fußballer, könnte ich mir vorstellen.«

»Sie sind also Polizist, oder zumindest Ex-Polizist. So wird man doch üblicherweise Privatdetektiv, nicht?«

»Ich sehe schon, Sie schauen viele Krimis, Mr. Evans. Da ist es auch immer ein ehemaliger Cop, der als Privatschnüffler endet. Meist wurde er aus dem Dienst entlassen, hat irgendeine Macke und kennt sich mit Kampfsport aus. Solche Filme habe ich auch gesehen. Im wahren Leben ist es ein bisschen anders. Ich komme eigentlich aus der Finanzwirtschaft und hatte einigen beruflichen Erfolg darin, für eine private Firma interne Betrügereien aufzudecken. Dabei habe ich festgestellt, dass es nichts gibt, was man nicht über jemand herausfinden kann, wenn man weiß, wofür er sein Geld ausgibt.«

»Und so haben Sie herausgefunden, dass …«

»Mr. Olsen?«, unterbrach ihn der Mann begeistert, und Danny drehte sich hastig um, plötzlich auf der Hut, ob ihnen jemand zuhören könnte. »Ja, genau so habe ich ihn gefunden. Obwohl seine Taten definitiv seiner Triebhaftigkeit entsprangen, verdiente er doch auch gutes Geld damit. Er verkaufte Fotos und Videos und schien ein gutes Gespür dafür zu haben, was gefragt war. Ich glaube nicht, dass ich das noch weiter erklären muss.«

Danny presste die Lippen und Zähne fest aufeinander.

»Es ist sicher schwer für Sie, sich so etwas anzuhören«, fuhr der Fremde fort. »Glücklicherweise führte ihn in diesem Fall sein Karma mit einem gewissen Danny Evans zusammen.«

»Warum haben Sie das getan?«

»Was getan?«

»Alles so arrangiert, wie ich es vorgefunden habe. Für mich?«

Der Fremde brauchte anscheinend einen Augenblick, um sich seine Antwort zu überlegen. »Es gab eine Reihe von Opfern, eine Reihe von Familien, deren Leben durch die Taten dieses Mannes zerstört wurden, und ich bin sicher, dass jede einzelne von ihnen gern in diesen Raum gegangen wäre und diese … Gelegenheit bekommen hätte. Aber als wir alle Informationen beisammen hatten, war es Ihre Geschichte, die uns besonders berührt hat. Wir sahen ein junges Mädchen in einem Krankenhausbett, das dazu gebracht worden war, eine Handvoll Tabletten zu schlucken. Und dann bekamen wir mit, was mit ihrer Familie geschah – nämlich, dass sie als Folge davon zerbrach. Da war es eine leichte Entscheidung, wer die Ersten in der Reihe sein würden.«

»Wir?«

»Ja. Ich habe Ihnen erzählt, dass ich von der Familie eines anderen Opfers engagiert wurde, um diesen Mann zu finden. Das war schon vor einer ganzen Weile – vor Jahren schon –, und wie Sie war diese Familie entsetzt, als die polizeilichen Ermittlungen ergebnislos eingestellt wurden, ohne dass jemand für ihr Leid zur Verantwortung gezogen wurde. Glücklicherweise besaßen sie die finanziellen Mittel, um sicherzustellen, dass die Nachforschungen dennoch fortgesetzt wurden. Die Antworten, die ich für diese Familie herausfand, führten mich zu der Erkenntnis, dass der Täter noch immer sehr aktiv war.«

»Und warum ist dann nicht einer von dieser Familie gestern Nacht in diesen Raum getreten? Warum mussten sie Geld, Zeit und Anstrengungen dafür aufwenden, um Rache üben zu können, und dann wird diese Möglichkeit jemand anderem auf dem Silbertablett serviert?«

»Sie meinen, die anderen wären, was Rache anbelangt, nicht auf ihre Kosten gekommen? Das letzte Mal, als ich Mr. Olsen sah, fehlte ihm der Hinterkopf. Und er saß ganz schön lange in diesem Rohbau, und die ganze Zeit steckte der Lauf einer Flinte in seinem Mund. Er wartete auf Sie. Er wusste, Sie würden kommen. Er wusste, wer Sie waren und was Sie aus dem Schnellhefter erfahren würden. Er konnte nichts anderes tun als warten. Das ist eine ganz besondere Art von Folter, meinen Sie nicht auch?«

»Dann waren die anderen also ziemlich sicher, dass ich es tun würde? Und ich habe es ja auch getan«, sagte Danny mit Bitterkeit in der Stimme.

Der Mann setzte sein Glas ab und lächelte. »Wir sind alle Väter, Mr. Evans. Und wenn Sie es nicht getan hätten, dann hätte jemand anderes die Gelegenheit bekommen, und Olsen hätte eben noch einen Tag warten müssen. Sein Ende war unausweichlich. Ich bin froh, dass Sie es getan haben.«

»Die Informationen in diesem Schnellhefter, woher kamen die alle? Die Polizei hatte ja praktisch gar nichts herausgefunden.«

»Das war so, weil sie nur die Opfer kannten. Marcus Olsen war clever, er wusste, was elektronische Geräte bei einer kriminaltechnischen Untersuchung alles preisgeben können, und er schützte sich dagegen. Aber ich konnte ihn trotzdem finden. Die Quelle ist immer viel schwerer sauber zu halten, und tatsächlich hat er das nicht einmal versucht. Warum sollte er? Er hat nie gedacht, dass eines Tages jemand an seiner Tür auftauchen würde – und als ich kam, konnte ich viel … überzeugender auftreten, als es die Polizei je vermag.«

»Überzeugender?«

»Die Flinte, Mr. Evans. Die Polizei zielt nicht mit einer Flinte aufs Gesicht, wenn sie jemanden verhört, was echt schade ist, das können Sie mir glauben. Leute reden dann mehr.«

Danny dachte eine Weile nach. Was der Mann sagte, ergab Sinn. Der Polizei waren die Hände gebunden. Dieser Typ da musste sich an gar nichts halten. Dennoch, eine Sache störte ihn immer noch an diesem ganzen abgekarteten Spiel.

»Dann hat das also nichts damit zu tun, dass ich hier der Angeschmierte bin? Dass sich dieser andere Kerl einfach nicht die Hände schmutzig machen wollte?«

»Das ist eine gute Frage von jemandem, der den ganzen Tag darüber nachgrübelt, was er da getan hat. Ich verstehe das natürlich. Aber Sie müssen bedenken, es wäre viel weniger riskant gewesen, wenn derselbe Mann, der mich engagiert hat, auch derjenige gewesen wäre, der diesen Flintenabzug betätigt. Das Wichtigste dabei ist doch, in solchen Fällen unter dem Radar zu bleiben und alles zu regeln, was bedeutet, die Variablen so weit wie möglich zu begrenzen.«

»Die Variablen?«

»Ich wurde mit einem ganz besonderen Ziel engagiert: Mr. Olsen ausfindig zu machen und ihn so zu beseitigen, dass kein Verdacht entstehen würde. Daran habe ich mich gehalten, wobei mir immer klar war, auf diese Weise Komplize eines schweren Verbrechens zu werden. Der Auftraggeber und ich waren bei diesem Vorhaben ziemlich lange eng aneinandergekettet. Dass Sie miteinbezogen wurden, erfolgte ziemlich spät, und bis zu dem Augenblick, als Sie den Abzug betätigten, hatten Sie weder irgendein Verbrechen begangen noch jemand anderen dazu angestiftet. Sie hätten auf die Situation ganz unterschiedlich reagieren können. Sie waren eine Variable.«

»Woher wusste Ihr Auftraggeber, dass Sie ihn nicht verpfeifen? Sie hätten ihn vom ersten Moment an, als er Sie gefragt hat, bei der Polizei anzeigen können.«

»Stimmt. Aber hierzulande engagiert man Privatermittler aus einer Reihe unterschiedlicher Gründe: Der klassische ist der eifersüchtige Ehemann, der seiner Frau hinterherspionieren lässt, um Fotos von ihrer Untreue zu bekommen – man heuert sozusagen einen Voyeur an. Dann wiederum gibt es Firmen, die Geld an Betrüger oder Diebe verlieren und den Verdacht hegen, dass einer ihrer Mitarbeiter darin verwickelt ist. Diese Auftraggeber wollen allerdings die Rufschädigung für die eigene Firma vermeiden, die mit einer polizeilichen Ermittlung einhergeht. Das war ursprünglich mein Geschäftsmodell. Jetzt arbeite ich als Ermittler, der Personen sucht, die entweder die Behörden nicht finden können oder – was in diesen Zeiten öfter vorkommt – bei denen der Auftraggeber die Person lieber selbst statt der Polizei finden will.«

»Statt der Polizei? Warum sollte das jemand wollen?«

»So naiv können Sie doch gar nicht sein, Mr. Evans. Ich glaube, Sie wissen, was ich meine. Es gibt viele Beispiele dafür, dass einer Person Unrecht durch jemand anderen geschieht und keine entsprechende Bestrafung durch die Justiz erfolgen kann. Meine Auftraggeber engagieren mich, um ihren eigenen Weg zu finden, mit einer Sache abschließen zu können. Einen Weg, der dem Verbrechen eher angemessen ist.«

»Angemessen?«

»Nehmen Sie unseren Mr. Olsen. Er hat eine Reihe von Straftaten begangen, und eine gute polizeiliche Ermittlung und angemessene gerichtliche Verurteilung hätten ein Urteil zwischen zwölf und fünfzehn Jahren Gefängnis ergeben. Bei seiner letzten Anklage bekannte er sich schuldig und erhielt dafür Strafminderung. Wahrscheinlich hätte er also weniger als zehn Jahre einsitzen müssen. Da Mr. Olsen ein Intensivstraftäter war, hätte er nach seiner Entlassung wieder Straftaten begangen. Die einzige Möglichkeit, die Welt im Hinblick auf diesen Mann zu einem besseren und sichereren Ort zu machen, war, so zu handeln, wie Sie es getan haben.«

»Und ihn ermorden.« *Ermorden* – das Wort blieb Danny fast in der Kehle stecken. Er trank hastig einen Schluck aus seinem Glas und wünschte sich plötzlich, er hätte etwas Stärkeres bestellt.

»Ich spiele nicht den Tatortreiniger für Mörder.« Das Lächeln war aus dem Gesicht des Fremden verschwunden; seine Miene war entschlossen und sein Tonfall scharf.

»Das haben Sie also getan? Den Tatort gereinigt, meine ich«, fragte Danny.

»Ich bin gut darin. Sie müssen sich keine Sorgen machen. Das Setting sah für Sie wohl ziemlich dramatisch aus – das kann ich mir gut vorstellen, wenn man so etwas zum ersten

Mal sieht. Aber vieles davon war so gewählt, um Spuren zu vermeiden. Die Plastikfolie, das Material der Fesseln, die Positionierung der Flinte; selbst die Kugel ließ sich durch ein Schusspflaster leicht für die spätere Mitnahme sichern. Es war alles so angelegt, damit ich schnell alles entfernen und den Tatort verlassen konnte, nachdem Sie weg waren.«

»Aber dort war so viel ... Blut überall.«

»Das stimmt. Der Kunde bestand auf einer Schrotflinte. Ich versuchte ihn zu einer klinisch saubereren Tötung zu überreden, tatsächlich zu einer ganz anderen Tötungsmethode, aber er wollte den Schrecken intensivieren. Der Mann sollte dort stillsitzen und auf sein Schicksal warten müssen. Er sollte auf Sie warten müssen, und ihm sollte dabei die ganze Zeit bewusst sein, wie sein Schicksal aussehen würde. Was Sie dort gesehen haben, war meine Inszenierung dieses Wunsches.«

»Wo ist er jetzt? Olsen, meine ich?«

»Wie ich sehe, verfolgen Sie die Lokalnachrichten nicht. Darin wurde bereits gemeldet, dass am Strand eine Leiche angeschwemmt wurde.«

»Die Nachrichten? Was meinen Sie damit?« Danny setzte sich plötzlich kerzengerade auf. Sein Gegenüber hob beschwichtigend die Hände.

»Ganz ruhig, Mr. Evans! Es ist alles nach Plan gelaufen. Auch diesmal war der Auftraggeber sehr klar in seinen Vorgaben. Er wollte, dass die Leiche ins Meer geworfen wird, wie Müll. Und auch diesmal hätte ich vielleicht andere Vorstellungen gehabt, aber es war keine schlechte Option. Sie garantiert, dass kaum gerichtsmedizinisch verwertbare Spuren gefunden werden und ...«

»Ins Meer geworfen! Und es kam in den Nachrichten!« Danny wandte sich erschrocken um, aus Furcht, dass ihn die anderen Gäste im Lokal hören könnten. Dann beugte er sich vor und zischte wütend: »Warum haben Sie ihn nicht raus aufs Meer gebracht und dort mit Gewichten beschwert versenkt?«

»Das haben Sie so wohl auch im Kino gesehen?«, entgegnete der Fremde mit einem breiten, selbstgefälligen Grinsen, und Danny musste sich zusammenreißen, um ihm nicht in die Fresse zu hauen. Aber das Grinsen verschwand sofort wieder. »Glauben Sie nicht immer alles, was Sie dort sehen. Das hätte nämlich bedeutet, ein Boot zu beschaffen, von irgendeinem Steg loszufahren, Papiere zu unterschreiben, Fragen zu beantworten ... und nach alldem müssen Sie auch noch eine Möglichkeit finden, Ihre Fracht an Bord zu bringen. Da sucht man sich doch lieber einen ruhigen Abschnitt am Strand und lässt der Natur ihren Lauf.«

»Dann gibt es also in dieser Sache nichts, was sich mit mir in Verbindung bringen lässt?«

»Nein. Vergessen Sie nicht, dass unsere Schicksale jetzt eng miteinander verknüpft sind. Wenn jemand Sie genauer unter die Lupe nehmen sollte, dann wäre man gleichzeitig auch an mir einen Schritt näher dran, und das ist das Letzte, was ich will.«

Danny entspannte sich schließlich so weit, dass er sich auf seinem Stuhl zurücklehnte. Sein Gegenüber strahlte aus jeder Pore Zuversicht aus. Anscheinend hatte er das alles auch nicht zum ersten Mal gemacht.

»Dann ist es also vorbei.« Danny atmete tief durch. »Ich weiß es zu schätzen, dass Sie sich mit mir getroffen und meine Sorgen zerstreut haben, dass Sie mir die größeren Zusammenhänge offengelegt haben. Ich hatte Fragen. Gestern Nacht war ich rein von meinen Emotionen gesteuert. Ich kam dorthin, las, was in den Papieren stand, und ich habe keinen Augenblick nachgedacht. Aber als diese Flinte losging, war es, als würde ein Schalter umgelegt. Ich wusste, was ich getan hatte, und wollte einfach nur noch fort. Ich wollte nicht über ihn nachgrübeln, er ist ein Stück Scheiße, er verdient es nicht, dass jemand auch nur einen Gedanken an ihn verschwendet. Ich würde mir nur wünschen, dass er immer noch auf dem Meeresgrund verrottet.«

»Verstehe.«

Danny klopfte sich auf die Oberschenkel und trank seine Cola in einem Zug aus. Seine Anspannung war verschwunden, und er spürte, wie die Erschöpfung wieder in ihm hochkroch. Vielleicht könnte er heute Nacht tatsächlich ein paar Stunden schlafen, auch ohne eine halbe Flasche Rum intus. Am nächsten Morgen hatte er einen Termin wegen seines neuen Jobs. Vielleicht könnte er dafür in guter Form sein. Einen Augenblick gewann er die Zuversicht, dies könnte der Zeitpunkt für einen kompletten Neuanfang sein.

»Nun gut, dann wünsche ich Ihnen noch ein schönes Leben.« Danny stand auf.

»Die Geschichte ist hier noch nicht zu Ende.« Der Fremde blieb sitzen, und ein Grinsen umspielte einmal mehr seine Mundwinkel. Er rieb sich übers Kinn, dann ließ er die Arme sinken.

»Gibt es denn sonst noch etwas, das ich wissen müsste?«, fragte Danny. Seine Zuversicht schwand, und Furcht kroch wieder in ihm hoch.

»Sie müssen noch eine Kleinigkeit erledigen.«

»Erledigen? Ich würde sagen, ich habe mehr als genug getan, oder nicht? Der Mann ...« Danny merkte plötzlich, dass er aufgestanden war und lauter redete. Er warf erneut einen prüfenden Blick Richtung Tresen. Dort saß nur noch ein einsamer Trinker: ein ältlicher Herr, der sich sichtlich damit abmühte, eine Zigarette zu drehen. Der Barkeeper war nicht zu sehen. »Der Kerl ist beseitigt«, zischte Danny.

»Er hat nicht allein operiert. Es gibt da noch jemanden. Sie war die Schlüsselfigur bei vielen seiner Taten.«

»*Sie*? Eine Frau?«

»Das ist öfter der Fall, als man denkt. Leute mit solchen Vorlieben finden ihresgleichen. Denken Sie mal darüber nach. *Ihre* Leidenschaft ist der Fußball, und was meinen Sie, wie viele Ihrer derzeitigen Kumpel Sie durch diese Fußballleidenschaft kennengelernt haben? Bei Sexualstraftätern ist das nicht anders.«

»Wie bitte? Treten die dann irgendwelchen Clubs bei, oder was? Treffen sich mittwochabends bei Flutlicht und fummeln an irgendwelchen Kids rum, oder wie?«

»Gar nicht so falsch. Es gibt jetzt das Internet, Danny, es hat die Welt verändert – und vielfach zum Schlechteren. Jetzt gehen Sie statt zum Bolzplatz und auf ein Bierchen danach in einen Internet-Chatroom, wo man Fotos, Videos oder Schlimmeres austauscht. Und wenn die Chatpartner dort minderjährige Mädchen sind oder neugierige Jungs, dann gibt es keinen besseren Verbündeten als eine Frau. Und diese Frau schert es einen Dreck, dass sie den Kontakt zu Mr. Olsen verloren hat. Sie wird rasch neue Kontakte knüpfen können, denn sie wird sehr gefragt sein.«

»Dann finden Sie sie. Tun Sie, was Sie müssen. Aber wozu brauchen Sie mich dabei noch?«

»Ich habe die Frau schon gefunden. Und jetzt wollen wir Ihnen dieselbe Möglichkeit eröffnen wie gestern Nacht.«

Danny schnaubte empört und verächtlich. »Sie wollen, dass ich … noch einmal? Der Gedanke schmeichelt mir, aber das geht sicher vorbei. Ich bin fertig mit der Sache. Habe bekommen, was ich wollte. Und das war Marcus Olsen.« Danny wandte sich zum Gehen.

»Es war Teil unserer Abmachung, Mr. Evans.«

Danny wirbelte auf dem Absatz herum und fauchte: »Ich habe nie irgendeine Abmachung mit Ihnen getroffen. Ich weiß noch nicht mal, wer Sie sind.«

»Sie haben in die Abmachung eingewilligt, als Sie den Abzug betätigt haben.«

Der Fremde vor ihm schien sich nicht länger Mühe zu geben, leise zu sprechen. Danny sah zu dem Alten an der Bar hinüber, der jetzt seine Zigarette fertig gedreht und sich in den Mund gesteckt hatte. Jetzt kletterte er gerade mühsam von seinem Hocker herunter. Der langhaarige Barkeeper stand auch wieder hinter dem Tresen und legte seine Geschirrtücher über die Zapfhähne, als letzten Teil seiner Aufräumroutine. Er bemerkte, dass Danny herübersah, und lächelte ihm zu.

»One for the road?«, rief er zu Danny herüber.

»Nein, danke. Ich wollte gerade gehen«, erwiderte Danny.

»Ich melde mich, Danny. Wir müssen das zu Ende bringen. Sie müssen das zu Ende bringen.« Der Fremde behielt Danny fest im Blick, als der weiter dem Eingang zustrebte und keine Absicht hatte, zurückzublicken. Jede Antwort, die er jetzt noch geben würde, würde nur die Angst offenbaren, die inzwischen zurückgekehrt war, die seinen Kopf vernebelte und sein Inneres zusammenkrampfte. Er wollte keine Schwäche zeigen, sondern entschlossen wirken. Seine Antwort hatte er gegeben.

Die Sache war für ihn *erledigt*.

KAPITEL 11

Freitag

Danny stürmte aus dem Meeting mit der Führungsriege von Dover Athletics. Es war schon fast Mittag, und er war unendlich froh, dass es endlich vorbei war. Eigentlich hätte dies ein ganz besonderer Moment für ihn sein sollen, ein Grund zum Feiern, denn er war soeben als Trainer bei Dover Athletics verpflichtet worden, und der Fußballverein hatte ihm seine Unterstützung beim Erwerb aller Qualifikationen zugesagt, die er benötigen würde, um ins Management zu wechseln. Fußball war alles, was Danny konnte. Die Entscheidung kam also einer unbefristeten Verlängerung seiner Karriere gleich. Das hätte ihm sehr viel bedeuten sollen, doch er empfand nichts als eine unendliche Leere. Obwohl er so schnell wie möglich von hier fortwollte, hatte er vom Büro des Crabble-Stadions aus den langen Weg zurück zum Eingang genommen, entlang der Tribüne, in der Hoffnung, das kräftige Grün des Fußballplatzes – ein Anblick, der ihn immer zutiefst berührt hatte – würde ihn irgendwie beruhigen. Doch heute spürte er gar nichts.

Auch sein Agent Marty schien es eilig zu haben. Er steuerte auf dem Parkplatz zielstrebig auf sein Auto zu und rief Danny im Gehen zu, er werde ihm die Unterlagen zukommen lassen und ihn wegen des Vertrags anrufen. »Aber keine Sorge, er ist gut!«, bemerkte er noch, dann schlug er die Autotür hinter sich zu. Die Reifen seines BMW drehten auf dem Kies durch, so eilig hatte er es, loszufahren. Aus dem

Fenster streckte er Danny noch einen emporgereckten Daumen entgegen, dann war er fort.

Danny stieg in sein Auto. Er wartete, bis der Staub sich gelegt hatte, dann ließ er das Fenster herunter, um etwas Sauerstoff hineinzulassen. Drinnen, im Büro, hatte er mehrere Male das Gefühl gehabt, keine Luft mehr zu bekommen. Er hatte sich kaum konzentrieren können. Die Ereignisse der vergangenen Tage gingen ihm unaufhörlich durch den Kopf, und seine Wut war inzwischen ebenso groß wie seine Angst. Er hatte es nicht verdient, dass ihn all das derart verfolgte – dieser Mann, die brennende Erinnerung an seine weit aufgerissenen Augen und den Moment, als sie endgültig erloschen, oder der letzte Atemzug, der zu vernehmen war, als sein gefesselter Körper noch einmal zuckte, während ein Klumpen aus Blut und etwas Dickem, Weißem an der frisch gestrichenen Wand hinter ihm herunterrann. Warum konnte Marcus Olsen nicht wenigstens jetzt aus seinen Gedanken verschwinden, wo er tot war?

Danny hörte ein Telefon klingeln. Seines war es jedoch nicht. Auf dem Parkplatz standen noch andere Autos, aber es saß niemand darin. Danny stieg wieder aus. Das Klingeln war immer noch gedämpft, doch jetzt klang es so, als käme es von weiter hinten. Danny ging zum Heck seines Wagens, wo das Geräusch lauter zu vernehmen war.

Er öffnete den Kofferraum, und sein Blick fiel auf das Display eines billigen Handys, auf dem »Unbekannter Anrufer« zu lesen war. Es lag neben dem Lenkradschloss, das Danny am Abend zuvor in den Kofferraum geworfen hatte. Noch einmal schaute er sich um, um zu sehen, wer ihm da einen Streich spielen wollte, doch da war niemand. Das Klingeln verstummte, und schon war das grün leuchtende Display, auf das Danny starrte, wieder schwarz geworden. Nur einen Augenblick später klingelte es erneut. Diesmal nahm Danny den Anruf an.

»Hallo?«

»Dann haben Sie es also gefunden.« Danny erkannte die Stimme sofort. Es war der Mann im Anzug.

»Sie sind schon wieder in mein Auto eingebrochen. Würden Sie das in Zukunft bitte unterlassen?«

»Das würde ich ja gerne, aber wir sind uns gestern Abend leider nicht ganz einig geworden.«

Heute klangen die Worte des Mannes ein wenig schroffer, geschäftsmäßiger.

»Ich bin aber nicht einverstanden. Ich habe Ihnen gesagt, dass die Sache für mich abgeschlossen ist.«

»Hören Sie, Mr. Evans. Vielleicht hat sich das, was ich gestern Nacht gesagt habe, ja so angehört, als hätten Sie eine Wahl, doch so ist das nicht. Ich dachte, Sie wären mit dabei, jetzt, wo Sie wissen, dass diese Frau einen Großteil der Verantwortung für das trägt, was mit Ihrer Tochter passiert ist. Sie ist nicht weniger schuldig, als unser anderer Freund es war. Wir werden alles vorbereiten, und Sie werden es zu Ende bringen.«

»Was wollen Sie damit sagen: Ich habe keine Wahl?« Danny spürte die Wut in sich aufsteigen. »Natürlich habe ich eine Wahl.« Hastig setzte er sich wieder ins Auto, schloss die Tür und ließ das Fenster hochfahren.

»Ich hatte wirklich gehofft, dass Sie zustimmen würden. Das wäre mir wesentlich lieber gewesen. Jetzt, wo die Polizei Marcus Olsens Leiche gefunden hat, kann die Sache schnell außer Kontrolle geraten. Im Moment gibt es noch keine Verbindung zu Ihnen, doch das könnte sich sehr leicht ändern.«

»Verbindung? Was meinen Sie damit? Sie haben mir doch erklärt, dass Sie sich um alles kümmern würden. Und wenn man mich mit der Sache in Verbindung bringen würde und ich denen alles erzähle, was ich weiß, dann würden Sie doch genauso mit drinhängen. Sie meinten doch gestern, das würden Sie um jeden Preis vermeiden wollen.«

»Und was wollen Sie denen erzählen, Mr. Evans? Haben Sie sich das mal überlegt? Stellen Sie sich doch mal vor, wie sich das anhört, wenn Sie im Verhör sagen, Sie hätten in volltrunkenem Zustand in einer Bar einen Mann kennengelernt, der das alles inszeniert habe. Was glauben Sie, wie das klingt? Ist denn irgendetwas von dem, was Sie über mich wissen, überprüfbar und könnte eine solche Behauptung stützen?«

»Die Polizei hat ihre Methoden. Die können so was herausfinden, die werden nach Ihnen suchen. Ich weiß, dass Sie Kontakt zu einem der Mädchen haben, das Olsen missbraucht hat, oder dass Sie von jemandem engagiert wurden, der das Mädchen kennt. Das werde ich denen sagen, und damit haben sie einen Ausgangspunkt.«

»Welches Mädchen? Hat es sich denn bei der Polizei überhaupt als Opfer gemeldet? Und habe ich Ihnen nicht erklärt, dass ich für Leute arbeite, die nicht oder zumindest nicht sofort zur Polizei gehen? Sie müssen besser zuhören, Mr. Evans. Und Sie sollten endlich begreifen, in welcher Situation Sie sich befinden. Wenn Sie jetzt aus der Sache aussteigen, können Sie keine weitere Unterstützung von mir erwarten. Mein Kunde ist ziemlich beharrlich. Er will seine Rache – und Sie haben bislang nur die halbe Arbeit geleistet. Ohne mich sind Sie nichts anderes als ein Mörder. Und ich putze nicht hinter Mördern her.«

»Verdammt, warten Sie noch einen Moment …«

»Vierzehn Uhr. Fahren Sie zum Cliffe Hotel in Dover. Gegenüber, an der Strandpromenade, steht eine Bank mit der Inschrift ›In liebendem Gedenken an Henry Reachman‹. Dort sitzen Sie um vierzehn Uhr. Ich gebe Ihnen dann klare Anweisungen. Es wird nicht schwierig sein.«

»Und wenn ich nicht komme?«

»Dann wird die Polizei bei ihrer Mordermittlung einen Schritt weiter sein.«

KAPITEL 12

Statt an die Küstenpromenade zu gehen, besuchte Danny seine Tochter. Er würde sich ganz sicher nicht in die Enge treiben lassen, schon gar nicht, wenn klar war, dass man ihn reinlegen wollte. Ihn jetzt als Schuldigen für den Mord an Marcus Olsen ins Rampenlicht zu zerren, würde wirklich niemandem etwas nutzen.

Als die Zeiger seiner Armbanduhr auf vierzehn Uhr sprangen, saß Danny ruhig bei Callie. Den Zeitpunkt der erzwungenen Verabredung verstreichen zu sehen beruhigte ihn noch mehr. Er hatte seinen Standpunkt klargemacht und bekräftigte ihn nur noch, indem er nicht erschien. Die Sache war für ihn erledigt. Er drückte Callies Hand noch ein wenig fester. Sie fühlte sich kühl an wie immer. Ihre Augen bewegten sich unter den Lidern. Das kam oft vor, und Danny war der Überzeugung, sie wolle damit zeigen, dass sie zuhörte.

»Ich weiß, was passiert ist, Call.« Seine Stimme klang rau und übertönte den krankenhaustypischen Geräuschpegel. Er blickte sich um, weil er sichergehen wollte, dass niemand zuhörte. Das Mädchen im Bett nebenan war die Einzige, die dafür infrage kam, aber sie befand sich in einem ähnlichen Zustand wie Callie.

Danny räusperte sich und sprach weiter. »Und zwar *alles*. Ich weiß von den Nachrichten. Ich weiß, dass so ein perverses A…, dass ein böser Mann dich reingelegt hat. Ich möchte nicht, dass du dich dafür schämst, du musst dich für überhaupt nichts schämen. Es war nicht das erste Mal, dass er das getan hat, okay? Du bist nicht die Erste, die er reingelegt hat.

Und als du dachtest, du hättest jemanden gefunden, dem du vertrauen kannst, war das auch er. Ich weiß das jetzt. Er hat dich dazu gebracht zu tun, was du getan hast. Aber damit ist er nicht davongekommen.«

Danny griff sanft nach Callies anderer Hand und legte sie ebenfalls unter seine, um sie zu wärmen. »Er ist tot, Call …« Er verstummte wie in Erwartung einer Reaktion, als wäre diese Mitteilung genau das, worauf Callie gewartet hatte, um aus ihrem Dauerschlaf aufzuwachen. »Ich habe ihn getötet.«

Tränen landeten auf ihrem Arm, ehe er es verhindern konnte. »Und das alles tut mir so leid. Dass es so weit kommen musste. Ich wünschte … Ich wünschte, ich hätte es früher gewusst. Ich wünschte, ich hätte mich auch um etwas anderes gekümmert als nur um mich selbst.«

Die Tränen flossen jetzt stärker, aber weil er seine Tochter nicht loslassen wollte, konnte er sie nicht wegwischen, sodass er nur noch verschwommen sah und ihn die Tränen am Kinn kitzelten. Es gab nichts, was er jetzt noch hätte sagen können. Zum ersten Mal in dieser ganzen langen Zeit hatte er sich gefreut hierherzukommen, ihr ins Gesicht zu sehen und alles zu erzählen. Er hatte so fest daran geglaubt, dadurch eine Veränderung bei ihr auslösen zu können. Aber rein gar nichts hatte sich geändert. Callie lag noch immer im Koma, ihre Zukunft war noch immer ungewiss. Und die Leere, die er spürte, war noch größer geworden.

Gar nichts hatte er verändern können.

KAPITEL 13

Vom Fahrersitz seines Mercedes aus spähte Danny hinüber zum Eingang der Hotelbar. Der Motor lief noch, und er überlegte, ob er nicht lieber weiterfahren sollte, irgendwohin, einfach so, nur um nicht wieder hineinzugehen und etwas zu trinken. Er war wütend und wusste, wozu es führen konnte, wenn auch noch Alkohol mit ins Spiel kam. Trotzdem stellte er den Motor ab.

»Du schaffst das«, sagte Danny laut zu sich selbst. Er würde auf direktem Weg in sein Hotelzimmer gehen, die Nachrichten einschalten und duschen – all das, was normale Menschen auch taten.

Der Flur, der zu seinem Zimmer führte, war dunkel, und die Lampen über ihm flackerten mit einer kurzen Verzögerung auf, als seien sie eben wachgerüttelt worden. Seine Beine fühlten sich schwer an, als hätte sein Körper die Erschöpfung so lange wie möglich hinausgezögert, spürte aber jetzt die Nähe eines rettenden Bettes. Vielleicht würde er heute ja auch einfach mal früh schlafen gehen. Dann wäre er morgen ausgeruht genug, um mit Sharon zu sprechen. Schadensbegrenzung …

Als er sich der Zimmertür näherte, wurden seine Schritte langsamer. Er fragte sich, ob er sich möglicherweise in der Zimmernummer geirrt hatte. Am Türgriff hing ein »Bitte nicht stören!«-Schild. Er hatte es ganz bestimmt nicht dorthin gehängt. Vielleicht ja die Putzfrau? Er ließ das Schild am Griff baumeln und zog seine Schlüsselkarte durch den Schlitz, um die Tür zu öffnen. Sie gab nach.

Das Erste, was darauf hindeutete, dass etwas nicht stimmte, war der Geruch, der ihn an der Tür empfing und sich in seinen Rachen legte. Er hatte etwas Metallisches, Erdiges, das nichts mit dem inzwischen vertrauten Geruch des abgewohnten Zimmers zu tun hatte. Danny schob die Tür ein Stück weiter auf. Die Vorhänge am anderen Ende des Raumes waren zugezogen, das Verdunkelungsrollo war heruntergezogen. Danny steckte die Karte in den Schlitz an der Wand. Die Deckenlampe ging mit einem dumpfen Geräusch an und warf ihr Licht auf das, was den Geruch verursachte.

Danny schreckte so abrupt zurück, dass er ins Taumeln geriet.

Es sah aus, als hätte jemand mitten auf seinem Bett ein totes Tier abgeladen: ein Büschel dunkler Haare, zusammengehalten von etwas, das feucht genug war, um das Licht zu reflektieren. Aus den Haaren stand ein faustgroßer Klumpen weißes Fleisch hervor, und an dessen Ende hing etwas, das wie ein eingerollter Fetzen schwarzer Haut aussah. Das weiße Bettlaken war verschmiert und wies einen großen, dunklen, fast schwarzen Fleck auf. Danny wusste, dass es Blut war.

Plötzlich hallte lautes Lachen durch den Flur. Voller Panik ging er weiter ins Zimmer hinein, bis die Tür mit einem Klicken zufiel. Schlagartig wurde der Gestank intensiver. Danny trat einen Schritt näher. Es gelang ihm, seinen Blick für einen kurzen Moment abzuwenden und sich im Bad und dann im Zimmer umzusehen. Ihm fiel nichts Ungewöhnliches auf. Wieder fixierte er den behaarten Klumpen, der schwer genug war, dass er auf dem Bett eine Delle hinterließ. Danny ging um das Fußende herum. Das erste Detail, das er zwischen den dunklen Haaren genauer erkennen konnte, war ein bleiches Ohrläppchen. Blitzschnell hielt Danny sich die Hand vor den Mund, doch er blieb nicht stehen, konnte den Blick nicht abwenden, ja nicht einmal blinzeln. Sosehr ihm auch graute: Er musste wissen, was da vor ihm lag.

Er irrte sich nicht: Es war der Kopf eines Menschen – oder zumindest das, was von Marcus Olsen übrig geblieben war. Allerdings hatte er kaum noch Ähnlichkeit mit dem, was Danny zuletzt davon gesehen hatte, sondern wirkte eher wie eine wächserne Nachbildung oder eine Filmrequisite. Der Gestank und die Fliegen, die ununterbrochen aufstoben und wieder landeten und dabei das lange Haar leicht bewegten, ließen jedoch keinen Zweifel: Der Kopf war echt. Erst als Danny auf der anderen Seite des Bettes angekommen war, das ihm den Weg zur Zimmertür versperrte, blieb er stehen. Das vom Vorhang verdeckte Fenster war genau hinter ihm. Der Kopf lag seitlich auf dem Bett, sodass ihn die teils blutunterlaufenen, teils gelblichen Augen direkt anstarrten; der Mund stand offen, an den Zähnen hing geronnenes Blut. Danny beobachtete, wie sich von einem weiteren Fleck in hellerem Rot ein Stück weiter oben auf dem Bettlaken eine Schmeißfliege erhob und sich schon im nächsten Moment wieder darauf niederließ.

Ein Telefon klingelte.

Der Klingelton war ihm vertraut – es war derselbe wie der des billigen Handys, das er im Kofferraum seines Autos gefunden hatte. Blitzartig wandte er sich um, als wollte er vor dem Anblick und dem Geräusch des klingelnden Telefons fliehen. Taumelnd klammerte er sich an das Rollo vor dem Fenster und riss es bei seinem verzweifelten Versuch, den Fenstergriff zu erreichen, aus seiner Verankerung. Das Fenster ließ sich nur wenige Zentimeter weit öffnen. Danny lehnte sich nach vorn und sog gierig die Luft von draußen ein, die hoffentlich etwas frischer war; vielleicht ließ sich eine Panikattacke noch abwenden, wenn er die Augen schloss und versuchte, sich auf das Dröhnen der vorbeifahrenden Autos zu konzentrieren – oder auf irgendein anderes, ruhiges, verlässliches Geräusch, das ihm sagte, dass es eine Welt außerhalb dieses Zimmers gab, in der das normale Leben weiterging. Er presste seine Stirn gegen die kühle

Scheibe und verharrte eine Weile regungslos. Dann trat er vom Fenster zurück, hielt den Atem an und drehte sich wieder um. Tatsächlich war er jetzt ein wenig ruhiger. Er redete sich ein, dass das Ganze lediglich ein schlechter Scherz war oder vielleicht sogar etwas, das sein erschöpftes Gehirn ihm nur vorgaukelte.

Doch es war alles wie zuvor, und das Handy klingelte immer noch. Zwischendurch hatte das Läuten kurz aufgehört, dann aber wieder angefangen. Es klang gedämpft und schien links von ihm herzukommen, ein Stück weiter unten. In der obersten Schublade des Nachttisches lag eine Bibel, sonst aber nichts. Danny schloss die Schublade wieder und suchte im Bett weiter. Als er das Kopfkissen anhob, sah er darunter das Telefon liegen. Es war mit etwas Braunem und einer anderen, klebrig wirkenden Substanz verschmiert. Danny packte das Kissen, streifte sich den Bezug über die Hand und griff damit nach dem Telefon. Wieder verstummte es, doch die nachfolgende Stille währte nur wenige Sekunden. Der Gestank war auf einmal unerträglich. Danny nahm das klingelnde Handy mit ins Bad, ließ es ins Waschbecken fallen, hielt den Bettbezug kurz unter den Wasserhahn und wischte dann damit über das Telefon. Wieder hatte es aufgehört zu klingeln. Als das penetrante Geräusch das nächste Mal zu hören war, konnte Danny das Telefon in die Hand nehmen und abheben.

»Ja?« Seine Stimme klang kraftlos.

»Mr. Evans!« Der Mann im Anzug. Diesmal wirkte die vertraute Stimme beinahe vergnügt. »Ich nehme an, Sie haben ein weiteres, äußerst wichtiges Teil des Puzzles gefunden?«

»Puzzle? Was zum Teufel soll das hier?«, brach es wütend aus Danny hervor, doch dahinter verbarg sich panische Angst.

»Wir haben nun ein Puzzle, und die Polizei hat begonnen, es zusammenzusetzen. Sie hören anscheinend keine

Regionalnachrichten? Es gibt Neuigkeiten über die Leiche, die man gefunden hat. Offenbar fehlte ein wichtiges Teil. Die Polizei bittet um sachdienliche Hinweise. Es ist auch eine Telefonnummer mit angegeben, für den Fall, dass irgendjemand etwas dazu sagen kann.«

»Warum ist dieses Ding hier in meinem Zimmer?«

»Das ist genau die Frage, die die Polizeibeamten auch Ihnen stellen werden, Danny. Wobei sie eigentlich nicht auf Ihre Antwort zu warten brauchen. Was sie sehen werden, spricht wohl für sich.«

»Sie wollen, dass die Sache auffliegt?«

»Das haben Sie sich schon selbst zuzuschreiben. Ich habe Ihnen die Wahl gelassen. Ich habe Ihnen gesagt, was passieren würde.«

»*Ich* werde denen sagen, was passiert ist, und zwar ganz genau!«

»So? Und was genau *ist* denn passiert? Ein Unbekannter hat von Ihnen verlangt, dass Sie an einen abgelegenen Ort fahren, und dort haben Sie Marcus Olsen gefunden, gefesselt und mit einem Flintenlauf im Mund? Werden Sie denen dann auch erzählen, wie Sie den Abzug gedrückt haben, oder lassen Sie das aus und erklären nur, dass der Kopf dieses Mannes auf seltsame Weise in Ihrem Hotelzimmer wieder aufgetaucht ist?«

»Wenn die mich kriegen, dann werden sie auch nach Ihnen suchen.«

»Aber wie lange, Danny, und mit wie viel Aufwand? Was, glauben Sie, ist mit der Flinte passiert, mit der dieser Mann getötet wurde? Glauben Sie, ich habe sie gründlich gesäubert, all Ihre Spuren beseitigt und sie dann verschwinden lassen? Oder habe ich sie nicht vielleicht in genau diesem Moment vor mir liegen und schaue sie mir an, mitsamt Ihren Fingerabdrücken? Die Polizei wird schnell wissen, dass Sie es waren, der geschossen hat. Sie wird Marcus Olsens abgetrennten Kopf in Ihrem Hotelzimmer finden, zusammen mit einem ausgedruckten Schriftstück, in dem sein Verhältnis zu Ihrer Tochter in ziemlich klaren Worten beschrieben ist. Was glauben Sie, wie viel Mühe die Polizei darauf verwenden wird, irgendeinen Unbekannten zu finden, der Ihnen angeblich dabei geholfen hat, das alles zu arrangieren? Vermutlich nicht besonders viel, Danny. Ich glaube sogar, es wird ihr völlig egal sein.«

»Das war alles von Anfang an so geplant. Sie haben mich nur benutzt«, sagte Danny, während seine Wut allmählich wieder nackter Angst wich.

»Das klingt ja gerade so, als hätten Sie nicht bekommen, was Sie wollten. Oder etwa nicht? Außerdem gibt es ja noch eine Möglichkeit, wie Sie das hier hinter sich lassen können – und zwar alles: den stinkenden Kopf auf Ihrem Bett, die Blutspritzer an der Wand, die fast unsichtbaren Flecken auf dem Teppich, die Blutspuren im Badezimmerwaschbecken, wo ich mir die Hände gereinigt habe ... sämtliche Spuren dessen, was Sie getan haben, Danny, Spuren, die Sie selbst vermutlich kaum finden und schon gar nicht verschwinden lassen könnten. Doch genau das ist meine Spezialität. Ich putze hinter anderen her.«

»Sie sagten doch, Mördern würden Sie nicht hinterherputzen. So haben Sie es mir doch erklärt. Aber nichts anderes haben Sie doch getan: Sie haben einen Mörder aus mir gemacht.«

»Ein Mörder ist jemand, der nicht um der Gerechtigkeit willen tötet, sondern aus irgendwelchen anderen Gründen. Ich hatte große Hoffnungen in Sie gesetzt; ich dachte, wir hätten dasselbe Ziel.«

»Ich habe meine Gerechtigkeit bekommen.«

»*Wir* haben erst dann Gerechtigkeit bekommen, wenn auch diese Frau tot ist. Sie wird wieder damit anfangen; vielleicht hat sie ja auch schon Kontakt mit der nächsten Callie aufgenommen. Sie müssen das beenden. Nur so können Sie beweisen, dass Sie das hier aus einem gerechten

Grund getan haben – und zwar nicht mir, sondern sich selbst.«

Die Badbeleuchtung war ausgegangen, weil Danny sich länger nicht vom Fleck gerührt hatte. Instinktiv bewegte er sich, damit sie sich wieder einschaltete, und wandte sich dabei dem Spiegel zu. Das helle Licht schien vor allem sein Gesicht anzustrahlen, sodass er nicht umhinkonnte, sein Spiegelbild zu betrachten. Seine Haut war fahl und rot geädert, die Tränensäcke waren noch schlaffer und grauer als sonst, und die erste Rasur seit Langem hatte auf den Wangen rote Pusteln hinterlassen. Die Haare, die er sich in seiner Verzweiflung ständig gerauft hatte, standen ihm zu Berge. Er trug noch immer dieselbe Krawatte wie in dem Meeting, doch der Knoten saß nun eng und tief, weil er daran gezerrt hatte, um sie zu lockern. Er erkannte sich in dem Mann, der ihm aus dem Spiegel entgegenstarrte, kaum wieder. Er wollte nur, dass all das endlich aufhörte.

»Ich kann das nicht.« Dannys Stimme war schwach, nichts als ein leises Krächzen. Er betrachtete die Grimasse im Spiegel. Eigentlich wollte er stark klingen, voller Überzeugung, und nicht so, wie er sich gerade fühlte: innerlich leer, als habe er resigniert und nichts mehr zu verlieren. »Das neulich war etwas anderes. Ich wusste ja nicht, was mich erwarten würde, und als ich dann dort ankam, waren da plötzlich so viele Emotionen, die mir den Boden unter den Füßen wegzogen und mich rasend vor Wut machten. Ich habe es im Affekt getan. Aber das hier … Das wäre irgendwie kaltblütig, als würde ich gezielt irgendwo hinfahren, in vollem Bewusstsein, dass ich dort gleich jemanden töten werde. Aber so bin ich nicht«, sagte Danny.

»Dann lassen Sie's bleiben. Aber vielleicht überlegen Sie sich vorher doch noch mal, wer Sie überhaupt sind, wer Sie sein möchten: ein Ehemann für Sharon, ein Vater für Jamie und Callie. Und dazu gehört auch, für sie da zu sein: wenn Jamie als Kapitän seiner Mannschaft in die Fußstapfen seines

Vaters tritt, wenn Callie aufwacht und Sie braucht – und das mehr denn je. Und auch Sharon wird Sie brauchen. Sie ist eine starke Frau, aber allein wird sie es nicht schaffen. Diesmal nicht.«

»Sie wissen doch gar nicht, wovon Sie reden!« Doch Danny täuschte sich, und das war ihm auch sofort bewusst. Natürlich hatte der Mann sich die Zeit genommen, um so viel wie möglich über Danny und seine Familie herauszufinden. Was er damit bezweckte, war klar.

»Ich bin Privatdetektiv, das wissen Sie. Etwas über andere Menschen herauszufinden, gehört zu meinen Aufgaben. Ich weiß auch einiges über Sie; ich wusste, dass Sie alles dafür geben würden, nur um Ihre Familie zurückzubekommen, um wieder Danny Evans zu sein. Das ist die eine Möglichkeit. Sie können sich aber auch schnappen und ins Gefängnis stecken lassen, während Ihre Kinder groß werden und alt genug, um sich irgendwann gegen Sie zu wenden.« Der Mann hielt inne, als wartete er auf eine Reaktion, doch Danny war dazu nicht imstande. Mit fest aufeinandergepressten Lippen starrte er suchend in den Spiegel, als flehe er sein Gegenüber um die richtige Antwort an. Die Stimme am Telefon sprach weiter. »Diese Bank, über die wir gesprochen hatten. Heute Nacht, zweiundzwanzig Uhr. Es ist Ihre letzte Chance, das hier in Ordnung zu bringen. Wenn Sie die Sache verpatzen, hat die Polizei noch vor Tagesanbruch alles, was sie braucht. Lassen Sie Ihr Zimmer so zurück, wie es ist. Ich übernehme das Wegräumen und Saubermachen. Aber natürlich können Sie das auch selbst machen … falls Sie glauben, dass Sie cleverer sind als die Experten von der Forensik …«

»Bitte …«, stieß Danny hervor, doch es war zu spät. Der Mann hatte bereits aufgelegt. Danny warf das Handy mit solcher Wucht auf den Boden, dass es in Stücke sprang. Als er sich gegen das Waschbecken lehnte, fiel sein Blick auf den Abfluss. Selbst von hier aus konnte er die Blutspuren rundherum sehen. Er würde das Zimmer niemals so gründlich säubern können, dass es einer forensischen Untersuchung standhielt. Und das Ding auf seinem Bett ... Allein beim Gedanken daran, es entsorgen zu müssen, wurde ihm übel.

Der Mann am Telefon hatte gesagt, dass Danny sich entscheiden könne, doch letztendlich hatte er keine Wahl.

KAPITEL 14

Als Danny aus seinem geheizten Auto ausstieg, attackierte ihn im Dunkel der Nacht ein scharfer Wind, der vom Meer hereindrückte. Eiskalte Böen stachen ihm ins Gesicht. Die Küste von Dover fühlte sich an wie der trostloseste Ort auf Erden.

Und auch wie der einsamste. Die Hände tief in den Taschen vergraben, das Kinn in seinen Kragen hineingezogen, nahm er sich einen Moment Zeit, um die breite Promenade in beiden Richtungen mit dem Blick abzusuchen. Er konnte keinerlei Bewegung ausmachen. Nur die auf dem regennassen Weg schwankenden weißen Lichtkegel der Straßenlaternen, die vom Sturm gepiesackt wurden. Er hatte direkt vor dem Cliffe Hotel geparkt, in dessen Erdgeschoss sich ein beliebtes Restaurant befand: große Erker mit Tischen darin – hinter den Fenstern der wohlige Schein orangefarbener Lampen. Keiner der Tische war besetzt. Kein vernünftiger Mensch wagte sich an diesem Abend vor die Tür.

Die Bänke an der Promenade verbargen sich an einer Mauer, deren Wellenverlauf das Meer imitierte. Oben wurde sie von einem gepflegten Grünstreifen begrenzt, der die Sicht zusätzlich behinderte. Danny trat auf die Promenade hinaus, um die Bänke sehen zu können, aber er musste erst gar nicht nach den Widmungsplaketten an den Rückenlehnen Ausschau halten; eine Bank war bereits besetzt.

»Gut, dass Sie kommen. In meinen Augen definitiv die richtige Entscheidung.« Der Mann sprach ihn sofort an, blickte aber weiter starr nach vorn, und die Worte aus seinem

Mund bildeten kompakte Hauchwolken. Er rieb die behandschuhten Hände aneinander. Seine um die Schultern eng anliegende Steppjacke war bis oben hin geschlossen, ließ jedoch einen Krawattenknoten erkennen. Die Ärmelmanschetten waren offen, anscheinend waren seine Unterarme zu kräftig, um die Knöpfe zu schließen. Danny war sich nicht sicher, ob der Mann mehrere Schichten Kleidung trug, um gegen die Kälte gewappnet zu sein, oder ob er einfach kräftiger gebaut war, als er ihn in Erinnerung hatte. Er hatte die letzten Male kaum auf ihn geachtet. Bei ihrem ersten Zusammentreffen hatte er ihn für einen Spinner gehalten, der versuchte, ihn zu provozieren. Beim zweiten Mal war er zeitweise mehr mit den Leuten um sie herum als mit ihm beschäftigt gewesen. Diesmal gab es aber niemanden, der von ihm ablenkte, und Danny begriff, dass dieser Mann eine Bedrohung darstellte, und zwar nicht nur für ihn selbst.

»Ich hatte nicht wirklich die Wahl. Dafür haben Sie ja gesorgt.«

»So kann man es auch formulieren.«

»Was wollen Sie von mir?«

»Es geht hier gar nicht um mich. Ich bin nur das Sprachrohr. Es tut mir leid, dass ich am Telefon vorher so – sagen wir: nachdrücklich werden musste. Es würde zu lang dauern, Ihnen zu erklären, warum das zu Ihrem Besten ist und zum Besten aller Beteiligten. Ich musste etwas deutlicher werden, und wenn das unserer Beziehung geschadet haben sollte, tut es mir leid.«

»Sie sprechen davon, dass Sie mir mit dem Gefängnis gedroht haben, wenn ich nicht tue, was Sie von mir wollen?«

»Nicht ich, Mr. Evans. Noch einmal, nicht ich verlange das von Ihnen. Ich mag vielleicht mit der Absicht dahinter einverstanden sein, aber meine Methode wäre sicher eine völlig andere.«

»Und trotzdem werden Sie dafür sorgen, dass ich ins Gefängnis gehe.«

»Natürlich. Und ich werde dafür sorgen, dass mir das nicht passiert. Ich bin sehr gut in dem, was ich tue. Aber das hier kann für Sie sehr schnell vorüber sein. Sie müssen einfach nur das Richtige tun.«

»Ich bin mir nicht sicher, ob ich noch weiß, was das ist.«

»Doch, das wissen Sie. Unter der Bank steht eine Tasche. Ich werde gleich aufstehen und von hier weggehen. Sie werden warten, bis ich verschwunden bin, und die Tasche dann mitnehmen. Schauen Sie vorerst nicht nach, was drin ist, und fahren Sie aus der Stadt hinaus.«

»Was ist denn in der Tasche?«

»Anweisungen. Und alles, was Sie brauchen, um den Job zu erledigen. Eine Pistole. Sie ist geladen, halten Sie sie also nicht versehentlich falsch herum. Der Auftrag ist einfach: zielen und abdrücken.«

»Mein Gott«, sagte Danny. »Einfach so.«

»Diese Frau ist kein bisschen weniger schuldig, als Olsen es war. Ihre Vergehen sind sogar noch schlimmer: Sie erschleicht sich das Vertrauen junger Mädchen, einzig mit dem Ziel, sie zu zerstören. Sie macht sie gefügig. Callie hat eine starke und intelligente Persönlichkeit. Ich glaube keine Sekunde daran, dass er allein sie hätte reinlegen können. Er hat jemand anderen dazu gebraucht. Und wenn Sie dieses Ding auf die Frau richten, denken Sie daran, dass sie dieser Jemand war.«

»In dem Schnellhefter gab es nicht den leisesten Hinweis auf eine andere Person, schon gar nicht auf eine Frau.«

Der Mann seufzte. »Sie haben sich sogar ein paarmal getroffen, Callie und diese Frau. Und sie standen auch auf andere Weise in Kontakt. Mein Bericht enthielt nicht mal die Hälfte dessen, was wir herausgefunden haben. Ich musste einfach so viel Information hineinpacken, damit Sie verstanden, wer der Mann da vor Ihnen war, wollte die Dinge aber nicht komplizierter als nötig machen.«

»Was meinen Sie damit, dass sie sich getroffen haben?«

»Wie ich schon sagte, Sie haben eine schlaue Tochter. Sie hat sich Olsen nicht einfach so gefügt, selbst als sie ihm ein paar Fotos geschickt hat und er damit ein Druckmittel hatte. Sie war schon an dem Punkt, es darauf ankommen zu lassen, und hat ihm gesagt, wenn er ihre Fotos öffentlich machen wollte, dann solle er es eben tun. Und an diesem Punkt hat Olsen die Frau auf sie angesetzt. Sie meldete sich bei Callie und tat so, als sei ihr dasselbe widerfahren, und angeblich hatte sie ihn auch zur Rede gestellt. Olsen hat sich schon davor von dieser Frau helfen lassen. Und es hat funktioniert. Da ist ein Mädchen, das mit sich ringt, ob es das alles mit sich machen lässt, das überlegt, ob es mit seinen Eltern sprechen soll oder mit der Polizei, und dann taucht plötzlich eine Frau auf, die behauptet, dasselbe durchgemacht zu haben. Sie sprach mit Callie darüber, was ihr geschehen war und wie sie da wieder rauskommen könnte. Sie hat eindrücklich geschildert, dass sie selbst das Geheimnis für sich behalten und getan hatte, was er von ihr verlangte, und dass sich die ganze Sache danach wunderbarerweise quasi in Luft aufgelöst hat. Sie konnte Callie ganz leicht verkaufen, dass der einfachste Ausweg auch der beste war, weil es genau das war, was Callie hören wollte.«

»Und eine Lüge.«

»Natürlich eine Lüge. Diese Frau spielt eine wichtige Rolle, wenn es um Kontrolle geht – wenn nicht sogar die wichtigste. Sie erschleicht sich erst Vertrauen und ermöglicht dann aus dieser Position heraus dem Täter, seine Forderungen noch einmal hochzuschrauben.«

»Da steckt eine Menge krimineller Energie drin, nur dafür, dass sie sich daran aufgeilen können, Fotos von nackten Kids anzusehen. Was sind das um Himmels willen bloß für Menschen!«

»Daran hat die Frau doch überhaupt kein Interesse!«, stieß der Mann hervor, als wäre er genervt, Offensichtliches erklären zu müssen. »Hier geht es nur um Geld.«

»Um Geld?«, blaffte Danny zurück.

»Ja, natürlich um Geld, was denken Sie denn? Olsen mag vielleicht ein kranker Perverser gewesen sein, aber ich habe Ihnen ja schon gesagt, dass er eine Menge Geld damit gemacht hat, andere kranke Perverse zu bedienen. Was auch bedeutet, dass er es sich leisten konnte, Leute dafür zu bezahlen, dass sie ihm helfen. Sogar gut dafür zu bezahlen. Die Tatsache, dass es dieser Frau ausschließlich ums Geld ging, macht sie in meinen Augen noch mehr schuldig als alle anderen. Die Männer agierten immerhin noch aus einem sexuellen Drang heraus.«

»Das Leben meiner Tochter ist ruiniert … Sie könnte jetzt tot sein. Einer der Ärzte hat gesagt, es wäre ein Wunder, dass sie noch am Leben ist. Man hat uns vorgewarnt, dass sie eventuell nie mehr so sein wird wie früher. Manchmal habe ich mich schon gefragt, ob es besser für sie gewesen wäre zu sterben. Wie kann ich bloß so etwas denken?« Danny sprach seine Gedanken laut aus, um sie irgendwie zu ordnen.

»Weil es vielleicht so ist. Ganz egal, was von jetzt an passiert, Ihrer aller Leben wird nie mehr dasselbe sein. Das Ihrer Frau und Ihres Sohns nicht und ganz bestimmt nicht Callies Leben. Sie hat das nicht verdient; Ihre ganze Familie hat das nicht verdient. Diese Frau hat Ihre Familie ruiniert, sie hat Ihr *Leben* ruiniert. Es fühlt sich vielleicht heute so an, als würden Sie zu etwas gezwungen, was Sie gar nicht tun wollen, aber wenn Sie es nicht tun, wenn Sie jetzt einfach gehen, wird diese Begegnung hier auch in zehn Jahren noch schwer auf Ihnen lasten. Und Sie werden es bereuen, damals diese Chance nicht ergriffen zu haben.«

»Weil ich im Gefängnis sein werde. Wofür Sie ja sorgen werden.«

»Ja, das werde ich. Aber selbst wenn Sie zu Hause bei Ihrer Familie wären, zurück in Ihrem ganz normalen Leben – sofern es das überhaupt noch gibt –, würde es keinen Unterschied machen. Im Hinterkopf hätten Sie immer diesen quälenden Gedanken, was diese Frau jetzt treibt, was andere Familien wegen ihr erleiden müssen.«

»Das können Sie wirklich gut.« Danny atmete hörbar ein. Er richtete seinen Blick auf ein helles Licht in der Ferne. Ein Frachtschiff, sehr weit weg auf dem Meer. Aus dieser Entfernung sah es aus wie ein langer grauer Balken, getragen vom Horizont.

»Was?«

»Es so hindrehen, als sei Mord eine gute Lösung.«

Der Mann lachte auf. Danny musste die Zähne zusammenbeißen, so schockiert war er über seine Unverfrorenheit.

»Genau diesen Effekt wird dieser Job für Sie haben. Ich habe gutes Geld verdient, solange ich gesetzeskonform gearbeitet habe. Ich habe eine Menge Betrüger aufgespürt, eine Menge Geld für seine Besitzer zurückgeholt und als Honorar einen guten Prozentsatz davon erhalten. Aber für mich fühlte sich das immer nur wie ein Job an. Mit dem, was ich jetzt tue, verdiene ich nur sporadisch etwas und niemals sehr viel, aber es ist wirklich ein Unterschied. Diese Arbeit ist ehrlich und bedeutsam. Ich hätte niemals gedacht, dass ich etwas für so bedeutsam halten könnte, dass es einen Mord rechtfertigt.«

Danny spürte, wie verspannt sein Oberkörper war. Er hatte die ganze Zeit stocksteif und kerzengerade dagesessen. Jetzt lehnte er sich zurück, ließ die Schultern sinken und atmete tief durch.

»Geld … Diese Frau tut das nur für Geld«, murmelte er in sich hinein.

»Es überrascht mich noch immer, wozu manche Menschen lediglich aus Profitgier bereit sind.«

»Und was ist mit Ihnen?«, fragte Danny. Die Muskeln in seiner Seite zogen sich schmerzhaft zusammen, als er sich zu dem Mann hindrehte, der noch immer aufs Wasser blickte.

»Mit mir?«

»Sie verdienen Ihr Geld damit, Leute aufzuspüren, wie diese Frau, die Ihre reichen Kunden tot sehen wollen. Warum bieten Sie nicht einfach einen Komplettservice an? Damit würden Sie doch sicher besser verdienen, oder?«

»Sie meinen, dass ich den Abzug selbst betätigen soll?« Der Mann lachte wieder. »Ja, darum hat man mich oft genug gebeten.«

»Dann wären Menschen wie ich gar nicht nötig. Als was haben Sie mich gleich wieder bezeichnet? Als eine Variable, richtig?«

Der Mann lächelte noch immer. »Es wäre ganz bestimmt einfacher. Aber es würde mich zu einem bezahlten Killer machen, der nicht besser ist als die Leute, die er aufspürt. Man darf einem Menschen nur aus einem einzigen Grund das Leben nehmen – für die Gerechtigkeit. Durch einen kalten Mord, ausgeführt von der Hand eines Unbeteiligten, entsteht sie ganz bestimmt nicht. Gerechtigkeit kann nur durch Menschen wiederhergestellt werden, denen Unrecht angetan wurde, durch die Opfer. Durch die Menschen, durch die Familien, die zerstört wurden.«

»Haben Sie jemals jemanden umgebracht? Aus welchem Grund auch immer?«

»Nein.« Der Mann stand jetzt auf, zog seine Jacke vorn glatt und machte sich kurz an seinen Hosenbeinen zu schaffen, sodass sie wieder ordentlich über seine üblichen eleganten Schuhe fielen. Schon im Gehen warf er Danny noch einen Blick zu. »Ich bin mir nicht sicher, ob ich dazu fähig wäre.«

KAPITEL 15

Als Danny wieder von Dover zurückfuhr, ließ er das Autoradio ausgeschaltet. Er hatte auf der kurzen Fahrt zum Strand den Lokalsender gehört, in der Hoffnung, dass der Fremde geblufft hatte und nichts über einen »Leichenfund« oder eine »Mordermittlung« gemeldet würde. Doch beides war vom Moderator und der Nachrichtensprecherin mehrfach erwähnt worden, denn sie konnten kaum glauben, dass etwas derart Sensationelles in ihrer verschlafenen Stadt passiert war. *Eine Leiche ohne Kopf!* Die Nachrichtensprecherin hatte die Wörter fast atemlos hervorgestoßen, und in ihrer Aufregung hatte sie sich von Satz zu Satz gesteigert, bis sie das Mikro wieder an den gleichermaßen mitfiebernden Moderator übergeben hatte. Und er hatte die Geschichte sogar noch in Bezug zu dem folgenden Musiktitel gesetzt: »Den nächsten Song hatte ich schon in der Konserve, also denken Sie bitte bloß nicht, dass er eine Anspielung auf die schreckliche Geschichte am St Margaret's Beach ist! Hier kommen The Verve und ›Lucky Man‹ …«

An diesem Punkt hatte Danny das Radio ausgeschaltet. Jetzt hörte er nur noch das monotone Brummen des Motors und der Reifen, während er auf der verkehrsarmen A2 fuhr. Seine Anweisungen hatte er bekommen, und nun folgte er der Wegbeschreibung. Laut Navi dauerte die Fahrt dorthin noch siebzehn Minuten.

Er kannte Sittingbourne nicht gut. Normalerweise bewertete er Städte nach ihren Fußballstadien und Pubs, doch in Sittingbourne hatte er keines von beiden in jüngster Zeit besucht. Er war froh, dass er seinem Navi folgen konnte. Der Mann im Anzug hatte ihm einen weiteren Postcode gegeben, und der führte ihn direkt in die betreffende Straße. Die Anweisungen dazu konkretisierten, wo genau er den Wagen abstellen sollte. Er befand sich in einem Wohngebiet, und die Straße war vollgeparkt mit Autos. In den meisten Häusern brannte noch Licht. Es war schon nach elf Uhr abends, und die Bewohner waren kurz vor dem Schlafengehen oder bereits im Bett.

Er fand einen Parkplatz, ein Stück weit entfernt von der angegebenen Adresse. Als das Innenlicht im Wagen beim Ausschalten des Motors anging, wurde er nervös und hektisch. Er verhedderte sich im Anschnallgurt und stieg stolpernd aus.

»Immer mit der Ruhe!«, ermahnte er sich selbst. Er musste sich konzentrieren und durfte keinen Fehler machen, obwohl ihm das Herz bis zum Hals schlug. Leise öffnete er den Kofferraum. In der Tasche, die ihm der Mann auf der Bank an der Strandpromenade hinterlassen hatte, befand sich auch ein harter, schwerer Gegenstand, eingewickelt in ein Handtuch. Es musste die Pistole sein. Er hatte sie eingewickelt gelassen und unter dem Reserverad versteckt, auf keinen Fall hatte er sie im Inneren des Wagens haben wollen.

Er beugte sich vor und wickelte sie aus dem Handtuch. Die Straßenlaterne warf einen schwachen Schein auf den mattschwarzen Lauf. Der Schaft war aus Plastik. Das hatte er nicht erwartet, aber er wusste auch nicht genau, was er hätte erwarten sollen. Seine Vorstellung, wie eine Pistole auszusehen hatte, basierte hauptsächlich auf Cowboy-Filmen.

Sie fühlte sich tatsächlich überraschend leicht an, und sie lag sogar ergonomisch angenehm in der Hand: eine gut durchdachte Mordwaffe. Danny bekam eine Gänsehaut, die nicht von dem nasskalten Nebel herrührte, der unter dem Licht der Straßenlaternen waberte.

In der schmalen Quergasse war es dunkler, und Danny war erleichtert. Seine rechte Hand hing seitlich herunter und hielt die Pistole fest umklammert. So gern er sie auch verborgen hätte, verlieh ihr der Schalldämpfer, der am Lauf vorn angeschraubt war, eine unhandliche Länge, und er hatte Angst, dass die Waffe ungewollt losgehen könnte, wenn er sie in seine Jackentasche oder in den Hosenbund steckte. Er traute sich selbst nicht über den Weg.

Die Quergasse endete in einer Straße, die genauso aussah wie die, die er soeben verlassen hatte. Er wandte sich auf dem Bürgersteig nach rechts. Nach wie vor lief er an dicht stehenden Häusern vorbei, wohl wissend, dass er weitergehen musste bis zu einem Wohnblock am Ende der Straße. Seine linke Hand spielte mit einem schwarzen, runden Plastikchip, der ihm Zutritt in das Gebäude verschaffen sollte. Es funktionierte. Er bewegte ihn vor einem Panel neben einer schweren Eingangstür hin und her, eine Lampe ging an, und ein klickendes Geräusch an der Tür ließ ihn zusammenzucken.

Er zögerte einen Moment, um sich die Details ins Gedächtnis zu rufen: zwei Stockwerke hinauf. Tür Nummer elf würde unverschlossen sein. Dann zwei Schüsse auf den Körper der Frau auf dem Foto. Und nichts wie weg.

Alles ganz einfach.

Er trat in das hell erleuchtete Gebäude, und die Lampen warfen große helle Lichtkreise an die Wände, an denen die Schatten todgeweihter Motten zu sehen waren. Dann passierte er die Wohnungstüren im Erdgeschoss und stieg die Innentreppe hinauf. Dabei hörte er viele Geräusche: Fernseher, Musik, Gespräche – normales Leben. Es blieb ihm keine Zeit, stehen zu bleiben und über sein Vorhaben nachzudenken, er hatte in seinen Autopilot-Modus geschaltet, in dem er sonst die Tage vor einem wichtigen Fußballmatch verbrachte: Er war hier, um zu gewinnen, koste es, was es wolle.

Zweiter Stock. Die Nummern an den Türen wurden stetig größer, je weiter er ging. Neun war die erste auf diesem Stockwerk, dann ging er an Zehn vorbei. Er blieb nicht einmal stehen, als er Elf erreichte. Der Türgriff bewegte sich in seiner Hand wie versprochen, und die Tür öffnete sich zu einer finsteren Diele. Er trat hinein. Direkt von vorn vernahm er Lärm, Gelächter aus der Konserve, begleitet von einem flackernden bläulichen Licht am Ende eines langen Flurs, die Zimmertüren auf beiden Seiten waren geschlossen. Er ging auf das Licht zu und blieb am Ende des Flurs kurz stehen. Im Raum sah er den eingeschalteten Fernseher und eine Gestalt, die auf dem Sofa lag. Er betätigte den Lichtschalter. Ein trüb-gelber Schein beleuchtete eine junge Frau, die sich nicht bewegte, aber ihr Gesicht konnte er gut sehen. Sie war nicht die Richtige.

Aber es sollte doch niemand anderes hier sein!

Die Frau rührte sich nicht; ihre Augen waren geschlossen. Er drehte sich um, ging zurück in den Flur und öffnete die erste Tür, an der er vorbeikam: Es war das Badezimmer. Er hatte die Tür so hastig aufgerissen, dass sie gegen die Wand knallte, aber der Raum war leer. Er drückte auf einen anderen Schalter, und im Flur ging das Licht an, diesmal ein sehr helles. Dann hörte er ein scharrendes Geräusch hinter einer geschlossenen Tür. Danny erstarrte unwillkürlich. Er musste sich zwingen, die Hand auszustrecken und die Tür aufzustoßen. Aus der Dunkelheit tauchte eine Frau auf, die Augen, vom Licht geblendet, zusammengekniffen, die Arme ausgestreckt, als wollte sie ihn packen. Sie trug Jeans und einen hellen Pullover, ihr Fuß hatte sich in irgendwas verfangen, und es sah aus, als würde sie gleich stolpern.

Ihre Blicke trafen sich. Sie hatte das Haar zu einem Pferdeschwanz zusammengebunden: genau wie auf dem Foto. Ihr Mund verzog sich, sie öffnete die Lippen, als wollte sie etwas sagen. Danny hob die Waffe und feuerte ab. Der Knall hörte sich an wie ein heftiges Zischen, das direkt an sein Ohr drang. Es war lauter, als er erwartet hatte, und hallte im Flur wider. Er hatte beim Abdrücken die Augen geschlossen gehabt. Als er sie wieder öffnete, sah er die Frau nicht mehr.

Danny machte einen Schritt nach vorn. Aus dem Flur fiel Licht auf die Frau. Sie lehnte an einem Bettpfosten, und ihr linker Arm schob sich quer über die Matratze, als wollte sie sich verzweifelt hochstemmen. Sie stöhnte und rang mühsam nach Luft. Da war Blut, ein großer Fleck auf dem Bett, der sich von dem weißen Laken abhob, aber er sah nicht, woher es kam. Auch ihr Oberteil war blutgetränkt, und der Fleck vergrößerte sich so schnell, als spritzte es vorne aus der Schusswunde heraus. Danny hob die Pistole ein Stück weit, um besser nach unten zu sehen. Kimme und Korn oben am Lauf stimmten mit ihrer Körpermitte überein, und er betätigte den Abzug ein zweites Mal. Er war auf das Geräusch des Schusses vorbereitet, aber das Zischen erfüllte den ganzen Raum und drohte ihn umzuwerfen, als er zurückzuckte.

Es dauerte einen Moment, bis er sich an den Weg nach draußen erinnerte. Die Wohnungstür war zugefallen, und seine klamme Hand glitt vor lauter Hast von dem glatten Metall des Türgriffs ab, er musste sich konzentrieren, um ihn zu betätigen. Seine Schuhsohlen quietschten, als er sich draußen auf dem Korridor scharf umwandte und auf die Treppe zurannte. Er kam an denselben Wohnungstüren vorbei wie vorher, hörte dieselben Geräusche wie beim Hinweg, dieselbe Begleitmusik normalen menschlichen Lebens. Jetzt waren sie ihm fremd, als gehöre er nicht in diese Welt.

Er blickte nicht zurück.

KAPITEL 16

Samstag

Die Sonne ging gerade erst auf, und ihre Strahlen waren noch so zögerlich, dass sie den dichten Raureif auf dem Gras nicht zum Schmelzen bringen konnten. Er überzog auch das Grab und bedeckte den schwarzen Gedenkstein wie mit einer weißen Staubschicht. Richard Maddox saß so reglos auf der Bank davor, dass er selbst wie aus Stein gemeißelt schien. Er bewegte sich erst, als die Stimme eines Fremden die Stille durchbrach.

»Hier hat man wirklich einen wunderschönen Ausblick. Man sieht über ganz West Hythe, bis hinunter zum Meer. Es fühlt sich fast so an, als könnte man die ganze Welt sehen!« Der Fremde setzte sich ebenfalls auf die Bank, und Richard rutschte ein wenig zur Seite, um mehr Platz zwischen ihnen zu schaffen. Er ging nicht auf den Fremden ein, denn er war nicht zum Reden hier oder um Bekanntschaften zu schließen. »Angela Maddox«, fuhr die Stimme fort, und der ausgestreckte Finger des Mannes ragte in Richards Gesichtsfeld. »Ihre Frau?«

Nun wandte sich Richard dem Fremden zu. »Gibt es auf dem Friedhof jemanden, den Sie besuchen wollen?«

»Nein, ich bin nur wegen der Aussicht hergekommen.«

»Aber von hier sehen Sie doch gar nichts, die ist doch auf der anderen Seite, oder?« Richards Blick ruhte weiter auf dem Fremden. Er glaubte nicht, dass er ihn schon einmal gesehen hatte. Der Mann war jünger als er – zwanzig Jahre vielleicht, schätzte er –, demnach müsste er Ende vierzig sein, aber Richard fand es zunehmend schwieriger, das Alter von anderen richtig einzuschätzen. Der Fremde war gut gekleidet. Schicker Mantel, Lederhandschuhe und klassische zweifarbige Halbschuhe, vorwiegend in Hellbraun. Klassisch – so könnte man seine Erscheinung insgesamt beschreiben. Man sah heute nicht mehr viele jüngere Männer, die sich gut anzogen. Er hatte einen Bart, der fast ganz ergraut war, und die Ränder waren so exakt rasiert, dass er fast künstlich wirkte. Seine Frisur passte zu seiner Gesichtsbehaarung: kurz, gepflegt und grau. Er war auch braun gebrannt, vielleicht benutzte er Selbstbräunungscreme, oder er ging in ein Sonnenstudio; ja, er sah wirklich aus wie die Art von Mann, der Zeit auf einer Sonnenbank verschwenden würde.

»Nein, da haben Sie recht. Ich wollte Sie nicht belästigen, tut mir leid, aber Sie sahen so traurig aus. Ich meine, ich weiß, dass wir hier auf einem Friedhof sind, hierher kommen schließlich Angehörige, um zu trauern, aber ... Es tut mir leid, okay? Ich bin manchmal ein Trampel, ich schätze, ich dachte einfach, ich könnte Sie etwas aufmuntern. Derzeit sprechen alle über den Film ›Das Glücksprinzip‹. Haben Sie davon gehört?«

»Nein.« Richard blickte wieder in die Ferne. Er tat sein Bestes, um den Eindruck zu vermitteln, dass er kein Interesse an einem Gespräch hatte.

»Also im Wesentlichen geht es in dem Film darum, dass man immer versuchen soll, eine gute Tat zu vollbringen, wenn sich die Möglichkeit dazu bietet. Ganz ohne Absicht, ohne einen Lohn dafür zu erwarten, einfach um dazu beizutragen, die Welt zu einem besseren Ort zu machen – eben durch gute Taten.« Er schwieg wieder und lachte dann schnaubend auf. »Eigentlich eine blöde Idee. Vermutlich könnte sie manchen Leuten als Entschuldigung dienen, dass sie ihre Nase in die Angelegenheiten anderer Leute stecken, obwohl sie keiner darum bittet. Ich wollte Sie nicht verärgern.«

Richard spürte, wie die Sitzfläche der Holzbank nachgab, als der Mann aufstand. Er seufzte. »Schon gut. Ich wollte nicht so abweisend sein. Ich finde die Idee gut, und meine Frau hätte sich wohl noch mehr dafür erwärmen können. Sie war ziemlich engagiert in diesem ganzen … Wohltätigkeitsgedöns.«

Der Mann lachte, und die Atemwolke umgab sein Gesicht wie ein eisiger Nebel. »Kein Problem.«

»Ich brauche keine Aufmunterung, vielen Dank. Und ich bin mir nicht sicher, ob Sie dazu in der Lage wären, diese Situation überhaupt zu verbessern.« Er deutete auf Angelas Grab.

»Dann *war* sie also Ihre Frau?«

»Das ist sie immer noch, könnte man sagen.«

»Ja, das könnte man.«

»Ich bin mir nicht sicher, ob Sie überhaupt gut dazu geeignet wären, Trauernde aufzumuntern, mein Freund. Sie scheinen dafür nicht die richtigen Worte zu finden.« Richard musste jetzt lachen. Er wusste nicht, warum auf einmal, aber es war ein aufrichtiges Lachen. Der Mann setzte sich wieder; jetzt musste auch er lachen.

»Sie haben ganz recht. Feingefühl ist nicht gerade meine Stärke«, meinte er. Richard wollte gerade eingestehen, dass es auch nicht seine Stärke war, besonders, wenn er hier saß und einfach nur in Ruhe gelassen werden wollte. Doch die nächsten Worte des Mannes machten ihn sprachlos.

»Ich weiß, wer Ihre Frau getötet hat, Richard. Es gibt vielleicht eine schonendere Art, Ihnen das mitzuteilen, aber ich hatte bei wichtigen Angelegenheiten immer das Motto: Sag einfach, was du zu sagen hast.«

»Wovon reden Sie?«, stieß Richard hervor, als er sich wieder gefasst hatte.

»Der Unfall mit Fahrerflucht in einem gestohlenen Wagen.

Sie war nur zum Gassigehen mit Ihrem Hund draußen. Nun, eigentlich war es der Hund Ihrer Frau; Missy, richtig? So nannte sie den Welpen, denn es war der erste Name, der ihr spontan einfiel, als damals dieses Hündchen aus dem großen Wurf direkt auf sie zugewackelt kam.«

»Woher wissen Sie …?«

»Die Polizei entdeckte später den ausgebrannten Wagen und hatte zu dem Zeitpunkt einige Verdächtige im Visier. Eine Gruppe von jungen Kerlen, aber die hatten alle ein gutes Alibi, nicht wahr? Die Polizei kam einfach nicht weiter. Die Kerle wurden nicht einmal angeklagt. In ein paar Wochen ist es ein Jahr her, dass Ihre Frau von diesem Spaziergang nicht zurückkam. Ich glaube, Sie verdienen es, das zu wissen.«

»Wer sind Sie?« Richards Stimme bebte vor Zorn. Der Fremde saß jetzt anders da, nicht länger mit übereinandergeschlagenen Beinen und zusammengekauert, um sich gegen die Kälte zu schützen. Jetzt lehnte er sich zurück an die reifüberzogenen Holzlatten der Bank, die Beine gespreizt und die Hände in die Seiten gestemmt. Er sah plötzlich größer, breiter aus. Und er biss sich auf die Unterlippe, als überlege er sich seine Antwort genau.

»Ich bin von Beruf Ermittler, Richard, und ich sollte eigentlich nicht hier sein.«

»Was meinen Sie damit, Sie sollten eigentlich nicht hier sein?«

»Vor drei Jahren arbeitete ich für ein Versicherungsunternehmen. Mein Job war es, sicherzustellen, dass man dort nicht für betrügerische Forderungen bezahlte, doch sehr bald änderte sich meine Aufgabe dahingehend, dafür zu sorgen, dass man überhaupt nichts zahlen musste. Das wurde immer schlimmer, bis ich schließlich die Nase voll hatte und kündigte. Nichts davon spielt für Sie eine Rolle, das weiß ich, aber ich versuche für einiges, was damals schieflief, Wiedergutmachung zu leisten. Eigentlich ist es genau das, was ich unter einer guten Tat verstehe. Ich will, dass mein Gewissen wieder rein wird.«

»Ihr Gewissen? Warum haben Sie nicht einfach das, was Sie damals erfahren haben, der Polizei mitgeteilt?«

Der Mann schüttelte den Kopf. »Das haben wir, aber die Beamten interessierten sich nicht dafür. Sie meinten, es gebe keine Beweise für strafbares Verhalten. Wir verfügten allerdings über einige Mitschnitte von Telefonaten, die den Grundstock unserer ganzen Ermittlungen bildeten. Der Wagen, der Ihre Frau anfuhr, war gestohlen, aber das wissen Sie. Der Besitzer des Wagens ist allerdings ein Mann mit sehr eigenen Prinzipien, und es ist keineswegs ratsam, gerade von so jemandem ein Auto zu klauen. Jedenfalls hatte er Kontakte in der Telekommunikationsbranche, und er verschaffte uns einige wertvolle Informationen. Danach hörte er sich ein bisschen bei den örtlichen Kleinganoven um, die ein bisschen von diesem und jenem wussten, und half noch ein wenig schlagkräftig nach – und *voilà*! Da hatten wir sie, die Wahrheit.«

»Und Sie kommen hierher zu mir, mit ›ein bisschen von diesem und jenem‹! Was zum Teufel soll das überhaupt heißen? Es gab danach auch ein paar durchgeknallte Typen, die mich zu Hause angerufen haben, als die Geschichte in den Zeitungen stand. Aber ich war damals nicht so dämlich, mich darüber aufzuregen, und ich werde jetzt auch Ihnen nicht die Befriedi…«

»Oh nein! Richard … Es tut mir leid, okay? Ich habe mich nicht verständlich genug ausgedrückt. Ich bin weder durchgeknallt, noch will ich mich wichtigmachen! Ich weiß, was ich gesehen habe. Aber die Polizei konnte nichts davon verwenden. Glauben Sie, dass die sich um eine Anklage bemühen, wenn die einzigen Beweise von irgendeinem zwielichtigen Kerl stammen, dem das Auto geklaut wurde und der dann ein paar Jungs die Hölle heiß machte, um herauszufinden, wer es getan hatte? Und das, nachdem sein Kumpel einige illegale Informationen aus Telefongesprächen beschafft hatte! Nichts davon war in den Augen der Justiz ein zulässiges Beweismittel … Aber Sie sind nicht die Justiz, Richard. Sie sind ein armer trauernder Hinterbliebener. Und Angela …«

»Sprechen Sie ihren Namen nicht aus, bitte. Nehmen Sie diesen Namen nicht in den Mund!« Richard spürte plötzlich, wie sein Herz in der Brust hämmerte. Seine Stimme zitterte immer stärker. Er hatte seinen Zorn noch nie gut verbergen oder ihn gar kontrollieren können. Der Fremde hob entschuldigend die Hände. Ein paar Augenblicke sagte keiner etwas. Richard richtete den Blick wieder auf das Grab seiner Frau, er las ihren Namen, und die Schrift verschwamm, da ihm schwarz vor Augen und leicht schwindlig wurde. Er gewann seine Fassung zurück, und sein Atem ging regelmäßiger.

Als der Fremde wieder sprach, las er den Grabspruch mit tiefer, ruhiger Stimme vor. »Wer in den Herzen seiner Lieben lebt, der ist nicht tot.«

Richards Zorn schlug um in Traurigkeit. Er hatte die Worte aus einer Liste an Grabsprüchen gewählt, die ihm das Bestattungsinstitut vorgelegt hatte. Auf die Fragen bezüglich der Beerdigung war er nicht vorbereitet gewesen: Wollte er Blumen? Welche Art von Trauergottesdienst schwebte ihm vor? Wer sollte zum Grab mitgehen? Welche zwei Zeilen würden ihr Leben am besten zusammenfassen? Es war alles zu viel für ihn gewesen. Am Ende hatte er wie betäubt Vorschläge akzeptiert, an den richtigen Stellen genickt und dann seine PIN-Nummer zum Bezahlen eingetippt. Er mochte keine Wahl treffen, er wollte einfach seine Frau zurück. Ein paar Monate später hatte er auf dieser Bank hier gesessen, er hatte diese Worte gelesen und erkannt, dass sie eigentlich für ihn selbst gedacht waren. Also hatte er versucht, sich mit ihnen zu trösten. Aber jetzt in diesem Moment schienen sie ihm keinen Trost zu bieten.

»Der Spruch trifft nicht zu, nicht wahr, Richard? Sie lebt nirgendwo weiter, und alles, was Ihnen geblieben ist, ist ein *Schmerz* tief in Ihrem Inneren, und Sie wissen nicht, wie Sie damit umgehen sollen. Aber ich kann Ihnen helfen.«

»Ich will Ihre verdammte Hilfe nicht!« Richard stampfte auf den Boden und sprang auf. Sein Herz schlug so stark gegen seine Rippen, dass es sich anfühlte, als wollte es ihm aus der Brust springen. Ihm wurde schwarz vor Augen, diesmal schlimmer als zuvor, und er taumelte nach vorn. Etwas Schwarzes tauchte vor ihm auf und hielt ihn an der Schulter fest. Er erwiderte den Griff und stützte sich ab, bevor er stürzte.

»Alles gut! Ich halte Sie.« Wieder diese Stimme. Wieder dieser Mann. Richard schwieg. Er war immer noch unsicher auf den Beinen und trat einen Schritt zurück, um das Holz der Bank zu spüren. Der Fremde half ihm, sich hinzusetzen. Richards Zorn flammte wieder auf, diesmal mehr über sich selbst und darauf, dass er inzwischen so alt und schwach geworden war. Und nutzlos. »Ich wollte Sie nicht aufregen, okay? Beruhigen Sie sich … Es tut mir leid, es war keine gute Idee«, entschuldigte sich der Fremde.

Richard senkte den Kopf und wartete darauf, wieder klar denken und sehen zu können. Als es ihm endlich besser ging, war der Fremde verschwunden.

KAPITEL 17

Inspector Joel Norris scrollte auf seinem Bildschirm nach unten und markierte dabei eine ganze Reihe E-Mails. Er hatte seit einem Monat nicht mehr in seinen Posteingang geschaut und wollte ganz sicher keinen Monat damit verbringen, all diese Mails zu sichten. Was wichtig war, würde ohnehin noch mal geschickt werden. Als er auf *Löschen* klickte, blieben nur noch drei Mails stehen – alle von Detective Sergeant Ian Andrews von der Kripo.

Das Löschen hatte ihm gutgetan.

Die drei Mails enthielten eine detaillierte Aufstellung darüber, was bereits abgearbeitet war – ein gutes Beispiel dafür, wie zügig man mit einem Kripo-Team erste Ermittlungsmaßnahmen durchziehen konnte. Joel wusste, dass er nicht auf weitere Unterstützung hoffen durfte. In seiner letzten Mail machte Andrews unmissverständlich deutlich, dass er den Fall hiermit übergab. Joel musste also erneut das Thema personelle Aufstockung ansprechen. Aber vielleicht sollte er zuerst einmal ein paar Büros für die Neuzugänge reservieren. Außerdem musste er auch noch Superintendent Marsden zurückrufen, deren Anruf er am Morgen verpasst hatte. Vielleicht konnte er ja jetzt von ihr die weitere Zeitplanung erfahren. Er holte sein Handy heraus. Es zeigte inzwischen schon drei verpasste Anrufe von Marsden an.

»Joel, Ihnen ist schon klar, dass ein Handy dazu dient, erreichbar zu sein, oder?« Der gereizte Unterton in ihrer Stimme hielt ihn davon ab, sie daran zu erinnern, dass es

Sonntag war und er genau genommen seinen Dienst nicht vor Montag wieder antreten musste. Aber jetzt war definitiv nicht der richtige Moment für solche Spitzfindigkeiten.

»Wie kann ich Ihnen helfen?«, fragte er stattdessen.

»Wo sind Sie gerade?«

»In Nackington. Ich dachte, ich halte mich möglichst in der Nähe bereit, bis Sie …«

»Sie müssen möglichst schnell nach Sittingbourne. Dort ist jemand erschossen worden.«

»Erschossen? Hat das etwas mit meinem kopflosen Mann in Dover zu tun?«

»Nein. Ich habe übrigens das Übergabeprotokoll zu Marcus Olsen gelesen, das Sie auch haben. Die Kripo setzt großes Vertrauen in Sie. Das ist ein Fall von großem öffentlichem Interesse, mit dem Sie da wieder einsteigen. Und heute Nacht ist jemand erschossen worden. Dafür war ja Ihr Team ursprünglich gedacht, Joel …«

»Welches Team?«

»Sie haben doch einen Sergeant?«

»Ach, wirklich?«, erwiderte Joel. »Meine letzte Info war, dass ich nicht mal einen Anwärter zugeteilt bekomme.«

»Heute Morgen hat mich jemand angerufen und sich persönlich auf die Stelle beworben.«

»Und wer war das?«

»Eine gewisse Lucy Rose. Sie ist Detective Sergeant bei der Kripo im Westen. Sie hat beim Kinderschutz gearbeitet und eine Menge Erfahrung.«

»Und sie hat Sie einfach so heute Morgen angerufen? Zufällig genau in dem Moment, als gerade diese neue Stelle eingerichtet wird?«

»Okay. Genau *wegen* dieser Stelle, Joel. Sie kennt das Opfer.«

»Was?« Joel konnte ein Stöhnen nicht unterdrücken. »Dann kann sie auf gar keinen Fall Teil des Ermittlungsteams werden. Das sollte ja wohl klar sein!«

»Nein, so ist das nicht. Eine ganze Menge Leute werden das Opfer kennen. Sie heißt Hannah Ribbons. Sie war verdeckte Ermittlerin.«

»Eine verdeckte Ermittlerin?« Erstaunt stieß Joel die Luft aus.

»Ja, aber erst seit ein paar Wochen. Davor war sie eine normale Ermittlerin bei der Kripo. Joel, Sie müssen da hinfahren. Eine Polizistin ist ermordet worden.«

KAPITEL 18

Joel musste sich nicht erst von seinem Navi erklären lassen, dass er sein Ziel erreicht hatte. Etliche Streifenwagen voller Polizisten mit Warnwesten, ein Transporter der Spurensicherung sowie ein Mann mittleren Alters mit einer professionell aussehenden Kamera vor der Brust sprachen für sich. Joel stieg aus seinem Auto, und im selben Moment reagierte der Fotograf, als hätte ihm jemand den Finger in die Seite gebohrt. Er hielt sich blitzschnell die Kamera vors Gesicht und näherte sich mit großen Schritten. Das Klicken des Auslösers übertönte den Protest eines Polizeibeamten, der seinen Posten vor dem Eingang des Mietshauses verließ und sich dem Mann in den Weg stellte.

»Ich habe Ihnen doch schon erklärt, dass nur Anwohner und Befugte hier Zugang haben!«

Ein zweiter Polizist war neben der Tür stehen geblieben. Joel zeigte ihm seine Dienstmarke und wartete, bis der Beamte seine Daten im Tatortprotokoll vermerkt hatte. Dabei las er Joels Namen laut vor. Hinter dem Polizisten, ein Stück vom Eingang entfernt, lehnte eine junge Frau an der Ziegelmauer. Sie war etwa Mitte zwanzig, schlank, und ihr hellbraunes Haar war zu einem Pferdeschwanz zurückgebunden, der ihr bis zur Mitte des Rückens reichte. Mit ihren schlanken Fingern hob sie einen Einwegkaffeebecher an ihre vollen Lippen. Sie trug Bluse, Hose und robuste Schuhe; über ihrem Arm hing ein Jackett.

»Sie wissen, wo Sie hinmüssen, Chef?«, fragte der Polizist, um Joels Aufmerksamkeit wieder auf sich zu lenken.

»Ich bringe ihn nach oben«, sagte die Frau und setzte dann hinzu: »Detective Sergeant Lucy Rose.« Sie drückte dem Polizisten ihren leeren Kaffeebecher in die Hand; in einer Plastiktüte neben seinen Füßen türmte sich bereits ein ganzer Haufen davon. Joel begrüßte DS Rose mit einem Handschlag.

»Joel Norris. Dann arbeiten wir also künftig zusammen?«

»So ist es.«

»Sind Sie schon länger hier?«

»Inzwischen schon.«

»Lange genug, um zu wissen, was zum Teufel hier los ist?«

»Ich habe versucht, möglichst viel herauszukriegen. Oben war ich auch schon, aber noch nicht drin. Die Leute von der Spurensicherung meinten, sie hätten keine Lust, alles zweimal zu erklären, und ich solle erst wiederkommen, wenn Sie auch mit dabei sind.« Joel sah zu, wie DS Rose voranstürmte und durch die Eingangstür verschwand.

»Na, dann mal los«, murmelte er, zur Tür gewandt, die bereits wieder zuschwang.

Die Bewohner der meisten Apartments waren durch den Polizeieinsatz alarmiert und wollten natürlich wissen, was passiert war. Einige hatten ihre Tür einen Spaltbreit geöffnet, um möglicherweise etwas Interessantes zu erfahren, während andere Türen hastig geschlossen wurden, sobald Joel und DS Rose daran vorbeikamen. Zwei Türen aber standen weit offen, und die Bewohner sprachen sämtliche Polizisten im Vorbeigehen an. Vielleicht hofften sie, auf diese Weise irgendein spannendes Detail aufschnappen zu können – womöglich sogar etwas, das sie dann dem Mann mit der Kamera unten vor dem Haus verkaufen konnten.

»Kripo?«, wollte eine besonders korpulente Frau von Joel wissen. Bei dem Lächeln, das sie ihrer Frage hinterherschickte, hoben sich ihre Backen, bis ihre Augen beinahe verschwunden waren. »Vielleicht sogar Morddezernat?« Sie klatschte aufgeregt in die Hände.

»Weder noch«, gab Joel zurück.

»Und das hübsche Fräulein hier? Will sie sich meine Daten notieren?«

Detective Sergeant Rose blieb direkt vor der Frau stehen, musterte sie von Kopf bis Fuß und meinte nur barsch: »Bestimmt nicht!« Dann ging sie zielstrebig weiter.

Joel war bei der Frau stehen geblieben. Ihre Blicke trafen sich. Ihr Lächeln verebbte, und sie starrte ihn mit weit aufgerissenen Augen an. Dann begann sie vom Dekolleté an aufwärts rot zu werden. Joel zuckte mit den Schultern und ging die Treppe hinauf.

Der gesamte zweite Stock war mit Absperrband gesichert. Ein weiterer uniformierter Polizist kam von dem schmutzigen Fenster, gegen das er sich eben noch gelehnt hatte, zu ihnen herüber, um sie gleich am Treppenabsatz in Empfang zu nehmen. Auch hier, am unmittelbaren Tatort, hatte Joel wieder ein Protokoll zu unterschreiben. Anschließend musste er sich komplett umziehen. Der Polizist deutete auf eine Kiste an der Wand, in der sich forensische Schutzanzüge, Handschuhe und Überschuhe befanden.

Joel war als Erster fertig und betrat die Wohnung mit der Nummer elf. An der Türschwelle blieb er stehen, den Blick geradeaus gerichtet, um sich einen ersten Eindruck von den Räumlichkeiten zu verschaffen. Von der Eingangstür zog sich ein langer Flur bis zum anderen Ende der Wohnung, wo sein Blick auf ein Sofa fiel. Derartige Grundrisse waren ihm bestens vertraut: In seinem früheren Job hatte er unzählige Hausdurchsuchungen in Mietskasernen geleitet und wusste daher, dass sie meist Schema F entsprachen. Wenn er richtiglag, ging das Wohnzimmer am Ende des Flurs, also auch hier, in einen Küchenbereich über, während die Türen links und rechts des Flurs ins Schlafzimmer und Bad führten.

Das Apartment war etwas abgewohnt, machte aber keinen unordentlichen Eindruck. Auf dem Weg nach oben hatte er den Eintrag im *CAD* überflogen: In dem computergestützten Einsatzleitsystem wurden für gewöhnlich sowohl die getippten Gesprächsnotizen aus dem abgesetzten Notruf als auch Hintergrundinformationen zu allen relevanten Personen und Örtlichkeiten dokumentiert – allerdings nicht besonders ausführlich oder chronologisch, weshalb Joel es nie als besonders hilfreich empfunden hatte. Ein paar brauchbare Informationen hatte er diesmal jedoch entnehmen können, unter anderem die, dass die Person, die in der Wohnung lebte, angeblich drogenabhängig war. Tatsächlich schien einiges darauf hinzudeuten: der abgetretene Teppichboden, die verkratzten Wände und die Tatsache, dass es nichts gab, was auch nur ansatzweise wohnlich wirkte. Wen die Sucht fest im Griff hat, der besitzt oft über kurz oder lang schlichtweg keine persönlichen Dinge mehr, die eine Wohnung unordentlich aussehen lassen könnten.

Am Ende des Flurs rührte sich etwas, und im nächsten Moment tauchte eine Gestalt im weißen Schutzanzug auf, auf dem Kopf eine Kapuze, das Gesicht hinter einer Maske verborgen. Immerhin konnte Joel erkennen, dass es sich um eine Frau mittleren Alters handelte. Unter der Kapuze war ihr dunkles, zurückgebundenes Haar zu sehen, ihre Stirn glänzte. Ihr Overall hatte eine andere Farbe als der, den Joel trug, außerdem sah er den Aufdruck »CSI«. Sie hielt einen Kugelschreiber in der Hand, der eifrig zuckte, während sie etwas in ihr Notizbuch schrieb.

»Erste Tür rechts. Sie ist noch da drin. Ich kann in dem Raum nicht viel machen, bevor die Kollegen von der Ballistik drin waren.« Die Frau sprach mit einer tiefen, leicht gedämpften Stimme, die aber dennoch sachlich und überaus selbstsicher wirkte.

»Hannah ist hier drin?«, stieß DS Rose hervor, noch bevor Joel etwas sagen konnte. Ihre Worte waren kaum mehr als ein schockiertes Flüstern, als habe sie eben erst begriffen, welcher Anblick ihr bevorstand. Die Frau von der Spurensicherung unterbrach ihre Notizen und wandte sich der Polizistin zu.

»Dann sind Sie vermutlich diejenige, die sie gut gekannt hat?«, fragte sie.

»Ja.«

»Zwei Schüsse in Brust und Magen, aus unmittelbarer Nähe. Es ging bestimmt schnell.« DS Rose nickte, als hätte sie keine Ahnung, was sie darauf erwidern sollte. »Sie können hier leider noch nicht reingehen, ich habe den Raum noch in Arbeit. Aber Sie müssen ja auch nicht unbedingt«, fuhr die Frau von der Spurensicherung fort. »Sie sehen auch von der Tür aus, was Sie sehen müssen.«

»Verstehe«, erwiderte Joel. Da seine neue Kollegin zu zögern schien, machte er den Anfang. Er ging ein paar Schritte zur Tür hinüber, dann hielt er einen Moment inne, bevor er ins Zimmer blickte.

Eine Tatortleuchte in der linken Ecke tauchte den Raum in ein grelles Licht – was auch nötig war, denn in der Deckenlampe fehlte die Glühbirne, und die Vorhänge waren zugezogen. Das Bett in der Mitte des Zimmers zog Joels Blick noch mehr auf sich als die Leiche, die in seinem Schatten lag: Es war nur wenig Blut zu sehen, doch die Flecken hoben sich deutlich von dem schmutzig weißen Bettzeug ab. Die zwei Schüsse mitten in Hannahs Oberkörper mussten einen verheerenden Schaden angerichtet haben, wenn auch hauptsächlich in ihrem Inneren. Joel kannte die katastrophalen Folgen von Schussverletzungen. In einem Fall hatte ein Mann einen Hüftschuss abbekommen; der Knochen war in winzige Splitter zerborsten, die seine wichtigsten Organe augenblicklich zerfetzt hatten, auch wenn von außen kaum etwas darauf hingedeutet hatte. Bei der Obduktion hatte der Pathologe versucht, es Joel folgendermaßen zu erklären: *Kennen Sie Brick Breaker, das Computerspiel? Da lässt man eine Kugel auf den Ziegelstein einer Mauer prallen und reißt sie auf diese Weise nach und nach ein. Aber wenn man die*

Kugel irgendwie hinter die äußerste Ziegelschicht bekommt, kann man mit einem Schuss alles zerstören, nur dass die Mauer nach außen hin völlig unversehrt bleibt. Nichts deutet darauf hin! Der Vergleich hatte sich ihm ebenso eingeprägt wie die offenkundige Begeisterung des Pathologen.

Auf den ersten Blick hätte man tatsächlich annehmen können, dass Hannah nur schlief. So wie sie dalag – auf der Seite und mit dem Rücken zum Bett, zusammengekauert, als suche sie Schutz vor einem Gewitter draußen vor dem Fenster –, wirkte sie klein, fast wie ein Kind. Sie trug einen Pullover mit cremefarbenen Ärmeln, doch vorne war nicht viel mehr zu sehen als ein großer Fleck aus geronnenem Blut. Hannahs braunes Haar war zu einem Pferdeschwanz zurückgebunden, wodurch ihre Stirn nur noch blasser wirkte.

»Na dann …« Joel räusperte sich, um seiner Stimme ein wenig mehr Autorität zu verleihen. »Was wissen wir bis jetzt? Und … Entschuldigung, ich kenne noch gar nicht Ihren Namen.« Er wandte sich an die Frau von der Spurensicherung.

»Sandra. Und in diesem Stadium *wissen* wir noch gar nichts, wie ich betonen möchte. Ich trage lediglich zusammen, was da ist, und …«

»Mir sind die Vorgänge vertraut, und ich weiß, dass es eine Weile dauert, bis es eindeutige Antworten gibt, aber eine erste Meinung werden Sie doch wohl haben. Keine Angst, ich werde mich schon nicht auf Sie berufen.« Joel versuchte ein aufmunterndes Lächeln.

»Normalerweise halte ich mich mit meiner Meinung lieber zurück. Die Forensik ist eine Wissenschaft. Wir arbeiten mit Fakten. Damit könnten wir gerne beginnen. Also: Sie wurde von zwei Schüssen getroffen. Ihrer Position und den Blutlachen nach zu urteilen stand sie beim ersten Schuss vermutlich in der Tür. Ich fand sie auf dem Rücken liegend vor, und die Polizeibeamten, die als Erste hier eintrafen, versicherten mir, sie hätten sie während der Reanimation nicht bewegt. Besonders lange haben sie es allerdings nicht versucht ... Ich habe sie dann auf die Seite gedreht. Sie hat zwei Eintrittswunden und eine Austrittswunde. Außerdem fehlt ein Stück von einem der Finger, was eine Abwehrverletzung sein könnte. Im Boden steckt ein Projektil, das noch geborgen werden muss: ein Neun-Millimeter-Kaliber – ziemlich ungewöhnlich also ...«

»Was ist daran so ungewöhnlich?«

»Dass es wieder aus dem Körper ausgetreten ist. Ich bin keine Ballistikexpertin – weshalb ich auch noch nicht viel mit ihr machen konnte, bevor wir jemanden von denen hierhaben –, aber ein Durchschuss mit einer Neun-Millimeter-Kugel ist normalerweise ziemlich selten. So was hinterlässt meistens eine Einschusswunde und richtet dann innerhalb des Körpers eine ziemliche Sauerei an. In den meisten Fällen finden wir Neun-Millimeter-Kugeln erst bei der Obduktion.«

»Brick Breaker ...« Die Worte kamen Joel über die Lippen, bevor er sie zurückhalten konnte, aber wenigstens leise genug, um nicht verstanden zu werden.

Sandra sprach weiter. »Dass ein solches Projektil durchgegangen ist, heißt also – zumindest meiner Meinung nach –, dass es aus nächster Nähe abgefeuert wurde. Darf ich mal, bitte?«

Joel machte einen Schritt zurück, sodass Sandra an ihm vorbei das Zimmer betreten konnte. Er merkte, wie DS Rose hinter ihm ein Stück näher kam. Sandra platzierte ihre Schritte sorgfältig auf den Trittplatten, die auf dem Boden lagen. Sie blieb auf der Platte direkt neben Hannah stehen und ging dann in die Hocke, sodass sich ein Knie nun direkt über Hannahs Kopf befand.

»Wenn Sie wirklich meine Meinung hören wollen: Ich glaube, dass erst der zweite Schuss der Durchschuss war. Beim ersten ging sie zu Boden, beim zweiten stand der Schütze über ihr und feuerte aus nächster Nähe.« Sandra stand wieder auf, drehte Joel den Rücken zu und nahm die Pose eines imaginären Täters ein, die unsichtbare Waffe nach unten gerichtet.

Joel erschauderte. Er benötigte keine nähere Veranschaulichung dessen, was hier geschehen war. Er hoffte nur, dass bereits der erste Schuss Hannah getötet hatte, dass danach nicht mehr genug Leben in ihr gewesen war, um ihrem Mörder direkt ins Gesicht schauen zu müssen.

»Der zweite Schuss wurde also nur zur Sicherheit abgefeuert«, sagte Joel nachdenklich. »Sie hatte nicht die geringste Chance.«

»Da haben Sie recht, und zwar noch mehr, als Sie vielleicht ahnen«, erwiderte Sandra. Sie ging weiter zu einer anderen Trittplatte, rechts von der Leiche, nahe den Füßen, wo sie sich erneut hinkniete. Mit ihrer – vorschriftsgemäß in einem Handschuh steckenden – Rechten hob sie vorsichtig ein Hosenbein von Hannahs Jeans an.

»Was zum Teufel ist das denn?« Joel stieg auf die nächstgelegene Trittplatte und ging von dort weiter in den Raum hinein.

»Eine Fußschelle«, antwortete Sandra. »Zumindest glaube ich, dass man das so nennt. Ein ziemlich massives Teil. So was verwendet man sonst eher für die Pranken eines Bären. Da hätte sie niemals rauskommen können. Die Kette wurde um den Bettpfosten geschlungen und dann an der Heizung befestigt.«

»Gefesselt? Mit einer Fußschelle?« Joel holte tief Luft und wandte sich dann zu DS Rose um. Er konnte hinter dem Schutzanzug nur ihre Augen und ein wenig Haut drum herum sehen, doch der Schock, den diese Informationen für sie bedeuten mussten, war nahezu greifbar. Es dauerte eine Weile, bis sie Joels Blick erwiderte.

»Die Chefin sagte mir, dass Hannah erst vor ein paar Wochen mit den verdeckten Ermittlungen begonnen hat. Aber wie ist sie dann verdammt noch mal in diesem Drecksloch hier gelandet, mit gefesseltem Fuß und zwei Kugeln im Leib?«, wollte Joel wissen.

DS Rose zuckte mit den Schultern. Zu mehr war sie offenbar nicht imstande.

»Wie gut kannten Sie sie? Hat sie Ihnen erzählt, woran sie gerade arbeitet?«

»Wir waren mal Kolleginnen ...« DS Rose machte einen kleinen Schritt rückwärts und griff mit der Hand nach dem Türrahmen, als wollte sie sich daran abstützen. »Beim Kinderschutz. Allerdings waren wir meistens in verschiedenen Teams. Wir sind auch später noch in Kontakt geblieben, aber Sie wissen ja, wie es ist, wenn man sich mit solchen Fällen ... Sie hat jedenfalls nie Details über ihre Arbeit erzählt.«

»Wissen Sie, warum sie hier war? Hat man uns wenigstens das gesagt?« Joel merkte, wie Frust in ihm aufstieg. Er musste sich zusammenreißen. Grund seiner Verärgerung war weniger seine neue Kollegin, sondern vielmehr die gesamte Situation – vielleicht auch Debbie Marsden. Ihm diesen Job zu übertragen, ihn hierherzuschicken, wo gerade eine Polizeibeamtin ohne nachvollziehbaren Grund erschossen worden war – das war einfach nicht fair. Er hatte früher bereits mit einigen verdeckten Ermittlern zusammengearbeitet und war daher mit ihrer Tätigkeit vertraut. Ihre Aufgabe bestand darin, sich mit Informanten zu treffen, die bereit waren, der Polizei möglicherweise sachdienliche Hinweise zu verkaufen – doch das war längst nicht alles. Ein verdeckter Ermittler musste sich die Zeit nehmen, um seinen Informanten kennenzulernen. Er musste ihn genau unter die Lupe nehmen, um herauszufinden, weshalb dieser die Informationen weitergab, woher sie stammten, wer sonst noch darüber verfügte und warum. Es war keine Arbeit, die Raum für Illusionen ließ: Die meisten Informanten waren selbst Kriminelle und häufig sogar genau in dem Bereich aktiv, aus dem sie den Ermittlern Informationen zukommen ließen. Polizeispitzel waren nicht gerade beliebt, und auch verdeckte Ermittlungen stellten eine gefährliche Angelegenheit dar, ihre Methoden waren effizient und fest etabliert und die Regeln unumstößlich. Die zwei wichtigsten kannte Joel: Arbeite *niemals* allein, und suche *niemals* eine Privatadresse auf. Danach zu urteilen, was er vor sich sah, hatte sich Hannah über beides hinweggesetzt – und einen hohen Preis dafür gezahlt.

»Die junge Frau, die hier wohnt, ist bei der Polizei keine Unbekannte. Sie hat auch früher schon Informationen weitergegeben, aber mehr über sie erzählt hat mir niemand. Vielleicht hat ja irgendwer Wind davon bekommen und wollte sie auf frischer Tat ertappen«, erklärte DS Rose. Ihre Stimme klang brüchig.

Joel schüttelte den Kopf. »Das bezweifle ich. Ich habe auch schon von verdeckten Ermittlern gehört, die aufgeflogen sind, aber die bekamen meist nur unliebsamen Besuch von irgendwelchen Scheißkerlen, die sich aufspielten und behaupteten, sie wüssten, dass sie als Ermittler tätig sind. Im schlimmsten Fall gab es eins auf die Nase. Aber so was wie das hier ist unüblich. Kriminelle wissen, dass wir Informationen brauchen und nach Leuten suchen, die sie uns geben; die verdeckte Ermittlung ist ein Teil dieses Spiels. Aber auf die Verhöre, die folgen würden, wenn man jemanden von der Polizei umgebracht hat, ist sicher keiner von denen scharf – das wäre der reinste Selbstmord.«

»Das heißt also, die Informationen, die in diesem Fall weitergegeben wurden, müssen all das hier wert gewesen sein.«

»Ja, sieht ganz so aus«, erwiderte Joel, drehte sich um und warf erneut einen Blick auf Hannah. »Ich glaube, da steckt mehr dahinter als Mord …«

»Ein Profikiller, meinen Sie?«

»Könnte doch sein. Immerhin hat sich jemand die Zeit genommen, sie zu fesseln. So was würde man bestimmt nicht tun, wenn man nur gekommen ist, um jemanden umzubringen.«

»Dann wollte der Todesschütze vermutlich herausfinden, was sie wusste?«, meldete sich DS Rose wieder zu Wort.

»Vielleicht.« Joel ließ den Blick über das Blut auf dem Bett wandern. Es konzentrierte sich in einem runden Fleck am unteren Fußende – jenem Teil des Bettes, der der Tür am nächsten war. »Aber dass sie die Fußschelle zurückgelassen haben …«

»Glauben Sie, das hat etwas zu bedeuten?«

»Zunächst einmal müssen wir davon ausgehen, dass sie verwendet wurde, um Hannah am Weglaufen zu hindern, um sie unter Kontrolle zu halten. Sobald sie tot war, war das jedoch nicht mehr nötig. Aber warum wurde die Fußschelle dann trotzdem hier zurückgelassen?«

»Warum nicht?«

»Weil sie uns einiges verrät. Wir wissen nun, dass es sich bei dem Mörder nicht um irgendeinen Dieb handelt, der sich auf der Flucht befand, sondern dass es hier um eine wesentlich größere Sache geht. Das ist ein wichtiger Hinweis für uns. Warum also sollte jemand das tun?«

»Vielleicht weil er will, dass wir das wissen?«, schlug DS Rose vor. Beide verfielen in Schweigen. Es war Sandra, die als Erste wieder zu sprechen begann.

»Ich möchte ja keine falschen Hoffnungen wecken, aber aus forensischer Sicht könnte die Fußschelle ziemlich aufschlussreich sein. An Ketten und Verschlüssen aus Metall hinterlassen Täter oft Spuren, ganz egal, wie vorsichtig sie sind, weil es da so viele bewegliche Teile gibt, zwischen denen etwas hängen bleiben kann. Ich hatte da schon öfter Glück.«

Joel nahm die Szene noch einmal in Augenschein. »Das weiß ich. Und ich denke, der Mörder weiß das auch. Wenn ich es gewesen wäre, hätte ich dafür gesorgt, dass sie sich selbst die Fußschelle anlegt. Wenn ich der mit der Waffe gewesen wäre, der, der alles unter Kontrolle hat, warum dann das Risiko eingehen?«

»Irgendwer muss dieses Ding auch hierhergebracht haben. Das ist ja nichts, was einfach so in einer Wohnung herumliegt«, merkte Sandra an.

»Das heißt also, dass die ganze Sache vorsätzlich geplant wurde. Wir wissen, dass die Frau, die hier wohnt, eine Informantin ist, aber welche Informationen sie weitergegeben hat, mit wem sie gesprochen hat und um welche Delikte es dabei überhaupt ging, wissen wir nicht.« Joel wandte sich wieder an seine Kollegin, deren einzige Reaktion jedoch darin bestand, die Schultern ein wenig zu heben; ihr Blick wanderte immer wieder zu ihrer Freundin, die tot auf dem Boden lag.

»Aha, dann kommen wir also doch wieder zu dem zurück, was wir wissen. Das ist mir ohnehin wesentlich lieber.« Sandra wirkte mit einem Mal nicht mehr ganz so ernst, und hinter ihrer strengen Fassade deutete sich sogar ein Lächeln an. Sofort war die Atmosphäre im Raum etwas entspannter. »Wir wissen, dass die Frau, die hier wohnte, tot ist. Gefunden wurde sie …«

»Sie ist tot?«, unterbrach Joel sie. Die Überraschung, die in seiner Stimme mitschwang, war unüberhörbar. Er wünschte, er hätte genügend Zeit gehabt, um die Informationen im computergestützten Einsatzleitsystem ganz zu lesen.

»Die sagen Ihnen aber auch gar nichts, oder?«, gab Sandra zurück.

»Sieht so aus.«

»Man hat beide gleichzeitig gefunden; sie liegt immer noch drüben im Wohnzimmer. Die Toxikologen werden Ihnen die nötigen Infos dazu noch geben, aber meiner *Meinung* nach würde man als Todesursache unter gewöhnlichen Umständen ganz klar von einer Überdosis sprechen. Um sie herum auf dem Boden liegen die üblichen Utensilien, sie ist eindeutig drogenabhängig, die Einstichstellen sind unübersehbar – alles so, wie man es erwarten würde«, erklärte Sandra.

»Sie wussten, dass es sich hier um einen Doppelmord handelt?«, wollte Joel von seiner Kollegin wissen.

»Ja«, antwortete DS Rose.

Joel wandte sich schnell wieder an Sandra: »Aber wir haben es hier nicht mit gewöhnlichen Umständen zu tun.«

»Ganz und gar nicht«, gab diese zurück.

»Wobei wir nicht ausschließen können, dass die Drogenabhängige zuerst Hannah und dann sich selbst getötet hat«, gab DS Rose zu bedenken. »Vielleicht hat sie sie ja genau aus diesem Grund hierher bestellt.«

»Könnte sein«, sagte Sandra zögerlich.

»Sie sind nicht davon überzeugt?«, fragte Joel. Sandra fuhr sich mit der Zunge über die Lippen, bevor sie antwortete.

»Ich weiß nicht, aber ich habe das Gefühl, dass irgendwas an der Sache nicht stimmt. Wie fühlt es sich denn für Sie an?«

»Moment mal!« Joel konnte sich das Schmunzeln nicht verkneifen. »Eben noch haben Sie mich zurechtgewiesen, weil ich Sie um Ihre Meinung gebeten habe, und jetzt wollen Sie mit mir über Gefühle sprechen?«

»Okay, Sie haben ja recht. Ich sollte nicht über Dinge reden, mit denen ich mich nicht auskenne.« Der strenge Ausdruck verschwand nun vollends aus ihrem Gesicht, und sie konnte ihr Grinsen nicht länger zurückhalten.

»Nun gut: Wir denken, wir können die Frau als Täterin ausschließen. Aber es gibt bei dieser Sache eine Menge ungeklärte Fragen. Zuallererst die nach der Tatwaffe. Irgendwer hat sie mitgenommen. Das heißt also, dass noch jemand anderes am Tatort war«, folgerte Joel und wandte sich dann an DS Rose: »Wer hat Hannah denn gefunden und die Sache gemeldet?«

»Eine Bekannte der Frau. Sie kam vorbei, um einen Zehner abzuholen, den ihr diese noch schuldete, und fand die Tür unverschlossen. Als sie sah, was hier los war, rief sie uns sofort an. Die Polizei nahm ihre Aussage auf, aber sie war anscheinend völlig zugedröhnt.«

»Und es hat niemand gemeldet, Schüsse gehört zu haben?«, wunderte sich Joel.

»Nein, sonst ist nichts zu Protokoll gegeben worden.«

»Wir sind doch vorhin alle durch diesen Flur da draußen gelaufen. Jeder Schritt hat an den Wänden widergehallt. Dann hätte man einen Schuss doch garantiert in jeder Wohnung gehört.«

»Vermutlich hat der Mörder also dafür gesorgt, dass alles geräuschlos über die Bühne ging.«

»Wahrscheinlich mit einem Schalldämpfer. Das ist eigentlich die einzige Möglichkeit.«

»Und wenn er die Waffe irgendwie umwickelt hat?« DS Rose schaute sich im Zimmer angestrengt nach etwas um, das ihre Vermutung stützen könnte.

Joel sah zu Sandra hinüber. »Ich war mal an einem Tatort, an dem der Mörder durch ein Kissen hindurchgeschossen hatte. Es war eine ziemliche Sauerei. Das Kissen war regelrecht explodiert.«

»Das ist auch der Normalfall. Und wesentlich leiser ist der Schuss deswegen auch nicht. So etwas sieht man immer dann, wenn jemand glaubt, dass das, was er in irgendwelchen Filmen gesehen hat, auch in echt funktioniert.«

»Ein Schalldämpfer ist ein Spezialgerät«, merkte Joel an.

»Dann haben Sie vielleicht ja doch recht mit Ihrer Theorie, dass mehr hinter der ganzen Sache steckt …«, sagte DS Rose.

»Vielleicht«, murmelte Joel. Dann merkte er, dass Sandras Blick immer noch auf ihn geheftet war. In ihrem Gesicht – so wenig davon hinter ihrer Maske auch zu sehen war – glaubte er erneut Lachfältchen zu erkennen. »Was ist los?«

»Ach, nichts.«

»Wollen Sie uns noch irgendetwas sagen? Na los, wir sind doch jetzt alle Freunde.«

Sie zuckte die Achseln. »Im Zusammenhang mit einem anderen Fall hatte jemand mal von Ihnen gesprochen. Da hieß es, Sie hätten, als Sie noch bei der Taktischen Unterstützungsgruppe waren, so gut wie nie etwas mit Mordermittlungen zu tun gehabt. Und dann tauchen Sie hier auf, muskelbepackt wie ein Rugby-Stürmer und in einem Hemd, das am Bizeps knalleng ist. Und ich hatte einen Anfänger erwartet ...«

»Nun ja, ich enttäusche andere nun mal nicht gerne«, sagte Joel.

»Das haben Sie auch nicht«, gab Sandra zurück. »Deuten Sie das, wie Sie wollen.«

»Und wie geht es jetzt weiter?« Joel hatte es eilig, auf das eigentliche Thema zurückzukommen. »Ich nehme mal an, Sie haben heute Nachmittag noch einiges zu erledigen?«

»Kann man wohl sagen. Die Kollegen von der Ballistik sind informiert, aber ich habe keine Ahnung, wann sie hier sein werden. Und bevor sie fertig sind, kann ich nur wenig tun. Bisher habe ich nur einen ersten Tatortbefund, aber ich muss noch sämtliche Abstriche machen, brauche Fotos, dann kommt die Faseranalyse und danach ...«

»Faseranalyse?«, unterbrach Joel sie. Als Sandra seine Frage mit einem kritischen Blick quittierte, fügte er schnell hinzu: »Stellen Sie sich einfach vor, ich wäre irgend so ein Anfänger, dessen Hemdkragen derart eng ist, dass sein Gehirn nicht ausreichend durchblutet wird ...«

Sandra musste grinsen. »Na gut, das ist schnell erklärt: Es sind lauter kleine Stücke Klebefolie, die von Kopf bis Fuß am Opfer angebracht und durchnummeriert werden. Das Ganze wird abfotografiert, und dann werden die Folien wieder entfernt und sichergestellt. Anschließend untersuche ich jede einzelne davon, und falls ich irgendeine Spur finde, weiß ich genau, von welcher Stelle des Körpers sie stammt.«

»Das hört sich ziemlich aufwendig an.«

»Es ist total nervig, das können Sie mir glauben. Aber unumgänglich. Wir sind auf diese Weise schon zu einigen guten Ergebnissen gelangt. Am Schluss muss ich ihr noch die Nägel auskratzen, die Haare kämmen und Abstriche von ihren Händen nehmen, bevor ich sie dann für den Transport zur Obduktion fertig machen kann. Dazu wickle ich ihr Plastiktüten um die Füße, die Hände und den Kopf, und dann kommt sie in einen Leichensack. Vor morgen früh wird sie also auf keinen Fall abgeholt.«

»Sie sagten vorhin, Sie hätten schon eine erste Untersuchung durchgeführt. Und?«

»Da habe ich nur nach offensichtlichen Verletzungen geschaut und ob sie nicht zufällig auf der Tatwaffe liegt. Und ihre Hosentaschen habe ich abgeklopft. Eine gründliche Untersuchung mache ich dann, kurz bevor sie eingepackt wird. Die Kollegen vom Streifendienst, die als Erste hier waren, haben ihre Brieftasche gefunden, aber da war nur eine Kreditkarte drin. Mit der hat man sie auch identifiziert. Ein Handy ist allerdings nicht aufgetaucht.«

Joel fuhr sich mit der Hand über das Gesicht und starrte erneut auf die zusammengekrümmte Leiche, die Sandra schon bald *einpacken* würde. Sie hatte kaum mehr Ähnlichkeit mit einem menschlichen Körper. Die Farbe des getrockneten Blutes erinnerte Joel an Herbstlaub, das, zu einem Haufen zusammengerecht, langsam vor sich hin rottete – ein Bild, das ihm immer noch angenehmer erschien als die Realität.

DS Rose musste Hannah ebenfalls betrachtet haben, denn sie wandte sich nun an Sandra und bat diese: »Gehen Sie behutsam mit ihr um.«

Sandras Gesichtszüge wurden milde. »Es gibt nichts, was ein guter Tatortermittler mehr respektiert als einen Toten. Schließlich kennen sie alle Antworten.«

»Hoffen wir es«, sagte Joel. »Dann schauen wir uns jetzt am besten noch alles andere an. Und danach sollte ich vielleicht mal versuchen, mich auf den neuesten Stand zu bringen. Wie es aussieht, habe ich einigen Nachholbedarf.«

»Leiche Nummer zwei liegt nebenan, im Wohnzimmer. Ist aber längst nicht so spektakulär«, erklärte Sandra.

»Leiche Nummer zwei …«, wiederholte Joel, und seine Stimme verriet, wie fassungslos er immer noch war.

»Nicht gerade das, was man an seinem ersten Tag als leitender Ermittler in einem Mordfall hören möchte, wenn man bis eben noch Sergeant bei der Taktischen Unterstützungsgruppe war, was?« Wieder zwinkerte Sandra ihm zu.

»Nein. Und ich vermute mal, Superintendent Marsden ist auch genau aus diesem Grund froh, dass sie gerade nicht hier ist.«

Das zweite Opfer lieferte tatsächlich kaum weitere Erkenntnisse. Die spindeldürre junge Frau lag immer noch im Wohnzimmer, genau so, wie man sie gefunden hatte: der Körper übersät mit unzähligen Spuren von Drogenmissbrauch, die Hose heruntergezogen, sodass ihre Leiste zu sehen war, wo sie sich den tödlichen Schuss gesetzt hatte, umgeben von den bereits erwähnten unverkennbaren Utensilien eines Süchtigen – der übliche Anblick eines vergeudeten Lebens, der jedoch nichts zu einer brauchbaren Theorie über den Tathergang beitrug. Möglicherweise hatte die Frau sich die Überdosis ja auch zufällig im selben Augenblick gespritzt, als Hannah Ribbons im Schlafzimmer erschossen worden war, doch letztendlich konnte Joel die Abfolge dessen, was sich in dieser Wohnung abgespielt hatte, nicht mit Gewissheit nachvollziehen. Eines aber war ihm klar: Es waren die Hintergründe von Hannahs Tod, nicht von dem der Drogensüchtigen, die sie würden klären müssen, um zu verstehen, was geschehen war.

Mit einem Mal wollte Joel nur noch weg von hier. Er tauschte mit Sandra die Kontaktdaten aus und musste lächeln, als sie ihn bat zu versprechen, dass er sich nicht doch noch als Enttäuschung entpuppen würde.

»Ich weiß nicht, ob ich Ihnen das jetzt schon versprechen kann«, sagte er.

»Sie sehen tatsächlich so aus, als hätte man Sie ganz schön

ins kalte Wasser geschmissen.« Sie grinste ihn breit an. »Aber alles zu seiner Zeit – mehr können Sie wohl erst mal nicht tun.«

»Da haben Sie völlig recht. Aber was ich tun kann, ist, mich mit meiner neuen Kollegin im Ermittlungsteam besser bekannt zu machen.«

»Oh«, bemerkte Sandra nur. Sie blieb noch einen Moment vor der Wohnungstür stehen, während Joel sich aus seiner Schutzkleidung schälte. DS Rose stand ein Stück weit entfernt, außer Hörweite, am Ende des Korridors und schaute aus dem trüben Fenster. »Ich glaube, sie heißt Lucy, nicht?«

»Zumindest hieß sie vor fünfundzwanzig Minuten noch so«, erwiderte Joel lakonisch.

Diesmal war Sandras Lachen so laut, dass es von den Wänden des Korridors widerhallte. »Ich glaube, da hat es wirklich jemand darauf abgesehen, Sie scheitern zu sehen, was?«, sagte sie. Joel brachte nur ein müdes Grinsen zustande.

»Zumindest fühlt es sich ganz danach an.«

KAPITEL 19

Google Maps leitete sie zur Filiale einer Café-Kette in einem nahe gelegenen Industriegebiet. Detective Sergeant Rose wählte einen Platz in einer Ecknische, ein Stück entfernt von den anderen Gästen, während Joel am Tresen wartete und ihre Getränke bestellte. Sie setzte sich mit dem Rücken zu ihm, und ab und zu wandte sie den Kopf, um aus dem Fenster zu schauen.

»Alles in Ordnung?« Joel stellte die Getränke auf den Tisch und setzte sich ihr gegenüber.

»Nicht wirklich. Sie war eine Freundin von mir … und sie jetzt so zu sehen …«

»Das kann ich Ihnen nachfühlen. Es ist alles andere als ideal, so etwas als ersten Fall zu haben …«

»Ich tue das nur wegen *ihr*, das ist der einzige Grund«, fauchte DS Rose, dann lehnte sie sich auf ihrem Stuhl zurück und blickte wieder konzentriert aus dem Fenster. Sie biss sich auf die Lippen, als wäre ihr diese Bemerkung herausgerutscht.

»Ich dachte, ein Kaffee würde uns jetzt ganz guttun – aus mehreren Gründen. Ich muss unbedingt sofort mit allen Fakten dieser Ermittlung vertraut werden, mit allem, was Sie dazu wissen, aber wir müssen uns auch gegenseitig etwas besser kennenlernen. Vielleicht sollten wir damit anfangen«, schlug Joel vor. »Also unterhalten wir uns erst einmal ganz informell. Sie haben gerade eine Freundin von sich gesehen – erschossen – am Tatort in ihrem Blut liegend. Sie sind wütend und aufgewühlt. Es steht Ihnen jetzt also frei zu sagen, was Sie denken. Über mich, über diese Ermittlung, was Sie von der ganzen Sache halten – alles, was Sie wirklich loswerden wollen.«

»Was ich von dem Ganzen halte?« DS Rose sah Joel geradewegs ins Gesicht.

»Sie wollen daran beteiligt sein, die Person zu finden, die Ihrer Freundin das angetan hat, das verstehe ich. Also haben Sie meine Vorgesetzte angerufen und darum gebeten, in das Ermittlungsteam aufgenommen zu werden. Aber jetzt sind Sie anscheinend wütend darüber.«

»Ich habe zuerst beim Dezernat für *Major Crime* angerufen« – DS Rose beugte sich jetzt mit zornigem Gesichtsausdruck vor –, »und dort hat man mir gesagt, man sei nicht mit dem Fall befasst. Man meinte, irgendeine Superintendent Marsden hätte ihr Gewicht in die Waagschale geworfen und betrachte es als eine günstige Gelegenheit, irgendein neues Team aufzustellen, das ihr selbst eine Beförderung sichert. Daher habe sie den Fall von *Major Crime* abgezogen – vom Morddezernat mit einem Kernteam aus zwölf erfahrenen Ermittlern und all den anderen Experten, die ihnen zuarbeiten. In diesem eingespielten Team gibt es zwei Detective Sergeants, einen Detective Inspector, einen Detective Chief Inspector, der ein erfahrener leitender Ermittlungsbeamter ist – und sie alle stehen bereit, um herauszufinden, wer auf eine Kollegin von uns geschossen und sie getötet hat. Aber *jetzt* sollen sie nicht zum Einsatz kommen – nicht in diesem aktuellen Fall. *Jetzt* sitzen sie alle nutzlos herum und warten. Schauen Sie, wenn Ihre Ermittlungen nichts ergeben, dann können die von *Major Crime* das als Argument benutzen, um zu zeigen, dass sie nicht ersetzbar sind und dass alles so bleibt, wie es war. Aber was ist mit Hannah? Mit den Leuten, die ihr das angetan haben? Sie hat etwas Besseres verdient, als abgeschrieben und als Mittel zum Zweck in irgendwelchen Machtspielchen missbraucht zu werden. Sie ist tot, und sie wurde ermordet.«

»Wer sagt, dass meine Ermittlungen nichts ergeben?«, fragte Joel.

»Sandra hatte recht mit dem, was sie über Sie gesagt hat, Sie sind kein *SIO*, Sie haben noch keine Mordermittlungen geleitet, Sie sind noch nicht einmal ein *Detective*.«

»Meine Dienstmarke sagt etwas anderes.«

»Wann war denn Ihre letzte Ermittlung oder auch nur das letzte formale Verhör, das Sie geführt haben?«

Joel lehnte sich in seinem Stuhl zurück. Er löffelte Zucker in seinen Kaffee und ließ sich damit ganz bewusst Zeit. »Das letzte formale Verhör könnte gut zehn Jahre her sein. Aber Leute zu befragen – Kriminelle, Zeugen oder aber auch Menschen, die irgendwo hoch oben auf einem Absatz stehen und jeden Moment in den Tod springen könnten –, so was habe ich jeden Tag gemacht. Wir sind Polizisten, wir stellen alles infrage, wir ermitteln alles Mögliche. Dazu braucht man nicht einer speziellen Einheit anzugehören.«

»Die Stellen für dieses neue Team sind schon eine ganze Weile ausgeschrieben. Ich habe die Anzeigen gesehen und wurde sogar aufgefordert, mich zu bewerben. Aber als ich mir die Sache genauer angesehen habe, habe ich mich dagegen und auch gegen Sie als Leiter dieses Teams entschieden. Sie haben zehn Jahre lang eine Taktische Unterstützungsgruppe geleitet, haben bei Verdächtigen die Türen eingetreten, in Nachtclubs Razzien durchgeführt und Furzwettbewerbe in den Mannschaftswagen mit Ihren Kumpels abgehalten. Und jetzt glauben Sie, Sie könnten ein bisschen Detektiv spielen, um Ihre Beförderung zu sichern. Vielleicht wäre das alles nicht so wichtig – aber jetzt ist eine Kollegin von mir getötet worden, und der Killer läuft irgendwo dort draußen frei herum. Jetzt ist alles anders.«

»Dann sind Sie also hier, um die Ermittlungen zu retten«, meinte Joel.

»Stimmt. Ihre Vorgesetzte weiß schon, dass ich nicht auf Dauer bleiben werde. Sie hat zugestimmt, dass ich jetzt bei dieser Ermittlung zur Unterstützung dabei bin. Hat sie Ihnen das gesagt?«

»Mir hat keiner irgendwas gesagt, aber das ist schon in Ordnung, ich gewöhne mich daran. In diesem Sinne werde ich jetzt geradewegs auf die örtliche Polizeidienststelle gehen, mich auf den neuesten Stand in dem Fall bringen lassen und dann ein Strategieprotokoll schreiben. Und wenn es sich später als nicht zielführend erweist, dann können die im Dezernat für *Major Crime* sich zumindest kaputtlachen über meine amateurhaften Ermittlungsversuche.« Joel stand auf. »Ich schlage vor, Sie bleiben hier, trinken in Ruhe Ihren Kaffee aus und denken so lange über das nach, was Sie gerade gesagt haben. Sobald Sie nämlich hier aus dem Café kommen, haben wir beide ganz normal unsere Dienstgrade, dann bin ich wieder Detective Inspector Norris, und Sie sind Detective Sergeant Rose, das heißt, dass Sie mich respektieren, bis ich etwas tue, was Sie falsch finden. Jetzt gerade behandeln Sie mich nicht meinem Dienstgrad und meinen Fähigkeiten entsprechend, sondern nach dem, was Sie glauben, wie ich in den vergangenen zehn Jahren gearbeitet habe. Aber das ist Ihre Sache. Wenn Sie mich allerdings nicht danach bemessen, wie Sie mich in der nächsten Zeit agieren sehen, dann ist das meine Sache. Ich habe nicht die Absicht zu scheitern. Ich will Sie nicht enttäuschen, und ich will auch dem Schicksal Ihrer Freundin gerecht werden. Sie wissen nichts über mich, das haben Sie mir gerade bewiesen. Lassen Sie sich also ruhig Zeit.«

Joel trank seinen Kaffee nicht aus. DS Rose blieb sitzen und sah ihm nicht einmal hinterher. Joel wusste, dass er dringend gute Leute für sein Team brauchte, umso mehr, da er es nicht nur mit einer Leiche ohne Kopf in Dover, sondern jetzt auch noch mit zwei weiteren Leichen auf der anderen Seite des Countys zu tun hatte. Und er war sich nicht sicher, ob ihm DS Rose dabei eine große Hilfe sein würde.

KAPITEL 20

»Meine Güte, Rich, du solltest nicht so viel Kaffee trinken!« Glenn Morris ließ sich auf dem Platz gegenüber von seinem Freund nieder. Abgekämpft und mit roten Flecken auf den Wangen, hatte er große Mühe, sich aus dem Wust seines schwarzen Schals zu befreien. »Mal ehrlich, Richard, du siehst richtig scheiße aus. Als guter Freund darf man so was ja sagen. Wie geht's dir denn so?« Er beugte sich über den Tisch, und seine Miene, seine Körpersprache, einfach alles an ihm vermittelte den Eindruck gespannter Konzentration.

»Mir geht's ganz okay«, erwiderte Richard.

»Wirklich?«

»Ja!«

»Dann rufst du also im Notfallmodus bei mir an und zitierst mich hierher, nur weil bei dir alles in Ordnung ist? Da hättest du dir zumindest was Dramatisches ausdenken können. Inkontinenz vielleicht oder erektile Dysfunktion – das wär ja mal ein echter Knüller! Willst du darüber sprechen?« Glenn grinste und hoffte, Richard würde ihm seinen flapsigen Ton nicht übelnehmen.

»Daran werde ich sicher nicht sterben, das halte ich für relativ unwahrscheinlich.« Richard brachte jetzt sogar ein Grinsen zustande, und er spürte, wie die Anspannung zumindest ein wenig von ihm abfiel. Sein alter Freund musste ebenfalls lachen. Glenn war um einiges größer und breiter als Richard, und dementsprechend war auch die Lautstärke seines Lachens gewaltig. Er warf dabei den Kopf in den Nacken, und bei jeder Lachsalve wackelte sein ganzer Bauch.

Glenn war schon immer ein lauter Mensch gewesen. Während ihrer gemeinsamen Zeit bei der Army war das sehr nützlich gewesen und für sie beide zu einer Art Running Gag geworden: Wenn Richard mal die Orientierung verloren hatte – Glenn war immer irgendwo zu hören. Ein paar Mal während der »Operation Banner« hatte ihm das jedenfalls den Arsch gerettet. Sie gehörten damals beide einer britischen Armeeeinheit an, die auf den Straßen von Nordirland patrouillierte. In dieser Einheit hatten sie sich als junge Männer kennengelernt, noch ohne zu wissen, dass sie aus derselben Region stammten. Schnell war klar gewesen, dass ihre Freundschaft ein Leben lang halten würde, und sie versprachen einander, sich einmal die Woche zu treffen, wenn die Zeiten wieder besser wären.

Als ihr Gelächter verebbt war, warf Glenn seinem Freund einen ehrlich besorgten Blick zu.

»Kannst du immer noch nicht richtig schlafen?«, wollte er wissen, aber Richard winkte ab. Er hatte sich inzwischen daran gewöhnt, nachts lange wach zu liegen, und hatte keine Lust mehr, sich damit zu befassen. »Worum geht es denn dann?«, hakte Glenn nach.

»Musst du gleich wieder weg, oder was?«, fragte Richard, da Glenn immer noch seinen Mantel anhatte. Glenn schnaubte genervt und verzog das Gesicht, während er sich mühsam aus dem Mantel schälte. »Dieser blöde Rücken. Ehrlich, wenn ich gewusst hätte, dass einem eines Tages das Ablegen eines Mantels so zur Qual wird, dann wäre ich damals in der Army risikofreudiger gewesen.« Missmutig warf er den Mantel auf den Stuhl neben sich. »Ich ziehe übrigens nicht für jeden den Mantel aus, nur dass du es weißt.« Er schnippte mit den Fingern. »Das muss ich mir aufschreiben! Ein super Anmachspruch!« Beide mussten wieder lachen, aber nicht mehr so laut und so lange. Danach setzte Glenn eine erwartungsvolle Miene auf – er wollte endlich wissen, warum sie sich hier trafen. Auch Richard kam das Ganze auf einmal wie eine blöde Idee vor, aber dafür war es jetzt zu spät.

»Ich war heute Morgen bei Angela«, setzte er an.

»Da gehst du doch jeden Tag hin, oder?«

»Ja, bei jedem Wetter.«

»Blaubeere?« Glenn deutete auf den Teller mit den Muffins vor ihnen. Auch ihre Getränke hatten die beiden noch nicht angerührt.

»Nein.«

»Du hast sicher nichts dagegen, wenn ich mich bediene. So wie es aussieht, wird es den ganzen Tag dauern, bis du zum Punkt kommst, da kann ich gut eine kleine Stärkung gebrauchen.«

»Da war heute jemand, okay. Jemand, den ich dort noch nie gesehen habe.«

»Wer denn?«, fragte Glenn mit vollem Mund und legte den angebissenen Muffin wieder auf die Platte zurück.

»Ich weiß nicht.« Richard zuckte mit den Schultern, verärgert über sich selbst, dass er sich nicht klar und deutlich auszudrücken vermochte, wenn er nervös war. »Damals, als es passiert ist, stand ja ein paarmal was in den Zeitungen drüber. Danach hab ich einige Anrufe bekommen – so ein paar Arschlöcher, die ihr Gehalt aufbessern wollten.«

»Journalisten? Diese verfluchten Scheiß…!«

»Nein.« Richard schnitt ihm das Wort ab. »Journalisten waren das bestimmt nicht. Die Typen wollten gar nicht wissen, wie ich die ganze Geschichte sehe oder so, sondern sich nur an meinem Leid ergötzen. Als ob sie es noch schlimmer machen wollten. Einfach nur kranke Arschlöcher.«

»Hast du das der Polizei gemeldet? Die hätten doch sicher …«

»Nein!«, fuhr Richard ihn an. Schon wieder. Glenn lehnte sich zurück. Richard atmete einmal tief durch. »Entschuldige. Aber es geht gar nicht um diese Leute. Irgendwie ergibt das alles keinen Sinn … Ich hab mich einfach nur gefragt, ob der Typ von heute Morgen denselben Zweck verfolgte wie diese Arschlöcher damals. Ich glaube, darüber wollte ich mit dir reden.«

»Dann red mit mir. Was genau ist passiert?«

»Ich saß da, einfach so an ihrem Grab. Hatte meine Handschuhe und meine Thermosflasche vergessen und wollte deswegen nicht so lange bleiben. Das hab ich ihr gesagt. Ich weiß ja, sie versteht das. Dann hat sich ein Mann neben mich gesetzt.«

»Was für ein Mann?« Glenn kniff skeptisch die Augen zusammen.

»Ich weiß nicht. Ein Mann eben. Wahrscheinlich so um die vierzig, kräftig gebaut, wirkte intelligent. Er sagte, er sei wegen der Aussicht da. Ich meinte, die Aussicht gäbe es aber auf der anderen Seite. Ich war ziemlich unfreundlich, denn ich rede dort nicht gern mit anderen Leuten. Aber er ist dageblieben. Dann hat er gesagt, dass er mich kennt. Er nannte mich beim Namen, wusste, dass Angela meine Frau war. Sagte, er sei Privatdetektiv und dass er zur Zeit des Unfalls beruflich mit Versicherungsbetrug zu tun hatte. Er sagte, er weiß, wer Angela getötet hat.«

Sie schwiegen eine Weile. Dann seufzte Glenn. »Und, hat er dir einen Namen genannt?«

»Nein.« Richard zuckte wieder mit den Schultern.

Glenn seufzte noch einmal. »Ich weiß … Ich weiß ja, wie schwierig das alles für dich war, und ich kann mir vorstellen, wie gern du glauben möchtest, dass …«

»Ich hab ihn gar nicht reden lassen, sondern bin wütend geworden. Ich dachte, er will mich einfach nur verarschen …« Richard fiel jetzt selbst auf, wie merkwürdig sich das anhörte.

»Aber glaubst du nicht, dass es tatsächlich so war? Dass er dich verarschen wollte, meine ich?«

»Ich weiß es nicht!« Da war es wieder, dieses Gefühl, alt und nutzlos zu sein, trottelig. Glenn war wirklich der letzte

Mensch auf Erden, vor dem er Schwäche zeigen wollte. Deswegen würde er auch für sich behalten, dass er heute Morgen kaum mehr von der Bank hochgekommen war und dass es ganze zwanzig Minuten gedauert hatte, bis sein Herzschlag sich so weit beruhigt hatte, dass er wieder klar sehen konnte. Er war so wütend gewesen, dass ihn jemand angesprochen hatte, während er da bei Angela saß. Dieser Typ wollte sicher nur die Situation ausnutzen, um ihm falsche Versprechungen zu machen. Wie grausam manche Leute sein konnten! Aber je länger er darüber nachdachte, was der Mann gesagt hatte, desto mehr geriet er ins Zweifeln.

»Okay«, meinte Glenn. »Ich wäre sicher auch wütend geworden. Mir leuchtet nicht ein, warum man jemanden ansprechen sollte, der gerade ein Grab besucht. Das ist wohl kaum der richtige Augenblick …«

»Missy …«, unterbrach Richard ihn wieder. »Als wir uns damals beim Züchter den Wurf angesehen haben … als wir sie ausgesucht haben, waren da acht Welpen. Ein großer Wurf. Sie hatten allen Schleifen umgebunden, drei in Rosa und fünf in Blau. Als wir ankamen, hab ich erst noch mit dem Züchter gesprochen, und Angela ist gleich hin zu den Hunden. Die Welpen drängten sich alle zusammen dicht um ihre Mutter. Nur einer hat sich abgesondert und wackelte mit seiner kleinen rosa Schleife direkt auf Angela zu. Ich werde das nie vergessen. Angela hat sich hingekniet und ihm ihre Hand entgegengestreckt, und dieser kleine Welpe hat sich einfach drangekuschelt, um hochgenommen zu werden. Und Angela …« Richard hielt inne. Er erinnerte sich so deutlich, als wäre es gestern gewesen. Wie schön das Gesicht seiner Frau gewesen war, wenn sie so strahlend lächelte! Er hatte sofort gesehen, dass es zwischen den beiden Liebe auf den ersten Blick war. »Angela hielt diesen Welpen in ihrer Hand und sagte: ›Ja, hallo du … Missy!‹ Das war das Erste, was sie zu ihr sagte. Und dann gehörte die kleine Hündin uns, und der Name ist ihr geblieben. Wir haben diese Geschichte nie jemandem erzählt.«

»Missy? Eure Hündin …? Tut mir leid, aber ich bin jetzt nicht mehr mitgekommen, Kumpel.«

»Der Name! Missys Name! Das war einer dieser absolut unvergesslichen Momente, die man als Ehepaar so hat. Ein gemeinsames Erlebnis, das einen das ganze Leben lang begleitet. Nicht mal du hast es gewusst, oder? Als mein bester Freund. Als unser beider Freund.«

»Was denn gewusst, Richard?« Glenn konnte seine Ungeduld jetzt nicht mehr verbergen.

»Missy! Wie sie zu ihrem Namen kam. Davon rede ich.«

»Ach so. Nein. Angela hat mal erwähnt, dass sie den Namen ausgesucht hat, aber die ganze Geschichte hast du mir, glaub ich, nie erzählt.«

»Aber *er* hat es gewusst. Dieser fremde Typ auf der Bank vor dem Grab, ein Jahr, nachdem sie … ein Jahr später eben. Er hat es gewusst, obwohl das niemand wissen konnte. Und dann meinte er, er wüsste, wer am Steuer dieses Autos saß. Was, wenn das wahr ist?«

»Aber die Polizei …? Woher sollte er das wissen können? Es wurde ermittelt, sie haben ein paar Verdächtige festgenommen, ihre Arbeit getan. Woher sollte dieser Mann …?«

»Er sagte, er hätte Beweise gesehen, die sie nicht verwenden konnten. Irgendjemand hätte jemand anderen gewaltsam zum Reden gebracht, sodass die Polizei das nicht verwenden konnte. Ich hab nicht mehr genau zugehört, jedenfalls nicht bis zum Schluss. Seitdem das mit Angela passiert ist, hab ich mich einfach nicht mehr im Griff – ich hör nicht mehr zu, sondern raste gleich aus.«

»Halb so schlimm, Kumpel. Passiert nicht nur dir. Hast ja gesehen, dass ich schon wegen eines Mantels ausflippe!«

»Ich fühl mich einfach immer beschissener … einfach nutzlos. Natürlich bin ich noch nicht völlig senil, das weiß ich selbst … aber wir sind einfach nicht mehr dieselben wie in unseren besten Jahren.«

»Sprich gefälligst nur für dich selbst, alter Mann.« Glenn ließ wieder eine Lachsalve los. »Ich bin entweder grade in meinen besten Jahren oder kurz davor.«

Richard lächelte. Sein alter Freund schaffte es immer wieder, dass er sich besser fühlte. Beide schwiegen für längere Zeit. Glenn nutzte die Gelegenheit, um die Getränke vom Tablett zu nehmen.

»Schau mal, Rich. Dein ganzes Leben ist in einem einzigen Augenblick aus den Angeln gehoben worden, und es fällt dir eben noch schwer, damit zurechtzukommen. Aber du schaffst das, das weiß ich. Du sprichst ziemlich häufig über Angela. Vielleicht hast du ja doch jemandem von der Sache mit Missy erzählt. Könnte doch sein, oder? Und dieses Arschloch hat es mitgekriegt und reibt es dir jetzt unter die Nase, um sein Spielchen mit dir zu treiben.«

»Du glaubst wirklich, es gibt Leute, die zu so was fähig sind?«

»Hundertprozentig. Du hast ja selbst von diesen Anrufen gesprochen, die du bekommen hast. Manche Leute wollen einfach sehen, wie andere Leute auf den Quatsch reagieren, den sie da raushauen. Du musst bloß mal in dieses komische Facebook reinschauen, dann siehst du, was Menschen so von sich geben. Ich bin da in ein paar dieser Veteranengruppen, und du kannst Gift drauf nehmen, dass mindestens einmal im Monat einer irgendeinen Scheiß von sich gibt, nur um die Reaktion der anderen zu testen. Die Leute können es einfach nicht lassen, sie wollen Aufmerksamkeit erregen. Es gibt da draußen eine ganze Menge armseliger Deppen.«

»Meinst du jetzt mich oder diese Leute auf Facebook?«

»Wahrscheinlich beide.« Glenn lachte in sich hinein.

»Aber das war nicht irgend so ein komischer Prolet. Er war schon älter, gut gekleidet, redegewandt. Und als ich sauer wurde, hat er sich entschuldigt und ist gegangen. Wenn es ihm um meine Reaktion gegangen wäre, warum hätte er dann genau in dem Moment verschwinden sollen, als ich nahe dran war, die Beherrschung zu verlieren?«

»Vielleicht hatte er ja schon bekommen, was er wollte. Wahrscheinlich genug, um heimzugehen und sich einen runterzuholen. Das ist nämlich die Sorte Mensch, von der wir hier sprechen.« Glenn grinste fast schon mitleidig.

»Du glaubst also nicht, dass er irgendwas weiß? Du meinst, er wollte mich einfach nur verarschen?«

»Ich bitte dich, nach zwölf Monaten. Warum taucht er erst jetzt bei dir auf? Und genau dann, wenn du mit dem Grabstein deiner Frau plauderst. Das ist ja ein gefühlsbeladener Ort, da konnte er drauf wetten, eine Reaktion von dir zu kriegen. Ich schätze, er hat bekommen, was er wollte.«

»Ich muss seither ständig daran denken. Und ich fürchte, das wird so weitergehen, bis ich weiß, was das alles zu bedeuten hat«, meinte Richard.

»Ich sag dir was: Hat er dir eine Nummer gegeben, oder so? Ich ruf ihn an. Das mach ich gern für dich. Ich treffe mich persönlich mit diesem Arschloch. Mich kann er nicht so aus der Reserve locken, und dann wissen wir, worauf er wirklich aus ist.« Glenn lächelte jetzt nicht mehr, sein Ton war wütend und bestimmt.

»Er hat mir gar nichts gegeben.«

Glenn gab einen langen Seufzer von sich, und sein Ärger schmolz dahin.

»Klar hat er das nicht. Denk doch mal nach: Wenn er es ernst gemeint hätte, hätte er dir ganz sicher die Möglichkeit gegeben, ihn irgendwie zu kontaktieren. Ich an deiner Stelle würde keinen einzigen Gedanken mehr an diesen Typ verschwenden. Ich glaub, dein Problem besteht sowieso mindestens zur Hälfte darin, dass du zu viel Zeit hast, rumzusitzen und zu grübeln.«

Richard lehnte sich zurück und nahm einen Schluck Tee. Glenn hatte sicher recht, das wusste er. Er sprach wirklich sehr viel über Angela, vielleicht hatte er die Missy-Geschichte ja doch jemandem erzählt. Dieser Mann hatte seine Schwachstelle gesucht und die erwünschte Reaktion von ihm bekommen. Richards Wut wich einer gewissen Erleichterung.

»Du hast recht. Dieses ewige Grübeln hat noch keinem gutgetan.«

»Stammt der Satz von mir? Klingt jedenfalls ganz danach.« Glenn lächelte jetzt wieder. »Du hast doch davon gesprochen, wieder mit dem Arbeiten anzufangen. Das ist eine gute Idee, finde ich. Dir hat es da doch gut gefallen.«

»Ja, das hatte ich eh schon vor. Ich meine, die Chefin anzurufen und einen Termin mit ihr auszumachen.«

»Einen Termin? Das ist doch ein Laden, oder nicht? Warum gehst du auf dem Rückweg nicht einfach mal vorbei und schaust, ob du gleich mit jemandem sprechen kannst. Wenigstens mal den Stein ins Rollen bringen.« Glenn zupfte an seinem Blaubeer-Muffin herum.

»Ja, vielleicht mache ich das. Danke, Glenn.«

»Gerne. Hast du denn in letzter Zeit eigentlich mal mit deinem Jungen gesprochen? Ich hab dir schon mal gesagt, dass du dich da mehr blicken lassen sollst. Du wirst sehen, sobald du ein bisschen mehr Zeit mit deinem Enkel verbringst, bist du auch wieder fröhlicher, dann bist du wieder der nette Kerl, mit dem man gern mal eine Tasse Tee trinkt.«

»Colin ist immer schwer beschäftigt. Er hat sein eigenes Leben, seine eigene Familie. Das Letzte, was er brauchen kann, ist sein alter Herr, der ihn anruft und mit seinen läppischen Problemen behelligt.« Richard konnte die Melancholie in seiner Stimme nicht verbergen. Auch wenn er sich wünschte, dass es anders wäre – er hatte nicht das Gefühl, im Haus seines Sohnes wirklich willkommen zu sein.

»Aber du bist doch Familie. Und das ist sicher kein läppisches Problem.«

»Er hat alle Hände voll zu tun. Ist ja auch egal, ich wollte das einfach nur mit jemandem besprechen. Danke dir, du hast mir sehr geholfen.«

»Jederzeit wieder. Mir liegt wirklich daran, dass es dir gut geht.« In Glenns Lächeln lag jetzt ein Anflug von Mitgefühl.

»Mir geht's ja gut.«

»Ich weiß, wie dich das alles zerreißt, und es tut mir leid, das mitanzusehen. Rauszufinden, wer das Auto gefahren hat, ist jetzt schon ziemlich lange eine Obsession von dir. Aber selbst wenn es dir gelingt, würde das nichts ändern.«

»Es würde vielleicht etwas daran ändern, wie ich mich fühle.«

»Es würde sie aber nicht zurückbringen.«

»Das weiß ich, Glenn, ich bin ja nicht bescheuert.«

Glenn hob entschuldigend die Hände.

»Aber meinst du nicht«, fuhr Richard fort, »dass es für dich einen Unterschied gemacht hätte, ob deine Linda an einer Krankheit gestorben ist oder von irgendeinem Feigling überfahren wurde, der nicht mal angehalten, sondern sogar noch das Auto in Brand gesteckt hat, bloß damit er sich nicht stellen muss … und dann findest du ihn! Was würdest du in diesem Fall tun?«

»So war es bei Linda aber nicht. Sie starb an einer Krankheit, und das ist lange her. So lange, dass ich inzwischen gelernt hab, es wird mit der Zeit einfacher, nicht viel zwar, aber doch gerade genug, dass man weitermachen kann.«

»Ich möchte dir ja nicht auf die Nerven gehen, aber wenn dir genau das passiert wäre wie mir mit Angela und wenn du die Chance hättest, den Schuldigen zu finden …«

»Ihn zu finden? Worauf willst du hinaus, Richard? Es war bisher nie die Rede davon, dass du den Schuldigen finden willst.«

»Dieser Typ, er hat mir gesagt, er wüsste, wer es war, aber die Polizei wäre nicht interessiert gewesen wegen der Umstände, unter denen er es erfahren hat. Warum sonst sollte ich den Namen erfahren wollen, außer um ihn zu finden?«

»Das hat eine gewisse Logik.«

»Was also würdest du tun?«

Glenn hob fragend seine massigen Schultern. »Weiß nicht. Wahrscheinlich würde ich ein paar Antworten haben wollen, schätze ich. Ich würde wissen wollen, was passiert ist. Warum er nicht angehalten und sich wie ein anständiger Mensch benommen hat. Menschen machen manchmal Fehler.«

»Er wollte nur seinen Arsch retten.«

Glenn zuckte wieder mit den Schultern. »Da hast du wahrscheinlich recht. Ich spiele nur grade den Advocatus diaboli.«

»Genau. Und das kannst du nur, weil es nicht um deine Frau geht. Stell dir vor, es wäre Linda, die da auf dem eiskalten Gehweg liegt und stirbt, bloß weil da irgendeiner aus dem Nichts kommt und sie überfährt und dann noch nicht mal anhält. Und sie kommt niemals mehr nach Hause.«

»Mein Gott, Rich ...«

»Du kannst nicht damit rechnen, dass die Polizei für Gerechtigkeit sorgt. Nicht in diesem Leben. Aber wenn du herausfindest, wer der Fahrer ist ...« Richard fixierte seinen Freund mit einer Intensität, wie es sie seit ihrer engen Verbundenheit in der Army-Zeit nicht mehr gegeben hatte. Glenn setzte sich aufrechter hin. Er erwiderte Richards Blick, ohne die Augen auch nur einmal zu senken, obwohl ihm klar war, dass Richard seine Gedanken lesen konnte.

»Ich weiß nicht genau, was du mir sagen willst, Rich. Die Zeiten, in denen wir irgendwelche albernen Streitigkeiten mit ein paar Faustschlägen vor dem Pub geregelt haben, sind jedenfalls lange vor...«

»Alberne Streitigkeiten!« Richards Herz pochte auf einmal so stark, dass es ihm den Atem raubte. »Das ist nicht irgendein alberner Streit mit einem Kerl, der gerade mein

Bier umgeschmissen hat, hier geht es um meine Frau, Glenn.« Die letzten Worte kamen nur gepresst heraus. Es fühlte sich an, als würde ihm gleichzeitig der Atem stocken und seine Kehle sich zusammenschnüren. Vor seinen Augen verschwamm alles, noch schneller als sonst, und um ihn herum wurde es schwarz. Ruckartig streckte er die Hände nach vorn, weil er das Gleichgewicht verlor, er hörte das Klappern von Geschirr, und seine rechte Hand fühlte sich an wie verbrüht.

»Hey, Kumpel, jetzt aber mal vorsichtig.« Glenns Stimme durchdrang das Dunkel, das Richard umgab. Zu seiner Linken hörte er eine andere Stimme, eine jung klingende Frauenstimme.

»Ist alles in Ordnung mit ihm?«, fragte sie.

»Natürlich ist alles in Ordnung mit mir«, rief Richard aufgebracht in ihre Richtung. Er sah nichts außer einem dunkelroten Umriss.

»Es geht ihm gut, keine Sorge. Wenn Sie mir nur gerade einen Lappen rüberwerfen könnten, dann wisch ich das hier auf.«

»Ich kann das selbst aufwischen«, polterte Richard. Er fühlte Glenns große Hand auf seiner Schulter und versuchte, sie abzuschütteln, aber Glenn ließ nicht locker. »Ich bin, verdammt noch mal, nicht komplett nutzlos!«, rief Richard.

»Ist ja gut, Kumpel, jetzt beruhige dich erst mal. Hier drin sitzen auch Kinder und so. Lass uns das jetzt zu Ende besprechen. Es ist meine Schuld, ich hätte das nicht so einfach abtun sollen.« Richard hörte Glenns Stimme direkt an seinem Ohr, aber als Nächstes tönte sie durch den Raum: »Könnten Sie uns bitte ein Glas Wasser bringen? Alles gut bei uns. Einfach nur ein Glas Wasser.« Die Stimme erklang wieder an seinem Ohr. »Okay, Kumpel, alles gut. Sie schaut nur ein bisschen genervt, aber ich hab mich dran gewöhnt, dass Frauen mich so anschauen.« Richard spürte, wie Glenns Bein an seine Hüfte stieß, als er sich neben ihn setzte. »Geht's dir wieder besser? Du bist plötzlich ein bisschen blass geworden, aber das wird schon wieder. Gönn dir einfach einen Moment Ruhe.«

Richard kniff die Lider fest zusammen. Er hatte eine Szene gemacht. Das war das Letzte, was er gewollt hatte. Er war für einen Plausch mit einem alten Freund hierhergekommen. Um mit ihm zu besprechen, was an diesem Tag passiert war, um seine Meinung zu hören. Er wusste nicht, wie es so weit hatte kommen können. Er konnte seine Gefühle nicht mehr kontrollieren. Seine Sicht klarte sich so weit auf, dass er wieder Einzelheiten wahrnehmen konnte. Glenn stand jetzt und nahm aus der Hand einer jungen Frau ein großes Glas Wasser entgegen. Er bedankte sich bei ihr, während sie Richard mit einem missbilligenden Blick bedachte. Als Glenn sich wieder ihm zuwandte, war das Mitleid in seinem Lächeln nicht mehr zu übersehen. Richard rappelte sich hoch.

»Hallo! Wo willst du denn hin, Kumpel? Du solltest lieber noch eine Weile hier sitzen bleiben. Zumindest so lange, bis du wieder richtig Luft bekommst.«

Er war ein Schwächling. Zumindest sah Glenn ihn so. Genau das hatte er vermeiden wollen. Er wollte nur noch weg. Als er einen Schritt nach vorn machte, blieb sein Fuß am Tischbein hängen, und er stolperte kurz, fing sich aber wieder. Der Herzschlag in seiner Brust fühlte sich jetzt wieder normal an, aber sein Blick war noch immer verschwommen. Er ging mit erhobenem Kopf weiter und fixierte das helle Rechteck am Ende des Cafés, wo der Ausgang liegen musste.

»Ich bin kein alter Depp und noch lange nicht am Ende«, murmelte er vor sich hin.

KAPITEL 21

Dieser Kater war schlimmer als alle anderen zuvor. Danny Evans massierte seine geschwollenen Augenlider, als könnte er damit wieder etwas Leben hineinreiben. Es war schon fast Mittag, und er hatte noch nicht einmal die Vorhänge aufgezogen – ganz bewusst: Das gleißende Licht würde ihm in diesem Zustand bestimmt nicht gut bekommen. Der eigentliche Grund aber, weshalb er die Vorhänge geschlossen hielt, war, weil er den neuen Tag fernhalten wollte. Der vergangene Abend ließ ihn einfach nicht los. Aber etwas anderes hatte er auch gar nicht verdient.

Er hatte jemanden umgebracht.

Diesmal war es jedoch anders gewesen. Bei Marcus Olsen hatte er eine gewisse Distanziertheit verspürt. Jemand anderes hatte die ganze Arbeit erledigt, hatte den Mann in das Gebäude geschafft, ihn gefesselt und ihm den Flintenlauf in den Mund gesteckt – was Danny ermöglichte, die Sache vor sich selbst herunterzuspielen und sein Zutun auf ein Minimum zu reduzieren: Alles, was er getan hatte, war, an einem kleinen Hebel aus Metall zu ziehen – und selbst dazu hatte man ihn genötigt. Jeder Vater hätte sich so verhalten, wenn er in jenem Raum gestanden und erfahren hätte, was Danny hatte erfahren müssen.

Vergangene Nacht hingegen war er erst einmal eine ganze Stunde gefahren und hatte dann das Gebäude mit einer Waffe in der Hand betreten. Er hatte genaue Anweisungen befolgt – und jetzt war diese Frau tot. Er war nicht länger nur ein Vater, der Vergeltung übte, er war ein Mörder.

Als er alles hinter sich gebracht hatte, war er zu seinem Hotel zurückgerast – wie in einem Nebel, der ihn sogar das grauenerregende Szenario vergessen ließ, das er dort, in seinem Zimmer, zurückgelassen hatte. Doch der Mann im Anzug hatte sein Versprechen gehalten: Das Bett war frisch bezogen, in der Luft hing der Geruch von Teppichreiniger, und das Waschbecken war wieder sauber.

Trotzdem hatte Danny den Alkohol von der Tankstelle gebraucht, um das Bild der jungen Frau zu verdrängen, die ihre Arme zu ihm emporgestreckt hatte, als wollte sie um ihr Leben flehen. Dann aber hatte er weitergetrunken, weit über das Maß hinaus, und war irgendwann in die Bewusstlosigkeit abgedriftet. Als er das erste Mal wieder aufgewacht war, hatte er sich auf dem Boden des Badezimmers wiedergefunden. Er war bis zum Bettpfosten gekrochen und dort erneut weggedämmert. Trotz seines volltrunkenen Zustands war er geistesgegenwärtig genug gewesen, sich nicht ins Bett zu legen. Jetzt, wo er wieder wach war, spürte er Übelkeit in sich aufsteigen, sobald er sich rührte. Selbst die geringste Bewegung seiner Augen schmerzte, und er hatte das Gefühl, als könnte er spüren, wie die Sehnerven dahinter in Aktion traten.

Nach einer Weile taumelte Danny ins Badezimmer, ließ kaltes Wasser laufen und trank aus der hohlen Hand, so viel er konnte. Nach dem Zahnputzbecher suchte er erst gar nicht. Auch sein Handy war nirgendwo zu sehen, doch dann hörte er plötzlich ein Summen wie das des Vibrationsalarms. Er stolperte zurück ins Zimmer und erstarrte, als das Geräusch verstummte, denn er war sich mit einem Mal nicht mehr sicher, ob es nicht nur das Dröhnen in seinem Schädel gewesen war. Doch dann hörte er es wieder. Schließlich sah Danny das Handy unter seinem Bett liegen, mit dem Display nach unten. Als er es hervorholte und umdrehte, blendete ihn das grelle Licht so, dass er schmerzhaft das Gesicht verzog. Es war seine Frau. Er spürte, wie ihn Panik ergriff.

Was, wenn sie ihn für heute Abend einladen wollte? Er würde auf keinen Fall hingehen können, nicht in seinem Zustand, nicht nach dem, was er gerade getan hatte. Eine Ausrede fiel ihm jedoch auch nicht ein – zumindest keine, die sie nicht sofort durchschaut hätte. Sie wusste, dass nur eine absolute Katastrophe ihn davon abhalten konnte zu kommen. Beispielsweise, dass er eine wildfremde Frau mit zwei Schüssen in die Brust getötet hatte.

Irgendwann verstummte das Handy. Danny seufzte erleichtert auf. Vielleicht konnte er ihr ja sagen, dass er es verloren hatte – es wäre nicht das erste Mal. Er warf das Handy aufs Bett, denn er konnte auf keinen Fall mit ihr sprechen, zumindest jetzt noch nicht. Alles, woran er denken konnte, war der nächste Drink, der dafür sorgen würde, dass diese Bilder endlich verschwanden: die blutigen Morde, der mysteriöse Privatdetektiv. Wenigstens den war er jetzt los – und darauf konnte man auf jeden Fall einen trinken.

Danny hob den Blick und starrte in den kleinen Spiegel, der vor ihm an der Wand hing. Er trug immer noch die Anziehsachen von gestern Abend. Das Hemd war zerknittert und aus der Hose gerutscht, und unterhalb des Knies war ein dunkler Fleck auf der Hose zu erkennen. Er musste dringend unter die Dusche. Und dann musste er die Klamotten loswerden. Er würde sie verbrennen, so wie sie es immer in Filmen machten – in Filmen über Mörder.

Sharon Evans stieß einen Fluch aus, doch sie hielt sich schnell die Hand vor den Mund, als sie hinter sich die Stimme ihres zwölfjährigen Sohnes hörte.

»Und, was hat Papa gesagt? Kommt er?«

»Ich konnte ihn nicht erreichen. Aber ich versuche es gleich noch mal.«

»Er wird es nicht glauben!«, rief Jamie. Er strahlte. Sharon hatte ihn noch nie so aufgeregt gesehen. Ihr selbst ging es nicht anders. Zwar mischten sich bei ihr immer noch Zweifel und Sorgen unter die Freude, als seien die Neuigkeiten zu gut, um wahr zu sein. Doch sie hatte es mit eigenen Ohren gehört: Die Ärzte waren zuversichtlich, denn die Lungenentzündung war überstanden und Callies Lungenfunktion wiederhergestellt – zumindest so weit, dass die Sedierung allmählich heruntergefahren und die Antibiotika ausgeschlichen werden konnten. Ihre Tochter würde von allein wieder aufwachen, und das offenbar schon bald. Man hatte Sharon darauf vorbereitet, dass sich Callie zunächst möglicherweise noch nicht so verhalten würde, wie sie es von ihr gewohnt waren, und einige Tage brauchen würde, bis sie wieder bei klarem Verstand war. Doch das spielte für Sharon keine Rolle. Es war ein unglaublicher Fortschritt und ein Moment, den sie unbedingt mit ihrem Mann teilen wollte. Genau dafür hatten sie beide so lange gebetet. Sharon war zum Telefonieren ein paar Schritte von Callies Bett zurückgetreten, und die Pflegerinnen begannen schon, das Mädchen umzulagern, damit es für sie bequemer wäre, wenn sie erst einmal wach war.

Wenn sie wach war …

Zum ersten Mal durfte Sharon hoffen, dass es wirklich bald so weit wäre. Mit einem Mal verspürte sie das dringende Bedürfnis, wieder ganz nah bei Callie zu sein. Sie schrieb eine kurze Nachricht an Danny und bat ihn um einen Rückruf.

KAPITEL 22

Es fühlte sich wie Heimkommen an, als Richard vor dem großen Baumarkt, der sechs Jahre lang sein Arbeitsplatz gewesen war, auf den Parkplatz fuhr. Und er beobachtete mit Genugtuung, wie sich die Schranke zum Mitarbeiterbereich hob, als er seine Karte vor das Lesegerät am Kontrollautomaten hielt. Er war jetzt wieder an einem Ort, wo er dazugehörte, und nicht nur ein untätig herumsitzender alter Trottel. Glenn hatte normalerweise meistens recht, und in diesem Punkt hatte er wieder einmal ins Schwarze getroffen: Es war an der Zeit, dass er sich darum kümmerte, wieder zur Arbeit zu gehen.

Der Parkplatz war ziemlich voll. An Samstagen waren viele Aushilfen beschäftigt, um den größeren Kundenansturm zu bewältigen. Er fand den letzten freien Platz, stieg aus und inhalierte mit strahlendem Gesicht den vertrauten Geruch aus dem Kartonzerkleinerer, der neben dem Personaleingang stand. Elisabeth, eine starke Raucherin, die schon drinnen die Zigarette ungeduldig in den Mund gesteckt hatte, blickte ihn überrascht an, als er die Tür aufschob.

»Oh! Hallo, Richard!« Sie hatte eine füllige Figur, bekam bei Anstrengung rote Flecken im Gesicht und hatte gesundheitliche Probleme, die ihre Arbeitsfähigkeit immer stärker einschränkten. Als Richard zuletzt da gewesen war, hatte man sie von der Regalbetreuung zu einer weniger anstrengenden Tätigkeit an der Kasse versetzt. Er hatte zufällig mit angehört, wie sich andere Mitarbeiter darüber beschwert hatten, aber Richard mochte diese Kollegin. Sie lebte allein, sehnte sich nach einem anderen Leben und fand Trost in einer ungesunden Lebensweise. Das machte sie aber nicht weniger sympathisch.

»Elizabeth! Schön, dich wiederzusehen.«

»Aha, jetzt weiß ich, dass du wieder zurück bist. Du bist immer noch der Einzige, der mich so nennt!«

»Tut mir leid ... Lizzie«, korrigierte er sich, dann fiel ihm nichts mehr ein. Elizabeths Gesichtsausdruck änderte sich, und Richard erkannte, dass sie ihm gleich ihr Beileid aussprechen würde. Er hatte schon einmal, nach dem Verlust von Angela, seine Arbeit wiederaufgenommen, aber damals war es noch zu früh gewesen. Ein gewichtiger Grund, warum er nicht damit zurechtgekommen war, waren die Reaktionen seiner Kollegen gewesen. Aus irgendeinem Grund fühlten sich die meisten bemüßigt, unaufrichtige Versuche von Mitleidsbekundungen wie *Wenn es irgendetwas gibt, was ich für dich tun kann, lass es mich wissen* anzubringen und ihn mit Samthandschuhen anzufassen, als sei er aus Porzellan. Daher schnitt er Elizabeth rasch das Wort ab.

»Ist Carole da?«, fragte er.

»Ja, die ist da. Vorhin hab ich sie an der Ladezone drüben gesehen. Deswegen ... na ja, deswegen bin ich überhaupt nur hier.« Lizzie sah plötzlich verlegen aus. »Ich hab mich für ein Extrapäuschen rausgeschlichen. Normalerweise mach ich so was nicht, aber heute ist einfach so viel los ...« Richard hob beschwichtigend die Hand.

»Das versteh ich doch, ich verrate dich nicht.« Er zwinkerte ihr zu.

Elizabeth lächelte erleichtert. Richard hielt ihr die Tür auf und trat in den Korridor. Er hörte, wie ihm Elizabeth hinterherrief: »Es ist richtig schön, dass du wieder da bist!«

Die Ladezone befand sich auf der anderen Seite des Gebäudes. Richard ging an den Büros und dem Pausenraum vorbei in die Verkaufsräume. Einmal mehr fiel ihm der vertraute Geruch auf. Es war eine Mischung aus frisch gesägtem Holz und Abgasen von den Gabelstaplern: köstlich. Er passierte Verkaufsinseln und -regale, winkte und nickte den Kollegen zu, die zuerst überrascht aufblickten und ihn dann anlächelten. Einige zogen schon wieder ihre Mitleidsmienen, aber er eilte vorbei, noch bevor sie etwas sagen konnten. In der Ladezone war es merklich kühler. Die großen Tore standen weit offen, und gerade fuhr ein mächtiger Lkw mit Getöse hinaus und hinterließ eine Abgaswolke. Es war alles so vertraut, und Richards gutes Gefühl, wieder hier zu sein, wurde mit jedem Schritt stärker. Carole stand ein Stück entfernt und beugte sich gerade schreibend über ein Klemmbrett. Richard wartete ein paar Schritte vor ihr, bis sie aufsah. Dennoch schrak sie zusammen.

»Oh! Ich habe Sie dort gar nicht gesehen! Einen Augenblick ... haben wir einen Termin?«

»Nein, ich dachte nur, ich schaue einmal bei Ihnen vorbei. Hätten Sie einen Moment Zeit für mich?«

»Ja, klar. Ich könnte sowieso gerade einen Kaffee gebrauchen.«

»Klingt gut!«

Carole ging voran in Richtung Pausenraum. Er war leer und auch nur spärlich möbliert. Ein paar vereinzelte Stühle, ein laut brummender Snackautomat und daneben ein Getränkeautomat, an dem man Kaffee für fünfundzwanzig Pence pro Becher kaufen konnte – und er schmeckte auch genau so wie Kaffee, der eben fünfundzwanzig Pence pro Becher kostet. Richard brachte normalerweise seinen eigenen mit. Er hatte sich früher so oft darüber beklagt, dass Angela ihm eine große Thermosflasche gekauft hatte, die sie ihm an jedem Arbeitstag füllte. Jetzt begleitete ihn diese auf seinen täglichen Friedhofsbesuchen.

»Kaffee?«, fragte Carole mit ihrer resoluten Stimme, die aber eigentlich gut zu ihr passte. Sie war eine resolute Person, klein, untersetzt und geradeheraus, aber schließlich war sie auch Abteilungsleiterin in einer männerdominierten

Branche, und sie stand ihre Frau. Richard hatte schon miterlebt, wie sie schimpfende Lkw-Fahrer, träge Angestellte und feixende Arbeiter zusammenfaltete, wenn es nötig war. Sie duldete definitiv keine Mätzchen.

»Danke. Den mit extra Zucker bitte.«

»Um den Geschmack zu überdecken?«, fragte sie grinsend.

»Genau.«

»Also, was kann ich für Sie tun?« Der Getränkeautomat klapperte und brummte. Carole zog sich einen Stuhl heran, sodass sie an einem Tisch sitzen konnten.

»Was Sie für mich tun können? Es geht eigentlich eher darum, was ich für Sie tun kann. Ich wollte vorbeischauen und Ihnen sagen, dass ich bereit und geradezu begierig darauf bin, wieder zurückzukommen. Na ja, zumindest bereit dazu!«, schloss Richard mit einem Lachen. Er schraubte es zurück zu einem leichten Grinsen, als Caroles Lächeln aus ihrem Gesicht verschwand.

»Ah, verstehe.«

»Sie zweifeln daran. Noch vor gar nicht so langer Zeit haben wir doch über meine Rückkehr gesprochen. Sie haben ganz wunderbar reagiert, von Anfang an. *Nehmen Sie sich alle Zeit, die Sie brauchen*, sagten Sie, und das hat mir sehr gutgetan. Ich möchte mich nun für das in mich gesetzte Vertrauen revanchieren. Ich arbeite dort, wo Sie mich gerade brauchen. Sie hatten damals vorgeschlagen, ich könnte ein paar Tage pro Woche oder stundenreduziert arbeiten, aber ich glaube wirklich, dass ich jetzt wieder voll einsteigen kann, ganz gleich, an welcher Stelle Sie mich einsetzen wollen.«

»Stimmt, das habe ich damals gesagt.« Carole kräuselte die Lippen, und ihr Gesichtsausdruck ähnelte gefährlich dem jener unbeholfenen Beleidsbekundungen.

»Also, hier bin ich«, fügte Richard hinzu. »Ich kann einfach zu denselben Konditionen Vollzeit weiterarbeiten, und wenn ich sehe, dass ich das nicht schaffe, dann spreche ich mit Ihnen, ob ich einen Tag reduzieren soll. Was ist los?« Er hielt inne. Caroles Körpersprache hatte sich verändert. Sie fasste sich mit einer Hand an den Oberarm und rieb sich mit der anderen über den Mund, der nun leicht abschätzig verzogen wirkte.

»Meine Güte, Richard! Nichts ist los! Ich mach mir einfach nur Sorgen um Sie. Vielleicht haben Ihnen ja zwischenzeitlich die Ohren geklingelt – wir haben über Sie gesprochen, ich, das Geschäftsleitungsteam und die Personalabteilung. Wir alle haben uns viele Gedanken um Sie gemacht.«

»Sie brauchen sich keine Gedanken zu machen, das ist sehr freundlich. Für mich ist es am besten, wieder zur Arbeit zu gehen. Beschäftigt zu sein.«

»Wirklich?«

»Warum, was meinen Sie damit? Natürlich ist das am besten. Jetzt ist es ja schon fast zwölf Monate her … Und mir ist mittlerweile schon klar, dass ich damals zu früh zurückgekommen bin. Aber diese Auszeit habe ich eben einfach gebraucht.«

»Sie haben die Arbeit nicht geschafft, Richard. Ich konnte Ihnen keine Verantwortung übertragen … Sie nicht in der Kundenberatung einsetzen, was eigentlich Ihre Arbeit war. Ich muss mich, was das betrifft, unbedingt auf mein Personal verlassen können.«

»Ich habe ja gesagt, es war damals zu früh. Aber das passiert mir nicht noch mal, ich freue mich tatsächlich wieder darauf, unter Leute zu kommen und Kunden zu beraten. Das habe ich richtig vermisst.«

»Es sind jetzt drei Monate vergangen seit damals. Einige Ihrer Qualifikationen sind nicht mehr auf dem neuesten Stand, Gesundheits- und Sicherheitsvorschriften haben sich geändert. Wir haben auch ein neues Kassensystem. In der Baumarktbranche kann sich innerhalb von drei Monaten eine Menge ändern!«

»Sieht ganz so aus. Aber da kann ich mich wieder einarbeiten, gern auch in meiner Freizeit.«

Carole rückte mit ihrem Stuhl weiter vom Tisch weg, ihre vorgestreckten Handflächen wirkten wie eine Rückzugsgeste. »Das ist sicher nicht notwendig! Es hat einige Veränderungen gegeben – in den Chefetagen –, aber die sickern langsam nach unten durch. Früher tendierte man bei der Einstellungspolitik stark ... zu erfahrenen Mitarbeitern ...«

»Älteren Leuten«, unterbrach Richard sie.

»Ich sage lieber ›erfahren‹. Das war auch sehr sinnvoll, aber das wirtschaftliche Umfeld der Baumärkte hat sich stark verändert. Im Online-Handel sind wir jetzt über der kritischen Marke.«

»Über welcher Marke?«

Carole verzog ungeduldig den Mund, als sei er schwer von Begriff. »Über der Fünfzig-Prozent-Marke, das heißt, jetzt machen Internet-Bestellungen die *Mehrheit* aus. Manche Artikel bieten wir nur noch online an, und für die Kunden, die noch selbst hierher in den Markt kommen, haben wir tatsächlich ...«

»Aber was hat das mit mir zu tun?«, fragte Richard entgeistert. Er spürte, wie sein Herz wieder zu rasen begann. Er ahnte, was Carole als Nächstes sagen würde – es waren sicher keine guten Nachrichten für ihn.

»Wir stellen nicht mehr so viele erfahrene Mitarbeiter ein. Es hat sich gezeigt, dass sie Schwierigkeiten mit den Veränderungen in der Branche haben, mit der neuen Ausrichtung.«

»Ich will ja nicht neu eingestellt werden; ich bin bereit, zurückzukommen.«

»Und ich sage Ihnen, dass das nicht möglich ist.« Carole beugte sich jetzt vor und verschränkte die Finger auf dem Tisch. Sie wartete auf eine Antwort. Einen Moment lang war Richard sprachlos.

»Aber wir haben doch miteinander gesprochen. Sie sagten, ich sei jederzeit wieder willkommen, ich solle mir die Zeit nehmen, die ich brauche!«

»Das stimmt schon. Aber das sind jetzt Entscheidungen von ganz oben. Firmen verändern sich – das müssen sie, um zu überleben.«

»Aber ich war gut hier, ich war gut für diese Firma. Ich habe einen Rückschlag erlitten, aber es gibt mir ein gutes Gefühl, hierher zurückzukommen.«

»Einen Rückschlag ... Richard, Ihre Frau ist gestorben und ...«

»Verdammt, ich weiß, dass sie gestorben ist, Carole. Und ich komme vielleicht nicht so geschniegelt und dynamisch daher wie diese neuen Managertypen, von denen Sie sprechen, ich meine nur ...«

Richard konnte nicht weitersprechen, ihm ging die Luft aus. Er schwieg einen Moment und tat so, als sei er zu wütend, um weiterzusprechen. Er wollte keine Schwäche zeigen.

»Schauen Sie, Richard, wir stellen jetzt eben keinen Siebzigjährigen mehr ein. Nicht in absehbarer Zeit.«

»Ich bin achtundsechzig.«

»Dann eben achtundsechzig. Wir haben einen neuen Geschäftsführer – Brett –, und er hat große neue Ideen, er führt uns in eine ganz andere Richtung. Sonst würden wir hinter der Konkurrenz zurückfallen, und dann verlieren wir hier alle unsere Jobs.«

»Aber die Kunden wollen doch nicht irgendeinen Teenager, der ihnen sagt, wie sie etwas in ihrem Zuhause reparieren oder verschönern sollen«, versuchte es Richard noch mal.

»Heimwerker sind heutzutage eine ganz andere Klientel als früher. Es gibt kaum einen Handgriff, für den es mittlerweile nicht eine Schritt-für-Schritt-Videoanleitung im Internet gibt. Die Kunden wollen einfach irgendwie die benötigten Materialien beschaffen, was bedeutet, sie brauchen jemanden, der austüftelt, wie diese am einfachsten zu ihnen kommen. Und das ist ja auch eine feine Sache, meinen Sie nicht auch? Dieselbe Diskussion hatte ich vor etwa einem Monat auch mit Henry. Er hat mir zugestimmt und ist in den Ruhestand gegangen. Neulich hat er wieder mal hier reingeschaut und meinte, er sei froh, die Kurve gekriegt zu haben, solange er das Leben noch genießen kann. Sonst wäre er noch zwischen den Regalen tot umgefallen, nur um nicht zugeben zu müssen, dass es jetzt gut sei mit dem Arbeiten. Sicher haben Sie sich das auch schon mal überlegt, oder?«

»Nein.«

»Das ist jetzt Ihre Chance. Genießen Sie Ihr Leben.«

»Allein!«, schrie Richard auf und hieb gleichzeitig mit der Faust auf den Tisch. Es war das zweite Mal, dass Carole zusammenzuckte, aber diesmal wirkte sie viel weniger beeindruckt.

Richard stand auf. In seiner Brust hämmerte es jetzt, und er musste sich einen Moment auf der Stuhllehne abstützen. Er hätte Carole am liebsten eine scharfe Antwort entgegengeschleudert – sie solle ihrem *Brett* sagen, es könne ebenso gut auch ihn treffen, eines Tages plötzlich tot umzufallen. Aber er musste hier raus. Er konnte nichts mehr sagen, er bekam kaum noch Luft.

Carole saß immer noch am Tisch. Sie sah zu ihm auf, und ihre falsche Mitleidsmiene wirkte jetzt wie eine aufgesetzte Maske. Aber Richard konnte direkt dahinter sehen. Sie blickte ihn an, als halte sie ihn für einen Jammerlappen.

Er konnte sich so weit zusammenreißen, dass er zwar gehen, aber nicht gleichzeitig sprechen konnte. Carole hielt ihn nicht zurück.

Als er durch die Verkaufshalle zurückging, hörte er Elizabeth seinen Namen rufen, aber er reagierte nicht einmal. So hatte er diesen Ort nicht verlassen wollen. Er war voller

Elan und Vorfreude auf die Arbeit hierhergekommen, und jetzt musste er kleinlaut davonschleichen.

Er fand zu seinem Wagen auf dem hintersten Platz, setzte sich schluchzend hinein, und die Ereignisse der letzten paar Tage brachen über ihn herein.

KAPITEL 23

Sonntag

Es lag noch mehr Raureif als am Morgen zuvor. Richard war froh, dass er dieses Mal an seine Handschuhe gedacht hatte und damit »seine« Hälfte der Bank vom Reif befreien konnte. Auch die Thermosflasche, die ihm seine Frau zu Anfang seines neuen Jobs im Baumarkt gekauft hatte, hatte er dabei. Er hatte sie bis oben hin gefüllt, genau die Menge, die ihm immer für einen ganzen Arbeitstag gereicht hatte. Er wusste noch nicht genau, wie lange er heute hierbleiben würde, aber es konnte etwas länger dauern. Es gab schließlich eine Menge zu erzählen.

»Guten Morgen, Liebling! Ziemlich kalt heute, was?« Richard hatte immer ganz ungeniert laut mit seiner Frau gesprochen, aber heute sah er sich kurz um, ob er auch allein war. Das traurige Bild eines einsamen alten Mannes, der auf einer Bank saß und mit den Geistern der Vergangenheit sprach, wollte er dann doch nicht abgeben. Es war grade erst kurz nach sieben. Als er von dem feucht glänzenden Pfad abgebogen war, um die letzten Schritte bis zu seiner Bank über die Wiese zu gehen, war der Reif auf dem Gras noch völlig unberührt gewesen. Niemand war unterwegs. Nur er und seine Geister – so mochte er das.

Er nahm den Deckelbecher von der Thermosflasche. Als er den Trinkverschluss öffnete, entwich Dampf, und während er sich Kaffee eingoss, beschlugen seine Brillengläser. Er stellte den Becher neben sich ab, um die Gläser abzuwischen.

»Ich hatte gehofft, dass Sie hier sind.« Die Stimme kam von hinten. Richard drehte sich abrupt um und konnte nur einen groben Umriss erkennen, eine Gestalt in dunkler Kleidung, offensichtlich mit einer langen eleganten Jacke. Er fuhr fort, seine Brille zu putzen. Als er sie wieder aufsetzte, hatte der Mann seine Position nicht verändert, und Richard konnte ihn jetzt erkennen: Es war sein Besucher vom Tag zuvor. Der Privatdetektiv ohne Taktgefühl. Offensichtlich wollte er noch nicht lockerlassen.

»Das kann ich meinerseits nicht behaupten. Das hier ist nämlich weder die richtige Zeit noch der richtige Ort, mein Lieber. Etwas mehr Respekt für die Toten wäre angebracht.«

»Die Toten brauchen und wollen nichts mehr. Ich kümmere mich lieber um die Lebenden.«

»Sie meinen mich!« Richards Lachen kam als eine dichte Hauchwolke aus seinem Mund und löste sich sofort auf. »Wer sind Sie denn überhaupt?«

»Ich wollte mich nur entschuldigen. Gestern, als ich zu Ihnen kam, wollte ich endlich einmal das Richtige tun. Nicht mehr das Gefühl haben, Sie im Stich zu lassen. Geht mir eigentlich immer noch so. Ich sah einen gebrochenen Mann, dessen Leben ganz ohne sein Zutun ruiniert wurde. Ich dachte mir, wenn ich dieser Mann wäre, dann würde ich wollen, dass jemand kommt und mir sagt, was er weiß, und zwar gerade dann, wenn ich voller Schmerz am Grab sitze. Vielleicht macht das ja keinen Unterschied, aber mir persönlich nutzt diese Information nichts. Ich kannte Ihre Frau ja überhaupt nicht, und, wie ich gestern schon sagte, ich bin nicht grade ein Meister des Feingefühls. Auf jeden Fall tut es mir leid. Das ist alles, was ich sagen wollte. Ich werde Sie nicht mehr belästigen.«

Richard hatte die ganze Zeit zum Grabstein seiner Frau geblickt, aber jetzt drehte er sich um und beobachtete, wie der Mann sich entfernte. Gleich würde seine dunkle Gestalt vom frostigen Nebel verschluckt werden.

»Haben Sie vielleicht eine Visitenkarte?«, rief Richard ihm hinterher. »Damit … nur für den Fall, dass ich Sie noch einmal sprechen will.«

Der Mann blieb auf der Wiese stehen und machte auf dem Absatz kehrt. Er hatte beide Hände in den Taschen seiner Jacke und wirkte dadurch noch breiter.

»Nein. Ich dürfte eigentlich gar nicht hier sein, wenn ich nicht in Schwierigkeiten geraten möchte. Ich kann Ihnen nichts in die Hand geben, was Rückschlüsse auf mich zulässt.«

»Das ist ja eine tolle gute Tat«, antwortete Richard.

»Ich habe es wenigstens versucht. Das muss mir genügen.« Jetzt verschluckte der Nebel ihn ganz.

Richard griff eilig nach dem Kaffeebecher und schüttete ihn aus. Heiße Kaffeereste spritzten auf sein Handgelenk, aber er spürte es kaum. Er stand auf und versuchte, im Nebel zu erspähen, in welche Richtung der Mann gegangen war. Er könnte ihm hinterherlaufen. Vielleicht *sollte* er ihm hinterherlaufen. Er schüttelte den Kopf über sich. Wahrscheinlich war das genau das, was der Mann wollte. Wenn Richard ihm erst einmal hinterherlief, um etwas zu erfahren, hätte er den Spieß umgedreht. Richard hatte genug Lebenserfahrung, um eine Verkaufstechnik als solche zu erkennen, und er wollte nichts von dem, was der Mann zu bieten hatte.

»Von wegen gute Tat!«, stieß er hervor. Dann schenkte er sich noch einmal Kaffee ein, blieb im dichten Morgennebel sitzen und besprach alles mit Angela. Er erzählte ihr, dass er sich das erste Mal im Leben mit Glenn gestritten hatte; dass es nicht Glenns Schuld gewesen war, sondern daran lag, wie nutzlos er sich auf einmal fühlte. Er war schon seit Längerem immer gleich in die Luft gegangen, er wusste das, und Angela hatte es ihm oft genug gesagt. Er sprach auch über seinen Job und dass er nun offiziell im Ruhestand war. Er musste lachen, als er über ihre gemeinsamen Pläne für das Rentenalter sprach: Ferienhäuschen, Reisen mit einem

Wohnmobil und die verrückte Idee, ihre Hochzeitsreise zu wiederholen. Dieses fürchterliche kleine B&B im hintersten Wales, das aller Voraussicht nach in den mehr als vierzig Jahren, die inzwischen ins Land gegangen waren, noch fürchterlicher geworden war. Jetzt fühlte er sich schon besser. Aber gleichzeitig wusste er, dass nach jedem Hoch wieder ein Tief lauerte. Spätestens, wenn der Kaffee aus war oder der feuchte Nebel seine Kleiderschichten ganz durchdrungen hatte, würde es so weit sein.

Es war Zeit zu gehen.

Er zog seine Rechte aus dem Handschuh, küsste seine Fingerspitzen und legte sie sanft auf den Grabstein. Unvermittelt überlief ihn ein heftiges Schaudern. Es war keine Reaktion auf die Kälte, sondern auf eine Erinnerung, die ihm plötzlich lebendig vor Augen stand und ihn zurück zu Angela führte und zum letzten Mal, als er sie gesehen hatte. Er war dem Rettungswagen ins Krankenhaus hinterhergefahren, und seine Erinnerungen an diesen Ort waren zusammenhangslos und lückenhaft: grellweiße Wände und immer wieder die kurzen Blicke, die er inmitten hektischen Treibens auf die blasse Haut seiner Frau erhaschen konnte. Dann wurde sie weggebracht. Als er das medizinische Personal das nächste Mal sah, bewegten sich alle weitaus langsamer und mit Bedacht. Sie sahen ihn an und wappneten sich innerlich, ihm zu sagen, dass alles vergeblich gewesen war. Er hatte nicht gewollt, dass das letzte Bild, das er von ihr hatte, von verzweifelten Reanimationsversuchen, vom Überlebenskampf geprägt war. Er wollte Ruhe und Frieden sehen.

Was er bekommen hatte, war Totenstille.

Ihr Bein war gebrochen, ihre Hüfte zertrümmert, ihr Haar blutgetränkt. Sie hatten ihr Gesicht für ihn gesäubert, aber es gab darin keinen Frieden, nicht für ihn. Er hatte seine Fingerspitzen geküsst, um sie sanft auf ihre Wange zu legen, und das verstörende Gefühl von damals kam jetzt wie ein Schock zu ihm zurück. Sein Blick glitt noch einmal über den

Grabstein und verharrte auf der Inschrift: *Wer in den Herzen seiner Lieben lebt, der ist nicht tot.*

»Und?!«, spottete er. »Dann leben und sterben wir ja gar nicht wirklich, oder?«

Als Richard zu seinem Auto zurückkam, war die Windschutzscheibe von Reif bedeckt. Er saß schon im Wagen, um die Heizung in Gang zu bringen, als er das Stück Papier bemerkte, das außen unter dem Scheibenwischer klemmte. Ein kleiner linierter Zettel mit ausgefranstem Rand, wie aus einem Notizblock herausgerissen. Er stieg wieder aus und blickte sich um. Sein Auto stand dicht an der Schlossmauer von Lympne Castle. Die Nebelschwaden waren das Einzige, was sich bewegte, das Quietschen seiner Autotür das einzige Geräusch. Er griff nach der handgeschriebenen Notiz und las:

Ich kann mit dieser Sache einfach noch nicht abschließen. Ich schlage ein Treffen in meinem provisorischen Büro vor: heute Mittag, zwölf Uhr. Sie werden alle Antworten bekommen, aber die sind für Sie und nur für Sie bestimmt. Wenn ich jemand anderen bei Ihnen sehe, kommt das Treffen nicht zustande. Nicht heute, nicht zu einem späteren Zeitpunkt. Ich möchte nicht übertreiben, aber ich gehe hier wirklich ein großes Risiko ein.

Falls Sie nicht kommen wollen, verstehe ich das. Wenigstens habe ich alles versucht, was in meiner Macht steht – das muss mir genügen.

Ich verlange keine Gegenleistung. Ich will nur meinen Seelenfrieden. Und den kann ich nur so bekommen.

CT15 4AN. Block B. Raum 2.12.

Richard musste sich an der Tür seines Autos abstützen, so weich waren seine Knie. Wieder starrte er in den Nebel, der sich langsam aufzulösen begann. Die Sonne dahinter war schon als weiß schimmernder Fleck sichtbar. Es regte sich noch immer nichts, kein Mensch war unterwegs und vor allem kein gut gekleideter Typ, den er hätte konfrontieren und fragen können, was zum Teufel er von ihm wollte. Er war müde. Er wollte einfach nur in Ruhe gelassen werden. Aber natürlich wollte er auch Antworten. Er hatte immer Antworten gewollt. Was, wenn das jetzt seine einzige Chance war?

Er knüllte den Zettel zusammen und warf ihn auf den Beifahrersitz.

KAPITEL 24

»Er ist in seinem Schuppen.«

Justine Maddox stand in der Haustür und musterte Richard mit einem erwartungsvollen Blick – wobei ihre Erwartung zweifellos darin bestand, dass er wieder ging, um nach seinem Sohn zu suchen. Sie machte keinerlei Anstalten, ihren Schwiegervater hereinzubitten, doch daran hatte sich Richard inzwischen schon gewöhnt.

»Na, dann will ich mal sehen, ob ich ihn finde.« Einen Moment lang überlegte Richard, ob er sich noch um ein bisschen Small Talk bemühen sollte, doch Justine nahm ihm die Entscheidung ab, indem sie die Haustür einfach wieder schloss. Mit großen Schritten überquerte Richard den Hof. Hier hatte früher das geschäftige Treiben eines landwirtschaftlichen Betriebs geherrscht, auf grobem Beton war allerhand reparaturbedürftiges Gerät herumgestanden, so wie überall, wo Nutztiere gehalten werden.

Den großen Stall hatte sein Sohn mittlerweile zu einem Wohnhaus umgebaut, und unter Richards Füßen erstreckten sich nun makellose Pflastersteine, in akkuraten Bögen verlegt und fein säuberlich eingefasst. Auch der sogenannte Schuppen war ursprünglich ein Stall gewesen, wenn auch ein wesentlich kleinerer; nun aber waren die alten Mauern fast komplett mit dunklem Holz verkleidet, damit sie besser zum Haupthaus passten. Im Inneren des Schuppens befand sich jetzt eine Doppelgarage und an der Seite ein überdachter Carport. Den darüberliegenden großen Raum unter dem Dach nutzte Richards Sohn als Büro. Nachdem er ihn sich eingerichtet hatte, prahlte er damit, nun nicht mehr täglich zur Arbeit in die Londoner City fahren zu müssen, doch Richard wusste, dass Colins Rechnung nicht ganz aufgegangen war. Er arbeitete bei einer Luftfahrtversicherung, eine Tätigkeit, die vor allem aus persönlichen Kundengesprächen bestand; das neue Homeoffice hatte also lediglich dazu geführt, dass sich Colins Arbeitstage nach seinen Auswärtsterminen dann auch noch zu Hause bis in den späten Abend hinzogen. Als Richard ihn einmal darauf angesprochen hatte, war es zu einem heftigen Streit gekommen – damals hatte es zwischen den beiden ständig gekracht. Seitdem sprach Richard seinen Sohn nur noch selten auf irgendetwas an.

»Colin!«, rief er vor den etwas erhöht liegenden Flügeltüren am Ende einer kurzen Rampe. Er hörte seinen Sohn schon, bevor er ihn sah. Irgendetwas Schweres knallte auf eine Holzoberfläche und schrammte dann über den Boden. Kurz darauf streckte Colin den Kopf heraus.

»Oh, Dad. Hi.«

»Wie geht's?«, erkundigte sich Richard betont heiter, um die mangelnde Begeisterung seines Sohnes zu kompensieren.

»Alles okay bei dir?«, fragte Colin zurück und trat vor die Tür. Er wischte sich die Hände an einem Lumpen ab.

»Ja, klar! Ich kann doch auch einfach mal bei dir vorbeischauen und Hallo sagen, ohne dass irgendwas ist, oder?«

»Sicher, natürlich. Ich würde dir ja gerne die Hand geben, aber …« – er hob seine ölverschmierten Hände – »ich schraube gerade an meinem Schätzchen herum.« Er machte ein paar Schritte zurück, um Richard hereinzulassen. Das Innere bestand aus einem einzigen großen Raum, an dessen Rückwand eine Treppe nach oben führte. In der Mitte stand Colins Oldtimer, ein MG, aufgebockt und ohne Reifen. Der gepflegten Karosserie nach hätte er leicht als nagelneuer Wagen in einem Autohaus durchgehen können. Es schien, als sei er das Einzige, in das Colin zurzeit seine Leidenschaft steckte.

»Kein Problem«, gab Richard zurück. »Das gute Stück sieht wirklich toll aus.«

»Ja, es geht voran. Wenn er fertig ist, sieht er aus wie neu.« Colin blieb stehen, betrachtete den Wagen, und in seinem Blick lag ein schwärmerisches Leuchten. Es war wahre Liebe, das konnte Richard sehen. »Kaffee?«, fragte sein Sohn endlich.

»Gerne.«

Anstatt nach draußen Richtung Haus ging Colin jedoch zur Treppe hinüber. Richard folgte ihm. Als er oben angekommen war, hörte er plötzlich lautes Fußgetrappel und Jubeln.

»Granddad!« Thomas Maddox stürmte auf Richard zu und schlang ihm die Arme um die Hüfte. Einen Augenblick lang sah es so aus, als würde er Richard die Treppe hinunterstoßen – wobei es in diesem Fall beide erwischt hätte, so fest, wie sein Enkel ihn umklammert hielt.

»Thomas! Ich wusste gar nicht, dass du da bist.«

Der Junge ließ ihn los und machte einen Schritt zurück. Er war immer noch klein und zierlich – zumindest für einen Zwölfjährigen. Ein breites Grinsen zog sich über sein Gesicht mit den unzähligen Sommersprossen, deren Farbe der seines strubbeligen roten Haarschopfes entsprach. Er hielt einen Gaming Controller in der Hand und deutete hinter sich auf eine große Leinwand, auf der das bunte Standbild eines Computerspiels zu sehen war. »Die haben uns für verlängerte Herbstferien nach Hause geschickt. Im Schlafsaal gab es einen Wasserschaden oder so, und den müssen sie erst reparieren. Willst du auch mal spielen?«, fragte er aufgeregt.

»Vielleicht später. Dein Dad wollte mir erst mal einen Kaffee machen.« Thomas machte kehrt und sprang mit Anlauf auf das lange Sofa. Schon im nächsten Moment war das Spiel wieder in vollem Gange, begleitet von lautem Getöse.

»Um Gottes willen, mach das leiser«, rief Colin ihm über den Lärm hinweg zu, und Thomas gehorchte.

Der große Raum unter dem Dach sah anders aus, als Richard ihn von seinem letzten Besuch in Erinnerung hatte. Damals war hier ein geräumiges Büro gewesen, und das Sofa hatte am anderen Ende gestanden, gegenüber einer ausziehbaren Leinwand. Diese gab es zwar immer noch, doch das Sofa stand nun an einer anderen Stelle, und der Raum war wohnlicher eingerichtet. Auf der rechten Seite befand sich eine ausgezogene Schlafcouch mit zerknülltem Bettzeug und einem Berg Kissen. Von der Treppe aus waren sie direkt in eine kleine offene Einbauküche gelangt, die es früher ebenfalls noch nicht gegeben hatte. Die Kaffeemaschine stand auf einer Frühstückstheke. Colin deutete auf den Barhocker davor und bat seinen Vater, Platz zu nehmen.

»Hier oben hat sich ja einiges verändert«, sagte Richard.

»Allerdings. Wann warst du denn zum letzten Mal hier?«

»Das ist sicher schon ein halbes Jahr her.«

»Ein halbes Jahr? Wie die Zeit vergeht …«

»Das stimmt. Aber ich komme nun mal nicht so gerne unangemeldet vorbei. Ich weiß doch, wie viel du zu tun hast.«

»Nimmst du immer noch Milch?«, fragte Colin rasch, um eine Pause zu vermeiden, die nur hätte unangenehm werden können. »Und ein Stück Zucker?«

»Ja, bitte.«

Richard drehte sich auf seinem Hocker um und nahm den Raum noch einmal in Augenschein. »Dann hast du hier also quasi eine komplette Wohnung. Ein reines Arbeitszimmer ist das jedenfalls nicht mehr.«

»Stimmt. Ich habe eine Küche und ein Bad einbauen lassen. Gleich dort drüben ist auch noch eine Toilette. Aber ich verwende es immer noch als Büro. Auf dem Schreibtisch steht mein Laptop. Früher gab es einfach eine Menge ungenutzten Platz.«

»Schläfst du auch hier oben?«

Für einen kurzen Moment wandte Colin seine Aufmerksamkeit von der Kaffeemaschine ab und sagte achselzuckend: »Manchmal. Wenn es abends spät wird, möchte ich Justine drüben im Haus nicht mehr stören, weißt du. Sie ist dann schon im Bett und will auf keinen Fall noch mal von mir geweckt werden.«

»Aber ihr habt da drüben doch noch drei weitere Räume, sogar vier, wenn man Thomas' Schlafzimmer noch mit dazuzählt.«

»Thomas' Zimmer ist immer noch sein Zimmer!«, fuhr Colin ihn an.

»Klar – wenn er gerade mal nicht im Internat ist, weil es im Schlafsaal zufällig einen Wasserschaden gab. Kommt dir wahrscheinlich ganz schön ungelegen ...«

Colin stellte eine der Kaffeetassen mit Schwung auf der Theke ab. »Ist das der Grund, warum du heute vorbeigekommen bist? Um wieder mit dieser alten Geschichte anzufangen? Wir haben das doch schon besprochen. Ich muss nun mal arbeiten, und diese Schule zählt zu den besten im ganzen Land. Thomas hat dort Möglichkeiten, wie er sie nie zuvor hatte. Er kommt gerade erst von einer Klassenfahrt zurück, nach Österreich, zum Skifahren. So was gibt es an der Schule hier im Ort nicht.«

»Das nicht. Aber dafür hätte er dann eine Familie, wenn er nach dem Unterricht heimkommt.« Richard bereute seine Worte im selben Moment, als er sie aussprach. Beschwichtigend hob er die Hände und fügte schnell hinzu: »Versteh das bitte nicht falsch. Es tut mir leid. Ich bin nicht gekommen, um mit dir zu streiten.«

»Das wäre ja mal ganz was Neues ...«

»Ich wünschte nur ... Wenn ich gewusst hätte, dass Thomas gerade hier ist, dann hätte ich mir etwas überlegt und ihn dir mal für einen Tag abnehmen können. Wir könnten sicher mal etwas Schönes zusammen unternehmen.«

»Da spricht ja nichts dagegen.«

»Wann muss er denn zurück?«

»In ein paar Tagen. Es kam tatsächlich alles ein bisschen überraschend. Ich hatte nicht mal Zeit, um meine Arbeit so zu organisieren, dass ich mich um ihn kümmern kann.«

»Und Justine, konnte die nicht einspringen?«, fragte Richard. Ihm war bewusst, dass er sich damit erneut auf dünnes Eis begab. »Ich nehme mal an, sie arbeitet immer noch nicht?«

»Tatsächlich ist sie gerade auf Arbeitssuche. Eine Freundin von ihr ist im Event Management tätig. Justine meinte neulich, sie würde auch gerne etwas in dem Bereich machen.«

»Event Management? Das ist kein schlechter Job. Und diese Freundin kann ihr eine Arbeit bei ihren Veranstaltungen besorgen?«

»Sie möchte gerne selbst etwas aufziehen, ihre eigene Firma.«

»Aber dann würde sie doch ihrer Freundin Konkurrenz machen ...«

»Das stimmt, aber die Nachfrage ist groß. Und wir haben ja noch die andere alte Scheune auf dem Grundstück. Die müsste zwar erst komplett renoviert werden, aber dann könnten wir sie gut für Hochzeitsfeiern anbieten. Du glaubst nicht, welche Unsummen die Leute für Hochzeiten ausgeben!«

»Das kann ich mir vorstellen. Aber es ist auch eine Menge Arbeit ...«

»Justine ist nicht arbeitsscheu«, gab Colin unwirsch zurück. »Außerdem würden wir auch ein paar Leute anstellen.«

Richard biss sich auf die Zunge. Natürlich würde Justine jemanden anstellen. Er hatte noch nie erlebt, dass seine Schwiegertochter arbeitete oder auch nur die geringsten Anstalten machte, sich einen Job zu suchen. Doch das war beileibe nicht der einzige Grund, weshalb er sie nicht mochte.

Ihr ging es immer nur ums Geld, und Richard war überzeugt davon, dass sie sich deshalb mit seinem Sohn eingelassen hatte. Schon nach kurzer Zeit hatte sich Nachwuchs angekündigt. Richard und Angela hatten beide gehofft, das würde Justine wachrütteln und ihr vor Augen führen, dass materieller Wohlstand nun, da sie bald ein Kind zur Welt bringen würde, nicht alles war. Was gab es Wichtigeres als eine glückliche Familie? Doch Justine hatte sich sogar vor ihrer neuen Rolle als Mutter gedrückt. Sie hatte Colin dazu überreden können, Thomas in ein Internat zu schicken, sobald er alt genug dafür war. Davor hatte sie eine ganze Reihe von Kindermädchen und Tagesmüttern eingespannt, während sie selbst in ihrem riesigen Haus gesessen hatte und im Internet auf Shoppingtouren gegangen war. Dass auch Angela ihre Schwiegertochter nicht leiden konnte, sagte für Richard alles. Angela sah sonst in allen Menschen stets nur das Gute. Colin darauf anzusprechen hatte jedoch lediglich dazu geführt, dass Vater und Sohn sich zum ersten Mal in ihrem Leben völlig zerstritten hatten. Eine Zeit lang hatten sie nicht einmal mehr miteinander gesprochen. Doch das war lange her.

»Wie geht es Thomas inzwischen in der Schule?« Richard schaute zu seinem Enkel hinüber, der sich Kopfhörer aufgesetzt hatte und völlig in sein Videospiel vertieft war.

»Anscheinend ganz gut. Zumindest schon besser.«

»Besser?«

»Anfangs hatte er etwas Schwierigkeiten. Es ist aber auch eine ziemliche Umstellung, nicht mehr zu Hause zu wohnen.«

»Natürlich. In seinem Alter …«

»Ist das der einzige Grund, weshalb du gekommen bist? Um zu hören, was es Neues gibt?« Colin griff nach seiner Kaffeetasse und nahm einen großen Schluck, als hätte er es plötzlich eilig.

»Ja. Ich war heute Vormittag bei deiner Mutter am Grab, und danach bin ich irgendwie nicht gleich nach Hause gefahren. Die letzten Tage waren nicht ganz einfach für mich, deshalb dachte ich mir, ich komme auf einen Sprung vorbei und schaue, ob ich dich mit meiner schlechten Laune nicht ein bisschen anstecken kann«, sagte Richard mit einem erzwungenen Lachen.

Nun huschte auch über Colins Gesicht ein Lächeln, doch schon im nächsten Moment war es wieder verschwunden. »Wie meinst du das: ›nicht ganz einfach‹?«

»Ach, es ist nichts Besonderes. Mir ist nur klar geworden, dass ich jetzt wirklich alt bin und zu nichts mehr zu gebrauchen. Irgendwie habe ich das Gefühl, das ist jetzt amtlich. Ich war gestern an meinem alten Arbeitsplatz, weil ich besprechen wollte, wie ich am besten wieder anfange, also mit wie vielen Stunden. Und da haben die mir erklärt, ich sei ab sofort im Ruhestand.«

»Im Ruhestand! Ich dachte schon, dieser Tag kommt nie!« Diesmal brachte Colin ein echtes Lächeln zustande.

»Ich auch.«

»Und jetzt?«

»Keine Ahnung.«

»Weißt du, die meisten Leute freuen sich darauf – also auf den Ruhestand, meine ich. Die meisten arbeiten ihr ganzes Leben lang nur darauf hin.« Colin schien Richard plötzlich genauer anzusehen.

»Das war bei mir auch so – solange deine Mutter noch lebte.«

Beide verstummten, doch diesmal ließen sie die nachfolgende Stille zu, bis daraus ein betretenes Schweigen geworden war.

»Du vermisst sie bestimmt«, sagte Colin schließlich. »Sie wusste immer, was zu tun ist. Ich wünschte, sie wäre hier, und ich könnte mit ihr reden.«

»Ich vermisse sie jeden Tag, jede Minute. Sei dankbar für das, was du hast, Colin. Ich weiß, ich bin nur ein alter Trottel, mit dem man sich nicht vernünftig unterhalten kann. Aber du hast immerhin noch deine Familie – mach das Beste daraus!«

»Das würde ich ja gerne. Aber Justine spielt da nicht mit.« Einen Moment lang schien es, als deutete sich in seinem Gesicht ein Gefühlsumschwung an. Er wandte sich ab, stellte seine Tasse ins Spülbecken und ließ Wasser hineinlaufen.

»Ist alles in Ordnung? Ich meine, zwischen dir und Justine?«

Colin drehte sich nicht um. Er ließ den Kopf hängen, als schaute er immer noch auf seine Tasse hinunter, doch plötzlich lehnte er sich nach vorn und stützte sich auf seine Hände, die den Rand des Spülbeckens umklammert hielten. Seine Schultern begannen leicht zu zucken. Dann hörte Richard etwas, das er zunächst für ein Lachen hielt. Erst als Colin zu schniefen begann, wurde ihm klar, dass sein Sohn weinte.

»Um Gottes willen, Colin, was ist denn los?«

»Nichts. Es ist nichts! Ich stehe im Moment nur ganz schön unter Druck. Ich habe extrem viel Arbeit.« Er fuhr sich mit den Händen übers Gesicht, bevor er sich wieder zu Richard umdrehte. Seine Augen waren leicht gerötet, und er ließ die Arme hängen, als trage er plötzlich eine große Last auf seinen Schultern.

»Und das ist der einzige Grund? Bist du dir da sicher?«, drängte Richard ihn. »Das Bett da drüben … Du schläfst hier oben, nicht in deinem eigenen Bett, stimmt's?«

Es dauerte einen Moment, doch dann nickte Colin. »Jede Nacht?«

Er nickte wieder.

»Kann ich dir irgendwie helfen?«

»Nein!« Colin klang plötzlich wütend. »Wie solltest *du* mir denn helfen können? Von dir heißt es doch immer nur *Das hätte ich dir gleich sagen können* –, und das möchte ich im Augenblick wirklich nicht hören. Ich weiß doch, dass du Justine noch nie ausstehen konntest …« Er hielt inne, als müsste er erst wieder zu Atem kommen.

»Sie macht es einem aber auch nicht leicht, mein Sohn. Ich habe es ja versucht, aber …«

»Aber nicht besonders lange! Ich hatte sie gerade erst kennengelernt, da hast du mir schon geraten, mich lieber nicht mit ihr einzulassen. Weißt du, manchmal glaube ich sogar, ich habe sie nur geheiratet, um dich zu ärgern. Aber das war ein großer Fehler.«

»Nun mach aber mal einen Punkt. Du kannst mir doch nicht die Schuld geben für irgendwas, das ihr …«

»Nein, wie könnte ich! Natürlich bist du nicht schuld. *Du* weißt doch alles über Erziehung, über Frauen, über Familiengründung. Du erklärst mir das doch die ganze Zeit, reibst es mir unter die Nase, führst mir vor Augen, dass ich alles vermasselt habe – genau so, wie du es vorhergesagt hast.«

»Colin, ich bitte dich …«

»Aber es stimmt doch, oder? Ich habe genau gesehen, was du für ein Gesicht gemacht hast, als ich dir erzählt habe, dass wir heiraten würden. Mum konnte das immer besser verbergen. Sie hat Justine wenigstens eine Chance gegeben. Aber dann ist auch sie nie mehr hier aufgetaucht. Weil du sie beeinflusst hast, das weiß ich. Und jetzt ist sie tot.«

»Das stimmt doch überhaupt nicht! Wie kommst du denn verdammt noch mal auf so was?«

»Es geht mir *miserabel*, Dad, okay! Genau so, wie du es mir prophezeit hast. Und: Bist du jetzt zufrieden? Immerhin kannst du jetzt sagen, dass du das alles von Anfang an hast kommen sehen. So wie damals, als wir Thomas aufs Internat gegeben haben. *Mein* Junge! Mein einziger Sohn! Ich sehe ihn kaum mehr. Und wir sprechen auch nicht über ihn, ich und Justine. Wir sprechen generell nicht mehr viel miteinander, um ehrlich zu sein. Manchmal frage ich mich, ob sie überhaupt noch weiß, dass sie einen Sohn hat …«

»Dann geh doch.« Diesmal war es Richard, der ihn unterbrach. Sein strenger Ton und seine laute, kräftige Stimme brachten Colin zum Verstummen. Er wirkte schockiert. Richards Worte hatten eine nahezu sichtbare Wirkung, fast so, als hätte er Colin eine Ohrfeige verpasst.

»Das kann ich nicht. Ich kann doch nicht einfach fortgehen.«

»Doch, das kannst du. Dein Sohn dort drüben wird nicht mehr lange ein Junge sein. Du solltest jede Minute mit ihm verbringen, die du erübrigen kannst. Nimm ihn einfach mit.«

»Damit du behaupten kannst, du hättest von Anfang an recht gehabt!«

»Mir geht es doch nicht darum, recht zu haben. Mir geht es hier nur um dich und dass du glücklich bist. Und natürlich um Thomas.«

»Aber ohne Justine ...«

Richard zuckte mit den Achseln. »Andere schaffen das auch ...«

»Na bitte, da haben wir's doch! Du willst mir schon wieder vorschreiben, was ich tun soll, sagst mir, dass ich meine Frau verlassen soll!«

»Hast du nicht eben selbst gesagt, dass es dir miserabel geht? Wenn deine Beziehung der Grund dafür ist, dass es dir miserabel geht, dann mach doch Schluss.«

»Schluss machen? Einfach so?«

»Du könntest es dir leisten, du hast doch Geld. Du brauchst nur ein neues Zuhause, und dann fängst du einfach noch mal von vorne an ...«

»Ich will aber nicht von vorne anfangen! Und was das Geld angeht: Du hast ja nicht die geringste Ahnung. Justine ... Sie hat ... sie gibt ziemlich viel Geld aus, Unmengen. Und sie lässt sich durch nichts davon abhalten, nicht einmal von der schlichten Tatsache, dass kein Geld mehr da ist. Jemand wie sie kommt immer irgendwie an einen Kredit.«

»Ein Grund mehr, da rauszukommen, solange es noch geht, solange wenigstens noch die Hälfte davon da ist.«

»Die Hälfte! Gar nichts ist mehr übrig! Kannst du mir sagen, wie viel das ist: die Hälfte von gar nichts? Und schlimmer noch: Wie viel ist die Hälfte von ein paar Tausend, vielleicht sogar Zigtausend Pfund Schulden? Ach, ich schaue schon gar nicht mehr nach …«

Colin verstummte, und auch Richard schwieg. Sein Sohn hatte schon immer Schwierigkeiten gehabt, seine Gefühle herauszulassen; er war ein Buch mit sieben Siegeln. Richard wusste nicht, was er sagen sollte. »Ich kann dir helfen. Ich habe ein bisschen Geld beiseitegelegt. Ich könnte …«

»Nein«, schnitt Colin ihm das Wort ab.

»Colin, jetzt komm schon, du bist mein Sohn. Ich kann dir helfen.«

»Das kannst du nicht. Darum geht es ja gerade. Du glaubst vielleicht, dass du mir helfen könntest, aber du hast ja keine Ahnung, wie das für mich wäre. Bei dir war einfach alles perfekt, mit Mum und mir und so. Du hattest alles, was du wolltest. Und deshalb wollte ich das auch. Fast hätte ich es auch geschafft. Du hast versucht, mich zu warnen, und jetzt, wo alles genau so gekommen ist, wie du vorhergesagt hast, willst du mir aus der Patsche helfen. Aber ich will nicht auch noch in deiner Schuld stehen. Die Banken erinnern mich wenigstens nicht ständig daran, dass sie von Anfang an recht hatten.«

»Denkst du wirklich so über mich?«

Colin stieß einen langen Seufzer aus und sackte in sich zusammen. »Nein … eigentlich nicht. Aber ich habe zurzeit einfach riesigen Stress. Da läuft gerade einiges schief. Ich wollte dich nicht … Das war gemein von mir. Aber das … das muss ich selbst regeln. Du hast vorhin doch von deinem Ruhestand gesprochen; du wirst dafür auch einiges an Rücklagen brauchen.«

»Aber doch nicht viel. Ich werde wohl kaum um die Welt reisen oder anfangen, Luxusautos zu sammeln.«

»Aber du weißt ja nicht, was da noch auf dich zukommt.

Wenn du das mit Mum erst mal überwunden hast, wer weiß, vielleicht merkst du dann ja, was die Welt sonst noch so alles zu bieten hat.«

»Wie meinst du das?«, wollte Richard wissen.

»Ich meine, seit sie tot ist, hast du doch nicht wirklich viel unternommen. Aber das ist nun mal der Lauf der Dinge. Du musst darüber hinwegkommen, musst dein eigenes Leben weiterleben – und vielleicht lernst du eines Tages ja auch mal jemand anderen kennen ...«

Richard konnte seine erste Reaktion nur mit Mühe unterdrücken. Er spürte, wie Wut in ihm aufstieg und sein Herz gegen die Brust hämmerte. »Keine schlechte Idee. Vielleicht wäre das ja auch was für dich!«

»Aber meine Frau ist nicht tot, Dad! Das ist etwas ganz anderes!«

»Stimmt. Aber meine Frau, mein Sohn, und ich werde mir die Zeit nehmen, die ich brauche, um darüber hinwegzukommen. Wobei ich im Augenblick noch gar nicht weiß, was ›darüber hinwegkommen‹ eigentlich bedeuten soll.«

Colin schüttelte den Kopf. »Mit Mum konnte ich wenigstens reden. Sie wusste immer, was ich meine. Aber mit dir kann ich nicht reden, du begreifst einfach nicht, was ich sagen will.«

»Du willst mir etwas begreiflich machen? Wer lebt denn hier allein in seiner Garage? Wie wär's denn, wenn du erst mal dein eigenes Leben auf die Reihe bringst, bevor du dich in meines einmischst? Meine Frau mag tot sein, aber immerhin hat sie mir vierzig glückliche, wunderbare Jahre beschert. Entschuldige bitte, aber das kann ich nicht einfach so beiseitewischen.«

»Mein Gott! Sie ist aber nicht mehr am Leben. Das ist dir schon bewusst, oder? Und merkst du, wie du mir schon wieder unter die Nase reibst, dass du alles richtig gemacht hast?«

Richard stand auf. »Ich gehe jetzt. Es war eindeutig ein Fehler, unangemeldet hier vorbeizukommen. Eigentlich wollte ich dir ja etwas erzählen, aber ich hätte wissen müssen, dass es besser ist, zu warten, bis du mich einlädst. Nur, wie lange würde das dauern? Ein Jahr, achtzehn Monate?«

Colin antwortete nicht. Richard ging zu seinem Enkel hinüber, der schwungvoll die Kopfhörer absetzte und sich an ihn klammerte.

»Musst du schon gehen?«, jammerte Thomas.

»Ja, aber ich überlege mir noch etwas, bevor du wieder fährst, einen Ausflug oder so. Wie wäre das?«

»Das wäre cool, Granddad, danke! Bist du sicher, dass du das Spiel hier nicht mal ausprobieren magst, bevor du gehst?«

Richard drehte sich zu seinem Sohn um, der mit verschränkten Armen dastand, und es war ihm klar, dass es besser war, wenn er nicht länger blieb. Er würde es ein andermal versuchen, Thomas abholen und einen Tag mit ihm verbringen, und vielleicht wäre seine Hilfe dann ja auch willkommen.

»Heute nicht. Aber ich lass mir was einfallen, okay?« Richard drückte seinen Enkel fester an sich, um den Abschied noch ein wenig hinauszuzögern. Dann setzte sich Thomas die Kopfhörer schnell wieder auf und widmete sich erneut seinem Videospiel, und Richard ging auf direktem Weg zur Treppe. Dort blieb er noch einmal kurz stehen, warf einen letzten Blick auf das zerwühlte Bettzeug und sagte: »Hör zu, ich bin nicht hierhergekommen, um mich mit dir zu streiten. Du bist alles, was ich noch habe. Ich bin also für dich da, ganz egal, was du brauchst, und ich helfe dir, so gut ich kann.«

»Ich werde daran denken.«

Richard knirschte mit den Zähnen. Er musste hier weg, musste sich dringend beruhigen.

»Das bezweifle ich«, knurrte er und ging kopfschüttelnd die Treppe hinunter.

»Womit du recht haben könntest«, rief Colin ihm hinterher. »Was hast du vorhin gesagt, was du bist? Alt und zu nichts mehr zu gebrauchen?«

Richard stürmte hinaus an die frische Luft. Als er einen Moment später den Hof überquerte, war sein Blick so verschwommen, dass er seinen Wagen nur noch als großen silbernen Fleck wahrnahm. Dort angekommen, lehnte er sich keuchend dagegen und wartete, bis die Wut ein wenig verebbt war und die Anspannung nachließ.

Es dauerte einige Minuten. Dann stieg er ein und warf einen letzten Blick hinüber zum Haupthaus, wo er sah, wie ein Vorhang wieder zugezogen wurde.

»Du willst sichergehen, dass ich auch wirklich verschwinde, was? Keine Sorge, meine Liebe, ich merke sehr wohl, wenn ich irgendwo nicht willkommen bin.«

KAPITEL 25

Sharon Evans bemühte sich nun schon so lange darum, stark zu sein, dass es zum festen Bestandteil ihrer Alltagsroutine geworden war. Jedes Mal, wenn sie an Callies Bett trat, verkniff sie es sich, zu weinen oder auch nur traurig dreinzusehen. Sie redete immer wieder mit ihr und brachte sie auf den neuesten Stand der Ereignisse. Das tat sie stets mit zuversichtlichem Unterton, melodischer Stimme und einem lächelnden Gesicht – selbst wenn sie sich meist dazu zwingen musste und die Neuigkeiten ihr selbst vollkommen belanglos erschienen. Sharon betrachtete die Welt mittlerweile aus einem ganz neuen Blickwinkel, und sie schilderte ihrer schlafenden Tochter dementsprechend engagiert und ausführlich Details aus einem Bericht über die Teilnehmer der Datingshow *Love Island*.

Callie hatte diese Sendung geliebt, und irgendwie hatten sie beide darüber einen Draht zueinander gefunden. Eine Zeit lang hatten sie die Show gemeinsam angesehen, nicht weil Sharon daran interessiert war – im Gegenteil, sie verabscheute das Format aus tiefstem Herzen –, sondern weil *Love Island* etwas war, worüber sie sich unterhalten konnten und das sie verband. Danny hielt es nicht einmal im selben Raum mit ihnen aus, während die Sendung lief, und Jamie verbrachte normalerweise seine Abende mit Freunden auf dem Bolzplatz oder in seinem Zimmer an der Playstation. Doch diese Stunde Trash-Fernsehen brachte Mutter und Tochter gemeinsam zum Lachen, und sie konnten zusammen ablästern. Es war eine der wenigen Gelegenheiten, in denen Callie tatsächlich den Ansichten ihrer Mutter zuhörte, und dabei hatte es nie eine Rolle gespielt, dass es bei den Gesprächsthemen meist um zweifelhaftes moralisches Verhalten oder zickige Tussis gegangen war. Manchmal kamen sie dadurch auch auf andere Dinge zu sprechen, und bisweilen öffnete sich Callie ihrer Mutter sogar ein wenig. Wenn Sharon mit ihren Freundinnen sprach, die Töchter in einem ähnlichen Alter hatten, dann gestanden sie ihr fast eifersüchtig, wie sehr auch sie es sich wünschten, mit ihnen noch etwas gemeinsam zu haben. Sie waren sich allesamt einig, dass man mit einer Tochter im Teenageralter jede Chance dazu beim Schopf ergreifen muss. Davon war Sharon mittlerweile überzeugt.

Man hatte Callie mittlerweile so gebettet, dass sie im Bett aufrechter saß. Zwar war sie immer noch an die Schläuche und die Beatmungshilfe angeschlossen, aber die Schwestern erwarteten in Kürze erste Reaktionen. Die Sedierung wurde allmählich ausgeschlichen. Bald würde Callie in die Welt zurückkehren, ihre Hände würden beginnen, an den störenden Fremdkörpern in ihrer Kehle zu zerren, und sie würde sicher verängstigt und verwirrt sein.

Sharon wollte unbedingt bei ihr sitzen, wenn sie aufwachte, und auch Jamie war ganz begierig darauf. Eigentlich spielte er am Sonntagmorgen immer Fußball, und heute fand sein Match in einem Stadion am Rande von Ashford statt. Das bot Sharon die perfekte Möglichkeit, zwischen dem Hinbringen und Abholen ihre Tochter im Krankenhaus zu besuchen. Als sie ihm davon erzählte, war er zum ersten Mal nur widerwillig zu einem Spiel gegangen. Lieber hätte er sie begleitet und wäre bei seiner Schwester geblieben, hätte mit ihr geredet und ihr gesagt, wie sehr er sie vermisste. Sharon hatte ihm fest versprechen müssen, dass sie auch an diesem Sonntag das übliche Programm beibehalten und sie beide Callie später am Tag noch einmal besuchen würden. Natürlich würde sie seinen Wunsch erfüllen – es machte ihr niemals etwas aus, noch mal wiederzukommen.

»Wie geht's?«, hörte sie eine Stimme hinter sich.

Sharon war ganz in ihren Gedanken und ihrer eigenen Welt versunken gewesen, doch sie hob ruckartig den Kopf, als die Mutter der Patientin im Bett nebenan sie ansprach. Dort lag die zerbrechliche Gestalt eines Mädchens, das ungefähr so alt war wie Callie. Laut ihrer Mutter litt sie schon ihr ganzes Leben an Epilepsie, doch ihr jüngster Anfall war so heftig gewesen, dass die Bewusstlosigkeit, in der sie sich seither befand, sogar noch tiefer war als das künstliche Koma von Callie.

Sharon hatte etwas Trost daraus geschöpft, die Krankendaten der beiden Mädchen zu vergleichen, und auch daraus, dass sie nicht die Einzige war, die so etwas durchmachte. Wenn sie mit der anderen Mutter sprach, verspürte sie allerdings stets ein leises Schuldgefühl. Die Frau hatte ihr offen und vielfach unter Tränen berichtet, welche Gefühle bisweilen in ihr hochkamen: Solange ihr kleines Mädchen bewusstlos vor ihr liege, empfinde sie keine Angst; es sei vielmehr ihr Aufwachen, vor dem sie sich fürchtete. Die Anfälle ihrer Tochter konnten ohne Vorwarnung eintreten – an jedem Ort, bei allem, was sie tat. Die verbreitete Ansicht, dass es bei Epileptikern einen bestimmten Auslöser für ihre Krämpfe gäbe, schien bei ihrer Tochter nicht zuzutreffen, oder zumindest war es keiner, den sie bisher kannten. Schon vor dem letzten schweren Anfall hatte sie ihre Tochter nicht aus dem Haus gehen, ja nicht einmal aus den Augen lassen wollen. Daher war es für die ganze Familie normal geworden, daheim zu bleiben und das Mädchen buchstäblich in Watte zu packen. Es klang entsetzlich. Sharons Schuldgefühl, dass ihr eigener größter Wunsch nur in einer Rückkehr in ihr normales Leben bestand, lastete auf ihr, und sie versuchte, allzu viele Gespräche zu vermeiden. Die beiden Mädchen waren nicht nur etwa im gleichen Alter, sie sahen sich auf den ersten Blick auch noch recht ähnlich: dieselbe zierliche Figur, ähnliche Haarfarbe, und beide hatten hübsche Sommersprossen – etwas, das Sharon bei Callie schon fast vergessen hatte, seit ihre Tochter Make-up entdeckt und den vermeintlichen Makel überschminkt hatte.

Heute hielt die Frau einen bunten, in glänzende Folie gehüllten Blumenstrauß in der Hand, was Sharon einen Anlass für Small Talk gab.

»Es geht okay, vielen Dank«, antwortete sie. »Die Blumen sind ja wunderschön.«

»Oh ja, nicht wahr, das sind sie. Ich habe mich beim Eingang unten kurz auf einen Kaffee hingesetzt – das mache ich immer gern für ein paar Minuten, wenn ich hierherkomme …« Sie verstummte, als falle es ihr schwer zuzugeben, dass sie nicht schnurstracks ans Bett ihrer Tochter eilte.

»Das kann ich gut verstehen.«

Sofort entspannte sich die Frau sichtlich. »Man muss erst in einen anderen Modus umschalten, nicht wahr? Um hier zu sein, meine ich.«

»Ja, das stimmt.«

»Jedenfalls, wo war ich stehengeblieben?« Sie schüttelte stirnrunzelnd den Kopf. »Ach, die Blumen! Ich hatte mich dort unten gerade hingesetzt und habe wohl ein bisschen niedergeschlagen ausgesehen, denn jemand kaufte mir diesen Strauß im Blumenladen gleich nebenan im Foyer! Wir haben uns unterhalten, nur ein paar Minuten, aber er meinte, die wolle er mir schenken, um mir in Erinnerung zu rufen, dass Krankenhäuser nicht nur Orte der Traurigkeit, sondern auch der Hoffnung sind. Was für eine reizende Geste!« Bei den letzten Worten zitterte ihre Stimme.

»Ja, das war wirklich sehr lieb.«

»Eigentlich fast schon ein bisschen gruselig, oder? Aber so war es gar nicht. Man merkt schließlich, ob etwas aufrichtig gemeint ist, nicht? Seine Mutter liegt auch hier. Aber ich habe nicht gefragt, weswegen.«

»Ich glaube, Orte wie dieses Krankenhaus können auch das Gute in Menschen wecken. Keiner von uns will hier sein. Ganz sicher nicht unsere Mädchen«, sagte Sharon.

»Es geht ihr sichtlich besser.« Die Frau deutete mit ihrem Blumenstrauß auf Callie. »Ich freue mich so für Sie.«

Sie kannten sich gegenseitig nicht mit Namen, Sharon hatte es vermieden, die andere danach zu fragen. Sie wollte keine Krankenhaus-Zweckfreundschaft schließen – auf so etwas konnte sie verzichten.

»Ja, es geht aufwärts. Seltsam, wie sich alles gerade ändert. Anfangs mochte keiner irgendetwas versprechen, und jetzt wollen sie mit mir über Nachsorge reden und wie es weitergeht, wenn wir sie nach Hause holen können.« Sharon blickte auf ihre Tochter und strich ihr den Pony aus der Stirn.

»Das klingt einfach wunderbar.«

Sharon verkniff es sich, nach dem Mädchen im Bett nebenan zu fragen. Trotz des fröhlichen Lächelns der Frau schien es weiterhin mehr Anlass zur Traurigkeit als zur Hoffnung zu geben, und Sharons Verlegenheit kehrte zurück. Vielleicht hatte die Frau es bemerkt und wickelte nun die Blumen aus. Auf einem Rollwagen unter dem Fenster gab es eine Sammlung von Vasen. Anscheinend brachten viele Besucher Blumen mit. Die Frau ging dorthin, und Sharon wartete, bis sie außer Hörweite war, bevor sie wieder mit ihrer Tochter sprach.

»Wo waren wir stehengeblieben, Callie?« Es war jetzt so viel leichter, fröhlich zu klingen. Sharon griff wieder nach Callies Hand und war überzeugt, dass diese sich jetzt wärmer anfühlte, und auch ihr ganzer Körper wirkte entspannter. Ihr Atmen und kleine Bewegungen waren jetzt wieder ganz so wie früher als Kind, wenn Sharon und Danny sie im Schlaf beobachtet hatten. Sharon strich jetzt sanft über ihren Handrücken. Callies Lider flatterten, als bewegten sich die Augäpfel dahinter, und ihr Mund zuckte. Dann würgte sie, ihre Hände verkrampften sich, als sie versuchte, sie zu heben, und das Röcheln wurde lauter. Sharon drehte sich um und wollte Alarm schlagen, aber eine Krankenschwester eilte schon auf das Bett zu.

»Alles okay, meine Liebe, lassen Sie mich nur mal …« Die Schwester entfernte Pflaster, dann zog sie ganz vorsichtig die Schläuche aus dem Rachen. Callie warf den Kopf hin und her, aber die Schwester redete weiter beruhigend auf sie ein, und das Mädchen schien sie zu hören und zu verstehen. Sobald die Atemwege frei waren, stülpte ihr die Schwester eine Sauerstoffmaske übers Gesicht und wartete, bis sich der Druck aufbaute. Dann prüfte sie die Vitalfunktionen, bevor sie sich mit einem strahlenden Lächeln zu Sharon umdrehte, die wie erstarrt vor ihr stand.

»Callie!« Sharons Augen füllten sich mit Tränen. Sie trat zurück ans Bett und nahm die Hand ihrer Tochter wieder in ihre. Dann murmelte ihr kleines Mädchen etwas. *Sie hatte noch immer eine Stimme!* »Kannst du mich hören, Schatz?«

Callies Pupillen waren geweitet, ihre Augenbewegungen wirkten angestrengt und verlangsamt, aber sie gab sich sichtlich Mühe und reagierte auf die Stimme ihrer Mutter. Sharon meinte sogar, ein schwaches Lächeln zu entdecken – nein, sie *wusste*, es war ein Lächeln! Es raubte Sharon den Atem. »Oh Callie! Es ist so gut, dass du wieder bei uns bist!«

Doch die Lider ihrer Tochter schienen wieder schwerer zu werden, sie blinzelte noch ein paarmal, dann fielen ihr die Augen zu, und ihr Gesicht entspannte sich wie in tiefem Schlummer.

»Sie wird jetzt am Anfang viel schlafen«, erklärte die Schwester immer noch mit strahlendem Lächeln. Sharon konnte den Blick nicht von Callie wenden und fuhr ihr mit der Hand über die Stirn. »Du nimmst dir alle Zeit, die du brauchst, mein kleines Mädchen!«

Als sie den Vibrationsalarm ihres Handys in der Tasche spürte, zuckte Sharon zusammen wie von der Tarantel gestochen. Es war zwar nur eine banale Nachricht, dass ein Update fällig war, aber sie diente ihr als Erinnerung daran, dass sie immer noch auf Dannys Rückruf wartete. Schon vor der Fahrt ins Krankenhaus hatte sie überlegt, die Hotels in der Gegend abzuklappern, um vielleicht seinen Wagen zu entdecken. Dann jedoch war die Zeit knapp geworden, und sie war sich auch nicht sicher, ob er überhaupt in Dover oder in der Umgebung abgestiegen war. Bisher war es nicht seine Art gewesen, sein Handy tagelang zu ignorieren; er hatte es zwar schon verloren oder zum Aufladen irgendwo im Club drei Tage lang eingesteckt gelassen. Aber seit Callie im Krankenhaus lag, hatte sich das gebessert. Nicht immer war er bei einem Telefonat in einem Zustand gewesen, in dem ein vernünftiges Gespräch möglich war, aber er hatte sich wenigstens immer gemeldet. Trotzdem machte sie sich keine Sorgen. Danny hatte einfach einen Selbstzerstörungsknopf, auf den er gerne ab und zu drückte. Dann lag er besinnungslos betrunken auf seinem Bett oder auf dem Sofa irgendwo bei einem Kumpel oder in einem Straßengraben. Jedenfalls würde sein Körper bald abgebaut haben, was immer er an Alkohol und vielleicht auch anderen Chemikalien zu sich genommen hatte, um sich aus der realen Welt wegzuschießen.

»Dann versuchen wir noch mal, ob wir deinen Dad erreichen können, oder?« Sharon bediente ihr Handy einhändig, sodass sie die Hand ihrer Tochter nicht loslassen musste. Die Schwester nickte ihr zu und sagte, sie würde später wiederkommen. Das Freizeichen ertönte immer wieder, und Sharon spürte bei jedem Ton, wie ihre Verzweiflung wuchs. *Hey, hier spricht Danny Evans, hinterlasst mir eine Nachricht, wenn es unbedingt sein muss, ich rufe zurück.*

»Mein Gott, Danny!« Der Piepton des Anrufbeantworters löste eine wütende Reaktion bei Sharon aus, und sie bellte in ihr Handy: »So hab ich mir das alles nicht vorgestellt. Callie, sie kommt wieder zu sich! Deine Tochter atmet jetzt wieder selbstständig, alles ist nur noch eine Frage der

Zeit … Sie wird dich sehen wollen. Wir alle wollen dich sehen! Wo zum Teufel steckst du? Ruf mich sofort zurück, wenn du das abhörst, okay?«

Sie hoffte, diese Nachricht würde endgültig dem Selbstmitleid, in dem er sich suhlte, ein Ende bereiten. Denn davon war sie fest überzeugt – irgendwo hockte oder lag er gerade herum und tat sich schrecklich leid. Sie kannte ihn gut. Bisher hatte sie nur Nachrichten hinterlassen, in denen sie ihn dringend um Rückruf bat. Sie hatte gedacht, er würde Angst bekommen, sie hätte schlechte Neuigkeiten in Bezug auf Callie. Die ganze letzte Zeit hatten beide resigniert und waren davon ausgegangen, dass jede Nachricht nur eine schlechte sein konnte. Aber jetzt wollte sie ihn hierhaben; er sollte alles mit eigenen Augen sehen, und sie wollte miterleben, wie sich sein Gesichtsausdruck verändern würde, wenn er realisierte, dass ihre Tochter zu ihnen zurückkehrte.

Er würde so glücklich sein.

Durch den Vibrationsalarm geriet Danny Evans' Handy auf der glatten Sitzfläche ins Rutschen. Das Gerät lag mit dem Display nach unten, so wie es gelandet war, als es weggeworfen wurde. Damals hatte es zur Unzeit geklingelt, eine Störung war nicht willkommen gewesen.

Jetzt erschien der Name *Sharon* auf dem Display. Der dringliche Alarm erfüllte ein paar Sekunden das leere Wageninnere, dann fügte das Handy den Anruf der Liste der fehlgeschlagenen Versuche hinzu.

Das Display leuchtete noch einmal auf, und ein Piepton warnte davor, dass der Akku gleich seinen Geist aufgeben würde. Dann wurde das Display dunkel.

KAPITEL 26

Das Gebäude war L-förmig, und der Eingang lag versteckt in einer Ecke, die aus zwei langen Fensterfronten gebildet wurde. Richard blieb in einiger Entfernung vor der zweiflügeligen Tür stehen, um die Lage zu peilen. Keine Menschenseele. Er blickte zurück zum Parkplatz, auf dem einsam sein Auto stand. Das Wetter hatte sich verändert. Es war noch immer kalt, aber jetzt kam ein heftiger Sprühregen vom Himmel, der das Gelände in noch dunkleres Grau hüllte. Der Bürokomplex befand sich am Rand eines Industriegeländes in einem kleinen Ort namens Tilmanstone. Die nächstgelegene Stadt war wohl Dover, aber der Ort lag gut sechs Meilen entfernt. Auf dem Weg hierher war Richard durch eine ländliche Gegend gefahren, aber dann hatten die Wälder und Felder unvermittelt aufgehört, und das Gelände mit dem Gebäude lag vor ihm. Er hatte zweimal geprüft, ob der Postcode stimmte, und war sogar schon einmal wieder weggefahren. Aber schließlich hatte seine Neugier doch gesiegt. Durch eine Art Hoftor aus Stahl, das offen stand und auf dem Asphalt eine Schleifspur hinterlassen hatte, war er auf den Parkplatz gefahren. Überall trieb das Unkraut aus dem Boden, es nutzte jede geeignete Stelle, um ans Licht zu drängen.

Das gesamte Gelände und das Gebäude selbst wirkten heruntergekommen und ungenutzt. Die Firmenaufschrift eines früheren Gewerbemieters war entfernt worden, aber auf der Ziegelwand konnte man trotzdem noch lesen: »Fennell Engineering«. Auf dem Stellplatz, wo er seinen

Wagen geparkt hatte, stand ein windschiefer kurzer Pfosten mit einer Plakette, auf der derselbe Firmenname stand und *Reserviert – Geschäftsführer*.

Richard hatte keine Ahnung, was aus diesem Geschäftsführer geworden war. Hier war er ganz offensichtlich nicht mehr. Es sah so aus, als wäre überhaupt niemand mehr hier. Er hob den mitgebrachten Zettel hoch und sah, dass die Angaben darauf durch die Nässe bereits verliefen.

»Block B. Raum 2.12«, las er laut. Es war noch immer so kalt, dass er dabei den Atem vor seinem Mund sehen konnte. Als er aufblickte, entdeckte er, dass auf der zweiteiligen Tür vor ihm »Eingang BLOCK B« stand, und ging darauf zu.

Der rechte Flügel ließ sich aufdrücken und schrappte laut über einen abgetretenen Gummiboden, der in Auflösung begriffen war. Dann fiel die Tür hinter Richard scheppernd ins Schloss. Der laute Widerhall zeugte von der spärlichen Einrichtung des Gebäudes. Richard streifte die Kapuze seiner Jacke ab und hielt inne, doch alles blieb still.

Direkt vor ihm lag ein Treppenaufgang, rechts war ein Empfangstresen und links eine Ziegelwand. Die Treppenstufen waren aus Beton, aber durch die Lücken dazwischen konnte er eine offene Lifttür erkennen. Raum 2.12 musste im zweiten Stock liegen, aber den Aufzug wollte Richard auf keinen Fall nehmen.

Als er die Treppe hinaufging, konnte er den regennassen Parkplatz komplett überblicken und bis hinüber zu seinem Auto sehen. Der kalte Wind fuhr unsanft über das hochgeschossene Unkraut und verstärkte den Eindruck, dass dieser Ort seit Langem verlassen war.

»Sein provisorisches Büro?« Richards Nerven lagen jetzt so blank, dass er laut vor sich hinsprach. Mit diesen Worten hatte der Mann den Ort hier beschrieben. Bestimmt gab es im Gebäude keinen rechtmäßigen Mieter mehr, oder? Richard blieb auf der Treppe stehen. Er wollte schon fast wieder umkehren, überlegte es sich dann aber anders. Es hatte den Mann sichtlich Mühe gekostet, Richard die Informationen zu geben, und er hatte ihn sogar am frühen Morgen an einem verlassenen Ort aufgesucht, um nur ja nicht mit ihm gesehen zu werden. Das war ein Riesenaufwand für ein Treffen unter vier Augen, passte aber natürlich zu dem, was der Fremde behauptet hatte. Vielleicht besaß er ja tatsächlich Informationen, die zu teilen riskant war. Aus welchem Grund hätte er ihn sonst hierherbestellt? Richard ging weiter und beschleunigte seine Schritte jetzt sogar.

Der zweite Stock sah exakt aus wie das Erdgeschoss. Ein paar Loungesofas, typisch für Firmenfoyers, stapelten sich an der Stelle, an der sich im Erdgeschoss der Tresen befand. Gegenüber der Lifttür, die hier geschlossen war, lag eine Innentür mit einem großen Glasfenster, durch das Richard in einen langen, düsteren Korridor sehen konnte. Er ging hinein. An der ersten Tür zu seiner Rechten stand »Raum 2.1«. Die Türen waren in aufsteigender Reihenfolge nummeriert. Vom anderen Ende des Korridors war durch einen Fensterschlitz über einer Tür das schwache Flackern eines schmutzig weißen Lichts zu sehen. Wenigstens Strom schien es zu geben.

Er ging weiter, zählte dabei die Türen und spähte in jeden Raum. Einige Büromöbel standen noch herum: ein paar Schreibtische, Schreibtischstühle mit kaputten Lehnen und Aktenschränke aus Stahl, deren offene Schubladen aussahen wie herausgestreckte Zungen. Teilweise fehlten auch Deckenplatten, und aus den dunklen Hohlräumen hingen lose Leitungen herab. Der Flur war weitgehend dunkel, nur aus den Räumen drang etwas Licht hinein.

Der Raum 2.12 lag auf der rechten Seite. Die Rollos vor den Fenstern waren heruntergelassen, an den Seiten fiel schwaches Tageslicht herein. Richard konnte einen runden weißen Tisch mitten im Raum ausmachen, auf dem ein schwarzes Stück Karton lag. Sonst war da nichts. Er schob die Tür weiter auf.

»Hallo?« Seine Stimme hallte in dem leeren Raum wider. »HALLO? HIER IST RICHARD. WIR SIND VERABREDET.«

Er schüttelte den Kopf. Was hatte er sich bloß gedacht? Offensichtlich wollte hier nur irgendein Witzbold seinen Spaß mit einem wehrlosen alten Mann treiben. »Wenn etwas zu gut scheint, um wahr zu sein, dann ist das in der Regel auch so«, murmelte er laut vor sich hin. Es war ein alter Leitsatz, den er sein ganzes Leben lang befolgt hatte, und es war nie zu seinem Schaden gewesen.

Mit dem Türgriff in der Hand warf er noch einen letzten Blick in den Raum. Als er die Tür schon zuziehen wollte, entdeckte er ein weißes Blatt Papier, das mit Klebestreifen so dicht vor seinen Füßen auf dem Boden befestigt war, dass er es zuvor übersehen hatte. Die getippte Nachricht war direkt an ihn gerichtet.

RICHARD, BLEIBEN SIE RUHIG UND LESEN SIE DAS DURCH.

Auf der rechten Seite des Blattes zeigte ein offenbar von Hand gezeichneter Pfeil in Richtung Tisch. Er ging hin und stellte fest, dass dort kein schwarzes Stück Karton lag, sondern ein Schnellhefter.

»HALLO! SOLL DAS EIN SCHLECHTER SCHERZ SEIN?«, rief er wieder laut. Keine Antwort, er klappte den Schnellhefter auf. Auf dem hellblauen Papier der ersten Seite standen lediglich drei Wörter, doch sie reichten aus, um ihm den Atem stocken zu lassen.

TODESFALL ANGELA MADDOX.

Sein Herz begann zu rasen. Er musste sich mit den gespreizten Fingerspitzen seiner linken Hand auf der Tischplatte abstützen und spürte, wie sein Herz vor lauter Ärger bis zum Hals pochte. Nein, das war nicht einfach nur Ärger, das war Wut, und er musste sie irgendwie kontrollieren, ehe sie vollends von ihm Besitz ergriff und ihm die Sicht raubte. Jemand wollte ihn reinlegen, machte sich einen Spaß daraus, ihn zu quälen, da war er sich sicher. Aber diese Genugtuung würde er ihm nicht gönnen. Richard warf rasch einen Blick zur Decke, in die Ecken, wo er Kameras vermutete. Aber da waren keine.

In seiner Hand hielt er noch immer den Schnellhefter. Er blätterte weiter. Die nächste Seite sah aus wie ein Vordruck für einen Bericht. In der Kopfzeile stand »Watson – Detektei gegen Versicherungsbetrug« und daneben »Seite 3 von 5«. Auch diese Seite war hellblau.

Es sah jedoch so aus, als ob am Anfang der Seite ein Absatz fehlen würde. Auf den ersten Blick ergab das keinen Sinn, sodass Richard sich noch mehr aufregte und das Pochen in seiner Brust fast unerträglich wurde. Im folgenden Text fielen ihm zuerst dicke Balken aus schwarzer Tinte ins Auge, mit denen einzelne Passagen unkenntlich gemacht waren. Er atmete tief durch und zwang sich, von Anfang an zu lesen:

CA war der Besitzer des Fahrzeugs. Er ist in der Gegend gut bekannt und hat beste Verbindungen, sodass er auf andere Personen in einer Art und Weise Druck ausüben konnte, wie es der Polizei nie möglich wäre. Genauer gesagt erhielt er Informationen von …

Hier war der erste schwarze Balken, und dann kam

dem Vermieter von …

gefolgt von dem nächsten schwarzen Balken.

»Was zum Teufel hat das zu bedeuten?« Richard ließ seinen Blick noch einmal durch den Raum schweifen, fand aber dort keine Antworten. Er las weiter.

Wir haben von Anfang an vermutet, dass die Identität des Fahrers in lokalen Kreisen bekannt war, konnten aber nicht ermitteln, warum sie so gut geschützt wurde. Es gab anfangs die Vermutung, dass er mit CA verfeindet war und dessen Auto gezielt ausgewählt hatte. Dies hat sich aber als falsch erwiesen.

Wie nunmehr bekannt ist, heißt der Fahrer des Wagens, das den Tod von Angela Maddox herbeigeführt hat, …

Richard zog scharf die Luft ein, als er den Namen sah. Er musste tief durchatmen, sich beruhigen, doch beruhigen konnte er sich jetzt bestimmt nicht mehr. Jetzt hatte er einen Namen: den des Mannes, der seine Frau getötet und gleichzeitig ihm sein Leben gestohlen hatte. Mit fest zusammengepresstem Kiefer stieß er ihn zwischen den Zähnen hervor:

»Daniel Evans.«

KAPITEL 27

Wenige Stunden zuvor

Das Erste, was Danny wahrnahm, war das flackernde Licht. Das Zu- und Abnehmen der Lichtstärke schien keinem bestimmten Rhythmus zu folgen, und er konnte auch nicht sagen, woher es kam. Er fühlte sich wie benebelt, und das ärgerte ihn, machte ihn furchtbar wütend. Jedes Flackern war begleitet von einem hohen Ticken, sodass er ihm selbst dann, wenn er die Augen vor dem quälend grellen Licht schloss, nicht entkommen konnte. Allmählich wich seine Benommenheit, und seine Sinne kehrten zurück.

Er hatte einen seltsamen Geschmack im Mund: irgendwie künstlich, penetrant, jedenfalls ganz anders als sonst, wenn er nach einer durchzechten Nacht aufwachte.

Vielleicht Anis? Danny wollte schlucken, doch er konnte seinen Mund nicht zumachen. *Warum konnte er seinen Mund nicht zumachen?*

Seine Zähne bissen auf etwas Hartes. Er versuchte, sich von dem hellen Licht und dem tickenden Geräusch abzuwenden, wollte den Kopf in den Nacken legen, um das, was in seinem Mund steckte, loszuwerden, doch er konnte sich nicht bewegen. *Warum konnte er sich nicht bewegen?*

Sein ganzer Körper verkrampfte sich, und er hätte am liebsten wild um sich geschlagen, doch er konnte sich keinen Zentimeter rühren. Irgendetwas hielt ihn fest. Es waren unzählige Fesseln, und es schien, als wären sie um seinen ganzen Körper geschlungen. Er keuchte, um die aufsteigende

Panik zu bezwingen, und konnte hören, wie sein Atem mit einem Pfeifen an dem Gegenstand in seinem Mund vorbeiströmte. Er zwang sich, die Augen einen Spalt weit zu öffnen, um herauszufinden, wo er war, um sich daran zu erinnern, wie zum Teufel er hierhergekommen sein mochte. Langsam konnte er Einzelheiten erkennen. Das tickende Licht ging von einer flachen Platte aus, einem grau gesprenkelten Quadrat, das von weiteren grau gesprenkelten Quadraten umgeben war. Einen Moment später wusste Danny, was es war: Deckenplatten. Und das Licht war eine Deckenlampe. Jetzt konnte er auch die Leuchtröhre darin ausmachen, ein flackerndes, grellweißes »C« hinter einer leicht angeschmorten Plastikscheibe. Eine der Platten fehlte, und Danny sah, dass über ihm Seile dort hinaufführten und im Nichts verschwanden. Wieder zappelte er und merkte, dass seine Füße den Boden berührten. Er wollte aufstehen und stemmte sich dagegen, so fest er konnte, doch obwohl er ziemlich kräftige Beine hatte, bewegte er sich kaum. Er musste auf irgendetwas gesessen haben, denn es kam unter ihm ins Wanken und fiel krachend zu Boden. Sofort begannen seine Oberschenkel zu brennen, und er musste seinen Versuch abbrechen.

»Nicht doch, Danny!« Die vertraute Stimme ließ Danny augenblicklich innehalten. Er versuchte zu sprechen, zu schreien, zu fragen, was zum Teufel hier eigentlich vor sich ging, doch mehr als ein Krächzen brachte er nicht zustande. Wieder biss er auf das Ding in seinem Mund, was sofort seinen Kampfgeist weckte. Er versuchte, mit den Armen um sich zu schlagen, mit seiner Rechten, die schon immer seine stärkere Hand gewesen war, zum Angriff überzugehen, doch sie war völlig taub. Für einen kurzen Moment geriet er in Panik, weil er dachte, sie wäre gar nicht mehr vorhanden, doch dann konzentrierte er sich und konnte sie tatsächlich ein kleines bisschen bewegen, zumindest so viel, dass sie wieder durchblutet wurde. Sie fühlte sich an, als würde ihn jemand mit tausend winzigen

Nadeln stechen. In der linken Hand, die sich neben seinem Körper befand, hatte er zwar noch Gefühl, aber bewegen konnte er sie nicht, da sie festgebunden zu sein schien; in der Handfläche spürte er etwas Hartes.

Wieder versuchte Danny zu sprechen. Seine Wut war der Verzweiflung gewichen. Er wollte nicht länger wissen, was sich hier abspielte, sondern nur noch darum bitten, ja flehen, dass man ihn freiließ. Das weiße Seil, die Geräusche, die in dem leeren Raum widerhallten, die nüchternen Deckenplatten … Und dann das massive Stück Metall in seinem Mund … Schlagartig wurde ihm klar, was es war. Er hatte all das schon einmal gesehen. Es war auch nicht das erste Mal, dass er dieses erstickte Röcheln hörte, das aus seiner Kehle drang und immer gepresster und lauter wurde, bis es fast wie ein Schrei klang.

»Sie sollten Ihre Kräfte ein wenig schonen, Danny. Es könnte sein, dass Sie noch eine ganze Weile warten müssen. Aber dann …« – Danny hörte, wie jemand mit den Fingern schnippte – »Ich bin mir sicher, dass es schnell vorbei sein wird!«

Wieder stieß Danny ein Röcheln aus, diesmal jedoch ein tieferes, dumpferes, als versuche er zu sprechen und um etwas zu bitten. »Nun ja, immerhin haben Sie die Frau dieses Mannes auf dem Gewissen. Vierzig Jahre Ehe …« – ein weiteres Fingerschnippen – »… und dann war's das! Sie waren mit einem gestohlenen Wagen unterwegs, sind auf den Gehweg geraten und haben sie einfach totgefahren, Danny. Und als ob das nicht schon schlimm genug gewesen wäre, haben Sie dabei auch noch den geliebten Hund des Mannes erwischt! Nichts haben Sie ihm gelassen. Sie haben sein Leben zerstört. Das Einzige, was ihm geblieben ist, ist der Gedanke an Vergeltung, der ihn Tag und Nacht umtreibt. Schauen Sie her: Hier steht alles drin.«

Plötzlich wurde es dunkel, denn irgendwer hielt ihm einen schwarzen Schnellhefter vor die Augen. Er sah genauso aus wie der, den Danny selbst einige Tage zuvor in Händen gehalten und hastig durchgeblättert hatte, um etwas über den Mann zu erfahren, der vor ihm saß. Was er da las, hatte ihn dazu gebracht, dem Mann den halben Kopf wegzupusten. Mit einem Mal kamen ihm erhebliche Zweifel, ob das, was er da gelesen hatte, tatsächlich der Wahrheit entsprach. Wieder röchelte er, dann presste er ein Stöhnen hervor. Seine Zähne bissen so hart auf das Ding in seinem Mund, dass es wehtat.

»Hier steht alles drin: wie Sie das Auto gestohlen haben, betrunken damit herumgefahren sind und vor den Typen, mit denen Sie unterwegs waren, angegeben haben – schließlich sind Sie ja kein Unbekannter in der Gegend –, und wie Sie dann die Frau dieses armen Kerls gesehen haben, die gerade den Hund spazieren führte. Sie nahmen sie ins Visier, fuhren sie um und ließen sie sterbend auf dem Gehweg liegen.«

In die Geräusche, die aus Dannys Kehle kamen, mischte sich zunehmend Wut. Er wand sich, sodass sich die Seile auf einer Seite ein wenig strafften, doch sie gaben kaum nach. Er verschwendete nur seine Zeit, also hielt er wieder still. Er konnte seinen Puls im Kopf pochen hören und schloss die Augen, da das flackernde Licht ihn von oben blendete. Es rief ihm etwas ins Gedächtnis, das erst kurz zuvor geschehen sein musste. Er hatte am Nachmittag in der Hotelbar gesessen und versucht, die Erinnerungen an das, was er getan hatte, mit ein paar Drinks fortzuspülen. Dann war der Mann im Anzug wieder aufgetaucht. Ein paar Stunden zuvor hatte Danny die Waffe aus der Wohnung mitgenommen und sie in den Kofferraum seines Autos gelegt, wo sie sich immer noch befand. Der Mann hatte sie haben wollen, um sie verschwinden zu lassen. Bereitwillig hatte Danny ihm den Autoschlüssel gegeben, doch der Mann war sitzen geblieben. Weshalb, war Danny nicht klar gewesen; alles erschien ihm wie in einem Nebel. Woran er sich allerdings noch erinnerte, war das Licht – grellweiß, genauso wie das, das er jetzt über sich sah. Nur geflackert hatte es nicht. Es war eine große Fläche gewesen: *eine offene Tür!* Er erinnerte sich, dass er hindurchgegangen war, hinaus ins Sonnenlicht, und dass der Mann im Anzug ihn gestützt hatte, weil er nicht mehr allein gehen konnte. Was dann geschehen war, wusste er nicht mehr.

»Ich weiß, was Sie mir sagen wollen!« Die Stimme des Mannes klang amüsiert und riss Danny jäh aus seinen Erinnerungen. »Sie versuchen mir zu erklären, dass das alles gar nicht stimmt, richtig? Das *weiß* ich, Danny! Sie haben keine alte Dame umgefahren oder ihren Hund getötet. Sie haben auch kein Auto gestohlen – zumindest soweit ich es weiß. Aber was spielt das schon für eine Rolle? Stellen Sie sich doch nur mal vor, was für einen Gefallen Sie dem armen alten Mann dieser Frau erweisen! Der Gedanke, dass es für ihn zu Ende gehen könnte, bevor er Gelegenheit hatte, Vergeltung zu üben, ist für ihn unerträglich. Doch jetzt bekommt er diese Gelegenheit. Dass er dem Falschen das Hirn wegpustet, spielt dabei keine Rolle, denn er wird es nie erfahren. Was er aber erfahren wird, ist das Gefühl von Freiheit, das Wissen, dass das, was ihn Tag für Tag belastet hat, nun endlich vorbei ist. Sie wissen, wie man das nennt, nehme ich an? Selbstloses Handeln. Eine gute Tat gegenüber einem Mitmenschen. Ein Opfer. Es gibt wirklich schlimmere Arten zu sterben.«

Das Licht schien immer hektischer zu flackern, das tickende Geräusch war noch lauter als zuvor. Dennoch konnte Danny hören, wie sich Schritte entfernten. Er versuchte, ihnen hinterherzurufen, doch alles, was er erreichte, war, dass ihn der Unterkiefer schmerzte.

»Ach ja, Sie werden sich bestimmt fragen, wie das mit Marcus Olsen war, jetzt wo Sie wissen, dass nichts, was in diesem schwarzen Schnellhefter steht, wahr ist.« Selbst aus der Entfernung waren die Worte des Mannes noch deutlich zu verstehen. »Marcus Olsen hatte nichts mit Ihrer Tochter zu tun, Danny. Ich möchte nur, dass Sie das wissen. Und die Frau, die Sie erschossen haben, war eine Polizistin. Ihre Tochter hatte sich mit ihr getroffen und mochte sie offenbar. Ich denke, es ist nur recht und billig, dass Sie wissen, was Sie getan haben, bevor Sie sterben. Lügen, Danny – das ist es, worum es hier geht. Verstehen Sie jetzt, wohin sie führen können? Verstehen Sie, was Lügen anrichten können? Das ist eine wichtige Erkenntnis, etwas, was Sie unbedingt begreifen müssen. Nennen Sie es meine gute Tat.«

Noch einmal nahm Danny alle Kräfte zusammen und stieß einen schrillen Laut aus, der ein Schrei hätte sein sollen. Seinen schmerzenden Unterkiefer spürte Danny dabei kaum mehr. Das Geräusch der Schritte verhallte rasch, und als Danny innehielt, um seine Lungen wieder mit Luft zu füllen, war es endgültig verstummt.

KAPITEL 28

Vor Richards Augen verschwamm die Schrift, sodass er die gedruckten Buchstaben nicht mehr lesen konnte. Er musste sich auf seinen Atem konzentrieren, darauf warten, dass sein Herz aufhörte zu hämmern, er musste sich Zeit lassen. Erst wenn er sich wieder unter Kontrolle hätte, könnte er weiterlesen.

Aus Informationen geht hervor, dass EVANS in der Nähe der Adresse, wo das Fahrzeug gestohlen wurde, Gast bei einer Party war. Er war schwer betrunken und hatte Kokain genommen. Ein anderer Partygast verschaffte sich Zugang zu dem Wagen, verübte den Diebstahl und brachte ihn zur Party. Wir wissen jetzt allerdings, dass von diesem Zeitpunkt an EVANS das Fahrzeug lenkte. Der Vorfall ereignete sich auf den ersten beiden Meilen. Laut Zeugenaussagen wollte EVANS mit seinem riskanten Fahrstil angeben oder zumindest den anderen imponieren. Er fuhr in Schlangenlinien, beschleunigte abwechselnd und bremste dann wieder scharf ab, um die Mitfahrer zu ängstigen oder ihnen Nervenkitzel zu bieten.

Als EVANS in Dover in die Green Lane einfuhr, sah er eine Frau mit ihrem Hund Gassi gehen. Der angeleinte Hund lief neben MADDOX auf dem Bürgersteig. Zeugen sagen aus, dass EVANS mit anderen Wageninsassen gewettet hat, den Hund über den Haufen fahren zu können, ohne die Frau zu verletzen. Laut Protokoll war es zwar EVANS' Idee, doch die Mitfahrer könnten ihn noch angestachelt haben.

Tatsache ist, dass EVANS dann absichtlich auf den Bürgersteig fuhr. Zu diesem Zeitpunkt wollte er laut der Aussagen nur den Hund überfahren und nicht auch MADDOX selbst. Da eine Absicht in dieser Sache unmöglich nachzuweisen ist, werden wir diese Theorie zwar weiter zugrunde legen, dennoch lassen zumindest zwei weitere Aussagen (beide können als »vom Hörensagen« eingeordnet werden) vermuten, dass sich EVANS' Absicht kurzfristig dahingehend änderte, dass er auch MADDOX überfahren wollte und diese Absicht direkt vor dem Zusammenstoß im Wagen verkündete.

Während seine Absicht (und daher der Vorwurf des vorsätzlichen Mordes) ohne Geständnis zugebenermaßen schwer nachweisbar sein wird, bestehen eindeutige Beweise für Körperverletzung mit Todesfolge, Fahrerflucht, Fahren unter Einfluss von Drogen und Alkohol, Fahrzeugdiebstahl, Tierquälerei, Sachbeschädigung sowie diverse Vergehen im Zuge einer Gefährdung des Straßenverkehrs.

Eine absichtliche Gefährdung des Straßenverkehrs mit Todesfolge (z. B. durch illegale Kraftfahrzeugrennen) wird seit jüngster Zeit bewertet wie Mord und kann mit lebenslänglicher Haft bestraft werden. Die vorliegenden Zeugenberichte reichen zum Nachweis eines solchen Vorwurfs aus, doch diese Berichte müssen von der Polizei als protokollierte und unterschriebene Zeugenaussagen bei Gericht vorgelegt werden.

Mit freundlichen Grüßen …

Der Name war wiederum geschwärzt, aber das spielte keine Rolle. Richard brauchte nun beide Hände, um sich abzustützen, und vor Anstrengung traten seine Fingerknöchel weiß hervor. Er brauchte eine Weile, bis er wieder sicher auf den Beinen stehen konnte.

Der Schnellhefter enthielt noch weitere Seiten. Er blätterte um. Diesmal entsprach das Schriftbild dem einer

E-Mail. Die Details zu Sender und Empfänger waren einmal mehr geschwärzt, und der Text lautete:

Wir stellen fest, dass die Polizei im Fall MADDOX bestätigt hat, dass die Sache von ihrer Seite nicht weiterverfolgt wird. Wir haben den Behörden all unser Beweismaterial vorgelegt, doch die Ermittler gehen davon aus, dass die zur Erlangung dieser Indizien verwendeten Methoden dazu führen würden, dass das Material vor Gericht keinen Bestand hätte. Insbesondere bereitet ihnen Sorge, dass dabei von CA »Folter« eingesetzt wurde und darüber hinaus zahlreiche Verletzungen des Datenschutzes erfolgten. Ich denke, der Begriff »Folter« ist etwas übertrieben, doch als die Polizei an die Zeugen herantrat, weigerten sie sich, ihre Aussagen protokollieren zu lassen und/oder vor Gericht zu erscheinen.

Bemerkenswert ist, dass die Polizei die Korrektheit der Informationen nicht bestreitet. Im Gegenteil, die Beamten stellen fest, dass sie etwa EVANS' Anwesenheit bei der Party, sein Verlassen der Party mit den namentlich bekannten Personen sowie den Diebstahl des Fahrzeugs an einem nahe gelegenen Ort und zur fraglichen Zeit bestätigen können.

In einem Telefongespräch stellte der ermittelnde Beamte fest, er glaube auch, dass EVANS im Lichte der vorgelegten Informationen der Täter sei, doch ohne verwendbares Beweismaterial und unter Berücksichtigung von EVANS' gesellschaftlichem Status in der Region sei es vermutlich nicht im öffentlichen Interesse, die Sache vor Gericht zu bringen.

Mit freundlichen Grüßen

Richards Herz hämmerte so laut, dass er kaum seine eigene Stimme hörte: »Nicht im öffentlichen Interesse.« Er blätterte weiter und erkannte auf der nächsten Seite sofort Screenshots von Textnachrichten, da sie genau dasselbe

Format aufwiesen wie jene auf seinem eigenen Handy. Es war ein Chatverlauf, der die ganze Seite füllte.

Hat dich schon jemand befragt. Zu dem Auto?

Die Antwort erfolgte unter dem Pseudonym »Tiny Tim«.

Nö, ich hab dir doch gesagt, dass das nicht passiert, Kumpel. Ich war höchstens 10 Minuten auf dieser Party, als du mich rausgezerrt hast, um eine Spritztour zu machen. Ich glaub nicht mal, dass mich jemand dort gesehen hat!

Danny E: Was ist mit deinem Kumpel? Wird der schweigen?

Tiny Tim: Wie ein Grab! Er weiß, wer du bist. Er hat dich nur von hinten gesehen – wir beide haben dich nur von hinten gesehen!

Danny E: Das ist gut. Ich schulde euch ein Bier dafür.

Tiny Tim: Ein Bier? Ist das alles? Du mähst eine alte Lady um, und ich kriege nichts als ein Bier, wenn ich den Mund halte?

Danny E: Das löschst du sofort, bist du verrückt, so was zu schreiben, das ist kein Spaß!

Tiny Tim: Scheiße Mann. Ich hab doch nur einen Witz gemacht!

Danny E: Ich weiß das, aber ich finde ihn nicht lustig. Das Gesicht von dem Hund allerdings, das war schon zum Piepen. Seine neun Leben haben nicht lang gedauert!

Tiny Tim: Das gilt nur für Katzen, du Trottel!

Die Textnachrichten brachen ab. Unten auf der Seite stand ein Satz in fetten Lettern: **Nicht zulässig aufgrund unrechtmäßiger Beschaffung.**

Richard blätterte weiter und stieß dabei zischend die Luft aus. Die nächste Seite war ein fotokopierter Artikel aus der Lokalzeitung mit Datum von vor etwa zwei Jahren. Die

Überschrift war fett gedruckt und sah aus, als wäre sie der Aufmacher für die letzte Seite der Ausgabe: **Mannschaftskapitän Danny »Das Raubtier« Evans bei Alkoholfahrt geschnappt.**

Es gab auch ein Foto. Ein großer, breitschultriger Mann mit kurz geschnittenem braunem Haar mit Seitenscheitel, fotografiert auf einer Treppe, knöpfte gerade sein Jackett zu. Der Fotograf stand seitlich zu ihm. Die Bildunterschrift lautete: *Danny Evans beim Verlassen des Gerichts, wo er sich der Trunkenheitsfahrt schuldig bekannte.*

Der Artikel darunter enthielt weitere Details, doch Richard überflog den Text und erfasste nur das Wichtigste: Ein Mercedes war wegen unsicheren Fahrstils – Schlangenlinien – angehalten worden. Der Fahrer Danny Evans saß allein darin. Er war der Kapitän des örtlichen Fußballclubs und hatte früher auch in höheren Ligen gespielt. Sein Blutalkoholtest überschritt die zulässige Grenze um das Doppelte. Das Gericht erließ ein einjähriges Fahrverbot. Das Urteil hätte auch zwei Jahre lauten können, wurde aber gemildert durch sein Schuldeingeständnis und dadurch, dass er seinen Wagen zur Berufsausübung brauchte. Auch sein Engagement für wohltätige Zwecke wurde zu seinen Gunsten gewertet. Der Artikel endete mit einem Statement von Danny Evans, in dem er seiner Frau dafür dankte, dass sie ihn bei der Hilfe von außen, die er nun in Anspruch nehmen musste, unterstützte.

Es war das übliche Blabla. Richard hatte solche Artikel über Leute, die in der Öffentlichkeit standen und die man bei etwas erwischt hatte, schon tausend Mal gelesen. »Bei der Hilfe von außen, die er nun in Anspruch nehmen musste …« Einfach rasch ablenken. Jetzt klang es gleich nach einer Abhängigkeitserkrankung, als ob man für die Trunkenheitsfahrt nichts konnte. Richard hatte sich schon oft darüber lustig gemacht, wenn er im Fernsehen solche Entschuldigungen gehört hatte, aber jetzt fand er es alles andere als lustig. Hier ging es um den Mann, der seine Frau getötet hatte.

Er hielt sich den Schnellhefter näher vor die Augen. Das Zeitungsfoto von Evans war unscharf, und er konnte die Gesichtszüge des Mannes nicht richtig ausmachen. Außerdem war der Artikel bereits mehr als zwei Jahre alt. Er blätterte um, wo ihm ein viel besseres Farbfoto von Evans entgegenstarrte. Es war von vorn aufgenommen, fast so wie ein erkennungsdienstliches Polizeifoto. Der Mann blickte mürrisch drein, seine wulstigen Lippen waren zu den Mundwinkeln hin leicht verzogen. Auch hier hatte er diese breiten Schultern, ebenso wie die braunen, ordentlich gescheitelten Haare. Richard sah unter dem Pony des Mannes seine grünen Augen mit dem stechenden Blick und eine gezackte Kerbe an seiner linken Ohrmuschel, als wäre dort ein Stück abgerissen worden.

Es gab noch weitere Seiten. Richard schaffte es kaum, sie umzublättern. Er spürte, wie der Hass zunehmend von seinem ganzen Körper Besitz ergriff. Das ließ ihn stocksteif dastehen, seine Kiefer waren fest zusammengepresst, und fast alle Luft war aus seinen Lungen gewichen. Seine Wangen und die Stirn schmerzten allmählich von seinem dauerhaft wutverzerrten Gesicht.

Auf der nächsten Seite befand sich eine weitere Textnachricht, der Absender war »Danny E«, und sie stand allein, ohne jeden Zusammenhang. Doch Richard brauchte keinen Kontext dazu. Die Worte sagten alles:

Danny E: Ganz richtig, warum sollte ich für irgendeine dämliche alte Schachtel in den Knast gehen. Die wird sowieso keiner vermissen! Schätzungsweise hab ich ihr sogar einen Gefallen getan. Kurz und schmerzlos. Vielleicht könnte ich das als besonderen Service anbieten!

Unter der Nachricht standen noch weitere getippte Wörter. Er konnte sie zunächst nicht entziffern, nicht sofort. Sein

Blick war wie vernebelt, das Herz hämmerte gegen seine Brust, und eine Weile hatte er das Gefühl, keine Luft mehr zu bekommen. Er stützte sich auf dem Tisch ab, doch der Schwindel ließ nicht nach. Er ließ sich Zeit, legte den Schnellhefter hin und fuhr die Wörter des getippten Satzes unter der Textnachricht mit dem Finger nach. Er musste das mehrmals wiederholen, bevor sich ihm der Sinn erschloss.

Die Kiste auf dem Stuhl. Dann Zimmer 2.13. Die Rache ist dein.

Er zuckte zurück, als wäre die Tischplatte plötzlich mit Schlangen bedeckt, und taumelte nach hinten. Auf der anderen Seite des Tisches standen zwei Stühle eng zusammen, ihre Sitzflächen unter den Tisch geschoben. Steifbeinig ging er hinüber und zog den ersten Stuhl hervor. Darauf lag die Kiste: aus Holz, verziert mit einem Baumstamm, der in die linke Seite eingeschnitzt war. Seine gewundenen Zweige erstreckten sich über den Deckel, der sich mit Scharnieren öffnen ließ wie ein Buch. Er schlug den Deckel mit zitternden Fingern auf, und darin lag eine Browning neun Millimeter in einem Futteral. Diese Waffe kannte er genau, denn sie war Standard als Zweitwaffe bei der britischen Armee – und er war mit ihr bestens vertraut. Doch es war schon ein paar Jahre her, seit er eine gesehen hatte. Er hob sie hoch: Ihr Gewicht, wie sie in der Hand lag, der unverkennbare Geruch des Waffenöls – es war, als hätte er sie ständig benutzt. Unter der Pistole lag ein weiteres Stück hellblaues Papier. Darauf stand wieder eine getippte Notiz, diesmal in größeren Buchstaben:

DIE GERECHTIGKEIT LIEGT JETZT IN DEINER HAND.

Er wandte den Kopf Richtung Tür. Adrenalin rauschte durch seinen Körper. Er ging um den Tisch herum, griff dabei nach dem Schnellhefter und trat hinaus in den dunklen Korridor. Dort wandte er sich nach rechts, und es war nur noch ein kurzes Stück bis zur hintersten Tür. Sie war aus Holz, doch darüber befand sich ein Fenster, in dem noch immer dieses schmutzig weiße Licht flackerte. Er betätigte den Türgriff.

KAPITEL 29

Die Tür war schwerer als die anderen, und Richard musste sich breitbeinig hinstellen, um sie überhaupt aufdrücken zu können. Auf der Schwelle hielt er inne. Die Waffe in seiner Hand ließ ihn wieder denken wie ein Soldat – *Raum ausspähen, Bedrohungen identifizieren, zum Neutralisieren entern*. Der Raum war groß und in der Mitte fast leer – bis auf einen Mann, der unter dem flackernden Licht saß, Richard direkt zugewandt. Richard bemerkte jetzt, dass das Flackern des Lichts von einem klackenden Geräusch begleitet war. Der Stuhl war ein typischer Bürostuhl, nur dass die Rollen fehlten. Der Mann war am ganzen Körper mit weißem Seil umschlungen. Sein rechter Arm war am Ellbogen abgewinkelt, als wollte er sich damit ins Gesicht fassen, aber die Faust war mit Klebeband umwickelt. Ein langer Gegenstand, der – ebenfalls mit Klebeband – daran befestigt war, reichte bis in seinen Mund und zwang ihm den Kopf in den Nacken, sodass er zur Decke blicken musste. Richard sah, dass sich die Augen des Mannes bewegten, als mühte er sich zu sehen, wer den Raum betreten hatte. Er gab ein gurgelndes Geräusch von sich – offensichtlich versuchte er, etwas zu sagen.

Richard suchte mit dem Blick den Rest des Raumes ab und bemerkte ein Blatt Papier am Boden. Der Mann zuckte mit den Beinen und kämpfte verzweifelt gegen die Fesseln an, als Richard sich dicht vor ihm bückte und den Zettel aufhob. Der getippte Text lautete:

Richard,

Danny Evans wird sich niemals vor der Justiz verantworten müssen.

Aber jetzt muss er sich vor Ihnen verantworten.

Die Polizei wird glauben, er sei hierhergekommen, um seinem Leben ein Ende zu setzen. Es wird keine Nachforschungen geben.

Sein rechter Arm war so lange nach oben abgewinkelt, dass er kein Gefühl mehr darin hat und ihn nicht kontrollieren kann. Legen Sie die Pistole in seine Hand, helfen Sie ihm, den Abzug zu betätigen, und verlassen Sie dann das Gebäude auf demselben Weg, wie Sie hereingekommen sind.

Alles andere werde ich erledigen.

Meine gute Tat ist damit abgeschlossen.

Ihr Freund.

Als Richard bis zum Ende gelesen hatte, ließ er das Blatt fallen. Er trat so nahe heran, dass seine Knie beinahe die von Danny Evans berührten, dem Mann, der seine Frau getötet und ihm alles, aber auch alles genommen hatte. Richard hatte sich nach ihrem Tod monatelang obsessiv mit den Details dessen beschäftigt, was in dieser Nacht wohl geschehen war. Die Polizei hatte die wichtigsten Puzzleteile zusammensetzen können, sodass Richard wusste, dass der Fahrer nicht angehalten hatte und seine Frau nicht sofort gestorben war. Seine Angela hatte ganze neun Minuten auf dem kalten Gehweg gelegen, ehe sie von einem Autofahrer entdeckt und schließlich ins Krankenhaus gebracht worden war. Es war ein Ende voller Schmerzen und Schrecken gewesen, und Richard hatte nicht einmal rechtzeitig dazukommen können, um ihre Hand zu halten. Sie war an jenem Abend nicht heimgekommen, sodass er sie schließlich suchte. Als er in die Green Lane einbog und die flackernden Blaulichter im trüben nächtlichen Schwarz sah, wusste er sofort, dass es um Angela ging – wie sich das angefühlt hatte, würde er niemals mehr vergessen.

Sie war allein und unter Schmerzen gestorben. Aber im Lauf der Zeit hatte Richards Wut doch so weit nachgelassen, dass er wieder von einem Tag zum nächsten funktionieren konnte. Er hatte sich gesagt, dass das Ganze ein schrecklicher Unfall und der Fahrer wohl völlig panisch gewesen wäre. Er stellte sich einen jungen Mann vor, der – unerfahren in riskanten Verkehrssituationen so wie im Leben überhaupt –, absolut nicht gewusst hatte, was er tun sollte, und deswegen Fahrerflucht begangen hatte. Dann konnte er nicht mehr zurück, konnte den Schaden nicht wiedergutmachen. Deswegen hatte er das Auto angezündet und den Kopf in den Sand gesteckt und gehofft, dass das alles irgendwie an ihm vorübergehen würde. In Wirklichkeit aber quälte er sich womöglich jeden Tag damit herum, was er getan hatte. Mit dieser Vorstellung hätte Richard – gerade so – leben können, zumindest war er schon fast davon überzeugt gewesen.

Aber jetzt kannte er die Wahrheit. Er kannte einen Namen, Danny Evans, und er wusste, dass der Mensch hinter diesem Namen ein prahlerisches, arrogantes, bösartiges Stück Scheiße war, das keine Sekunde lang Reue empfunden und sein Leben als allseits bewunderte Lokalgröße weitergelebt hatte, ohne auch nur mit der Wimper zu zucken.

Angela bedeutete diesem Menschen nichts, ihr Tod war für ihn lediglich eine Quelle der Erheiterung. Und es war auch kein Unfall gewesen, Danny Evans war ein kaltblütiger Killer.

Doch das war auch er selbst einmal gewesen.

Seine Wut geriet nun völlig außer Kontrolle und brachte ihn dazu, seine Beine rechts und links von Danny Evans' gefesselten Oberschenkeln zu platzieren, als wolle er sich auf seinen Schoß setzen. Nur um die Pistole zu heben, sie dem gequälten Mann in die blutleere Handfläche zu schieben und seinen Zeigefinger auf dem Abzug festzuhalten. Und auch dazu, sich auf die Zehenspitzen zu stellen, um in diese durchdringend grünen Augen zu blicken, die jetzt vor Angst geweitet waren, während aus der Kehle des Mannes ein Gurgeln drang. Er konnte jetzt genau sehen, was aus der Faust des Mannes ragte und in seinem Mund verschwand; es sah aus wie das metallene Saugrohr eines Staubsaugers, das der Länge nach aufgeschnitten worden war. Es hatte unebene Ränder, als hätte man es mit einer groben Metallsäge bearbeitet. Das eine Ende war fest mit Klebeband an seiner Hand fixiert, das andere steckte zwischen diesen dicken Lippen, die auf dem Foto zu einem anzüglichen Grinsen verzogen waren. Auch das braune Haar passte, allerdings war es weniger gepflegt und gerade so lang, um das Ohr mit der Kerbe darin wenigstens teilweise zu verdecken. Die grünen Augen hatten nicht mehr den lässigen Blick vom Foto, sondern wanderten panisch hin und her, schreckgeweitet und verzweifelt bemüht zu sehen, was vorging.

Gut.

Die Kehle des Mannes zuckte, als er aufstöhnte. Ein Laut voller Panik und Verzweiflung, der leise begann und sich zu einem schrillen Kreischen steigerte. Richard kostete es aus. Er genoss sogar das Warten, wenn Danny Evans wieder die Luft ausging und sich seine Nasenflügel blähten, um Luft für den nächsten Schrei zu holen.

»Ja, schreien sollst du, verdammt noch mal. Kurz und schmerzlos, das hast du doch gesagt, oder? Vielleicht bin *ich* ja derjenige, der das als Dienstleistung anbieten sollte. Nimm das hier für meine Frau!«

Der Schuss dröhnte. Richard stand so nahe, dass der Rückstoß ihm den Kolben über den Mund schlug, als hätte man ihm eine mit dem Handrücken verpasst. Doch es kümmerte ihn nicht.

Und trotz des Schmerzes legte sich ein breites Grinsen auf sein Gesicht.

KAPITEL 30

»Dann hast du dich also wieder gefangen!«, sagte Glenn mit einem Grinsen. »Das hab ich gleich gemerkt – weil du diesmal die Getränke bezahlt hast!« Sie saßen im selben Café wie immer. Sich bei einem von ihnen zu Hause zu treffen, hatte Glenn abgelehnt; er sei sowieso schon in der Stadt, hatte er erklärt, und außerdem schulde Richard ihm noch einen Kaffee. Richard hatte am Telefon kein großes Ding daraus machen wollen und deshalb zugestimmt. Letztendlich spielte es auch keine Rolle, denn zwei alten Männern am Tisch in der Ecke würde ohnehin niemand Beachtung schenken.

Richard merkte, dass er immer noch zitterte. Es war bereits mehrere Stunden her, seit er den Abzug betätigt hatte, doch beim Gedanken daran schoss ihm sofort wieder das Adrenalin durch den Körper. Bevor er antwortete, sah er sich ein zweites Mal um, ob auch wirklich niemand nah genug war, um sie zu hören. »Ich habe jemanden umgebracht.« Richard beugte sich vor und schaute Glenn, der gerade die Tasse an die Lippen setzte, gespannt an. Er nahm einen Schluck, ohne zu zögern, doch schon dieser kurze Moment des Schweigens erschien Richard unerträglich.

»Haben wir das nicht beide?«, gab Glenn zurück. »Aber das ist doch lange her.«

»Ich meine aber nicht damals. Ich meine jetzt. Den Mann, der meine Frau getötet hat. Ich will, dass du das weißt. Ich muss es *irgendwem* erzählen. Ich kenne sonst niemanden, dem ich vertrauen könnte.«

»Was? Was redest du da?«

»Ich hab dir das doch erzählt: dass jemand auf dem Friedhof zu mir kam, der wusste, was damals in jener Nacht mit Angela passiert ist. Und er ist wiedergekommen.«

»Wer? Wer ist wiedergekommen?«

»Na, eben dieser Mann. Und wieder auf den Friedhof. Er wusste, dass ich dort sein würde. Er kam zu mir und bot mir die Gelegenheit, den Mann umzubringen, der meine Frau getötet hat. Und ich habe sie genutzt.«

Glenn hielt in der Bewegung seiner Hand inne, sodass sich die Tasse nun auf halbem Weg zwischen Mund und Tisch befand.

»Du willst mich jetzt aber nicht auf den Arm nehmen, oder? Soll das ein Witz sein? Oder willst du nur mal sehen, wie ich reagiere?«

»Nein, über so etwas würde ich keine Witze machen. Ich habe ihn wirklich erschossen.«

Glenn hatte Mühe, seine Tasse wieder richtig auf den Unterteller zu stellen; er wandte den Blick nicht von Richard ab, als warte er darauf, dass dieser zu lächeln begann. Doch Richard starrte mit unveränderter Miene zurück. Er konnte es kaum erwarten, zu sehen, wie Glenn sich verhalten würde, wenn er begriff, was er ihm gerade erzählt hatte, wenn ihm klar wurde, dass sein alter Kumpel mehr war als nur ein alter Tattergreis, der seine besten Jahre längst hinter sich hatte.

»Das ist nicht dein Ernst, oder?«, stieß Glenn endlich hervor.

Richard lehnte sich in seinem Sessel zurück und ließ das, was geschehen war, vor seinem geistigen Auge Revue passieren. »Es war alles vorbereitet. Ich hatte eine Browning, die mir vertraut war wie ein alter Freund. Eine wie die, mit denen wir damals tausendmal geschossen haben, auf Zielscheiben, auf Menschen … Aber diesmal war es überhaupt nicht so, wie ich es von früher kannte. Ich habe es zwar immer noch am ganzen Körper gespürt, aber … irgendwie war es trotzdem anders. Früher habe ich den Rückstoß immer ganz gut bewältigt – zumindest hieß es das auf dem Schießplatz –, aber diesmal nicht. Ich hörte zwar dasselbe dröhnende Geräusch, aber hatte nicht das Gefühl, als würde es aus mir herauskommen. Siehst du das hier?« Richard berührte seinen Mundwinkel, dort, wo das harte Metall der Waffe ihm die Lippe aufgerissen hatte. »Ich war so dicht bei ihm, als ich es getan habe, dass es mich voll erwischt hat. Eigentlich weiß ich ja, wie man es macht, aber ich wollte ihm unbedingt ins Gesicht schauen.«

»Verdammt noch mal, bist du wahnsinnig geworden?«, zischte Glenn, doch seine Worte erreichten Richard kaum: Er schaute an Glenn vorbei, irgendwohin, und in seinen Augen lag ein sonderbarer Glanz; die Erinnerung an jenen Moment nahm ihn immer noch völlig gefangen.

»Es war wunderbar, Glenn! Du hättest dabei sein sollen. Vergeltung, Macht – alles in einem einzigen Augenblick … Auf einen Schlag war alles vorbei: die Trauer, dieses Gefühl der völligen Hilflosigkeit … Ich hatte wirklich Probleme, aber ich dachte immer, es sei der Stress. Mein Herz spielt verrückt, ich bekomme keine Luft mehr, alles verschwimmt mir vor den Augen, und ich fühle mich unendlich schlapp – wie ein alter Mann eben. Aber heute … heute spürte ich gar nichts in dieser Richtung.« Richard heftete den Blick wieder auf seinen Freund. »Es war gar nicht der Stress. Es war Angst. Aber jetzt habe ich keine Angst mehr.«

»Und dass sie dich für den Rest deines Lebens ins Gefängnis sperren, davor hast du keine Angst? Ich meine, das kann doch nicht dein Ernst sein?«

»Ich werde nicht ins Gefängnis kommen. Es war Selbstmord. Er saß auf einem Stuhl. Seine Hand muss ewig in dieser Haltung gewesen sein. Er war schon ganz benommen. Er hat nicht mal gemerkt, dass ich seinen Finger am Abzug gedrückt habe. Niemand wird jemals herausfinden, dass ich es war, der die Sache zu Ende gebracht hat.«

»Die Sache zu Ende gebracht … Weißt du eigentlich, was du sagst? Du hast ja völlig den Verstand verloren!«, zischte Glenn.

»Ich habe eher das Gefühl, dass ich schon lange nicht mehr so klar denken konnte wie in diesem Moment.« In Richards Gesicht stand immer noch ein breites Grinsen. Er spürte, wie es an dem Riss in seiner Lippe zerrte. »Ich habe in letzter Zeit einige Tiefschläge einstecken müssen. Das Leben hat mir deutlich genug zu verstehen gegeben, dass ich ein nutzloses altes Wrack bin. Aber vielleicht bin ich ja doch nicht ganz so nutzlos.«

»Dann ist es also deswegen? Weil sie dir deinen alten Job weggenommen haben? Aber du hast mir doch diese SMS geschrieben, dass du damit klarkommst und so …«

»Mein Job ist mir vollkommen egal. Hier geht es um Angela. Ich habe Antworten auf alle meine Fragen bekommen, ich weiß jetzt, was damals passiert ist. Er hat auch noch damit geprahlt, Glenn. Ich habe ein paar von den Nachrichten gelesen, die er verschickt hat. Meine Angela hat ihm nichts bedeutet. Er wollte nur seine Haut retten. Aber jetzt hat er bekommen, was er verdient hat. Und weißt du was? Ich bin *überglücklich*, dass ich derjenige sein durfte, der es getan hat.«

»Was für Nachrichten? Was zum Teufel ist überhaupt passiert?«

»Ich habe alles gesehen, als ich dort war, alle Beweise, die dieser Typ gefunden hat, alles, was er herausgekriegt hat.«

»Und dieser Typ, von dem du sprichst: Wer ist das? War er auch dort?«

Richard schüttelte den Kopf. »Er selbst nicht, aber dafür sämtliche Unterlagen, die Ausdrucke der SMS-Nachrichten, die dieser Scheißkerl verschickt hat, nachdem er Angela umgefahren hatte. In dem Auto waren auch noch andere Leute, die alle mitbekommen haben, was passiert ist. Später haben sie sich darüber ausgetauscht. Sie mussten sich ja gut überlegen, was sie erzählen.«

»Mein Gott, Rich! Wenn du das alles vor dir hattest, warum bist du dann nicht einfach damit zur Polizei gegangen?«

»Um ihnen die Sache zu übergeben, und dann passiert wieder nichts? Genau das habe ich doch schon mal getan, weißt du nicht mehr? Monatelang habe ich selbst versucht, die Kerle zu erwischen, habe in der Gegend, wo es passiert ist, an sämtlichen Türen geklingelt, um einen Zeugen zu finden. Und alle, mit denen ich gesprochen habe, sagten mir, es sei niemand von der Polizei da gewesen. Aber das ist ja auch nichts Neues. Die haben damals nichts unternommen, warum sollten sie es dann jetzt tun? Außerdem hat man denen die Informationen ja angeboten und alles erzählt, was auch ich erfahren habe. Es gab auch eine E-Mail, in der stand, dass die Polizei die Informationen gar nicht haben wollte. Die Beamten, die bei mir vorbeikamen, haben mir ja ins Gesicht gesagt, dass sie keine Ahnung hätten, wer meine Frau totgefahren hat. Dabei wussten sie es längst! Sie hatten es schwarz auf weiß, aber anscheinend war es zu kompliziert, den Hinweisen nachzugehen. Und weil sie nichts getan haben, habe ich die Sache eben in die Hand genommen.«

»Du hast ihn erschossen? Du hast einen Mann umgebracht?«

»Ja.«

»Rich ... Um Gottes willen! Du bist doch kein Soldat mehr! Mit so was kommt man nicht einfach davon, nicht als Zivilist.«

»Ich bin doch nicht blöd, Glenn.«

»Darum geht es doch gar nicht. Nur hätte ich keinen blassen Schimmer, wie man aus so einer Sache wieder rauskommt. Du kennst das doch auch aus dem Fernsehen, was da in der Kriminaltechnologie heute alles möglich ist, was die inzwischen draufhaben!«

»Es war Selbstmord. Er war an einen Stuhl gefesselt. Ich bin einfach nur dorthin gekommen, hab den Abzug gedrückt und bin wieder gegangen. Es war in einem verlassenen Haus, wo bestimmt schon lange niemand mehr gewesen ist.«

»Und du hast ihn einfach dort liegen gelassen?«

»Ich hatte meine Anweisungen. Es hieß, ich solle einfach gehen, und dieser Mann würde sich dann um alles Weitere kümmern und dafür sorgen, dass es so aussieht, als sei es ein Selbstmord gewesen.«

»›Dieser Mann‹? Welcher Mann? Wer ist dieser Kerl, dem du da plötzlich so blind vertraust? Weißt du überhaupt, wie er heißt?«

Richard zögerte. Zum ersten Mal, seit er den Abzug gedrückt hatte, kamen ihm Zweifel. »Nein, ich kenne seinen Namen nicht. Aber ich würde mal meinen, es ist bei solchen Angelegenheiten auch nicht unbedingt üblich, dass man seine Kontaktdaten austauscht, oder?«

»Das heißt also, da taucht irgendwoher plötzlich ein Fremder auf, erzählt dir, er hätte Antworten auf sämtliche Fragen, die die Polizei anderthalb Jahre lang nicht finden konnte, und bietet dir dann die Gelegenheit, einen gefesselten Mann zu erschießen. Und du gehst darauf ein, einfach so, ohne irgendwelche weiteren Fragen?«

»Die Polizei hätte die Antworten durchaus selbst finden können, nur nicht mit den Methoden, die unser Rechtssystem für geeignet hält. Es war das Letzte, was noch zu tun war, und es war ja alles eindeutig, deshalb hatte ich auch keine Fragen. Es war alles völlig klar: Dieser Typ hat meine Angela totgefahren, und zwar kaltblütig. Und als sie dann sterbend auf dem Boden lag, ist er einfach abgehauen.« Richard lehnte sich zurück und überließ sich seinen Erinnerungen, doch die Bilder, die ihm nun durch den Kopf gingen, waren alles andere als erfreulich. »Sie lag da, auf dem feuchten Gehweg, unsere Missy fest umschlungen. Angela …« Richard unterbrach sich für einen Moment. Die Wut, die in ihm aufgestiegen war, hatte sich in Fassungslosigkeit verwandelt. »Ich weiß, dass sie noch bei Bewusstsein war, als sie endlich jemand entdeckte und anhielt. Sie hat sogar noch gesprochen. Man musste ihr den toten Hund aus den Armen ziehen. Kannst du dir vorstellen, wie die letzten Minuten ihres Lebens für sie gewesen sein müssen? Für meine Frau?«

»Nein«, sagte Glenn mit einem resignierten Kopfschütteln.

»Ich kann es dir ganz genau sagen, weil ich es mir Tausende Male vorgestellt habe. Ich sehe es immer wieder vor mir, jedes Mal wenn ich meine Augen schließe und versuche zu schlafen oder irgendwo mit einer Tasse Kaffee sitze, so wie wir jetzt. Aber seit ich den Abzug gedrückt habe, fühle ich mich anders ... besser. Jetzt hat dieser Mistkerl endlich bekommen, was er verdient hat. Er wusste genau, wer ich bin. Du hättest seinen Blick sehen sollen. *Angst*, Glenn! Er hatte eine Heidenangst vor mir. Und ich kann dir auch genau sagen, warum: Er wusste, wer ich bin, und ihm war klar, dass er seine eigene Haut nicht länger retten kann.«

Glenn schüttelte immer noch den Kopf. »Mann, ich weiß echt nicht, was ich sagen soll. Und ich weiß auch nicht, warum du mir das alles erzählst.«

»Weil ich es unbedingt jemandem erzählen wollte. Colin kann ich's nicht sagen, der würde es nicht verstehen. Und wenn ich es für mich behalte, würde die Polizei das Ganze einfach als einen Selbstmord von vielen abschreiben, und dieser Mann würde für immer verschwinden – einfach so, als wäre nichts geschehen, als hätte ich nicht getan, was ich getan habe. Als hätte ich mich nicht der Sache angenommen. Aber das habe ich. Und dass ich es dir erzähle, ist quasi der Beweis dafür.« Richard wartete, bis Glenn ihn endlich ansah. »Und es gibt niemanden auf der Welt, dem ich mehr vertraue als dir.«

KAPITEL 31

Joel saß am Esstisch, es duftete nach Essen, und seine jüngste Tochter quengelte, er solle ihre Lieblingsfernsehsendung einschalten. Dann bettelte sie seine Frau um einen Keks an, was die ihr aber abschlug, da es gleich Abendessen gebe.

Alles war wie immer, Familienalltag, aber heute fühlte es sich anders an, fast als säße er in einem fremden Haus. Gedankenverloren ließ er den Blick über die kleinen wohnlichen Veränderungen schweifen, die sie im letzten Jahr durch einen Anbau an den hinteren Teil des Hauses verwirklicht hatten.

Die Erinnerung an den Anblick von Hannah Ribbons, seiner getöteten Kollegin, belastete ihn noch immer stark, ebenso wie das nachfolgende Gespräch mit DS Rose. Joel brauchte einen Verbündeten, jemanden, mit dem er gut zusammenarbeiten und ehrlich über den Druck sprechen konnte, dem er ausgesetzt war, seit man ihn bei seiner Rückkehr in den aktiven Dienst ins kalte Wasser geworfen hatte. Stattdessen hatte DS Rose ihm unmissverständlich klargemacht, sie würde dafür sorgen, dass der Druck noch weiter erhöht wurde.

Es war nicht nur seine neue Kollegin, die sich als schwierig erwies. Die Abteilung für Informationsbeschaffung und verdeckte Ermittlungen blockte vollkommen ab. Selbst Debbie Marsden erwartete nicht, vor Montag irgendwelche Informationen von dort zu bekommen. Das alles erschien ihm vollkommen lächerlich: Er sollte herausfinden, wer eine Kollegin von ihnen ermordet hatte, und die dort oben bei der Informationsbeschaffung hielten entscheidende Hinweise zurück.

Seine Frau stellte eine Tasse Tee vor ihn hin, um ihn aus seinen Grübeleien herauszureißen.

»Danke, Schatz«, murmelte er. Sie reagierte nicht darauf. Sollte der Tee ein Friedensangebot gewesen sein, dann schien es zu kurz zu greifen, denn sie hatten sich heftig gestritten. Als er am Tag zuvor heimgekommen war, hatte Michelle ihn auf seine offensichtlich frustrierte Stimmung angesprochen. Dann hatte sie gleich die Gelegenheit genutzt, ihm einen Vortrag darüber zu halten, dass er zu früh zur Arbeit und obendrein noch in die falsche Abteilung zurückgekehrt war. Sie mache sich Sorgen um ihn.

Er wusste das, aber er hatte wütend reagiert, verärgert darüber, dass sie ihn für so wenig belastbar hielt und meinte, ihn nach jeder Schicht darauf ansprechen zu müssen. Als Joel ihr dann auch noch vorgeworfen hatte, sie *verstehe das alles nicht*, war eine Eskalation unvermeidlich gewesen. Seine Worte hatten herablassend geklungen, obwohl er das überhaupt nicht beabsichtigt hatte, schon gar nicht jetzt, nachdem er Michelle versichert hatte, sie könne nun ihre eigene berufliche Karriere weiterverfolgen.

Michelle arbeitete im Marketing. Sie war sehr gut in ihrem Beruf – wie ein Wirbelwind –, um die Worte ihres Chefs zu verwenden. Sie war schnell aufgestiegen und hatte ihre eigene Abteilung geführt, doch dann war sie schwanger geworden, und die Einstellung in der Firma ihr gegenüber hatte sich quasi über Nacht verändert. Die betriebsbedingte Kündigung war nur ein paar Monate später erfolgt, und Joel hatte sie noch nie so niedergeschlagen gesehen. Natürlich hatte sie sich rasch von diesem Rückschlag erholt und etwas anderes gefunden, aber nur eine Teilzeitstelle. Michelle war seither in ihrem Tatendrang ausgebremst, und Joel spürte ihren Frust darüber; sie könnte so viel mehr leisten. Die beiden Mädchen waren inzwischen älter, und sie hatten darüber gesprochen, dass Michelle wieder eine Ganztagsstelle annehmen sollte, eine, die sich mit den Schichten eines Vollzeit arbeitenden Ermittlers vereinbaren ließe. Doch Joel hatte von Anfang an gewusst, dass die Arbeitsstunden eines Ermittlers bestenfalls auf dem Papier festgelegt waren und eine Morduntersuchung niemals mit regulären Arbeitszeiten vereinbar wäre. Michelle hatte eingewilligt, »abzuwarten, wie es so läuft«, aber ihr Bauchgefühl hatte ihnen beiden gesagt, dass Michelle mehr denn je ihre Arbeitsstunden denen Joels anpassen müsste.

Als sein Handy klingelte, sprang er abrupt auf und warf seiner Frau einen hastigen Blick zu, die ebenfalls in ihrer Tätigkeit innehielt und ihn fragend ansah.

»Ich muss nur …«, murmelte er, bevor er den Anruf annahm. Er ging ins Wohnzimmer, um Michelles forschendem Blick zu entkommen. »DI Norris.«

»Boss, es tut mir leid, dass ich Sie an einem Sonntag anrufe, aber man hat mir Ihren Namen genannt und gesagt, Sie würden sicher gern informiert werden.« Joel kannte die Stimme nicht, konnte aber sehr wohl heraushören, wenn ein Polizist versuchte, seiner Stimme einen entschuldigenden Ton zu verleihen und trotzdem vollkommen ungerührt zu sein.

»Kein Problem, wie kann ich helfen?«

»Hier spricht Sergeant Taylor, die diensthabende Streifenbeamtin für Dover und Deal. Wir haben eine Leiche, Sir. Ein Suizid, aber es gibt da etwas, das Sie interessieren könnte. Es besteht vielleicht eine Verbindung zu einem Fall in Sittingbourne, wo eine verdeckte Ermittlerin erschossen wurde. Sagt Ihnen das etwas?«

»Was haben Sie?«

»Es ist … würden Sie normalerweise wegen so etwas zum Tatort kommen?« Die Stimme der Frau klang nun sehr zögerlich, so als wollte sie ihren Anruf selbst infrage stellen.

»Leichenfunde zu begutachten scheint mir gewissermaßen ganz normal. Dieser ist der dritte in einer Woche.«

»Oh … ich habe meinen Inspector angerufen, und dort sagte man mir, ihr Team würde nur kommen, wenn Sie nicht kommen …«

»Das heißt, sie wollen nicht kommen.«

Die Frau lachte. »Diesen Eindruck hatte ich auch. Der Inspector meinte, erst würde er den ganzen Weg dorthin rausfahren, und dann würden Sie den Fundort sicher ebenfalls noch sehen wollen. Er meinte, er wolle diesmal einen solchen Zwischenschritt einfach weglassen.«

»Klingt, als hätten Sie recht …« Joel zögerte, dann drehte er sich um, weil er Geräusche aus der Küche hörte: das Öffnen des Ofens und das Herausziehen eines Backrosts. Michelle kontrollierte also den Braten fürs Sonntagsdinner – eine Tradition bei der Familie Norris. Und der Braten würde sicher bald fertig sein.

»Ich kann Ihnen alles telefonisch schildern, aber mein Boss … er meinte, Sie würden es sicher selbst sehen wollen, und sagte, es könnte vielleicht wirklich wichtig sein?« Die Stimme von Sergeant Taylor hatte wieder einen unsicheren Unterton angenommen. Joel hatte zu lange gezögert.

»Senden Sie mir die Koordinaten für mein Navi, und ich werde mir die Sache ansehen.«

»Wunderbar, und nochmals Entschuldigung. Niemand wird am Sonntag gern rausgerufen!« Diesmal klang sie etwas aufrichtiger.

»Es macht mir nichts aus«, log Joel. »Es ist nur wegen meiner Frau …«

»Ihre Frau hat Sie gehen lassen!«

Eine junge Frau in Uniform mit Sergeant-Abzeichen auf den Schultern stieg aus dem Streifenwagen und ging auf Joel zu, als er neben ihr anhielt. Ihr Lächeln verschwand, als sie sich in sein Wagenfenster vorbeugte und so tat, als würde sie sein Gesicht prüfend ansehen. »Kein Veilchen erkennbar. Dann ist zu Hause also alles gut gegangen?«

»Ich habe eine feige Ausrede benutzt und gesagt, dass ich Milch kaufen gehe.« Joel versuchte eine todernste Miene beizubehalten, konnte sich aber ein Grinsen nicht verkneifen.

»Ah, verstehe! Ziehen Sie denn normalerweise auch ein Hemd mit Krawatte an, wenn Sie Milch kaufen?«

»Sie etwa nicht?«, frotzelte Joel.

»Ein Punkt für Sie. Aber jetzt bringen wir das Ganze mal besser schnell hinter uns!« Die Beamtin ließ ein unwiderstehlich ansteckendes Kichern hören.

Sie stellte sich noch einmal als Sergeant Taylor vor und weihte Joel kurz in die Details ein, dann erklärte sie, dass zwei ihrer Leute auf den Anruf eines Wachmannes reagiert hatten, der seine Runden drehte. Sie alle waren noch im Gebäude. Joel sah ein weiteres Polizeifahrzeug und einen kleinen weißen Van mit der Aufschrift *Wachdienst – Hundeführer.* Es waren die einzigen Fahrzeuge auf einem ansonsten leeren Parkplatz. Rundherum wirkte alles verlassen, und Unkraut und Gestrüpp wuchsen um das verlassene Bürogebäude, als wollten sie es erobern. Der einzige Hinweis auf die frühere Nutzung des Gebäudes war der Name eines Ingenieurbüros, der wie ein Fleck auf der Backsteinfassade wirkte und durch das feuchte Wetter noch stärker hervorzutreten schien. Joel schritt ohne zu zögern auf das Gebäude zu, denn in etwa einer Stunde würde es hier vollkommen dunkel sein.

Sergeant Taylor ging zum einzigen Eingang voran. Die Tür schrammte laut über den Boden, und sie musste sich mit ihrem ganzen Gewicht dagegenstemmen, um sie zu öffnen. Joel folgte ihr über die Betontreppen hinauf und dann einen langen, schwach beleuchteten Korridor entlang. Alles hier drin war eintönig – der Stil und die Farbe der Türen, die Aufschriften zur Kennzeichnung der einzelnen Räume, selbst die nicht funktionierende Lichtleiste an der Decke, die wie eine billige Attrappe aussah. Das Einzige, was auffiel, war ein flackernder Lichtschein über einer Tür am Ende eines langen Korridors im zweiten Stock, und Sergeant

Taylor ging direkt darauf zu. Diese Tür stand offen, und das Erste, was Joel sah, war ein uniformierter Beamter, der ihm rasch den Weg freimachte und dabei den Grund dafür offenbarte, warum der Sonntagsbraten bei ihm zu Hause nun wohl eher auf ihn warten müsste.

»Hmm ... da hat jemand ja eine ziemliche Sauerei veranstaltet«, war Joels erste Reaktion, als er den sitzenden Leichnam mitten im Raum erblickte. Einige Büromöbel waren planlos drumherum verteilt, als hätte sie jemand hastig aus dem Weg geschoben, um Platz zu schaffen. Da der Raum ein Eckbüro war, befanden sich an zwei Seiten Fensterreihen mit Jalousien. Die auf der Ostseite sahen aus, als hätte sie jemand mit Gewalt von den Fenstern gerissen. Sie hingen unten noch an der Wandbefestigung, doch die Lamellen lagen in einem unordentlichen Haufen auf dem Boden. An der Nordseite hatte man die Jalousien belassen, und sie bewegten sich leise im Durchzug, der durch irgendeine Öffnung hereinwehte.

»Das kann man wohl sagen. Er hat uns auch eine Nachricht hinterlassen. Sehr rücksichtsvoll.« Sergeant Taylor deutete auf einen ihrer Beamten, der eine Spurensicherungstüte aus Klarsichtfolie mit einem Blatt Papier darin hochhielt. Joel nahm sie an sich und las den in Großbuchstaben getippten Text.

ICH WEISS NICHT, WAS ICH SAGEN SOLL. SO ETWAS WOLLTE ICH NIE SCHREIBEN, ABER ICH WOLLTE AUCH NIE, DASS SO ETWAS GESCHIEHT. CALLIE ... ICH KANN ES NICHT ERTRAGEN, NICHTS DAVON. ICH SPÜRE DIE SCHMERZEN JEDE MINUTE EINES JEDEN TAGES, UND NICHTS HILFT DAGEGEN.

ICH HABE JEMANDEN VERLETZT. ES WÄRE NIE GESCHEHEN, WENN SIE GETAN HÄTTE, WAS SIE HÄTTE TUN SOLLEN. FÜR UNS. FÜR CALLIE.

ALS ICH SIE FAND, WAR SIE IRGENDWO ANDERS,

IN SITTINGBOURNE, UND ARBEITETE AN EINEM ANDEREN FALL. UNSERE TOCHTER WURDE VERGESSEN.

ICH FUHR NUR DORTHIN, UM EINIGE ANTWORTEN ZU BEKOMMEN. ES TUT MIR SEHR LEID. ICH HABE NICHTS MEHR IM GRIFF, NICHT DAS TRINKEN, NICHT MEIN FAMILIENLEBEN, NICHT MEINE WUT. MANCHMAL KENNE ICH MICH SELBST NICHT MEHR.

ICH WOLLTE SIE NICHT VERLETZEN.

ICH WEISS, EINES TAGES WIRST DU MICH VERSTEHEN. WAS AUCH IMMER ALLE ÜBER MICH SAGEN WERDEN, ERINNERE DICH DARAN, DASS DU MICH KENNST UND DU DEN DRUCK, UNTER DEM ICH STAND, NACHEMPFINDEN KANNST. ES WURDE EINFACH ALLES ZU VIEL.

ICH WEISS NICHT, WAS ICH JAMIE SAGEN SOLL. SAG IHM, DASS ES MIR LEIDTUT. SAG IHM, ER SOLL EIN GUTER JUNGE SEIN! REDE EINFACH MIT IHM, DARIN BIST DU SOWIESO IMMER VIEL BESSER GEWESEN ALS ICH.

ER VERDIENT ETWAS BESSERES, IHR ALLE VERDIENT ETWAS BESSERES.

ALLES, WAS ICH GETAN HABE, TAT ICH FÜR EUCH. ICH LIEBE EUCH ALLE MEHR, ALS IHR EUCH JEMALS VORSTELLEN KÖNNT.

DANNY XXX

»Danny?«, fragte Joel.

»Danny Evans«, sagte der Beamte, der ihm den Text gegeben hatte.

»Sie kennen ihn?«

»Eine Menge Leute hier kennen ihn, Sir. Er ist so etwas wie eine Lokalgröße. War lange Zeit Kapitän bei Dover Athletics. Spielte auch einige Saisons für die Gills, den FC Gillingham.«

»Ah ja.«

»Alles in Ordnung?«, fragte jetzt Sergeant Taylor. Joel rieb sich übers Gesicht, sein Blick irrte suchend im Raum umher.

»Ich bin mir gerade nicht sicher, ob ich ein Glückspilz bin oder am Arsch. Beantwortet das Ihre Frage?« Joel bemerkte das Erschrecken in Sergeant Taylors Gesicht und entschuldigte sich sofort.

»Tut mir leid, entschuldigen Sie meine Ausdrucksweise. Aber kaum ist bei einer Mordermittlung ein Tag vergangen, da fällt mir vielleicht schon die Lösung direkt in den Schoß …«

»Oder …?«, bohrte Sergeant Taylor nach.

»Oder die Ermittlung ist gerade noch viel komplizierter geworden.« Joel wusste nicht, was er von der Situation halten sollte; er hatte das Gefühl, dass sich zum ersten Mal sein Mangel an Erfahrung ganz deutlich zeigte. »Also, als Erstes müssen wir diesen Tatort hier einfach ganz gründlich untersuchen. Über die Verbindungen zu meinem anderen Fall werde ich mir dann später Gedanken machen.« Er sprach laut, aber eigentlich coachte er sich jetzt gerade selbst.

»Alles klar.«

»Wo hat er diesen Abschiedsbrief hingelegt?«

Einer der uniformierten Police Constables deutete auf einen Stuhl, der unter einem Fenster stand, die Sitzfläche dem Raum zugewandt. »Auf dem Stuhl dort. Ich habe ein Foto gemacht, wie genau er stand. Sein Handy lag auch auf dem Sitz. Es war ausgeschaltet. Das habe ich auch eingetütet …« Joel schritt hinüber zu dem Stuhl und legte die Nachricht entsprechend zurück. »Hätte ich sie besser liegen lassen sollen?«

»Ja. Vor allem bei einem Tatort wie diesem. Bewegen Sie nie etwas, wenn Sie es nicht unbedingt müssen. Ist die Spurensicherung benachrichtigt?«

»Ich habe angerufen. Die brauchen vierzig Minuten bis hierher.« Sergeant Taylor sah auf ihre Uhr. »Das heißt, sie werden in etwa zwanzig Minuten hier sein.«

»Gut.« Joel konzentrierte sich wieder auf die Leiche. Er betrachtete sie jetzt aus einem anderen Blickwinkel, von der Seite, während der Kopf des Mannes geradeaus gerichtet war. Hinterkopf und Nacken hatten eine seltsame Form angenommen, wohingegen sie eigentlich von der Wucht des Schusses hätten entstellt sein müssen. Man sah dahinter auch ein typisches Muster an Blutspritzern, das sich bis hinauf zur Decke und über die Jalousien verteilt hatte. Das Opfer trug Hemd und Chinos. Die linke Hand lag in seinem Schoß, die rechte hing seitlich herab. Jetzt sah Joel den schwarzen Gegenstand auf dem Schoß der Leiche.

»Hat irgendjemand diese Waffe angefasst?«, fragte Joel.

»Nein. Wir sind doch keine Anfänger!«, versetzte der Police Constable jetzt sichtlich empört.

Joel ging noch etwas näher heran, aber nicht zu nahe an die Leiche, um nicht in die Blutlache zu treten, die sich wie ein Schatten auf dem Boden gebildet hatte, und beugte sich vor. Die Waffe war eine Pistole: eine Browning Kaliber neun Millimeter, schwarz mit erhabenen Auflageflächen am Knauf, die mit sichtbaren Schrauben befestigt waren. Der Schaft zeigte in seine Richtung, der Lauf war teilweise vom Hemd des Opfers bedeckt und auf seine Magengegend gerichtet.

»Haben Sie ihn so gefunden?« Joel richtete seine Frage an den Mann im weißen Hemd, auf dessen Brusttasche in schwarzer Schrift *Security* stand.

»Natürlich. So was fasse ich doch nicht an!« Sein Gesichtsausdruck wirkte schockiert, als sehe er den sitzenden Leichnam zum ersten Mal. Seine weit aufgerissenen Augen wirkten hinter seinen dicken Brillengläsern noch größer. Er hatte die heisere Stimme und die gelb verfärbten Finger eines starken Rauchers.

»Gibt es hier auf dem Gelände Überwachungskameras?«

»Nein.« Der Mann schüttelte den Kopf, und seine Brille rutschte ein Stück die Nase herunter. Als er sie wieder hochschob, hinterließ sein Finger eine Schmierspur auf dem Glas. »Es gibt Kameras unten im Foyer, mit denen die Firma den Eingang überwacht hat. Aber ich schätze, sie haben sie an dem Tag ausgeschaltet, als sie ausgezogen sind.«

»Aha, Sie schätzen das.«

»Ich weiß, dass sie ausgeschaltet sind. Ich meinte nur, so ist es wahrscheinlich gewesen. Niemand lässt ein leer stehendes Gebäude überwachen.«

»Aber einen Wachmann braucht man trotzdem?«, bemerkte Joel, und die Augen des Mannes weiteten sich noch mehr bei der provokanten Frage.

»Einmal pro Woche, öfter nicht. Ist Teil meiner Sonntagsrunde. Nur um nachzuschauen, dass hier nichts abmontiert wird. Hier gibt es noch jede Menge Kabel, viel Kupfer, wenn man weiß, wo man suchen muss. Oder ich schaue, ob Obdachlose hier drin hausen, in leeren Gebäuden in der Stadt passiert das öfter.«

»Prüfen Sie, ob alles verschlossen ist?«

»Ja, jede Woche.«

»Und letzten Sonntag?«

»Da war abgeschlossen. Ich muss das protokollieren. Ich habe alles geprüft und auf dem Formular abgehakt.«

»Und heute?«

»Da war es so wie jetzt. Ich konnte sofort sehen, dass die Tür gewaltsam aufgebrochen war.« Seine heisere Stimme hatte jetzt einen aufgeregten Unterton.

»Ich habe nur eine Tür gesehen?«, meinte Joel.

»Es gibt einige. Die aufgebrochene Tür war die am Haupteingang.« Er deutete in die Richtung, wo die heruntergerissenen Jalousien vor einer Reihe von Fenstern herabhingen. Joel trat vor eines hin und sah, dass er von dort direkt auf den Parkplatz und den besagten Eingang blicken konnte.

»Also, die Tür wurde gewaltsam aufgebrochen?«, fragte Joel nach.

»Sieht für mich so aus, als sei die Tür aufgestemmt worden«, erklärte Sergeant Taylor. »Der Verriegelungsbolzen ist noch vorgeschoben, und das Gehäuse hat eine Einkerbung und einige Werkzeugspuren, die frisch aussehen.«

»Okay …« Joel dachte einen Moment nach, aber seine Aufmerksamkeit war jetzt wieder auf das Opfer gerichtet. Er trat näher heran und beugte sich leicht vor, um sich das Gesicht des Mannes genauer anzusehen. Der Kopf war nach vorn gesunken und ruhte auf der Brust, die Augen waren weit aufgerissen und die Pupillen leicht zur Seite gerichtet. Das verlieh dem Gesicht einen unnatürlichen Ausdruck, den Joel schon bei Gehirnverletzungen gesehen hatte. Vom Mund war nur noch eine schwarzrote Masse übrig und freigelegter Knochen.

»Dieser Mund ist ja wirklich extrem zerstört«, dachte Joel laut, und er hörte, wie Sergeant Taylor sich ein wenig näher an ihn heranschob.

»Er hat sich in den Mund geschossen, Boss. Das verursacht natürlich schon eine schwere Verletzung, nicht?«

Joel richtete sich auf. »Tatsächlich hat er sich ins Gesicht geschossen, das kriegt man nicht so leicht hin. Die Leute schießen sich in den Mund, weil man den Lauf zwischen die Zähne stecken kann und dadurch beim Abdrücken sicher trifft. Man muss sich nicht aufs Zielen konzentrieren, vermutlich, weil es so gut wie unmöglich ist, danebenzuschießen, wenn der Lauf auf einen selbst gerichtet ist. Bei Danny Evans ist das nicht der Fall gewesen, und es bestand keine Garantie, dass der Zweck erreicht wird. Aber er hat es scheinbar ganz gut hingekriegt.«

»Was bedeutet das?«

»Es könnte Verschiedenes bedeuten. Jetzt im Moment sieht es mir nur irgendwie nicht richtig aus …« Joel brach ab; seine Aufmerksamkeit war nun nicht mehr auf das

Gesicht gerichtet, und er musste sich noch weiter vorbeugen.

»Inwiefern?«, fragte Sergeant Taylor, um ihn zum Weitersprechen zu ermuntern.

»Handschuhe?«, fauchte Joel sie an, die Augen noch immer starr auf den sitzenden Mann gerichtet. Er hörte, wie eine Tasche mit Klettverschluss geöffnet wurde, dann tauchten ein Paar Spurensicherungs-Handschuhe in seinem Blickfeld auf. Er streifte sich einen davon über, schaltete die Taschenlampenfunktion seines Handys an und zog der Leiche das Hemd am oberen Brustkorb vom Körper. »Rote Abdrücke. Finden Sie nicht auch, dass die wie Fesselungsspuren aussehen?« Joel musste sich etwas aufrichten, um Sergeant Taylor einen Blick darauf zu ermöglichen. Sie musste sich ziemlich nahe zu ihm herüberbeugen. Die Abdrücke waren schmal und lang und bildeten eine unterbrochene Linie, als wäre jemand lange Zeit durch irgendetwas in derselben Position gehalten worden und hätte dagegen angekämpft.

»Fesselungsspuren?« Sergeant Taylor richtete sich schulterzuckend auf. »Könnte sein.«

»Wie lange braucht die Spurensicherung noch, sagten Sie?«

»Die müssten jetzt eigentlich jeden Augenblick eintreffen.«

»Gut.« Joel trat zurück. Der Handschuh machte ein schnalzendes Geräusch, als er ihn abzog. »Diese Abdrücke da müssen wir unbedingt als verdächtig behandeln, bis wir es besser wissen. Wir brauchen einen weiten Absperrungskordon, und keiner darf hier rein ohne volle Schutzausrüstung. Haben Sie ein paar Leute, die sofort für einige Nachforschungen zur Verfügung stehen?«

»Wie viele brauchen Sie?« Sergeant Taylors Jagdfieber schien plötzlich geweckt. Joel schätzte kurz die Größe des Geländes ab, die Eingänge, die Tatsache, dass der Tatort ziemlich in der Pampa lag – er glaubte nicht, dass er viele zusätzliche Kräfte brauchte. Doch seiner Erfahrung nach begann die Suche nach weiteren Indizien an Mordschauplätzen erst dann richtig, nachdem die Spurensicherung ihre Arbeit erledigt hatte.

»Wie viele Leute haben Sie?«, fragte Joel kurz angebunden.

»Die beiden, die schon hier sind, und mich«, erwiderte Sergeant Taylor. »Und ich kann noch ein weiteres Fahrzeug mit doppelter Besetzung anfordern. Vielleicht später noch ein paar mehr Leute, aber wir sind personell nicht gerade gut ausgestattet ... Haben Sie selbst denn keine Leute, die Sie in einem solchen Fall anfordern können?«

»Nicht an einem Sonntag. Im Moment müssen einfach wir hier die Stellung halten. Wenn die Spurensicherung durch ist, dann sehen wir weiter. Die beiden Constables können hier alles absichern, wenn das okay ist. Und ich würde dann gerne eine Ortsbesichtigung des gesamten Gebäudes vornehmen.« Joel blickte dabei den Wachmann an, der noch immer die Leiche anstarrte. Als er merkte, dass Joel mit ihm sprach, drehte er seinen Kopf so ruckartig, dass es gefährlich danach aussah, als könnte er Schaden davontragen. »Kennen Sie den Grundriss des Gebäudes?«, fragte Joel.

»Den Grundriss ... ja ... Als die Fennell Company hier drin war, hatten wir den Security-Vertrag mit ihnen, und auch schon davor. Ich bewachte damals den Eingang und Empfang und so. Auch jetzt komme ich meist noch selbst hier vorbei. Ich habe auch ein paar Sachen hier, einen Wasserkocher und Tee ... Dort liegt dann auch immer der Kontrollbericht.« Er schien erfreut, helfen zu können.

Joel wandte sich erneut an Sergeant Taylor, um ihr weitere Anweisungen zu geben, aber seine Worte blieben ihm im Hals stecken, und er richtete den Blick wieder entgeistert auf den Wachmann. »Sie bewahren den Kontrollbericht hier auf?«

»Ja, in einem Ordner im Erdgeschoss. Wollen Sie ihn sehen?«

»Was steht da drin?«

»Was da drinsteht? Eigentlich nichts Besonderes. Es ist wie ein Monatsplaner. Ich schreibe auf, an welchem Tag und um welche Uhrzeit ich hier bin, setze meine Initialen dahinter und fertig. Niemand fragt je danach. Ich bewahre ihn hier auf, damit ich mit meinen Gebäuden nicht durcheinanderkomme.«

»Ist er denn eingeschlossen?«

»Normalerweise ist die Eingangstür abgeschlossen, daher muss ich mir keine Gedanken machen. Der Kontrollbericht ist in einem Ordner unter der Empfangstheke. Das mit dem Wasserkocher habe ich schon gesagt, es gibt dort nämlich eine Steckdose. Man kann hier gut Teepause machen, weil die Stromrechnung immer noch bezahlt wird. Das hat man nicht überall.«

»Dann konnte ihn jemand also ziemlich leicht finden.«

»Meinen Wasserkocher?«

»Den Ordner mit Ihrem Kontrollbericht, in dem steht, wann Sie hierherkommen.«

»Oh ... ja, schon.«

»Was ist denn eigentlich los?« Sergeant Taylors Frage richtete sich an Joel.

»Vielleicht nichts.« Joel starrte zurück auf den Blutfleck am Boden. Er wirkte auf ihn ziemlich frisch, höchstens vierundzwanzig Stunden alt. »Vielleicht ist es nur ein Zufall, dass Danny Evans höchstens einen Tag später starb, nachdem jemand das Gebäude kontrolliert hatte.«

»Oder vielleicht wusste er, wann die Kontrolle fällig war«, erwiderte Sergeant Taylor.

»Irgendjemand könnte es gewusst haben«, sagte Joel. »Die Tür weist Einbruchspuren auf, sagten Sie. Haben wir herausgefunden, welches Werkzeug verwendet wurde?«

»Noch nicht. Wir haben aber auch noch nicht richtig nachgeforscht.«

»Können Sie noch zwei Leute mehr entbehren? Das sollte für den Moment ausreichen. Die beiden können dann die Gebäudebegehung mit unserem Freund von der Security hier machen.«

Joel glaubte keine Minute daran, dass sich irgendein am Geschehen Beteiligter noch in der Umgebung aufhielt, aber bei seinem ersten Fall wollte er sich lieber doppelt absichern. Und auf einmal erschien ihm die Vorstellung von möglichst vielen Beamten rund um den Tatort sehr beruhigend.

»Soll es eine Durchsuchung sein? Wir haben nur einen ausgebildeten Such…«

»Wir durchkämmen einfach alles nach Auffälligkeiten, aber während die Leute von der Spurensicherung hier arbeiten, sollten wir sicherstellen, dass sie allein im Gebäude sind.«

Sergeant Taylor nickte. »Okay, verstanden«, sagte sie, dann erstarrte sie plötzlich. »Meinen Sie wirklich, hier ist noch jemand?«

»Nein. Wenn ich das dächte, würde ich bewaffnete Kräfte einsetzen. Wir sollten nur einfach sichergehen.«

»Diese Notiz dort …« Der junge Beamte in Uniform deutete hinüber zu seinem sorgfältig eingetüteten Beweisstück. Er wirkte auf einmal ein wenig erschrocken, als hätte er besser schweigen sollen. Erst als Joel ihn nachdenklich ansah, sprach er weiter. »Die Notiz sagt, er hat sich umgebracht. Dann gehen wir also jetzt nicht mehr davon aus?«, fragte er und schien sich gegen die Antwort zu wappnen.

»Die *getippte* Notiz sagt Suizid, aber wir können das hier nicht eindeutig und abschließend beweisen.«

»Wovon gehen Sie aus?«, fragte Sergeant Taylor nach und blickte sich noch einmal überall um, als sei sie gerade hereingekommen.

»Ich hatte bisher bei der Arbeit mit vielen Selbstmorden zu tun, aber das hier ist der erste, der in einem leer stehenden Bürogebäude stattfand. Dieser Ort ergibt für mich keinen Sinn.«

»Er ist weitab vom Schuss, keiner stört einen hier, man ist ganz allein.« Sergeant Taylor zuckte mit den Schultern.

»Das wäre dann also der perfekte Ort, um einen Mord zu begehen. Wenn Danny Evans sich das Leben nehmen und für seine Familie eine Nachricht hinterlassen wollte, warum sollte er es ausgerechnet hier tun? Und warum sollte er dazu jenen Raum wählen, der am weitesten vom Eingang entfernt ist?«

»Vielleicht wusste er, dass ein Rundgang des Wachmanns bevorstand, wie Sie ja bereits sagten. Die Beschädigung an der Tür war deutlich sichtbar, also Kenneth hätte definitiv überall genau nachgesehen.«

»Dennoch befindet sich die Leiche immer noch weit entfernt von der aufgebrochenen Tür. Und was hätte Kenneth außer dem Türschloss darauf bringen sollen, dass hier etwas nicht stimmt?«

»Da haben Sie recht.«

»Und wo ist Mr. Evans' Wagen? Auf dem Parkplatz draußen habe ich keinen gesehen, und der Ort hier liegt wohl kaum an einer Buslinie.«

»Daran habe ich nicht gedacht.«

»Ich denke, wenn Sie jemanden wissen lassen wollen, dass Sie hier sind, dann parken Sie Ihr Auto vor dem Gebäude. Oder Sie lassen Ihr Handy eingeschaltet.«

»Vielleicht steht sein Wagen ja in der Nähe, und er wollte einfach, dass keiner nachsehen kommt? Ich sehe mal im Computer nach, ob irgendwelche Wagen auf ihn zugelassen sind, und wenn ja, dann lasse ich danach suchen. Das könnte auch jemand von der örtlichen Polizeidienststelle für uns erledigen.«

»Das wäre super.« Joel blickte sich erneut im Raum um. »An wie vielen gleich aussehenden Räumen sind wir auf dem Weg hierher wohl vorbeigekommen? Ist Ihnen aufgefallen, dass wir dabei den Schildern zum Notausgang gefolgt sind? Das sagt mir, dass es an diesem Ende des Gebäudes, ganz hier in der Nähe, noch einen Zugang zu einem weiteren Treppenhaus geben muss. Die Tatsache, dass ich den beim Hereingehen nicht bemerkt habe, bedeutet, dass dieser Notausgang an der Rückseite des Gebäudes hinausführt.«

»Sie meinen für eine Flucht!« Aus Sergeant Taylors Stimme war nun eindeutig Begeisterung herauszuhören.

Joel ließ weiter den Blick schweifen. »Und die Jalousien, im Staub auf ihnen sind Spuren, als seien sie erst vor Kurzem angefasst worden. Aber warum die Jalousien am Fenster aufziehen, wenn man ungestört sein will?« Dann deutete er auf die unversehrten Jalousien an der Nordseite, die hell glänzten. »Die Sonne steht dort drüben, wollte man sie sich an seinem Lebensende ins Gesicht scheinen lassen. Aber wenn man einen Mann auf einen Stuhl fesselt und wissen will, ob sich jemand draußen nähert – welches Fenster würden Sie dann offen halten?«

»Das zum Parkplatz.«

»Und zum Haupteingang. Wohingegen man sich eine schnelle Flucht über den Notausgang ermöglicht, die vom Haupteingang nicht beobachtet werden kann.«

»Jetzt verstehe ich, warum Sie Ermittler sind!« Sergeant Taylor klatschte aufgeregt in die Hände.

Joel musste unwillkürlich lächeln. »Da sind Sie wahrscheinlich die Einzige«, erwiderte er. Mit gestärktem Selbstvertrauen konzentrierte er sich wieder auf das sitzende Opfer. »Die Waffe sieht auch nicht richtig aus.« Joel dachte eigentlich nur laut, aber jetzt hatte er aufmerksame Zuhörer um sich.

»Nicht richtig?«, fragte Sergeant Taylor nach.

»Einfach nicht richtig … Ich kann mir nicht vorstellen, wie um alles in der Welt sie so auf seinem Schoß landen kann.«

Joel versuchte im Geist Daniel Evans' Ankunft am Ort des Geschehens durchzuspielen – den seelischen Ausnahmezustand, in dem er hierhergekommen war, um seinem Leben ein Ende zu setzen. Trotzdem hatte er erst noch Platz geschaffen und einen Stuhl in die Mitte des Raums gezogen; er hatte die Jalousien heruntergerissen, um dadurch ein Fenster freizumachen, aber er hatte sich diesem Fenster gar nicht zugewandt, sondern sich lieber so hingesetzt, dass er zur Tür blicken und damit jeden zu sehen vermochte, der durch den Korridor kam und ihn entdecken könnte. Dann hatte er die Pistole in einem seltsam unbequemen Winkel auf sich selbst gerichtet, dabei hätte er sie sich doch einfach unter das Kinn oder zwischen die Zähne klemmen können. Der Tod wäre schnell eingetreten, und er hätte sofort das Bewusstsein verloren. Dennoch war die Waffe trotz seines um den Abzug gelegten Zeigefingers – oder noch wahrscheinlicher seines Daumens – heruntergefallen und auf seinem Schoß gelandet.

»Wir sollten die Absperrung des Geländes vorbereiten, bevor alle anderen eintreffen. Als bewachten Durchgang legen wir die Hauptzufahrt fest. Die Wagen, die hier stehen, dürfen bis auf Weiteres nicht hinausfahren; die Spurensicherung wird davon Reifenabdrücke nehmen wollen, als Ausschlusskriterium. Und könnten Sie herausfinden, Sergeant Taylor, ob heute noch ein Fahndungsberater greifbar ist? Ich bezweifle zwar, dass vor morgen ein Team zusammengestellt werden kann, aber die Verantwortlichen sind sicher froh, wenn wir sie vorwarnen.«

»Kein Problem.« Sergeant Taylor ging sofort los und zog dabei ihr Handy aus der Tasche.

»Wenn wir mit der Begehung des Gebäudes fertig sind, muss ich mit Ihnen sprechen.« Joel fixierte den Wachmann, der ihn erschreckt ansah.

»Mit mir …? Wozu?«, stieß er kurzatmig hervor.

»Reine Routine. Jemand, der eine Leiche findet, muss sich von uns befragen lassen. Eine einfache Aussage reicht, kein Grund zur Sorge.«

»Okay …«, murmelte der Wachmann, obwohl er noch immer verunsichert wirkte.

»Wo ist eigentlich Ihr Hund? Müssen Sie nicht nach ihm sehen, oder …?«

»Mein … Oh, ich habe keinen Hund. Das Auftragsvolumen reicht nicht mehr aus, einen zu finanzieren.«

»Aber auf Ihrem Wagen steht doch …«

»Ich weiß, dass dort Hund steht. Wir haben es gelassen, es schreckt ein bisschen mehr ab, wissen Sie …«

»Verstehe. Ich fühle mich schon gleich viel sicherer.«

Sergeant Taylor trat wieder auf ihn zu, während sie einen Anruf beendete. »Also, Sie bekommen vier Leute zur Unterstützung. Und ich bleibe hier, bis ich woanders gebraucht werde. Ich habe mit der Einsatzabteilung gesprochen, die haben eine Liste mit polizeilichen Fahndungsberatern in Bereitschaft. Sie melden sich bei Ihnen, wenn sie jemanden für Sie haben.«

»Gut, vielen Dank.«

»Brauchen Sie sonst noch etwas?«

»Ich glaube, nicht. Ich spreche erst mit der Spurensicherung, dann fahre ich die Gegend ab und schaue, was ich in Bezug auf Überwachungskameras oder automatische Nummernschilderkennung entdecken kann. Auch ein Nachbar, der etwas beobachtet hat, wäre hilfreich. Aber ich setze keine große Hoffnung darauf, da wir hier mitten in der Walachei sind und heute Sonntag ist.«

»In einigen der anderen Firmen auf dem Gelände arbeitet vielleicht jemand, auch an einem Sonntag.«

»Vielleicht. Aber ich mach mir keine Hoffnung, dass dabei etwas rauskommt. Warten wir's ab.«

»Ich nehme an, Ihr Team kommt raus und nimmt Ihnen etwas Arbeit ab?«

»Mein Team?«

»Oh … arbeitet man bei euch sonntags nicht?«

»Mordkommission …« Joel lächelte. »Natürlich arbeiten die. Aber mein Team … das besteht eigentlich nur aus mir. Und noch einem Detective Sergeant, aber der hat heute frei.«

»Dann sind Sie also ganz allein?«

Joel zuckte mit den Schultern. »Es gibt nicht viel, was nicht bis morgen warten kann, jedenfalls nichts, was wir tun können. Heute ist die Spurensicherung dran und nimmt ein Protokoll der Indizien auf, und ich werde sehen, was ich über unser Opfer herausfinden kann. Als Erstes werde ich mit seinen nächsten Angehörigen sprechen müssen. Hat die eigentlich irgendjemand bereits kontaktiert?«

»Nein«, sagte Sergeant Taylor. »Das wurde mir aufgetragen. In der Einsatzzentrale haben sie die Details zum Fall in das computergestützte Infosystem eingegeben. Seine Ehefrau, Sharon Evans, lebt demnach in Lydden, also nicht weit weg von hier.«

»Okay, darum brauchen Sie sich nicht zu kümmern. Ich werde die Nachricht überbringen. Ich muss sowieso mit ihr sprechen.«

»Kann nicht behaupten, dass mich das traurig macht«, erwiderte Sergeant Taylor, und Joel verstand ihre Erleichterung nur zu gut. Das Überbringen einer Todesnachricht war immer der schwerste Teil ihres Jobs.

Joels Aufmerksamkeit richtete sich auf den Parkplatz unten, wo ein Kleintransporter durch die Absperrung gelassen wurde – allem Anschein nach die ersehnte Unterstützung durch die Spurensicherung.

»Da kommt die Kavallerie. Diese Ausrede mit dem ›nur mal kurz Milch holen gehen‹ wirkt jetzt schon ziemlich unglaubwürdig«, sagte Sergeant Taylor mit einem schelmischen Lächeln.

Joel warf einen Blick auf seine Uhr. »Stimmt, ich glaube, das muss ich noch mal überdenken.«

Sergeant Taylors Lächeln entwickelte sich zu einem breiten Grinsen. »Versuchen Sie es mit einem Blumenstrauß wiedergutzumachen, das würde bei mir funktionieren.«

»Die Karte mit den Blumen habe ich schon vor langer Zeit gespielt.«

KAPITEL 32

Joel hatte im CAD-Infosystem nachgesehen, was über Sharon Evans bekannt war. Die Einsatzzentrale hatte ihre Adresse aufgenommen und die Information, dass dort auch zwei Kinder gemeldet waren. Hauptanliegen seines Besuchs war, genauere Details zu erfahren, doch ehe er sich einen Überblick über diese Familie verschaffen konnte, musste er sie erst in ihren Grundfesten erschüttern.

Das Haus stand etwas zurückgesetzt am Ende einer langen Einfahrt. Joels Hoffnung schwand, als er sah, dass die Fenster und der Eingang trotz der zunehmenden Dunkelheit noch unbeleuchtet waren und in der Einfahrt keine Autos standen. Als auf sein Klopfen niemand reagierte, fluchte er leise.

»Sie wird noch unterwegs sein. Kann ich helfen?«

Joel drehte sich um und konnte zwischen zwei hohen Büschen auf dem angrenzenden Weg einen Mann erkennen.

»Ich hatte gehofft, mit Sharon Evans sprechen zu können. Sie wohnt doch hier, oder?«

»Wer will das wissen?«

Joel wollte nur ungern irgendeinem Nachbarn seinen Dienstausweis unter die Nase halten, weil das lediglich den Tratsch anheizen würde. Aber offensichtlich wollte der Mann auch nicht einfach so mit Informationen herausrücken. »Ich bin von der Polizei. Ich hatte gehofft, sie könnte mir bei meinen Ermittlungen weiterhelfen.«

»Polizei? Ich dachte, ihr hättet die Angelegenheit ad acta gelegt. Wenn sie nicht da ist, wird sie wohl im Krankenhaus sein.«

»Im Krankenhaus?«

»Bei ihrer Tochter. Die ist immer noch auf der Intensivstation. Am Sonntag geht sie meist später, nach dem Fußballmatch von ihrem Sohn. Habt ihr den Typen jetzt geschnappt?«

»Welchen Typen?«

»Diesen Scheißkerl, der das Mädel ins Krankenhaus gebracht hat. Ich würde an Ihrer Stelle nicht mit der Familie sprechen, außer Sie haben gute Nachrichten. Ich glaube, sie sind nicht grade gut auf euren Verein zu sprechen.«

»Darauf werde ich Rücksicht nehmen. Sie haben nicht zufällig eine aktuelle Telefonnummer von Mrs. Evans? Bei der Nummer, die ich habe, komme ich nicht durch.«

»Ich habe doch grade Intensivstation gesagt, oder?« Der Mann schlug jetzt einen ziemlich sarkastischen Ton an. »Da könnte man ja vielleicht selbst draufkommen, dass sie da ihr Telefon ausgeschaltet hat.«

»Danke für Ihre Hilfe.«

»Wäre schön, wenn ich bald dasselbe zu Ihnen sagen könnte, Inspector. Die ganze Gemeinde will, dass diesen Mädchen endlich Gerechtigkeit widerfährt.«

»Ich behalte das im Kopf.« Joel entfernte sich jetzt, denn im weiteren Verlauf hätte der Mann sicherlich bemerkt, dass Joel nicht die geringste Ahnung hatte, wovon er sprach. In diesem Moment vibrierte sein Handy in seiner Jackentasche – die ideale Entschuldigung dafür, den Nachbarn, der noch etwas hinter ihm herrief, zu ignorieren. Das Display zeigte einen Anruf von DS Rose an. Joel hatte auf ihrer Mailbox eine Nachricht mit einem äußerst knappen Update hinterlassen. Abschließend hatte er ihr gesagt, dass sie nicht herkommen müsse und er sie am nächsten Tag ausführlich informieren werde.

»Hallo.«

»Warum haben Sie nicht angerufen?« DS Rose ging sofort in die Offensive.

»Habe ich doch. Sonst würden Sie ja wohl nicht zurückrufen?«

»Nein, ich rede von davor. Ehe Sie sich auf den Weg zum Schauplatz eines Mordes gemacht haben. Wieso haben Sie nicht angerufen?«

»Weil ich nicht wusste, ob es der Schauplatz eines Mordes ist. Ich hatte keine Ahnung, worum es ging, und sah keinen Anlass, auch noch Ihren Sonntag zu ruinieren.«

»Sie hätten mich trotzdem anrufen sollen.«

Joel hielt sich mit seiner Antwort einen Moment zurück, sonst hätte er sie wahrscheinlich angeraunzt und an die Rangordnung bei der Polizei erinnert. Er wollte nicht zulassen, dass jemand so mit ihm sprach. Aber am Telefon und mit einem neugierigen Nachbarn im Nacken konnte er ihr das schlecht vermitteln.

Er antwortete erst, als er wieder im Auto saß, wo ihn keiner hören konnte.

»Sie hätten ohnehin nicht viel tun k…«

»Sie haben einen Hinweis darauf, wer Hannah ermordet haben könnte. Sie hätten mich anrufen sollen.«

»Es könnte ein Hinweis sein, aber genau wissen wir das noch nicht. Möglicherweise gibt es eine Verbindung, aber ich muss erst mal ins System schauen und …«

»Hannah Ribbons war die zuständige Beamtin in einem Erpressungsfall. Callie Evans war eines der Opfer, zusammen mit vier oder fünf anderen Mädchen ungefähr im selben Alter. Callie ist die Tochter von Danny Evans. Die Familien dieser Mädchen sind alle stinksauer auf die Polizei, weil noch kein Täter überführt wurde. Sie hätten mich wirklich anrufen sollen.«

»Woher wissen Sie …«

»Ich habe Ihnen doch gesagt, dass ich mit Hannah beim Kinderschutz zusammengearbeitet habe. Ich war nicht mit diesem Fall betraut, aber ich habe davon gehört und weiß, wie besessen Hannah davon war. Die Tatsache, dass wir niemanden dafür verhaften konnten, ist nicht Hannah zuzuschreiben, sie hätte wirklich nicht noch mehr tun können. Als verdeckte Ermittlerin zu arbeiten war immer ihr Traumjob gewesen, aber ihr erster Einsatz kam eigentlich zur Unzeit, so viel hat sie mir gesagt. Sie wollte damals unbedingt an dem Callie-Evans-Fall dranbleiben. Offensichtlich war Danny Evans wütend auf Hannah wegen dem, was seiner Tochter angetan wurde.«

»Was wurde ihr denn angetan? Ich bin gerade auf dem Weg zu seiner Frau. Sieht so aus, als wäre sie bei ihrer Tochter.«

»Im Krankenhaus?«

»Ja.«

»Wir treffen uns da. Sprechen Sie nicht mit ihr, ohne dass ich dabei bin. Die Familie ist schon verärgert genug. Besser, Sie tauchen da nicht ohne die geringste Ahnung über die Ermittlungen in diesem Fall auf.«

Joel atmete tief durch. »Ich bin nicht so bescheuert, wie Sie vielleicht glauben. Und wir haben uns schon einmal drüber unterhalten, dass Sie wenigstens meinen Rang respektieren sollten, wenn Sie schon nichts von meinen Fähigkeiten halten.« Er wartete. Die Antwort kam erst nach kurzem Schweigen.

»Sie haben recht. Tut mir leid, dass ich Sie angefahren habe. Aber Hannah … Sie hat wirklich getan, was sie konnte …«

»Sharon Evans ist im William-Harvey-Hospital. Wir treffen uns im Eingangsbereich«, erwiderte Joel und fügte dann noch hinzu: »Ich denke, auch wir sollten tun, was wir können. Gehen Sie doch mal in sich, ob Sie dabei im Moment eine Hilfe sind oder das Ganze eher behindern.«

KAPITEL 33

Sharon Evans dankte der Schwester, die gerade eine Tasse Tee auf Callies Nachttischchen abgestellt hatte, mit einem Kopfnicken. Soeben hatte sie in einem Raum neben der Wachstation – laut dem Schild neben der Tür das »Angehörigenzimmer« – ein angespanntes Telefonat mit ihrem Chef darüber geführt, wann er sie zurückerwarten könnte. Sharon hatte ihm erklärt, Callie sei auf dem Weg der Besserung, und jeder Tag brächte etwas Neues. Wenn sie jetzt nur noch ein paar Tage freinehmen könnte, dann wäre die Lage vielleicht schon bald eine ganz andere.

Sharon arbeitete für eine Spedition und war Teil eines viel beschäftigten Teams. Es gab dort zwar genug Angestellte, die aushelfen konnten, wenn jemand plötzlich einen Tag frei brauchte oder eine Stunde wegmusste, um die Kinder von der Schule abzuholen, aber über dieses Maß war sie längst hinaus. Ihre Kollegen unterstützten sie großartig, und insgesamt war die Firma sehr kulant gewesen – jeder hatte ihr immer wieder gesagt, man verstehe sehr gut, dass sie jetzt anderswo gebraucht wurde –, aber allmählich änderte sich der Ton. Der Anruf ihres Chefs hatte sie zum ersten Mal spüren lassen, dass dem Satz »Natürlich verstehen wir das« in Kürze ein »aber« folgen würde. Es war noch nicht ganz so weit, aber dieser Tag rückte näher.

Sharon musste unbedingt bald wieder verlässlich ihre Arbeitszeiten einhalten können, und deshalb musste Danny endlich an sein verfluchtes Handy gehen. Sie musste ihn unbedingt gleich noch einmal anrufen, aber das konnte warten, bis sie ihren Tee getrunken hatte. Die Schwester, die ihn ihr hingestellt hatte, trat jetzt wieder zu ihr. Dem Aussehen nach kam sie aus einem ostasiatischen Land, sie war zierlich und schüchtern und sprach mit starkem Akzent. Sharon sah sie zum ersten Mal, aber neben dem Kernteam, das Callie umsorgte, gab es immer wieder Wechsel im Personal. Jamie saß auf einem Stuhl an der gegenüberliegenden Seite des Betts, starrte auf sein Handy und war in ein Onlinespiel versunken. Callie schlief immer noch, und Sharon war etwas enttäuscht darüber, denn sie hätte gern gehabt, dass Jamie etwas von seiner Schwester mitbekam.

»Ist alles in Ordnung?«, fragte Sharon.

»Draußen sind ein paar Leute, die Sie sprechen möchten«, erwiderte die Schwester.

»Leute? Was für Leute?«

Die Schwester wirkte verlegen. »Sie sagen, sie sind von der Polizei?« Sie sprach sehr leise, damit Jamie sie nicht hören konnte.

»Okay … Haben sie gesagt, was sie wollen?«

»Nein. Aber ich hole sie.« Die Schwester verschwand für ein paar Sekunden, dann kam sie zurück und deutete auf einen Mann und eine Frau. Selbst wenn die Schwester sie nicht vorgewarnt hätte, hätte Sharon sofort gewusst, dass die beiden Polizeibeamte waren. Der Mann war Mitte bis Ende dreißig, er hatte einen stämmigen Nacken und einen breiten Brustkorb und trug ein offenes Jackett und Krawatte. Die Frau war jünger und vermutlich ganz hübsch, wenn sie lächelte. Sie trug das Haar zurückgebunden, als sei es ihr bei der täglichen Arbeit im Weg. Die Arme hielt sie dicht vor der Brust verschränkt, und dazwischen steckte ein blaues Notizbuch mit einem Kugelschreiber. Die beiden hatten denselben ernsten, amtlichen Gesichtsausdruck, den sich sicher alle Polizisten antrainieren mussten.

»Mrs. Evans?«, begann der Mann. Seine Stimme klang sowohl freundlich als auch Respekt einflößend, als praktizierte er diese Art der Gesprächseröffnung schon jahrelang. Sie hatte in jüngster Zeit viel mit Polizeibeamten gesprochen, aber diesen hier kannte sie noch nicht.

»Sharon Evans, ja«, erwiderte sie und spürte, wie sich die Härchen in ihrem Nacken aufstellten. Eine düstere Vorahnung beschlich sie. Irgendetwas stimmte nicht, sie wusste es genau.

»Es tut mir leid, Sie hier zu stören, aber ich muss unbedingt mit Ihnen sprechen. Die Schwester hat gesagt, es gebe hier einen Raum, in dem wir ungestört sind ...« Er brach ab und wandte sich halb in die Richtung, aus der er gekommen war.

»Können wir nicht hier sprechen?«

»Das können wir auch ... Ihre Tochter, nehme ich an?« Er warf einen kurzen Blick hinter Sharon.

»Callie. Sie könnte jeden Moment aufwachen. Ich möchte sie ungern allein lassen.«

»Natürlich. Es ist nur ...«

»Wir können auch hier gut reden«, fauchte Sharon. Die Polizistin zuckte leicht zusammen, aber der Mann lächelte unbeirrt weiter. Sharon drehte sich zu Jamie um, der zu ihnen herüberblickte. »Jamie, du wolltest doch zum Automaten gehen. Ich muss kurz etwas mit der Polizei besprechen.«

»Mit der Polizei! Was denn?« Er hob den Blick von seinem Handy und tat so, als sehe er die Polizisten erst jetzt.

»Über deine Schwester. Ich erzähle dir nachher, worum es ging.« Jamie schnaubte unwillig und ließ sich Zeit. Der Mann wartete, bis er fort war, dann tauschte er einen Blick mit seiner Kollegin, bevor er wieder sprach.

»Mein Name ist Detective Inspector Joel Norris, und das ist Detective Sergeant Lucy Rose. Ich habe heute Abend keine angenehme Nachricht für Sie, Sharon. Möchten Sie sich nicht wenigstens setzen?«

»Sagen Sie mir, was los ist«, sagte Sharon und streckte instinktiv die Hand nach dem Bettgestänge aus, um sich an etwas festhalten zu können.

»Danny Evans, Ihr Ehemann.« Der Beamte hielt einen Moment inne, wie um ihr die Gelegenheit zu geben, ihn zu korrigieren und ihm zu sagen, dass er sich in der Person irre. Sie umklammerte das Metall nur umso fester.

»Ein Mann, von dem wir glauben, dass es sich um Danny Evans handelt, wurde heute tot aufgefunden. Sharon, es tut mir sehr leid, man konnte nichts mehr tun, um ihm zu helfen ...« Er hielt wieder inne.

Sie spürte die Blicke der beiden Beamten auf sich ruhen und wusste, dass sie auf eine Reaktion warteten – vielleicht auf eine Bestätigung, dass sie das Gesagte verstanden hatte. Aber sie begriff gar nichts. Die Worte wollten ihr nicht in den Kopf.

»Heute?«, brachte sie schließlich heraus. Als spielte das eine Rolle.

»Ja, heute. Obgleich ich nicht sicher bestätigen kann, wann genau er starb.«

»Starb ...« Sie suchte jetzt mit den Blicken nach dem Stuhl. Zwar setzte sie sich nicht, aber sie stützte sich auf der Lehne ab. Sie blickte hinüber zu ihrer schlafenden Tochter und drehte sich dann weg. Plötzlich konnte sie ihren Anblick nicht mehr ertragen. Was sollte sie Callie jetzt sagen? Und was war mit Jamie? Sie richtete sich wieder auf, ihren Körper durchflutete schlagartig eine Woge von Panik, ihr Atem ging stoßweise und schneller. Der Polizist trat auf sie zu. Sie spürte, dass er ihre Schultern umfasste, und sein Griff war fest genug, um ihr plötzliches Schwindelgefühl zu vertreiben.

»Lassen Sie sich bitte auf diesen Stuhl helfen. Sie wirken nicht ganz sicher auf den Beinen!« Sie spürte, wie er sie führte, und ließ es geschehen. Das Sitzpolster aus Kunstleder quietschte unter ihr, und sie spürte das kalte Material der Lehne an ihrem Rücken. Als Nächstes streckte er ihr die Tasse Tee entgegen.

»Danny ist tot ...«, sagte sie mit ungläubiger Stimme.

Der Polizeibeamte ging neben ihr in die Hocke. »Die Art seines Auffindens legt nahe, dass er vielleicht seinem Leben selbst ein Ende gesetzt hat, Sharon.« Wieder schwieg er und wartete auf ihre Reaktion – eine weitere Pause, um seine Worte sickern zu lassen. Seine Stimme ließ sie zusammenzucken, sie sprang unwillkürlich auf und spürte, wie ihr Handrücken ihn traf wie ein Karateschlag. Er drehte sich zur Seite, damit sie an ihm vorbeikonnte. Sharon hörte, wie Porzellan auf dem Boden zerschellte, und spürte, wie heiße Flüssigkeit an ihren Knöchel spritzte. Sie wollte, dass er aufhörte zu reden, wenigstens einen Augenblick lang. Jedes Mal, wenn er etwas sagte, wurde es noch schlimmer. Sie trat ein paar Schritte zurück in die Ecke, wo der lange Vorhang der Bettnische zusammengeschoben war, und hielt sich den Stoff vor die Augen.

»Danny hat sich umgebracht?« Ihre Stimme war kaum mehr als ein Flüstern, aber es war ihre Stimme, nicht mehr die eines Fremden, und sofort erschien ihr das Gesagte real. Als könnte es wahr sein. Sie schüttelte den Kopf, zuerst ganz leicht, dann immer heftiger. »Nein … nein, *nein*!« Irgendwo fand sie die Kraft und drehte sich ruckartig auf den Fersen zur Seite. »Das würde er nie tun! Nicht Danny! So ein verfluchter Feigling ist er nicht!« Ihre Sicht war jetzt verschwommen durch die aufsteigenden Tränen, daher war die Gestalt, die auf sie zukam, nur ein dunkler Schatten vor der weißen Wand dahinter. Dann spürte sie, wie jemand ihre Arme umfasste und sie fest um ihren Körper legte, als würde sie sich selbst umarmen. Sie nahm die Stärke des Mannes wahr, seine Körperwärme, die nach Aftershave roch. Als er sie losließ, streckte sie instinktiv die Arme nach ihm aus und presste sich schluchzend an seine Brust, und er hielt sie fest. Sie konnte nicht sprechen, es gab keine Worte dafür, und keiner sagte etwas, bis ihr Schluchzen verstummte.

»Es tut mir leid«, stieß sie schließlich hervor und schob den Mann von sich – ein wenig zu fest –, da sie sich plötzlich furchtbar schämte. Und es wurde noch schlimmer, als sie die dunklen Flecken auf seinem Hemd entdeckte, wo ihre Wimperntusche verlaufen war.

»Keine Ursache«, beruhigte er sie. »Wir können immer noch in diesen separaten Raum gehen, ich will nicht, dass Sie und Ihr Sohn sich hier zur Schau stellen müssen …« Sharon erschrak plötzlich zutiefst. *Jamie!* Er durfte sie nicht so sehen, nicht so.

»Mein Sohn … Er fragt sich sicher schon, wo ich bleibe.«

»Wir können die Schwester bitten, ihm zu sagen, dass Sie in ein paar Minuten wiederkommen. Ihm passiert schon nichts.«

Sharon ließ sich zurück in den Angehörigenraum führen. Dort gab es mehrere Sitzgelegenheiten mit dicken Kunstlederpolstern, die quietschten, als sie sich daraufsetzten. Die Stühle standen an einer Wand vor einem niedrigen Tisch, auf dem Zeitschriften lagen. Der Mann schob zwei der Stühle näher zu Sharon gleich neben der Tür – was sie für einen guten Platz hielt, falls sie plötzlich rauswollte.

»Wie ist das passiert?«, fragte sie mit kraftloser Stimme. Sie fühlte sich vollkommen leer, hatte keine Tränen mehr und war zutiefst erschöpft.

»In einem verlassenen Bürogebäude draußen in Tilmanstone entdeckte ein Wachmann auf seiner Runde eine aufgebrochene Tür. Drinnen fand er Danny sitzend mit einer Pistole auf dem Schoß. Es war schon zu spät für ihn. Anscheinend hat er die Pistole benutzt, um sich das Leben zu nehmen.«

Sharon schlug sich aus einem Impuls heraus die Hand vor den Mund, und zwar so fest, dass es ein klatschendes Geräusch gab. »Was? Er hat sich erschossen? Wo zum Teufel sollte er eine Pistole herhaben?«

»Das ist eine unserer Fragen, Sharon. Hatte er Zugang zu Schusswaffen?«

»Schusswaffen? Nein! So was war gar nicht sein Ding. Er spielt Fußball, was sollte er mit einer Pistole anfangen?«

»Hat er nie darüber gesprochen? War er fasziniert von Waffen, ging er auf die Jagd, oder gab es irgendwelche Anzeichen, dass er wusste, wie man damit umgeht?«

»Nein. Vor ein paar Jahren hat er mal auf Tontauben geschossen, daran erinnere ich mich. Es war in Dublin, bei einem Junggesellenabschied für einen seiner Kumpels. Aber das ist das einzige Mal, dass er jemals so etwas erwähnt hat, und das ist schon eine Ewigkeit her.«

»Okay. Was ist mit Tilmanstone – der Ort –, kennen Sie den?«

»Die Jugendmannschaft von Dover hat dort trainiert. Mein Sohn … Jamie … er hat auch ein paarmal in diesem Stadion gespielt.«

»Dann hat Danny den Ort also auch gekannt.«

»Er hat das Stadion sicher gekannt, ich schätze, er kennt jedes Fußballstadion in Kent, aber ein *Bürogebäude*? Ich glaube, dass Danny kaum jemals in seinem Leben einen Fuß in ein Bürogebäude gesetzt hat.«

»Kennt er jemanden in dieser Gegend? Gab es einen Grund für ihn, dorthin zu fahren?«

»Nein. Was zum Teufel hat er dort nur gemacht?« Sie zermarterte sich das Hirn, es ergab alles keinen Sinn.

»Ich weiß nicht. Aber wir tun alles, um das herauszufinden.« Sharon konnte ein spöttisches Schnauben nicht unterdrücken. Sie wandte sich ab und sah zur Tür. Der Wunsch, hier rauszukommen, wurde plötzlich wieder übermächtig.

»Das haben wir schon öfter gehört! Meine Tochter ist missbraucht worden. Meine Tochter liegt *hier*, weil sie das Opfer eines Monsters wurde. Wissen Sie, wie oft uns Ihre Leute gesagt haben, dass sie ›alles tun, was sie können‹?«

»Das tut mir leid. Ich bin nicht der Ermittler in diesem Fall, aber ich weiß ein wenig darüber. Ich verstehe sehr gut, was Sie und Callie durchgemacht haben …«

»Was wir immer noch durchmachen!«

»Natürlich. Das ist mir klar. Und ich weiß, dass die Polizei in Ihrem Fall nicht viel herausgefunden hat, das tut mir leid. Aber für uns sind solche Fälle nie abgeschlossen, nicht wirklich. Wenn sich etwas Wichtiges ...«

»Hören Sie auf damit! Die Polizei sucht ja nicht mal mehr. Nur eine von euch gab zumindest vor, sich darum zu kümmern. Sie hat mir ihre Karte gegeben und sagte, ich könne mich melden, wann immer ich will. Am Anfang hat sie die Anrufe noch angenommen, aber dann hat immer jemand anderes geantwortet und versprochen, ihr etwas auszurichten. Man sagte mir, sie sei jetzt mit etwas anderem befasst. Mit anderen Fällen, vielleicht mit weniger schweren. *Sie sei jetzt mit etwas anderem befasst!* Ich wünschte, wir könnten genau das auch tun. Das alles hier einfach vergessen und uns etwas anderem zuwenden, so wie DC Ribbons. Seither habe ich den Glauben an die Polizei verloren.«

»Ich weiß, dass Hannah in diesem Fall ermittelt hat ...« Jetzt sprach die Polizistin, aber Sharon schnitt ihr das Wort ab.

»Genau, so hieß sie. *Hannah Ribbons!* Die Frau, die mir das Blaue vom Himmel herunter versprochen und uns dann schamlos im Stich gelassen hat.« Sharon schnaubte wütend auf. »Sie hat sich ein paar Wochen lang reingehängt, das muss ich ihr zugestehen. Ich dachte tatsächlich, wir kommen weiter. Seither gibt es allerdings nur noch Lippenbekenntnisse, keiner verspricht uns mehr irgendwas. Callie war eines der Opfer, aber es waren mehrere Mädchen, alle miteinander befreundet, wussten Sie das?«

»Das weiß ich ...«, begann DC Rose erneut, aber Sharon unterbrach sie sofort.

»Diese Mädchen, Freundinnen, mussten erfahren, was für eine Scheißwelt das da draußen ist. Unsere Aufgabe als Eltern ist es, all das von unseren Kindern fernzuhalten, sie Kinder sein zu lassen, so lange wie möglich. Ich hätte kaum schlimmer versagen können. Und dieser Dreckskerl, der das meiner Tochter, meiner Familie angetan hat – allen diesen Familien –, er läuft dort draußen immer noch frei herum! Inzwischen hat er sicher schon eine andere Familie im Visier.« Sharon musste verschnaufen und holte tief Luft. Die Polizistin nutzte die Gelegenheit.

»DC Ribbons … ich nehme an, Sie haben sie getroffen? Persönlich, meine ich?«, fragte sie mit leiser Stimme.

»Sie getroffen? Natürlich habe ich sie getroffen! Sie kam zu uns, hat unsere Aussagen aufgenommen, hat gesagt, wie leid ihr das alles tut, was sie dagegen tun will und wie engagiert sie in dem Fall sei!« Sharon lachte bitter auf. »Dieses Engagement hat nicht lang angehalten, was? Sie ist sogar einmal zu einer dieser Gruppen gekommen. Die Eltern der Mädchen treffen sich, zuerst war es eine Selbsthilfegruppe, aber dann am Schluss war es nur noch Gejammer und Zickenkrieg. Ich gehe dort nicht mehr hin.«

»Und DC Ribbons hat diese Gruppe besucht?«, fragte die Polizistin nach.

»Warum wissen Sie das nicht? Was sollen diese Fragen überhaupt? Warum reden Sie mit mir über sie?« Sharons Verärgerung kam so plötzlich, dass ihr Tränen in die Augen schossen. »Reden Sie doch mit ihr selbst, fragen Sie Hannah, was sie getan und was sie nicht getan hat!«

»Ist Danny auch zu dieser Selbsthilfegruppe gegangen?«, fragte DC Rose.

Sharon seufzte und wischte sich übers Gesicht. Auf einmal fühlte sie sich völlig ausgelaugt. Sie konnte und wollte nicht mehr reden, es kostete sie zu viel Anstrengung. »Nein. So was ist nicht sein Ding. Er macht alles mit sich selbst aus, das war schon immer so. Er frisst alles in sich hinein, bis es ihn selbst auffrisst.« Plötzlich wurde ihr bewusst, was sie damit vielleicht andeutete. »Aber nicht so sehr, dass er … Danny steigert sich in Probleme hinein und teilt dann nach allen Seiten aus, aber er würde sich nie selbst etwas antun.«

»Haben sich Danny und DC Ribbons je getroffen?«

Jetzt sprach wieder der Inspector, und Sharon hörte etwas aus seiner Stimme heraus, das sie aufhorchen ließ; er sah sie forschend an, als wollte er sie ergründen. Sie richtete sich auf ihrem Stuhl auf und sah ihn irritiert an.

»Ich glaube, nicht. Er hat mit einigen Ermittlern gesprochen … bevor Callie sich etwas antat, aber ich glaube nicht, dass DC Ribbons unter ihnen war. Sie hat uns zwar zu Hause besucht, aber … ehrlich gesagt, er konnte es nicht ertragen, darüber zu reden. Diese ersten Tage, nachdem alles herauskam, waren die Hölle. Ich meine, es war alles ein Albtraum; eines der anderen Mädchen hat ausgepackt, es war nicht unsere Callie. Danny war wütend darüber, wütend, dass sie es uns verschwiegen und auch sonst niemandem davon erzählt hat. Deswegen stand sie unter großem Druck, so groß, dass sie auf dieser Parkbank landete … Ihre Kollegen haben einiges herausgefunden, was da zuvor alles passiert war, und Danny konnte sich das einfach nicht anhören. Weiß Gott, ich fand es schon schwer genug, aber danach konnte er Callie noch nicht einmal mehr normal ansehen. Nicht dass er wütend war auf sie, er wird einfach generell immer so wütend. Callie dachte vermutlich, dass er ihr Vorwürfe macht, und sie verschloss sich wie eine Auster – die beiden sind sich da ganz ähnlich, Callie und ihr Dad. Schließlich musste er uns verlassen. Er wird Ihnen sagen, dass ich ihn aus dem Haus geworfen habe, aber ich habe einfach gesehen, dass es ihn kaputt machte, dazubleiben.« Sharon spürte, wie die Verzweiflung wieder in ihr hochstieg und sie zu überwältigen drohte.

»Und dann versuchte Callie, sich das Leben zu nehmen«, sagte der Inspector. »Klingt ganz so, als seien Sie eine unglaublich starke Frau, Sharon. Dass Sie mit mir überhaupt darüber reden können, das beweist Ihre enorme Kraft.«

»Und, hat uns das irgendwas geholfen?«

»Sie sagten, Danny sei ausgezogen?«, schaltete sich DC Rose wieder ein.

Sharon brauchte einen Moment, um sich wieder zu fassen. »Er hat sich in einem Hotel eingemietet, habe ich gehört.«

»In welchem Hotel, Sharon? Wo hat er gewohnt?« Der Ermittler klang plötzlich ungeduldig und streng.

Sharon lachte bitter auf. »Nicht einmal das weiß ich! Das zeigt unseren derzeitigen Beziehungsstand.«

»Wissen Sie, wo sein Auto steht?«, fragte er weiter.

»Keine Ahnung. Hatte er es nicht bei sich?«

»Nein. Auf seinen Namen ist ein silberfarbener Mercedes C-Klasse eingetragen. Ist das der Wagen, den er fährt?«

»Ich ... ich glaube ja, vermutlich schon. Der Leasingvertrag wurde um ein Jahr verlängert, aber ich habe keinen blassen Schimmer, wie er sich das leisten kann. Wahrscheinlich steht er beim Hotel.«

»Und wie bezahlt er sein Zimmer? Finden wir auf Ihrem Kontoauszug einen Hinweis darauf, wo er ...«

»Er hat sein eigenes Konto. Früher hat er es eigentlich nie benutzt, aber er hat von unserem gemeinsamen Konto Geld dorthin überwiesen, um sein Hotelzimmer zu bezahlen. Es kostet, ehrlich gesagt, ein kleines Vermögen. Er hat mir erklärt, warum er das so handhabt. Er wolle nicht, dass ich unangekündigt dort aufkreuze, womit er natürlich meinte, dass ich ihn niemals in diesem Zustand sehen solle.«

»In diesem Zustand?«, fragte DC Rose, während ihr Kollege sich zurücklehnte, als wisse er genau, was sie meinte.

»Besoffen. Er hat immer gern einen über den Durst getrunken, aber nur in geselliger Runde. In den letzten paar Jahren habe ich allerdings einen anderen Mann kennengelernt, wenn er unter Druck stand. Er begann Alkohol als Mittel zu benutzen, Problemen zu entkommen. Es funktioniert natürlich nicht – wenn, dann könnte ich es auch so machen. Das wäre einfach, oder? Da passiert der eigenen Tochter so etwas, aber schon okay, man kann es für einen Abend einfach vergessen!« Ihre Wut kochte wieder hoch, aber rasch trat an ihre Stelle wieder Erschöpfung.

»Sharon, das kann man sich alles kaum vorstellen.« Er sprach jetzt fast behutsam mit ihr, und das ärgerte sie.

»Haben Sie Kinder?«, fauchte sie.

»Zwei Mädchen, jünger als Callie.«

»Dann *können* Sie sich das vorstellen. Wenn diese zwei Mädchen fünfzehn sind, dann kontaktiert sie irgendjemand ohne Ihr Wissen und manipuliert sie, obszöne Fotos von sich zu schicken, ihre Unschuld zu verlieren, in die Welt perverser Erwachsener gestoßen zu werden und sie dadurch so zu quälen, dass sie nicht mehr leben wollen. Ich hatte keine Ahnung, wie das Mädchen gelitten hat, bis ich den Anruf bekam, dass sie im Park gerade versuchen, sie wiederzubeleben. Vielleicht können Sie es sich *doch* vorstellen!« Sharons Stimme war jetzt nicht mehr als ein Keuchen.

Ihr Ausbruch blieb nicht ohne Reaktion; die Kieferpartie ihres Gegenübers zuckte kaum merklich, aber Sharon sah, wie es in ihm arbeitete.

»Eine kurze Weile bestand allerdings Hoffnung, müssen Sie wissen«, fuhr Sharon fort. »Callie wird von sich aus aufwachen, sie wird zu uns zurückkehren. Gerade erst heute Morgen hat sie auf mich reagiert … Ich war so glücklich. Aber jetzt … In den letzten ein, zwei Tagen habe ich darüber nachgedacht, wie wir am besten aus dieser Sache rauskommen, wie wir den Schaden für sie und ihren jüngeren Bruder begrenzen, wenn sie nach Hause zurückkommt. Danny und ich … diese ganze Sache hat uns auseinandergerissen. Aber in den letzten paar Tagen, als ich ihn nicht erreichen konnte, habe ich gemerkt, wie sehr ich ihn brauche. Wir alle. Der einzige Ausweg aus dem Ganzen schien mir zu sein, wenn wir alle wieder vereint wären. Danny muss bei uns sein. Wir müssen alles versuchen, um unser früheres Leben zurückzubekommen. Und jetzt kommen Sie und sagen mir …« Sharon konnte nicht weitersprechen und rieb sich übers Gesicht. Als sie den Arm wieder sinken ließ, spürte sie, wie ihr Gegenüber ihre Hand ergriff.

»Ich muss Ihnen etwas zeigen«, sagte er mit ganz sanfter Stimme. »Es ist nichts Angenehmes, ich weiß, das ist alles ganz schrecklich. Er hat einen Brief hinterlassen.«

Sharon sog scharf die Luft ein und hielt den Atem an. Eine Hand legte sie über ihren Mund. Sie sah zu, wie der Inspector ein Stück Papier aus seiner Tasche zog, es auseinanderfaltete und ihr gab. Sie zögerte. Schließlich beugte sie sich darüber und las. Sie sah die Wörter, aber ihre Sicht war verschwommen vor Tränen. Als sie schließlich den Text überflog, verstand sie erst einmal kein Wort. Sie musste ihn zweimal lesen, dann ein drittes Mal, um den Sinn halbwegs zu erfassen.

»Was ist das? Danny hat das nicht geschrieben, es klingt überhaupt nicht nach ihm. Wer hat das getippt?«

»Es ist eine Kopie der Nachricht, die wir finden sollten. Ich habe sie mitgebracht, weil ich sehen musste, wie Sie darauf reagieren.«

»Das ist nicht von ihm. Ganz einfach. Was soll das, er habe jemanden verletzt. Danny ›verletzt‹ nie jemanden.«

»Ich habe ein wenig über ihn nachgeforscht. Da war mal etwas mit einem tätlichen Angriff …«

»Er hat mal einem Kerl eine gescheuert, weil der ihn provoziert hat. Da hatte er was getrunken, und außerdem ist es schon lange her. Das passiert halt, wenn man in der Öffentlichkeit steht – irgendein Rowdy sieht einen bekannten Fußballer auf der Straße, und der wird dann zur Zielscheibe. Für Danny galt das ganz besonders – sein Spitzname war so ziemlich das Schlimmste, was ihm passieren konnte. Es bringt Applaus ein, ›Das Raubtier‹ zu reizen. Junge Burschen sind einfach Idioten. Die prügeln sich gern. Danny hat sich nie darum gerissen, aber er hat auch nicht den Schwanz eingezogen. Niemals.«

»Hat er Ihnen gegenüber jemals Sittingbourne erwähnt? In irgendeinem Zusammenhang?«

»Nein.«

Sharon hielt immer noch den Text in der Hand und konzentrierte sich wieder darauf, um weitere Details herauszugreifen. »Und da heißt es – *sie*? Eine Frau würde er schon gar nicht *verletzen*. Niemals. Haben Sie die Person ausfindig gemacht? Tun Sie das, finden Sie heraus, wen er da meint, sprechen Sie mit ihr, und sie wird Ihnen sagen, was geschehen ist. Aber mein Danny, er würde nie eine Frau verletzen. Ich kenne ihn.«

»Wir glauben, dass wir sie gefunden haben, Sharon. Die Frau, die er erwähnt, ist Hannah Ribbons, und sie wurde in einem Apartment in Sittingbourne erschossen.«

»Hannah …« Sharon sah den Inspector entgeistert an. »Erschossen …« Sie stieß ihre Worte atemlos hervor und sah aus, als hätte sie gerade einen Schlag in die Magengrube bekommen. »Nein.« Mit einem erstickten Aufschrei stand sie auf, um besser Luft zu bekommen, dabei wischte sie das Blatt Papier von ihrem Schoß. Sie wollte es nicht mehr sehen – geschweige denn berühren.

»Kurz darauf hat Danny sich das Leben genommen. Die Pistole, die er benutzt hat … Die Ermittlungen werden zeigen, ob es dieselbe Waffe war, mit der DC Ribbons erschossen wurde, aber ich gehe davon aus …« Seine Worte in dieser angespannten Atmosphäre klangen unheilvoll nach, und sie blickte ihn wie erstarrt an. »Ihr Mann hatte ein klares Motiv. Wir wissen, dass er wütend auf die Ermittler war. Die Polizisten, die mit ihm sprachen, notierten dies allesamt ausdrücklich, außerdem hege er einen schweren Groll gegen die Polizei und sei …«

»Stopp!« Sharons Energie kehrte schlagartig zurück, und ihre Stimme schien im Raum widerzuhallen. »Danny *war* wütend, wütend darüber, dass seine Tochter beinahe ums Leben kam, dass sie nie wieder so sein wird wie früher, keiner von uns wird das! Er war wütend über all dieses Leid, sein Leid, meines, das unserer Kinder, und was hat die Polizei gemacht? Nichts! Er war auch wütend über die Anzeige wegen Trunkenheit am Steuer. Von dem Moment an, als diese Scheinwerfer hinter ihm aufleuchteten, hielt er die Hände hoch, und ihr von der Polizei wart noch stolz darauf, ihn vor den Pressefotografen vorzuführen, als er auf dem Tiefpunkt war. Ihr habt selbst noch euren eigenen Post auf dem verdammten Twitter abgesetzt, als mahnendes Beispiel, dass keiner über dem Gesetz steht und dass selbst der Kapitän der Mannschaft von Dover Athletics verhaftet wird. Das nennt man Mobbing! Er hat nie geglaubt, dass er über dem Gesetz steht. Er hat einen Fehler gemacht und die Hände hochgehoben, und ihr macht so eine Show daraus. Ja, natürlich war er da wütend. Aber eine junge Frau erschießen? Ganz gleich, ob sie Polizistin war oder nicht, mein Danny … Nein!« Sie deutete auf das Papier, das immer noch auf dem Boden lag und das sie hinter einem dichten Tränenschleier nur noch als weißen Fleck wahrnahm. »Das ist nicht von ihm!«

Sharon riss die Tür auf und war draußen, bevor sie hinter ihr gegen die Wand knallte. Sie marschierte zurück zum Bett ihrer Tochter und stellte erleichtert fest, dass Jamie noch nicht zurück war. Eilig zog sie die Vorhänge an allen drei Seiten vor das Bett, um einen Kokon zu schaffen, um die Welt draußen von sich und Callie fernzuhalten. Sie griff nach der Hand ihrer Tochter.

»Es wird alles gut, Schatz. Das verspreche ich dir.« Aber ihre Worte klangen irgendwie hohl. Sie ließ den Blick über die drei Vorhangbahnen schweifen, und es graute ihr schon vor dem Moment, an dem sie diese wieder zur Welt hin würde öffnen müssen.

KAPITEL 34

»Verdammt!« Joel hatte auf der gesamten Rückfahrt zur Dienststelle geschwiegen, doch jetzt schlug er die Hände frustriert aufs Steuer.

»Was ist?« Detective Sergeant Rose beugte sich an der Fahrerseite zum Fenster herein. Ihr eigener Wagen parkte direkt dahinter.

»Ich brauche ein Team. Ein paar Leute, denen man einfache Aufgaben übertragen kann.«

»Zum Beispiel?«

»Zum Beispiel die Hotels in der Gegend abzutelefonieren. Wir müssen herausfinden, wo Danny abgestiegen ist, damit wir die Spurensicherung ins Zimmer lassen können. So etwas könnte ein Team innerhalb einer Stunde schaffen.«

»Vorausgesetzt, er hat unter seinem eigenen Namen eingecheckt. Klingt allerdings so, als sei er fest entschlossen gewesen, sich vor seiner Frau zu verstecken«, meinte Detective Sergeant Rose.

»Mag sein. Aber die Leute hier in der Gegend scheinen ihn zu kennen und wissen, wie er aussieht.«

»Dann ist er vielleicht gar nicht in der näheren Umgebung abgestiegen. Oder er wohnt in irgendeinem Bed and Breakfast am Ende der Welt. Davon gibt es hier im Raum Dover jede Menge.«

»Das stimmt. Der Sergeant vom CID hat mir tatsächlich die Hilfe seines Teams angeboten. Mal sehen, ob dieses Angebot morgen früh noch gilt.« Joel spähte hinaus in eine Dunkelheit, die wegen der schweren Regenwolken noch tiefer war als sonst. Es fiel dichter Sprühregen, denn die Tropfen wurden von einem starken Wind verweht, der mittlerweile wenigstens nicht mehr so kalt war. »Heute Abend finden wir dieses Zimmer nicht mehr«, murmelte er.

»Bis morgen früh ändert sich sowieso nichts«, erwiderte DS Rose. »Morgen können wir eine Anfrage bei Danny Evans' Bank stellen, wohin er Geld überwiesen hat. Die Abteilung für Organisierte Kriminalität hat ihre eigenen Finanzermittler, die schulden mir noch einen Gefallen, und vielleicht kriegen wir sogar eine Auskunft am Telefon.«

Joel überlegte. Sie hatte recht. Eine Hauptaufgabe dieser Spezialabteilung bestand darin, Geldflüsse aufzuspüren. Die Kollegen waren versiert darin, und es würde schnell gehen. Aber eben nicht schnell genug. »Ich will vermeiden, dass der Zimmerservice dort aufräumt und putzt, bevor wir die Spurensicherung reinschicken können. Wir werden auch Sachen von ihm zur forensischen Untersuchung schicken müssen, damit wir vielleicht Schmauchspuren oder dergleichen auf der Kleidung finden, von seinen …« Joel sah vorsichtig zu seiner Kollegin auf.

»Von seinen Schüssen auf Hannah«, ergänzte DS Rose. Joel nutzte das folgende Schweigen und sah auf seine Uhr. Er war jetzt schon ziemlich lange von zu Hause fort und fragte sich, ob er seine Frau anrufen sollte. Sie hatte von sich aus nicht bei ihm angerufen, und das konnte zweierlei heißen: Sie hatte gleich vorausgesehen, dass er erst sehr spät wieder zurück sein würde – oder sie war stinksauer. Es war höchste Zeit, den Heimathafen anzusteuern und zu sehen, für welche Option sie sich entschieden hatte.

»Dann beginnen wir also morgen früh«, schloss Joel, aber DS Rose blieb weiter gegen seine Wagentür gelehnt stehen. Offensichtlich hatte sie noch mehr zu sagen, obwohl ihr Gesicht vom Regen schon ganz nass war und ihr Tropfen über die Stirn liefen.

»Ich weiß, ich war … ziemlich schwierig«, sagte sie schließlich. »Aber ich wollte … Hannah verdient das Beste, was wir geben können – wie alle Cops, die im Dienst getötet werden. Sie dürfen nicht in taktische Manöver oder interne Spielchen durch Ranghöhere und Vorgesetzte verwickelt werden, die dadurch nur versuchen, noch weiter auf der Karriereleiter emporzusteigen.«

»Das sehe ich genauso.«

»Ich weiß das. Es ist nicht Ihre Schuld.«

»Nur fürs Protokoll, Superintendent Marsden würde das ebenfalls so sehen. Sie verliert vielleicht manchmal das große Ganze aus dem Blick, wenn sie unter Druck steht, aber sie weiß, dass wir beide neu von außen dazugekommen sind. Und dennoch müssen wir jetzt ein Team an verfügbaren Ermittlern zusammensuchen und leiten, das sich mit einem Kapitalverbrechen, das zufällig in dieser Gegend passiert ist, befasst. Ich glaube, sie vergisst dabei, dass wir nicht ihren Rang haben und dass die fremden Kollegen nicht einfach das machen, worum wir sie bitten. Aber sie glaubt an uns.«

»Sie glaubt an *Sie*«, korrigierte ihn Detective Sergeant Rose, »und sie ist offensichtlich begeistert von Ihnen. Ich dachte zunächst, sie stellt Ihre Qualitäten nur so stark heraus, weil ich wütend war, dass ausgerechnet Sie den Fall übertragen bekamen, aber es war wirklich ernst gemeint. Sie sagt, Sie sind klug, und sie hält Sie für besser geeignet als die meisten karrieregeilen Ermittler im Dezernat. Sie würden ganz ›anders denken‹, behauptete sie.«

»War das wirklich als Kompliment gemeint?«

»Ich glaube, schon. Allerdings weiß ich nicht, ob sie recht hat … zumindest noch nicht.«

»Woher sollen Sie das auch wissen? Sie sind nach allem, was man hört, selbst eine gute Ermittlerin, und als solche glaubt man nichts, was man nicht selbst gesehen hat.«

»Das stimmt. Jedenfalls mir hat imponiert, wie Sie bisher agiert haben, und Sie sind gut mit Sharon umgegangen. Ich hätte ihr diese Nachricht nicht gern überbracht – bei all dem, was passiert ist und was sie stemmen muss.«

»Ihr bleibt wirklich nichts erspart«, sagte Joel.

»Sharon war auch einer der Gründe, warum Hannah sich so in den Fall reingekniet hat. Als ich das letzte Mal mit Hannah sprach, da hat sie … Also, ich habe da eine bestimmte Theorie, warum wir aus der *Source Unit*, die diese verdeckten Ermittlungen durchführt, so wenig erfahren – und warum Hannah überhaupt dort war.«

»Wollen Sie sich nicht lieber reinsetzen, Sie werden ja ganz nass?«, fragte Joel. DS Rose ging auf die andere Wagenseite, und drinnen zeigte sich erst richtig, wie nass sie geworden war. Sie ließ die Tür offen stehen.

»Zunächst einmal müssen Sie wissen, dass Hannah oft mit solch schrecklichen Fällen zu tun hatte. Sie setzte alles daran, Ermittlungserfolge zu erzielen. Und ganz besonders bei diesem Fall … Hannah war geradezu besessen davon, ihn zu lösen.«

»Okay.«

»Wenn sie dabei also irgendwelche Regeln gebrochen hat, dann stets aus bester Absicht. Ich will nicht, dass man ihr unterstellt, sie hätte selbst heraufbeschworen, was ihr zugestoßen ist.«

»Mir ist es nicht wichtig, ob sie Fehler gemacht hat. Ich will einfach nur wissen, was passiert ist.«

»Hannah hat mit mir über diese Mädchen gesprochen. Sie hatte zwei Wochen lang daran gearbeitet, und dann unternahm Callie ihren Selbstmordversuch. Wenn ein fünfzehnjähriges Mädchen im Zusammenhang mit einem Fall, in dem man ermittelt, so etwas macht, dann trifft einen das zutiefst. Aber sie konnte dennoch diesen anderen Job bei der *Source Unit* nicht ablehnen, weil jemand anderes aus dem Team so schwer verletzt worden war, dass er lange ausfiel. Nicht gerade etwas, das man sich aussuchen würde, aber sie musste den Job übernehmen.«

»Das ist mir klar.«

»Hannah hat ihn dann einfach auch als eine Chance im Fall Callie betrachtet.«

»Inwiefern?«

»Sie meinte, sie könnte ihn dadurch aus einem anderen Blickwinkel betrachten. Sie sprach mit ihrem neuen Vorgesetzten, und der meinte, sie hätten da gewisse Quellen, die schon mal zuvor Informationen zu Sexualstraftätern geliefert hätten. Anscheinend ist das die einzige Information, die Leute mit der Polizei auch ohne Honorar teilen, besonders wenn dabei Kinder die Opfer sind. Ihr Vorgesetzter hat eine Person aufgetan, die vielleicht helfen könnte, daher hat Hannah sich bereit erklärt, sich so bald wie möglich mit ihr zu treffen.«

»Wissen wir, wer das ist?«

»Nein, das hat sie mir nicht gesagt. Aber die Aktion wurde sowieso nicht genehmigt. Alle Kontakte mit Informanten müssen von einem Supervisor begutachtet werden – im Grunde ein leitender Beamter, der jedes Treffen autorisieren muss –, und dieses wollte man nicht bewilligen. Hannah war erst seit ein paar Wochen in der Abteilung und hatte keinerlei Beziehung zu der betreffenden Quelle, daher wurde die Aktion als zu risikoreich eingestuft. Es sollte jemand anderes aus dem Team damit beauftragt werden, aber das konnte nicht so kurzfristig erfolgen. Hannah erzählte mir, die ganze Mannschaft sei gerade voll eingespannt in irgendeine große Drogenermittlung. Natürlich war sie frustriert.«

»Sie glauben also, dass sie auf eigene Faust etwas unternommen hat?«

»Ich weiß es nicht sicher, aber ich habe sie noch nie so engagiert erlebt … Das war das letzte Mal, dass ich sie gesehen habe.«

»Das könnte also erklären, warum sie einen Informanten zu Hause aufgesucht hat und auf sich allein gestellt war«, meinte Joel.

»Vielleicht.«

»Und jetzt hat das Team die Recherche bei diesem Fall ganz eingestellt, weil jemand von ihnen regelwidrig gehandelt und sich dabei in Lebensgefahr gebracht hat.«

»Sie hat sich nicht selbst in Lebensgefahr gebracht. Jemand hat sie an dieses Bett gefesselt und zweimal auf sie geschossen«, widersprach DS Rose.

»Sie haben recht, ich habe mich falsch ausgedrückt. Wir müssen unbedingt mit der *Source Unit* sprechen«, sagte Joel, »dringender denn je.«

»Das wird nicht viel bringen.«

Joel zog sein Handy heraus, entschied sich dann aber anders. »Morgen spreche ich als Erstes wieder mit Superintendent Marsden und schaue, was sie tun kann. Wir sollten uns etwas deutlicher bemerkbar machen.«

KAPITEL 35

Montag

Am allerschönsten war der Friedhof an der Lympne Church zu Frühlingsbeginn. Richard hatte das Gefühl, als sei in den letzten vierundzwanzig Stunden ein Schalter umgelegt worden – auf einmal gab es Anzeichen, dass dieser harte und öde Winter sich seinem Ende näherte. Die Hecke, die den Kirchengrund umgab und im trostlosen Winterlicht ausgesehen hatte wie mit Kohle gezeichnet, war jetzt übersät mit jungen Trieben. Auch an den größeren Bäumen zeigte sich nun Farbe; ihre dicken Wurzeln steckten zwar tief im Steilhang unterhalb des Friedhofs, aber die kräftigen Äste ragten über die niedrige Steinmauer. Direkt hinter dem Grabstein von Angela Maddox erwachte gerade ein Kirschbaum zu neuem Leben und würde bald eine leuchtend rosa Kulisse bilden. Er blühte immer nur eine Woche lang – bei starkem Wind noch kürzer –, aber wenn er seinen farbigen Mantel abwarf, streute er die Blätter seiner Blüten wie den allerschönsten Schmuck über die letzte Ruhestätte seiner Frau. Letztes Jahr hatten die Blütenblätter unmittelbar nach Angelas Beerdigung zu fallen begonnen, als wolle der Friedhof sie mit Farbe willkommen heißen – wie eine Konfettiparade für eine zurückkehrende Heldin. Angela stammte aus Lympne, und einer ihrer Vorfahren war sogar Vikar dieser Kirche gewesen – so war es Richard auch gelungen, sie hier begraben zu lassen. Sie hatte zwar regelmäßig den Gottesdienst in der Kirche an ihrem Wohnort besucht, aber für Richard war es ein echter Trost gewesen, sie hier unter Verwandten und Freunden von früher zur ewigen Ruhe zu betten.

Heute gab es keinen eisigen Morgennebel, und statt des Regenwetters vom vergangenen Abend schien die Sonne jetzt so kräftig, dass Richard ihre Wärme spüren konnte. Er knöpfte sogar seine Jacke auf, ehe er die Thermosflasche öffnete.

»Guten Morgen, Liebling!« Frohgemut schenkte er sich seinen ersten Kaffee in den Becher und atmete die frische Morgenluft tief ein. Plötzlich nahm er im Augenwinkel eine Bewegung wahr. Ein Schaf kam aus den Büschen gelaufen, dicht gefolgt von einem zweiten. Beide sprangen wieder fort, und das hintere Schaf blieb dabei kurz mit einem Bein im Gestrüpp hängen. Das sah so komisch aus, dass Richard lachen musste. »Ah, sie sind wieder draußen unterwegs und leisten dir Gesellschaft.«

Angela hatte die Natur geliebt, und Richard freute sich, dass Tiere hier ohne Scheu umherstreifen konnten. Er lehnte sich zurück und reckte sich der Sonne entgegen. Mit geschlossenen Augen wandte er ihr das Gesicht zu und nahm ihren Schein durch die Lider wahr. Zum ersten Mal seit langer Zeit fühlte er sich gut, ja sogar voller Energie. Unzählige Male hatte er schon hier auf dieser Bank gesessen, ohne Sinn für irgendetwas anderes als seine Trauer zu haben, als ob er nur darauf wartete, seiner Frau unter die Erde zu folgen. Aber nicht so heute.

»Wen haben Sie mitgebracht, Richard?« Er erkannte die Stimme sofort und öffnete die Augen, aber das grelle Sonnenlicht zwang ihn, den Blick zu senken, sodass er auf ein Paar gepflegte hellbraune Schuhe mit kontrastierendem blauem Streifen blickte.

»Mitgebracht? Was meinen Sie damit?«, fragte Richard.

»Jemand ist Ihnen hierher gefolgt. Er beobachtet Sie. Was haben Sie ihm erzählt, Richard? Wieso haben Sie ihn mitgebracht?«

»Ihm erzählt?«

»Über das hier. Über mich … Was haben Sie ihm erzählt?« Der Mann klang heute emotionaler als die letzten Male, aber Richard hörte eher Traurigkeit als Ärger aus seiner Stimme heraus.

Er wollte ihm ins Gesicht blicken, sah aber nur eine Silhouette, über deren Schulter ihm die Sonne direkt ins Gesicht schien, sodass er wegschauen musste. Rasch ließ er seinen Blick über das Friedhofsgelände schweifen, bis er an dem schmiedeeisernen Eingangstor hängen blieb. Er konnte niemanden sehen. Glenn hatte es nicht gut aufgenommen, dass er nicht hierherkommen sollte. Richard hatte ihm ganz deutlich gesagt, dass er ihn nicht brauchte – aber es hätte ihn auch nicht verwundert, wenn Glenn ihm doch nachgefahren wäre.

»Hören Sie, wir sind ja fast Brüder. Sie dagegen kenne ich nicht, ich weiß nicht, wer Sie sind und was Ihre Motive sind.«

»Ich habe sie Ihnen genannt. Ich habe Ihnen gesagt, dass es mir um eine gute Tat ging. Ich weiß, wie Sie gelitten haben, und ich wollte Ihnen die Chance geben, alles geradezurücken. Aber das war eine Sache zwischen uns, zwischen mir und Ihnen. Das habe ich Ihnen gesagt. Das Ganze war nicht für andere bestimmt. Sobald andere Leute mit reingezogen werden, wird die ganze Sache … heikel.«

»Heikel? Überhaupt nicht. Ich habe Ihnen ja gesagt, dass ich ihm vertraue wie niemandem sonst auf Erden. Wenn er hier ist, dann nur, um auf mich aufzupassen, wie er das immer getan hat. Wir sind beide etwas misstrauisch, wenn es um gute Taten geht. Wahrscheinlich, weil uns beigebracht wurde, dass die Welt einfach nicht so funktioniert.« Richard versuchte erneut, Blickkontakt herzustellen, aber der Mann stand noch immer in der Sonne.

»Manchmal funktioniert sie eben doch so. Das sollten Sie inzwischen gemerkt haben. Sie vertrauen diesem Mann also?«

»Bedingungslos«, antwortete Richard.

»Und er weiß, was Sie getan haben?«

»Ja. Das beweist, wie groß mein Vertrauen in ihn ist«, bestätigte Richard.

Der Mann seufzte und änderte seine Haltung ein wenig – vielleicht war er jetzt weniger angespannt. »Also gut, verbringen Sie noch etwas Zeit bei Ihrer Frau, ich will Sie hier nicht weiter stören. Aber Sie dürfen darüber, was passiert ist, was ich für Sie getan habe, auf keinen Fall mehr sprechen, okay?«

»Glauben Sie denn, ich will, dass die Leute das wissen? Mit Glenn ist es etwas anderes … Er versteht das. Wir waren zusammen in der Army, sind Kriegskameraden, wir konnten uns immer aufeinander verlassen, und das wird auch in Zukunft so bleiben.«

»Verbringen Sie noch etwas Zeit bei Ihrer Frau, Richard. Diese Momente sind so kostbar.«

»Und wie soll es weitergehen? Werde ich noch einmal von Ihnen hören?«

»Sie haben Ihre Antworten bekommen.«

»Ja, das stimmt. Ich danke Ihnen … Ich kann Ihnen gar nicht sagen, was das für mich bedeutet. Jetzt fühle ich mich … ganz anders. Ich kann es kaum erklären. Davor hatte ich das Gefühl, dass das Leben an mir vorüberzieht, dass ich unsichtbar bin. Nutzlos sogar. Aber damit ist es jetzt vorbei. Ich weiß jetzt, dass ich noch einen Platz in dieser Welt habe.«

»Das war nur eine gute Tat. Sonst nichts.« Der Mann bewegte sich aus dem Gegenlicht, und Richard sah ihm nach, bis er verschwunden war. Er drehte sich kein einziges Mal um. Richard schüttete den Kaffee von vorhin aus, um sich einen frischen aus der Thermosflasche gönnen. Aber zuerst nahm er sein Handy heraus, um eine Nachricht an Glenn zu schreiben. Er wiederholte das, was er ihm bereits gesagt hatte. Dass er nicht hier zu sein brauchte, sondern lieber heimfahren und sich später mit ihm treffen solle. Er versprach ihm sogar, wieder den Kaffee zu spendieren. Am Ende schrieb er noch, dass sie jetzt beide ihr Leben weiterleben könnten und dass es ihm leidtat, wie er sich in letzter Zeit benommen hatte. Und dass alles von jetzt an anders sein würde.

Als Richard das Handy in seine Tasche gesteckt hatte, konnte er sich endlich wieder zurücklehnen und die Sonnenwärme auf seinem Gesicht genießen. Er schloss erneut die Augen und lauschte auf das sanfte Rascheln von Blättern, die ein Windstoß bewegte.

»Ach, Angela … Endlich fühle ich mich wieder lebendig! Jetzt wird alles gut, für mich und für dich, das verspreche ich dir!«

KAPITEL 36

Richard war bei seiner Frau sitzen geblieben, bis die Thermosflasche leer war, und dann noch ein bisschen länger. So lange, bis das wärmende Sonnenlicht die Schatten verkürzt hatte – und dennoch verließ er seinen Platz auf der Bank nur widerwillig.

Schließlich trieb ihn jedoch der Gedanke an sein Treffen mit Glenn zum Aufbruch. Richard war nicht überrascht, dass er auf seine Nachricht hin bisher keine Antwort erhalten hatte, denn Glenn sah nur selten auf sein Handy. Daher wollte Richard ihm jetzt auch noch persönlich sagen, wie dankbar er war und wie schön er es fand, dass Glenn auch nach so langen Jahren immer noch auf ihn aufpasste. Auf der Rückfahrt hielt er noch kurz an, um eine Packung von Glenns Lieblingskeksen zu kaufen – das sollte reichen.

Als er am Haus seines Freundes, die Kekspackung in der Hand, aus seinem Wagen stieg, wusste er gleich, dass etwas anders war als sonst. Es dauerte noch einen weiteren Moment, bis er erkannte, dass es die Eingangstür war. Sie stand leicht offen, während das niedrige Gartentor zugezogen war. Er sah noch einmal auf sein Handy – noch immer keine Antwort von Glenn.

Das Gartentor schlug gegen Richards Oberschenkel. Während er den Weg entlangging, der den gepflegten Rasen teilte, drehte sich Glenns Miniatur-Windmühle fröhlich im Wind, und die hellen Farben ihrer Flügel schienen sich miteinander zu vermischen. Glenns Haus war das letzte in einer

Reihe, und die Eingangstür befand sich an der Seite des Gebäudes unter einem kleinen Windfang.

»Glenn?«, rief er laut, aber keiner antwortete. Die Reihenhaussiedlung gehörte zum Sozialwohnungsbestand der Gemeinde, stammte aber noch aus einer Zeit, als man die Häuser groß genug für eine ganze Familie baute. Glenns drei Kinder waren längst ausgezogen, aber selbst als seine Frau gestorben war, hatte er keinen Gedanken daran verschwendet, woanders hinzuziehen.

Richard stand jetzt an der Tür. Er legte seine Handfläche darauf und beugte sich weit genug vor, um durch den schmalen offenen Spalt hineinzuspähen. Auch wenn die Sonne heute schien, fiel nur wenig Licht ins Innere, das den schattigen Flur erhellen könnte. Er schob die Tür weiter auf. Jetzt sah er genug, um die Treppe vor sich zu erkennen. Glenns Schuhe standen ordentlich auf einem kleinen Regal zu seiner Rechten. Darüber hing seine Jacke an einem Haken, und seine Handschuhe lagen auf dem Heizkörper, die Finger ordentlich ausgelegt, als hätte Glenn ein Lineal benutzt. Einmal Soldat, immer Soldat.

»Glenn?« Richards Stimme klang durchs ganze Haus, und wenn sein Freund daheim war, würde er ihn hören. Doch es kam keine Antwort. Richard kannte den Grundriss gut: Am Ende des schmalen Flurs neben der Treppe befand sich rechts ein Wohnzimmer mit Ausblick auf den Garten und links der Zugang zur Küche. Wann immer er zu Besuch gewesen war, hatten sie die meiste Zeit im Wohnzimmer verbracht, wo die bequemsten Sessel standen, die Richard je untergekommen waren. Es war schon zu einem Witz zwischen ihnen geworden, dass sie später einmal in irgendeinem Altersheim einander genauso gegenübersitzen würden – aber sie hätten darauf bestanden, dass die beiden Sessel mit ihnen einzogen.

»Was ist los, hast du deine Zunge verschluckt? Ich weiß genau, was du machst!«, rief Richard, und er ahnte es tatsächlich. Glenn hatte ihn schon öfter reingelegt. Wenn er wusste, dass Richard gleich zu Besuch kommen würde, ließ er die Eingangstür offen und blieb einfach hinten sitzen. Und wenn Richard dann im Wohnzimmer auftauchte, rief er schadenfroh: *Du bist näher am Wasserkessel, oder? Also los, mach uns einen Tee!* Ein schallendes Lachen erschütterte dabei seinen dicken Bauch, der sich immer nach oben wölbte, wenn er saß.

Richard trat ins Haus und schloss mit dem Ellbogen die Eingangstür hinter sich. Es war immer noch nichts zu hören. Er ging den Flur hinunter.

»Treibst du wieder Spielchen mit …« Er öffnete die Tür zum Wohnzimmer, und der Anblick ließ ihn verstummen. Sein Blick wurde von dem großen Fenster angezogen, durch das helles Licht fiel. Davor sah er im Gegenlicht einen Schattenriss seines besten Freundes, aber er wusste sofort, dass etwas nicht stimmte. Glenn saß in seinem Sessel, war aber zur Seite gesunken. Sein Brustkorb, der sich beim Atmen normalerweise deutlich sichtbar hob und senkte, bewegte sich nicht. Als Richard näher herantrat, bemerkte er, dass auch seine Augen starr waren und sein ganzer Körper kein Lebenszeichen mehr zeigte. Es sah irgendwie unwirklich aus, als hätte irgendjemand seinen besten Freund durch einen Dummy ersetzt und ihm einen blutgetränkten Pullover angezogen.

»Mein Gott, Glenn!« Richard streckte seine Hand aus, um mit seinen Fingern den Puls zu suchen. Nichts. Glenns Haut fühlte sich kalt an, und das viele Blut auf der Brust trocknete schon. Richard hatte in seinem Leben schon viel Blutvergießen erlebt, und er wusste, wie der Tod aussah – er saß hier vor ihm.

Blitzschnell drehte Richard sich auf dem Absatz um. Seine Reaktionen waren vielleicht über die Jahre langsamer geworden, aber das ausgiebige Training der Militärzeit zeigte immer noch Wirkung. Er erfasste mit einem Blick den ganzen Raum, suchte nach Bedrohungen. Die einzige Bewegung sah er auf einem flimmernden Bildschirm, dessen Ton ausgeschaltet war. Es dauerte eine Weile, bis Richard registrierte, dass er auf dem Bildschirm eine bekannte Gestalt sah – sich selbst.

Die Bilder einer Überwachungskamera zeigten, wie er durch einen langen Korridor auf eine Tür zuging. Die nächste Einstellung zeigte ihn aus einem anderen Blickwinkel, jetzt betrat er ein großes Büro. Er sah sich, wie er auf der Schwelle zögerte und sein Blick auf den Boden gerichtet war. Man erkannte nicht, worauf genau, aber natürlich wusste es Richard – schließlich war das alles erst gestern gewesen. Er hatte auf eine Nachricht geschaut, die vor ihm lag. Es dauerte nur ein paar Sekunden, bis er sie gelesen hatte und wieder aufblickte, obwohl Richard das alles als viel länger in Erinnerung hatte. Den schwarzen Schnellhefter trug er gut sichtbar in seinen Händen.

Im selben Augenblick sah er, dass sich dieser Schnellhefter jetzt hier im Wohnzimmer befand – direkt vor dem Fernseher lehnte er am Unterschränkchen und war gerade so groß, um den Bildschirm ein kleines Stück zu verdecken. Richard sollte ihn sehen, er sollte auch darin lesen, genau wie am Tag zuvor. Er ließ sich davor auf die Knie sinken, ihm graute schon davor, was auf den Seiten stehen würde. Der Bildschirm des Fernsehers befand sich jetzt direkt auf seiner Augenhöhe und zeigte immer noch ihn selbst. Dann änderte sich die Kameraeinstellung zu einer weiteren Perspektive. Jetzt sah er Danny Evans mitten auf einer freigeräumten Fläche. Die weißen Seile stachen auf dem Bild hervor, und selbst aus der Entfernung konnte man den angsterfüllten Gesichtsausdruck des Mannes erkennen. Seine Augen traten hervor, und sein Körper zuckte, während er gegen die Fesselung kämpfte. Richard konnte den Blick nicht abwenden, er sah immer noch hin, als es auf dem Bildschirm grell aufblitzte.

Es war der Moment, in dem er Danny Evans erschossen hatte.

Richard schloss die Augen und kniff sie fest zusammen, als befände er sich in einem Albtraum. Wenn er nur lange genug wartete, könnte er sie in einer neuen Realität wieder öffnen – und alles wäre wie vor dem Zeitpunkt, als er diesen Abzug betätigt hatte. Es hatte sich gestern alles so richtig angefühlt, aber die Filmsequenzen – von außen zu betrachten, was er getan hatte – erzählten eine ganz andere Geschichte. Der Mann war hilflos gewesen, gefesselt, er hatte nicht einmal die Chance gehabt, sich zu verteidigen.

Doch Richard merkte, dass er den Kopf schüttelte. Er hätte sowieso nicht zugehört. Über diesen Punkt war er längst hinaus gewesen. Angela hatte immer gesagt, er sei ein Hitzkopf. Sie hatte es als Kritik gemeint, aber Richard hatte sein reizbares Temperament nie negativ betrachtet. Manchmal musste man einfach reagieren, musste sich von Wut oder Angst leiten lassen, denn nur so überlebte man. Aber diesmal hätte sie recht gehabt.

Auf der ersten Seite des Schnellhefters standen nur zwei Zeilen, beide in Groß- und Druckbuchstaben, die ihm von der Seite entgegenschrien.

DANNY EVANS STARB WEGEN IHNEN.
GLENN MORRIS STARB WEGEN IHNEN.

Richards Hand zitterte sichtlich, und er konnte das hellblaue Papier der Seite nur mit Mühe umblättern. Was er dort las, ließ ihn entsetzt aufheulen. Der Schnellhefter fiel ihm aus der Hand, er zuckte zurück und fiel rückwärts auf seinen Hintern. Dabei zerquetschte er die Kekspackung und saß nun in einer höchst unbequemen Position auf dem Boden. Er griff erneut panisch nach dem Schnellhefter, blätterte hastig zur zweiten Seite und las noch einmal den einzelnen Satz, der dort stand:

THOMAS MADDOX WIRD WEGEN IHNEN STERBEN.

KAPITEL 37

Sharon Evans ignorierte die Reaktion der Hausherrin, als die imposant aussehende Eingangstür auf ihr Klopfen hin geöffnet wurde. Der Stil der Villa erinnerte sie an alte Filme; es sah aus wie die Mansions, die im tiefen Süden der USA große Plantagen beherrschten. Nur lag diese etwas außerhalb von Dover, an der Westseite von Kearsney Abbey im Dörfchen River und nahe genug am seichten Fluss Dour, sodass man das Gurgeln und Rauschen des Wassers über die Straße hinweg hören konnte.

Julia Kerner stand auf der Schwelle, und ihr Gesicht zeigte unverhohlene Überraschung. Sie beide waren einmal Freundinnen gewesen, ebenso wie ihre Töchter, daher hatten sie alle zusammen, als die Kinder noch so klein waren, dass man mit ihnen spielen musste, viel Zeit auf dem Klostergelände verbracht. Julias Tochter hieß Abbey – genannt nach dem Blick aus ihrem Zimmerfenster. Callie und Abbey waren Freundinnen geblieben, auch wenn sie später andere Interessen gehabt hatten, als durch Bäche zu waten, beim Entdecken eines Fisches aufgeregt zu kreischen oder auf der Schaukel angeschubst zu werden.

»Sharon! Ich hätte nicht gedacht, dass du noch einmal zu uns kommst.«

Mit »uns« meinte sie die Mitglieder ihrer Selbsthilfegruppe, denn es war Julias Idee gewesen, die Eltern zusammenzubringen. Zunächst schien das auch eine gute Initiative zu sein. Fünf Mädchen im Teenageralter waren einem Angriff auf ihre Unschuld ausgesetzt gewesen, und mutmaßlich war derselbe Täter dafür verantwortlich. Die Wahrnehmung der Eltern, dass die Polizei sie im Stich lasse und zu wenig in dem Fall ermittle, hatte die fünf Elternpaare dazu gezwungen, selbst mit dem Geschehenen zurechtzukommen. Die Gruppe traf sich, um Wut herauszulassen, die Verbitterung über die Untätigkeit der Beamten zu teilen und sich dabei gegenseitig zu unterstützen. Doch Sharon hatte schon bald den Verdacht, dass diese Treffen nur dazu dienten, Julia eine Bühne zu bieten. Sie übernahm einfach gern eine Führungsrolle und wurde auch von der Gruppe als emotionale Stütze sowie als Dreh- und Angelpunkt wahrgenommen.

»Ich weiß. Ich war eine Weile abgetaucht …«, stammelte Sharon. Sie wusste, es wirkte seltsam, dass sie hier war, obwohl sie per Textnachricht immer noch jedes Mal eingeladen wurde. Anfangs hatte man sich täglich getroffen, doch dann nur noch einmal pro Woche am Montag.

Sie hatte die letzte Einladung gestern Abend gelesen, und es war das Einzige, was in ihrem Zustand emotionaler Lähmung und dichten Nebels im Kopf zu ihr durchgedrungen war. Als sie vom Krankenhaus nach Hause gekommen waren, hatte sie Jamies Schuluniform bereitgelegt, ihm einen Lunch zubereitet und seine Fragen abgewehrt, ob alles mit ihr in Ordnung sei. Nichts war mit ihr in Ordnung. Sie funktionierte im Autopilotmodus und überlegte verzweifelt, wie sie ihrem zwölfjährigen Sohn erklären könnte, dass sein Dad tot war. Sein Held. Jedes Mal, wenn sie zum Sprechen ansetzen wollte, war ihr so übel geworden, dass sie es nicht über sich gebracht hatte. Sie würde ihm einfach noch einen weiteren Tag Normalität gewähren – den Montag nach den Ferien, zurück in der Schule mit seinen Kumpels. Ein Tag mehr, um im Klassenzimmer aufgeregt von allem Erlebten zu erzählen und zur Ruhe ermahnt zu werden; um in der Lunchpause Fußball zu spielen und später beim Heimkommen mühsam zu verbergen, dass man die neuen Schulschuhe beim Kicken verschrammt hatte. Noch einen Tag. Doch

Sharon hätte an diesem Tag in einem stillen, leeren Haus auf ihn warten müssen. Es erschien ihr als guter Ausweg, hierherzukommen, denn die Menschen hier hatten wohl am ehesten eine Ahnung davon, was sie gerade durchmachte. Aber noch viel wichtiger als das war die Tatsache gewesen, dass sie es einfach nicht aushielt, allein zu sein.

»Natürlich. Ich bin einfach nur froh darüber, dass du erkannt hast, diese Gruppe ist für dich da, wann immer du sie brauchst.« Julia neigte ihren Kopf mitfühlend zur Seite, und Sharon fiel wieder ein, warum sie nicht mehr hergekommen war. Sie empfand Julias ganzes Gehabe als herablassend. Julia gab gern etwas von sich, von dem sie dachte, damit klug und empathisch rüberzukommen, doch ihre vorgetäuschte Herzlichkeit erzielte das Gegenteil. Aber jetzt war es zu spät. Julia schloss die Tür hinter sich, und Sharon war gefangen.

»Die Gruppe wird sich freuen, dich zu sehen!«, schwärmte Julia, und Sharon folgte ihr durch die weite Diele. Alle Räume, an denen sie vorbeigingen, wirkten auf sie wie ausgestattet für die Fotostrecke eines Hochglanzmagazins. Julia war Innenarchitektin, und ihr Zuhause diente ihr als eine sich ständig verändernde Präsentationsfläche ihrer Fertigkeiten und Talente und war – nach Sharons fester Überzeugung – ein weiterer Grund dafür, dass sie darauf bestanden hatte, die Gastgeberin dieser Gruppentreffen zu sein.

Schließlich kamen sie in einen geräumigen halbrunden Wintergarten an der Rückseite des Hauses, der Wärme und Behaglichkeit ausstrahlte. Geschmackvolle Korbmöbel gruppierten sich um einen runden Tisch, auf dem ein Tablett mit Tassen sowie eine bauchige Teekanne in einem hellen, freundlichen Teewärmer standen. Julia deutete darauf. »Bitte bedien dich. Oje, ich muss noch Kekse holen. Die haben offensichtlich eifrigen Zuspruch gefunden.« Sie lachte irgendwie selbstverliebt.

Sharon sah ihr nach, dann setzte sie sich auf einen freien Stuhl am Rand. Sie war sich bewusst, dass die gedämpfte Unterhaltung der sechs Frauen im Raum bei ihrem Eintreten verstummt war. Sie blickte auf eine Reihe lächelnder Münder, und alle drückten dasselbe vorgespielte Mitgefühl aus. Sharon kannte keine der Frauen sehr gut, hatte aber den Eindruck, dass sie alle selbstständig waren oder sehr flexible Arbeitszeiten hatten. Sie erinnerte sich an ein Gespräch ganz zu Beginn der Treffen, in dem sie sich alle darauf geeinigt hatten, »ihren Kalender am Montag immer frei zu halten«. Das ließ darauf schließen, dass die anderen eine viel größere zeitliche Unabhängigkeit genossen als sie.

Was ihr schon an der Tür wie eine schlechte Idee erschienen war, fühlte sich bereits jetzt noch schlimmer an. Einige der Gesichter hatten sich in der Zwischenzeit verändert, und Sharon wusste nicht einmal mehr genau, welche Familien dahinterstanden. Da nur noch die Frauen herkamen, fühlte es sich eher an wie ein Kaffeekränzchen als eine Selbsthilfegruppe. Die ersten Treffen waren von zornigen Vätern dominiert worden, die nach Antworten verlangten. Mittlerweile mussten sie erkannt haben, dass sie hier nur ihre Zeit verschwendeten.

Julia kehrte mit einem Teller Kekse zurück, die eher selbst gebacken als gekauft aussahen. »Also, Sharon, was bringt dich zurück in den Schoß unserer Gruppe?«

In den Schoß unserer Gruppe … So sah Julia das Ganze also. Eine beschützende Gemeinschaft – in der sie die Übermutter sein konnte.

»Danny … er ist tot.« Es brach einfach aus ihr heraus. Es war, als müsste sie es unbedingt irgendjemandem mitteilen, und es überwältigte selbst Sharon. Das Schluchzen, das darauf folgte, erfüllte den Raum, in dem schlagartig Stille eingetreten war. Dann hörte sie, wie jemand leise aufstand, zu ihr trat und sie mit dürren Armen umschlang.

»Mein Gott, Sharon. Wenn du irgendetwas brauchst …«, wurde ihr ins Ohr geflüstert.

»Danke«, sagte Sharon. Mehr brachte sie nicht heraus. Sie wusste, es war zwar nur eine Beileidsfloskel, aber sie fühlte sich danach ein wenig besser. Vielleicht war es doch keine so schlechte Idee gewesen, hierherzukommen. Sie musste den anderen nicht noch weitere Einzelheiten erzählen, das hätte sie sowieso nicht verkraften können. Es spielte alles keine Rolle, nicht in diesem Moment. Danny war tot, alles andere zählte nicht.

KAPITEL 38

»Thomas! Nicht mein Thomas ... der kleine Thomas!« Richards Hand zitterte so stark, dass er kaum sein Handy aus der Tasche fischen konnte. Es zu bedienen, war noch viel schwieriger.

»Komm, geh schon ran!« Mit dem Handy am Ohr stürzte er auf den Fernseher zu, der in Glenns Wohnzimmer noch immer dieselbe Aufnahme in Endlosschleife zeigte. Gerade sah er wieder sich selbst, wie er beim ersten Anblick von Danny Evans auf der Schwelle innehielt. Am liebsten hätte er sich dort auf dem Bildschirm zugeschrien: »Kehr um! Tu das nicht!«, aber das Einzige, was er zustande brachte, war, den Fernseher auszuschalten. Jetzt konnte er sich selbst auf dem Bildschirm live sehen: die Augen panisch aufgerissen, der Mund offen, um sofort losreden zu können, wenn endlich jemand an dieses verdammte Telefon ging. Und hinter sich sah er seinen besten Freund, der zusammengesackt in seinem Lieblingssessel saß, während sein Blut auf den Teppich tropfte.

»Dad«, sagte Colin, als er ans Telefon ging, und seine Stimme hatte wieder diesen genervten Unterton.

»Colin! Thomas, wo ist er? Wo ist Thomas, Colin? Du musst sofort nach ihm sehen!«

»Um Himmels willen, Dad, was ist los mit dir?«

»Wo ist er? Du musst in der Schule anrufen. Ruf dort an, und zwar sofort, und frag nach, ob alles in Ordnung ist mit ihm. Ich bleib solange dran.«

»Die Schule anrufen ...? Dad, er ist hier, okay! Er steht hier neben mir und hilft mir mit dem Oldtimer. Sein Zimmer in der Schule ist schon bezugsfertig, aber das zweite Halbjahr fängt erst Mitte der Woche an, sodass ich gedacht hab … du weißt schon, nach dem, was du neulich gesagt hast, dachte ich, dass es vielleicht …«

»Er ist da! Er ist gerade bei dir und in Sicherheit?«

»Was zum Teufel ist los, Dad? Du bist ja völlig außer dir!«

»Nein … alles in Ordnung mit mir … Sorry, Colin, ich habe nur schlecht geträumt.« Richard konnte gerade noch einen Schluchzer unterdrücken und brachte lediglich ein »Pass bloß gut auf den Jungen auf!« heraus, ehe er das Gespräch abrupt beendete. Er sackte in sich zusammen, als wäre die Anspannung das Einzige gewesen, was seinen Körper noch aufrecht hielt. Fast wäre er der Länge nach auf dem Teppich gelandet, aber er konnte sich gerade noch mit seinen Ellenbogen abfangen. Es kostete ihn all seine Kraft, sich wenigstens zum Sitzen aufzurichten. Er nahm den schwarzen Schnellhefter wieder in die Hand, legte ihn auf seinen Schoß und schlug noch einmal die Seite mit dem Namen seines Enkels auf. Als er sie mit einer Hand umblätterte, las er auf der nächsten Seite:

GEHEN SIE JETZT. FASSEN SIE NICHTS AN.

SIE HABEN EINEN MORD BEGANGEN. DIE AUFNAHME, DIE SIE HIER SEHEN, KANN SIE FÜR DEN REST IHRES LEBENS HINTER GITTER BRINGEN. DANN KÖNNTE ICH MICH ZUR STRAFE FÜR IHRE REDSELIGKEIT NUR NOCH AN THOMAS HALTEN.

ABER ICH SAGE IHNEN, WIE SIE IN FREIHEIT BLEIBEN KÖNNEN. WIE THOMAS NICHTS PASSIEREN WIRD.

GEHEN SIE UND SPRECHEN SIE NIEMALS MEHR MIT IRGENDJEMANDEM ÜBER DAS ALLES.

Es folgten keine weiteren Seiten mehr. Das war auch nicht nötig. Die Anweisungen waren mehr als klar. Richard stemmte sich wieder auf die Knie hoch. Er würde noch einen Moment brauchen, bis er aufstehen konnte. Er spürte das Hämmern seines Herzens im Brustkorb, jedes Pochen wie ein Schlag, der ihn zusätzlich schwächte. Seine Sicht verschwamm. Unter Aufbietung seiner gesamten Willenskraft atmete er tief durch, bis er wieder richtig sehen konnte. Dann zwang er sich, seinen Freund noch einmal anzublicken. Erst jetzt entdeckte er die Medaille, die an Glenns Brust geheftet war und auf seinem alten T-Shirt merkwürdig deplatziert wirkte.

»Oh Gott, Glenn«, murmelte Richard, und die Traurigkeit überwältigte ihn schier. Es war die General Service Medal, eine Einsatzmedaille, die Glenn, genau wie Richard, für seine Verdienste in Nordirland verliehen worden war. Die Tatsache, dass sie an seine Brust geheftet war, sprach Bände: Hier war nicht jemand gekommen und hatte ihn einfach umgebracht, ehe Glenn realisieren konnte, wie ihm geschah. Glenn hatte immer gesagt, dass er mit dieser Medaille sterben wollte, falls er seinen Tod kommen sehen würde: *»Man wird einfach alt, und keiner kümmert sich einen Scheiß um einen. Ich will, dass die Leute wissen, was ich geleistet habe, als ich es noch konnte. Wir können nicht alle den Heldentod sterben, aber immerhin war ich einmal jemand. Wir beide waren jemand. Und zwar mehr als so manch anderer …!«* Zur Bekräftigung hatte er immer die flache Hand so fest auf Richards Oberarm geklatscht, dass es richtig wehtat. Er hatte seine Kraft nie richtig einschätzen können. Wenn er dann Richards Gesicht sah, ließ er wieder das typische Glenn-Lachen hören, Kopf im Nacken, bebender Bauch, und Richard musste jedes Mal mitlachen, ob er wollte oder nicht.

»Sieh dich an«, rief Richard ihm jetzt zu, und beinahe versagte ihm die Stimme. »Jetzt hast du es doch geschafft, den Heldentod zu sterben, alter Freund.« Diesmal waren es Tränen, die seine Sicht behinderten. »Ganz im Gegensatz zu mir, Kumpel. Was ist bloß mit mir passiert? Ich habe alles vermasselt, wirklich alles.«

Richard wollte jetzt nur noch weg. Er hatte den Flur schon halb durchquert, als er das hellblaue Blatt Papier bemerkte, das mit Tesa innen an die Eingangstür geklebt war. Es war ein Zeugnis, ausgestellt von der Battle Abbey Prep School für den Schüler Thomas Maddox. Oben auf dem Blatt stand die Adresse der Schule, und offensichtlich handelte es sich um die letzte Seite mit der abschließenden Beurteilung. Die Schlusszeilen waren mit einem Textmarker hervorgehoben:

Insgesamt ist Thomas ein intelligenter Junge mit einer vielversprechenden Zukunft, wenn er sich so anstrengt, wie es in seinen Möglichkeiten liegt. Wir freuen uns über seine Fortschritte und sind gespannt zu sehen, wie er sich zu einem charaktervollen jungen Mann entwickelt.

Panisch riss Richard den Zettel von der Tür. Er zerknüllte ihn, stopfte ihn in seine Gesäßtasche und rannte zu seinem Wagen.

KAPITEL 39

Sobald der Motor abgestellt war, drang das kontinuierliche Rauschen des Verkehrs ins Wageninnere. Es hörte sich an wie ein ständiges dumpfes Raunen, und Joel dachte sich, selbst in den wenigen ruhigen Momenten, wenn gerade kein Fahrzeug vorbeifuhr, würde er es unerträglich finden, hier zu wohnen.

»Nie im Leben würde ich es hier länger aushalten.« Er spähte hinauf zu den Fenstern, hinter denen sich die Zimmer eines Hotels verbargen, das direkt am Duke-of-York's-Kreisverkehr vor den Toren von Dover lag. Es war erst kurz nach acht Uhr früh, und Detective Sergeant Rose saß neben ihm. Joel hatte in der Nacht lange wach gelegen und sich den Kopf über seinen Fall zerbrochen. Plötzlich kam ihm die Idee, auf seinem Handy »Danny Evans« und »Spieleragent« in die Google-Suche einzugeben. Der Name Marty Johnson erschien sofort, und auf seiner Website wurde Danny als einer seiner Klienten aufgelistet. Es gab auch eine Kontaktnummer für Anfragen, und Joel hatte mit Blick auf seinen Nachttischwecker festgestellt, dass es 1 Uhr 14 Uhr in der Nacht war. Er hatte sich überlegt, ob er sofort anrufen sollte, hatte sich aber dagegen entschieden. Er wollte etwas von Marty Johnson und konnte sich gut vorstellen, dass es viel wahrscheinlicher war, es zu bekommen, wenn er zu einer vernünftigen Tageszeit telefonierte. Er hatte also genau um sieben Uhr früh angerufen, und der Ton der Antwort hatte darauf schließen lassen, dass seine Vorstellung von einer vernünftigen Tageszeit sich von der Marty Johnsons ein wenig unterschied. Der Agent hatte freundlicherweise dennoch den Namen von Dannys Hotel herausgerückt, und dazu war nur ein kleines bisschen Überredungskunst nötig gewesen.

»Bin mir ziemlich sicher, dass auch Danny Evans nicht gern hierbleiben wollte«, sagte DS Rose und stieg aus. Sobald die Wagentür geöffnet war, erhöhte sich der Lärmpegel des Verkehrs um das Zehnfache. Joel holte seine Kollegin in dem Moment ein, als sich die automatischen Türen zur Rezeption teilten.

»Sie haben es eilig, nicht?«

»Je eher wir hier reinkommen, desto eher können wir wieder gehen. Ich hasse Hotels. Das bringt mein Beruf so mit sich.«

»Und warum hassen Sie Hotels?«

Sie waren jetzt im Foyer. »Ich bin immer nur dort, wenn es um Mord oder Vergewaltigung geht«, erklärte DS Rose viel zu laut für die plötzlich eintretende Stille, als sich die Türen hinter ihnen schlossen.

Joel nahm Blickkontakt mit einer schlanken Frau auf, die sich sofort hinter ihrem Empfangstresen aufrichtete und zu ihnen herüberblickte.

»Wir sind Polizeibeamte!«, platzte Joel heraus. »Das erklärt vielleicht den dramatischen Auftritt meiner Kollegin …«

»Verstehe«, erwiderte die Frau. »Wie kann ich helfen?«

»Ja, fangen wir noch mal neu an. Ich bin Detective Inspector Norris, und das ist Detective Sergeant Rose. Wir ermitteln in einem Vorfall, in den ein Mann namens Danny Evans verwickelt ist, und wir haben erfahren, dass er eine Zeit lang in Ihrem Hotel gewohnt hat?« Joel streckte ihr seinen Dienstausweis entgegen.

»Mr. Evans wohnt hier, ja. Aber ich habe ihn heute noch nicht gesehen.«

»Das macht nichts. Wir müssen einen Blick in sein Zimmer werfen. Können Sie uns dabei behilflich sein?«

»Darf ich fragen, worum es geht? Ich soll immer diese Nummer anrufen, die wir von Mr. Evans bekommen haben, und um Erlaubnis bitten, es sei denn, es geht um Leben und Tod.« Die Rezeptionistin stand auf, ihre Hand schwebte schon über einem Tischtelefon, und sie beäugte die beiden Beamten plötzlich misstrauisch.

»Ich kann Ihnen versichern, dass er keine Anrufe entgegennehmen wird. Mr. Evans wurde an anderer Stelle tot aufgefunden. Wir müssen in sein Zimmer und vielleicht auch Gespräche mit Hotelmitarbeitern führen, die Kontakt mit ihm hatten.«

»Tot ... oh Gott! Ich meine, natürlich können Sie ... Ich zeige Ihnen das Zimmer.« Die Frau begann auf ihrem Schreibtisch und in den Schubladen herumzusuchen. Ihre Bewegungen waren jetzt fahrig und gehetzt. Sie warf einen Becher mit Stiften um und ließ dann auch noch den Schlüssel fallen, mit dem sie einen Büroschrank öffnen wollte. Ungeduldig schüttelte sie den Kopf über sich. Als der Schrank endlich aufging, nahm sie eine Plastikkarte heraus und kam sofort hinter dem Schreibtisch hervor. »Es geht hier entlang. Zimmer achtzehn.« Sie deutete auf einen Notausgang zu ihrer Linken. Eine lange, schmale Glasscheibe offenbarte einen dunklen Korridor dahinter. Beide Beamte verfielen kurz in Dauerlauf, um sie einzuholen.

»Achtzehn«, wiederholte die Rezeptionistin, während sie durch den Flur mit seinem aggressiv gemusterten Teppichboden eilte.

»Wunderbar. Würde es Ihnen etwas ausmachen ...?«, fragte Joel, als sie vor dem Zimmer standen. Er ließ die Frage offen, um der Frau zu überlassen, den Wink zu verstehen. Es dauerte eine Weile; sie hatte eindeutig vor, mit reinzukommen und nach dem Rechten zu sehen.

»Oh! Natürlich! Sagen Sie, kann ich Ihnen einen Tee oder Kaffee bringen?«

»Nein, danke. Hoffentlich werden wir nicht lange hier

sein müssen. Zur großen Erleichterung meiner Kollegin – sie hat eine kleine Phobie in Bezug auf solche Lokalitäten.« Sein Grinsen wurde breiter, als er DS Roses sichtliche Verlegenheit bemerkte.

»Ja, nun, das ist nicht für jeden was«, bemerkte die Frau, bevor sie wieder zur Rezeption zurückging.

»Oh, könnte ich Sie noch etwas fragen …«, rief Joel und wartete darauf, dass die Frau stehen blieb. »Ich habe vorhin Mitarbeiter erwähnt. Gibt es da jemanden, der engeren Kontakt mit Danny Evans hatte? Der vielleicht irgendwas Näheres weiß?«

»In der Bar«, erwiderte die Frau ohne Zögern. »Ich glaube, er hat dort drüben viel Zeit verbracht.«

»Danke«, sagte Joel, aber sie hatte sich schon wieder umgedreht.

»Sie hält mich jetzt sicher für seltsam«, meinte DS Rose.

»Wir sind hier, um uns im Zimmer eines Toten umzusehen«, erwiderte Joel. »Wir haben ja auch einen seltsamen Beruf.« Er hob die Karte an den Sensor. Dazu musste er das *Bitte-nicht-stören*-Schild zur Seite schieben. Der Sensor blinkte rot auf, klackte zweimal und verweigerte ihm den Zutritt, aber beim dritten Mal ging die Tür wie durch Zauberhand auf.

Joels erste Reaktion war, erst einmal nicht einzutreten. Stattdessen wechselte er einen bedeutungsvollen Blick mit DS Rose. Durch die geöffnete Tür drang ein Geruch, den er nur zu gut kannte: Tod. Meist war es ein überwältigender Gestank, der einem aus einer geöffneten Tür wie ein Angreifer entgegensprang, aber hier war er etwas dezenter. Er stellte den Fuß gegen die Tür, um den Blick durchs Zimmer schweifen zu lassen. Das Fenster befand sich direkt gegenüber. Eine Verdunkelungsjalousie verbannte das Tageslicht aus dem Raum, nur ganz unten drang es durch einen kleinen Spalt. Er streckte die Hand aus, um den Lichtschalter zu betätigen. Nichts passierte.

»Die Karte«, sagte DS Rose und deutete auf einen Slot an der Wand. Er steckte die Karte hinein, und sofort ging das Licht an. Joel trat ein. Das Bett stand am anderen Ende, gerade weit genug entfernt vom Fenster, dass man drumherum gehen konnte. Es war gemacht. Auf dem Nachttisch lag nichts herum, und eine Kommode gegenüber dem Fußende des Bettes war auch ordentlich. Das einzige Zeichen dafür, dass das Zimmer überhaupt benutzt wurde, war ein gepackter Koffer an der Wand.

»Und er hat zwei Wochen lang in diesem Zimmer gewohnt?«

»Sogar noch etwas länger«, antwortete DS Rose.

»Ein ziemlich ordentlicher Mensch, nicht wahr?«

»Nur schade, dass es hier so stinkt.« DS Rose wandte sich zum Badezimmer, während sie das sagte – der einzige Ort, den sie noch nicht inspiziert hatten. Joel ging voraus. Die Badezimmertür war neben der Zimmertür, und sie war geschlossen. Er schob sie auf. Drinnen war es dunkel. Der Lichtschalter war außen. Er betätigte ihn, und gleichzeitig mit dem Licht sprang kreischend ein Abzugsventilator an.

»Scheiße!« Joel tastete hastig nach dem Trennschalter, der das Gebläse ausschaltete. Das kannte er aus Erfahrung. Seine Kollegen von der Spurensicherung würden sich bei ihm bedanken, wenn er etwas anließ, was Spuren aus einem Zimmer saugte.

»Boss …« DS Rose war vor ihm eingetreten, und Joel folgte ihr. Sie hatte ihm die Sicht zur Duschkabine versperrt und machte jetzt einen Schritt zur Seite. »Was zum Teufel ist das?«

KAPITEL 40

Julia Kerner zog die imposante Eingangstür hinter Sharon zu, die noch einen Augenblick stehen blieb, bevor sie hinaus in den hellen Sonnenschein trat. Einmal mehr begrüßte sie das Rauschen des Flüsschens auf dem Abteigelände, ebenso wie die Wärme des schwachen Sonnenscheins auf ihrem Gesicht. Sie fühlte sich ein wenig besser als noch vor einer Stunde, als die Sonne sie ins Haus getrieben hatte. Sie hatte dort drin nicht viel erzählt, sondern sich vor allem an der Schulter von Menschen ausgeweint, die sie kaum kannte und die ihr ins Ohr geflüstert hatten, *wie stark sie doch sei*. Sie fühlte sich gar nicht stark. Ganz im Gegenteil. Schon der Gedanke daran, dass Jamie bald von der Schule nach Hause kommen würde, ließ sie fast zusammenbrechen. Sie wusste, er würde hereinkommen und sie sofort nach seiner Schwester fragen. Sein Gesicht strahlte jeden Tag mehr Hoffnung aus, dass ein normales Familienleben wieder in greifbare Nähe rückte. Sie würde diejenige sein, die diese Hoffnung für immer zerstörte.

Sie versuchte, jetzt nicht daran zu denken. Nur schnell nach Hause! Sie war wieder bereit dazu, die Tür hinter sich zuzumachen und allein zu sein. Noch immer konnte sie nicht glauben, dass Danny sich das Leben genommen haben sollte, und je länger sie darüber nachdachte, desto unwahrscheinlicher kam es ihr vor. Aber die Nachricht war ja noch schlimmer gewesen: Die Polizei hatte gesagt, er habe auch noch jemand anderen getötet. Das war unmöglich. Das war nicht Danny.

Sie blickte zum x-ten Mal an diesem Tag auf ihr Handy, ohne Erfolg. Sie hatte keinen Anruf von der Polizei verpasst; sie hatten nicht versucht, sie anzurufen, um ihr zu sagen, es sei alles ein großes Missverständnis gewesen. Auch Danny hatte sich nicht gemeldet und sich dafür entschuldigt, auf einer Sauftour sein Handy verloren zu haben. Die Stille war bedrückend. Sie hoffte nur, dass die Selbsthilfegruppe nach ihrem Aufbruch Stillschweigen bewahren würde. Sie hatte dringend darum gebeten, die Nachricht nicht weiterzuverbreiten, zumindest so lange, bis sie mit ihrem Sohn gesprochen hätte.

Als sie vier Minuten später vor ihrem Haus einparkte, klingelte ihr Handy. In ihrer Hast, den Anruf anzunehmen, ließ sie es in den Fußraum fallen.

»Verdammter Mist!« Als sie sich hektisch danach bückte, verhedderte sie sich in ihrem Sitzgurt. Sie musste unbedingt langsamer machen. Die Nummer des Anrufers war unterdrückt, sie las *Anonym*.

»Hallo?«

»Sharon Evans?« Eine Männerstimme, tief und selbstsicher.

»Wer spricht?«

»Einer weniger, Sharon. Sie werden alles verlieren, was Ihnen lieb und teuer ist. Von jetzt an keine Lügen mehr! Das habe ich Ihnen schon mal ges…«

Sharon brach den Anruf ab. Ihre Hand zitterte, als sie den Aus-Knopf des Handys drückte. Sie bereute es sofort. Vielleicht sollte sie die Polizei anrufen? Um den Beamten mitzuteilen, dass sie wieder diese Anrufe bekam.

Aber sie entschied sich anders. Sie ließ das Handy ausgeschaltet und schob es in ihre Tasche. Wozu das alles? Das letzte Mal hatten die Beamten gesagt, sie könnten nichts dagegen tun, die Anrufe ließen sich »nicht zurückverfolgen«. Damals hatte das für sie nach Abwimmeln geklungen.

Die Anrufe hatten begonnen, als die Zeitungen Callies Story gebracht hatten – über ihre Einweisung ins Krankenhaus und inwiefern ihr Suizidversuch mit einer polizeilichen Ermittlung zusammenhing. Zwar war sie darin nicht namentlich genannt worden, vermutlich zu ihrem eigenen Schutz, aber die Reporter hatten verdammt deutlich durchblicken lassen, über wen sie da schrieben. Diese Geschichten in der Presse waren schlimm gewesen. Sie waren jedoch ein unvermeidliches Übel, ebenso wie die Trolle, die im Internet gerne ihre krankhaften Kommentare dazu posteten. Die sozialen Medien brachten anscheinend das Schlechteste in Menschen zum Vorschein. Sharon wusste, warum: weil sich die Kommentarschreiber hinter ihren Bildschirmen verstecken konnten, hinter ihren Pseudonymen und Fake-Profilen. Diese Menschen waren Feiglinge, die eine Reaktion provozieren wollten. Sie versuchte sich einzureden, dass es bei den anonymen Anrufen um dasselbe ging.

Als Sharon im Haus war, legte sie ihr Handy auf die Küchentheke, konnte aber den Blick nicht abwenden. Dieser Anruf hatte irgendwie anders geklungen. Und der Zeitpunkt war sehr verdächtig. Sie ließ das Gesagte nochmals Revue passieren und erschauerte: *Einer weniger, Sharon!*

War das die Stimme des Mannes, der ihren Mann getötet hatte?

Vielleicht sollte sie doch bei der Polizei anrufen.

Sie griff in ihre Tasche und zog die Karte heraus, die ihr die Krankenschwester zugesteckt hatte. Der »nette Polizist« habe sie gebeten, sie ihr zu geben.

»Detective Inspector Joel Norris«, las sie laut vor. »Dann wollen wir doch mal sehen, ob Sie mich ernst nehmen.«

KAPITEL 41

»Rein zufällig habe ich eine Leiche, der so was fehlt.« Joel drehte mithilfe seines Kugelschreibers die fest verzurrte Plastiktüte in der Duschwanne um – der Duschwanne des Hotelzimmers, das noch immer auf den Namen Danny Evans gebucht war. Das Umdrehen hatte den Gestank noch verschlimmert, und eine ekelerregend gelbliche Flüssigkeit rann an der Innenseite der durchsichtigen Plastiktüte runter. Jetzt war auch deutlich zu erkennen, was drin war: Joel blickte in zwei melancholisch starrende Augen oberhalb einer Schnittwunde mit ausgefransten Rändern, wo der Hals durchtrennt worden war. Das intensive Weiß menschlicher Knochen hob sich deutlich von den dunklen Farbtönen des geronnenen Blutes und der schwarzen Haare ab.

Joel blickte zu Detective Sergeant Rose auf, die einen Schritt zurückgewichen war. Er konnte es ihr nicht verübeln. »Die Sache nicht weit von hier, die Leiche am Strand. Superintendent Marsden meinte, man würde den Fall auch an uns übergeben.« Sie hielt sich beim Sprechen die Hand vor den Mund.

»Das wurde er bereits. Und ich hatte schon befürchtet, dass ich aufs Abstellgleis geschoben werden sollte. Sieht so aus, als ob ich früher als gedacht an diesem Fall arbeite, da ja offensichtlich alles irgendwie zusammenhängt.« Joel richtete sich auf, schnupperte kurz an seinem Kugelschreiber und steckte ihn dann wieder ein.

»Aber wie?«, fragte DS Rose, noch immer mit der Hand vor dem Mund.

»Nun, der Tote, der unsere Kollegin ermordet hat, hat zusätzlich einen abgetrennten Kopf in seinem Hotelzimmer liegen, der mit großer Wahrscheinlichkeit zu einer vor Kurzem aufgefundenen Leiche passt.«

»Sehr gut. So würde ich das auch deuten.«

»Marcus Olsen war ein registrierter Sexualstraftäter. Und Danny Evans hatte allen Grund, Sexualstraftäter zu hassen. Wir müssen noch ein wenig am Zusammenhang arbeiten, aber das ist doch schon ein guter Anfang.« Joel nahm sich einen Augenblick Zeit, um das Badezimmer genauer zu inspizieren. Es gab nichts, was auf eine kürzliche Benutzung hindeutete. Der Raum sah aus, als wäre er bereits für den nächsten Hotelgast vorbereitet worden.

»Welches Zimmermädchen macht denn rund um einen verwesenden Kopf sauber?«, überlegte er laut.

»Das Bitte-nicht-stören-Schild hing draußen an der Tür. Wir müssen checken, wie lange es schon da war. Jedenfalls hat *definitiv* irgendjemand sauber gemacht.«

»Das stimmt. Und es wird wohl kaum Danny Evans selbst gewesen sein.«

»Nicht, falls er geplant hatte, Selbstmord zu begehen«, meinte DS Rose.

»Nicht, falls er geplant hatte, einen abgetrennten Kopf im Badezimmer zu hinterlassen«, erwiderte Joel und ging wieder in die Hocke, um die eingetütete Sauerei vor sich noch einmal zu begutachten. »Haben Sie das gesehen?« Er deutete jetzt von hinten mit dem kleinen Finger darauf.

»Den toten Kopf? Ja, den habe ich gesehen«, entgegnete DS Rose, kam aber keinen Schritt näher.

»Ich hätte nicht gedacht, dass Sie so zart besaitet sind, Lucy Rose«, meinte Joel mit einem Grinsen.

»Ich mag einfach keine toten Köpfe. Sie riechen so viel schlechter als jeder lebende, der mir jemals untergekommen ist.«

»Nicht immer«, sinnierte Joel. »Der Hinterkopf allerdings …«

»Was ist damit?«

»Er fehlt.« Joel zog wieder seinen Stift heraus und drehte die Tüte damit noch einmal um. Er versuchte, die Wunde genauer zu inspizieren, aber durch die Tüte hindurch war das kaum möglich.

»Er fehlt?«

»Ein großes Stück von der Schädelrückseite, nahe der Schädelbasis. Wissen Sie, wie das auf mich wirkt?«

»Dass das hier eine Art perverser Schatzsuche ist und das hintere Stück des Schädels in der Duschwanne von jemand anderem liegt?« Die Stimme von DS Rose klang gedämpft; sie hielt ihre Hand wieder vor den Mund, da der Gestank durch Joels Untersuchung noch schlimmer geworden war.

»Nein. Dass ihm in den Mund geschossen wurde«, entgegnete Joel. »Kommt Ihnen das irgendwie bekannt vor?«

»Es könnte Danny Evans bekannt vorkommen.«

Joels Handy läutete in seiner Jackentasche, und er stand auf. Das Display zeigte eine ihm unbekannte Nummer an. »DI Norris«, meldete er sich und trat ein paar Schritte von ihrem grausigen Fund zurück.

»Ach … Entschuldigen Sie, dass ich anrufe. Hier spricht Sharon Evans … Sie sagten, ich kann anrufen, wenn irgendwas ist, was mir wichtig vorkommt. Wegen Danny … meinem Mann?«

»Mrs. Evans, natürlich.« Joel suchte den Blickkontakt zu seiner Kollegin.

»Ich war einfach wütend. Ich weiß, dass wir nicht den besten Start miteinander hatten, aber Sie müssen verstehen, dass die Polizei … Die letzte Zeit war nicht gerade unsere beste.«

»Das weiß ich doch. Kein Problem, Mrs. …«

Sharon unterbrach ihn: »Ich habe Ihnen doch gesagt, dass Danny sich niemals umbringen würde.«

»Das haben Sie.«

»Da war ein Anruf …«

»Ach ja?«

»Es ist schwierig zu erklären, aber da wollte uns jemand bedrohen. Vielleicht hat es nichts zu bedeuten, aber er hat nur gesagt: *einer weniger*. So als ob Danny nur das erste Opfer gewesen wäre und er dafür verantwortlich ist. Vielleicht hat aber auch einfach irgendjemand gehört, was passiert ist, und hat dann … Das klingt nicht sehr plausibel, oder? Es gab schon vorher komische Anrufe, etwa vor einem Monat. Die Polizei hat damals gesagt, sie wären nicht von Bedeutung, also wird es wohl auch diesmal so sein.« Joel hörte Sharon Evans leicht mit der Zunge schnalzen, als mache sie sich Vorwürfe, dass sie überhaupt angerufen hatte.

»Für mich hört sich das gar nicht so bedeutungslos an. Ich wollte ohnehin noch einmal mit Ihnen reden. Können wir uns treffen? Persönlich lässt sich doch alles immer leichter besprechen.«

»Mit mir reden? Worüber denn?«

»Es gibt da ein paar neue Entwicklungen, Mrs. Evans. Wir verstehen einiges nicht, und Sie können uns vielleicht helfen.«

»Ich weiß nicht, was ich Ihnen noch sagen könnte. Ich muss Jamie später von der Schule abholen. Er geht auf die Grammar …« Sie verstummte, und Joel hörte ein leises Schniefen, als hätte sie Mühe, nicht die Beherrschung zu verlieren. »Ich habe ihm das von seinem Dad noch nicht erzählt. Ich weiß gar nicht, wie ich es anpacken soll. Wie soll ich das bloß machen?«

Joel wurde plötzlich bewusst, dass auch er Jamie immer im Hinterkopf gehabt hatte. »Das wird sicher nicht leicht, Mrs. Evans. Ich möchte mir das gar nicht vorstellen. Aber vielleicht kann ich Ihnen helfen. Ich könnte ja dabei sein, wenn Sie mit ihm sprechen, falls er irgendwelche Fragen hat … Oder soll lieber ich ihm die schlimme Nachricht überbringen?«

»Nein, das muss ich auf jeden Fall selbst tun.« Sie gab ein sonderbares Geräusch von sich, als würde sie noch immer um Fassung ringen. »Aber danke für das Angebot.«

»Gerne. Vielleicht können wir uns treffen, bevor Sie zur Schule fahren. Wir können darüber sprechen, wie Sie es Jamie sagen. Ich bin gar nicht weit weg von Ihnen.«

»Sie meinen, dass Sie jetzt zu mir nach Hause kommen? Nein, das ist keine … Ich will die Polizei nicht hierhaben. Vielleicht irgendwo anders …«

»Wo immer Sie sich wohlfühlen.«

»Mich wohlfühlen?« Ihre Stimme wurde noch leiser. »Ich glaube, ich weiß gar nicht mehr, wie das geht.«

»Entschuldigen Sie den unpassenden Ausdruck, Mrs. Evans. Es gibt da ein Lokal an der Folkestone Road, wo sie guten Kaffee haben: das Farthingloe. Kennen Sie das?«

»Ja, das kenne ich.«

»Dort sollte es um diese Tageszeit ziemlich ruhig zugehen, und es ist nah bei der Schule. Könnten Sie in einer Stunde dort sein?«

»Ja, das geht. Diese ›neuen Entwicklungen‹, über die Sie sprechen wollen – das sind doch nicht noch mehr Hiobsbotschaften, oder? Bitte, Kommissar Norris, ich glaube, ich kann im Moment einfach nicht noch mehr verkraften.«

Joels Blick fiel auf die blutige Masse aus Haar und Fleisch, die in eine Tüte gepackt und in der Duschwanne im Hotelzimmer ihres Mannes entsorgt worden war.

»Wir sehen uns in einer Stunde.«

KAPITEL 42

Joel nahm die Kaffeemaschine ins Visier und setzte sich auf einen Barhocker. Detective Sergeant Rose blieb stehen. Sie fixierte den Barkeeper, der beiden kurz zugewinkt hatte, aber jetzt so tat, als sei er schwer beschäftigt. Schließlich blickte er auf und lächelte Joels Kollegin an.

»Ich schätze mal, Sie sind auch von den Cops?«, sagte er. »Ich hab grad gesehen, wie die ganze Truppe hier vorfuhr.« Er deutete zum Fenster, hielt den Blick aber auf DS Rose gerichtet. Joel hatte eine uniformierte Streife angefordert, um die Tür zu Danny Evans' Hotelzimmer zu bewachen. Schließlich war es jetzt der Schauplatz eines Verbrechens. Joel wusste nicht, wie lange sie dort bleiben müssten, da die Kollegen von der Spurensicherung schon jetzt überlastet waren.

»Mein Name ist Detective Inspector Norris, wenn ich Sie von meiner gut aussehenden Kollegin wegreißen darf«, begann Joel, und der Barkeeper wurde rot und blickte ihn an.

»Ich bin sicher, Sie sind beide auf Ihre Weise gut aussehend«, erwiderte er.

»Das hat man mir auch schon gesagt. Wie heißen Sie?«, fragte Joel.

»Darryl.«

»Danke, Darryl. Als was arbeiten Sie hier?«

Darryl trat einen Schritt zurück und breitete seine Arme zu einer unbestimmten Geste aus. »Ich kümmere mich um die Bar?«

»Und ich bin Ermittler, das heißt, ich will's immer gern genauer wissen. Seit wann arbeiten Sie hier?«

»Seit ein paar Jahren. Zuerst nur samstags, um mir ein bisschen Taschengeld zu verdienen. Während der Woche bin ich aufs College gegangen, damit ich mal eine bessere Arbeit kriege.« Plötzlich grinste er, als erscheine ihm das Zerplatzen seiner Hoffnungen zum Lachen. »Hey, das Leben läuft eben nicht immer nach Wunsch.«

»Da mögen Sie recht haben. Ihre Kaffeemaschine, funktioniert die?«

»Sicher. Wollen Sie einen?«

»Zwei vielleicht?« Joel blickte zu DS Rose. Sie nickte.

»Schwarz mit viel Zucker«, bestellte sie.

»Für mich auch, bitte«, sagte Joel.

»Soso, Sie mögen ihn also bittersüß!« Der Barkeeper grinste DS Rose an. Er hatte längere Haare, als es gerade in war, und sie sahen auch nicht gerade gepflegt aus. Am Ansatz glänzten die Strähnen fettig und waren straff am Hinterkopf zu einem Herrendutt hochgebunden. »Wissen Sie, warum man den so nennt?« Darryl redete immer noch mit DS Rose.

»Scheint mir ziemlich offensichtlich, oder?«, meinte sie.

»Bitterer Kaffee und süßer Zucker, meinen Sie? Aber das ist nicht der einzige Grund. Die meisten bestellen ihn so, weil sie einen Kater haben. Hab gehört, das soll ganz gut funktionieren. Man kriegt einen doppelten Kick, vom Koffein und vom Zucker, das regt den Kreislauf an, und die Toxine werden schneller rausgeschafft. Und eine durchfeierte Nacht ist süß, aber am nächsten Tag ist bittere Reue angesagt.«

»Sehr schlau«, erwiderte DS Rose.

»Also? Haben Sie gestern Abend gefeiert, Detective?«

»Nein«, erwiderte DS Rose trocken.

»Gehen Sie oft feiern?«

»Nein.«

»Vielleicht, weil Sie niemand fragt, oder …?«

»Nein.«

Joel schaffte es, sein Lachen zu unterdrücken. Der junge Charmebolzen hinter dem Tresen schien allerdings die Schroffheit seiner Kollegin mit Fassung zu tragen, er wandte sich zu seiner Kaffeemaschine um und verkündete, er werde ihr jetzt »einheizen«.

Joel kam zur Sache, obwohl Darryl ihm den Rücken zukehrte.

»Im Hotel wohnt ein Mann, seit einigen Wochen schon. Ich habe gehört, er war ein paarmal hier?« Joel hielt dem Barkeeper ein Foto auf seinem Handy hin. Er hatte die Einsatzzentrale gebeten, das Polizeifoto zu schicken, das man von Evans anlässlich der Anklage wegen Alkohol am Steuer gemacht hatte.

»Danny Evans. Ja, der war hier.«

»Kennen Sie ihn?«

»Ja. Auch wenn er nicht hier in die Bar gekommen wäre, hätte ich gewusst, wer er ist, wie die meisten hier in der Gegend. Geht's ihm gut?«

»Warum fragen Sie?«

Darryl wandte sich zum Antworten um. »Sie sind von der Polizei! Sie kommen ja nicht einfach her, außer es ist etwas Schlimmes passiert.«

»Normalerweise bittet man uns dazu, wenn jemandem etwas zugestoßen ist.«

»Was ist passiert?«

»Ist er oft hergekommen?«

»Jeden Abend! Und nicht nur am Abend, manchmal auch schon nachmittags. Ich finde das ganz schön grenzwertig. Deshalb frage ich, ob's ihm gut geht. Ich hab schon versucht, ihm gut zuzureden. Sie wissen, das gehört auch zu meinem Job, wenn man findet, dass man irgendwie einschreiten sollte … Ich mach mir manchmal schon auch Sorgen um meine Gäste.« Er lächelte DS Rose wieder an.

»Aber Sie haben ihn weiter bedient?«, entgegnete sie, und sein Lächeln erstarb.

»Er ist ein erwachsener Mann. Und wenn so jemand reinkommt und was bestellt, dann bediene ich ihn. Selbst wenn er jeden Abend reinkommt und bis zum Umfallen trinkt, ist es nicht meine Aufgabe, ihm das zu verwehren. Ich hab versucht, etwas über ihn rauszufinden. Wollte sehen, ob ich vielleicht mal andeute, dass er's nicht übertreiben soll.«

»Und, haben Sie es getan? Haben Sie es angedeutet, meine ich?« Joel übernahm wieder das Gespräch.

»Nein. Er mochte keinen Small Talk, mochte eigentlich überhaupt nicht reden. Deshalb dachte ich ja, er könnte ein Problem damit kriegen. Er kam nur hierher, um zu trinken, aus keinem anderen Grund.«

»Er ist nie mit jemand anderem hergekommen?«

»Ich hab nie jemand anderen gesehen.« Darryl bereitete die beiden Tassen Kaffee zu und servierte sie den Beamten. Dann stellte er sich, mit beiden Händen auf dem Tresen, vor sie hin. In der rechten Hand hielt er ein Tuch, mit dem er über die Platte wischte.

»Das ist die zweite Lüge, die Sie uns auftischen«, sagte DS Rose. »Die erste war, dass Sie sich Sorgen um ihn gemacht haben.«

Darryl zuckte mit den Schultern und hörte einen Moment auf zu wischen. Als er weitermachte, wirkte er auf einmal angespannter. »Ich sehe es nicht gern, wenn sich jemand zugrunde richtet. Aber er schien zurechtzukommen. Ich glaube, er versuchte, sein Leben neu zu ordnen.«

»Er ist tot, Darryl.« Joel beugte sich vor, um seinen Worten mehr Nachdruck zu verleihen. »Also, worüber hat er hier geredet? Wenn Sie sich wirklich Sorgen um Ihre Gäste machen, dann …«

»Tot! Aber er war doch vor zwei Tagen oder so noch hier!« Das Erschrecken des Barkeepers schien aufrichtig.

»Allein?«

Darryls Lippen öffneten sich, dann presste er sie fest zusammen. Was immer seine erste Reaktion auf die Nachricht gewesen sein mochte, er hatte sich umentschieden. »Ich achte nicht so sehr ...«

»Wer, Darryl? Oder muss ich Sie zu den Verdächtigen zählen, die in seinen Tod verwickelt sind? Sie wissen gar nicht, wie ernst das hier alles ist.«

»Verwickelt! Ich hab ihm nur sein Bier serviert! Ein Glas Rum dazu, das war's. Mehr hab ich nicht damit zu tun.«

»Wer?«

»Irgendein Typ, okay. Aber er hat mir ein gutes Trinkgeld gegeben – so nach dem Motto ›Sie haben mich nie gesehn‹ ... Sie wissen, was ich meine?«

»Nein. Erklären Sie es mir.«

»*Sie haben mich nie gesehn* – er war also nie hier, Sie wissen schon!«

»Was genau hat er gesagt?«

Darryl schnaubte genervt. »Das letzte Mal, als ich Danny gesehen hab, saß er an dem Tisch dort drüben. Es war Samstagnachmittag, und er war fix und fertig, das konnte man sehen. Ich habe ihn nicht gefragt, was passiert ist, das geht mich auch gar nichts an! Aber er hat sich systematisch betrunken. An der Bar. Dann ist dieser Typ reingekommen, und sie gingen rüber und setzten sich an diesen Tisch dort. Der Typ bestellt ihm noch ein paar Bier, und Danny ist, nun ja, hackedicht. So besoffen, wie ich ihn noch nie gesehen hab. Er hatte sicher den ganzen Tag nichts gegessen, so schnell, wie er betrunken wurde ... Dann kam dieser Kerl zu mir rüber, sagt, er muss Danny in sein Zimmer zurückbringen, und steckt mir eine Rolle Scheine zu. Sagt, wie sehr er es schätzen würde, wenn ich vergesse, dass er je hier war. Weder an dem Tag noch je zuvor. Das hat er gesagt, ziemlich genau mit diesen Worten, glaube ich.«

»Oder was?«

»Was meinen Sie?«

»Er hat Ihnen nicht gedroht? Ihnen gesagt, was passieren würde, wenn Sie es jemandem sagen?«

»Nein. Nichts dergleichen. Wie ich schon gesagt hab, er hat mir Geld gegeben, damit ich das für mich behalte. Ich schätze, damit war für ihn die Sache erledigt. Aber ich konnte ja nicht ahnen, dass mich später mal die Polizei danach fragt! Ein Hunderter deckt so was nicht ab. Ich kann mir gut vorstellen, was jetzt passiert ... Sie schauen sich einfach die Aufnahmen der Überwachungskamera an, fragen rum, und schon stehe ich als Lügner da.«

»Jetzt, wo Sie es schon selbst sagen.«

Darryl verdrehte die Augen. »Hier in der Bar gibt es so was nicht. Ich glaube, draußen hängt eine, sie überwacht die Tür, aber ich kann mit dem System nicht umgehen.«

»Können Sie die Aufnahmen herunterladen?«

»Die an der Rezeption drüben im Hotel machen das alles. Wir hier haben damit nichts zu tun.«

»Und es war definitiv am Samstagnachmittag?«

»Ja.«

»Um welche Zeit?«

»Muss so etwa halb zwei, vielleicht zwei gewesen sein. Er ist nicht oft schon am Nachmittag hergekommen. Ich hab eine Extraschicht geschoben, daher weiß ich, dass es Samstag war.«

»Was können Sie mir sonst noch über den Mann sagen, mit dem er zusammen war?«

Darryl zuckte mit den Schultern. »Schon älter, ein Weißer, aber braun gebrannt. Gut angezogen.«

»Schon älter? Wie alt?«

»Keine Ahnung, älter als Sie! Wie alt sind Sie denn? So um die fünfunddreißig, höchstens! Ganz schön jung und durchtrainiert für einen Inspector!«

Joel nippte an seinem bittersüßen Kaffee und verzog angewidert das Gesicht. »Tja, anfangs war das für mich eben auch nur ein Samstagsjob. Dieser Mann war also älter als ich, oder?«

»Vielleicht so um die fünfzig. Allerdings noch gut in Form, nicht ganz so athletisch wie Sie, aber sicher geht er noch ins Fitnessstudio. Ich dachte, er könnte … Sie wissen schon … vielleicht war er interessiert an Danny. Man sieht das heutzutage überall, kann ich Ihnen sagen. Nicht, dass damit etwas nicht in Ordnung wäre …«

»Sie meinen schwul?«

»Ich weiß nicht – aber ich meine, er war braun gebrannt und elegant angezogen und hat Danny eine Menge Drinks spendiert. Dann sagt er mir, er bringt ihn auf sein Zimmer zurück, und steckt mir Geld zu, ich soll das alles vergessen.«

»Sie dachten also, er wollte Danny Evans in seinem Hotelzimmer vergewaltigen?«, mischte sich DS Rose auf ihre typisch schroffe Art ein.

»Nee, nicht vergewaltigen! Scheiße, Sie nehmen aber auch wirklich kein Blatt vor den Mund! Ich dachte, vielleicht hat er versucht, Danny zu etwas zu bringen, das er vielleicht nicht gemacht hätte, wenn er nüchtern gewesen wäre. Keine Ahnung. Der Kerl hatte einfach etwas Komisches an sich.«

»*Komisch*? Inwiefern?«

»Irgendwie hypnotisch. So, wie er Danny ansah. Und wenn ich zurückdenke, hat er ihn vielleicht ganz bewusst abgefüllt. Bestimmt wollte er etwas von ihm. Und Danny war anscheinend nicht so begeistert, ihn da zu sehen, aber gleichzeitig hat er ihm auch nicht gesagt, er soll verschwinden, verstehen Sie? Es war alles eben ein bisschen komisch.«

»Was meinten Sie mit gut gekleidet?«, unterbrach Joel und übernahm wieder die Befragung.

»Im Anzug. Aber einem *guten* Anzug – wo alles genau passt. Dann hatte er piekfeine Schuhe an und einen schicken Mantel. Auch eine protzige Uhr. Insgesamt sah er aus, als hätte er ziemlich viel Knete.«

»Woran erinnern Sie sich bei der Uhr?«

»Groß, silbernes Armband und Zifferblatt. Sah sündteuer aus, mehr weiß ich nicht.«

»Hat er hier gewohnt?«, fragte Joel.

»Ich glaube, nicht.«

»Was ist mit seinem Auto? Haben Sie ihn herfahren gesehen?«

»Nein, auch nicht wegfahren. Samstags geht es hier am Nachmittag ziemlich hektisch zu.«

»Deckt die Überwachungskamera auch den Parkplatz ab?«

»Nicht wirklich, nur ein kleines Stück hinten. Aber, wie ich schon sagte, dafür müssen Sie rüber ins Hotel.«

»Fällt Ihnen noch irgendwas ein – irgendwas, das wichtig sein könnte.«

»Nicht, dass ich wüsste.«

Joel überlegte einen Moment. »War dieser Mann nur das eine Mal da und hat mit Danny gesprochen?«

»Nein. Mindestens ein paarmal. Aber alles in den letzten paar Tagen.«

»Und zuvor hatten Sie ihn noch nie gesehen?«

Darryl zuckte mit den Schultern. »Hier kommen eine Menge Leute rein. Ich hab ihn erst bemerkt, als er mit Danny redete. Ich sage damit nicht, dass er noch nie hier war, aber ich erinnere mich nicht an ihn.«

»Okay. Ich schicke jemand rüber an die Rezeption, der Zeit hat, sich die Aufnahmen der Überwachungskamera anzuschauen.«

»Jemand?«

»Von uns.«

»Müssen Sie woanders hin?« Darryl grinste wieder. »Vielleicht könnte Ihre Kollegin hierbleiben? Ich kann ihr noch einen Bittersüßen machen und dafür sorgen, dass sie jede Unterstützung bekommt, die sie braucht.«

Joel fiel bei Darryls Hartnäckigkeit nichts mehr ein, aber DS Rose reagierte darauf, indem sie ihm eine Zehn-Pfund-Note über den Tresen zuschob.

»Für den Kaffee«, sagte sie und wandte sich zum Gehen.

Darryl hob die Hände so weit von dem Schein weg, wie er konnte. »Das ist nicht nötig, die gehen auf mich.«

»Nein, auf keinen Fall. Stimmt so«, erwiderte sie und bewegte sich zur Tür. Joel legte seine Visitenkarte auf den Tresen.

»Falls Ihnen noch was Wichtiges einfällt«, sagte er und folgte DS Rose hinaus.

»Das ist ja ein Riesentrinkgeld!«, rief Darryl ihnen hinterher.

»Stimmt«, erwiderte DS Rose, ohne zurückzuschauen. »Also sind Sie entweder jeden Penny wert, oder ich kann's kaum erwarten, hier rauszukommen.«

KAPITEL 43

Das Farthingloe Café befand sich in einer ehemaligen Scheune am Ende eines Schotterwegs etwas außerhalb von Dover. Joel parkte seinen Wagen neben einem Traktor-Oldtimer, der dort abgestellt war, vielleicht aus Nostalgie, vielleicht aber auch einfach, um dort, wo er kaputtgegangen war, vor sich hin zu rosten.

Sharon Evans saß schon an einem Tisch in der Ecke des fast leeren Lokals, direkt unter einem Heizstrahler, dessen Glühen irgendwie zornig wirkte. Joel spürte die Wärme, als er ihr gegenüber Platz nahm. Detective Sergeant Rose wählte den Stuhl neben ihm.

»Mrs. Evans, vielen Dank, dass Sie sich mit uns treffen.«

»Es ist ja nicht so, dass ich unbedingt woanders hinmüsste. Ehrlich gesagt weiß ich im Moment gar nicht, was ich mit mir anfangen soll.«

»Das kann ich mir gut vorstellen.«

»Ich war ziemlich unfreundlich. Damals, als Sie ins Krankenhaus kamen.«

Joel winkte beschwichtigend ab. »Wir verurteilen Sie dafür bestimmt nicht, seien Sie da ganz beruhigt.«

»Eigentlich bin ich sonst nicht so. Ich kann mich an Zeiten erinnern, in denen viel passieren musste, bis ich mich aufregte. Diese Frau von früher erscheint mir inzwischen beinahe fremd.«

»Sie haben gerade in kurzer Zeit viel durchgemacht. Ich finde, Sie gehen damit so gut um, wie es nur irgend möglich ist, davon bin ich überzeugt. Erzählen Sie uns von diesem Anruf. Vielleicht können wir etwas dagegen tun.«

»Das bezweifle ich. Solche Anrufe habe ich vor einiger Zeit schon mal bekommen. Damals konnte die Polizei auch nichts machen.«

»Was genau waren seine Worte?«

»Diesmal hat irgendein Mann angerufen. Er sagte: *Einer weniger.* Dabei muss er sich auf Danny bezogen haben. Vor etwa sechs Wochen hatte ich, wie gesagt, schon einmal ähnliche Anrufe, als die Berichte über uns in den Zeitungen standen. Nur in den Lokalblättern, natürlich. Sie brachten die Geschichte über Callie und die anderen Mädchen, über die pornografischen Fotos. Die Namen der Mädchen wurden nicht genannt, das ist gesetzlich verboten, aber man scheute sich nicht, im Artikel Dannys Namen zu erwähnen. Da war es offensichtlich, dass unsere Callie eines der Mädchen war. Die Redaktionen haben nicht mal versucht, mit uns Kontakt aufzunehmen und die sogenannten Fakten zu überprüfen.«

»Die konnten sich wahrscheinlich denken, Sie würden ihnen sagen, dass sie sich sonst wohin scheren können.«

»Ich wünschte, ich hätte diese Möglichkeit gehabt.«

»Und die Stimme – war es dieselbe wie damals?«

»Ja. Da bin ich mir ganz sicher.«

»Wer außer Ihnen hat solche Anrufe sonst noch bekommen?«

»Nur ich. Immer nur ich.«

»Und wie haben Sie beim letzten Mal reagiert, haben Sie die Nummer des Anrufers blockiert oder Ihre Nummer geändert oder dergleichen?«

»Beides. Die Nummer des Anrufers war unterdrückt, aber Ihre Kollegen stellten Nachforschungen bei der Mobilfunkgesellschaft an. Anschließend sagten sie mir, es sei eine Prepaid-Nummer gewesen. Ich weiß eigentlich gar nicht genau, was das zu bedeuten hat, aber daraufhin stellten sie ihre Nachforschungen ein.«

»Und heute war die Nummer auch unterdrückt?«

»Ja. Wieder eine Prepaid-Nummer, zweifellos, und der Anruf ging an meine neue Handynummer.«

»Haben viele Leute diese Nummer?«

»Also, ich posaune sie nicht gerade heraus, aber innerhalb der Familie und unter Freunden gebe ich sie natürlich weiter. Sie doch auch, oder? Ich weiß natürlich nicht, was die anderen dann damit machen.«

»Und mehr hat er nicht gesagt? Nur ›*Einer weniger*‹?«

»Ich habe das Gespräch beendet, als ich die Stimme von damals erkannte. Diese Genugtuung sollte er nicht haben. Auch in den sozialen Medien wurde viel gehässiges Zeug gepostet, als das über Danny wegen seiner Trunkenheitsfahrt in der Zeitung stand. Ich dachte, es könnte sich vielleicht sogar um dieselbe Person handeln, irgendein krankes Hirn, das uns provozieren will. Aber ich habe über diesen Anruf jetzt genauer nachgedacht, darüber, was er gesagt hat. Wie kann er über Danny Bescheid wissen, es sei denn, er ist irgendwie in die Sache verwickelt!«

»Wir haben keine Details bekannt gegeben, aber manchmal finden diese Informationen trotzdem einen Weg in die Öffentlichkeit. Wir kommen gerade aus dem Hotel, wo er abgestiegen ist, daher wird zweifellos bald bekannt sein, dass er ums Leben gekommen ist. Die Polizei wird eine Presseerklärung abgeben, aber nicht sofort. Danny ist allerdings so etwas wie eine Lokalgröße, deshalb vermute ich, dass sein Tod Nachrichtenwert hat. Wenn nur eine Person etwas darüber in den sozialen Medien postet, breitet es sich überall aus.«

»Das war aber sicher nach diesem Anruf, oder?«

»Im Hotel waren wir danach, aber das wäre ein Beispiel dafür, wie so etwas passieren kann.«

»Ich habe es tatsächlich auch ein paar von den Frauen erzählt. Diese Selbsthilfegruppe, zu der auch Detective Constable Ribbons kam, habe ich ja schon bei unserem früheren

Gespräch erwähnt. Ich wusste nicht, wo ich sonst hingehen sollte. Mittlerweile sind die Treffen wie ein gemeinsames Frühstück …«

Joel hörte eine gewisse Verärgerung aus ihrem Ton heraus. »Und Sie meinen, eine von ihnen hätte nicht dichtgehalten?«

»Lauter Klatschtanten! Je länger ich darüber nachdenke, desto mehr glaube ich, dass ich das selbst verursacht habe. Ich hätte einfach zu Hause bleiben sollen. Der Anruf kam fünf Minuten, nachdem ich dort weggegangen war, das zeigt nur, wie begierig sie darauf aus sind, ihre Sensationsmeldungen zu verbreiten.«

»Wie lange waren Sie dort?«

»Eine Stunde, vielleicht etwas länger. Einige tippten immer mal wieder auf ihrem Handy herum, aber heutzutage ist das ja nichts Besonderes mehr. Ich habe sie gebeten, alles für sich zu behalten, aber eine von ihnen hätte die Sache posten können, während sie mir von Angesicht zu Angesicht gegenübersaß, was weiß ich?«

»Hat eine von denen sich mit Fragen besonders hervorgetan? Wollte vielleicht Genaueres wissen, was über den normalen Rahmen hinausging?«

»Nein, eigentlich nicht, sie ließen mich einfach reden. Ich bin geradezu dort hereingeplatzt und wollte mir die Sache mit Danny von der Seele reden. Ich glaube, sie waren alle ziemlich schockiert, und so habe ich einfach weitergeredet, damit keine unbehagliche Stille eintrat. Ich habe keine Details erzählt, aber dass Danny es zu Hause nicht mehr aushielt und ausgezogen ist. Ich habe auch über Callie gesprochen und meinte, es sähe so aus, als würde sie sich erholen, und dass ich nur darum beten könne, dass sie wieder wie früher ist, wenn sie zurückkommt … Es ist alles einfach so aus mir herausgebrochen. Es fühlte sich gut an, dass die anderen zuhörten – obwohl es ausgerechnet diese Frauen waren.«

»Kennen Sie jede, die dort war, namentlich?«

»Ich könnte vermutlich all ihre Namen nennen; es sind dieselben Frauen wie vor einem Monat und ein paar neue Gesichter. Sogar Marilyn war da.«

»Marilyn?«

»Luckhurst. Ihre Tochter hatte mit der Sache nur am Rande zu tun. Callie war überzeugt, dass Emma, die Tochter, ebenfalls ein Opfer war. Das hat sie DC Ribbons auch gesagt, aber ich glaube nicht, dass Emma es jemals zugegeben hat. Ich vermute aber, dass es mittlerweile anders ist, denn warum hätte Marilyn sonst dort sein sollen? Sie ist ein wenig seltsam …«

»Seltsam? Sie meinen Marilyn?«

»Ja, irgendwie sehr verschlossen. Sie hat eigentlich kaum mit mir geredet, aber heute war sie die Erste, die auf mich zukam und mich umarmt hat! Es fühlte sich ein bisschen seltsam an. Emma ist ihre Tochter, und Emma und Callie sind Freundinnen.«

»Schulfreundinnen?«, fragte Detective Sergeant Rose.

»Nein, sie gehen nicht auf dieselbe Schule. Sie waren zusammen im Tanzkurs, dann haben sie sich aus den Augen verloren, bis Emma umzog und sich dann auch mit Callies Clique im Park getroffen hat. Emma hat immer den Kontakt zu Callie gesucht, aber sie ist auch einfach sehr kontaktfreudig. Anfang des Jahres hatte Emma dann einige Probleme in ihrer Familie, Callie hat sogar einmal, während *Love Island* lief, am Fernsehen die Stopptaste gedrückt, um mir davon zu erzählen!« Sharons Augen leuchteten auf einmal auf, als sei das eine schöne Erinnerung für sie. »Ich glaube, Emmas Dad macht es seiner Frau und seiner Tochter nicht gerade leicht.«

»Inwiefern?«

»Ich kenne ihn nicht«, erwiderte Sharon schulterzuckend. »Laut Callie ist er selbstständig und manchmal wochenlang von zu Hause fort. Wie ich schon sagte, Ihre Kollegen müssen mittlerweile sicher auch mit den beiden gesprochen haben. Das Letzte, was ich hörte, war, dass sie sich getrennt haben.«

Detective Sergeant Rose nahm einen Schreibblock heraus und legte ihn auf den Tisch. »Könnten Sie eine Liste schreiben, wer alles da war? Und vielleicht auch, wer zu welchem Opfer gehört, wenn Sie das auch wissen.«

Sharon sah nachdenklich auf den Stift, doch schließlich nahm sie ihn. Joel sprach weiter, während sie schrieb.

»Gab es irgendwelche Männer in dieser Gruppe?«

»Nein, und ich habe diese Stimme am Handy oft genug gehört, um zu wissen, dass es niemand ist, dem ich je begegnet bin, wenn Sie darauf abzielen. Das wäre ziemlich dumm von demjenigen, nicht? Seine Stimme war nicht einmal verfremdet.«

»Sie wären erstaunt über die Dummheit, der ich im Laufe meiner Arbeit schon begegnet bin. Verstehen Sie mich nicht falsch, ich bin froh darüber, denn die Dummen sind leichter zu schnappen.«

»Das glaube ich Ihnen.«

»Was ist mit Callie passiert? Hatte Danny eine Vermutung, wer dafür verantwortlich war?«

Sharon hörte auf zu schreiben und hob den Blick. »Eine Vermutung? Wie meinen Sie das?«

»Hat er darüber gesprochen, dass er selbst herausfinden will, wer dahintersteckt, vielleicht als die Polizei keinen Täter präsentieren konnte?«

»Natürlich. Da musste nur etwas Ähnliches in den Nachrichten sein, und er hat sich dahintergeklemmt. Danny war sehr wütend – die ganze Zeit danach, und auf jeden. Aber auch wieder nicht so wütend, dass … er hätte DC Ribbons sicher nichts angetan.«

»Hat er selbst etwas unternommen, um den Täter ausfindig zu machen?«

»Wie meinen Sie das?«

»Hat er je Namen von Leuten genannt, die in die Taten verwickelt sein könnten?«

»Nein, nicht dass ich wüsste. Aber neulich, im Krankenhaus, da erwähnte er, dass er mit einem Privatermittler gesprochen hat. Anscheinend hat ihm der Typ erzählt, er habe Antworten. Ich fragte ihn, woher er das Geld hatte, um einen Privatdetektiv zu bezahlen, aber er meinte, Geld spiele dabei keine Rolle. Der Kerl sei einfach in einer Bar auf ihn zugekommen.«

»Und was dachten Sie, als Sie das hörten?«

Sharon zuckte mit den Schultern. »Das klingt alles nicht sehr glaubhaft, oder? Ich war der Meinung, das sei sicher jemand, der ihn ausnehmen will. Wenn Danny in einer Bar war, war er bestimmt angetrunken und vielleicht auch dumm genug, auf das Angebot einzugehen und jemanden für diesen Quatsch zu bezahlen.«

»Ist er darauf eingegangen? Hat er für die Informationen bezahlt?«, fragte Joel.

»Er hat es verneint; er habe dem Typ gesagt, er solle sich verpissen, aber bei Danny weiß man nie ... Auf einmal habe ich das Gefühl, dass ich ihn kaum kenne.«

»Hat er Ihnen einen Namen oder eine Agentur genannt, irgendetwas über diesen Typen, den er angeblich getroffen hat?«

»Nein. Er meinte nur, der Typ sei schon älter gewesen. Und er habe einen Anzug getragen – so als mache ihn das vertrauenswürdig. Danny wollte unbedingt wissen, wer sich an die Mädchen herangemacht hatte – an unser Mädchen –, aber er hat nichts erreicht. Er konnte überhaupt nicht mehr klar denken.«

»Dann hat er also nie irgendwelche Namen erwähnt? Niemanden, den er verdächtigte? Oder vielleicht hat er ja sogar mal darüber gesprochen, dass er nach jemandem auf der Suche war.«

»Nein. Danny war immer nur auf der Suche nach dem nächsten Glas.«

Joel lehnte sich zurück. »Ich glaube, wir sollten uns über Schutzmaßnahmen für Sie und Ihre Familie Gedanken machen.«

»Ich habe auch schon darüber nachgedacht, aber ich glaube, Sie haben recht damit, dass jemand etwas hat durchsickern lassen, und der Verrückte von damals hat wieder angerufen, um zu sehen, ob er diesmal eine andere Reaktion erhält. Trotzdem habe ich tatsächlich in Jamies Schule angerufen. Dort kommt keiner an ihn heran – Schulen sind heutzutage ziemlich gut abgeschottet. Und Callie ... nun, sie ist auf der Intensivstation unter ständiger Beobachtung. Ich werde mit dem Pflegepersonal sprechen, wenn ich das nächste Mal dort bin, aber ...« Sie zuckte wieder mit den Schultern. Joel erkannte, dass sie die Bedrohung herunterspielen wollte, das hatte er bei seiner Arbeit immer wieder beobachtet. Sie würde sich besser fühlen, wenn es für alles einfache Erklärungen gäbe.

»Das kann ich für Sie übernehmen. In der Klinik nimmt man es vielleicht ernster, wenn die Polizei darum bittet.«

»Okay, vielen Dank.«

»Und Sie selbst?«, fragte Joel.

»Ich?« Sharon lehnte sich zurück, als eine Kellnerin mit einem Tablett an den Tisch trat. »Was kann mir schon passieren, um mein Leben noch schlimmer zu machen?«

Sharon ging als Erste. Joel und Detective Sergeant Rose sahen ihr schweigend nach. Vom Café würde sie direkt zur Schule fahren, um ihren zwölfjährigen Sohn abzuholen, und sie beide konnten sich gut vorstellen, was die Familie Evans in der nächsten Zeit durchmachen würde.

»Man versteht, warum sich Hannah so in diesem Fall engagiert hat«, durchbrach DS Rose das Schweigen. »Familien mit Kindern, die scheinen immer mehr Aufmerksamkeit zu bekommen.«

»Das stimmt«, erwiderte Joel. »Ich muss diesen Fall unbedingt besser verstehen, oder zumindest muss ich begreifen, was Hannah deswegen unternommen hat.«

»Alles, was sie konnte«, antwortete DS Rose und klang dabei fast zornig.

»Ich meine das nicht als Fallkritik. Ich will verstehen, mit wem sie gesprochen hat, was sie gesagt hat, wen sie verärgert hat. Deswegen ist sie getötet worden.«

»Von Danny Evans. Und wir verstehen seine Motivation für die Tat, oder?«

»Ja, aber alles andere drum herum verstehe ich nicht, noch nicht. Wo ist die Akte?«

»Sie wurde sicher hochgeladen – wir können sie überall einsehen, wo wir Zugang zu Athena haben«, sagte DS Rose und meinte damit das lokale Computersystem für aktuelle Informationen, das neben anderen nationalen Datenbanken wie dem PNC, dem »Police National Computer«, existierte. Das lokale Informationssystem war anwenderfreundlicher und enthielt alles von Gerichtsurteilen bis hin zu Fallberichten, was es für Nachforschungen äußerst hilfreich machte. Auf Athena wurden auch Fallunterlagen hochgeladen, um sie der Staatsanwaltschaft zugänglich zu machen, wenn sich die Frage stellte, ob Anklage erhoben werden sollte. Beamte konnten jedes Informationsfitzelchen zu einem Fall hochladen, darunter auch handgeschriebene Notizen, aber nur unter bestimmten Bedingungen – wenn ein Fall vor Gericht kam und auf nicht schuldig plädiert worden war. Hannahs Fall erfüllte diese Kriterien nicht, und vielleicht gab es bei Athena deshalb nur die offiziellen Fallunterlagen. Joel wollte handgeschriebene Notizen und Skizzen, er wollte Theorien und verworfene Recherche-Stränge sehen – also alles, was ein persönliches Gespräch mit Hannah, soweit das überhaupt möglich war, ersetzen könnte.

»Nennen Sie mich altmodisch, aber ich halte lieber die Papierakte in der Hand. Vielleicht können wir Hannahs

Tagesprotokolle finden oder irgendetwas, wo sie ihre Ergebnisse und Infos festgehalten hat.«

»Das alles würde in ihren Tagesprotokollen stehen; beim Kinderschutz sind die da sehr genau. Daher hätte sie die archivieren müssen, als sie die Abteilung verlassen hat. Archivierte Tagesprotokolle werden zwei Jahre in Folkestone, dann die nächsten fünf Jahre im zuständigen Zentralarchiv aufbewahrt, ebenso wie die Papierakte.«

»Dann müssen wir also nach Folkestone. Können Sie auf dem Weg dorthin schon mal dort anrufen, das erspart uns Zeit, wenn man uns die Sachen schon heraussucht.«

»Sie haben es eilig, hier wegzukommen?«, fragte Detective Sergeant Rose.

»Die Abteilung für Informationsbeschaffung in Nackington, bei der Hannah gearbeitet hat, ist nur bis sechzehn Uhr erreichbar. Wir haben von denen immer noch keine Infos erhalten, daher will ich schauen, ob ich den Druck auf die etwas erhöhen kann, vielleicht durch etwas, was sie nicht so leicht ignorieren können.«

»Sie können denen nicht auf die Pelle rücken, wenn die Sie nicht hereinlassen wollen. Ich glaube, nirgendwo schottet man sich so ab wie bei der Abteilung für Informationsbeschaffung.«

»Das weiß ich, und auch, dass Sie glauben, meine bisherige Arbeit habe nicht viel mit der Durchführung von Ermittlungen und schon gar nicht mit verdeckten Ermittlungen zu tun gehabt. Aber eine nützliche Fähigkeit habe ich aus meiner Zeit bei der Taktischen Unterstützungsgruppe mitgebracht.«

»Und die wäre?«

»Durch eine geschlossene Tür zu gelangen.«

KAPITEL 44

Joel fühlte sich ausgelaugt. Vielleicht hatte ihn ja der Monat Pause von der Polizeiarbeit verweichlichen lassen. Oder hatten ihn etwa die vergangenen fünf Minuten so sehr gestresst, in denen er nun fast ununterbrochen auf massives Holz gepocht hatte? Er stand im Erdgeschoss des Polizeigebäudes in Nackington, und die Tür, wegen der seine Knöchel jetzt brannten, war der Eingang zur *Source Unit*, der Abteilung für Informationsbeschaffung für den Osten Englands. Es war Hannah Ribbons' letzter Arbeitsplatz gewesen, und ihr direkter Vorgesetzter war ein gewisser Sergeant Alan Miles. Joel kannte ihn nicht. Laut internem Schichtplan hatte Miles seit sechzehn Uhr dienstfrei, und es ging bereits auf siebzehn Uhr zu. Doch durch jahrelanges Klopfen an den Türen von Leuten, die er dringend sprechen musste, hatte Joel eine Art siebten Sinn entwickelt, und er wusste: Da drin war jemand. Und er hasste es, ignoriert zu werden.

»ALAN! ALAN MILES!«, brüllte er die Tür an. »ICH HABE MIT JEMANDEM AUS IHREM TEAM GESPROCHEN. ICH WEISS, DASS SIE DA SIND. ICH WERDE NICHT VON HIER WEGGEHN, UND WENN SIE WEGGEHN WOLLEN, MÜSSEN SIE WOHL ODER ÜBEL VORHER MIT MIR SPRECHEN.«

Er hielt inne und lauschte an der Tür, ob seine Lüge eine Reaktion auslöste. Gerade als er wieder loslegen wollte, hörte er ein Geräusch auf der anderen Seite. Er wich einen Schritt zurück. Die Klinke wurde heruntergedrückt, und die Tür ging gerade so weit nach innen auf, dass ein rundes, müde wirkendes Gesicht zu sehen war. Der Mund mit den aufgesprungenen Lippen inmitten eines Vollbarts war missbilligend nach unten verzogen.

»Sie geben nicht so schnell auf, das muss man Ihnen lassen«, sagte der Mann mit heiserer Stimme. Seufzend öffnete er die Tür noch ein Stück weiter und trat zur Seite. Dann durchquerte er mit Joel im Schlepptau das Großraumbüro und steuerte ein Eckzimmer auf der anderen Seite an. »Wissen Sie, was das Beste daran ist, in der *Source Unit* zu arbeiten und hier stationiert zu sein?«, rief er Joel über die Schulter hinweg zu. Joel antwortete erst, als er sich unaufgefordert ihm gegenüber auf einem Stuhl niedergelassen hatte.

»Was denn?«

»Wenn man sich verstecken muss, kommt hier keiner rein.«

»Ich bin jetzt aber trotzdem hier«, entgegnete Joel trocken.

»Ja, das sind Sie. Detective Inspector Norris, wenn ich richtig vermute.«

»Dann haben Sie meine Nachrichten also bekommen. Sie können mich Joel nennen. Meinetwegen können Sie auch die Schimpfnamen für mich verwenden, die Sie mir gegeben haben, während ich an die Tür gehämmert habe.«

Die müden Gesichtszüge des Mannes verzogen sich zu einem Lächeln. »Wir brauchen eine dickere Tür.«

»Apropos vermuten: Sie müssen Alan Miles sein.« Joel reichte Miles die Hand zur Begrüßung.

»Wer hat mich verpetzt und verraten, dass ich noch hier bin?«, fragte Miles.

»Ehrlich gesagt, niemand. Aber heute ist der Montag nach einem Wochenende, an dem Sie eine Ihrer Beamtinnen im Dienst verloren haben. Da liegt es nahe, dass das eine dieser niemals endenden Schichten für Sie wird.«

»Das scheint Sie ja äußerst freudig zu stimmen.« Miles' Gesichtsausdruck zeigte plötzlich wieder Müdigkeit, gepaart mit einem Anflug von Traurigkeit.

»Sie haben mich ja auch warten lassen. Und da wir in einer ähnlichen Situation sind, dachte ich mir, wir könnten gemeinsam in Selbstmitleid baden. Wir haben eine Menge Überstunden vor uns, wenn jeder von uns versucht, allein die Fragen zu beantworten, die wir uns lieber gegenseitig stellen sollten.«

»Hören Sie, es tut mir leid. Und ja, ich habe Ihre Nachrichten bekommen und weiß, dass Sie mich sprechen wollen, aber ich habe meine Anweisungen. Man hat mir gesagt, ich solle den Kopf einziehen und mit niemandem sprechen. Diese ganze Sache ... Die da oben suchen gerade nach jemandem, dem sie die Schuld dafür geben können, und da kommt ihnen mein Arsch sehr gelegen.«

»Klingt eher unangenehm.«

»Ich kann mich nicht erinnern, jemals ein unangenehmeres Wochenende gehabt zu haben.«

»Hannahs Wochenende war sicher weitaus unangenehmer.«

»Glauben Sie, ich weiß das nicht!«, brüllte Alan Miles und ließ jede Höflichkeit fahren. Er beugte sich vor, und seine Hand, mit der er sich eben noch über den Bart gestrichen hatte, lag nun zur Faust geballt auf dem Schreibtisch zwischen ihnen. »Schließlich ist es mein Job, auf mein Team aufzupassen.«

»Was ist denn passiert?«

»Ich weiß es nicht.« Miles entspannte sich wenigstens so weit, dass er sich wieder aufrecht hinsetzte.

»Apropos Job: Meiner ist es, die Person ausfindig zu machen, die für den Mord an Hannah verantwortlich ist. Das kann ich aber nur tun, wenn ich in die Vorgänge hier einbezogen werde. Ich weiß, dass Sie mit äußerst sensiblen Informationen arbeiten, aber Hannahs Aufgabe steht meines Erachtens ganz oben auf der Liste der Ursachen, die zu ihrem Tod geführt haben könnten.«

»Nicht Hannahs Aufgabe hat sie umgebracht, sondern die

Art und Weise, wie sie diese interpretiert hat«, entgegnete Miles, jetzt wieder ziemlich aufgebracht.

»Was soll das heißen?«

»Hören Sie, meine Vorgesetzten wissen, wer Sie sind und dass Sie die Ermittlungen in dem Mordfall leiten. Meine Vorgesetzten wollen selbst mit Ihnen sprechen und haben mir unmissverständlich klargemacht, dass ich es nicht tun soll. So ist nun mal die Situation. Sie werden alle Antworten bekommen, die Sie haben wollen, nur nicht von mir.«

»Haben Ihnen Ihre Vorgesetzten auch gesagt, dass wir einen Verdächtigen haben?« Joel sah an Miles' Reaktion sofort, dass er keine Ahnung hatte.

»Wer soll das sein?«

»Das hier muss ein Austausch an Informationen sein. Ich werde bestimmt nicht hier sitzen und ohne jede Gegenleistung ausplaudern, was ich weiß. Vergessen wir also einfach unsere Vorgesetzten und ihren ganzen Bockmist, einverstanden?«

»Es mag vielleicht Bockmist sein, aber ich wurde ausdrücklich angewiesen, nichts zu sagen.«

»Dann werde ich eben einfach erstaunt tun. Die ganzen strategischen Winkelzüge innerhalb des Polizeiapparats, die internen Schuldzuweisungen – das interessiert mich alles nicht. Wir glauben, dass Hannah von einem Mann namens Danny Evans erschossen wurde. Er hat eine fünfzehnjährige Tochter, der man obszöne Fotos abgenötigt und sie dann damit erpresst hat; sie war eines von fünf Opfern, die uns bekannt sind. Hannah Ribbons war die zuständige Beamtin für diesen Fall, solange sie beim Kinderschutz war. Aber nach ungefähr zwei Wochen der entsprechenden Ermittlungen bekam sie den Job hier in der Abteilung angeboten und ergriff die Gelegenheit beim Schopf. Ich habe die Ermittlungsakte nur kurz überflogen, aber es ist offensichtlich, dass sie in diesen zwei Wochen alles nur Menschenmögliche getan hat. Hannah war total besessen von diesem Fall und hat wahrscheinlich genauso viel gearbeitet wie wir beide jetzt. Und dieser Fall hat sie umgebracht.«

»Mein Gott …«, murmelte Miles und ließ die Schultern noch mehr hängen.

»So … Jetzt sind Sie dran.«

»Ich habe Ihnen doch schon gesagt …«

»Nichts haben Sie mir gesagt. Oder muss ich erst grob werden?« Joel beugte sich mit schief gelegtem Kopf nach vorn und fuhr sich mit der Zunge über die Lippen. »Dann können Sie wem auch immer, vor dem Sie solche Angst haben, wenigstens erzählen, dass ich die Informationen aus Ihnen herausgeprügelt habe.«

Miles' Augen flackerten kurz auf, als hätte er Joel für einen Moment geglaubt. »Das war ein Scherz, kapiert?«, beschwichtigte Joel, aber ohne sein Pokerface abzulegen.

Alan Miles seufzte auf. »Die Wahrheit ist: Wir wissen nichts. Alle versuchen hektisch herauszubekommen, was da passiert ist und wer es hätte verhindern können.«

Joel atmete tief ein und versuchte, die Fassung zu bewahren. Die leere Drohung, Informationen aus einem Kollegen herauszuprügeln, erschien ihm plötzlich gar nicht mehr so absurd. »Ich war gestern am Tatort«, zischte er zwischen den Zähnen hervor, »und Hannah war noch dort. Sie lag auf der Seite und sah sehr klein aus, fast wie ein Kind. Sie war mit dem Fußgelenk an den Bettpfosten gefesselt, und es muss zweimal aus nächster Nähe auf sie gefeuert worden sein. Einer der Schüsse hat ein Stück von ihrem Finger abgerissen. Wissen Sie, was das heißt?«

»Was das heißt?«, ließ Miles dumpf hören, das Gesicht in den Händen vergraben.

»Es heißt, dass sie um ihr Leben gebettelt hat.« Joel streckte seine Hände auf Brusthöhe nach vorn, die Handflächen auf Miles gerichtet. »Der Mörder zielte mit der Waffe auf sie, und sie war total verzweifelt und panisch. Kein Mensch kann eine Kugel mit der Hand abfangen, das wissen wir alle, aber in einem solchen Moment der Verzweiflung versucht man es wahrscheinlich trotzdem. Oder würden *Sie* das nicht tun?«

Miles hatte ins Leere geblickt, aber jetzt sah er Joel wieder an.

»Doch, natürlich«, entgegnete er.

»Wie kam es denn überhaupt dazu, dass sie an das Bett einer polizeibekannten Drogensüchtigen mitten in Sittingbourne gefesselt war?«

»Ich … Wir haben auch darauf keine Antwort; wir wissen rein gar nichts.«

»Natürlich wissen Sie mehr. Sogar ich weiß mehr. Soll ich Ihnen sagen, was ich weiß? Ich weiß, dass Hannah Ihnen von diesen fünf Opfern erzählt hat, die sie im Stich lassen musste, und ich weiß, dass Sie ihr Hoffnung gemacht haben, dass es vielleicht noch einen anderen Zugang zu diesem Fall gäbe und sie dranbleiben könnte. Sie können sich also wahrscheinlich vorstellen, was da für mich der nächstliegende Gedanke ist.« Joel fixierte den Mann ihm gegenüber. Die beabsichtigte Reaktion kam prompt.

»Sie glauben, ich war das?«, fragte Miles entsetzt.

»Dass Sie zweimal aus nächster Nähe auf Hannah geschossen haben? Natürlich nicht. Aber vielleicht haben Sie den Köder für sie ausgelegt.«

»Den Köder …?« Miles sah ihn entgeistert an.

»Was soll das denn sonst gewesen sein?« Joel beugte sich wieder vor, um Druck aufzubauen.

Miles wich zurück und stand auf. Er ging ein paar Schritte und blieb mit dem Gesicht zur Wand stehen – wie ein ungezogener Junge, der in der Ecke stehen und darüber nachdenken muss, was er angestellt hat. »Sie hätte nicht einmal dort sein sollen …«

»Das weiß ich«, entgegnete Joel. »Verdeckte Ermittler suchen keine Privatadressen auf, niemals. Und sie gehen auch nicht alleine raus, oder?«

»Nein. Das System hier ist sehr strikt, damit ... Um die Sicherheit unserer Beamten garantieren zu können.«

»Dann erzählen Sie schon. Wie funktioniert dieses System?« Joel wusste bereits genug, aber er wollte Miles am Reden halten, sodass er ihn auseinandernehmen konnte.

»Es gibt da diesen Ablauf, das lernt man als Erstes, Hannah kannte ihn. Wenn Informanten mit uns sprechen wollen, rufen sie eine Nummer an. Wer immer gerade Dienst hat, bekommt eine Nachricht, dass ein Anruf aufgezeichnet wurde, und ruft dann die Mailbox an. Sie ist mit einer PIN verschlüsselt. Ich bekomme auch eine Nachricht. Unser Ermittler hört sich die Aufzeichnung an und ruft dann den Informanten zurück, um ein Treffen zu arrangieren. Diese Treffen finden tagsüber an öffentlichen Orten statt, und es gehen immer zwei von uns hin. Sowohl das Treffen überhaupt als auch die Örtlichkeit müssen vom Supervisor genehmigt werden, oder das Treffen findet nicht statt.«

»Vom Supervisor?«

»Unser Chef. Das wären Sie, wenn Sie hier arbeiten würden.«

»Haben Sie am Freitagabend eine solche Nachricht erhalten?«

»Nein, es gab keinen Anruf, keine Aufzeichnung, und Hannah hatte das Telefon auch gar nicht. Wir haben zwei Handsets im Team, und eines ist immer bei mir. Hannah ...«

»Hannah hat die Informantin von sich aus angerufen und um ein Treffen gebeten«, erwiderte Joel. »Und sie hat es Ihnen nicht gesagt.«

»Sie hat es niemandem gesagt.«

»Die andere junge Frau, die vor Ort war, Macie Sutton, bei der es so aussehen sollte, als sei sie an einer Überdosis gestorben – wir haben sie im System als Drogensüchtige und Ladendiebin erfasst; ein paar Betrugsdelikte und Trickdiebstähle. Da steht nichts davon, dass sie eine Informantin ist, aber das war sie doch, oder?«

»Ja, das war sie. Aber Sie können das nicht sehen. Informationen dieser Art werden in einem separaten Teil des Systems gespeichert und sind für die meisten Benutzer nicht sichtbar.«

»Aber für Hannah schon, oder?«

»Ja.«

»Wie ist sie überhaupt auf Macie Sutton gekommen?«

»Okay, ich hab ihr von Sutton erzählt. Sie müssen wissen, dass bereits ein offizielles Vorgehen eingeleitet war und Hannah darüber Bescheid wusste. Aber das kann ein sehr umständlicher Prozess sein, eine ganze Reihe von Risikoabschätzungen, langwierige Planung. Die Sache hatte nicht gerade oberste Priorität, aber ich habe getan, was ich konnte. Es ist hier nicht anders als sonst wo: wesentlich mehr Arbeit als Beamte.«

»Und Hannah wollte nicht warten.«

»Offensichtlich nicht.«

»Okay. Was sollte ich noch über Macie Sutton wissen?«

»Sie hat als Informantin für uns gearbeitet. Eine Zeit lang haben sich ein paar Drogendealer von außerhalb bei ihr eingenistet. Sie hat uns nützliche Informationen über diese Leute gegeben, genauso wie über irgend so ein Arschloch, für das sie mal anschaffen gehen musste. Glücklich war ihr Leben wirklich nicht.«

»Hannah hätte wohl kaum ihre Karriere aufs Spiel gesetzt, um von Macie etwas über ein paar dahergelaufene Drogendealer zu erfahren.«

»Ja. Hat sie auch nicht. Wie gut sind Sie denn darin, erstaunt zu tun?« Miles lächelte resigniert. Er hatte kapiert, dass Joel nicht gehen würde, ehe er bekommen hatte, was er wollte. Als keine Antwort kam, sprach er weiter: »Macie Sutton hat uns vor einiger Zeit Informationen über einen Mann gegeben, der eine große Sammlung kinderpornografischer Aufnahmen besaß. Er handelte mit diesen Fotos und konnte allem Anschein nach ganz gut davon leben. Macie war total entsetzt darüber. Sie hat uns von sich aus kontaktiert und sagte, sie würde ohne Bezahlung mit uns reden. Ihre Informationen waren gut, sehr detailliert, aber es ist uns nicht gelungen, aus anderen Quellen zu verifizieren, was sie uns gesagt hatte.«

»Sonst hatte also keiner Kenntnis davon?« Joel wusste, was das bedeutete. Beim Umgang mit Hinweisen von Informanten war es immer eine Herausforderung, ihre Herkunft geheim zu halten. Der Kreis an Vertrauenspersonen von Kriminellen konnte so klein sein, dass polizeiliches Handeln aufgrund einer solchen Information sofort verraten würde, wer da »gesungen« hatte. Weil die Polizei das unter allen Umständen verhindern musste, verließen Informationen die *Source Unit* nur, wenn sie aus anderen Quellen verifiziert worden waren, wenn also der Anschein erweckt werden konnte, dass die Informationen aus einer anderen Quelle stammten.

»Niemand anderes konnte Kenntnis davon haben. Jeder Sexualstraftäter, der es auf Kinder abgesehen hat, hat nur einen sehr engen Kreis, dem er vertraut – oder auch gar keinen beziehungsweise lediglich ein gefaktes Profil im Darknet.«

»Aber Macie Sutton gehörte zu einem solchen Kreis an Vertrauenspersonen.«

»Ja. Es handelte sich um ihren Bruder, einen Mann namens Marcus Olsen.«

»Marcus Olsen!« Joel setzte sich mit einem Schlag aufrecht hin.

»Ich weiß … Er wurde ebenfalls tot aufgefunden.«

»Ja, sogar an zwei verschiedenen Orten. Und Sie waren bis jetzt der Meinung, diese Information wäre nicht relevant?« Joel zog erneut in Erwägung, gegenüber einem Kollegen handgreiflich zu werden.

Miles fuhr sich mit den Fingern durchs Haar. »Was ich denke, ist im Moment nicht von Bedeutung. Wir arbeiten hier mit Hinweisen, die Menschen das Leben kosten können – der ganze Zweck dieser Abteilung besteht darin, einen sicheren Ort zu schaffen, wo solche Informationen ans Licht kommen und etwas bewirken können, aber so, dass niemand dabei Schaden nimmt. Und jetzt sind drei Menschen tot.«

»Vier«, fuhr Joel dazwischen. »Ich verderbe Ihnen Ihren Tag ungern noch mehr, aber Danny Evans hat sich umgebracht, und zwar mit derselben Waffe, die er benutzt hat, um Hannah zu erschießen.«

»Sich umgebracht?«, fragte Miles und klang dabei eher schockiert als ungläubig.

»Wahrscheinlich.«

»Wahrscheinlich?«

»Ich bin hingeschickt worden, um ihn mir anzusehen. Ich bin grade mal drei Tage zurück im Dienst, und mein Maß an toten Leuten ist bereits voll. Aber jetzt ergibt es irgendwie mehr Sinn, dass er sich umgebracht hat.«

»Warum?«

»Ich weiß es noch nicht, ich muss die Puzzleteile erst alle irgendwie zusammensetzen. Aber wir haben hier einen verurteilten Pädophilen, eine Informantin, die uns auf die Spur zu ihm gebracht hat, und die ermittelnde Beamtin – und alle sind tot. Danny Evans könnte einen guten Grund gehabt haben, all diesen Personen den Tod zu wünschen. Es wäre nicht das erste Mal, dass jemand so etwas tut und sich im Anschluss daran das Leben nimmt.«

»Dann ist die Sache ja erledigt, oder? Freut mich, dass ich helfen konnte.«

»Ja, so einfach ist das.« Joel brachte jetzt ein Lächeln zustande. »Ich muss weitermachen. Ich habe auch eine Kollegin, die auf ein Update wartet; vier Augen sehen mehr als zwei, und vielleicht haben wir dann noch zusätzliche Fragen. Wir sind im Obergeschoss. Sind Sie noch eine Weile hier?«

Miles zuckte mit den Schultern. »Ich habe einen Camper und bin heute in weiser Voraussicht gleich damit hergekommen. Ist Ihre Frage damit beantwortet?«

»Welche Informationen können Sie mir offiziell geben?«

»Offiziell gar keine. Ich habe Ihnen ja schon gesagt, dass ich eigentlich gar nicht mit Ihnen sprechen dürfte. Inoffiziell schaue ich noch mal in unser System und suche Ihnen alles raus, was irgendwie relevant sein könnte. Hannahs wegen wünsche ich mir Antworten genauso sehr wie alle anderen, das können Sie mir glauben!«

»Natürlich.«

»Sieht so aus, als wäre der Bastard, der sie erschossen hat, auch bereits tot. Wirklich eine Schande, es wäre viel passender gewesen, ihn demselben Schicksal auszuliefern wie sie.«

»Es wäre auch nett gewesen, ihm ein paar Fragen dazu stellen zu können, wie sie gestorben ist«, sagte Joel und stand auf.

»Sie sind nicht wirklich überzeugt davon, dass er Selbstmord begangen hat, oder?«

Joel zuckte mit den Schultern. »Ich sollte es wahrscheinlich sein. Ein Mann verliert den Verstand, weil seine Tochter missbraucht wurde, er quält und tötet das Arschloch, das dafür verantwortlich ist, und dann noch die Personen, die ihn mit dem Mord in Verbindung bringen könnten. Dann wird ihm bewusst, was er getan hat, und er erschießt sich …«

»Das ergibt Sinn.«

»Ja. Und zum jetzigen Zeitpunkt ergibt auch wenig anderes Sinn.«

KAPITEL 45

»Endlich, das Dreamteam ist komplett!«

Joel hatte bei der Rückkehr in sein beschlagnahmtes Büro ein Stockwerk über der *Source Unit* keine fröhliche Begrüßung erwartet, und schon gar nicht von Superintendent Debbie Marsden. Sie hatte bereits einen Kaffee vor sich stehen und hob den Becher in die Höhe, als wollte sie ihm zuprosten. Detective Sergeant Rose saß am Schreibtisch gegenüber, mit dem Gesicht so nahe am Monitor, dass es davon beleuchtet wurde.

»Wir sind zu zweit, Madam. Nennt man so was jetzt schon Team?«, frotzelte Joel.

»Guter Witz. Aber ich sehe ja, was Sie bisher bewirkt haben – Sie sind wirklich sehr gewieft und schlau wie ein Fuchs, Joel. Genau darum habe ich Sie schließlich ausgewählt, um dieses *Team* zu leiten. Und machen Sie sich keine Sorgen. Ich bin die Bewerbungen für Detective Constables durchgegangen – oder für Fußsoldaten, wie Sie es zu nennen pflegen.«

»Dann haben Sie also welche? Bewerbungen, meine ich?«

»Ja. Und je mehr Sie überall herumgehen und die gute Nachricht verbreiten und je öfter Sie bei allen attraktiven Fällen in Erscheinung treten, desto größer wird die Auswahl, aus der wir schöpfen können. Ich schätze, wir bekommen die Crème de la Crème. Die besten Ermittler, die Kent zu bieten hat!«

»Die besten? Mir reicht schon jemand, der sich einfach nur hinsetzt und Aufnahmen von Überwachungskameras ansieht. Sie hätten den Kampf miterleben müssen, den ich ausfechten musste, um dafür einen Detective runter nach Dover zu bekommen.«

»Ein Kampf – mit wem?« Marsdens Ton wurde scharf.

»Das spielt keine Rolle. Es wird jetzt erledigt, aber ich bearbeite weiter unsere Kollegen vom *Criminal Investigation Department* in dieser Sache.«

»Wollen Sie, dass ich mal ein ernstes Wort mit jemandem rede?«

»Ich glaube, das ist das Letzte, was wir jetzt brauchen können. Wir versuchen eher, Freundschaften zu schließen, als andere hinzuhängen. Aber trotzdem, vielen Dank!«

»Aber ich bin sehr gut darin, Freundschaften zu schließen. Ich sage den Leuten einfach, dass wir Freunde sind, und dann sind wir Freunde!« In der Stimme von Superintendent Marsden schwang wieder Belustigung mit. »Das ist eigentlich auch der Grund, warum ich hier bin. Ich dachte, ich komme runter und statte der *Source Unit* mal einen Besuch ab, um zu schauen, warum sie meine Anrufe nicht beantworten. Allmählich nehme ich das nämlich persönlich.« Ihre Miene verdüsterte sich. »Und denen wäre es viel lieber, sie wären meine Freunde, das kann ich Ihnen versichern.«

»Ich komme gerade von dort. Der Chef hat mit mir gesprochen. Er ist momentan schwer unter Druck, aber ich glaube, wir haben jetzt, was wir brauchen.«

»Oh?« Superintendent Marsden nahm vor einem Whiteboard Platz, auf das DS Rose zuvor begonnen hatte Namen und Stichworte zu schreiben. »Sie meinen, was Sie dazu brauchen, um den Fall abzuschließen und sich zufrieden die Hände zu reiben?«

»Es könnte uns dieser Vision näherbringen«, erwiderte Joel.

»Sprechen Sie weiter.«

»Wir hatten eine angeschwemmte Leiche am Strand von Dover, das sollte meine sanfte Einführung in die Welt der

Mordermittlungen sein. Gestern fanden DS Rose und ich den dazu passenden Kopf in Danny Evans' Hotelzimmer. Wir wissen, dass Marcus Olsen wegen sexueller Vergehen an Kindern verurteilt wurde. Und gerade eben habe ich herausgefunden, dass die Frau, von der man dachte, sie sei am Fundort von Hannah Ribbons' Leiche im Zimmer nebenan einer Überdosis zum Opfer gefallen, Marcus Olsens Schwester war. Sie hieß Macie Sutton, und sie hatte die Beamten zuvor unter der Hand darüber informiert, dass ihr Bruder mit kinderpornografischen Bildern handelt. Hannah Ribbons fand das über Macie Sutton heraus, als sie bei der *Source Unit* anfing, und ein Antrag bezüglich einer offiziellen Informantenbefragung wurde gestellt. Aber Hannah konnte nicht warten. Ihr Besuch bei Macie Sutton in deren Wohnung geschah auf eigene Faust und war mit niemandem abgesprochen.«

Joel blickte hinüber zu DS Rose, als er dieses letzte Detail seines Updates preisgab. Als einzige Reaktion verschränkte sie ihre Arme über der Brust. Aber Joel wusste, dass sie litt.

»Das ist also der Grund dafür, warum das Team von der *Source Unit* dichtmacht«, warf Superintendent Marsden ein.

»Ich denke, ja. Obwohl ich nicht glaube, dass die Kollegen dort sich Sorgen machen müssen. Hannah scheint völlig auf eigene Faust gehandelt und niemanden eingeweiht zu haben. Sie war besessen von dem Fall, diese Geschichte ging ihr besonders nahe, und DS Rose wird Ihnen bestätigen, dass Hannah genau der Typ für so etwas war.«

DS Rose schwieg, und Superintendent Marsden fragte weiter nach: »Also, was wissen wir sonst noch?«

»Nun, wir wissen, dass all diese Menschen tot sind. Wir warten zwar noch auf die offizielle Bestätigung, dass der Kopf und der Rumpf zusammengehören, aber das ist eine reine Formalität. DS Rose hier hat eine Bestätigung per

E-Mail bekommen, dass Danny Evans' Fingerabdrücke auf einem Türgriff in Suttons Apartment gefunden wurden. Wir haben auch die mündliche Bestätigung, dass die Waffe, mit der Hannah getötet wurde, dieselbe ist, die später ein großes Loch in Danny Evans' Kopf gerissen hat.« Joel hielt inne, um Luft zu holen und die Reaktion von Superintendent Marsden abzuwarten.

»Wow. Sie sehen, ich wusste, dass Sie das richtige Team sind, um diesen Fall zu knacken.« Madam Marsden wirkte sehr zufrieden mit sich. »Das ist jetzt alles sauber aufgedröselt und in trockenen Tüchern: Wir haben Danny Evans als unseren Mann für die drei Morde, und dann tut er auch noch das einzig Richtige, um uns eine Menge Zeit und Mühe zu sparen, indem er dafür sorgt, dass er es nicht mehr leugnen kann.«

»Allerdings müssen wir die Verbindungen zwischen Danny und seinen Opfern beweisen können. Das sollte zwar nicht schwierig sein – obwohl wir immer noch eine Reihe von losen Enden haben, aber oberflächlich betrachtet ergibt alles allmählich Sinn.«

»Oberflächlich betrachtet?« Im Tonfall von Debbie Marsden schwang nun Sorge mit.

»Sein Selbstmord. Den habe ich vom ersten Moment an skeptisch gesehen, als ich zum Tatort kam. Einige Details passten einfach nicht.«

»Welche Details?«

»Einen Moment.« Joel hatte von den Kollegen der Spurensicherung hochauflösende Aufnahmen machen lassen. Sie zeigten Danny aus fast jedem Blickwinkel und jeder Entfernung. Er legte sie auf dem staubigen Tisch aus, während Superintendent Marsden fragte: »Und was dachten Sie über den Selbstmord, Lucy?«

»Ich bin da nicht mit hingegangen, Madam.« DS Rose musste sich zuerst räuspern, und ihre Worte klangen dadurch schroffer.

»Das war mein Fehler, und ich habe auch schon einen Rüffel dafür bekommen«, sagte Joel. »Ich muss mich erst noch an die Tatsache gewöhnen, dass ich nicht alles allein machen kann.« Er sah DS Rose lächelnd an, und Madam Marsden ließ sich davon anstecken. Sie schürzte die Lippen und ließ ihren Blick zwischen den beiden hin und her wandern.

»Je länger Sie beide zusammenarbeiten, desto eingespielter werden Sie, da bin ich mir ganz sicher.«

»Das mag stimmen, Madam, aber …«, warf DS Rose ein, sprach jedoch den Satz nicht zu Ende.

»Ja, ja, ich habe es nicht vergessen. Ich halte Ihnen Ihre alte Stelle weiter frei, aber ich bin immer noch überzeugt davon, dass Sie sich in diese Rolle hier verlieben werden und nie mehr zurückwollen!« Superintendent Marsden ließ ein schnaubendes Lachen hören, in das die anderen nicht mit einstimmten. Stattdessen lenkte Joel die Aufmerksamkeit wieder zurück auf die Fotos, indem er auf das erste deutete.

»Das ist eine Nahaufnahme von Danny Evans' Gesicht«, sagte er. »Sie können die Verletzung am Mund sehen – das hier ist von seiner Oberlippe und den Zähnen übrig geblieben. Und dies war für mich auch das Erste, was Fragen aufwarf. Danny Evans hat sich nicht in den Mund, sondern ins Gesicht geschossen.«

»Vielleicht war ihm das lieber so? Beides erfüllt schließlich den gleichen Zweck«, sagte Debbie Marsden.

»Das stimmt, aber Selbstmörder haben einen bestimmten Grund, sich in den Mund zu schießen.« Joel sah sich suchend im Büro um, bis sein Blick auf einen Tacker fiel. Er wischte den Staub ab und klappte ihn auf. Dann hielt er das dickere Ende fest und richtete es gegen sich selbst, wie Danny Evans es vermutlich mit seiner Pistole getan hatte. »Wenn das eine Pistole ist, dann stecken Sie den Lauf in Ihren Mund und halten ihn mit den Zähnen an Ort und

Stelle fest.« Joel führte vor, was er erklärt hatte. Dann nahm er den Tacker aus dem Mund und sprach weiter. »Abzugshähne an Pistolen sind nicht so leicht zu betätigen, vor allem nicht, wenn die Pistole nicht fixiert ist. Und das ist nicht möglich bei einer Pistole, die man auf sich selbst richtet. Dann kann man nämlich definitiv nicht zielen, Danny Evans aber schoss sich in den Gaumen. Er konnte das Ende des Laufs nicht sehen und schoss sich dennoch durch die Oberlippe.«

»Er konnte es nicht sehen?«

»Nicht wenn man den Schusskanal betrachtet. Er hatte den Kopf in den Nacken gelegt, die Augen blickten zur Decke. Warum hätte er das so tun sollen?«

»Er wollte die Pistole nicht sehen«, spekulierte DS Rose.

»Dann schließt man doch eher die Augen. Machen Sie es nicht unnötig kompliziert.«

»Sie wollen also damit andeuten, dass er sich gar nicht selbst erschossen hat?«, fragte Superintendent Marsden zweifelnd.

»Es wäre alles ganz einfach und praktisch, wenn er das getan hätte. Dann müssten wir nach keiner weiteren Person suchen …«, erklärte Joel.

»Nur dass es eben tatsächlich eine weitere Person gibt«, warf DS Rose ein. »Wir wissen, dass sich Danny Evans in der fraglichen Zeit ein paarmal mit jemandem in seinem Hotel getroffen hat, und auch direkt, bevor er sich erschoss. Das hat uns der Barkeeper in dem Hotel erzählt.«

»Auch Danny Evans' Frau hat ihn erwähnt, zumindest sagte sie, Danny habe in einer Bar mit einem Privatdetektiv gesprochen …«

»Ein Privatdetektiv würde schon passen, nicht wahr?«, sagte Madam Marsden. »Er hat herausgefunden, dass Olsen seine Tochter missbraucht hat, vielleicht hat er ihm auch dessen Adresse gegeben. Dann müssen Sie das jetzt nur noch nachweisen, und die Sache ist klar, oder?«

»Wir müssen diesen Privatermittler erst mal finden«, wandte Joel ein. »Danny hat Sharon nichts weiter über diesen Typen erzählt. Ich habe auch mit Dannys Agent gesprochen, und er hatte keine Ahnung. Er sagte nur, Danny sei im Ausnahmezustand wegen seiner Tochter, er trinke zu viel, um damit zurechtzukommen, aber er machte keine Andeutung, dass Danny in dieser Sache selbst etwas unternahm. Und wissen Sie, was er mir noch gesagt hat?«

»Sprechen Sie weiter.«

»Danny hat vor ein paar Tagen einen neuen Vertrag für einen Trainerjob unterzeichnet. Einen Dreijahresvertrag, die nächste Stufe in seiner Laufbahn. Klingt das für Sie so, als hätte der Mann geplant, drei Menschen und dann sich selbst umzubringen?«

»Es hat sich eben alles hochgeschaukelt. Vielleicht wollte er nur herausfinden, wer schuld daran war, dass seine Tochter im Krankenhaus gelandet war, und diese Informationen an die Polizei weitergeben. Und als dieser Privatermittler dann die Informationen lieferte, ist er einfach durchgedreht. Irgendwie schon verständlich, dass so etwas passieren kann.«

»Ich könnte es verstehen«, gab Joel zu. »Aber Dannys Leiche sah einfach nicht richtig aus. Wir haben auch seinen Wagen gefunden, er war immer noch beim Hotel geparkt. Die hilfreichen Kollegen vom *Criminal Investigation Department* haben daraufhin die Taxiunternehmen von drei Städten abtelefoniert – kein Fahrer hat Danny irgendwo in der Nähe des späteren Fundortes abgesetzt. Die Busverbindung dorthin ist so kompliziert, dass man sie kaum in Betracht ziehen kann; nicht, wenn man weiß, dass Danny ein Auto hat. Warum sollte er nicht damit fahren?«

»Er war eindeutig nicht mehr fahrtüchtig.«

»Es würde Sinn ergeben, wenn ihn jemand anderer gefahren hat«, sagte Joel. »Wir haben uns auch sein Handy und das Profil im Netz angesehen. Danny Evans' Handy lag auf einem Stuhl neben seiner Leiche. Es war tot, weil der Akku leer war. Das Handy wurde noch im Bereich des Hotels ausgeschaltet, in dem er gewohnt hat, und erst an dem Ort wieder eingeschaltet, wo seine Leiche gefunden wurde. Warum sollte Danny so etwas tun?«

»Damit wir ihn leichter finden«, mutmaßte Marsden.

»Und warum hat er es dann während der Fahrt nicht angelassen?«, fragte Joel.

»Der Barkeeper«, warf DS Rose auf einmal ganz aufgeregt ein. »Er sagte, Danny ist mit einem Mann fortgegangen. Er war betrunken, und der andere wollte ihn auf sein Zimmer zurückbringen.«

»Das stimmt«, bestätigte Joel.

»Wissen wir, ob er ihn tatsächlich zurückgebracht hat?«

»Nicht mit absoluter Sicherheit. Die erwähnten Aufnahmen der Überwachungskamera könnten uns helfen. Die Kollegen vom CID prüfen sie gerade, aber das Hotelpersonal sagte, der Erfassungsbereich sei nicht groß.«

Superintendent Marsden mischte sich wieder ein, und ihr Ton klang alles andere als überzeugt. »Wir müssen hier nach ganz grundsätzlichen Dingen fragen, zum Beispiel nach einem Motiv. Wer sonst noch hätte einen Grund gehabt, diese drei Menschen umzubringen, vier, wenn wir davon ausgehen, dass Danny nicht Selbstmord begangen hat.«

»Vielleicht …« DS Rose stand von ihrem Schreibtisch auf. Nachdenklich betrachtete sie nochmals die ausgelegten Fotos. »Nehmen wir mal an, Sie wären der Mann, der verantwortlich dafür war, diese Mädchen zu erpressen, Sie wären der Mann, hinter dem Hannah her war. Hätten Sie dann kein Motiv?«

»Aber wir gehen doch davon aus, dass das Marcus Olsen war, oder?«, fragte Debbie Marsden.

»Wirklich? Hannah erwähnte da einen anderen Namen, sie machte jemand anderen dafür verantwortlich, und ich weiß, dass er nicht *Marcus Olsen* hieß.« Sie griff nach der Akte, die all die Unterlagen enthielt, die Hannah über die Mädchen gesammelt hatte, und öffnete sie. »Hannah hat mir etwas darüber erzählt. Irgendjemand wurde verhaftet wegen des Besitzes pornografischer Bilder, und darunter waren einige, die die fünf Mädchen geschickt hatten. Sie wollte ihn wegen Erpressung drankriegen und ihn verhören, aber das wurde ihr nicht gestattet. Der Beamte, der die Anschuldigung wegen des Besitzes der Bilder untersuchte, wurde gebeten, diesen Punkt in seinem Verhör anzusprechen. Aber das war dann eben eine zusätzliche Frage, die man ganz am Ende noch stellte, und natürlich bekam man darauf einfach die Antwort ›kein Kommentar‹. Danach wurde dieser Frage nicht weiter nachgegangen.«

Joel ging mit zorniger Stimme dazwischen: »Aber da gab es doch sicher noch andere Ermittlungsstränge? Ein Verhör ist ja nur ein kleiner Teil einer Untersuchung.«

»Er wurde wegen des Besitzes der Bilder schuldig gesprochen, und man meinte, es hätte keinen Sinn, den Punkt mit der Erpressung weiterzuverfolgen. Hannahs Vorgesetzte beim Kinderschutz waren der Meinung, es würde für eine Verurteilung keinen Unterschied machen. Der Besitz der Fotos war eine Gelegenheit, um ihn vor Gericht zu bringen, und er hatte auf schuldig plädiert. Wenn sie dann noch versucht hätten, etwas zu verfolgen, wofür er sich nicht schuldig bekannte, dann hätte das die ganze Sache verzögert.« DS Rose sah resigniert aus, als hätte sie solche Situationen schon oft erlebt.

»Was spielt da eine Verzögerung für eine Rolle? Wir sollten solche Leute mit Anschuldigungen überhäufen«, ärgerte sich Joel.

Als DS Rose wieder sprach, schien es, als wählte sie ihre Worte sorgfältig. »Die Arbeit beim Kinderschutz ist manchmal etwas speziell. Überall sonst versucht man die Leute für alles Mögliche dranzukriegen – was immer man finden kann –, aber ich weiß aus erster Hand, dass es beim Kinderschutz oft anders ist … Der Tatvorwurf lautet auf Erpressung übers Internet … daraufhin erfolgt eine forensische Untersuchung des Computers, eine weitere Durchsuchung des Hauses, und dennoch bleibt es eine Tat, die eventuell sehr schwer zu beweisen ist. Weitere Ermittlungen bedeuten eine Menge mehr Arbeit, würden aber am Urteil wahrscheinlich nichts ändern.«

»Wie lautete das Urteil in diesem Fall?«

»Zwei Jahre. Auf Bewährung.«

»Auf Bewährung«, schnaubte Joel empört. »Also kam der Typ nicht mal ins Gefängnis. Fünf Missbrauchsopfer, und der Täter wird nie zur Verantwortung gezogen für das, was er ihnen angetan hat.«

»Hannah hätte dir voll zugestimmt, aber so läuft es dort eben. Erst vor ein paar Wochen war ich dabei, als ein Haftbefehl wegen Besitzes kinderpornografischer Fotos vollstreckt werden sollte. Wir besaßen Informationen, dass der Beschuldigte die Bilder auf seinem Handy hatte. Der Durchsuchungsbefehl brachte uns zwar ins Haus, aber wir hatten die strikte Anweisung, nur sein Handy zu beschlagnahmen – und mehr machten wir dann auch nicht. Dennoch habe ich dort in den wenigen Minuten, während wir in seinem Raum waren, einen Computertower gesehen und eine Vielzahl an Festplatten – wer weiß, was da noch für Material drauf war? Aber wir haben nicht nachgesehen. Man hatte uns angewiesen, den Besitz der Fotos auf dem Handy nachzuweisen, damit der Betreffende angeklagt und verurteilt – und damit anschließend überwacht werden kann. So funktioniert das mit Tätern am unteren Ende der Skala, und darin liegt auch eine gewisse Logik: Die Abteilung ist vollkommen überlastet, und wir mussten den Übergriffen mit Körperkontakt Priorität einräumen.«

»Übergriffen mit Körperkontakt?«, fragte Joel.

»Wenn Männer mit den Kindern Treffen arrangieren und

sich mit dem Senden von Bildern allein nicht mehr zufriedengeben.«

»Aber sicher führt doch das eine zum anderen?«

»Möglich. Einmal sprach ich mit einem Vorgesetzten über genau dieses Thema, und ich erinnere mich immer noch daran, was er mir sagte: Auf einem sinkenden Schiff, stopft man da die Löcher oder schöpft man das Wasser heraus?«

»Madam?« Joel wandte sich enttäuscht an seine Vorgesetzte, die bisher geschwiegen hatte. Jetzt stieß sie einen tiefen Seufzer aus.

»Lucy hat recht. Es gibt keinen Bereich der Polizeiarbeit, der so überlastet ist. Zuletzt habe ich gehört, dass es beim Abarbeiten von Durchsuchungsbefehlen einen viermonatigen Rückstau gibt. Man kann also verdammt sicher sein, dass keinerlei Motivation besteht, ein Objekt genauer zu durchsuchen als erforderlich. Schließlich braucht man nur ein Foto, um jemandem den Besitz nachzuweisen, Joel. Daher hat man ein gutes Argument, mit der Durchsuchung aufzuhören, sobald man eines gefunden hat. Der einzige Unterschied zwischen dem Besitz von einem Bild und dem von tausend kann für uns eine Menge Arbeit bedeuten, aber es spielt keine Rolle bei der Anklage.«

»Und was ist mit der Identifizierung der Opfer auf den Fotos? Diese Kinder müssen doch geschützt werden!« Joel blickte die beiden Frauen abwechselnd an. Sie wirkten resigniert.

»Ich stimme Ihnen vollkommen zu. Es gab eine Zeit, da hätten wir alles dafür getan, eine Million Fotos aufzuspüren und sie dann alle sichten zu lassen, jedes einzelne zu beurteilen und herauszufinden, ob möglicherweise ein Kind auf einem Bild identifiziert werden kann. Das geschieht zwar immer noch, wenn es den Verdacht eines Vergehens mit Körperkontakt gibt oder wenn Sie als Verdächtigen einen Vater von Kindern im selben Alter und mit demselben Geschlecht seiner Opfer haben. Dann geht man alles durch und stellt sicher, dass seine Kinder nicht als …« Superintendent Marsden brach ab und sank in sich zusammen, als hätte sie einen Schlag erhalten. »Der ganze Bereich des Kinderschutzes ist katastrophal aufgestellt, aber das schiere Ausmaß, die Art, wie diese Kriminellen vorgehen … Ich kann verstehen, warum man in Hannahs Fall so entschieden hat.«

»Deswegen war sie ja auch so besessen von dem Fall«, sagte Joel. »Nicht etwa, weil sie nicht wusste, wer diese Mädchen erpresst hatte – sie wusste genau, um wen es sich handelte. Aber ihr waren die Hände gebunden, und zwar von ihrer eigenen Abteilung, die ihr nicht erlaubt hat, es zu beweisen.«

DS Rose setzte sich aufrechter hin. »Es sei denn, sie konnte irgendwelche neuen Informationen beibringen, irgendetwas, das dazu führen würde, dass der Fall neu untersucht würde, dass der Verdächtige erneut verhört und eine weitere Durchsuchung angesetzt würde.«

»Vielleicht durch einen Hinweis von einem Informanten?«, fragte Joel. »Alan Miles sagte etwas darüber, dass Sexualstraftäter sich in einem sehr engen Kreis bewegen. Marcus Olsen hatte diese Fotos auf seinem Computer, also, wenn er nicht selbst die Person war, die die Mädchen erpresste …«

»Dann kann er sehr wohl den Mann gekannt haben, der es tat.«

Joel brauchte einen Moment, und sein Blick fiel einmal mehr auf die Fotos von Danny Evans' zerstörtem Gesicht. »Danny Evans wollte die Sache auch nicht auf sich beruhen lassen. Sowohl er als auch Hannah kamen der Information sehr nahe, die sie brauchten. Und jetzt sind sie beide tot, und Olsen und seine Schwester ebenfalls – all die Menschen, die möglicherweise etwas wussten.«

»Das heißt also, dass die Person, die Callie Evans missbraucht hat, jetzt auch unter Verdacht steht, ihren Dad erschossen zu haben?« Superintendent Marsden raufte sich die Haare, während sie sprach.

»Sagen wir einfach, dieser Fall ist vielleicht noch nicht so sauber aufgedröselt, wie es scheint.«

KAPITEL 46

»Christopher Hennershaw.« Detective Sergeant Roses Filzstift quietschte beim Schreiben des Namens auf das Whiteboard. Sie unterstrich ihn doppelt, dann trat sie einen Schritt zurück. Sie starrten beide darauf, ebenso wie sie in den vergangenen zwei Stunden bei der Durchsicht von Hannahs Notizen immer wieder innegehalten hatten, wenn sie auf ihn stießen. Schließlich hatte Joel vorgeschlagen, es könnte ihnen weiterhelfen, ihn auf das Board zu schreiben. Als das keine sofortige Wirkung zeigte, schnaubte er frustriert auf.

Superintendent Marsden war gegangen. Sie hatte vor eineinhalb Stunden einen Anruf bekommen, der sie zum hastigen Aufbruch veranlasst hatte. Über die Schulter hinweg hatte sie ihnen noch zugerufen, sie sollten sie »auf dem Laufenden« halten.

»Das ist Hannahs Vermächtnis«, sagte DS Rose schließlich. »Das war ihr Mann.«

»Für mich ist das ein guter Anhaltspunkt.«

»Also, wie machen wir jetzt weiter? Superintendent Marsden hat einen Durchsuchungsbeschluss abgelehnt, also bekommen wir den nicht. Wir haben keinen vernünftigen Verdachtsgrund, um ihn zu verhaften und dann seine Wohnung nach Absatz 32 Polizeigesetz zu durchsuchen.«

»Das stimmt, wir haben nur eine Theorie, die auf Indizien basiert. Nichts Belastbares.«

»Wie sollen wir also weiter vorgehen?«

Joel überlegte. »Hmm, Sie sagten, er sei auf Bewährung

verurteilt worden, das bedeutet strenge gerichtliche Auflagen. Lesen Sie die mal vor.«

DS Rose beugte sich wieder über ihre Tastatur und tippte darauf herum, dann richtete sie sich auf und las von ihrem Bildschirm ab. »Auflagen für den Wohnsitz … Kein unbeaufsichtigter Kontakt mit einem Kind unter achtzehn Jahren … Nicht erlaubt ist der Besitz jeglicher Geräte mit Zugang zum Internet …«

»Das passt!« Joel klatschte in die Hände, und DS Roses Miene verzog sich zu einem triumphierenden Lächeln. »Das ist Ihr Fachgebiet, Sie können mir sicher sagen, dass ein Polizist jederzeit vorbeikommen und die Erfüllung der Auflagen überprüfen kann. Das muss nicht einmal angekündigt werden. Schließlich sind wir ja Polizisten!«, sagte er aufgekratzt.

»So ist es.«

»Also gehen wir dorthin und suchen nach Geräten, mit denen man ins Internet kann. Und ich bringe dazu noch meine Kumpels aus unserem alten Durchsuchungsteam mit, und vielleicht stoßen die ja rein zufällig auf etwas, was Hennershaw mit den Morden in Verbindung bringt. Viel brauchen wir ja nicht für einen angemessenen Verdacht.«

»Vorsicht, das ist eine Aufgabe für die Abteilung Kinderschutz, und da ist juristisch alles streng reglementiert. Die sind dort sicher nicht glücklich, wenn wir einfach …«

»Die vom Kinderschutz sind definitiv nicht glücklich, wenn wir sie nach ihrer Meinung fragen, und ich habe das auch nicht vor. Wenn wir erst einmal Beweise finden, die ihn in Verbindung zu den vier Morden bringen, dann ist allen egal, ob wir die zuständige Abteilung darüber in Kenntnis gesetzt haben, bevor wir losgezogen sind. Die gerichtlichen Bewährungsauflagen geben uns einen Durchsuchungsgrund, und genau den brauchen wir. Welche anderen Optionen hätten wir denn sonst noch?«

Detective Sergeant Rose überlegte einen Moment, dann nickte sie. »Also gut.«

»Okay. Ich muss ein paar Anrufe erledigen, aber vermutlich kann ich ein Durchsuchungsteam für morgen früh bekommen. Sie können ja fahren, und ich telefoniere unterwegs.«

»Unterwegs?«, fragte DS Rose.

Joel grinste und wartete, bis der Groschen gefallen war. »Sie *müssen* nicht mitkommen, aber ich erinnere mich noch an Ihren Gesichtsausdruck, als ich Ihnen das letzte Mal die Teilnahme an dem Spaß verwehrt habe.«

»Spaß?«

»Eigentlich hat diese Aktion wahrscheinlich gar nichts mit unserem Fall zu tun. Hannah hat da einfach eine offene Frage hinterlassen, und die steht jetzt eben in ihren Notizen. Eine Frau namens Marilyn Luckhurst. Sharon erwähnte sie vor Kurzem uns gegenüber. Es sieht so aus, als habe ihr Hannah parallel zu diesem Fall bei Problemen im Bereich häuslicher Gewalt geholfen. Aber das geschah alles inoffiziell, und jetzt, wo Hannah nicht mehr ist, gibt es keinen, der diesen Strang weiterverfolgt.«

»Es gibt eine ganze Einheit, die zuständig ist für häusliche Gewalt. Sie könnten es denen übergeben.«

»Das könnte ich … Hannah hat drei Einträge dazu in ihrem Tagesprotokoll, an drei verschiedenen Tagen. Das bedeutet, sie hat sich dreimal mit Marilyn Luckhurst getroffen. Sie wollte dieser Frau wirklich helfen.«

»Vermutlich wurde Marilyns Tochter ebenfalls erpresst«, sagte DS Rose.

»Emma Luckhurst, vierzehn Jahre alt. Offiziell hat die Familie allerdings abgestritten, dass sie ein Opfer war, und bei den Treffen mit Hannah schien es auch nicht um Emma gegangen zu sein. Fahren wir los. Ich werde auf dem Weg dorthin die wichtigen Stellen raussuchen und sie Ihnen vorlesen. Dann sehen Sie schon, was ich meine. Am Ende werden wir die Sache wahrscheinlich der Abteilung für häusliche Gewalt weiterleiten, aber bis dahin …«

»Aber Hannah wollte dieser Frau doch helfen«, wiederholte DS Rose.

»Das stimmt. Wir können ihr sagen, dass DC Ribbons ihr nicht mehr helfen kann, dass das aber nicht bedeutet, dass wir sie im Stich lassen.« Joel war auf dem Weg nach draußen, doch er blieb stehen, als er seine Kollegin lächeln sah. »Was ist?«

»Hannah … sie würde sich freuen. Und das gilt natürlich auch für mich.«

Joel blickte auf das Whiteboard hinter ihr. »Wie ich schon sagte: Eigentlich spielt das keine Rolle. Was wirklich zählt, ist die Durchsuchung morgen früh.« Er richtete den Blick auf den unterstrichenen Namen, der dort stand. »Christopher Hennershaw, du Stück Scheiße, morgen kriegst du gleich in der Früh Besuch von uns. Und Hannah Ribbons schickt uns.«

KAPITEL 47

Crabble Hill verbindet die Stadt Dover mit dem kleinen Dorf River, und entlang der belebten Durchgangsstraße schien alles eng zusammengerückt – angefangen bei der Reihe aus dicht an dicht stehenden sandfarbenen Häusern bis hin zu den geparkten Autos, die von den Rangierkünsten der Anwohner zeugten. Sogar der Verkehrsstrom wirkte verdichtet und spülte sie an der Adresse der Luckhursts vorbei bis um eine Ecke, an der eine riesige Eisenbahnbrücke in ihr Blickfeld rückte. Während Joel noch fasziniert zu ihr hinaufsah, ging DS Rose mit der Geschwindigkeit runter und bog scharf nach links ab. Joel sah durchs Fenster, wie sie an einem verblassten Schild mit der Aufschrift »The Phoenix Railway Club« vorbeifuhr. Die lange Nebenstraße war voller Schlaglöcher, während sie offensichtlich an der Rückseite der Häuser entlangfuhren, die sie kurz zuvor auf der Vorderseite passiert hatten.

»Meine absolute Traumgegend«, witzelte DS Rose. Direkt vor ihnen beanspruchte eine heruntergekommene Freiluftkegelbahn den Großteil eines Parkplatzes, während die Eisenbahnbrücke rechts oben über ihren Köpfen wirkte wie eine metallgewordene Drohgebärde. DS Rose fuhr auf den nächstgelegenen Stellplatz und schaltete den Motor aus.

Sie mussten wieder ein Stück in die Richtung zurücklaufen, aus der sie gekommen waren. Joel fiel auf, dass die Doppeltüren am Eingang zum Phoenix Railway Club mit Brettern vernagelt und mit einem neu glänzenden Metallriegel gesichert waren. Auch die Fenster an der Vorderseite waren zum größten Teil mit Brettern zugenagelt, während sie am hinteren Ende der Fassade teilweise abgerissen waren. Die Scheiben dahinter sahen so aus, als wären sie mit Steinen eingeworfen worden, oder sie fehlten ganz.

»Scheint so, als hätten die erst vor Kurzem dichtgemacht«, meinte DS Rose und vermutete weiter: »Bei einem Konjunkturtief schließen solche Läden ja immer als Erstes«, während Joel noch alles auf sich wirken ließ.

»Mit diesem Namen wird der Club wohl bald aus der Asche auferstehen.« Joel musste selbst über seinen Witz schmunzeln, während seine Kollegin nur kopfschüttelnd das heruntergekommene Gebäude betrachtete.

Als sie wieder auf die Straße von Crabble Hill kamen, beschleunigten sie ihre Schritte. Joel bog in den schmalen Weg zum Haus der Luckhursts ein, ging voran und hämmerte an die Eingangstür.

»Ja?« Die Frau war quasi sofort an der Tür, und ihre Brust hob und senkte sich, als wäre sie gerannt.

»Marilyn Luckhurst?«, fragte Joel, und die Frau starrte ihn einfach nur an, während der Spalt in der Tür wieder schmaler wurde. Als Joel sich und seine Kollegin vorgestellt hatte, stand die Tür nur noch ein winziges Stück offen, durch das er ein einzelnes Auge blitzen sah.

»Polizei?«, fragte sie schließlich.

»Haben Sie jemand anderen erwartet?«, fragte Joel zurück.

»Was wollen Sie?«

»Können wir vielleicht reinkommen?«

»Warum denn?«, wollte die Frau durch den Türspalt wissen.

»Es handelt sich um eine sensible Angelegenheit. Ich hatte gehofft, Sie könnten uns vielleicht dabei helfen.«

»Ich Ihnen helfen? Worum geht es denn?«

»Ist Ihr Mann zu Hause?«

Das Auge wurde weit aufgerissen: »Nein.«

»Es freut mich, das zu hören. Gut, dass Sie dem Rat von DC Ribbons gefolgt sind.« Die Frau hatte ihre Aufmerksamkeit zwischendurch auf Joels Kollegin gerichtet, blickte jetzt aber abrupt wieder zu ihm.

»Was wollen Sie?«

»Sie haben doch öfter mit DC Ribbons gesprochen, nicht wahr?«

»Wer sagt das?«, wollte Marilyn wissen, aber Joel wartete statt einer Antwort einfach nur ab. Nach ein paar Sekunden platzte sie heraus: »Nichts von dem, was ich ihr gesagt habe, ist protokolliert worden. Sie hat mir ihr Wort gegeben.«

»Und sie hat ihr Wort gehalten. Tatsächlich hat sie das alles mit ins Grab genommen.«

Wieder wartete Joel. Diesmal darauf, dass bei Marilyn ankommen würde, was er gesagt hatte. Es dauerte eine Weile, aber plötzlich ging die Tür weiter auf. Joel konnte sehen, dass der Flur hinter Marilyn im Dunkeln lag. Sie wandte sich um und ging hinein, was Joel und DS Rose als Einladung verstanden, ihr zu folgen. Der erste Raum war ein kleines Wohnzimmer. Marilyn begann darin unruhig auf und ab zu wandern, sodass die Holzdielen knarrten.

Die beiden Beamten blieben in der Tür stehen, um ihr genug Bewegungsspielraum zu lassen. Ein langes Sofa stand gegenüber dem Kamin, auf dem Sims eine Uhr, und in einer Ecke auf dem Boden sah man einen kleinen Fernseher. Sonst schien nichts an seinem Platz zu sein. Überall stapelten sich Umzugskartons, und unter dem Fenster standen zwei große Plastikboxen. Die schweren Vorhänge waren fast zugezogen. Joel drückte auf einen Lichtschalter, und das Licht aus der nackten Glühbirne, die an einem Kabel von der Decke hing, ließ Marilyn zusammenzucken. Offensichtlich war ihr das Halbdunkel lieber gewesen.

»Tut mir leid«, entschuldigte sich Joel mit einem verlegenen Lächeln. »Ich sehe schlecht und bin ein ziemlicher Tollpatsch. Ich will wirklich nicht über einen Ihrer Kartons stolpern und irgendwas kaputtmachen. Ziehen Sie um?«

»Nein, ich habe nur … Wo haben Sie denn geparkt? Sind Sie mit einem dieser Polizeiautos gekommen?«

Sie hörte auf, hin und her zu laufen, und sah Joel mit angstgerötetem Gesicht und zusammengekniffenen Lippen an. Ihr mausbraunes Haar mit den ausgefransten Spitzen war zu einem Pferdeschwanz zusammengefasst, und Joel hatte das Gefühl, dass ihre grauen Strähnen immer mehr wurden, während er sie ansah. Sie trug Jeans und ein langärmeliges Oberteil, und beides lag so eng an, dass man sehen konnte, wie dünn sie war, fast zerbrechlich. Und müde.

»Wir sind mit einem Zivilfahrzeug gekommen. Es könnte jedem gehören. Wir haben hinter dem Haus geparkt, da wo dieser Club ist, der zugemacht hat.«

»Sie können da nicht stehen bleiben. Auf jeden Fall nicht lang. Da parken jetzt nur noch Anwohner, und die Autos kennt er alle.«

»Er? Ihr Mann?«

»Was meinten Sie mit … Hannah und ihrem Grab?«

Joel nahm sich einen Moment Zeit. Er musste das Gespräch irgendwie in ruhigere Bahnen lenken, sodass sich die Frau immer nur auf eine Sache konzentrieren musste. »Hannah Ribbons ist während des Dienstes etwas zugestoßen. Sie ist tot, Mrs. Luckhurst, und wir versuchen herauszubekommen, wieso.«

»Tot …« Ihre Stimme war jetzt nur noch ein Flüstern. Ihre Augen schossen umher, als suchte sie etwas, um sich daran festzuhalten. Schließlich richtete sie ihren Blick wieder auf Joel.

»Ich habe ihr eine Nachricht hinterlassen … Hab ihr gesagt, dass ich nicht mehr mit ihr sprechen kann. Ich dachte, deswegen hätte ich nichts mehr von ihr gehört.«

Marilyn begann wieder ruhelos umherzugehen und murmelte kopfschüttelnd vor sich hin.

»Warum konnten Sie denn nicht mehr mit ihr sprechen?«, fragte DS Rose.

Die Antwort kam prompt: »Sie arbeitete ja gar nicht mehr dort! Abgesehen davon hätte ich überhaupt nie mit ihr sprechen sollen.« Marilyn blieb auf einmal dicht vor den beiden stehen. Joel widerstand seinem Impuls, einen Schritt zurückzuweichen.

»Hat sie Ihnen das gesagt? Hat sie Ihnen gesagt, dass Sie nicht mehr mit ihr sprechen können?«, fragte DS Rose nach. Diesmal kam die Antwort nicht so schnell. Marilyn blieb reglos vor den beiden stehen und musterte DS Rose intensiv.

»Nein! Nie!« Sie drehte sich so schnell um, dass Joel gerade noch ihrem wippenden Pferdeschwanz ausweichen konnte, und setzte ihr ruheloses Umhergehen fort.

»DC Ribbons hat in einem Erpressungsfall ermittelt. Fünf Mädchen im Teenager-Alter waren die Opfer, aber sie hat gewusst, dass es noch ein sechstes Opfer gab, nicht? Das war doch Ihre Tochter – Emma?«

»Emma ist fort.« Diesmal blieb Marilyn da stehen, wo sie am weitesten von den beiden entfernt war. Sie sah in Richtung Fenster, als starrte sie die fast geschlossenen Vorhänge an. »Sie ist fort, und sie wird auch nicht wiederkommen.«

»DC Ribbons hat immer zu ihrem Wort gestanden. In der Akte steht tatsächlich nichts über Emma, aber sie hat sich Notizen über die Treffen mit Ihnen gemacht. Drei waren das, oder?«

»Ja, drei. Sie hat nichts aufgeschrieben.« Marilyn sah immer noch nicht zu ihnen herüber.

»Das hat sie wahrscheinlich im Nachhinein getan. Sie hat aufgeschrieben, was Emma passiert ist, was Sie ihr erzählt haben.«

Es folgte die bisher längste Pause. Lang genug, dass Joel die draußen vorbeifahrenden Autos wahrnehmen konnte.

»Meine Emma …«

»DC Ribbons hat sie in Ruhe gelassen, nicht? Sie hat nicht darauf bestanden, sie zu befragen, weil sie wusste, dass Emmas psychischer Zustand ohnehin schon labil war. Aber das war nicht der Hauptgrund, oder?«, wollte Joel wissen.

»Sie dürften gar nicht hier sein. Das dauert jetzt schon zu lange, viel zu lange.« Marilyn fing wieder an herumzulaufen, diesmal noch schneller.

»Ihr Mann – Nicholas heißt er doch, nicht? Er ist wohl ein ziemlicher Kontrollfreak und hatte deswegen Schwierigkeiten mit Emma. Sie ist vierzehn Jahre alt, und Mädchen in diesem Alter haben es nicht gerne, wenn man sie ständig kontrolliert. Ist das nicht so?«

»Sie müssen jetzt gehen. Sie müssen unbedingt dieses Auto da wegfahren.«

»Sie sind hierhergezogen, um von ihm wegzukommen, damit Sie beide von ihm weg sind, aber das hat nicht funktioniert, oder? Und Hannah wollte Ihnen helfen, für immer von ihm loszukommen. Das ist der Grund, warum Sie noch nicht einmal ausgepackt haben, habe ich recht?«

Marilyns Stimme war jetzt kaum mehr als ein Flüstern, und sie sprach beschwörend und mit gesenktem Kopf, wie zu sich selbst. »Ich kann das nicht tun, nicht noch einmal. Hannah war gut zu mir, so gut. Ich habe mich sicher gefühlt bei ihr …«

»Sie beide hatten einen Deal, eine Vereinbarung. Hannah hat auch das notiert.« Joel wollte noch nicht lockerlassen, obwohl Marilyn immer panischer wirkte. Er hatte sie jetzt fast alles gefragt, was er aus Hannahs Stenonotizen hatte herauslesen können, und Marilyns Reaktionen hatten es ihm bestätigt.

»Was wollten Sie Hannah denn erzählen, sobald Sie mit ihrer Hilfe in Sicherheit gewesen wären? Irgendetwas über Ihren Mann, vielleicht den Grund, warum Sie solche Angst vor ihm haben?« Marilyn ging weiter auf und ab, schüttelte immer wieder den gesenkten Kopf und murmelte zusammenhanglos vor sich hin. Joel wartete geduldig ab.

»Nein, nein ... nichts in dieser Art, Sie verstehen das nicht.« Sie schüttelte wieder den Kopf und äußerte mit kaum verständlicher Stimme weitere Gedankenfetzen. »Mein Nicholas und meine Emma ... Er liebt sie, er hat sie immer geliebt, er würde alles für sie tun.« Sie kam den beiden Beamten wieder ganz nahe, ihre Stimme war jetzt ein leises Wispern. »Man kann das, was man liebt, nicht immer bei sich behalten. Jedenfalls nicht so nahe. Wir konnten ihm nicht erzählen, was sie getan hat, wozu sie gezwungen wurde ...«

»Nicholas weiß also nicht, dass Emma Fotos von sich geschickt hat?«, bohrte Joel nach.

Marilyn blickte unvermittelt auf, als wäre sie aus tiefer Trance erwacht. Ihr Blick war angsterfüllt. »Doch, er weiß es. Ich habe noch nie einen Mann so wütend gesehen. Emma hat gedacht, dass er ... dass er wütend auf sie ist, dass er denkt, sie ist an allem schuld. Das war dann der Tropfen, der das Fass zum Überlaufen brachte. Meine Emma ... sie ist mit dem ganzen Druck nicht klargekommen. Sie ist jetzt in einer geschlossenen Abteilung ...« Wieder wandte Marilyn sich ab, setzte sich in Bewegung und fuhr mit lauterer Stimme fort: »Sie sagen, sie hatte einen totalen Zusammenbruch – wie jemand, der irgendetwas Schreckliches gesehen hat ... Aber es ist dort alles ganz farbenfroh eingerichtet, das war das Erste, was ich gedacht hab, als ich dort hinkam. Alles ist hell und farbenfroh. Ich hab ihr ihren Lieblingsteddy mitgebracht, und sie hat ihn so fest gedrückt wie damals, als sie fünf war. Sie bleiben ja doch immer unsere Babys, nicht wahr?«

»Ja, da haben Sie recht«, pflichtete Joel ihr bei. »DC Ribbons hat alle Hebel für Sie und Ihre Tochter in Bewegung gesetzt, und Sie beide hätten bald umziehen können ...«

»Das spielt jetzt keine Rolle mehr! Mit Emma in ihrem Zustand können wir ... konnten wir nicht umziehen. Hannah hat das gewusst.«

»Auf mich wirkt das hier aber so, als seien Sie bereit zum Umzug.«

»Alles fertig – alles gepackt«, murmelte Marilyn, und es klang fast wie ein Kinderreim.

»Und Sie wollten mit DC Ribbons sprechen und ihr etwas über Nicholas erzählen. Vielleicht ja, warum Sie solche Angst haben. Schlägt er Sie?«

»Nicholas liebt uns. Er liebt seine Familie. Die Kinder ... sie haben nicht verdient ... Unsere Kinder sind unschuldig.« Sie fixierte Joel, zögerte einen Moment, und das Ausmaß ihrer Verzweiflung wurde deutlich. »Sie müssen jetzt gehen, und zwar sofort!«

»Hat Hannah denn jemals direkt mit ihm gesprochen?«, mischte sich DS Rose ein und ging einen Schritt auf Marilyn zu, als wollte sie den Druck erhöhen.

»Nein, er wollte keine Polizei, auf keinen Fall.«

»Seine Tochter wurde von einem Pädophilen erpresst, und er wollte nicht, dass die Polizei davon erfährt?«, fragte DS Rose erstaunt.

»Bitte!« Marilyn unterstrich ihr Flehen, indem sie nach dem Handgelenk von DS Rose griff, die genau vor ihr stand. »Sie müssen gehen, Sie müssen jetzt sofort gehen!«

»Okay, Mrs. Luckhurst, das verstehen wir«, sagte Joel. »Aber bezüglich dieses Manns, der die anderen Mädchen und Ihre Emma erpresst hat – wir machen da Fortschritte. Ich möchte gern auch in Zukunft mit Ihnen sprechen, Sie weiter informieren. Geht das?« Joel zog eine Visitenkarte aus seiner Tasche und wedelte damit herum, um Marilyn von DS Rose loszueisen. »Vielleicht können Sie mich ja anrufen, wenn es gerade sicher ist, damit ich nicht noch mal herkommen muss.«

Marilyn hielt weiterhin DS Rose am Handgelenk gepackt, sah aber jetzt ihn an. »Bitte ... Nein, bitte kommen Sie auf keinen Fall hierher. Er wird es herausbekommen!«

Ihre Angst war jetzt so greifbar, dass Joels Instinkt ihm sagte, dass er besser bleiben sollte.

»Hannah hat es Ihnen versprochen, nicht? Dass sie für Ihre Sicherheit sorgen würde. Sie ist zwar jetzt nicht mehr da, aber dafür bin ich jetzt da und gebe Ihnen mein Wort, okay?« Joel spürte, dass er diese Sache nicht mehr einfach nur als einen Fall von häuslicher Gewalt an die zuständige Stelle übergeben konnte. Er fühlte sich auf einmal in der Pflicht, er wollte helfen.

Marilyn sah ihn wieder an. Ihre Lippen und ihr Kinn zitterten, und sie zog keuchend die Luft ein. Sie kämpfte gegen sich an, da gab es etwas, das sie sagen musste. Aber alles, was sie herausbrachte, war nur: »Sie müssen jetzt gehen.«

KAPITEL 48

Als sich die automatische Eingangstür mit einem Zischen öffnete, schien das geradezu eine Einladung für eine leere Zigarettenschachtel und eine zerdrückte Saftflasche zu sein. Blitzschnell wurden sie von einer eisigen Windböe in die Polizeistation von Folkestone geweht und gelangten im nächsten Moment vor den Empfangsschalter. Hayley Mears zog den Reißverschluss am Fleecepullover ihrer Uniform ganz nach oben, bis er ihr Kinn bedeckte.

»Guten Tag.« Der Mann, der aus der abendlichen Dämmerung hereintrat, hatte eine tiefe Stimme, die allerdings von dem Anmeldeschalter, der höher war als ein üblicher Empfangstresen, gedämpft wurde. Normalerweise musste ein solcher Tresen allerdings auch nicht gewährleisten, dass niemand von der Straße hereingestürmt kam, über den Tresen sprang und die Personen dahinter angriff. Haley hielt seit über zehn Jahren an dem Schreibtisch dahinter die Stellung – lange genug, um in der Zeit so ziemlich alles erlebt zu haben. Sie stand auf, um den Ankömmling zu begrüßen. Er sah nicht aus wie ein Mann, der gleich über den Tresen springen würde, sondern wirkte alt genug, um es besser zu wissen. So, wie er angezogen war, könnte man eher meinen, er sei spät dran für eine Hochzeit und alles andere als auf einen Kampf aus. Er trug eine Krawatte, die im grellen Deckenlicht glänzte und über ein Hemd fiel, das eine noch stark ausgeprägte Bügelfalte aufwies, als hätte er es am Morgen frisch aus der Verpackung genommen. Der Mann klang verschnupft, als hätte ihn eine Erkältung erwischt, und seine

Nase war gerötet und hob sich dadurch von dem akkurat getrimmten, fast grauen Bart ab. Sie erkannte ihn als einen ihrer »Stammkunden«, die einen Pflichttermin wahrnahmen.

»Guten Tag«, erwiderte sie. »Ich melde Sie an.« Der Mann nickte und drehte sich zu einem der Plastiksitze um, die an der gegenüberliegenden Wand befestigt waren. Er setzte sich mit auseinandergestellten Füßen ganz vorne auf die Kante, beugte sich vor und knetete seine Hände.

»Es kommt gleich jemand runter«, rief Hayley herüber und erhielt ein knappes Danke zur Antwort. Hayley blieb stehen und gab vor, beschäftigt zu sein, indem sie ein paar Sachen auf ihrem Schreibtisch zurechtrückte. In weniger als einer Minute erschien ein Beamter der Abteilung Kinderschutz. Es war nicht derselbe, mit dem Hayley gerade am Telefon gesprochen hatte. Der Wartende schlug sich beim Aufstehen auf die Schenkel und schüttelte die ausgestreckte Hand des Polizisten. »Es dauert sicher nicht lange«, sagte der in aufgeräumtem Ton, dann waren die beiden wieder draußen.

Hayleys Aufmerksamkeit richtete sich nun wieder auf die automatische Eingangstür, als ihr Kollege Gary eintrat. Diesmal kam eine leere Chipspackung mit hereingeweht, die über den Beton segelte, bevor er darauf trat. Er war spät dran für einen Termin und wirkte gehetzt.

»Ach, Gary! Könntest du mir einen Gefallen tun und dieses Zeug da aufheben? Jedes Mal, wenn die Tür aufgeht, bläst der Wind irgendwas herein. Das macht mich ganz verrückt.« Gary blickte sie unbeeindruckt an. Er war viel jünger als sie und ein Neuling auf der Dienststelle. Kommentarlos griff er nach der Mülltüte, die ihm Hayley hinstreckte.

»Danke, mein Lieber!«

Er brauchte nicht lange, doch Hayley war froh, als er fertig war, sodass sich die automatischen Türen wieder schließen konnten und der eisige Wind draußen blieb.

»Wird wieder saukalt!«, sagte sie, als er an ihrem Tresen vorbeiging.

»Vorhin in der Sonne war's ganz schön. Aber davon kriegen wir hier drin ja nicht so viel mit.« Gary ging durch in den hinteren Teil des Büros. Als er wiederkam, hatte er seinen Mantel ausgezogen.

»Ich hab gar nicht gemerkt, dass es schon so spät ist. In vierzig Minuten machen wir ja zu. Ist viel los?«, fragte er, dann musste er niesen.

Die Tür zum Innenbereich klickte und ging auf, bevor sie antworten konnte. Der Mann mit der glänzenden Krawatte und dem fabrikneuen Hemd tauchte wieder auf. Derselbe Beamte, der ihn zuvor in Empfang genommen hatte, stand jetzt in der offenen Tür, um sich zu verabschieden. »Dann sehen wir uns also in ein paar Wochen.« Die beiden gaben sich wieder die Hand, und das metallene Uhrgehäuse des Besuchers glänzte im grellen Deckenlicht. Der Beamte wandte sich zu Hayley um, die bereits den Ordner geöffnet hatte, in dem sie die Besuche der registrierten Sexualstraftäter dokumentierte. Sie kannte das Verfahren und sah dem Mann nach, bis sich die Türen hinter ihm schlossen.

»Arbeitet er hier in der Nähe? In einem Büro oder so?«, fragte Hayley den Kollegen, der noch immer die Tür zum Innenbereich aufhielt.

»Nein. Ich denke, er zieht sich extra für dich Hemd und Krawatte an, Hayley!« Seine Augen funkelten ironisch. »Er macht sich immer besonders schick, wenn er herkommt.«

»Ich glaube, bei mir kann er trotzdem nicht landen«, erwiderte sie. »Ich denke eher, dass er glaubt, du bist nicht so streng mit ihm, wenn er zivilisiert aussieht.«

»Wer weiß schon, was im Kopf eines Mannes wie ihm vorgeht. Ist wahrscheinlich besser, dass wir es nicht wissen. Hast du alle Infos?«

Hayley nickte. Die Detectives übernahmen den leichteren Teil der Arbeit – ein kurzes Gespräch, um zu überprüfen, ob der Betreffende noch unter der registrierten Adresse wohnte und seine Telefonnummer noch aktuell war, und es wurde auch gefragt, ob er sich an die Auflagen hielt, die er bekommen hatte. Hayleys Aufgabe bestand dann darin, sicherzustellen, dass die Informationen im Polizeicomputer aktualisiert wurden, und zu bestätigen, dass er den Termin wahrgenommen hatte. Wenn nicht, wurde vom System automatisch ein Haftbefehl erstellt.

»Ja, ich erledige gleich sein Update. Es sei denn, du sagst mir, dass sonst jemand um drei Uhr in der Früh seine Tür eintritt, wenn ich es nicht mache. Dann wäre ich fast versucht, es zu vergessen …«

Der Detective grinste. »Ich glaube eher, dass ich dann morgen früh eine ätzende E-Mail von jemand ganz weit oben lesen müsste und danach jede Menge Schreibkram zu erledigen hätte. Da wäre es mir lieber, du ersparst mir den ganzen Ärger, wenn es dir nichts ausmacht.«

»Also gut. Du hast gewonnen!«

Er blinzelte ihr zu und verschwand. Hayley wandte sich um, sodass sie der groß gewachsenen Gestalt nachsehen konnte, die im Eilschritt die Polizeistation verließ. Bis zum Gehweg draußen war es ein ziemlich weites Stück. Er hatte es gerade dorthin geschafft und bog nach links ab. Die Hände hatte er tief in den Manteltaschen vergraben und den Kragen bis zum Kinn hochgeschlagen, als sei ihm kalt. Über ihm ging plötzlich eine Straßenlaterne an, als hätte sie auf ihn gewartet.

»Es läuft mir immer kalt den Rücken herunter, wenn ich ihn sehe«, sagte sie.

»Wahrscheinlich weil du weißt, was er getan hat. Da läuft es jedem kalt den Rücken runter«, erwiderte Gary.

»Selbst wenn ich es nicht wüsste, hat er etwas Gruseliges an sich. So jemand sollte nicht frei rumlaufen dürfen.«

»Vergiss nicht, er wird überwacht«, warf Gary ein. »Nur deswegen läuft er frei herum. Er kommt hierher, sie fragen ihn aus, ob er sich benimmt, er erzählt ihnen, was sie hören wollen, und schon ist er wieder weg.«

»Das ganze System ist ein Witz«, pflichtete ihm Hayley bei.

»Du meinst, er tut es nicht? Sich benehmen, meine ich?«

Hayley schwieg einen Moment und blickte weiter dem Mann hinterher, wie er seines Weges ging, von einer Straßenlaterne zur nächsten.

»So ein Typ«, sinnierte sie, »hat Leben ruiniert, um sich das zu nehmen, was er haben will. Und trotzdem kann er ganz ungehindert von hier weggehen. Warum sollte er also damit aufhören?«

KAPITEL 49

Joel schob die Akte von sich, als würde er sich dann vielleicht besser fühlen. Aber es half nicht. Einzelne Seiten schauten zwischen den Deckeln hervor, und auch über den Küchentisch waren Zettel und Blätter verstreut. Nach ihrem Gespräch mit Marilyn Luckhurst hatte Joel Detective Sergeant Rose nach Hause geschickt und angekündigt, dass sie gleich am nächsten Morgen anfangen und einen langen Tag vor sich haben würden. An diesem Abend könnten sie beide nichts mehr erreichen, selbst wenn sie das Material immer und immer wieder durchgehen würden. Doch Joel hielt sich nicht an seinen eigenen Ratschlag.

Er warf einen sehnsüchtigen Blick hinüber zum Wasserkessel.

»Ist das euer Mörder?« Michelle beugte sich über den Tisch. Sie deutete auf seinen aufgeklappten Laptop. Er hatte es gewagt, seine E-Mails zu checken, und hatte eine von Detective Sergeant Andrews geöffnet. Sie enthielt die Ergebnisse der beiden Beamten nach ihrer Sichtung der Aufnahmen von den Überwachungskameras des Hotels. Sie hatten gute Arbeit geleistet, zumindest ihr Möglichstes getan. Das Hotel hatte nur eine halbwegs brauchbare Kamera, die den Haupteingang abdeckte, und sie waren bisher die vergangenen drei Tage durchgegangen. Joel hatte ein Standbild des einzigen Mannes geschickt bekommen, den das Hotelpersonal in diesem Zeitraum nicht identifizieren konnte. Es war die letzte Aufnahme von Dienstagabend. Auf dem Bild war kaum etwas zu erkennen. Es zeigte jedoch einen

Mann dessen war sich Joel sicher. In seinem dunkelgrauen Jackett steckten breite Schultern, dazu trug er eine passende Hose und braune Schuhe. Das Foto zeigte ihn im Gehen, die Rückansicht des einen Schuhs war der Kamera am nächsten, und darauf war so etwas wie ein unscharfer blauer Streifen erkennbar. Das Gesicht des Mannes war zu Joels großer Enttäuschung durch eine Hutkrempe vollständig verdeckt. Insgesamt war das Foto so gut wie unbrauchbar. Dennoch schickte er es an Detective Sergeant Rose weiter. Er glaubte nicht, dass sie darauf etwas sehen könnte, aber er wollte alle Informationen mit ihr teilen.

»Ehrlich gesagt könnte das jeder sein«, stöhnte Joel und klappte seinen Laptop zu.

»Die Kinder sind oben. Sie warten auf ihren Dad, damit sie ihm eine Gutenachtgeschichte vorlesen können«, erklärte Michelle.

»Nein, das tun sie nicht.« Er lehnte sich zurück und lächelte seine Frau an.

»Stimmt«, gab sie zu, »sie sind mit ihren iPads beschäftigt. Abigail meinte, sie kann schon jedes Wort lesen, warum soll sie also weiter vorlesen, und Daisy will dir nur dann vorlesen, wenn es sich dabei um die Anleitung handelt, wie man Bastelschleim herstellen kann.«

»Wie man Bastelschleim herstellen kann?«

»Das wird euer Projekt für das Wochenende, hat sie gesagt. Anscheinend hast du es ihr versprochen. Vorausgesetzt, dass du überhaupt am Wochenende freihast.«

Joel seufzte. »Ich versuche mein Bestes. Schleim herzustellen kann ja nicht so lang dauern, oder?«

»Es ist erst Montag, und du sprichst schon davon, dass du es *versuchen* willst?«

»Es ist Montag, und ich sagte nur, dass ich gegenüber meinen Töchtern meine Versprechen auch halten will.«

Joel spürte, wie die Hände seiner Frau über seine Schultern strichen, an seiner Brust hinunter und über seine Krawatte. Sie küsste ihn auf den Scheitel, und er spürte die Bewegung ihrer Lippen, als sie sprach. »Ich mache mir Sorgen um dich. Du machst gleich wieder Überstunden und bringst sogar Arbeit mit nach Hause. Du musst besser für dich sorgen. Eigentlich hättest du in eine Arbeit zurückkehren sollen, wo du alles etwas entspannter angehen kannst. Zumindest noch für die nächste Zeit.«

»Um eine ›entspanntere‹ Arbeit darf man nie bitten. Sonst geben sie mir aus Fürsorglichkeit einen Job im Innendienst, Verwaltungstätigkeit, bei der man an den Schreibtisch gefesselt ist. Ich kann dir versprechen, dass mich das noch mehr stressen würde.«

»Aber du hast mir die neue Arbeit so beschrieben, dass du im Hintergrund bleiben und alles beobachten würdest. Du solltest jemand Erfahrenen begleiten, dabei würden die anderen die Arbeit machen, und du könntest erst mal Erfahrungen sammeln. Das klang ideal.«

»Ich weiß. Aber so ist es nicht ganz gekommen.«

»Und jetzt jagst du Mörder. Ist das wirklich das Richtige für dich?«

»Ich glaube, schon. Ich bin engagiert, die Arbeit erscheint mir wichtig. Und eines der Opfer … Sie war eine von uns. Eine Polizistin. Ich will daran beteiligt sein, dieses Puzzle aus Indizien zusammenzusetzen, Michelle.«

Seine Frau trat zurück und ging auf die andere Seite des Küchentischs, von wo aus sie ihn genau betrachten konnte. »Und, bist du daran beteiligt?«

»Ich glaube, schon, aber ich habe das Gefühl, dass wir etwas übersehen, und ich habe noch nie händeringender nach Antworten gesucht. Vermutlich muss ich mich erst an dieses Gefühl gewöhnen. Ich glaube, das gehört zu dieser Art von Arbeit dazu.«

»Da bin ich mir ganz sicher.«

»Heute traf ich eine Mutter, die auf den richtigen Zeitpunkt wartet, um ihrem jugendlichen Sohn zu sagen, dass sein Dad nie mehr nach Hause kommt. Ich kann mir nicht vorstellen, was für einen furchtbaren Tag die beiden gerade erleben. Ich habe ihr angeboten, sie dabei zu unterstützen, ja es ihm sogar selbst zu sagen. Aber ich war erleichtert, als sie das ablehnte.«

»Du musst unbedingt auch auf dich selbst achten, Joel. Ich kenne dich, du saugst alles auf wie ein Schwamm, lässt alles zu nah an dich heran. Es ist nicht deine Aufgabe, die Welt für alle anderen besser zu machen. Ganz gleich, wie sehr du dir das wünschst.«

»Und du würdest das einfach alles ignorieren? So, als spiele es keine Rolle?«, fauchte Joel sie an und bereute es sofort. »Tut mir leid, ich weiß, was du meinst. Ich komme schon zurecht, das verspreche ich dir.«

»Ich bezweifle, dass du gleich jetzt am Anfang diese Art von Druck gebrauchen kannst.«

»Der Druck ist gut, er motiviert mich. Das ist alles ganz anders als das … was da zuletzt geschehen ist. Ich habe mittlerweile verstanden, was damals nicht gut lief, und ich kann mich seither auch selbst besser einschätzen. Ich bin besser vorbereitet. Man kommt an den Punkt, wo man sich für völlig unverwundbar hält – und dann überrumpelt es einen. Das soll mir eine Warnung sein, dass ich nicht unverwundbar bin, keiner ist es. Aber ich bin jetzt stärker, Michelle. Stärker und besser vorbereitet.«

Joel stand auf. »So, und jetzt muss ich, wenn du nichts dagegen hast, nach oben gehen und herausfinden, wie man Schleim macht, und im Moment ist gerade nichts wichtiger als das.« Er küsste seine Frau, diesmal auf die Lippen, und als er sich von ihr löste, schenkte er ihr sein strahlendstes Lächeln, bevor er zur Treppe ging. Seine Frau kannte ihn jedoch besser als jeder andere, und sie entdeckte sofort den Zweifel, der sich in dieses Lächeln geschlichen hatte.

Sharon Evans widerstand der Versuchung, anzuklopfen. Stattdessen legte sie die flache Hand gegen Jamies Zimmertür, dabei hielt sie den Atem an, um zu lauschen. Sie hörte nichts. Keine Bewegung, keine Musik, keine Spielekonsole, nicht einmal Zinédine machte irgendeinen Mucks. Mittlerweile war es auch dunkel. Sie hatte die Lampe in der Diele ausgeschaltet, um den Lichtschein im Spalt unter Jamies Tür sehen zu können. Aber da war nichts. Ein paar Stunden waren vergangen, seit sie mit ihm gesprochen und ihm das mit seinem Vater gesagt hatte. Jetzt wünschte sie sich einfach eine Reaktion, irgendeinen Hinweis darauf, was in seinem Kopf vorging.

Sie hatte einen Ausbruch erwartet und sich davor gefürchtet. Eigentlich hatte sie gedacht, sie würde Jamie gut genug kennen, um seine Reaktion vorauszusehen. Sie hatte mit Wut gerechnet, mit seiner Weigerung, ihr zu glauben, sie hatte gedacht, er würde sie anschreien, dass sie lüge, und ihr Vorwürfe machen. Aber nichts davon war eingetreten. Er hatte ruhig zugehört, nur sein Gesichtsausdruck hatte sich verändert, er war blass geworden. Das war alles gewesen.

Ich muss jetzt allein sein. Mehr hatte er nicht gesagt. Sie hatte ihn gehen lassen und lange überlegt, warum er so reagiert hatte. Ihre Antwort darauf erschien ihr ganz einfach: Jamie war gar nicht überrascht gewesen. Vielleicht hatte er das alles sogar irgendwie erwartet. Sosehr sie sich bemüht hatte, die Abwärtsspirale seines Vaters vor ihm zu verbergen, er musste doch alles durchschaut haben. Sie hätte ihn besser schützen müssen.

Sie lehnte sich immer noch an die Zimmertür ihres Sohnes, als ihr Handy in ihrer Gesäßtasche klingelte. Sie ging durch den dunklen Flur zurück und die Treppe hinunter, um den Anruf entgegenzunehmen.

»Mrs. Evans?«

»Ja«, sagte sie.

»Hallo, tut mir leid, dass ich Sie störe. Ich bin's, Maggie … aus dem Krankenhaus?«

»Maggie, ist alles okay mit Callie?« Maggie hieß auf der Station Schwester Watts, aber Sharon kannte sie inzwischen so gut, dass sie sie beim Vornamen nannte.

»Ja, alles gut, ich wollte Ihnen nur mitteilen, dass Callie mittlerweile viel klarer ist. Als sie aufwachte, war sie sehr verwirrt, aber jetzt ist sie ruhiger, sie konnte sich aufsetzen und kann trinken. Ich weiß, Sie wollten eigentlich da sein, aber es ist einfach Murphys Gesetz, nicht? Callie ist zwar immer noch sehr müde, und sie hat starke Halsschmerzen, daher kann sie nicht gut reden, aber sie hat nach Ihnen gefragt.«

»Oh Gott! Ja! Wir sind gleich da! Vielen Dank, danke … das ist einfach wunderbar!« Sharon war überwältigt von ihren Gefühlen und eilte, zwei Stufen auf einmal nehmend, die Treppe hoch. Jamies Tür war am Ende des Flurs, und sie hob schon die Hand, um zu klopfen. Aber wieder unterdrückte sie den Impuls. Diesmal wurde sie von einer Woge unterschiedlicher Emotionen ausgebremst, die sie überwältigten. Was sie gehört hatte, waren gute Nachrichten, darauf hatte sie lange gewartet – aber nun bedeuteten sie noch etwas gänzlich anderes.

Jetzt würde sie noch einem ihrer Kinder sagen müssen, dass ihr Dad nicht mehr lebte.

KAPITEL 50

Richard Maddox saß vor ihm. Genauso wie Glenn Morris vor ihm gesessen hatte. Richard sah zu ihm auf, eindeutig mit Angst in den Augen, aber da war auch Widerstandsgeist, vielleicht noch mehr als bei seinem Freund. Nicht dass es ihm etwas ausgemacht hätte. Die Angst kam ihm sehr zupass, denn Angst bedeutete Kontrolle. Schließlich war er derjenige, der die Waffe in Händen hielt.

Richard hielt in der rechten Hand seine Medaille. Eigentlich war es nur ein altes Metallding, aber wenn er eines aus den mit Glenn Morris verbrachten Stunden gelernt hatte, dann das, wie viel Bedeutung diese alten Männer ihrer Vergangenheit beimaßen.

»Sie wollen mich jetzt also umbringen? Genauso, wie Sie Glenn umgebracht haben?« Richards Worte kamen gepresst aus seiner Brust, die sich sichtbar hob und senkte. Die Medaille hielt er so fest in der Hand, dass seine Knöchel weiß hervortraten.

»Ich glaube nicht, dass Sie wirklich verstehen, was ich die ganze Zeit für Sie tun will, Richard? Ich will Ihnen nicht schaden, ich will Ihnen helfen, frei zu sein«, sagte er.

»Frei zu sein?«

»Frei von Ihrem Schmerz. Von allem, was Ihnen Ihr Leben schwer gemacht hat. Und das habe ich doch getan, oder? Und dann haben Sie jemand anderen in die Sache reingezogen, obwohl das alles nur für Sie bestimmt war, Richard, nur für Sie.«

»Ich hab's Ihnen gesagt … Glenn war wie ein Bruder für

mich … Ich hab ihm immer vertraut.« Auch in Richards Stimme und Tonfall schwang Widerspruchsgeist mit.

»Ich brauche jetzt noch etwas von Ihnen. Sie müssen etwas wiedergutmachen, dafür sorgen, dass Ihrem Enkel nichts passiert, Sie müssen mir helfen. Eine Hand wäscht die andere, das haben Sie doch schon mal gehört, oder?«

»Mein Enkel? Aber ich habe doch alles getan, was Sie gefordert haben!«

»Es ging hier nie darum, dass ich Forderungen stelle. Es ging darum, dass ich Ihnen eine Möglichkeit verschaffe. Alles, worum ich Sie *gebeten* habe, war, dass Sie Ihrem Gerechtigkeitssinn folgen. Sie hätten nicht abdrücken müssen, Sie hätten genauso gut einfach weggehen können, aber Sie haben getan, was Sie tun mussten. Und jetzt müssen Sie mir helfen.«

»Ihnen helfen? Mein bester Freund … abgestochen wie ein Stück Vieh? Und dann blutend liegen gelassen, ein Kriegsheld …«

»Ja, so ist es ihm ergangen, Richard. Damit Sie verstehen, dass Ihr Handeln Konsequenzen hat. Genauso wie Nichthandeln jetzt ebenfalls Konsequenzen haben wird. Als Erstes könnten Sie jetzt mal das Messer fallen lassen.« Er deutete auf Richards linke Hand, deren Griff um den Knauf so fest war, dass die Fingerknöchel weiß hervortraten. Richard zögerte, aber nur für einen winzigen Moment. Dann ließ er das Messer auf den Teppich in seinem Wohnzimmer fallen.

Der Mann hatte aus einer Schublade im oberen Stockwerk eines von Richards T-Shirts geholt und wickelte das Messer jetzt darin ein. Es war ein großes Küchenmesser mit einem schweren Knauf in Perlmuttimitat, das zu den anderen Messern in Glenns Küche passte.

»Ich habe die Klinge danach abgewaschen. Im Spülbecken bei Ihrem Freund in der Küche, aber ich habe einfach nur Wasser drüberlaufen lassen. Man kann ohne Bleiche Blutspuren nicht komplett entfernen. Die Polizei wird das Blut von Glenn Morris auf dieser Klinge finden. Und die Ermittler werden jetzt auch Ihre Fingerabdrücke und Fasern Ihrer Kleidung darauf finden. Sie und Glenn waren Freunde, haben aber Streit bekommen, und dann ist die Sache außer Kontrolle geraten, und Sie haben ihn erstochen. Das ist nicht wirklich schwer zu glauben, nicht, wenn sie sehen, auf welche Art und Weise Sie Danny Evans ermordet haben. Oder Sie helfen mir bei einer weiteren guten Tat, einer, die der ganzen Welt zugutekommen wird, und die Polizei wird niemals etwas von der ganzen Sache erfahren.«

»Gute Tat? Was für eine gute Tat?«, fragte Richard.

Der Mann machte einen Schritt nach vorn, die Waffe immer noch fest in der Hand. Er hatte die ganze Zeit gegen seine Gefühle angekämpft, gegen diese Wut, die ihn nicht mehr loslassen wollte. Aber sie richtete sich nicht gegen Richard, zumindest sollte sie das nicht. Es gelang ihm, sie so weit zu unterdrücken, dass er antworten konnte.

»Danny Evans war nur der Anfang. Morgen werden wir den Rest dieser Unheil stiftenden Familie vom Antlitz der Erde tilgen.«

KAPITEL 51

»Schon gut, Schatz, du musst nicht sprechen.« Aber Callie versuchte es weiter, zwischen kleinen Schlucken Wasser und keuchendem Atmen. Die Schwester, Maggie Watkins, hatte an Callies Bett gestanden, als Sharon und Jamie eingetroffen waren, und bei ihrem Anblick gestrahlt. Zwar blickte sie trotzdem in zwei angespannte, ängstliche Gesichter, aber als Krankenschwester hatte sie das schon oft erlebt, wenn Familienangehörige zum ersten Mal in dieser Aufwachphase beim Patienten ankamen. Sie vermochten kaum zu glauben, dass das alles wahr sein konnte, dass sie vielleicht nach so langer Zeit bangen Hoffens wieder mit ihrem geliebten Angehörigen sprechen könnten. Und für Sharon und ihren Sohn war ja durch den neuen Schicksalsschlag die Situation noch viel dramatischer.

Maggie hielt Callie einen Plastikbecher mit einem Trinkhalm hin. Sharon nahm ihn ihr aus der Hand. Es sah aus wie ein Kampf. Die Schwester erklärte Sharon gerade, dass es ganz normal war, wenn beim Aufwachen aus dem Koma der Hals schmerzte. Die Ärzte und Pfleger hatten manchmal etwas gewaltsam Schläuche einführen müssen, was die Rachenschleimhaut reizte, aber unvermeidbar war. Maggie hatte auch erklärt, dass Callie noch sehr schläfrig war und eine Zeit lang verwirrt sein würde – wie lange, wusste man nicht –, aber das sei alles vollkommen normal. Sharon hörte nur mit halbem Ohr zu. Sie hatte den Schwestern im letzten Monat bei jedem Wort an den Lippen gehangen, aber in diesem Moment war ihr das alles egal. Sie wollte nichts über die

Prognose wissen, nichts über die Risiken und Chancen, nichts über all das. Callie war wach, sie sah sich um, und ihre Lippen kräuselten sich sogar zu einem angedeuteten Lächeln. Jamie saß an der anderen Bettseite, und ein Lächeln überzog sein Gesicht, wann immer seine Schwester sich ihm zuwendete, aber es verschwand genauso schnell wieder, wenn sie sich umdrehte, um nach ihrem Trinkhalm zu suchen. Sharon half ihr und versuchte die ganze Zeit Jamies verzweifelte Versuche zu ignorieren, mit ihr Blickkontakt aufzunehmen. Sie wusste, dass er bei ihr Bestätigung und Sicherheit suchte, ein kurzes erwidertes Lächeln, ein beruhigendes Zunicken, dass alles gut werden würde. Aber sie brachte es einfach nicht über sich. Auf der Herfahrt hatten sie gemeinsam beschlossen, dass jetzt noch nicht der Zeitpunkt war, Callie zu sagen, wie die aktuelle Lage war, und natürlich war das die richtige Entscheidung. Sharon war nicht einmal sicher, ob Callie überhaupt wusste, wo sie war oder was um sie herum vorging.

Dann ließ Callie den Trinkhalm aus ihrem Mund gleiten und richtete den Blick starr auf ihre Mutter. Es verschlug Sharon fast den Atem, wieder in diese Augen zu blicken, zu lächeln und ihr Lächeln erwidert zu bekommen. Das war das Höchste. Dann öffnete Callie den Mund, und ein Krächzen entrang sich ihrer Kehle. Sie hob zitternd die Hand an den Hals und zog eine Grimasse. Als sie den Mund wieder öffnete, kam wieder nur dieses Krächzen heraus. Diesmal zeigte ihre Miene deutliche Enttäuschung – sie bemühte sich, etwas zu sagen, und war wütend, dass es ihr nicht gelang.

»Ist schon gut, Schatz, versuch jetzt nicht zu reden, es wird dir sicher bald leichter fallen. Das muss in deinem Hals erst noch ein bisschen besser heilen, und dann können wir uns richtig gut unterhalten!«

Callie probierte zum dritten Mal zu sprechen, während sie den Blick immer noch auf Sharon gerichtet hielt. Erst kam wieder nur ein Krächzen, dann gelang es ihr, ein einzelnes Wort zu bilden. Es wurde von einem Husten überdeckt, aber es gab keinen Zweifel, was sie meinte.

»Dad!«, keuchte sie.

Dieser Moment zerriss Sharon beinah das Herz.

KAPITEL 52

Dienstag

Joel attackierte die Tür zu Christopher Hennershaws Haus, als könnte er sie durch seine Faustschläge aufspringen lassen. Er gönnte sich dabei keine Pause, es war wie ein Trommelfeuer – die Art von Klopfen, die man unmöglich ignorieren konnte.

»Kann ich Ihnen helfen?« Ein Mann kam heraus. Er war Ende vierzig, und er kniff die Augen zusammen, als sei das sein erster Kontakt mit dem Tageslicht. Die Stimme hinter seinem Bart klang verschlafen. Joel erkannte Hennershaw anhand seines Polizeifotos. Der Blick des Mannes richtete sich auf das Durchsuchungsteam hinter den beiden Ermittlern.

»Wir müssen reinkommen, Mr. Hennershaw.«

»Darf ich fragen, warum?«

»Dies ist eine freundliche Prüfung Ihrer Bewährungsauflagen.«

»Und Sie müssen alle da rein?« Hennershaw hob seine Stimme gerade so weit, um sein Erstaunen auszudrücken.

»Wir alle.«

»Ich habe mich auf der Polizeidienststelle gemeldet, so wie vereinbart. Erst gestern.«

»Das ist gut für Sie«, erwiderte Joel.

»DC Smalling … sie kommt regelmäßig vorbei. Wo ist sie?« Hennershaw suchte jeden der Beamten nach einem freundlichen Gesicht ab. Aber er sah nur verschränkte Arme und ungeduldige Mienen.

»Ich habe keine Ahnung«, erwiderte Joel und trat vor. Hennershaw, der ein enges weißes T-Shirt und Boxershorts trug, hatte die Tür verstellt. Aber jetzt schien er die Dringlichkeit zu verstehen, gab die Tür frei und trat zurück. Dabei rutschte er auf seinen Socken fast auf dem Parkett aus. Joel bahnte sich den Weg zum Wohnzimmer, wo er einen Stapel DVD-Hüllen, Fernbedienungen und krümelbedeckter Teller vom Sofa schob, um Platz zu schaffen. »Setzen Sie sich«, befahl er, und Hennershaw tat wie geheißen.

»Ist das wirklich alles nötig? Sie stören meine Mutter. Sie ist zweiundachtzig, daher bitte ich immer, dass man mich vorher anruft.«

»Wo ist die Konsole?«, fragte Joel streng, den Blick fest auf den Fernsehständer gerichtet.

»Keine Ahnung, wovon Sie reden!«, stotterte der Mann, aber seine Empörung war verschwunden.

»Dieser Joystick ist dann also nur so zum Angeben?« Joel deutete auf die Playstationsteuerung, die auf dem Sofa lag; das Kissen, unter dem sie versteckt war, hielt er in der anderen Hand. »Diese Beamten da draußen vor dem Haus gehören zu einem Spezialteam, und sie suchen nach Beweisen, dass Sie Ihre Bewährungsauflagen nicht erfüllen. Sieht ganz so aus, aus müssten sie nicht lange suchen. Sie können mir da sicher auch so weiterhelfen, ohne dass die Ihr ganzes Haus auseinandernehmen. Wo ist die Konsole?«

»Ich weiß nicht … das hier gehört nicht mir!«

»Lassen Sie mich raten, Ihre zweiundachtzigjährige Mutter ist ein großer Fan von *Grand Theft Auto* nicht wahr?«

»Nein … ich bitte Sie! Das ist wirklich unfair!« Der Mann beugte sich vor, seine Augen blickten jetzt geradezu flehend. »Detective Constable Smalling kommt immer einfach auf ein Schwätzchen vorbei. Sie sieht sich um, aber sie vertraut mir. Fragen Sie sie doch!«

»DC Smalling ist heute nicht hier, aber ich bin da. Wo ist die Konsole?«, knurrte Joel.

Der Mann sackte in sich zusammen. Sein Gesicht sah plötzlich uralt aus, und ein Schluchzer entrang sich seiner Brust. Er ließ die Hände seitlich runtersinken, wie ein trotziges Kind. »Also gut, hinter dem Fernseher! Aber ich benutze sie nur zum Spielen. Das können Sie überprüfen!«

Der Mann hob den Blick seiner rot geäderten und verschlafenen Augen, und Joel warf wütend und frustriert das Kissen aufs Sofa zurück. Er wandte sich von diesem Bild des Jammers ab, das Christopher Hennershaw bot, und richtete den Blick auf DS Rose. Ihr Gesichtsausdruck spiegelte seinen wider.

»Er ist nicht der Richtige, oder?«, meinte Joel.

»Nein«, erwiderte sie kopfschüttelnd, »da haben wir uns geirrt.«

Hennershaw kauerte sich aufs Sofa und machte nun endgültig den Eindruck eines schniefenden Häufchens Elend. Sie waren hergekommen auf der Suche nach einem Mann, der zu mehrfachem Mord fähig war, zu dessen Opfern Danny Evans zählte, der in der Gegend von Dover als »Das Raubtier« bekannt war. Nur ein paar Augenblicke in diesem Haus hier – und nichts an Christopher Hennershaw deutete darauf hin, dass er der gesuchte Mann war.

Sie standen wieder ganz am Anfang.

Er dankte der älteren Frau, die sich beim Binden seines Blumenstraußes solche Mühe gegeben hatte. Weiße Lilien. Sie bot ihm dazu auch noch eine Grußkarte an.

»Für Ihre Nachricht«, sagte sie mit einem warmen Lächeln.

»Nein, vielen Dank.«

Die Blumenfrau nickte verständnisvoll. »Einfach nur da zu sein, ist schon viel wert.« Sie beugte sich vor und legte ihre Hand auf den Arm, der den Blumenstrauß hielt. »Ich muss sagen, es ist so schön, einen Mann zu sehen, der sich Mühe gibt. Wenn ich es wäre, die hier im Krankenhaus läge, dann würde ich mir auch den Besuch von einem Mann im Anzug und mit frisch polierten Schuhen wünschen. Das sagt eine Menge über Sie aus!«

»Da haben Sie sicher recht«, erwiderte er und versuchte schnellstmöglich von ihr wegzukommen.

»Glauben Sie mir. Mein Mann hat das auch immer zu mir gesagt. Besonders die Schuhe – er sagte, man kann den Charakter eines Mannes daran erkennen, wie sehr seine Schuhe glänzen. Ich glaube, das nimmt mich für Sie ein.«

Sein Blick folgte ihrem und ruhte auf dem hellbraunen Leder seiner Schuhe mit einem blauen Streifen in der Mitte. Am rechten Schuh zeigte sich ein loser Faden, dort, wo das blaue Band zerschlissen war.

»Die waren ein Geschenk«, erklärte er. »Ich versuche, meine Sachen auch dann noch zu tragen, wenn andere Leute sie schon längst aussortiert hätten. Diese Schuhe sind allerdings mittlerweile wirklich etwas abgetragen. Aber so ist es eben, man kann die Sachen so schonend behandeln, wie man will, sie werden trotzdem irgendwann alt und schäbig. Sie gehen den Weg alles Irdischen.«

Das Lächeln der Blumenfrau verschwand. Sie ließ seinen Arm los und trat einen Schritt zurück. »Ja, da haben Sie wohl recht«, sagte sie.

»Eine Floristin weiß das sicher besser als manch anderer.« Er hob den Strauß hoch, um den Duft einzuatmen. »Diese Blumen sind perfekt: frisch und schön. Aber sie werden bald verwelkt sein, sie werden weggeworfen und verrotten in der Erde.«

Die Frau trat noch einen Schritt zurück. »Erfreuen Sie sich also daran, solange Sie es noch können.« Ihr Lachen klang jetzt etwas nervös. Er genoss ihr Unbehagen noch ein paar Augenblicke, bevor er sich zum Gehen wandte. Er hatte keine Zeit zu verlieren. Zwar wusste er, dass Sharon Evans noch nie pünktlich zu Beginn der Besuchszeit aufgetaucht war – aber die Lage hatte sich verändert. Sicher verbrachte sie zurzeit keine ruhigen Nächte, und ihre *normale* Routine war sicher längst auf der Strecke geblieben. Dafür hatte er schon gesorgt.

Er rückte seinen Filzhut weiter in die Stirn, als er die Schlange vor dem Café in der Eingangshalle passierte und dann in den Korridor bog, der ihn zu seinem Ziel bringen würde. Er war sich sicher, dass er jede Überwachungskamera auf seiner Route geortet hatte, aber das hielt ihn nicht davon ab, vorsichtig zu sein. Die Geräte waren hoch oben angebracht, daher war sein Blick zu Boden gerichtet, und seine Augenpartie war von der Hutkrempe verdeckt.

Er erreichte die Treppe. Es gab zwei gegenläufige Treppen mit einem Absatz dazwischen, dann musste er noch durch einen langen Korridor gehen. Noch immer nahm niemand Notiz von ihm. Er begegnete einem Mann im Overall, der eine Bohnermaschine bediente, und medizinischem Personal mit Kitteln in unterschiedlichen Farben. Eine Krankenschwester öffnete gerade die Sicherheitstür zur Intensivstation und kam heraus, als er sich näherte. Einen Augenblick sah sie ihn an, ihr Blick wanderte von seinen eleganten Schuhen zu seinem Blumenstrauß, von der stilvollen Krawatte zu seinem sanften Lächeln. Sie hielt ihm die Tür auf.

»Danke«, sagte er und blickte ihr hinterher. Sie drehte sich nicht um, und er atmete erleichtert aus.

Er war drinnen.

Die Tür schloss sich langsam hinter ihm, und einen Moment später klickte die Verriegelung. Es war das erste Mal, dass er es geschafft hatte, hier reinzukommen, und er brauchte einen Moment, um sich zu sammeln. Ein zweites Mal würde ihm das sicher nicht gelingen.

Direkt vor sich an der linken Wand sah er eine geschwungene Theke. Die Monitore und verstreuten Papiere ließen darauf schließen, dass sich hier der Pflegestützpunkt befand. Doch er war unbesetzt. Momentan sah er überhaupt niemanden weit und breit.

Er zog die Spritze aus seiner Tasche. Sie war bereits aufgezogen, und im Zylinder befand sich eine klare Flüssigkeit. Mehr als genug. Es würde schnell gehen. Callie Evans' Atmung würde sich verlangsamen und dann ganz aufhören, kurz nachdem er die Injektion gesetzt hätte. Die Frau, deren Tochter auch hier drin lag, hatte ihm erzählt, dass Callie jeden Tag Fortschritte machte – sie würde »bald über dem Berg sein«, und sie würde nicht mehr so engmaschig überwacht wie die anderen Patienten. Nur zwei billige Blumensträuße und einige tröstende Worte hatte es gebraucht, um die Frau zum Reden zu bringen und alle Informationen zu erhalten, die er benötigte.

Die Tatsache, dass Callie nun nicht mehr so stark unter Beobachtung stand, kam ihm sehr zupass. Im Geiste sah er schon, wie sie still hinüberglitt und unentdeckt in ihrem Bett lag, bis ihre Mutter sie besuchen käme und auf einen Schlag erkennen würde, dass er zu seinem Wort stand.

Er hielt die Spritze so, dass sie hinter dem Blumenstrauß versteckt war. Dann schlich er weiter.

Er wusste nicht, ob es auf der Station Kameras gab. An manchen Türen in anderen Teilen des Krankenhauses gab es welche, und er wollte jetzt kein Risiko eingehen. Er hielt den Kopf gesenkt, und seine Augen spähten unter der Krempe seines Hutes hervor. Zudem hielt er den Blumenstrauß so, dass seine rechte Seite beim Gehen verdeckt war, weil dort die Patientenbetten in einer Reihe standen. Nur an einem saß ein Besucher, aber in einem Stuhl mit hoher Lehne und auch noch von ihm abgewandt, daher bemerkte er ihn nicht. Die Station hatte fünf offene Bereiche mit je einem Bett. Er wusste, man hatte die Patienten nach Geschlecht getrennt und auch versucht, die Kinder nebeneinanderzulegen.

Er verlangsamte seine Schritte und bemühte sich, ruhig zu bleiben. Es war das erste Mal, dass er Callie Evans mit eigenen Augen sah, und er wusste nicht, wie es sich anfühlen würde. Alles war auf diese Begegnung hinausgelaufen, alles. Er durfte jetzt nicht zulassen, dass seine Emotionen ihn überwältigten. Am stärksten spürte er Wut, etwas, das er sich im Moment nicht leisten durfte. Um seine Gefühle könnte er sich später immer noch kümmern.

Die Sonne schien hell durchs Fenster, als er sich dem dritten Bereich näherte. Sechs Betten, drei links, drei rechts – so angeordnet, dass die Fußteile zueinander zeigten. Er wusste, dass Callie fünfzehn Jahre alt war, und er war überzeugt, am Fußende des Bettes würde das Dokumentationsblatt ihren Namen tragen.

Und so war es.

Das Klappern des Briefkastens ließ Sharon zusammenzucken. Sie hatte gedankenverloren dagestanden und ins Leere gestarrt. Ihre Anspannung trieb sie dazu, in die Gänge zu kommen und irgendwo anders hinzugehen, nur nicht hier im Haus zu bleiben. Den ganzen Morgen über war es ein Kampf gewesen, Jamie dazu zu bewegen, etwas zu essen. Schließlich hatte er eine Kleinigkeit gefrühstückt, und jetzt war er mit Zinédine um den Block Gassi gegangen, da sie ihn an sein Versprechen erinnert hatte, jeden Morgen mit ihm rauszugehen. Noch immer hatte er allerdings kein Wort über seinen Dad verloren. Sie mussten dieses Gespräch unbedingt führen, aber es war klar ersichtlich, dass er ihr auswich. Sie hatte vor, auf der Fahrt ins Krankenhaus mit ihm das Gespräch zu suchen, aber er hatte das wohl geahnt und tat nun alles, um ihre Abfahrt zu verzögern – selbst wenn es den Besuch bei seiner Schwester betraf.

Sharon lehnte an der Küchentheke, und die Eingangstür lag am anderen Ende des Hauses, doch als ihr Blick sich fokussierte, sah sie hinter der Milchglasscheibe als roten Schattenriss den Postboten. Sie stellte ihren Teebecher ab und versuchte, ihre Erschöpfung abzuschütteln. Dann ging sie zum Briefkasten und nahm die Post heraus. Zwei Rechnungen legte sie rasch beiseite. Das dritte Kuvert ließ sie augenblicklich erstarren:

An die restliche Familie Evans.

Sie warf rasch einen Blick zurück in die Diele, wo die Tür zum Hintereingang immer noch halb offen stand, dann riss sie das Kuvert auf. Darin befand sich ein einzelnes gefaltetes Blatt Papier. Die Nachricht war unmissverständlich. Ein großes Foto beherrschte die Seite: Eine Farbkopie zeigte die vier Mitglieder ihrer Familie. Sie erkannte das Foto als eines, das Dover Athletics vor einiger Zeit auf der Website des Clubs gepostet hatte. Der Fotograf hatte die ganze Familie abgelichtet, während sie von den Zuschauerbänken aus einem Match zusah, als Danny wegen einer Verletzung ein paar Spiele lang aussetzen musste. Diese Kopie des Fotos war verändert worden – mit Filzstift. Dannys Gesicht war mit einem dicken schwarzen X übermalt worden. Sharon schlug entsetzt die Hand vor den Mund.

Auch Callies Gesicht war ausgeixt.

Ebenso Jamies.

Unter dem Foto stand ein einzelner getippter Satz:

Die Zeit ist um.

KAPITEL 53

Joel beugte sich so weit zu Christopher Hennershaw hinüber, dass er dessen Angstschweiß riechen konnte. Er hatte geahnt, dass in diesem Haus noch einiges mehr zu entdecken war, und es hatte nicht lange gedauert, bis sein Team mit den ersten Fundstücken ankam.

»Ich brauche Ihre PIN zum Entsperren.« Joel konnte seine Genugtuung kaum verbergen, als er dem Mann, der vor ihm saß, ein Mobiltelefon unter die Nase hielt. Sie hatten es hinter einer losen Fußbodenleiste im selben Raum gefunden, in dem Hennershaw jetzt saß. Sobald der Fund gemeldet worden war, hatte sich sein Benehmen total verändert: Er spielte jetzt nicht mehr das bockige Kind, sondern wirkte ziemlich verängstigt.

»Die muss ich Ihnen nicht geben«, erwiderte er.

»Da haben Sie vollkommen recht.« Joel rückte Hennershaw so nah auf die Pelle, dass er seine Körperwärme spüren konnte. »Soll ich Ihnen sagen, was jetzt passieren wird? Ich verhafte Sie bereits jetzt, weil Sie gegen Ihre Bewährungsauflagen verstoßen haben. Später werden wir Sie befragen, und Sie können gerne lügen, um Ihre Haut zu retten. Dann könnten Sie theoretisch sogar auf Kaution wieder rauskommen. Aber dieses hübsche kleine Ding hier und die Tatsache, dass es versteckt war, lässt mich vermuten, dass es da noch weitere Straftaten gibt, und ich könnte wetten, ich finde einen Haftrichter, der derselben Meinung ist. Die Tatsache, dass Sie mir Ihre PIN nicht geben wollen, rechtfertigt jedenfalls eine Untersuchungshaft. Schließlich weiß ich nicht, um welche Straftaten es sich hier handeln könnte, ob es potenzielle Opfer gibt … da kann ich Sie ja schlecht frei rumlaufen lassen, während ich ermittle. Dann sitzen Sie also schon mal im Gefängnis, und die Aufgabe, Ihr Handy zur Überprüfung weiterzuleiten, wandert dann in meinem Erledigungsstapel zufällig ganz nach unten. Sie sollten also für etwas länger als nur für eine Nacht packen.«

Hennershaw blickte flehend über ihn hinweg zu DS Rose, von der aber auch keine Hilfe zu erwarten war.

»Da ist sowieso nichts drauf«, stammelte er.

»Klar ist da nichts drauf.«

»Zwei, sieben, null, acht. Der Geburtstag meiner Mutter«, nuschelte Hennershaw.

»Sie kann wirklich mächtig stolz auf Sie sein.« Joel tippte die PIN ein. Es funktionierte.

»Geht doch. Ich werde das Handy ein paar Leuten übergeben, die hundertprozentig alles finden werden, was jemals darauf gewesen ist. Auch Gelöschtes, Verschlüsseltes, Erpressernachrichten an fünfzehnjährige Mädchen und ähnliches Zeug.«

Hennershaw reagierte, als wäre er von der Tarantel gestochen. »Erpressung? Also darum geht es? Deswegen wurde ich ja schon befragt. Aber alle Anschuldigungen sind fallen gelassen worden.«

Joel beugte sich vor, brachte sein Gesicht ganz nah an das von Hennershaw heran, damit dieser ja nichts überhören würde, und fauchte ihn an: »Hannah Ribbons hat diese Anschuldigungen niemals fallen gelassen, keinen einzigen Moment lang, verdammt noch mal. Haben Sie das kapiert? Sie weiß, wer Sie sind, was Sie getan haben. Ihretwegen sind wir hier, ihretwegen durchsuchen wir diese Wohnung, ihretwegen wird keiner von uns aufhören, ehe Sie nicht büßen für das, was Sie getan haben.«

Hennershaws Lippen zuckten kurz, dann presste er sie aufeinander. Joels Handy klingelte in seiner Tasche. Er richtete sich auf, fixierte dabei aber Hennershaw weiter und genoss jede Sekunde seiner Qualen.

»Detective Inspector Norris«, meldete er sich.

»Er ist weg! Ich weiß nicht, was ich tun soll!«, hörte er eine Frauenstimme, sehr aufgeregt und kaum zu verstehen wegen eines Schluchzers, der in lautes Weinen überging.

Joel setzte sich in Bewegung und ging weg von dem Stück Scheiße da vor ihm, hinaus durch die Vordertür in die kühle Morgenfrische.

»Wer spricht denn da?«, fragte er. »Wer ist weg?«

»Hier spricht Sharon, Sharon Evans …« Wieder ein Schluchzer, dann klang die Stimme eigenartig verzerrt, als würde sie ihre Lippen direkt an den Hörer pressen. »Er ist weg … Jamie … ich kann ihn nicht finden!«

»Sharon, ich brauche mehr Informationen, okay? Was ist los? Sind Sie zu Hause?«

»Er ist weg … ich habe nicht richtig zugehört, was er sagte. Er wollte sicher nur um den Block gehen … jemand muss ihn entführt haben.«

»Sharon, wo sind Sie? Das ergibt alles keinen Sinn. Ich komme zu Ihnen. Sagen Sie mir, wo Sie sind.«

»Zu Hause. Aber ich muss weg, ich muss zu Callie!« Ihre Stimme ging wieder in lautes Weinen über. Am Telefon konnte Joel wohl kaum mehr aus ihr herausbringen.

»Ich bin gleich bei Ihnen.«

Er drehte sich wieder Richtung Hauseingang. DS Rose hatte sich inzwischen zu ihm nach draußen gesellt. »Alles in Ordnung?«, wollte sie wissen.

»Wir müssen los. Sharon Evans ist zu Hause, aber irgendwas stimmt da nicht. Sie sagte, ihr Sohn sei entführt worden.«

»Okay. Wie geht's hier weiter?«

»Das Team soll Hennershaw einbuchten. Der Kinderschutz kann das ab jetzt übernehmen. Ich glaube, wir werden dringend woanders gebraucht.«

KAPITEL 54

Detective Sergeant Rose hatte sich und Joel während der Fahrt bereits telefonisch angemeldet. Vor dem Haus der Familie Evans standen zwei Streifenwagen quer in der Einfahrt. Joel freute sich, dass seine Kollegen so schnell vor Ort waren. Falls Jamie Evans tatsächlich entführt worden war, erhöhte ein unverzügliches, einsatzintensives Eingreifen die Chancen, ihn wiederzufinden, ganz erheblich. Joel wusste aber auch, dass die Wahrscheinlichkeit in solchen Fällen bereits nach einer Stunde deutlich sank.

Sobald er zusammen mit DS Rose das Haus betrat, gab der Streifenpolizist ihnen ein erstes Briefing. Außer ihm schienen keine weiteren Polizisten anwesend zu sein.

»Wir haben das Haus durchsucht, erst mal nur nach Personen – leider Fehlanzeige. Die Mutter sagte, ihr Sohn habe das Grundstück durch das Gartentor hinter dem Haus verlassen, um eine Runde mit dem Hund zu drehen, so wie jeden Tag. Meine Kollegen sind zu Fuß in der näheren Umgebung unterwegs. Ich habe Verstärkung angefordert und alle verständigt, die ein Auto haben und zwei Augen im Kopf. Ich werde sie losschicken, um sämtliche Nachbarn abzuklappern, die Gärten zu durchkämmen und die Straßen abzulaufen … Das übliche Programm eben. Wir haben auch schon die Telefonnummern von einigen seiner Freunde, mit denen er sonst öfter rumhängt, und ich wollte sie gerade anrufen, um nachzufragen, ob er vielleicht dort ist. Allerdings glaube ich nicht, dass wir Erfolg haben werden, Sir.«

»Warum bezweifeln Sie das?«, fragte Joel. Offenbar wusste der Polizist noch mehr.

»Wir haben den Hund gefunden. Er zog seine Leine hinter sich her. Und die Mutter sagte, sie habe einen Drohbrief erhalten.« Er unterbrach sich und verließ kurz den Hausflur. Einen Augenblick später kam er mit einem Zettel zurück, der bereits in einer polizeilichen Asservatentüte steckte. Joel überflog ihn. Er merkte, wie sich DS Rose dicht neben ihn stellte, um ebenfalls einen Blick darauf werfen zu können.

»Verdammt!«, stieß Joel aus, als ihm ein Foto der Familie Evans entgegenstarrte: Drei der vier Gesichter waren durchgestrichen. »›Die Zeit ist abgelaufen‹? Mein Gott, die Tochter …«

Der Polizist hatte beide Hände bereits beschwichtigend erhoben, als hätte er Joels Reaktion bereits erwartet. »Wir haben schon jemanden ins Krankenhaus geschickt. Sie haben die Station komplett abgeriegelt. Die Mutter ließ sich nicht davon abbringen, ebenfalls hinzufahren.«

»Abgeriegelt? Was ist denn passiert?«, wollte Joel wissen.

»Ich warte noch auf den aktuellen Lagebericht. Aber … es gibt einen Todesfall. Eine Patientin. Die Umstände sind verdächtig. Mehr weiß ich auch nicht, aber ich habe wahrscheinlich denselben Verdacht wie Sie.«

»Los, wir müssen sofort dorthin! Sharon ist der Schlüssel in der ganzen Sache.« Joel wandte sich DS Rose zu, die ihm mit einem Kopfnicken beipflichtete. Hier würden sie ohnehin nichts ausrichten können. Die Suche war am Laufen, in Kürze würde es in den umliegenden Straßen von uniformierten Beamten nur so wimmeln, und die Neuigkeiten würden sich wie ein Lauffeuer verbreiten – wenn das nicht ohnehin bereits geschehen war. Falls sich Jamie Evans noch irgendwo in der Nähe aufhielt, würde man ihn bald entdecken, doch Joel hatte das ungute Gefühl, dass der Junge sich inzwischen schon an einem ganz anderen Ort befand. Die entscheidende »erste Stunde«, seit Sharon Evans ihn voller Panik angerufen hatte, war längst verstrichen.

Mit quietschenden Schuhen blieb Joel – begleitet von DS Rose – vor der Tür zur Intensivstation stehen. Durchdringend starrten beide den dort positionierten Polizeibeamten an, der gerade etwas in ein kleines Büchlein notierte. Joel hielt ihm ungeduldig seinen Dienstausweis entgegen.

»Ist Sharon Evans da drin?«, fragte er hastig.

»Ja, in einem separaten Raum. Sie wollte auf keinen Fall von hier weg«, erklärte der Beamte. »Übernehmen Sie? Nur falls die Schwestern mich wieder fragen ... Ich glaube, sie würden uns gerne loswerden.«

»Das kann ich mir vorstellen.« Joel schob sich an ihm vorbei durch die Tür, die von einem Keil offen gehalten wurde. Auf den ersten Blick wirkte auf der Station alles so wie bei seinem letzten Besuch, doch schon nach wenigen Schritten sah Joel in der dritten Bettnische, die vom Flur wegging, weitere uniformierte Polizisten stehen, die sich am Fuß eines Bettes versammelt hatten. Genau dort hatte er mit Sharon gesprochen, während deren Tochter kurz davor gewesen war, wieder aus dem Koma zu erwachen.

Ein weiterer Polizeibeamter in Uniform kam auf sie zu. Mit ernster Miene deutete er zum Angehörigenzimmer hinüber, in dem sich Sharon Evans befand. Bevor er eintrat, zögerte Joel noch einen kurzen Moment und hielt die kalte, metallene Türklinke fest mit der Hand umklammert. Er mochte sich das Leid gar nicht ausmalen, das ihn hinter dieser Tür erwartete.

Sharon Evans war allein. Obwohl rechts von der Tür, an der Wand, mehrere Stühle aufgereiht standen, saß sie auf dem Boden und Joel und DS Rose zugewandt, als diese den Raum betraten. Die Tür fiel hinter den beiden mit einem hörbaren Klicken ins Schloss, doch Sharon reagierte nicht. Regungslos saß sie da, die Arme um die angezogenen Knie geschlungen, das Gesicht dahinter verborgen, sodass ihr Haarschopf das Einzige war, was Joel von ihr sehen konnte.

»Sharon, ich bin's, Joel Norris. Ich bin gekommen, so schnell ich konnte«, sagte er und wartete kurz auf eine Antwort. Als keine kam, sprach er weiter: »Zuvor war ich noch bei Ihrem Haus. Alle verfügbaren Polizisten in Uniform oder in Zivil, die Unterstützungsbeamten und sogar mehrere Zivilfahnder haben sich auf die Suche gemacht. Wir haben die Öffentlichkeit im Viertel um Unterstützung gebeten und die Leute ganz direkt angesprochen. Die Leute von der Nachbarschaftswache sind in mehreren Gruppen zu Fuß ausgerückt. Ich bin mir sicher, dass wir …«

»Ich bin schuld, dass sie tot ist.« Sharon hob den Kopf. Ihre Wangen waren so verquollen, dass ihre Augen kaum zu erkennen waren. Auf der Stirn, dort, wo diese auf ihrem Unterarm geruht hatte, zeichnete sich ein roter Streifen ab.

Joel räusperte sich. »Sie können nichts dafür.«

»Ich bin an allem schuld. Ich habe die Akten vertauscht, und deshalb musste das Mädchen sterben. Ich habe diese Drohungen nicht ernst genommen, und jetzt … jetzt ist auch noch mein armer Junge fort.« Sie richtete den Blick auf Joel. Die Verzweiflung stand ihr ins Gesicht geschrieben. »Er ist tot, oder? Irgendwer kam hierher, um meiner Callie etwas anzutun, und dann zu uns nach Hause, weil er es auf meinen Jungen abgesehen hatte. Und das, obwohl ich die ganze Zeit dort war!«

»Erzählen Sie mir, was passiert ist, Sharon.«

Sharon schüttelte den Kopf, während die Worte nur so aus ihr heraussprudelten. Joel und DS Rose mussten ein Stück näher kommen, um alles verstehen zu können.

»Die Anrufe. Ich hatte Ihnen doch von diesen Anrufen erzählt. Kurz nachdem Danny … Und dass dieser Mann sagte, wir seien jetzt ›Einer weniger‹.«

»Ja, den einen Anruf hatten Sie erwähnt. Dann gab es danach also noch weitere?«

»Nein!«, widersprach Sharon ungeduldig, als ärgere sie sich darüber, dass sie sich nicht klar genug ausdrücken konnte. »Davor. Ich hatte davor schon Anrufe bekommen. Das hatte ich Ihnen doch erzählt. Und dann war da dieser eine, wegen dem ich dann auch mit Ihnen gesprochen habe. Und heute Morgen war dieser Zettel im Briefkasten ... alles passierte irgendwie auf einmal. Ich konnte Jamie nirgends finden und dachte, dass Callie ...« Sie unterbrach sich, und die Gefühle überwältigten sie. Joel wartete. »Ich dachte, sie sei tot. Ich hatte seit diesem Anruf ein schlechtes Gefühl. Aber ich habe immer versucht, mir einzureden, dass nichts dahintersteckt, dass es nur irgend so ein Irrer ist, der versucht, Aufmerksamkeit zu erregen. Das haben wir oft genug erlebt, als Familie, meine ich, immer wenn auf Social Media irgendein Mist über uns zu lesen war. Aber diesmal wusste ich sofort, dass es um etwas anderes geht. Gestern Abend ... Callie hat hier am Fußende ihres Bettes eine Patientenakte hängen. Da steht ihr Name drauf, und alles über sie ist dort dokumentiert. Ich fand das von Anfang an nicht gut und beschwerte mich deswegen. Aber jeden Tag, wenn ich herkam, warf ich einen Blick in die Unterlagen. Die Schwestern sind angewiesen, regelmäßig nach ihr zu sehen, auch nachts, und ihre Beobachtungen dann aufzuschreiben, also was für einen Eindruck sie macht, wie es ihr geht, was die Körpertemperatur und die Ausscheidungen betrifft ... Ich weiß, dass ich das nicht tun sollte, aber wenn ich komme, bin ich nun mal froh, wenn ich sehe, dass sie eine gute Nacht hatte, und merke, dass man sich um sie kümmert. Aber dann haben sie angefangen, alles auf dem Computer zu dokumentieren ...«

»Es geht Callie also gut?«, fragte DS Rose, ebenfalls mit gedämpfter Stimme.

»Gestern ... war ich am späten Abend noch mal hier«, fuhr Sharon fort. »Man hatte uns angerufen, und es hieß, sie sei gerade am Aufwachen. Deshalb sind Jamie und ich so schnell wie möglich hierhergerast. Und tatsächlich!« Sharon verstummte für einen Moment. Es kostete sie offensichtlich viel Kraft, weiterzuerzählen. »Sie saß aufrecht im Bett, sah mich an und versuchte zu sprechen. Es war wundervoll!« Ein Lächeln huschte über ihr Gesicht, doch nur für einen Augenblick. »Dann mussten wir wieder gehen, auch wenn ich es nicht wollte. Wir hatten doch so lange auf diesen Moment gewartet, und jetzt schaute sie mich an, einfach so ... Sie schaffte sogar zu lächeln!« Plötzlich rollte aus Sharons verquollenem rechtem Auge eine Träne. »Aber ich hatte trotzdem ein ungutes Gefühl, schon seit einer ganzen Weile, aber gestern Abend ... da war es besonders stark. Ich konnte es nicht genauer sagen, weder jemandem hier noch Ihnen – Sie hätten bestimmt geglaubt, dass ich allmählich den Verstand verliere. Aber ich musste einfach irgendwas unternehmen. Sie kommt zu uns zurück, mein kleines Mädchen kommt zurück ... Das war alles, woran ich denken konnte. Und dann vertauschte ich die Akten. Es war schon spät, und ich sah Callie an, und dann fiel mein Blick auf diese Akte mit ihrem Namen darauf. Wenn herauskommt, dass sie aufgewacht ist, wird ihr Name wieder in allen Zeitungen stehen, und die Leute werden alles wissen wollen. Aber ich will, dass man sie in Ruhe lässt. Wie hätte ich denn wissen sollen, dass ...« Wieder brach sie in Tränen aus.

»Was genau ist heute passiert, Sharon?«, fragte Joel sie.

»Heute früh, als dieser Brief kam, wurde mir klar, wie leichtsinnig ich gewesen war. Ich hatte *nichts* unternommen, um meine Kinder besser zu beschützen. Immerhin sind wir alle auf diesem Foto. Herrgott noch mal! Wer auch immer es uns geschickt hat: Er weiß, wie sie aussieht! Und er weiß auch, wo wir wohnen, und ... Dann konnte ich Jamie nirgends finden. Was sollte ich tun? Zu Hause bleiben? Hierherkommen? Ich wusste es nicht. Noch nie zuvor hatte ich mich so allein gefühlt, so verzweifelt!« Diesmal folgte der ersten Träne schnell die nächste.

»Alles gut. Lassen Sie sich Zeit.«

»Dann tauchte die Polizei auf, und die Leute begannen sofort mit der Suche. Sie sagten, ich solle lieber zu Hause bleiben, falls er zurückkäme, aber ich konnte es einfach nicht. Deshalb brachte mich die Polizei hierher und … Das andere Mädchen … sie ist Epileptikerin … sie sehen einander ziemlich ähnlich – das fanden wir beide, ich und auch ihre Mutter … die arme Mutter!« Wieder wurde Sharon von einem Schluchzen überwältigt. Joel wartete geduldig.

»Was ist mit dem Mädchen?«

»Ihre Mutter schrie. Sie muss kurz nach uns gekommen sein. Vielleicht hat sie uns sogar hier hochrennen sehen und sich gefragt, was um Himmels willen los ist. Wir kamen auf die Station, und einer der Ärzte schrie alle an, wollte wissen, was die Schwestern ihr gespritzt hatten, aber die hatten keine Ahnung, wovon er sprach. Immer wieder schrie er, sie hätte etwas gespritzt bekommen. Auf ihrem Arm war Blut, zwischen ihren Beinen lag ein Blumenstrauß, und sie war … sie war tot. Der Arzt holte die Patientenakte mit allen Unterlagen heraus … Es war Callies Akte! Er war so wütend. Ich stand einfach nur daneben und sah zu. Ich konnte nichts tun, nicht einmal sprechen. Diese arme Frau, ihre Mutter … Sie ist einfach zusammengebrochen. Ich konnte ihr nicht mal helfen. Ich bin ein Scheusal!«

»Alles gut, Sharon. Sie –«

»Gar nichts ist gut! Ich habe Ihnen nicht alles erzählt. Ich habe es Ihnen nicht erzählt, aber auch Danny nicht. Und jetzt? Sehen Sie doch nur, was mit meiner Familie passiert ist!«

»Aber warum haben Sie es mir nicht erzählt, Sharon?«

»Finden Sie meinen Jamie … bitte!« Wie abwesend hatte Sharon berichtet, was geschehen war, doch nun sah sie Joel in die Augen, und der stumpfe Ausdruck wich aus ihrem Blick.

»Wir tun alles, was möglich ist. Wenn es irgendetwas gibt, das uns helfen könnte, ihn zu finden, Sharon …«

Wieder schüttelte sie den Kopf, als würde es ihr so leichter fallen, die richtigen Worte zu finden. »Callie. Mit ihr hat es angefangen. Alle ihre Freundinnen ... Sie war es, die sie mit diesem Mann bekannt machte. Sie wusste ja nicht, was sie tat! Er ... er gab ihr alles Mögliche: ein neues Handy, ein iPad ... Sie ging einkaufen, mit Gutscheinen, die er ihr geschenkt hatte. Aber nicht einfach so. Sie musste diesem Mann dafür etwas über ihre Freundinnen erzählen – das war die Gegenleistung. Zuerst wusste sie nicht, was er vorhatte, wusste nicht, was er tun würde!«

Joel merkte plötzlich, dass er und DS Rose über Sharon gebeugt dastanden. Er zog sich zu einem der Stühle ein Stück weiter rechts zurück. Der Plastiksitz unter ihm quietschte beim Hinsetzen. »Aber Sie wussten davon?«

»Nicht von Anfang an. Und als sie dann zu mir kam, war es schon zu spät. Sie konnte das alles nicht verkraften. Ich weiß, dass das daran lag, was sie getan hat. Sie litt furchtbar darunter, aber ich konnte nichts tun, um ihr zu helfen. Dann rief eine der anderen Mütter, Julia Kerner, bei der Polizei an. Sie hatte herausgefunden, was mit ihrer Tochter gerade geschah, und ab diesem Moment wurde alles nur noch viel schlimmer ... der Druck, unter dem Callie stand. Ich war es, Inspector Norris. Ich riet ihr, nicht zur Polizei zu gehen und zu erzählen, was sie getan hatte. Es war zwei Wochen nach Julias Anruf, als sie dann zu dieser Parkbank ging und ...«

»Und was ist mit ihrem Dad?«

»Danny? Dem hätten wir es erst recht nicht erzählen können! Anfangs hatte sie das zwar vor, aber dann musste sie mir versprechen, es nicht zu tun. Ich wollte doch nur den Schaden in Grenzen halten, den diese Sache für uns alle bedeutete. Und jetzt? Sie sehen ja, wohin das geführt hat ... Das ist alles meine Schuld.«

»Wusste Callie, wer es war? Hat sie Ihnen gegenüber jemals irgendeinen Namen genannt?«

»Nein. Deshalb dachte ich auch, es hätte gar keinen Sinn, Ihnen alles zu erzählen. Ich wollte nicht, dass sie in Schwierigkeiten gerät. Sie ist auf diesen Typen hereingefallen, und das hatte ich Ihnen ja auch alles genau erzählt – das entspricht auch alles der Wahrheit. Zuerst dachte sie, sie würde mit einem netten Jungen in ihrem Alter chatten. Dabei wurde sie nur ausgenutzt. Sie hat ihm dann auch ein paar Fotos geschickt … Ein naives kleines Mädchen, das sich nur gewünscht hat, dass ein Junge es toll findet. Dabei war es gar kein Junge. Wenn die anderen Mädchen herausgefunden hätten, dass sie diejenige gewesen war, die Informationen über sie weitergegeben hatte, wenn sie gewusst hätten, dass sie den Kontakt zu ihnen hergestellt hatte, dass das alles von ihr ausging, wäre sie erledigt gewesen. Sie wäre ihres Lebens nicht mehr froh geworden.«

Joel brauchte eine Weile, um seine Gedanken zu sortieren. »Aber die anderen Mädchen wissen doch bestimmt, dass sie es war, die sie mit dem Kerl bekannt gemacht hat, der sie dann erpresste. Wie sollte sich das denn geheim halten lassen?«

Jetzt begann Sharon sich zu rühren, stand dann umständlich auf und ging zur Tür. Für einen Augenblick glaubte Joel, Sharon würde den Raum verlassen, doch stattdessen blieb sie vor der Tür stehen, starrte durch den Fensterschlitz nach draußen und sprach schließlich weiter. »Das ist alles ziemlich kompliziert. Wer auch immer dieser Mann ist: Er ist nicht dumm. Er verwendet eine ganze Reihe von Social-Media-Accounts. In einem davon gab er sich als Teenagerin aus – das war auch der, den Callie gepusht hat. Sie hatte keine andere Wahl. Sie wusste damals bereits, dass dahinter gar kein junges Mädchen steckte, gab aber trotzdem positive Bewertungen ab, sodass die anderen Mädchen sich ebenfalls mit diesem Profil verlinkten. Und dann fügte er bei den Chats noch andere Accounts hinzu. Ich glaube, Callie wusste am Ende gar nicht mehr, welche davon echt waren und welche nicht.«

»Und einen dieser Accounts verwendete er dann, um die Mädchen zu erpressen?«

»DC Ribbons brauchte eine Weile, um nachweisen zu können, dass sie alle von ein und derselben Person erpresst wurden. Sie sagte, die Verbindung zwischen den Chats herzustellen, sei ihr nur deshalb gelungen, weil sie sich von der Sprache her so ähnlich waren. Wer weiß, wie viele Accounts er noch hat … Callie ermutigte die anderen Mädchen, sich ebenfalls mit ihm anzufreunden, und gab auch einige Informationen direkt an ihn weiter. So wusste er genügend über sie, um glaubwürdig zu wirken – jedenfalls genug, um vorgeben zu können, er hätte dieselben Interessen wie sie. Er behauptete sogar, persönliche Informationen über ein paar Jungen zu haben, die die Mädchen kannten und über die sie sich oft unterhielten. Die kamen auch alle von Callie. Aber dass er das tun würde, was er getan hat, das hatte sie nicht geahnt – das müssen Sie mir glauben! Jetzt, wo ich es Ihnen erzähle, erscheint mir das alles so verrückt!«

»Nein, das ist es ganz und gar nicht. Ich weiß, dass solche Dinge ständig passieren. Diese Männer gehen äußerst geschickt vor, und sie schrecken vor nichts zurück, um zu bekommen, was sie wollen. Wenn Callie es nicht getan hätte, dann irgendjemand anderes.«

»Aber sie hat es nun mal getan.« Sharon wandte sich wieder um. »Es war Callie. Er hat sie sich ganz gezielt ausgesucht – weil sie beliebt ist, weil man unsere Familie kennt. Ich habe die Sache ignoriert, habe versucht, mein Leben trotzdem weiterzuleben. Dabei hätte ich es Ihnen schon viel früher erzählen sollen. Aber irgendwer scheint alles zu wissen, habe ich recht? Und darum geht es hier. Danny hatte mir von einem Privatdetektiv erzählt, der von irgendjemandem beauftragt worden sei. Ich dachte erst, das wäre Unsinn, aber es stimmt, oder? Irgendwer hat herausgefunden, was Callie getan hat, und darum geht es hier. Sie hatte keine Wahl, Inspektor. Sie ist genauso von ihm erpresst worden, von

Anfang an. Ich habe sie gebeten, nicht darüber zu sprechen, und dafür werde ich jetzt bestraft. Dieses Foto ...«, sie hielt inne und konnte sich nur mit Mühe beherrschen, »... da hat jemand alles ausgelöscht, was mir etwas bedeutet, Inspector!«

»Können Sie mir sonst noch etwas sagen, Sharon? Wir müssen los und Ihren Sohn finden. Und wir müssen dafür sorgen, dass Ihnen und Callie nichts geschieht. Gibt es noch irgendetwas, was Sie uns noch nicht erzählt haben?«

»Nein!«, antwortete Sharon, und aus ihren Augen rannen nun dicke Tränen. »Glauben Sie, ich würde Ihnen nach all dem, was passiert ist, noch irgendetwas verheimlichen? Sie müssen ihn finden! Bitte! Finden Sie meinen Jamie!« Wieder war ihre Stimme nur mehr ein Wimmern, ähnlich wie kurz zuvor, als sie Joel angerufen hatte.

Joel stand auf. »Wir werden alles tun, was in unserer Macht steht«, sagte er, während er beobachtete, wie Sharon in sich zusammensank.

»Bitte ... bitte erzählen Sie niemandem, was Callie getan hat. Das würde niemand verstehen!«

»Ich schätze, Sharon, da lässt sich jetzt nichts mehr machen. Sie werden es nicht länger geheim halten können.«

»Aber sie wusste doch nicht, was sie tat. Sie wollte nicht, dass irgendjemand so zu Schaden kommt. Ich kann Ihnen gar nicht sagen, wie sehr es ihr zu schaffen machte, dass sie ihren Freundinnen das alles angetan hatte. Erst als DC Ribbons zu uns kam, um sich mit uns darüber zu unterhalten, wurde ihr klar, was sie durchmachen mussten, und damit konnte sie einfach nicht leben. Aber das liegt alles hinter uns, und jetzt bekomme ich sie doch gerade erst wieder ... bitte!«

Joel machte einen Schritt auf Sharon zu und fasste sie an den Schultern. »Es wird herauskommen. Die Mädchen und ihre Familien haben das Recht zu erfahren, was passiert ist. Aber wir werden ihnen erklären, dass Sie uns jetzt helfen. Wir haben heute jemanden festgenommen. Vielleicht wird das die Leute ja zumindest ein Stück weit von dem ablenken, was Sie getan haben. Aber welche Rolle Callie bei dieser Sache spielte, wird auf alle Fälle an die Öffentlichkeit kommen – darauf sollten Sie gefasst sein.«

Sharon wirkte erschöpft. »Dann muss ich also damit rechnen, meine Tochter verteidigen zu müssen? Aber wie soll *ich* denn noch irgendjemanden verteidigen? Ich habe eben ein junges Mädchen umgebracht …«

KAPITEL 55

Joel hob die Tasse an den Mund und nippte gedankenverloren an der heißen dunklen Flüssigkeit, während sein Blick konzentriert auf die Papiere vor ihm gerichtet war. Er hatte ganz vergessen, wie furchtbar der Automatenkaffee in Polizeistationen schmeckte, und Dover machte darin keine Ausnahme.

»Wir müssen unbedingt die Kaffeekatastrophe lösen«, murmelte er, zwang das Gebräu aber dennoch hinunter und nahm einen weiteren Schluck.

»Schreiben Sie es auf unsere Liste«, erwiderte DS Rose. Sie hatten ein provisorisches Büro im labyrinthischen Gebäude der Polizeistation von Dover gefunden – vermutlich war der Raum sonst für Besprechungen gedacht – und es für sich reklamiert, indem sie das ganze Material aus Hannah Ribbons' Fallakte auf den Tischen ausbreiteten. Sie hatten beide ihre Polizeifunkgeräte eingeschaltet. Die Suche nach Jamie Evans lief noch auf Hochtouren, nachdem die Suchmannschaft beim Haus der Evans' damit begonnen hatte, und eines der Funkgeräte hielt sie über den Fortgang auf dem Laufenden. Das andere Funkgerät war auf den lokalen Polizeifunk eingestellt, falls sich dort etwas Wichtiges ereignete. Joel hatte das Fallmaterial in Reihen auf den Tischen angeordnet, eine für jede der Familien, die Opfer der Erpressung geworden waren. Hinzu kamen Zeugenprotokolle, Handy-Download-Speichermedien und beschlagnahmte Geräte. Nach dem, was Sharon ihnen gesagt hatte, war Joel überzeugter denn je, dass die Antworten irgendwo in diesem Material zu finden waren.

Mitten in diesen Lärm und Trubel hinein schrillte ein Handy.

»Madam?«, meldete sich Joel. Er hatte Superintendent Marsdens Anruf erwartet.

»Joel, da haben wir ja eine schöne Bescherung bei euch unten.«

»Ja, und sie wird immer noch schöner«, erwiderte Joel.

»Dann werden Sie erleichtert sein zu hören, dass wir Verstärkung schicken.«

»Jeden, den Sie entbehren können. Die von der schnellen Einsatzgruppe schicken schon alle verfügbaren Kräfte in unsere Gegend für die Suche.«

»Für die Suche, ja. Die Verstärkung ist aber speziell für Sie.«

»Für mich?«

»Ja. Das Ganze nimmt immer größere Ausmaße an. Das Dezernat für Kapitalverbrechen ist bereit auszuhelfen. Ein leitender Beamter von dort ist auf dem Weg ins Polizeirevier von Dover. Er wird der neu gegründeten Sonderkommission ein volles Briefing geben. Er hat ein ganzes Kommando dabei, und die werden sofort loslegen wollen.«

»Die vom Kapitalverbrechen wollen die Suche leiten?« Manchmal war das die Aufgabe des Dezernats – die Suche nach einer vermissten Person im Zusammenhang mit Verdacht auf eine schwere Straftat. Aber in Marsdens Stimme schwang noch etwas anderes mit.

»Die Suche ist unter Kontrolle. Der verantwortliche Sergeant dort ist sehr erfahren. Der Detective Chief Inspector wird darüber hinaus die Gesamtleitung übernehmen.«

»Die Gesamtleitung? Das klingt eher nach einer Übernahme als nach einem Briefing?«

»Das stimmt … Aber was wäre daran so schlimm, Joel? Dafür, dass Sie gerade erst neu sind in dem Job, ist dieser Fall ja wirklich eine Zumutung für Sie, oder? Wir haben jetzt noch einen weiteren Tatort im Krankenhaus, und da geht es obendrein noch um ein Kind. Und dazu gibt es einen vermissten Zwölfjährigen ... Ich glaube, wir müssen zeigen, dass wir tun, was wir können.«

»Ich tue schon, was ich kann.«

»Das weiß ich. Aber die Polizei *insgesamt*, Joel, für die Öffentlichkeit müssen wir jetzt alles auffahren, was wir zur Verfügung haben. Und das heißt auch, wir müssen einen leitenden Beamten vom Dezernat für Kapitalverbrechen rausschicken, der vielleicht schon einmal einen Einsatz dieses Ausmaßes durchgeführt hat. Sie sind immer noch der wichtigste Mann dort, aber der Detective Chief Inspector sollte über alles informiert sein, was Sie tun, und Sie beide werden dann die weiteren Schritte gemeinsam beschließen, aber ...«

»Aber das können Sie nicht garantieren. Meine mangelnde Erfahrung spielte keine Rolle, solange es sich beim Opfer um ein Stück Scheiße handelte, das im Register für Sexualstraftäter stand. Jetzt aber ist es jemand, der uns mehr am Herzen liegt, und plötzlich bin ich nicht mehr gut genug dafür?«

Superintendent Marsden wirkte verschnupft. »Ach, Joel, ich weiß doch, dass auch Sie alles tun, um den Jungen zu finden, so wie jeder andere auch. Und vor allem wollen Sie den Typen schnappen, der für diesen ganzen Mist verantwortlich ist. Keiner kritisiert Sie, alle sagen, dass Sie einen tollen Job machen ...«

»Dann lassen Sie mich einfach weitermachen.«

»Das können Sie ja auch, nur mit etwas mehr Unterstützung. Fahren Sie zur Polizeidienststelle in Dover, und bereiten Sie sich auf die Übergabe vor. Der DCI kommt aus Chatham, aber er ist schon unterwegs. Vielleicht ruft er vor der Ankunft an. Bereiten Sie sich gut vor, Joel, erklären Sie ihm, was wir bereits getan haben. Danach können wir alle neu einteilen, Sie bekommen ein eigenes Team und einen anständigen Einsatzraum, und dann sind wir auch besser ausgestattet für die nächsten Fälle. Das war alles mein Fehler, ich habe das unterschätzt.«

»*Ich* war Ihr Fehler?«

»Jetzt seien Sie nicht so empfindlich. Sie verstehen mich schon.« Ihr Ton änderte sich schlagartig. »Ich bekomme gerade einen anderen Anruf rein. Sie wissen, was Sie zu tun haben.«

Als Joel das Handy sinken ließ, sah ihn DS Rose erwartungsvoll an. Joel wandte sich ab und ging hinüber zum Fenster.

»Druck von ganz oben, was?«, meinte DS Rose. Joel widmete sich dem Ausblick auf den Fluss Dour, der an der Polizeistation vorbeifloss. Am gegenüberliegenden Ufer grenzte ein Parkplatz an das historische Gebäude des alten Stadtgefängnisses mit seinen winzigen bleiverglasten Fenstern im Untergeschoss, die darauf hinwiesen, wo einst die Zellen waren. Auf einmal merkte er, dass er sich nach einfacheren Zeiten sehnte.

»Internes Machtgerangel. Meine ganze Laufbahn über habe ich alles dafür getan, mich da rauszuhalten. Es ist nichts als hinderlich«, sagte er.

»Das finde ich auch.«

»Dann halten wir uns auch jetzt da raus. Hier und jetzt!«

»Wie soll das gehen?« DS Rose klang nicht überzeugt.

»Wir haben keine Zeit für Briefings, Übergaben oder Konkurrenzkämpfe zwischen den Abteilungen. Wir wissen genug, es ist alles hier in diesem Raum.« Joel deutete auf die chaotische Ansammlung von Papieren und Akten auf den Schreibtischen. »Die Evans-Familie, sie haben Menschen Schaden zugefügt und deren Kinder in Gefahr gebracht … Wer will sich dafür an ihnen rächen?«

»Sie haben da soeben Ihre eigene Frage beantwortet, nicht wahr? All diese Familien haben einen Grund.«

»Okay, sticht da eine Familie besonders heraus? Wir haben Erkundigungen über alle Elternteile und weitere relevante Familienmitglieder eingeholt. Und was ist herausgekommen?«

»Keine der Personen hatte je wirklich mit der Polizei zu tun. Keine Verurteilungen. Ein paar Notrufe wegen häuslicher Gewalt bei einem Paar, aber das ist schon einige Jahre her, und es kam zu keiner Verhaftung. Wir haben nichts, was uns irgendwie weiterführt.«

»Stimmt. Also das, was wir wissen, führt uns nicht weiter, aber was gibt es, was wir nicht wissen?«

»Sprechen Sie in Rätseln, um mich zu ärgern?« DS Rose verschränkte die Arme.

Joel kehrte zu den Schreibtischen zurück und deutete auf das Material. »Die Eltern haben alles getan, was sie konnten, um Hannah Ribbons dabei zu unterstützen, den Scheißkerl zu fangen, der ihren Töchtern nachgestellt hat, das verstand sich von selbst. Ja, ein paar von ihnen waren nach einigen Wochen frustriert, aber alle haben sich mit Hannah zusammengesetzt und ihre Aussagen gemacht ... außer?«

»Die Luckhursts«, antwortete DS Rose, und ihre Miene hellte sich auf.

»Noch genauer: Nicholas Luckhurst.«

»Okay. Seine Frau sagte, er hat was gegen die Polizei. Das ist jetzt nichts Ungewöhnliches – ehrlich gesagt bin ich eher überrascht, dass er von diesen fünf Familien der Einzige war, der sich weigerte, mit uns zu sprechen.«

»Sie genauso. Weil sie eine riesige Angst vor ihm hat. Da war etwas an ihr, was mich immer noch beschäftigt. Sie wollte uns unbedingt etwas sagen, hat aber dann doch mit sich gerungen, es für sich zu behalten.«

»Etwas über ihren Mann. Diesen Eindruck hatte ich auch. Ich glaube, sie hat durch ihn häusliche Gewalt erfahren und traut sich jetzt erst ganz allmählich, Andeutungen darüber zu machen. Hannah hatte ein Vertrauensverhältnis zu ihr aufgebaut. Wir kennen ja solche Fälle.«

»Marilyn Luckhurst ist diejenige, die Nicholas am besten kennt. Vermutlich liebt er sie. Warum hat sie solche Angst vor ihm? Vielleicht weiß sie, wozu er fähig ist.«

»Mord?«, sagte DS Rose.

»Wenn wir die Zeit hätten, würden wir sie alle noch einmal befragen, jeden Einzelnen, und wir könnten sicher noch alles Mögliche über sie herausfinden. Aber diese Zeit haben wir nicht. Auf wen würden Sie sich konzentrieren, wo haben wir noch offene Fragen?« Joel deutete wieder auf die Tische und wirkte jetzt immer verzweifelter.

DS Rose hingegen war auf einmal Feuer und Flamme. »Okay, dann klemmen wir uns hinter Nicholas Luckhurst. Aber im System gibt es nichts über ihn, und seine Frau wollte nicht über ihn sprechen – sie will uns nicht einmal wiedersehen. Ich glaube nicht, dass sie redet, wenn wir noch mal bei ihr aufkreuzen.«

»Aber haben wir eine Wahl?«

»Sollten Sie eigentlich nicht gerade ein Übergabe-Briefing machen?«

»Ja, für den Leiter des Dezernats für Kapitalverbrechen. Superintendent Marsden wies mich an, mich in der Polizeistation von Dover mit ihm zu treffen.«

»Und Sie haben ihr nicht gesagt, dass wir schon hier sind.«

»Nein. Und wenn er eintrifft, habe ich die Absicht, ganz woanders zu sein. Wir brauchen mehr Informationen, wir müssen Leute noch mal befragen …« Joel trat zu dem Tisch, auf den er Hannah Ribbons' Journal gelegt hatte. Darin hatte er mit Post-its drei Einträge markiert, die ihre Gespräche mit Marilyn Luckhurst betrafen. Er ging zum ersten und überflog die hingekritzelten Aufzeichnungen. Teile davon konnte er nach wie vor kaum entziffern. Die Notizen waren detailliert, und das erste Gespräch hatte mit den standardisierten »DASH-Fragen« begonnen. Sie bildeten das Gerüst zur Bestimmung des Risikos und wurden von allen Beamten eingesetzt, wenn es um häusliche Gewalt ging. Es waren fünfundzwanzig Fragen, auf viele davon konnte man nur mit Ja oder Nein antworten. Hannah hatte die Zahlen eins bis fünfundzwanzig an den Rand geschrieben und die jeweilige Antwort direkt daneben. Er überflog die Reihe von Ja/Nein-Antworten und hielt bei Frage siebzehn inne. Hannah hatte daneben geschrieben: »Ja. *Selemo.*«

»Selemo?«, murmelte Joel.

»Was?«

»Hast du deine DASH-Karte zur Hand?« Joel bezog sich dabei auf die Gedächtnisstütze mit den wichtigsten Fragen, die alle Einsatzbeamten ausgehändigt bekamen. Die Karte war laminiert und steif, perfekt geeignet für ein Einsatzteam der Taktischen Unterstützungsgruppe, um eine verschlossene Tür leise zu öffnen. Joel hatte seine Karte dafür oft verwendet, aber sie vor Langem schon ganz zerfleddert weggeworfen.

»Die ist ganz hinten in meinem Protokollbuch«, antwortete DS Rose.

»Wie lautet Frage siebzehn?«

DS Rose öffnete die hintere Umschlagseite ihres Buchs und las von ihrer Karte ab. »Hat der Partner eine Festanstellung?«

»Festanstellung …!« Joel blätterte rasch die Aufzeichnungen aller drei Treffen durch. »Da steht nichts darüber, wir wissen nicht, was er arbeitet. *Selemo …* Das ist Hannahs Schrift. Es ist Kurzschrift, das heißt sicher ›selfemployed‹ – selbstständig. Aber welche Art von Tätigkeit?«

»Einen Moment.« DS Rose ging an den Computer und suchte im Internet. »Wenn er selbstständig ist, könnte er registriert sein.«

»Das hat Hannah doch sicher überprüft?« Joel ging immer noch die Antworten zu den Fragen durch.

»Kann sein, aber vielleicht hat sie nicht notiert, was sie gefunden hat.«

Joel war nicht überzeugt. Ihren Aufzeichnungen nach zu urteilen hatte Hannah alles notiert. »Lesen Sie mal seine persönlichen Daten vor«, bat DS Rose und gab sie ein, als er sie ihr nannte. Joel beugte sich über ihre Schulter.

»Da!«, rief er. Eine Liste von Luckhursts erschien, und Joel pickte den Richtigen raus. Die frühere Adresse der Luckhursts war angegeben und zeigte, dass Nicholas Luckhurst dort mit einem Gewerbe registriert war. Die einzige weitere Information bezog sich auf den Bereich, in dem er tätig war. »Finanzen«, las Joel vor. DS Rose klickte darauf, und weitere Details erschienen. Joel überflog die Begriffe. DS Rose war ihm eine Sekunde voraus mit ihrer Reaktion und sprang auf. Dann sah er es auch.

»Er ist eingetragen unter Betrugs- und Schuldnerermittlung«, sagte Joel.

DS Rose schnappte sich ihre Wagenschlüssel. »Das ist er! Nathan Luckhurst ist ein Privatdetektiv.«

KAPITEL 56

Als sie durch Dover zurückfuhren, gerieten sie in einen Stau. Joel hatte den Klingelton seines Handys leise gestellt und die Lautstärke des Polizeifunks hochgedreht, sodass sie weiterhin die Suche nach Jamie Evans verfolgen konnten. Sie beschränkte sich noch immer auf die nähere Umgebung, aber während die Updates am Anfang noch energisch und hoffnungsvoll geklungen hatten, waren sie nun gedämpft und routiniert. Ein weiteres Patrouillenteam hatte die Gärten einer weiteren Straße gecheckt und an die Haustüren geklopft: *ohne Ergebnis*.

Wie konnte es auch anders sein? Mit diesen Suchmaßnahmen konnte man jemanden finden, der von zu Hause weggelaufen war, zum Beispiel einen verwirrten alten Menschen in seinen Hauspantoffeln nachts um drei Uhr. Aber hier ging es um einen Jungen, der entführt worden war, dem echter Schaden zugefügt werden sollte und dem die Zeit davonlief.

Joel drückte energisch auf die Hupe. DS Rose drehte sich ruckartig zu ihm, als hätte er sie angerempelt.

»Wozu soll das denn gut sein?«

Joel blieb ihr die Antwort schuldig. Die Frage war berechtigt. Der Grund für den Stau war offensichtlich: Ein großer Tieflader, bestückt mit Baumaterialien und einem Kran zur Entladung, wurde in eine Einfahrt auf der linken Straßenseite hineinmanövriert. Männer in Sicherheitswesten versuchten weitgehend erfolglos, den Verkehr durch die Engstelle zu lotsen. Seitlich der Straße entstanden neue Wohnungen, und Joel konnte die Bautafel mit dem Werbeslogan darauf lesen: *The Old Mill – Ein neues Bauprojekt. Für die Menschen von Dover.*

Endlich setzte der Verkehr sich wieder in Bewegung. Durch die Lücke in der hohen Mauer zur Linken war ein offenes Tor zu erkennen, in das der Tieflader noch immer rückwärts rangierte, und Joel sah einen Kleinbagger, der von links nach rechts an einer Reihe nagelneuer Häuser entlangholperte. Die nächste Orientierungshilfe, die er vom Autofenster aus erkannte, war eine Tankstelle, die signalisierte, dass sie nun in Crabble Hill und damit auch gleich bei Marilyn Luckhurst angekommen waren.

»Meiner Meinung nach sollten wir das durchgeben«, sagte DS Rose. »Es könnte alles Mögliche passiert sein.«

»Es kann aber auch gar nichts sein. Wir wollen einfach nur eine Frage stellen, und wenn wir das durchgeben, müssen wir sagen, wo wir sind. Dann wird uns irgendein Oberhengst von Detective Chief Inspector zurückbeordern, nur um im Anschluss daran jemand anderen rauszuschicken, der dasselbe fragen soll. Und wieder geht kostbare Zeit verloren.«

»Was, wenn er da ist? Nicholas, meine ich.«

»Dann können wir ihn ja gleich persönlich fragen«, antwortete Joel.

Als Joel dieses Mal an die Tür hämmerte, kam keine atemlose Bewohnerin herbeigelaufen. Es gab überhaupt keine Reaktion. Joel trat einen Schritt zurück, um die gesamte Vorderfront des Hauses überblicken zu können. Es wirkte so, als wären die achtlos zugezogenen Vorhänge hinter den Fenstern seit der vergangenen Woche nicht bewegt worden.

»Ich probier's noch mal auf dem Festnetzanschluss«, meinte DS Rose und zückte ihr Handy. Sie hatten keine Mobilnummer von Marilyn. Aus Hannahs Notizen ging klar hervor, dass ihr Ehemann ihr kein Handy zugestanden hatte. Joel näherte sich dem Erkerfenster des Wohnzimmers. Der

Vorhang fiel nicht gleichmäßig, sondern war an einer Stelle unten zusammengeknäult. Er hörte das Telefon im Haus läuten. Er signalisierte DS Rose, den Anruf zu beenden, kehrte zu ihr zurück und flüsterte ihr weitere Anweisungen zu:

»Gehen Sie wieder zum Auto. Und schließen Sie dabei das Gartentor möglichst laut.«

Joel ging zum Wohnzimmerfenster zurück, drückte sich aber neben dem Fenster an die Ziegelwand und fixierte angestrengt den Vorhang, um jede kleinste Bewegung wahrnehmen zu können. Das Gartentor fiel scheppernd ins Schloss. DS Rose spielte ihren Part gut und hob sogar wie frustriert die Arme in die Luft, ehe sie außer Sichtweite stapfte, wo das Auto ein Stück die Straße hinunter geparkt war.

Joel blieb so reglos wie möglich stehen, vor ihm das dumpfe Rauschen des vorbeiziehenden Verkehrs, dicht neben seiner linken Schulter das Fenster.

Dreißig Sekunden vergingen, ehe der Vorhang sich bewegte. Joel reagierte sofort und schlug mit der flachen Hand gegen die Scheibe, wo er für einen Moment das fransige dunkle Haar mit den grauen Ansätzen gesehen hatte. Der Vorhang schloss sich sofort wieder, aber das machte nichts. Marilyn musste jetzt klar sein, dass er nicht einfach wieder gehen würde.

Das unterstrich er gleich darauf durch lautes Hämmern an der Tür. Als DS Rose zurückgelaufen kam, kniete Joel vor der Tür. Seine Lippen berührten die Borsten hinter der Klappe des Briefschlitzes, und er brüllte laut ins Hausinnere: »POLIZEI! ICH WEISS, DASS SIE DA SIND! WIR MÜSSEN MIT IHNEN SPRECHEN!«

Er richtete sich auf, um eine weitere Attacke auf die Tür zu starten. Das war aber nicht nötig, weil sie wie beim letzten Mal einen schmalen Spalt geöffnet wurde.

»Sie dürfen nicht hier sein!«, zischte Marilyn Luckhurst nach draußen.

»Bitte, wir müssen mit Ihnen sprechen.«

»Er wird es rauskriegen. Er redet mit den Nachbarn. Sie dürfen hier nicht so rumschreien.«

»Dann lassen Sie uns rein.«

»Das geht nicht. Nicht schon wieder. Sie müssen mich in Ruhe lassen … bitte!«

»Was passiert denn, wenn Nicholas erfährt, dass die Polizei hier war? Wovor haben Sie solche Angst?«

»Bitte. Es geht einfach nicht. Sie verstehen das nicht.«

»Dann erklären Sie's mir. Sagen Sie mir, warum wir nicht hierherkommen dürfen.«

Marilyns schockierter Gesichtsausdruck war wie eine Maske. Ein paar Sekunden lang blieb ihr Gesicht völlig reglos. Dann sagte sie: »Bitte kommen Sie nicht mehr hierher.« Die Tür wurde wieder zugedrückt, doch Joel hatte damit gerechnet und blockierte sie mit dem Fuß.

»Als wir das letzte Mal hier waren, sagten Sie, Ihr Mann liebt Sie und seine Familie. Dann haben Sie gesagt: ›Unsere Kinder sind unschuldig.‹ Was haben Sie damit gemeint?« Marilyn starrte auf seinen Fuß. Ihre dünnen Finger hielten noch immer die Tür umklammert, hinter der sie sich versteckte. Als sie nicht antwortete, sprach Joel weiter: »Das kam mir schon damals sonderbar vor, aber ich bin nicht gleich draufgekommen, warum. Sie haben nicht nur von Emma gesprochen, oder? Sie haben auch von anderen Kindern gesprochen. Vielleicht von den Evans-Kindern?«

Marilyn beziehungsweise das eine Auge, das von ihr zu sehen war, sah ihn jetzt wieder direkt an, und Joel las daraus, wie unwohl sie sich fühlte.

»Ich mache mir Sorgen um die Sicherheit all dieser Kinder, all der anderen Mädchen, aber …«

»Ein vierzehnjähriges Mädchen ist tot.« Joel lehnte sich nach vorn, und seine Schuhsohle, die er unten gegen die Tür drückte, gab einen quietschenden Laut von sich. Die Tür gab noch immer nicht nach, und das Auge fixierte ihn nach wie vor. »Der Mordanschlag sollte eigentlich Callie Evans treffen, aber jemand hat einen Fehler gemacht, und so musste das arme Mädchen im Krankenhausbett neben ihr sterben. Stellen Sie sich das wenigstens einen Moment lang mal vor: Ein unschuldiges Mädchen, am falschen Ort zur falschen Zeit, wird in seinem Krankenhausbett angegriffen. Das hätte jeder sein können. Das hätte auch Emma sein können.«

Marilyns Nasenflügel weiteten sich beim Einatmen – die einzige sichtbare Reaktion.

»Callies Vater ist auch tot, er wurde erschossen, nur ein paar Tage, nachdem er sich mit einem Privatdetektiv in einem Hotel nicht weit von hier getroffen hatte. An Ihrer vorigen Wohnadresse hatte Ihr Mann ein eigenes Unternehmen angemeldet. Was macht er denn beruflich?«

»Er … er arbeitet überhaupt nicht mehr sehr viel …«, murmelte Marilyn und biss sich dann auf die Unterlippe, als hätte sie schon zu viel gesagt.

»Und als er noch gearbeitet hat?«

»Er hatte mit Betrugsaufdeckung zu tun, Leuten, die ihre Arbeitgeber bestehlen, solche Sachen …«

»Er ist Privatdetektiv, nicht wahr, Marilyn?«

»Ich … Nein, er arbeitet …«

»Wenn es ihm in den Kram passt, nennt er es vielleicht auch anders. Ist er hier?«

»Nein!«

»Wo ist er denn?«

»Ich … ich weiß es nicht.«

»Ein unschuldiges Mädchen ist tot. Danny Evans ist tot. Jamie Evans wird vermisst, und seine Mutter ist völlig außer sich. Eine ganze Familie wurde erschreckend dezimiert, Marilyn. Ich weiß, bei Ihnen in der Familie gab es auch genug Katastrophen und Probleme, aber falls Sie irgendetwas wissen, das uns weiterhilft … Versetzen Sie sich nur für einen Augenblick in Sharons Lage … Wenn es Emma wäre, die vermisst wird …«

»Ich … Ganz viele Farben … auf der Station, es ist hell, und sie hat jetzt ihren Teddy. Genauso wie als kleines Kind. Emma ist in Sicherheit.« Marilyns Lider schlossen sich, ihr Griff um die Tür wurde fester, und Joel fühlte, wie sich der Druck gegen seinen Fuß verstärkte. Er verlor sie, sie verschloss sich wieder – gegenüber ihm, gegenüber allem.

Dann spürte er eine leichte Berührung an seiner Hüfte und drehte sich halb zur Seite, als DS Rose dicht neben ihn trat. Sanft umschloss sie Marilyns Finger. Joel ging einen Schritt zurück, sein Schuh quietschte wieder, als er ihn aus dem Türschlitz zog. Jetzt wandte sich DS Rose an die Frau, die noch immer ihre Augen fest geschlossen hatte und ängstlich die immer gleichen Worte über Emmas geschlossene Abteilung vor sich hinfaselte.

»Hannah war meine Freundin. Sie war unerschrocken und mutig, wenn es die Situation erforderte. Aber sie hatte ein sehr großes Herz, das ihr immer wieder in die Quere kam. Sie hat sich sehr um Emma und um Sie gesorgt, war ganz besessen davon, Ihnen zu helfen, und wir sind wegen ihr hier. Sie können Hannah nicht mehr helfen, und auch ich kann es nicht, und das zerreißt mich wirklich innerlich. Aber ich versuche, Antworten zu finden, und ich glaube, Sie können mir dabei helfen. Warum ist unsere Freundin tot, Marilyn? Ich glaube nämlich, das zerreißt auch Sie.«

Marilyns Lippen verstummten. Dann öffneten sich ihre Lider flatternd wie Schmetterlingsflügel, und sie fixierte DS Rose. Ein paarmal wirkte es so, als wollte sie etwas sagen, hielt es dann doch wieder zurück. DS Rose wartete geduldig. Marilyn blickte noch einmal über die Schwelle hinweg zu dem lärmenden Verkehrsstrom hinter dem Rücken der Kommissarin. Dann räusperte sie sich und sagte mit rauer Stimme nur ein einziges Wort:

»Drinnen.«

KAPITEL 57

Es war dieselbe Finsternis wie beim letzten Mal, die Marilyn Luckhurst verschluckte, als sie sich umdrehte und verschwand. Und es war dasselbe abgedunkelte Wohnzimmer, das die beiden Polizisten empfing, dieselben Holzdielen, die quietschend protestierten, als Marilyn erneut begann, unruhig auf und ab zu gehen. Diesmal jedoch blieb Joel im Türrahmen stehen, während seine Kollegin das Zimmer betrat und wartete. In dem beengten, spärlich eingerichteten Raum breitete sich eine bedrückende Stille aus, und Marilyn hatte bestimmt das Gefühl, jeden Moment keine Luft mehr zu bekommen; sie wirkte heute noch zerbrechlicher, noch verhärmter. Während Joel sie so ruhelos umherwandern sah, musste er an einen Läufer kurz vor der Ziellinie denken, der zusammenbrechen würde, sobald er sie überschritten hatte. Doch auch er spürte den Druck, der auf ihnen allen lastete. Es war vor allem eine bange Sorge, die an ihm nagte: Die Zeit lief ihnen davon. Er musste sich die Hand über den Mund legen und sich beherrschen, um von Marilyn nicht voller Ungeduld Antworten auf seine Fragen zu verlangen. Detective Sergeant Rose war bestimmt nicht weniger angespannt als er, doch er spürte, dass er ihr vertrauen konnte. Sie wusste, was sie tat.

Sie hatte inzwischen auf einer Armlehne des Sofas Platz genommen, und jetzt begann sie auch endlich zu sprechen.

»Von Anfang an«, war alles, was sie sagte. Tatsächlich blieb Marilyn stehen, gerade lang genug, um ihr einen Blick zuzuwerfen. Zweimal durchquerte sie noch das Zimmer, bevor sie schließlich antwortete.

»Unsere Kinder … St. Peter und St. Paul ist unsere Kirche. Ich bin oft dort hingegangen. Wir reden dort über die Kinder, sie sind alle *unsere Kinder*. Das war es, was ich gemeint hatte, aber Sie hatten trotzdem recht. Dort, in der Kirche, habe ich Angela Maddox kennengelernt …« Wieder blieb sie stehen und suchte Blickkontakt, als erwarte sie eine Reaktion der beiden Polizisten auf den Namen, den sie eben genannt hatte. Doch es kam keine – zumindest nicht sofort. Joel hatte zwar versucht, sich die wichtigsten Informationen aus Hannahs Fallakte einzuprägen, und besaß eigentlich auch ein ganz gutes Namensgedächtnis, doch er war sich sicher, diesen Namen noch nie zuvor gehört zu haben.

»Ich glaube nicht, dass ich Angela mal kennengelernt habe«, sagte DS Rose.

»Das werden Sie auch nicht mehr. Angela wurde totgefahren. Von einem Auto, vor einem Jahr. Sie war so eine liebe Frau. Es war sehr traurig. Furchtbar traurig …«

»Dann waren Sie gut miteinander befreundet?«, wollte DS Rose wissen. Joel verlagerte sein Gewicht auf den anderen Fuß. Er hätte die Sache am liebsten beschleunigt und konnte seine verzweifelte Ungeduld kaum mehr zügeln.

»Die Kirche war der einzige Ort, zu dem ich ohne Nicholas hingehen konnte, der einzige Ort, an den er mich alleine gehen ließ. Als Emma noch kleiner war, nahm ich sie meistens mit, aber jetzt interessiert sie das nicht mehr. Angela war immer so nett, immer so … so glücklich. Und sie konnte so toll mit Emma umgehen! Und dann war sie plötzlich tot. Es stand in der Zeitung. Jemand hatte ein Auto gestohlen und sie überfahren, als sie gerade mit ihrem Hund Gassi ging. Das Leben ist so schrecklich.«

»Ja, manchmal schon … Marilyn, ich hatte Ihnen doch von Hannah erzählt und dass wir den Jungen der Familie Evans suchen, der verschwunden ist. Hat das irgendetwas mit Angela zu tun?«

»Angela … ja! Nicholas … Ich habe ihm alles über sie erzählt. Wie sie umgekommen ist und wie traurig ich war, dass sie gestorben ist …« Wieder versagte ihr die Stimme. Joel war kurz davor, sich einzumischen und seiner Ungeduld Luft zu machen, als Marilyn sich plötzlich aufrichtete. Mit einem Mal wich ihre Zerbrechlichkeit einem Anflug von Wut. »Er hat alles, was ich gesagt habe, gegen mich verwendet, so wie er es immer tut«, sagte sie. »Hannah erklärte mir, dass das typisch für kontrollsüchtige Menschen ist – dass sie das, was man mal gesagt hat, für ihre eigenen Zwecke verwenden. Er sagte mir, Danny Evans hätte das Auto gesteuert, er hätte meine Freundin totgefahren. Aber ich habe nachgeforscht. Dieses eine Mal glaubte ich ihm nicht, da glaubte ich nicht einfach, was er mir erzählt hat. Danny Evans war Fußballer. Und er hatte auch an jenem Abend ein Fußballspiel, als Angela totgefahren wurde. Im Internet war ein Zeitungsartikel darüber. Er kann es nicht gewesen sein. Ich darf eigentlich nicht ins Internet, aber ich habe ein Handy, von dem Nicholas nichts weiß.« Sie schüttelte missbilligend den Kopf. »Ich muss Ihnen was zeigen. Oben.«

Joel trat beiseite, um Marilyn durchzulassen. Sie ging voraus, gefolgt von DS Rose. Auf den hölzernen Stufen der Treppe lag kein Teppich, der das Geräusch ihrer Schritte hätte dämpfen können, sodass es laut von den Wänden widerhallte. Oben, am Ende der Treppe, betrat Marilyn rasch das erste Zimmer. Es war eine Abstellkammer, gerade groß genug, dass alle drei darin Platz fanden. Zahlreiche Kartons, die entlang der Wände aufeinandergestapelt waren, nahmen einen Großteil des Raums ein. Sie ähnelten jenen, die Joel im Erdgeschoss gesehen hatte. An der Wand rechts von der Tür stand ein Feldbett, auf dem ein Schlafsack lag; es sah aus, als sei er kurz zuvor benutzt worden. In der Kaffeetasse neben dem Bett war der Rest einer braunen Flüssigkeit zu sehen, auf der sich bereits eine Haut gebildet hatte. Daneben lag ein Beutel, aus dem die Rückseiten von einem Paar Schuhe ragten.

»Dann war er also hier – Nicholas, meine ich«, sagte Joel.

»Ja. Ich mag es nicht, wenn er hierherkommt. Das habe ich ihm auch gesagt – endlich habe ich es ihm gesagt!« Joel sah den zufriedenen Ausdruck in ihrem Gesicht, doch der verschwand sofort wieder. »Aber er hört nicht auf mich.« Sie holte einen Karton hervor, der in der Nähe der Tür gestanden hatte. Darin befand sich ein Laptop, der aussah, als werde er häufig benutzt. Auf dem Deckel, der ursprünglich einmal schwarz gewesen war, prangten unzählige Aufkleber in Form von pinkfarbenen Herzen oder glitzernden Elfen. »Der gehört Emma. Sie musste sich einen für die Schule zulegen, aber er hat keinen Zugang zum Internet. Ich selbst weiß nicht, wie die Dinger funktionieren; Nicholas hat das alles immer gemacht.« Sie klappte den Deckel hoch, und das Gerät schaltete sich mit einem Rauschen des Lüfters ein. Wenige Sekunden später wurde das Display hell, dann war ein kreiselndes Logo zu sehen. An der Wand gegenüber dem Bett befand sich ein schmaler Schreibtisch, darunter ein einfacher Klappstuhl aus Metall. Marilyn stellte den Laptop auf dem Tisch ab, um in ihre Hosentasche greifen zu können. Sie zog etwas hervor und hielt es zwischen Daumen und Zeigefinger, als wäre es der wertvollste Diamant, den die Welt je gesehen hatte.

»Die Kartons da … Nicht ich wollte von hier wegziehen, sondern wir alle. Das sagte zumindest Nicholas. Er sagte, wenn all das hier vorbei wäre, würden wir wegziehen, und dann wären wir wieder eine Familie. Aber das kann ich nicht! Und das werde ich auch nicht!« Ganz allmählich fielen das verwirrte Gebrabbel und die verängstigte Zerbrechlichkeit von Marilyn Luckhurst ab, und an ihre Stelle trat eine stahlharte Entschlossenheit. Der Gegenstand in ihrer Hand war ein USB-Stick. Marilyn schob ihn seitlich in den Laptop. »Das hier wollte ich eigentlich Hannah geben. Damit hätten wir uns von ihm befreit.«

KAPITEL 58

Richard Maddox brauchte einfach einen Moment, um in Ruhe dazusitzen. Er saß auf der Fahrerseite seines Wagens, und der Staub, den er aufgewirbelt hatte, schwebte über der Kühlerhaube. Die Sonne spähte gerade noch über die Häuser, die sich jenseits der freien Fläche erhoben, die vor ihm lag. Bald würde es dunkel sein. Er holte ein paarmal tief Luft, bevor er sich umdrehte und nach hinten spähte.

Jamie Evans war groß für sein Alter. Richard hatte das zu seinem Vorteil genutzt: So passte der Junge gerade so in den Fußraum hinter dem Beifahrersitz. Die Fesseln waren um seine beiden Handgelenke geschlungen und jeweils unten am Montierungsgestänge des Sitzes festgezurrt. So wurde der Körper des Jungen nach vorn gezwungen, der Kopf befand sich zwischen seinen gespreizten Knien und wurde mit dem Scheitel an die Rücklehne des Beifahrersitzes gedrückt. Er konnte also von Vorbeifahrenden nicht gesehen werden, und falls er um Hilfe rief, würde seine Stimme vom weichen Polster gedämpft werden. Es war ein schmaler Grat zwischen wirkungsvoller Fesselung, ohne dass zugleich die Atmung zu sehr eingeschränkt wurde, doch es war nicht das erste Mal, dass Richard einen Gefangenen in einem Auto transportieren musste und dabei nur einen abgeschnittenen Sitzgurt zum Festbinden hatte. Es war allerdings das erste Mal, dass es sich dabei um einen zwölfjährigen Jungen handelte.

Der Mann hatte keinen Zweifel daran gelassen: Es musste dieser Junge sein – oder sein Enkel würde dran glauben müssen. Er hatte auch ganz klare Anweisungen gegeben; er wusste, dass – und auch wo – der Junge jeden Morgen mit seinem Hund spazieren ging. Damit demonstrierte er, dass er immer noch in der Lage war, jedes Detail zu planen und zu kontrollieren. Aber er hatte den Fehler gemacht, Richard für eine Sache einzuspannen, die für ihn selbst wichtig war. Er hatte auch den Fehler gemacht, ihm Zeit zum Nachdenken zu lassen. Und nun war Richard vielleicht in der Lage, etwas von dieser Kontrolle zurückzugewinnen.

Seine schweißnasse Handfläche glitt über den Schaft der Flinte, die auf dem Beifahrersitz lag. Es war ein schönes Stück aus dunklem poliertem Holz, das sich nahtlos mit dem dunkelgrauen Stahl verband, als wäre alles aus einem Stück geschmiedet. Natürlich war es eine Browning. Glenn hatte das damals besonders betont, als er sie zum ersten Mal aus dem Versteck in einem verschlossenen Kasten in seinem Küchenschrank genommen hatte, um sie seinem alten Freund zu zeigen. Richard erinnerte sich noch daran, wie überrascht er gewesen war. Seit seinem Ausscheiden aus der Armee hatte er sich von Feuerwaffen ferngehalten – Gewehre hatte er genug gesehen, und noch viel mehr davon, was sie anrichten konnten. Daher konnte er nicht verstehen, warum jemand sie in seiner Freizeit benutzen wollte. Glenn hatte, wie immer, seine Gründe dafür mit einem Scherz erklärt: *Ja, ja, aber was machen wir dann mit all den Tontauben? Wenn die brüten können, wie sie wollen, ohne dass jemand Jagd auf sie macht? Jemand muss sie doch dezimieren, sonst scheißen die uns völlig zu.* Dann war er mit zurückgelegtem Kopf und wackelndem Bauch in sein donnerndes Lachen ausgebrochen. Und Richard hatte, wie immer, nicht widerstehen können mitzulachen.

Jetzt allerdings war ihm alles andere als zum Lachen zumute.

Er zog die Waffe auf seinen Schoß. Das Jagdmesser, das er dazu benutzt hatte, Jamie zu entführen, lag noch immer auf dem Beifahrersitz. Er überlegte, ob er es auch noch hernehmen sollte, aber das wäre Overkill. Es hatte seinen Zweck erfüllt: Die beste Methode, einen Mann mit geringstmöglichem Aufsehen von der Straße zu holen, war, ihm eine Klinge an den Hals zu halten und ihm unmissverständlich klarzumachen, was passieren wird, wenn Anweisungen nicht augenblicklich und still befolgt werden. Natürlich funktionierte das auch bei einem Kind.

Aber Richard hatte genug davon, sich still zu verhalten. Er hatte genug davon, möglichst wenig Aufsehen zu erregen oder sich darüber Sorgen zu machen, dass man ihn sehen könnte, wie er mit einer doppelläufigen Flinte durch die Straßen ging.

Er hatte vor, jede Menge Lärm zu machen.

KAPITEL 59

Schon das erste Bild brachte alle im Raum zum Schweigen, verstärkte das beklemmende Gefühl in Joels Magengrube und zwang ihn, sich an der Rücklehne des Stuhls festzuhalten.

Es zeigte Marcus Olsen. Noch lebendig. Er saß mit nacktem Oberkörper auf einem Stuhl, die Hände hinter dem Rücken – sicher gefesselt. Seine Augen blickten voller Todesangst direkt in die Kameralinse. Beim zweiten Bild stockte Joel der Atem.

Dann das nächste Bild.

Aber die Sache war noch nicht erledigt. Noch saß der Kopf auf dem Körper. Man sah etwas verschwommen einen Arm, in der Hand eine Säge, deren grob gezacktes Sägeblatt mit einer schwarzroten Schmiere bedeckt war. Marcus Olsen dagegen war voll im Fokus. Noch saß er aufrecht da. Um seinen Kopf war ein Seil geschlungen, dessen beide Enden von der anderen Hand des kräftig gebauten Mannes gehalten wurden, der hinter ihm stand, ebenso mit nacktem Oberkörper. Der Teil seines Brusthaars, der nicht blutverschmiert war, war grau, ebenso wie sein Bart und das Kopfhaar. Durch das Seil wurde der Kopf gehalten. Die ganze Situation wirkte so, als würde der Mann beim Durchsägen des Halses gerade eine Pause einlegen.

»Was zum Teufel …«, sagte Joel.

»Tut mir leid, ich hätte Sie vorwarnen sollen. Ich hätte Ihnen sagen sollen, dass das kein schöner Anblick ist. Aber ich wollte es Ihnen zeigen, ich wollte, dass Sie es wissen.«

»Ist das Nicholas? Ist der Mann, der die Säge hält, Ihr Ehemann?« Joel wusste die Antwort bereits.

»Ja. Aber der andere Mann hat Kinder missbraucht.« Marilyn hatte ihren Stahlpanzer nicht abgelegt. Während beide Ermittler einen Schritt zurückgewichen waren, blieb sie aufrecht auf ihrem Stuhl sitzen. Joel wurde klar, dass sie diese Aufnahmen nicht zum ersten Mal sah. Sie klickte das Foto weg und öffnete das nächste.

Es zeigte Danny Evans.

Wieder gab es ein Vorher- und ein Nachher-Bild. Das erste zeigte ihn mit zahlreichen Seilen gefesselt, sodass er sich nicht bewegen konnte, während aus seiner Faust ein der Länge nach halbiertes Rohr in seinen Mund führte. Joel war jetzt klar, warum der Schuss Danny Evans im Gesicht getroffen hatte. Mit dem nächsten Mausklick klärten sich noch mehr Fragen.

Diesmal erschien eine Videosequenz auf dem Bildschirm, offensichtlich die Aufnahme einer Überwachungskamera. In Farbe und grobkörnig, aber doch deutlich genug. Von links erschien diesmal ein anderer Mann im Bild, der wohl älter war als Nicholas, auf jeden Fall hagerer. Der gefesselte Danny war rechts auf dem Bildschirm zu sehen. Der hagere Mann ging von links nach rechts und beschäftigte sich dabei mit etwas in seiner rechten Hand. Schließlich setzte er sich Danny fast auf den Schoß. Beide Kommissare lehnten sich zurück, als auf dem Bildschirm etwas weiß aufblitzte und Dannys Kopf seine Kontur verlor. Wieder blieb Marilyn ungerührt aufrecht sitzen.

»Das ist Richard Maddox.« Während sie noch mit ihrem dünnen Zeigefinger auf den Mann deutete, der den Abzug betätigt hatte, stand sie auf. Dann drehte sie sich um und richtete ihre Aufmerksamkeit wieder auf die Aufbewahrungsboxen. Sie wählte eine aus, hob den Deckel ab und zog einen schwarzen DIN-A4-Schnellhefter heraus. »Das hat Richard Maddox ausgehändigt bekommen. Es enthält alle

Details darüber, wie seine Frau von Danny Evans überfahren wurde.«

Sie reichte Joel den Schnellhefter. Die erste Seite zog gleich seine Aufmerksamkeit auf sich:

TODESFALL ANGELA MADDOX.

»Das sind alles Lügen«, fuhr Marilyn fort. »Hat er alles auf seinem Laptop geschrieben. Ich habe die Texte gesehen. Richard war wütend wegen seiner Frau, wütend, dass die Polizei niemanden deswegen festgenommen hat. Auch das steht da drin.«

»Wo ist sein Laptop?«

»Er hat ihn sicher mitgenommen. Er nimmt ihn immer mit. Ich musste das alles kopieren, als er hier war. Wenn er unter der Dusche war oder geschlafen hat. Er hat nicht besonders aufgepasst, hat sich keinen Moment vorstellen können, dass ich …« Sie presste trotzig die Lippen aufeinander. »Deswegen habe ich ihm erlaubt hierzubleiben. Ich hab ihm gesagt, er muss hier drin bleiben. Er hat den Laptop immer unter sein Bett gelegt … Ich hatte nicht mal Angst dabei. Ich wusste, dass ich das nur Hannah geben muss, und er wäre für immer verschwunden. Und wenn ich es nicht schaffen würde, wenn er mich dabei erwischt, würde er mich auch töten, und das alles wäre vorbei. Aber ich wusste nicht … Ich wusste nicht, dass es bereits zu spät war, dass Hannah schon …« Jetzt bekam der Stahlpanzer Risse, und für einen kurzen Moment dachte Joel, Marilyn würde von ihren Gefühlen überwältigt. Doch sie fasste sich gleich wieder. »Sie müssen es mir versprechen. Sie müssen mir Ihr Wort geben, wie Hannah es getan hat. Er darf nicht hierher zurückkommen. Niemals.«

»Wo ist er, Marilyn?«, fragte Joel noch einmal.

Marilyn fuhr fort, als hätte sie die Frage nicht gehört. »Ich hab auch nichts von den Kindern gewusst. Was er Callie antun wollte. Ich wusste nur, wie wütend er war, das müssen Sie mir glauben! Da sind noch andere Sachen in der Box, ein Schnellhefter für Danny Evans, noch mehr Lügen. Aber das … Das sind die Lügen, die Hannah umgebracht haben.«

»Wo ist er, Marilyn?«, fragte Joel erneut.

»Er darf niemals wieder hierherkommen. Emma ist wegen ihm da, wo sie jetzt ist … aber mich wird er töten.«

»Sagen Sie uns, wo er ist.«

»Geben Sie mir Ihr Wort.«

»Sie haben mein Wort. Ihr Mann wird niemals hierher zurückkommen. Bitte, Marilyn, wo ist er?«

»Ganz nahe. Er hat gewusst, dass Sie wegen ihm hier waren. Er ist zurückgekommen, um die Schuhe zu wechseln. Er sagte, er will nicht, dass sie ruiniert werden. Ich hab ihn gefragt, was er damit meint, aber er hat mir keine Antwort gegeben.« Marilyn deutete auf eine Plastiktüte unter dem Bett. »Er hat gesagt, sie sind alles, was ihm von unserer Emma noch geblieben ist. So spricht er oft von ihr – als wäre sie tot. Er hat sie kein einziges Mal besucht. Sie hat ihm diese Schuhe gekauft, ehe sie krank geworden ist. Ehe das alles geschehen ist. Er hat sie seither kaum mehr ausgezogen.«

Joel ging hinüber und zog die Plastiktüte unter dem Bett hervor. Dann drehte er sich um und zeigte DS Rose das braune Leder mit den kontrastierenden blauen Streifen: »Kommt mir irgendwie bekannt vor.«

»Das Hotel«, sagte DS Rose. »Wie nah ist es? Bitte …« Sie hatte Marilyns Hände in ihre genommen und sprach jetzt mit ihr.

»Da ist ein Club, der geschlossen wurde – schon vor einer ganzen Weile. Da versteckt er sich. Ich glaube, er ist auch jetzt dort. Er kann von da auch jedes Auto sehen, das ankommt oder wegfährt.«

»Unseres hat er nicht gesehen.« Joel steckte die Schuhe wieder in die Tüte und verknotete die Tragegriffe. »Er hat keine Ahnung, dass wir kommen.«

KAPITEL 60

Die Flinte war schwer, lag aber gut in der Hand. Richard hatte sich auch eine Schachtel Munition geschnappt und riss jetzt den Deckel auf, um in seiner Jackentasche leicht drankommen zu können. Glenns Flinte konnte mit zwei Patronen geladen werden, das wäre mehr als genug, aber er war immer gern perfekt vorbereitet – eine weitere Angewohnheit aus seinen Tagen in der Armee. Das Gewehr klappte auf, und er konnte die Patronen einsetzen. Als er die Waffe zuschnappen ließ, bildete die Flinte mit den zwei Läufen, die übereinander angeordnet waren, eine glatte Linie. Richard stellte sicher, dass der Schuss aus beiden Läufen Nicholas Luckhursts Brust treffen würde. Er hatte ihn überrascht, aber das hatte Nicholas nicht zum Schweigen gebracht.

»Was wollen Sie damit eigentlich erreichen, Richard? Wenn Sie mich hätten erschießen wollen, dann hätten Sie das längst getan.« Der Mann grinste ihn heimtückisch an. Er schien ruhig, was Richards Zorn nur noch weiter anstachelte, so sehr, dass ihm die Antwort im Hals stecken blieb. Er wusste, dass er seine Emotionen kontrollieren musste, dass seine Wut ihn aus dem Konzept bringen könnte, wenn sie ihn überwältigte. Er hatte seinen Gefangenen gezwungen, den Stuhl, auf dem er saß, in die Mitte des Raums zu bewegen. Jetzt nahm sich Richard einen zweiten und stellte ihn so hin, dass die Seite mit der Lehne fast gegen die Knie seines Opfers stieß. Die Flinte fühlte sich auf einmal immer schwerer an. Sein Herz klopfte heftig gegen seinen Brustkorb, und ihm wurde leicht schwindlig. Er musste sich unbedingt entspannen. Und er musste jetzt stark sein, sich im Griff haben. Er stützte den Flintenlauf auf der Stuhllehne ab, damit ihm seine Erschöpfung keinen Strich durch die Rechnung machte.

»Ich will Antworten«, sagte Richard. »Die schulden Sie mir.«

»Ich schulde Ihnen etwas?« Nicholas grinste.

»Ja, Antworten. Sie haben mich belogen. Danny Evans hat meine Frau gar nicht getötet, nicht wahr?«

Nicholas grinste weiter. *Dieses verdammte Grinsen!* Richard spürte, wie sein Finger sich um den Abzug legte, als der Mann vor ihm seine Sitzposition veränderte und sein rechtes Bein über das linke schlug, als sitze er draußen vor einem Pariser Café. Richard hätte diesen grinsenden Kopf am liebsten abgeschlagen, aber er musste noch warten. Zuerst wollte er Antworten. Nicholas hob entschuldigend die Hände, die er um sein Knie gelegt hatte, und zuckte mit den Schultern. »Also, Sie haben mich erwischt. Sehr beeindruckend, wie haben Sie das alles herausgefunden?«

»Als Sie mich zwangen, einen Jungen von der Straße weg zu entführen, brauchte ich die passende Ausrüstung dazu. Ich habe keine Waffen in meinem Haus, ich brauche keine mehr, aber ich wusste, Glenn hatte welche. Also ging ich in sein Haus. Und was meinen Sie, was ich dort vorfand?«

Nicholas lächelte noch immer und zuckte erneut mit den Schultern.

»Glenn ist immer noch dort, wo ich ihn gefunden habe«, fuhr Richard fort. »Er sitzt noch immer in seinem Sessel und blickt auf das Video, in dem sein bester Freund Danny Evans ermordet. Und das Messer, das Sie dazu verwendet haben, ihn umzubringen, war auch noch da. Das mit dem Perlmuttknauf, das Sie mich gezwungen haben zu halten. Es lag obenauf, als ich den Mülleimer aufklappte. Sie haben mich die ganze Zeit reingelegt. Danny Evans hat nichts mit mir zu tun. Aber Sie wollten ihm schaden, Sie wollten seine ganze Familie, aber Sie mussten sicherstellen, dass es noch jemanden gab, der bei diesem Plan mitwirkte. Dieser Jemand war ich. Und heute sollte ich den Junior der Evans' in mein Haus entführen. Warum wohl? Das mit ihm wollten Sie mir auch in die Schuhe schieben, nicht wahr?«

»Ich habe auch Ihren Laptop«, sagte Nicholas und legte seine Hände auf sein Schienbein, das quer über seinem Oberschenkel lag. »Darin findet man eine Menge interessanter Internetrecherchen und gespeicherte Dokumente. Anscheinend hatten Sie großes Interesse an der Familie Evans, aber Sie haben sich auch eingehend für den Grundriss des William Harvey Hospital interessiert. Und Ihr Autotyp ist als Mietwagen sehr beliebt, haben Sie das gewusst? Ich hab mir dasselbe Fabrikat und Modell ausgeliehen. Ich hoffe, Sie sehen es mir nach, dass ich Ihre Nummernschilder dazu verwendet habe, um durch die Barriere auf den Parkplatz zu fahren, ungefähr um dieselbe Zeit, als Callie Evans kaltblütig in ihrem Krankenhausbett angegriffen wurde. Ich habe noch nicht einmal die Parkgebühr gezahlt. Kann sein, dass Sie einen wütenden Brief deswegen kriegen.«

Richard spürte eine Woge des Zorns in sich aufwallen, und die Unterseite der Flinte scharrte über die Stuhllehne, als er sie vorwärts stieß. Er kniete sich mit einem Bein auf den Stuhl und beugte sich mit zusammengebissenen Zähnen vor. Das Ende der Läufe war markiert durch ein blank poliertes Stück Metall, das sich von dem übrigen Dunkelgrau abhob. Dieser Teil schob sich jetzt zwischen die Lippen des Mannes.

»Sie wissen nicht, wer meine Frau totgefahren hat, und es ist Ihnen auch völlig egal!«, knurrte Richard.

Der Mann stellte den rechten Fuß auf dem Boden ab. »Sie haben recht. Ich brauchte nur irgendeinen dummen alten Kerl, der mir meine Drecksarbeit abnahm. Sie waren ziemlich gut in dieser Rolle, Richard.«

»Dummer alter Kerl? So ist das also?«, keuchte Richard. Er spürte, wie es in seiner Brust hämmerte, und bei jedem Herzschlag wurde seine Sicht leicht vernebelt. »Aber wer sitzt jetzt am falschen Ende der Flinte? Sie haben mich unterschätzt, genau wie alle anderen. Machen Sie Ihren verdammten Mund auf!« Richard stieß die Flinte fester gegen den Kiefer des Mannes. Dabei ging ihm fast der Atem aus, und er rang mühsam nach Luft. Er musste sich unbedingt beruhigen.

Der Mann verzerrte das Gesicht vor Schmerz und bewegte den Kopf, sodass der Flintenlauf auf eine andere Stelle drückte. »Es gibt immer noch einen Weg aus diesem Schlamassel, für uns alle«, stieß er hastig hervor. »Sie haben bereits einen Mann getötet. Wenn Sie mich erschießen, dann sitzen Sie für den Rest Ihres Lebens im Gefängnis. Sie werden Ihren Enkel nie mehr sehen!«

Richard stieß den Lauf wieder vor und genoss die Panik des Mannes vor ihm. Nicholas' Kopf wurde nach hinten gedrückt; und das Ende des Flintenlaufs befand sich jetzt unterhalb seiner Nase.

»Sie sagten, der einzige Ausweg für mich sei die Entführung des Evans-Jungen. Dann würden Sie meinen Enkel in Ruhe lassen. Und Sie wollten auch mich umbringen. In meinem Haus. Sie hätten mich keinesfalls am Leben gelassen.«

»Wir können doch immer noch alles anders regeln.«

»Sie brauchen den Mund gar nicht erst aufzumachen, das ändert auch nichts mehr«, zischte Richard.

»Ich dachte nur, wir könnten uns einigen.« Die Augen des Mannes fixierten Richard, seine Lippen öffneten sich, als wollte er weitersprechen.

»Nein!« Der zornige Aufschrei kostete Richard all seine Kraft. Ihm wurde schwarz vor Augen, und seine Brust brannte auf einmal, als hätte jemand den Sauerstoff im Raum verdünnt. Keuchend rang er nach Luft und bewegte seine Füße, um das Gleichgewicht zu halten, dabei glitt sein Knie vom Stuhl. Er stolperte, seine linke Hand griff nach der Sitzfläche, aber plötzlich wurde der Stuhl weggekickt und er hatte keine Möglichkeit mehr, sich aufrecht zu halten.

Die Flinte wurde ihm aus der rechten Hand gerissen, und er stürzte zu Boden. Er traf mit der rechten Schulter auf, und die Schachtel mit der Munition in seiner Tasche drückte schmerzhaft gegen seine Hüfte. Den Stuhl hatte er beim Sturz mit sich gerissen, und das Krachen, als er umfiel, klang ohrenbetäubend. Ein scharfer Schmerz fuhr in sein Ohr, als es an etwas Hartes stieß, und der Staub auf dem Boden drang ihm in die Kehle. Stöhnend rang er immer noch nach Luft. Er konnte nichts um sich herum erkennen, hörte aber Schritte auf dem Holzboden, die auf ihn zukamen. Er spürte einen Tritt gegen seinen Brustkorb und wurde davon auf den Rücken geworfen. Obwohl er heftig mit den Armen ruderte, konnte er nichts dagegen tun, dass die Munitionsschachtel aus seiner Tasche gezogen wurde.

»Sie hätten nicht hierherkommen sollen. Wie haben Sie mich gefunden?« Die Stimme drang an Richards Ohr wie durch einen Schleier, hinter dem sich eine dunkle Gestalt bewegte. Die Worte klangen hasserfüllt.

Richard musste unwillkürlich lachen. Irgendetwas erschien ihm geradezu lächerlich, vielleicht die Absurdität der Situation, all das, was in den letzten Tagen geschehen war, und die hoffnungslose Lage, in der er sich jetzt befand.

»Sie haben meinen alten Kumpel unterschätzt. Mich hätten Sie vielleicht übertölpeln können, einen dummen alten Mann, der blind war vor Zorn, aber Sie haben Ihre Rechnung ohne Glenn gemacht. Der ist immer Soldat geblieben, der alte Junge. Er hat Ihnen einen GPS-Sender ans Auto montiert, dann hat er mir eine E-Mail mit den Daten geschickt, während Sie mir auf dieser Bank auf dem Friedhof ins Gesicht gelogen und gesagt haben, Glenns Tod sei egal, und ich würde Sie zum letzten Mal sehen.« Richard hatte wieder genug Kraft gesammelt, um den Staub aus seiner

Kehle zu husten. Er spuckte auf den Boden. Auch seine Sicht war wieder besser, und er sah seine Spucke im schwachen Licht glänzen. Alles, was weiter entfernt war, blieb noch verschwommen. Er konnte die Gestalt des Mannes ausmachen, als der stehen blieb und auf ihn hinabstarrte. Richard hob seinen schmerzenden Kopf vom Boden und blickte hoch. Das Licht spiegelte sich jetzt in einer anderen Oberfläche ganz nah vor ihm: dem polierten Ende eines Flintenlaufs. Er starrte direkt darauf, während er weitersprach: »So fand ich heraus, wo Ihr Wagen hinfuhr und wo er herkam. Also klopfte ich an ein paar Türen, schließlich auch an Ihre. Aber ich wüsste nicht, dass Sie sich hier drin verstecken, wenn ich nicht mit Ihrer Frau gesprochen hätte. Wissen Sie, was sie mir gesagt hat? Sie nahm mir das Versprechen ab, Sie zu erschießen. Was ist das für eine Ehefrau, die so was tut, *Nicholas*?«

»Sie lügen!« Das Selbstbewusstsein des Mannes schien für einen Moment erschüttert.

»Ich glaube, Sie wissen, dass das die Wahrheit ist. Ihre Frau hasst Sie, und natürlich wissen Sie das ganz genau.«

»Wir werden sehen. Erst kommen Sie dran, Richard, und dann schauen wir mal, wie sehr sie mich hasst. Ich werde ihr natürlich sagen, dass Sie mich geschickt haben.« Seine Stimme war immer noch kontrolliert, aber es schwang eine Wut darin mit, die sich bei jedem Wort steigerte.

Richard rollte sich noch etwas weiter auf den Rücken, richtete den Blick nach oben und fixierte die Decke. Das heftige Pochen in seiner Brust war verschwunden. Übrig geblieben war nur eine tiefe Ruhe, und auf einmal starrte er nicht mehr an die Decke. Er blickte darüber hinaus in einen sternenbedeckten Himmel, so wie er es im letzten Jahr schon viele Male getan hatte, wenn er sich hinlegte, den Blick auf ein fernes Licht gerichtet, und sich dabei vorstellte, es sei Angela, die zu ihm hinunterlächelte. Sie würde auch jetzt lächeln, dessen war er sich sicher. Denn er kam jetzt zu ihr.

Joel rüttelte an dem großen Vorhängeschloss am Haupteingang des Phoenix Railway Club. Ohne Erfolg. Detective Sergeant Rose war links um das Gebäude gelaufen und tauchte jetzt wieder auf.

»Der Seiteneingang ist nicht ganz so verrammelt«, keuchte sie, dann rannte sie wieder dorthin zurück, von wo sie gekommen war. Joel folgte ihr. Es war nur ein kurzes Stück auf einem Pfad aus niedergetretenem Gras. DS Rose blieb an einer Tür mit einem ähnlichen Vorhängeschloss wie am Haupteingang stehen, die zusätzlich mit aufgeschraubten Holzplatten versperrt war. Sie kniete sich hin und zog vorsichtig am untersten Brett, das an die Tür gelehnt war. Als sie es entfernt hatte, sah man, dass das unterste Paneel der stahlverstärkten Kunststofftür fehlte, dahinter war es dunkel. Joel schob zuerst die Tragetüte hindurch, dann folgte er auf allen vieren, und DS Rose kroch hinter ihm durch die Öffnung. Drinnen hielten sie beide inne, um sich mit der Umgebung vertraut zu machen.

Sie waren in der Küche gelandet. Der Geruch von Bratfett mischte sich mit dickem Staub, und es war fast dunkel, da auch alle Fenster mit Brettern vernagelt waren. Joel sah einen kurzen, dämmrigen Korridor, der in einen großen Saal führte. Er konnte runde Tische mit umgedrehten Stühlen darauf ausmachen. Am anderen Ende befand sich ein ehemaliger Bartresen, auf den etwas Licht von draußen fiel, wo man die Bretter von den Fenstern abgerissen hatte.

»Jetzt machen Sie schon! Los!«, hörten sie eine Stimme dort rufen. Beide Beamten duckten sich und hielten die Luft an. Gleich darauf war ein dumpfer Aufprall zu vernehmen, dann wurde ein Stuhl quer durch Joels Sichtfeld gestoßen und krachte gegen etwas, wobei weitere Stühle umstürzten. Joel spürte, dass ihn jemand fest am Handgelenk packte: DS Rose zog ihn zurück, und ihr Mund formte lautlos das Wort: *Schusswaffen.*

Es war keine Zeit zu verlieren. DS Rose hatte ihren Standort durchgegeben, als sie durch den Hintereingang aus dem Haus der Luckhursts losgerannt waren. Joels Handy hatte sich in diesem Augenblick auch gemeldet und eine Reihe weiterer entgangener Telefonate zu der wachsenden Liste hinzugefügt. Wenn der junge Evans noch lebte, dann war er hier drinnen, und das mit einem Mann, von dem sie wussten, dass er extrem gewalttätig war.

Joel schüttelte den Kopf und wies dann zur Tür, durch die sie gerade gekrochen waren, um DS Rose zu signalisieren, sie solle sich zurück nach draußen begeben. Doch sie bewegte sich keinen Zentimeter und ließ keinen Zweifel daran, dass sie hierbleiben würde. Er wandte seine Aufmerksamkeit wieder dem Saal zu.

»NICHOLAS LUCKHURST«, rief er und hoffte, dass in seiner erhobenen Stimme genügend Autorität mitschwang. DS Rose ging rückwärts auf die andere Seite der Küche und blieb stehen, als sie mit dem Rücken gegen die Küchenzeile aus Edelstahl stieß. Jetzt standen sich die beiden Polizisten gegenüber, und der Eingang zum Saal lag zwischen ihnen. Joel beugte sich auf Händen und Knien so weit vor, wie er es wagte. Es war nicht weit genug, um bis zum Ende des Saals sehen zu können. Dort herrschte jetzt Stille. »Nicholas, ich bin Detective Inspector Norris. Ich bin Kommandant eines bewaffneten Spezialkommandos der Polizei von Kent. Das Gebäude ist umstellt. Es gibt keine Fluchtmöglichkeit nach draußen, Sie müssen ...«

»Die Polizei!« Die Stimme, die das schrie, klang, als würde jemand gewürgt, es war ein wütender Aufschrei, der im Raum widerhallte – doch dann folgte etwas, was alles übertönte: der Knall einer abgefeuerten Schusswaffe.

Joel wich zurück zu einem klobigen Herd, während sich DS Rose möglichst klein machte. Ein zweiter Schuss folgte kurz darauf, dann der Lärm von herunterbrechenden Brocken aus der Decke, die auf dem Boden zerschellten. Joel erstarrte, er hielt den Atem an und wartete auf Schritte, die sich näherten, auf einen Mann mit Flinte, der vor ihnen auftauchte. Stattdessen hörte er das vertraute Geräusch vom Aufklappen einer Flinte, das Klirren von zwei verschossenen Patronenhülsen, die zu Boden fielen, während fast gleichzeitig zwei neue Patronen in die Läufe gesteckt wurden. Das Zuschnappen lieferte die Bestätigung, dass eine Flinte wieder bereit zum Feuern war. »Sehen Sie, was Sie getan haben! Jetzt ist die Polizei hier, das ist Ihre Schuld!« Ein weiterer Schuss ertönte. Dieses Mal pfiff die Luft zwischen den beiden Polizisten, und Kugeln trafen die Rückwand der Küche. Eine alte Pfanne wurde herumgewirbelt und landete scheppernd auf dem Boden.

Dann hörte man erneut, wie eine Flinte aufgeklappt wurde, weitere Patronenhülsen zu Boden fielen, Patronen eingelegt wurden und die Flinte zuschnappte. Kurz darauf zwei weitere Schüsse, und beim zweiten Schuss fiel eine Uhr von der Wand. Schüsse, Krachen und Splittern vermischten sich jetzt zu einem einzigen Getöse, dazu klirrte zerbrochenes Glas.

Aufklappen, Patronen einlegen, zuschnappen. DS Rose starrte Joel mit weit aufgerissenen Augen an und hielt die Hände über den Kopf. Sie versuchte immer noch, sich rückwärts bewegend in Sicherheit zu bringen.

Aufklappen, laden, zuschnappen. Vorsichtige Schritte kamen näher, Glas knirschte unter Schuhen.

Der nächste Knall war so nahe, dass sich beide Beamte die Ohren zuhielten. Der Türrahmen barst beim Aufprall der Kugel, und ein großes Stück splitterte ab.

Aufklappen, laden, zuschnappen!

»Ich weiß, was Sie getan haben! Sie entkommen uns nicht!«, rief Joel in dem verzweifelten Versuch, den Angriff zu stoppen.

Die Schritte verstummten. Alles war still. »Ich weiß, dass Sie es für Ihre Tochter getan haben, weil wir Ihnen keine

Antworten liefern konnten.« Joels Blick traf sich mit dem von DS Rose, die sich auf der anderen Seite der Küche noch immer gegen die Küchenzeile presste, ihr Gesicht war angstverzerrt.

»Sie haben sich einen Scheiß um meine Tochter gekümmert. Cybergrooming war für Sie nichts als ein Bagatelldelikt. Aber jetzt sind Sie hier, nicht? Sie sind schuld an allem hier. Sie haben mich im Stich gelassen, Sie haben meine Tochter im Stich gelassen!«

Joel wechselte einen weiteren Blick mit DS Rose. Er rieb sich den Staub aus dem Gesicht, der sich mit seinem Schweiß vermischt hatte. Einen Augenblick lang dachte er nach. »Ich glaube, ich verstehe Sie gut, aber jetzt können Sie mir helfen ...«

Diesmal war der Schuss so nahe, dass das Mündungsfeuer die Küche erhellte. Splitter von Fliesen sprangen hoch, und ein paar Sekunden lang war Joel von dem Knall vollkommen taub. Das zweite Aufblitzen spiegelte sich in DS Roses aufgerissenen Augen wider, ein Metallschrank zu seiner Linken wurde getroffen, mit einem dumpfen Knall zurückgestoßen und dabei gedreht. Joel hörte Schreie. Es war die Stimme desselben Mannes, aber von weiter weg. Dann folgte ein Krachen und Scharren von Stühlen auf dem Boden, als sei etwas Großes umgeworfen worden. Zwei weitere Schüsse, die sich anders anhörten und wohl in einen größeren Raum abgefeuert wurden. Die darauffolgende Stille dauerte nur ein paar Sekunden.

Aufklappen, laden, zuschnappen! Dann hörte man ein Stöhnen, wie von jemandem, der große Schmerzen hat.

»Keiner muss jetzt mehr verwundet werden!«, schrie Joel und rappelte sich wieder auf die Knie. Die Schmerzenslaute trieben ihn dazu, etwas zu tun – *aber was*? Er konnte sich nicht einmal richtig bewegen.

»Wo sind sie?«, schrie die Stimme zurück.

»Wer, Nicholas? Wo ist wer?«

»Sie sind Kommandant eines bewaffneten Spezialkommandos. Ich bin umstellt, haben Sie gesagt. Die ganze Stadt hätte mich schon gehört. Es ist keiner da draußen, stimmt's?«

»Die warten nur auf meine Anweisungen.«

»Unsinn! Sieht so aus, als sei ich nicht der Einzige, der Lügen erzählt, um zu bekommen, was er will.«

»Und was genau wollen Sie?«

»Nichts von Ihnen! Ich musste *selber* ermitteln.« Ein weiterer Schuss – dann Schritte und ein zweiter Schuss, viel näher. Joel hielt seine Hände fest auf die Ohren gepresst, aber es nutzte kaum etwas. Der ganze Raum wurde erschüttert, und er musste die Hände über den Kopf halten, da erneut Teile der Decke auf ihn herabregneten.

Aufklappen, laden, zuschnappen!

»Keinem wäre etwas geschehen, wenn Callie Evans meine Tochter nicht mit ihm zusammengebracht hätte ... mit diesem Stück Scheiße.« Man hörte wieder Schritte, als ginge jemand auf und ab. »Und dann hat ihre Mutter, diese Drecksau, gelogen, um alles zu vertuschen. Sie hat nicht mal mit der Wahrheit rausgerückt, als ich ihre Familie bedroht hab. Ich dachte, als ihre Tochter versuchte, sich das Leben zu nehmen, da hätte sie begriffen, wie furchtbar es wäre, sie zu verlieren. Aber dann ging es ihr plötzlich besser – das heißt, diejenige, die all das losgetreten hatte, war drauf und dran, unbeschadet aus der Sache rauszukommen. Und der Typ, der meine Tochter auf dem Gewissen hat, läuft noch immer als freier Mann herum! Darum kümmert sich keiner, oder?«

Joel blickte sich verzweifelt nach irgendetwas um, das er als Waffe benutzen könnte. Er brauchte vor allem Zeit. Er musste dafür sorgen, dass Nicholas weiterredete. »Hannah hat sich darum gekümmert«, rief er laut und verzog das Gesicht, während er auf die Reaktion wartete. Als die ausblieb, fuhr er fort: »Was auch immer hier geschieht, ich will, dass Sie das wissen. Hannah hat nie aufgehört, an diesem Fall zu arbeiten.«

»Das sind doch auch nur Lügen! Sie hat überhaupt nichts mehr dafür getan, war längst wieder mit anderem beschäftigt.«

»Und deswegen haben Sie sie getötet?«

»Nicht ich!«

»Nein, diese Arbeit ließen Sie Danny Evans für sich erledigen, aufgestachelt durch Ihre Lügen«, rief Joel. »Und Richard Maddox haben Sie benutzt, um Danny loszuwerden, und es dann wie Selbstmord aussehen lassen. Aber das haben Sie so stümperhaft arrangiert, dass wir das durchschauen sollten, stimmt's? Denn wir sollten uns mit einem alten Mann beschäftigen, der keine Vorgeschichte als Mörder hat.«

Darauf reagierte Nicholas nicht sofort, und Stille trat ein. Joel hörte immer noch ein Stöhnen, doch es schien mittlerweile schwächer geworden zu sein. Das Atmen hingegen war heftiger geworden. Joel hielt die Luft an, um zu lauschen, und er ließ sie erst leise wieder ausströmen, als er sich sicher war, dass es das Stöhnen eines erwachsenen Mannes war. Das konnte nur eine Person sein. »Sie sollten Richard jetzt wirklich in Ruhe lassen. Sie beide haben ein ähnliches Schicksal. Sie wurden beide von der Polizei im Stich gelassen, und Ihr Leben wurde völlig aus den Angeln gehoben.« Joel zog so leise wie möglich die Küchenschränke auf. Er entdeckte einen alten Teekrug, einige schwarz verkrustete Edelstahltöpfe, aber nichts, was er gebrauchen konnte.

»Richard Maddox ist mir egal. Ein jämmerlicher Kerl. Der war nur ein Mittel zum Zweck. Er ist besser dran, wenn er tot ist«, rief Nicholas.

Wieder waren Schritte zu hören, die sich weiter wegbewegten.

»Sie haben den wirklich Verantwortlichen für die Taten nie gefunden, oder? Aber wir haben ihn geschnappt. Er wurde heute Morgen verhaftet. Der Mann, der sich übers Internet an all die Mädchen rangemacht hat, der Ihre Tochter erpresst hat, der sitzt jetzt in Untersuchungshaft. Sie bekommen also Ihre Gerechtigkeit.«

Die Schritte kamen jetzt wieder näher. »Sie halten das für Gerechtigkeit? Glauben Sie etwa, das ist es, was ich will?«

»Aber darum geht hier doch alles, oder nicht?«

»Eigentlich wollte ich ihn aufscheuchen. Ich wusste, wenn Menschen sterben, dann würden Sie sich wieder genauer anschauen, was mit den Mädchen passiert ist. Ich wusste, Sie würden dann alle Hebel in Bewegung setzen – der Tod bringt eine Menge Aufmerksamkeit. Und ich hatte recht. Der Name von diesem Stück Scheiße, das Sie verhaftet haben, wird jetzt rauskommen, und dann weiß ich, wer er ist. Dann werde ich ihm zeigen, was ich getan habe und was er zu erwarten hat.«

»Was Sie …« Joel hielt inne. DS Rose hatte sich auf die Knie erhoben, presste sich aber immer noch gegen die Küchenzeile. *Deswegen hat er die Fotos aufbewahrt.* Er wollte Christopher Hennershaw zeigen, was mit Leuten wie ihm geschah. Sie werden gefesselt, eine Pistole wird ihnen in den Mund gestoßen, und sie müssen dasitzen und warten, bis jemand auftaucht und abdrückt. Danny Evans, Marcus Olsen … vielleicht waren sie tatsächlich nur Übungsläufe für den Fall gewesen, dass er den echten Täter in die Finger bekam.

»Wir haben mit Ihrer Frau gesprochen.« Joel redete jetzt etwas lauter. »Sie hat uns gesagt, dass Sie Emma noch nie besucht haben. Sie meinte, dass Sie über Ihre Tochter reden, als sei sie tot. Aber sie ist nicht tot. Ihre Frau und Ihre Tochter leiden immer noch … genauso wie Sie, Nicholas.«

Joel hatte den letzten Schrank geöffnet. Noch immer hatte er nichts Brauchbares gefunden. Er musste unbedingt in den anderen Raum gelangen. Von dort hörte man immer noch Stöhnen, das allerdings immer schwächer wurde, als würde der Mann das Bewusstsein verlieren. Außerdem musste er Jamie finden. Joel würde versuchen, die Kontrolle zu übernehmen, und die Erwähnung von Nicholas' Tochter würde ihm entweder diese Chance geben oder Nicholas dazu bringen, ihn bei Sichtkontakt zu erschießen. Es war an der Zeit, das herauszufinden.

Joel zog die Tüte zu sich heran, die er aus der Abstellkammer im Haus der Luckhursts mitgenommen hatte. Er hatte sie fallen lassen, als die Schüsse begonnen hatten, aber sie lag noch immer neben ihm, bedeckt von einer Schicht aus Staub und Schutt. Er zog die Schuhe heraus. Der Staub war in die Tüte eingedrungen und hatte den Schuhen ihren Glanz genommen. Joel nahm einen Schuh in jede Hand, hob sie in die Höhe, und so trat er hinaus in den Veranstaltungssaal. »Ich bin nicht bewaffnet!«, rief er laut. »Ich habe kein Spezialkommando dabei, ich habe geblufft. Ihre Frau sagte mir, Sie würden sicher gern diese Schuhe haben wollen.«

Direkt vor ihm bewegte sich etwas: Ein Mann, der im Saal stand, griff sofort nach einem langen, dunklen Gegenstand und richtete ihn direkt auf Joel. Dann trat er einen Schritt zurück. Joel ging weiter.

»Bleiben Sie dort stehen!«, schrie Nicholas, aber Joel ignorierte seine Anweisungen. Schritt für Schritt bewegte er sich vorwärts, und Nicholas wich zurück. Joel schaffte es so bis zum Ende des kurzen Korridors. Plötzlich sah er zu seiner Linken einen älteren Mann auf der Seite liegen – ein Mann, der demjenigen glich, den er in dem Video gesehen hatte. Richard Maddox schaffte es, den Kopf so weit zu heben, dass er Joel eintreten sah. Seine beiden Hände umklammerten sein Schienbein, und seine Brust hob und senkte sich in schneller Folge, als ringe er heftig nach Luft. Deshalb klang sein Stöhnen jetzt wohl auch schwächer. Joel sah Blut auf dem Boden und an Richards Händen, aber er konnte nicht ausmachen, wo es herkam.

»Er ist verletzt«, sagte Joel, »aber Sie können ihm immer noch helfen.« Er machte zwei weitere Schritte in den Saal.

»Schweigen Sie!« Nicholas hielt die Flinte jetzt höher, sodass Joel das Gefühl hatte, direkt in ihre dunkle Mündung zu sehen. Wenigstens blockierte er Nicholas den Weg in die Küche. Vielleicht so weit, dass DS Rose schnell durch die Öffnung in der Tür kriechen könnte, wenn das hier nicht gut ausginge.

»Richard hat mit alldem nichts zu tun. Er ist ein Opfer Ihrer Manipulation und verdient es nicht, hier zu sterben – nicht so! Lassen Sie mich ihm helfen.«

»Manipuliert haben soll ich ihn, soso?«

»Natürlich. Für Sie geht es hier doch allein um Kontrolle, oder nicht? Und Sie sind sogar richtig gut darin. Menschen haben für Sie getötet, ohne Fragen zu stellen. Aber das hier können Sie jetzt nicht mehr kontrollieren. Sie können mich nicht kontrollieren.«

»Ich kann Sie erschießen.«

»Ich bin Polizist. Wenn Sie einen von uns erschießen, dann bekommen Sie es mit uns allen zu tun. Diesen Fehler haben Sie schon einmal bei Hannah gemacht.«

»Aber Sie hätte ich dann wenigstens ausgeschaltet.«

»Ich habe einige Sachen in Ihrem Haus gesehen. Einen Schnellhefter. Meine Frau arbeitet im Marketing. Einmal hat sie mich mit einer Präsentation gelangweilt, sie wollte bei mir üben, bevor sie den Vortrag in echt halten musste. Dabei erzählte sie mir, wie wichtig es ist, die Wirkung von Farben zu verstehen. Blaues Papier. Sie haben Ihre Nachrichten an Richard, an Danny auf hellblaues Papier geschrieben. Damit wirkt alles, was darauf geschrieben ist, scheinbar vertrauenerweckender, aufrichtiger. Das stimmt doch, oder? Die Aufmerksamkeit fürs Detail ist beeindruckend, und das ist nur ein Beispiel. Diese Männer hatten nie eine Chance, Nicholas, Sie waren zu clever für sie. Dennoch müssen ja nicht beide sterben!«

»Sie hatten ihre Chance. Sie hätten Nein sagen können.«

»Nein, das konnten sie nicht.«

»Olsen hat von Danny bekommen, was er verdient hat. Er hatte auch Bilder von Callie.«

»Das stimmt, aber er hat ihr nicht wegen der Bilder nachgestellt. Vermutlich hat er Ihnen auch nicht verraten, wer es gewesen ist. War das wieder etwas, das Sie nicht kontrollieren konnten? Und dafür haben Sie ihm den Kopf abgesägt? Sie ertragen es nicht besonders gut, wenn die Dinge nicht so laufen, wie Sie möchten, oder?«

Nicholas zuckte mit den Schultern, und die Flinte bewegte sich mit. »Ein kleiner Rückschlag. Aber man kriegt sie immer. Richard hier hat auch seinen Freund zu der Party eingeladen. Hätte er das nicht getan, hätte er vielleicht weiterleben können.«

»Das kann er immer noch. Sie stehen auf verlorenem Posten. Wie viele Menschen, meinen Sie, müssen Sie noch erschießen, um Ihre Lage wieder unter Kontrolle zu bringen? Meine Kollegen wissen, dass ich hier bin. Ich habe vielleicht geblufft, dass das Gebäude hier umstellt ist, aber das ist nur eine Frage der Zeit. Sie können sich jetzt nur noch selbst helfen, und Sie haben immer noch einen Rettungsanker.«

»Oh? Und der wäre?«

»Jamie Evans. Sagen Sie mir, wo er ist. Sagen Sie, dass er noch lebt. Das würde ich zu Ihren Gunsten werten.«

Richard auf dem Boden zuckte zusammen, und sein Stöhnen wurde plötzlich lauter. Nicholas reagierte, indem er die Flinte sinken ließ und den Lauf auf ihn richtete. »Denk nicht mal daran, alter Mann!« Richard schwieg, und Joel ergriff die Gelegenheit, einen Schritt zurückzuweichen. Nun konnte er Richard nicht mehr sehen.

»Warum sollte ich Ihnen irgendetwas sagen?«, höhnte Nicholas.

»Weil, wie ich gesagt habe, ein ganzes Team schwer bewaffneter Polizisten auf dem Weg hierher ist. Und alles, was die über Sie wissen, ist, dass Sie eine Kollegin von ihnen getötet haben.«

Nicholas spuckte auf den Boden. »Sie hat sich mit meiner Frau getroffen. Hinter meinem Rücken hat sie gelauert wie irgendein giftiger Schatten, der auf meine Familie gefallen ist.« Auf einmal kehrte seine Wut mit aller Macht zurück. Er riss die Flinte wieder hoch. »Sie versuchte meiner Frau einzureden, mich zu verlassen. Ich dachte zuerst, sie versucht uns zu helfen, damit wir herausfinden, wer das meiner … meiner Tochter angetan hatte, aber sie war nur da, um mir alles wegzunehmen, was mir noch geblieben war.«

»Ich glaube, ich weiß, warum Sie Emma bisher nicht besucht haben.« Joel schaffte es, einen weiteren halben Schritt rückwärts zu machen, aber er konnte Richard immer noch nicht sehen. Nicholas trat vor, um den Abstand zwischen ihnen beizubehalten.

»Sie wissen gar nichts.«

Joel hob die Schuhe höher, die er in der Hand hielt, und ging langsam in die Hocke, um sie auf dem Boden zwischen ihnen beiden abzustellen. Dann bewegte er sich weiter zurück, auf die Tür zu. Jetzt konnte er Richard sehen. »Es liegt nicht daran, dass Sie sie nicht lieben, sondern, weil Sie sie so sehr lieben, dass Sie es nicht aushalten, sie in ihrem jetzigen Zustand zu sehen.« Joel richtete sich wieder auf, hielt aber noch immer seine Hände ausgestreckt. »Barker McClean«, sagte er und deutete auf die Schuhe. Er bezog sich auf das verblichene Etikett, das er unter einer der Laschen gesehen hatte. »Ein Geschenk von Ihrer Tochter, bevor Ihre Familie zerbrach.«

Nicholas' Blick fiel auf die Schuhe, aber die Flinte war noch immer auf Joels Taille gerichtet. Joel machte einen weiteren Schritt zurück, aber Nicholas bewegte sich mit ihm. Er war nun ebenfalls nahe bei Richard. »Sie machen sich Vorwürfe … und ich weiß, wie das ist.«

»Sie haben keine Ahnung«, fuhr ihn Nicholas verächtlich an und spuckte wieder aus. Diesmal geschah es unwillkürlich, seine Wut lauerte unter der Oberfläche, sein Blick war starr auf Joels Augen gerichtet.

»Ich bin gerade erst zurück im Dienst«, sagte Joel. »Einen Monat lang konnte ich nicht zur Arbeit gehen, und die erste Zeit davon dachte ich, ich würde überhaupt nicht mehr zurückkehren. Ich war zu einem Einsatz gerufen worden, bei dem eine junge Frau oben auf dem Dach eines mehrgeschossigen Parkhauses ganz außen am Rand saß. Neunzehn Jahre war sie und hatte ihr ganzes Leben noch vor sich. Sie hatte sich mit ihrer Freundin gestritten, die ihr gesagt hatte, dass sie nicht mehr lesbisch sei. Im Gegenteil, sie habe jetzt einen Freund. Es war ein Routineeinsatz, wie Tausende Male zuvor. Aber ich hatte damals eine ganze Reihe schlimmer Schichten hinter mir, und ich war sehr erschöpft. Hatte die Schnauze voll von allem. So wie es Ihnen vermutlich auch gerade geht. Ich hab dem Mädchen gut zugeredet, hab gesagt, sie sei erst neunzehn, und sie hätte noch ihr ganzes Leben vor sich und würde sicher einen Menschen finden, mit dem sie es teilen, mit dem sie glücklich werden könne. Ich versicherte ihr, dass das Glück auch zu ihr kommt, definitiv; das Glück kommt irgendwann zu jedem von uns.« Joel musste innehalten, seine Stimme wurde brüchig, weil alles gerade zu viel wurde, die Gefühle bei jenem Einsatz damals, der dumpfe Schmerz in seinen Ohren von den Schüssen und die Anspannung, die jetzt in dem Saal herrschte. Die Flinte zielte auf seine Brust. »Ich hatte alles gesagt, und sie sah mich lange an. Und dann ließ sie sich einfach fallen. Es war nicht das erste Mal, dass mir so etwas passierte, ich konnte schon andere Menschen nicht retten, aber das hier war anders. Sie hatte mir zugehört, sie wollte, dass ihr jemand ihre Verzweiflung ausredete. Aber sie sah mir in die Augen, sie sah geradewegs durch mich hindurch, und sie erkannte, dass ich selbst nicht daran glaubte, dass ich nicht überzeugt von dem war, was ich da sagte.« Joel steckte so tief in seiner Erinnerung, dass ihm Tränen in die Augen traten.

»Aber das war irgendeine Fremde«, entgegnete Nicholas. »Und Sie glauben, Sie wissen, wie ich mich fühle. Hier geht es um meine …«

»Ich habe zwei Töchter«, unterbrach ihn Joel. »Sie sind noch jünger. Jünger als dieses Mädchen, jünger als Ihre Emma. Aber die werden auch älter, das können wir nicht aufhalten, sosehr wir es uns wünschen. Und sie sehen dann die Welt so, wie sie ist, sie sehen die dunklen Seiten, und vielleicht wird es Zeiten geben, wo sie das alles überwältigt. Und dann will ich der Erste sein, an den sie sich wenden, der ihnen sagt, dass alles gut für sie ausgeht. Aber was ist, wenn ich sie nicht davon überzeugen kann? Und was ist, wenn sie auf dem Rand des Daches von einem mehrstöckigen Parkhaus sitzen? Ich kenne den Druck, die Angst davor, als Vater diejenigen im Stich zu lassen, die man mehr liebt als alles andere auf der Welt. Und wenn es so wäre und ich jemanden dafür verantwortlich machen könnte, dann weiß ich nicht, was ich tun würde.«

Die Flinte senkte sich, allerdings nur ganz leicht. Der Mann schien wie schlafwandlerisch einen weiteren Schritt auf ihn zuzugehen. Joel blieb stehen. Nicholas' Blick ging zu Boden. Joel wollte gerade mit der Phase des Appellierens beginnen, sein Verhandlungstraining war abrufbar, wenn er es brauchte, aber plötzlich hob Nicholas die Flinte wieder in die Höhe. Seine Bewegungen waren jetzt zielgerichtet. Der Flintenlauf war so nahe, dass er Joel beinahe berührte.

»Was würden Sie tun, wenn jemand Sie einsperren wollte, Sie davon abhalten würde, Ihre Tochter jemals wiederzusehen? Sie würden bis zum Äußersten kämpfen, nicht wahr?« Nicholas' Gesicht verzerrte sich vor Wut. »Ich könnte Sie über den Haufen schießen und verschwinden.«

»Das könnten Sie, werden Sie aber nicht tun«, versetzte Joel und hoffte, dass er überzeugter klang, als er war.

»Warum sollte ich nicht?« Die Flinte bewegte sich in seinen nervösen Händen.

»Weil hier alles um Gerechtigkeit und um Emma ging. Alles hatte einen Grund. Aber es gibt keinen Grund, mich zu ermorden. Oder Richard. Die einzige Möglichkeit, Emma je wiederzusehen, ist, diese Flinte sinken zu lassen. Überlassen Sie mir den Mann, der Ihrer Tochter das angetan hat.«

Joel konnte jetzt direkt in den Lauf blicken und über Kimme und Korn in die Augen des Mannes, der ihn ins Visier nahm. Die Waffe zitterte, sie war schwer, und er würde sie nicht mehr lange so halten können.

»Nein!«, zischte Nicholas, »Ihr Bullen hattet eure Chance!«

»Callie geht es gut. Sie haben das falsche Mädchen erwischt!«, platzte Joel heraus und hob die Hände abwehrend hoch.

»Sie lügen!«

»Sie haben das Mädchen im Bett nebendran getötet. Callies Mutter hatte die Namen und die Dokumentation ausgetauscht. Das war ein unschuldiges Mädchen, das nichts mit alldem zu tun hatte. Es ist vorbei. Was immer Sie wollten, Sie sind gescheitert. Geben Sie auf.« Joel flehte ihn jetzt geradezu an. Er hatte Callie nicht zur Sprache bringen wollen, weil er nicht wusste, wie sein Gegenüber darauf reagieren würde, aber er hatte sonst keinen Pfeil mehr im Köcher. Nicholas zögerte und ließ dann die Flinte sinken. Er trat zurück und war jetzt zu weit weg, als dass Joel ihn einfach packen konnte. Er hatte allerdings nichts mehr zu verlieren und war bereit zum Sprung.

Richard musste diesen Moment als seine Chance erkannt haben.

Joel bemerkte nur eine rasche Bewegung auf dem Boden. Er war schnell – man sah nur das Aufblitzen einer Messerklinge –, und Nicholas reagierte prompt. Er zielte jetzt auf Richard, und Joel warf sich dagegen. Ein Knall erfüllte den engen Raum, dann hörte man nur noch ein hohes Pfeifen. Joel packte die Waffe mit beiden Händen und stürzte auf

Nicholas zu, um ihn zu überwältigen. Er war sich bewusst, dass Richard unter ihnen lag, und der hatte wohl zum Schutz sein Knie angewinkelt und stieß damit jetzt in Joels Magen, sodass ihm die Luft wegblieb. Joel strampelte, um Halt zu bekommen.

Bumm!

Den Knall des zweiten Schusses vernahm Joel wie durch einen Schalldämpfer, aber er spürte ihn. Er ließ los, die Flinte spielte keine Rolle mehr. Nicholas lag jetzt auch unter ihm, von seinem Körpergewicht niedergedrückt. Er wand sich und bäumte sich auf, um sich zu befreien, und Joel versetzte ihm mit seiner freien Hand einen Faustschlag, der ihn jedoch nur streifte. Nicholas versuchte auf Händen und Knien wegzukriechen, und das Licht reflektierte in der breiten Klinge eines Messers in seiner Hand. Er musste es Richard entrungen haben. Das Blut, das davon runtertropfte, war vermutlich sein eigenes, und eine Verletzung an seiner Wade hinderte ihn daran, aufzustehen.

Plötzlich registrierte Joel eine weitere Bewegung, diesmal kam sie quer durch den Raum von links. DS Rose holte mit ihrem rechten Fuß aus, als wollte sie einen Elfmeter schießen. Nicholas' Kopf befand sich auf perfekter Höhe. Er blieb reglos liegen.

Nach einer Weile stand Joel vorsichtig auf. Richard lag noch immer ausgestreckt neben ihm, aber er bewegte sich nicht.

»Richard? Richard?«

Keine Antwort.

KAPITEL 61

Polizeistation Dover. Joel nippte an einer weiteren Tasse irgendeines widerlich schmeckenden Gebräus. Sie waren zurück in ihrem provisorischen Büro, das jetzt eher einem Besprechungsraum glich, weil alle Stühle besetzt waren. Die Tischplatte leuchtete weiß von den Neonlampen direkt darüber, während die Dunkelheit draußen vor den Fenstern lauerte.

Vielleicht ähnelte es aber noch eher einer Disziplinarverhandlung. Alle Blicke ruhten auf Joel. Der Detective Chief Inspector der Abteilung Kapitalverbrechen war anwesend, dazu sein eigener Inspector und zwei Sergeants. Superintendent Marsden war ebenfalls angereist. Detective Sergeant Rose war die Einzige, die auf Joels Seite des Tisches saß – so dicht neben ihm, dass ihre Ellbogen sich berührten, obwohl Joel ihr keinen Vorwurf gemacht hätte, wenn sie von ihm abgerückt wäre.

Joel war der Einzige, vor dem eine Tasse Tee stand. Er hatte auch allen anderen Tee angeboten, aber anscheinend genoss das Gebräu aus der Maschine einen schrecklichen Ruf. Joel fragte sich, ob er und der Tee diese Reputation jetzt gemeinsam hatten.

Der DCI hatte gerade gesagt, was er loswerden wollte. Nun lehnte er sich mit verschränkten Armen zurück. Seine Wangen hatten eine rote Färbung angenommen, die sich intensivierte, je länger er redete. Er war von untersetzter Statur – kein echter Hals und dicke, behaarte Arme, die aus einem kurzärmeligen Hemd, das eine Größe zu klein war, ragten. Er sah aus, als ob er ständig damit kämpfte, seine Hände unter Kontrolle zu halten, indem er sie ständig knetete, außer wenn er wirklich wütend wurde. Und das war gerade ziemlich oft der Fall gewesen.

Dass Joel sich kurz zuvor in gefährlicher Nähe zu einer abgefeuerten Waffe befunden hatte, war vielleicht im Nachhinein sogar ein Segen. Der DCI hatte nämlich lautstark gewettert über fehlende Protokolle, die Missachtung standardisierter Abläufe und über die Unfähigkeit seiner Leute. Dabei verstieg er sich in drei verschiedenen Zusammenhängen zu der Frage »Für wen zum Teufel halten Sie sich?«, bevor er mit einer Forderung nach einer Erklärung geendet hatte. Joel hatte erst mal an seinem Tee genippt, um Zeit zu schinden.

»Es tut mir sehr leid. Aber von dem, was Sie gerade gesagt haben, konnte ich kein Wort verstehen«, sagte er schließlich mit einem Schulterzucken.

Das schien dem DCI die Luft aus den Segeln zu nehmen. Er hatte keine Lust, seine Ansprache zu wiederholen, sondern wandte sich stattdessen mit glühenden Wangen Superintendent Marsden zu, um anzukündigen, dass er die Durchsuchung im Haus des Täters und die gesamte Beweismittelsicherung persönlich überwachen werde. Er bräuchte dann auch noch ausführliche Berichte sowohl von Detective Inspector Norris als auch von Detective Sergeant Rose, bevor sie sich vom Dienst abmeldeten. Beide Beamten müssten darüber hinaus sicherstellen, dass sie jederzeit erreichbar seien. Marsden erwiderte, sie sei absolut sicher, dass ihre beiden Beamten selbstverständlich bereit seien, »das Nötige zu tun«. Bei dieser Bemerkung schnaubte der DCI empört, machte eine missbilligende Geste in Richtung Joel und sagte: »Ich glaube, für einen Tag hat er *genug getan*, meinen Sie nicht?«

Joel reagierte so, als hätte dieser Satz nun endlich den Weg durch seine malträtierten Gehörgänge gefunden. »Vielen

Dank, Sir. Ich habe nur meine Arbeit getan«, sagte er mit übertriebener Fröhlichkeit.

Der DCI lehnte sich zurück und starrte fassungslos vor sich hin. Die Botschaft lautete anscheinend, dass das neue zentralisierte Ermittlungsteam entschuldigt war und nach Hause gehen konnte, während die alte Garde der Abteilung für Kapitalverbrechen dableiben und das vom neuen Ermittlungsteam angerichtete Chaos beseitigen sollte. Joel blieb sitzen und nahm einen ausgiebigen Schluck von seinem Tee. Auch DS Rose rührte sich nicht vom Fleck. Es war Madam Marsden, die die Stimme erhob.

»Kann ich den Raum für ein vertrauliches Gespräch nutzen? Joel, Lucy, Sie beide bleiben bitte da.«

Die Wangen des DCI glühten noch mehr als vorher. Während er zur Tür hinausging, brummelte er Unverständliches. Marsden wartete, bis sie allein waren. Joel hatte, während der DCI seine Schimpfkanonaden losließ, schon ein paarmal versucht, etwas von ihrer Miene abzulesen. Aber sie hatte sich, als höchstrangige Beamtin im Raum, nur zurückgelehnt und den DCI reden lassen.

Nun verzog sie den Mund zu einem breiten Grinsen. »Also, das würde ich eine steile Lernkurve nennen!«, sagte sie.

»Könnte man so sagen«, pflichtete ihr Joel bei.

»Ihr Hörvermögen scheint ganz plötzlich wieder zurückgekehrt zu sein, DI Norris.«

»Ich glaube nicht, dass ich einen Gehörschaden davongetragen habe, ich habe eher einen Bullshit-Filter eingebaut bekommen.«

»Ich glaube, so einen brauchen Sie auch, wenn Sie weiter Kapitalverbrechen bearbeiten wollen.«

»Dann ist das also eine Option?«, fragte Joel.

Marsden behielt ihr Lächeln bei. »Was meinen Sie dazu, Lucy?«

»Das hier sind interne Machtkämpfe, Madam. Jemand, den ich für sehr klug halte, hat mir mal erklärt, dass man erfolgreich Karriere machen kann, ohne sich damit zu befassen. Ich glaube, das stimmt.«

»Das ist in der Tat sehr klug«, erwiderte Madam Marsden. »Die ganze Sache wird zweifellos ein Nachspiel haben. Der Sohn der Evans' wurde zwar unversehrt aufgefunden, aber man hat ihn von der Straße weg entführt, als wir bereits Kenntnis von einer möglichen Bedrohung der Familie hatten. Auch bezüglich des Mordes im Krankenhaus müssen wir uns auf kritische Fragen vorbereiten, die sich gegen uns richten.«

»Sie meinen, die sich gegen *mich* richten?«, fragte Joel.

»Keineswegs. Nach allem, was ich weiß, haben Sie beide exzellente Arbeit geleistet, wenn man bedenkt, was Sie zur Verfügung hatten. Was Sie nicht zur Verfügung hatten ... nun, das zu klären wird meine Sache sein, und ich bin groß und stark genug, um jede Kritik zu parieren. Die vom Dezernat für Kapitalverbrechen werden das natürlich zu ihren Gunsten ausschlachten wollen, aber die internen Machtkämpfe können Sie mir überlassen.«

»Und was ist mit dem ermordeten Mädchen? Wenn die vom Kapitalverbrechen früher ... vielleicht würde sie dann noch leben.«

»Sharon Evans hat uns nicht alles erzählt. Sonst hätten wir vielleicht eher nach Nicholas Luckhurst gesucht, anstatt Christopher Hennershaw hinterherzujagen. Aber vergessen wir nicht, dass Sie Hennershaw am selben Morgen verhaftet haben, an dem der Mordanschlag im Krankenhaus erfolgte. Mit mehr Informationen hätten Sie vielleicht sehr wohl an die Tür der Luckhursts geklopft, um eine Verhaftung vorzunehmen, und nicht an die Tür von Hennershaw.«

»Was ist jetzt mit ihm?«

Marsdens Miene hellte sich wieder auf. »Er wurde angeklagt. Und hat sich schuldig bekannt. Anscheinend war die Tatsache, dass Sie seine Playstation beschlagnahmt haben, das letzte Mosaiksteinchen, das ihn überführt hat. Sein

Anwalt hat ihm geraten, sich bezüglich des Cybergroomings und der Erpressung dieser Mädchen schuldig zu bekennen. Die Beweislage ist gut, wie ich höre, da die Durchsuchung seines Hauses gerade zum richtigen Zeitpunkt stattgefunden hat. Sein Anwalt meint, ein Geständnis sei die einzige Möglichkeit, seine Gefängnisstrafe zu verkürzen.«

»Und, wie wird es Ihrer Meinung nach ausgehen?«

»Die Staatsanwaltschaft hat Untersuchungshaft angeordnet. Hennershaw wird seine ursprüngliche Haftstrafe absitzen und obendrein noch das, was ihm der Richter zusätzlich aufbrummt. Der ist definitiv für einige Jahre aus dem Verkehr gezogen.«

»Das ist gut«, meinte Joel.

»Das ist unglaublich, Joel. Sie beide hatten den Auftrag, einen Mörder zu finden. Sie haben den Auftrag erfüllt und dabei so ganz nebenbei auch noch einen gefährlichen Sexualstraftäter überführt. Sie können sehr stolz auf sich sein.«

»Und Richard Maddox?«

»Er wird sich erholen. Das Letzte, was ich gehört habe, war, dass sein Bein operiert wird. Dass tatsächlich niemand in diesem alten Clubhaus zu Tode kam, grenzt an ein Wunder.«

»Es ist für mich schwierig, das Positive zu sehen. Das Mädchen im Krankenhaus – ich kenne noch nicht einmal ihren Namen«, wandte Joel ein. Marsden sah ihn forschend an. Bei ihrer Antwort beugte sie sich leicht zu ihm vor.

»Dieses Mal machen wir es richtig. Wir nehmen die Sache ernster, Sie eingeschlossen. Eine solche Situation geht uns allen an die Nieren und kann uns überwältigen, und das ist auch in Ordnung so. Sie sagen mir, was Sie brauchen, um sicherzustellen, dass Sie das alles nicht mit nach Hause nehmen. Der Tod dieses Mädchens ist nicht Ihre Schuld, dafür trägt allein Nicholas Luckhurst die Verantwortung, und er wird dafür bezahlen.«

»Ich würde gern die Familien besuchen«, erwiderte Joel. »Beide. Die des Mädchens aus dem Krankenhaus und auch die des Mädchens, das vom Parkhaus gesprungen ist. Manchmal kommt die Polizei zu spät, oder sie kann nichts mehr tun, und dann gehen wir einfach zum nächsten Fall über. Aber die beteiligten Familien können das nicht. Luckhurst konnte danach nicht einfach so weiterleben, Danny Evans auch nicht, und man sehe sich nur an, was sich daraus entwickelt hat. Die Familien dieser beiden Mädchen verdienen es, dass ich ihnen etwas von meiner Zeit widme. Sie verdienen es, alles zu erfahren. Mir ist völlig egal, was irgendein DCI denkt, aber die Familien sind wichtig ... sie verdienen unsere Aufmerksamkeit.«

»Also gut«, sagte Marsden. »Wir treffen entsprechende Vereinbarungen, sobald Sie sich etwas ausgeruht haben.«

Joel stand schwerfällig auf. Nach all der Aufregung in dem alten Clubgebäude waren er und DS Rose unverzüglich zurück zum Haus der Luckhursts gefahren, um die beweiskräftigen Kisten – und auch den USB-Stick von Marilyn Luckhurst – abzuholen. Joel hatte bereits einiges von dem Material durchgesehen, aber es gab noch jede Menge nicht gesichteter Beweismittel – Papiere mit Notizen und auch den schwarzen Schnellhefter. Luckhursts Recherchen über seine Zielpersonen waren sehr gründlich, offensichtlich war er davon besessen gewesen. Auf einmal spürte Joel seine Erschöpfung.

»Die Opfer von Luckhurst hatten keine Chance. Sie sollten sich mal seine Notizen ansehen. Ich weiß, es wird mit der Zeit alles herauskommen, aber er wusste, dass er Danny Evans in jener Nacht, als er betrunken war, in diesen Raum mit Olsen kriegen konnte. Er wusste, wie er Maddox manipulieren konnte, als der am Grab seiner Frau saß; er dachte, er wäre verletzlicher, wenn jemand an diesem Ort seine Emotionen anspricht. Er hat sogar ein Foto von einer Karte gemacht, die Richard Maddox auf das Grab seiner Frau gelegt hatte. Darauf befindet sich der Hinweis auf die

Geschichte, wie seine Frau auf den Namen für ihren Hund kam – das muss man sich mal vorstellen! Der Scheißkerl hat die Geschichte gezielt eingesetzt. Marilyn hatte recht, als sie sagte, bei ihm dreht sich alles um Kontrolle. Sie hatten nie eine Chance – wir vielleicht auch nicht.«

»Aber dennoch haben Sie ihn geschnappt.«

»Dazu brauchte ich Richards Hilfe.«

»Ich bin mir nicht so sicher, ob er dabei eher Ihnen oder sich selbst geholfen hat.«

»Er hatte ein Messer. Ich habe es erst im letzten Moment gesehen. Woher kam das eigentlich?«, fragte Joel und wandte sich wieder an Marsden.

»Anscheinend war es in einem seiner Socken versteckt. Er hatte es aus Glenn Morris' Haus mitgenommen. Der Täter hat es dort zurückgelassen, um damit unter anderem Richard den Mord an seinem Freund in die Schuhe zu schieben. Aber anscheinend hat Richard immer noch Kampfgeist.«

»Glenn Morris!« Joel lachte entgeistert, ja sogar bestürzt auf. »Von diesem Mord wussten wir ja noch gar nichts.«

»Wir hätten davon schon noch erfahren. Aber wir hätten Maddox nur wegen des einen Mordes unter die Lupe genommen, wenn Sie nicht so hartnäckig ermittelt hätten.«

Marsden legte die Hände auf den Tisch und stand plötzlich auf. »Sie haben Ihre Sache gut gemacht. Alle Untersuchungen in dieser Sache werden nichts anderes ergeben, daher begrüße ich diese durchaus. Aber jetzt ist es an der Zeit für Sie, nach Hause zu gehen. Die Kollegen vom Dezernat für Kapitalverbrechen sind anscheinend ganz scharf darauf, all die langweiligen Aufgaben zu erledigen – Beweiserhebung, Zeugenaussagen und Papierkram. Daher meine ich, wir überlassen das ruhig denen.«

»Der DCI möchte ausführliche Berichte. Ich werde hier schon einen Computer mit Serverzugang finden …«

»Das kann warten, und diese Berichte will ich dann zuerst sehen. Wir müssen aufpassen, was wir da reinschreiben. Die

Details können wir später noch ergänzen. Jetzt aber kümmern Sie sich beide erst mal um sich selbst.«

»Aber der DCI …«

»Der DCI hat einen niedrigeren Dienstgrad als ich. Das Meeting vorhin war nicht der richtige Zeitpunkt, das zu betonen. Manchmal muss man eben Männern wie ihm Gelegenheit geben, Dampf abzulassen. Aber es kann nicht schaden, ihn an die Rangordnung zu erinnern. Würden Sie ihn bitte auf Ihrem Weg nach draußen zu mir reinschicken? Sagen Sie ihm, dass ich ihn allein sehen will.« Joel packte seine Sachen zusammen und ging zur Tür. »Und könnten Sie ihn noch bitten, mir einen Becher Tee aus dieser Maschine mitzubringen«, fügte sie hinzu.

»Der schmeckt aber ganz furchtbar, Madam«, sagte Joel.

»Oh, ich werde ihn nicht trinken. Aber es schadet nicht, einige Leute daran zu erinnern, dass sie zwar in einigen Meetings die Leitung übernehmen, in anderen sie aber derjenige sind, der den Tee serviert.«

KAPITEL 62

Zwei Wochen später

Joel fuhr mit den Fingern über die Messingbeschläge mit ihrer dunklen Patina an dem schweren antiken Holztor. Es kam ihm etwas seltsam vor, dass britische Kirchen derart unbezwingbar sein sollten und wie das mit der Botschaft eines herzlichen Willkommens vereinbar sein sollte. Heute jedoch war das Willkommen in der Tat herzlich gewesen. Nur der Vikar und eine ältere Frau, die gerade lästigen Papierkram erledigten, waren anwesend, und beide hatten sein Anliegen rasch verstanden – auch wenn es ungewöhnlich klingen mochte.

Als Joel aus der Kirche trat, wärmte ihn das Sonnenlicht und rechtfertigte seine Entscheidung, dass er seine Anzugjacke im Wagen gelassen hatte. Das bedeutete, dass seine Handschellen, der Schlagstock und das Pfefferspray offen sichtbar waren. Der Gurt schnitt ihm in die Brust und endete hinten in einer spindelförmigen Halterung. Dass er eingewilligt hatte, diese Accessoires überhaupt zu tragen, war als Kompromiss mit Detective Sergeant Rose zu verstehen. Sie hatte überhaupt nicht hierherkommen wollen und deutlich ausgesprochen, warum nicht: Es sei ein unnötiges Risiko, sogar dumm – die Art von Entscheidung, die nicht einmal schiefgehen müsse, um potenziell Anlass für das Ende einer Karriere zu sein. Ihr fiele kein einziger guter Grund für diesen Abstecher ein. Joel hatte ihr nur bezüglich des letzten Teils widersprochen. Es gab einen sehr guten

Grund für diesen Abstecher, und er stand immer noch dort, wo Joel ihn zurückgelassen hatte. Er stützte sich auf zwei Krücken, und DS Rose wartete zur Sicherheit direkt neben ihm. Ihre Miene war ausdruckslos.

»Nur der Vikar und eine ältere Frau. Sieht nicht gerade nach einem Elite-Fluchtkommando aus«, meinte Joel.

Richard Maddox lächelte. »So ein Mist«, sagte er leise.

»Zehn Minuten«, sagte Joel, »und das meine ich wörtlich.«

»Also gut.« Richard zögerte scheinbar. Er blickte hinüber zum Friedhof der Kirche von Lympne. »Ist es komisch, dass ich nervös bin?«

»Nervös?«

»Es ist das erste Mal, dass ich hier oben bin, seit … Na ja, es gibt einfach viel, was ich ihr erzählen muss. Ich weiß, was sie sagen wird – dass ich ein Hitzkopf bin. Sie hat mir immer prophezeit, dass mich das eines Tages in ernste Schwierigkeiten bringen wird.«

»Ich bin mir sicher, dass sie es versteht.«

»Es ist jetzt gerade mal etwas über ein Jahr her. Ich hasste die Person, die mir alles genommen hat, aber nicht so sehr wie die Person, die mir gezeigt hat, was mir geblieben war. Ich wurde hereingelegt, weil ich ein hitzköpfiger alter Trottel bin. Wenn ich nur einen Augenblick nachgedacht hätte …«

»Nachdenken war da nie vorgesehen, Sie sollten einfach reagieren«, beschwichtigte ihn Joel.

»Na ja, das habe ich definitiv getan.« Richard zögerte noch immer, und sein Blick war traurig, als er sich an Joel wandte. »Sagen Sie, Inspector Norris, wird es das letzte Mal sein, dass ich hierherkommen kann? Haben Sie deshalb so viele Regeln gebrochen, um mich herzubringen?«

»Einige Regeln lassen Spielraum für Interpretation. Jetzt, wo es Ihnen gut genug geht, dass wir Sie verhören können, ist es meine Aufgabe, Sie vom Krankenhaus in die Untersuchungshaft zu bringen. Das hier ist eine Pause zur Erholung. Sie erholen sich schließlich immer noch von einer Schusswunde am Schienbein. Der Arzt hat mir gesagt, Sie sollen nicht zu lange sitzen.«

»Das hat er gesagt, ja.«

Richards Lächeln verschwand rasch. »Ist es das letzte Mal, Inspector?«

Joel seufzte. »Ich weiß es nicht. Aber ich weiß jetzt ein wenig mehr über Sie, Richard, über Sie und Angela. Ich habe auch einiges daraus gelernt. Vielleicht sollten wir immer bedenken, wenn wir jemandem, den wir lieben, auf Wiedersehen sagen, dann könnte es das letzte Mal sein.«

Richard nickte. »Ich hätte es nicht besser ausdrücken können. Sie sind ein Familienmensch, nicht wahr? Genießen Sie das, was Sie haben. Jede einzelne Minute davon.«

»Wo wir gerade von jeder Minute sprechen, es sind noch neun Minuten übrig.« Joel sah auf seine Armbanduhr und klopfte darauf. »Verschwenden Sie diese Zeit nicht, um mit mir zu reden.«

»Danke … für diese …« Richard humpelte davon, nicht über den Weg, sondern geradewegs über den Rasen. Seine ersten Schritte waren vorsichtig, als wäre er noch unsicher, wie er mit seinen Krücken auf einem Boden zurechtkommen sollte, der vermutlich über den Winter eine Menge Regen aufgesogen hatte. Er hätte sich jedoch keine Sorgen machen müssen; in den letzten paar Wochen, die er im Krankenhaus verbracht hatte, war meist herrliches Wetter gewesen. Der Frühling hatte sich durchgesetzt, und jetzt, während Joel ihn dabei beobachtete, wie er sich auf eine Bank setzte, leuchtete der Hintergrund in einem hellen Pink. Ein Kirschbaum hatte anscheinend auf seine Rückkehr gewartet, um in voller Blüte dazustehen. Seine Äste, leise bewegt von einer lauen Brise, schüttelten Blütenblätter über das Grab vor ihm.

»Wenn er wegrennt, dann laufen Sie ihm hinterher«, riss DS Rose Joel aus seinen Gedanken und stellte sich neben ihn.

»Als Sie sagten, Sie wollten im Team bleiben, haben wir uns doch darauf geeinigt, dass Sie immer den Leuten hinterherrennen.«

»Mir scheint, Sie erinnern sich an überhaupt nichts mehr aus diesem Gespräch, Boss.«

»Boss! Ich glaube, das ist das erste Mal, dass Sie mich so genannt haben. Dann bringen Sie mir also endlich den Respekt entgegen, den ich verdiene?«

»Wenn er wegrennt, dann laufen Sie ihm hinterher«, wiederholte sie. Als er antwortete, verzog sich sein Mund zu einem breiten Grinsen.

»Das ist nur fair.«

ENDE

DANKSAGUNG

Ich empfinde das Schreiben bisweilen als sehr einsame Tätigkeit – und es stimmt, dass man als Autor viele Stunden damit verbringt, aktiv den Kontakt mit anderen Menschen zu vermeiden. In dieser Zeit tüftelt man an Plots, schiebt Arbeiten vor sich her oder ringt mit dem blinkenden Cursor, um eine Geschichte zu erzählen.

Die auf diesen Seiten enthaltenen Wörter wären jedoch anders, ungenau, nicht richtig geschrieben oder schlicht falsch, wenn mir nicht eine Reihe von Leuten dabei geholfen hätte, und es ist nur recht und billig, dass ich das zugebe und Ihnen alles über meine Unterstützer erzähle.

Ich muss unbedingt mit Rachel Faulkner-Willcocks anfangen. Rachel ist Redaktionsleiterin bei Avon Books, und sie hat in *Ein Freund* meine Worte nicht nur mit Glitzerstaub veredelt, sondern war auch die treibende Kraft dafür, dass ich überhaupt meinen Roman bei Avon veröffentlichen konnte. Rachel hat die Gelegenheit beim Schopf gepackt, als ich nicht viel mehr anzubieten hatte als eine konfuse Geschichte über »irgendeinen Kerl, der gefesselt ist und den Lauf einer Pistole im Mund hat«. Sie hätte anders entscheiden können, denn die Welt der Krimischreiber ist fast wie die Welt der Kriminellen selbst: Es gibt große Konkurrenz, und viele von uns versuchen, damit ihren Lebensunterhalt zu verdienen. Ich kann nur hoffen, dass sie es inzwischen nicht bereut!

Seite an Seite mit Rachel arbeiten alle bei Avon Books spürbar eng zusammen, und ich möchte meine Dankbarkeit auf das gesamte Team ausdehnen. Sobald der erste Entwurf einer Geschichte vorliegt, nimmt das Avon-Team sie mit guter Laune und Begeisterung unter seine Fittiche. Sie korrigieren, verpassen ihr einen schönen Umschlag, einen verführerischen Klappentext und bearbeiten sie bis zu einem Endprodukt, auf das wir alle mächtig stolz sein können. Zumindest bin ich es.

Einen weiteren hilfreichen Geist möchte ich Ihnen gerne mit aufrichtiger Bewunderung vorstellen, Charlie Paine. Als Senior CSI (Leitende Tatortermittlerin) bei einer überragenden Polizeitruppe hat mich Charlie bei allen mörderischen Details in vierzehn Büchern mit Expertenwissen begleitet. Wir sind mittlerweile an dem Punkt, wo ich unangekündigt aufkreuze und sie aufsieht, die Augen verdreht und sagt »Na, wieder mal hier, um über den Tod zu fachsimpeln? Ich setze gleich mal Teewasser auf«, während ich verlegen noch an der Schwelle ihrer Bürotür stehe. Details in *Der Freund* entstammen Charlies Expertenwissen, das sie in ihren freien Stunden und zu unversiegbaren Teeströmen in ihrem wunderschönen Garten mit mir teilt. Die Zeit ist dabei unser wertvollstes Gut, und dass sie und ihre wunderbare Frau mir so viel davon schenken, ist etwas, das ich mehr schätze, als ich es in Worte fassen kann.

Für *Der Freund* brauchte ich auch die Expertise einer Quelle, die beim National Health Service arbeitet, und mein herzlicher Dank gilt Charlotte Elias, Dozentin an der Universität Cardiff, besonders in diesen herausfordernden Zeiten für unser medizinisches Personal während der Pandemie. Charlotte widmete mir Stunden ihrer kostbaren Zeit, um mir zu erläutern, wie man eine Figur beschreiben kann, die sich so lange Zeit im Koma befindet, und wie es ist, wenn sie nach langer Zeit daraus erwacht. Glücklicherweise hat Charlotte die erforderliche Geduld, und sie versorgte mich mit wertvollen Informationen. Wenn es dennoch irgendwelche Ungenauigkeiten bei medizinischen Schilderungen in diesem Buch gibt, so ist das ganz allein meine Schuld, dann habe ich das Falsche weggelassen!

Mein Dank geht auch an DC Leggett, dem ich alle Verfahrensfragen stellen konnte, die ich eigentlich selbst sehr gut kennen sollte. Und der mich mehr vermisst, als er jemals zugeben wird.

Last, but not least bedanke ich mich sehr herzlich bei meiner Frau. Hier kann ich nur alles falsch machen. Ich könnte Kayleigh zuerst nennen, das würde sie verlegen machen, ich könnte sie ganz weglassen und würde dafür natürlich auch zu Recht kritisiert. Daher nenne ich sie nun zu guter Letzt – und nun wird sie zweifellos andeuten, ein Nachgedanke gewesen zu sein. Aber ich glaube, zuletzt erwähnt zu werden ist eine Ehre. Sie ist die stille Heldin – denn wann immer ich in dieser anderen Welt versinke, dann organisiert und erledigt sie alles in der wirklichen Welt. Und ich liebe sie mehr als Nachos.